Adivinhe quem sou esta noite

2ª reimpressão

Adivinhe quem sou esta noite

Megan Maxwell

Tradução
Sandra Martha Dolinsky

Copyright © Megan Maxwell, 2014
Copyright © Editorial Planeta, S.A., 2014
Copyright © Editora Planeta, 2015
Título original: *Adivina quién soy esta noche*
Todos os direitos reservados

Preparação: José Couto
Revisão: Marcia Benjamim
Diagramação: Marcos Gubiotti
Capa: Adaptada do projeto gráfico original
Imagem de capa: ©*Shutterstock*

Os personagens e eventos apresentados nesta obra são fictícios.
Qualquer semelhança com pessoas vivas ou falecidas é mera coincidência.

CIP-BRASIL. CATALOGAÇÃO NA PUBLICAÇÃO
SINDICATO NACIONAL DOS EDITORES DE LIVROS, RJ

M419a

Maxwell, Megan
    Adivinhe quem sou esta noite / Megan Maxwell; tradução Sandra Martha Dolinsky. - 1. ed. - São Paulo: Planeta, 2015.

    Tradução de: Adivina quién soy esta noche
    ISBN 978-85-422-0476-6

    1. Ficção erótica espanhola. I. Dolinsky, Sandra Martha. II. Título.

15-19126   CDD: 863
                                              CDU: 821.134.2-3

2018
Todos os direitos desta edição reservados à
EDITORA PLANETA DO BRASIL LTDA.
Rua Padre João Manoel, 100 – 21º andar
Edifício Horsa II – Cerqueira César
01411-000 – São Paulo – SP
www.planetadelivros.com.br
atendimento@editoraplaneta.com.br

*Não devemos esquecer que o amor é como o café.
Às vezes forte, outras doce,
às vezes puro, outras com leite;
mas nunca deve ser frio.*

Um beijão, e espero que curtam o livro.

1

Tragédia

O som do silêncio é intimidador.

Os pneus cantando ainda me angustiam.

Estou viva!

Viva!

Ouço a voz de Dylan. Quero responder. Sinto seus passos rápidos se aproximando, mas estou paralisada de medo, jogada na rua, e mal consigo respirar.

Tremo, e meus olhos encontram os de Tifany, a mulher de Omar. Ela está no chão ao meu lado. Olhamo-nos. Ambas respiramos com dificuldade, mas estamos vivas.

— Linda, você está bem? — pergunta ela com um fio de voz.

Assinto sem conseguir abrir a boca, e sua pergunta me faz lembrar do carro se aproximando a toda velocidade. O medo. A mão de Tifany me puxando. Nós duas caindo com força no chão, atrás do carro de Omar. Uma freada incrível e depois o silêncio.

Mas esse silêncio se quebra de repente, dominado por gritos, berros aterrorizados. Omar se agacha com uma expressão de pânico, e, instantes depois a voz de Dylan chega até nós dizendo:

— Não mexa nelas, Omar! Chame uma ambulância.

Mas eu me mexo. Viro de barriga para cima e solto um gemido. Meu ombro dói. Nossa, como dói!

Meus olhos encontram os de meu amor, que, em pânico, se inclina sobre mim e, sem me tocar para não me mover, murmura desesperado:

— Yanira, meu Deus, meu amor... você está bem?

Ele não me abraça. Preciso de seu calor, seu carinho, suas palavras bonitas tanto quanto sinto que ele precisa de mim, e respondo para tranquilizá-lo:

— Estou bem... não se preocupe... estou bem.

— *Bichito*, estou com tontura — queixa-se Tifany, levantando-se.

— Calma, meu amor... Não se mexa — diz Omar, tranquilizando-a.

De repente, encontro o olhar de Tifany e, emocionada pelo que essa garota fez por mim, murmuro:

— Obrigada.

A jovem e loura esposa de Omar, que eu achava que tinha menos cérebro que o personagem Lula Molusco, do desenho do Bob Esponja, sorri. Ela acaba de me salvar de morrer atropelada pelo carro, arriscando-se ela também a partir desta para melhor. Vou lhe ser eternamente grata. Eternamente.

Dylan toca meu braço sem querer e dou um grito de agonia.

Caramba, que dor!

Ele me olha assustado e, com a respiração de novo acelerada, sussurra:

— Não se mexa, meu amor.

— Está doendo... está doendo...

— Eu sei... eu sei... Calma — insiste ele com uma expressão preocupada.

Com as lágrimas prestes a brotar como um manancial por conta da dor insuportável que sinto, vejo Dylan chamar um médico amigo dele, que vem correndo para nós.

— Peça gelo no *pub*. Preciso de gelo urgentemente!

Eu me mexo e torno a gritar de dor. Dylan me olha, e tirando o blazer, diz:

— Acho que você deslocou o ombro na queda.

Nesse instante de dor lancinante não sei o que é "deslocar" nem o que é "ombro". A expressão de Dylan é sombria. Muito sombria, e isso me assusta, enquanto me queixo:

— Caramba, como dóóóóiii!

Quando seu amigo aparece com um saquinho com gelo, Dylan blasfema e, olhando para ele, diz:

— Fran, preciso de sua ajuda.

Eles me colocam de costas na calçada, manipulando-me como se eu fosse uma boneca, e vejo que o tal de Fran segura minha cabeça. Fico nervosa. O que eles vão fazer?

— Está doendo, Dylan... Dói muito.

Meu amor se senta no chão e põe um pé ao lado de meu torso.

— Eu sei, amor, mas logo vai passar. Vou segurar sua mão com força e puxá-la para mim.

— Não... não me toque! Estou morrendo de dor! — grito, assustada.

Ele entende meu medo. Estou aterrorizada. Dylan tenta me acalmar e, quando consegue, volta à posição de antes e murmura:

— Tenho que pôr seu ombro no lugar, meu amor. Isso vai doer.

E sem me dar tempo nem de pestanejar, o tal de Fran e ele se olham, e então Dylan faz um movimento seco que me faz ver as estrelas do firmamento inteiro, enquanto grito, desconsolada.

Meu Deus do céu, que dor!!!!

As lágrimas brotam de meus olhos aos borbotões. Choro como uma boba. Odeio chorar na frente de toda esta gente, mas não posso evitar. Dói tanto que não consigo pensar em mais nada.

— Pronto... pronto, meu amor.

Ele me nina para me acalmar. Ficamos assim um tempo, e noto que estou encharcando sua camisa de lágrimas. Dylan não me solta. Não se afasta de mim. Só me mima e me sussurra palavras de amor maravilhosas, enquanto algumas pessoas passam por nós.

Quando me acalmo, ele me solta com cuidado, embrulha o gelo com seu blazer e, colocando-o sobre meu ombro, diz, quando olho para ele com os olhos vermelhos de lágrimas:

— Calma, minha vida. A ambulância não vai demorar.

Tento me acalmar, mas não consigo. Primeiro, porque quase fui atropelada. Segundo, porque meu braço dói horrores. E terceiro, porque o nervosismo de Dylan me deixa nervosa.

— Diga que você está bem — insiste ele.

— Sim... sim... — consigo balbuciar.

Minha resposta o acalma, mas então ele se levanta do chão feito uma hidra, afasta-se de mim e grita com ferocidade:

— Como pôde fazer uma coisa dessas?!

Assustada ao ouvi-lo tão furioso, eu me levanto um pouco, apesar da dor, e o vejo caminhar para o carro que quase me atropelou. Dentro dele está Caty, com a cabeça sobre o volante.

Cadela, víbora!

Ela olha para Dylan e chora. Geme. Suplica. Ele, fora de si, abre a porta do carro com tal fúria que quase a arranca, gritando como um possesso.

Eu observo a cena enquanto as pessoas se juntam em volta. Caty chora, e Dylan grita e xinga feito um louco. O homem que acompanhava Caty se aproxima deles atordoado, imaginando o ocorrido.

— Omar — sussurro, dolorida. — Acalme Dylan, por favor.

Ele, após assentir, aproxima-se de seu irmão com uma expressão irritada e tenta interceder, mas Dylan está alterado. Muito alterado.

Por fim, Omar e outro homem conseguem, juntos, afastá-lo de Caty e acalmam os dois. Eu não consigo tirar os olhos dela. Está a cinco metros de mim e me diz, entre lágrimas:

— Desculpe... desculpe.

— Que falta de vergonha! Ela quase mata você e agora vem choramingar — sussurra Tifany, ao meu lado, quando vê para onde estou olhando.

Efetivamente, essa mulher não tem vergonha. Por outro lado, não sei como interpretar esse "Desculpe". Será sincero ou fingido?

Estou alucinada com o que aconteceu. Uma coisa é ela estar apaixonada por Dylan, e outra muito diferente é chegar a fazer o que fez. Sem dúvida alguma, ela não está bem da cabeça. Caraca, ela quase me matou!

— Calma, garotas — diz Omar, aproximando-se de sua mulher e de mim. — As ambulâncias já estão chegando.

— Quebrei duas unhas, *bichito*.

— Amanhã você põe outras, meu amor — responde ele sorrindo.

O som estridente de várias ambulâncias e carros de polícia enche o ar. Rapidamente isolam o local e afastam os curiosos, enquanto alguns médicos atendem a Tifany e a mim. Imobilizam meu braço e meu pescoço.

Como se eu fosse uma pluma, eles me levantam e me põem em uma maca, e vejo que me levam para uma ambulância. Olho para Tifany, que está na mesma situação. Coitadinha. Na maca, giro a cabeça e olho de novo para Caty. Continua chorando, enquanto seu acompanhante balança a cabeça e olha para o chão.

Omar se desdobra. Corre da maca onde está sua mulher para a maca onde eu estou. Quando me colocam na ambulância, ouço Dylan dizer:

— Eu vou com ela.

Os dois homens e a mulher da ambulância se olham, e ela diz, sorrindo:

— Você sabe que não vamos lhe dizer não, dr. Ferrasa, mas nós temos que trabalhar.

Ele, contrariado, fecha os olhos um instante e depois explica o que fez para me socorrer, mas, disposto a não interferir, finalmente assente com a cabeça, e as portas se fecham. Poucos segundos depois, ouço as portas da frente se fecharem também, e com a aguda sirene ligada a ambulância parte.

Quero ficar junto de Dylan. Estou com vontade de chorar, mas preciso ser forte, não uma menininha caprichosa e mimada que chora porque seu namorado não está perto.

A mulher e um dos homens começam a cuidar de mim, e ela me pergunta em inglês:

— Consegue lembrar seu nome?

Ainda aturdida, eu a entendo, mas respondo em espanhol:

— Meu nome é... meu nome é Yanira Van Der Vall.

A mulher assente com um gesto de cabeça, pega uma seringa, enche-a com um líquido transparente e, espetando-a no cateter intravenoso que segundos antes havia colocado em mim, sorri e diz também em espanhol:

— Calma, Yanira. Logo chegaremos ao Hospital Ronald Reagan.

— E Dylan? Onde ele está?

Estou começando a ficar tonta quando o ouço dizer:

— Estou aqui, meu amor.

Com esforço, mexo a cabeça e olho para cima. Pela janelinha posso ver Dylan sentado na parte da frente da ambulância, e sorrio.

2

Meu remédio

No hospital, depois de fazer radiografias e imobilizar meu braço com uma tipoia, um enfermeiro empurra a cadeira de rodas onde estou sentada. Para diante de uma porta, e ao abri-la, encontro Dylan.

— Olá, minha vida — diz ele ao me ver.

Está preocupado. O enfermeiro que empurrava minha cadeira me ajuda a sentar na cama e depois sai, deixando-nos sozinhos. Carinhoso, Dylan me dá um selinho, acaricia meu rosto e me pergunta se dói muito.

Sinto um pequeno desconforto, mas nada a ver com a dor que sentia antes.

— É suportável — respondo.

Então, ciente de tudo que aconteceu, acrescento em voz baixa:

— E Tifany, como está?

— Está com uma luxação em uma costela e hematomas nas pernas e braços, como você. Mas, fique calma, Tifany vai sobreviver e vai arrancar do meu irmão aquele anel que ela quer tanto comprar, e com certeza algo mais.

Ambos sorrimos.

— Quer ligar para seus pais? — pergunta ele.

Penso um instante, mas por fim nego com a cabeça. Sei que vão ficar muito preocupados a tantos quilômetros de distância. Prefiro que não saibam. Estou bem, e não quero que sofram por mim.

Fecho os olhos. Estou moída, como se houvesse levado uma surra, mas, ainda assim, digo:

— Caty está bem?

Depois de um silêncio constrangedor, Dylan assente.

— Sim. — E com um profundo suspiro, acrescenta: — Quando se recuperar, ela vai ter um grande problema conosco e com a lei. Garanto que o que ela fez não vai ficar impune. Falei com meu pai, e ele vai nos representar. Vou me encarregar de que ela pague pelo que fez. O que ela tentou fazer com...

— Dylan, não — interrompo. — Não posso fazer isso.

— Como não pode? Ela quase a matou, meu amor.

Concordo. Eu sei. Sei que o que Caty queria fazer naquele momento era isso, mas continuo:

— Acalme-se e pense. Por favor... Se há alguém que odeia essa mulher com vontade sou eu, mas não posso esquecer que ela está sofrendo por amor. Ela ama você. Perdeu a cabeça, bebeu demais, e... e, além do mais, eu atravessei onde não devia. Também tenho parte da culpa, não vê?

— Yanira — diz ele com voz grave —, ela podia ter matado você. Se houvesse atingido seu propósito, você e eu não estaríamos aqui agora, conversando, percebe?

Torno a assentir. Claro que percebo; contudo, insisto:

— Mas estamos, Dylan. Estou aqui com você e estarei amanhã, e no dia seguinte, e no outro.

Tento sorrir, sem sucesso, e prossigo:

— Não vou dar queixa, meu amor. Desculpe, mas não posso. Acho que ela já tem problemas bastantes para superar o que aconteceu.

— Você é boa demais, demais, mas acho que...

— Não. Eu disse que não — sentencio.

Ele me olha boquiaberto e, quando se convence de que não vai me fazer mudar de opinião, murmura:

— Nunca pensei que Caty pudesse fazer algo assim. Nunca. Não sei como lhe pedir perdão por isso, e...

— Dylan — interrompo. — Você não tem que me pedir desculpas porque não tem culpa de nada, meu amor. Ela perdeu a cabeça; o que você tem a ver com isso?

— Eu me sinto culpado. Devia ter sido mais previdente.

— Previdente?!

Ele adota uma expressão compungida e explica:

— Caty sofre de depressão há anos. Toma remédios e...

— Caramba...

— Um amigo do hospital comentou comigo outro dia que ela vendeu a clínica pediátrica no ano em que eu sumi. Ela não é mais a dona. Só trabalha ali umas horas, e eu... eu devia ter imaginado que poderia acontecer algo assim.

Lembro que nessa mesma noite, enquanto estávamos jantando, ela havia falado de sua clínica; pergunto:

— E sabendo a verdade, por que você não disse nada durante o jantar?

— Como podia dizer, Yanira? Eu não podia ser tão cruel. Além do mais, não sei o que Caty contou sobre sua vida ao homem que estava com ela, e não queria pisar na bola. Também não queria lhe perguntar sobre sua doença. Não era o momento nem o lugar, meu amor. Queria falar com ela, ligar um dia para ver como estava. Por isso hoje, ao vê-la, convidei-a para jantar conosco sem pensar. Ela merecia ser bem recebida por nós dois, pela família Ferrasa. Caty sempre foi uma boa amiga, apesar de pensar que...

— Ela pensava que era algo mais para você, não é verdade?

Dylan assente e, depois de suspirar, acrescenta:

— Sempre fui sincero com ela. Centenas de vezes lhe disse que nunca haveria nada sério entre nós dois, mas Caty insistia em continuar ao meu lado; e eu, de forma egoísta, aceitava. Acredite ou não, não fiz isso só por mim, mas por ela também. Eu a via feliz, com seu problema controlado, e isso me valia. Mas agora percebo que o que fiz não foi certo.

— Não se angustie, meu amor.

— Por isso digo que é minha culpa, Yanira — prossegue ele. — Sem querer, eu provoquei o que aconteceu. Eu sou culpado, não vê?

Ao notar o desespero em seus olhos, respondo:

— Não, minha vida, você não provocou nada. É verdade que você brincou com os sentimentos dela sem pensar na dor que poderia lhe causar, mas não a obrigou a se sentar ao volante, pisar no acelerador e jogar o carro em cima de mim.

Dylan não responde, e eu continuo:

— E agora, sabendo o que sei, como pretende que eu dê queixa? Se antes já não podia, agora muito menos.

Meu moreno não responde. Disposta a deixar tudo claro, afirmo:

— O que não vou permitir é que você se culpe por tudo que acontece a seu redor. As coisas acontecem porque têm que acontecer e ponto. Ou por acaso você também é responsável pelo buraco na camada de ozônio? Ou pela fome no Terceiro Mundo? — Consigo fazer que ele olhe para mim e concluo: — Que fique bem claro, sr. Dylan Ferrasa, que para mim você só será culpado por aquilo que puder me fazer diretamente, entendeu?

Ele não se mexe. Só me olha.

Incrédula, vejo que, assim como por causa da mãe, o sentimento de culpa não o deixa viver. Por que ele se sente assim?

Mas não estou disposta a deixá-lo viver com essa angústia. Insisto:

— Não pretendo lhe dirigir a palavra até que me diga que me entendeu e que não tem culpa do que aconteceu, está bem, meu amor?

Ele assente com a cabeça e, após uns segundos tensos, sorri e responde:

— Só por você me chamar de "meu amor", valeu a pena escutá-la.

— Dylan! — protesto.

Ele sorri e por fim concorda.

— Tudo bem, mimada. Eu entendi e não tenho culpa.

— Muito bem!

Quando ele está me abraçando com cuidado, ouvimos a porta do quarto se abrir. É Tifany em uma cadeira de rodas, acompanhada por Omar e uma enfermeira morena bonita.

Quando chega ao meu lado, Tifany pega minha mão. Nesse momento, caio no choro feito boba, e digo entre soluços:

— Tifany, diga que você está bem, ou...

— Ah, queriiiiida, não choooore. Levante esses cílios! — brinca ela, com sua cara de sapeca.

— Sinto muito pelo que aconteceu com você.

— Calma, Yanira — intervém Omar, sorrindo depois de piscar para a enfermeira que entrou com eles. — Garanto que minha mulherzinha vai tirar proveito de seu ato heroico quando sair do hospital.

— *Bichitooooo...* — reclama ela, divertida. — Não diga isso, bobinho.

Vejo Omar e a enfermeira se olharem até ela sair do quarto.

Que descarado!

Se Dylan fizer isso na minha frente, no mínimo arranco seus olhos.

Quando meu cunhado se aproxima de seu irmão para comentar alguma coisa, Tifany baixa a voz e diz:

— Semana que vem vamos fazer compras, *okay*?

Começo a rir e concordo, divertida. Então, ela acrescenta:

— Não fui com a cara daquela espertinha, e tentei demonstrar isso durante o jantar, quando vi como ela se derretia cada vez que olhava para Dylan. E no *pub*, ah, no *pub*! Quando ela começou a contar certas intimidades, fui embora porque estava a ponto de gritar: "Minha linda, se liga!", mas não queria parecer ordinária.

Como sempre, seu jeito de falar me faz rir. Tifany não poderia parecer ordinária, nem que quisesse!

— Não sei como lhe agradecer.

Ela sorri e, baixando a voz, responde:

— Ora, linda, por acaso você não teria feito o mesmo por mim?

Assinto com a cabeça. Sem dúvida, teria feito.

— Adoro você — conclui Tifany, com um belo sorriso.

Eu sorrio também. Agradeço suas demonstrações de carinho em um momento como esse. Nós mal nos conhecemos, mas acho que a julguei rápido demais e que ela merece outra chance. E fico feliz por ela pensar que eu teria feito o mesmo por ela.

Os irmãos Ferrasa nos olham, divertidos, e Omar diz:

— Meu irmão, no fim papai tem razão: as loiras só dão problemas.

Isso me faz rir, mas Tifany protesta:

— *Bichitooo*, não diga isso, tolinho.

Ficamos os quatro no hospital essa noite. Dylan não permite que nos deem alta, e nós duas decidimos aceitar.

Que fim de festa, e que chegada a meu novo lar!

De madrugada, quando acordo, vejo Dylan sentado na poltrona em frente à cama, lendo um livro. Observo-o por entre os cílios. Ele não me vê. Como sempre, está lindo e sexy, e ainda mais com essa expressão tão séria, com a camisa aberta. Sei que ele está sofrendo pelo ocorrido. Vejo isso em seus olhos e no ricto em sua boca. Ele se preocupa comigo.

Ah, meu menino...

Durante um tempo, fico observando-o e curtindo a visão, mas, quando ele vê que me mexo, deixa o livro em cima da mesinha, levanta-se e rapidamente se aproxima.

— Que foi, meu amor?

Sua voz me reconforta. Sua presença me dá segurança. Incapaz de me calar, murmuro:

— Só queria dizer que amo você.

Ele sorri. Toca minha testa e, com uma expressão engraçada, sussurra:

— Parece que a pancada foi mais forte do que eu pensava. Tenho que me preocupar?

Seu humor e sua expressão debochada me fazem sorrir. Como sou romântica... Durante alguns segundos ambos rimos, até que de repente digo:

— Quero me casar com você amanhã mesmo.

Surpreso, meu amor crava seus lindos olhos castanhos em mim.

— Tem certeza? — pergunta.

— Vamos a Las Vegas — respondo. — Vamos fazer um casamento louco, diferente e...

— Meu amor — ele me interrompe — , vamos nos casar quando você quiser, mas em Las Vegas não.

— Por quê?

— Porque quero me casar com você perante os olhos de Deus.

Ora... Desde quando ele é tão religioso?

Faço uma careta, ele sorri e por fim eu também. Como eu sou mole com esse homem!

Dylan me beija e afirma:

— Vou cuidar de tudo.

— Tudo bem, mas quero lhe pedir uma coisa.

— O quê?

— Quero uma festa muito divertida.

— Eu prometo — responde ele, abraçando-me.

3

Eu não lhe peço a Lua

No dia seguinte, já estou em casa.

Tenho que ficar com o braço imobilizado uma ou duas semanas, até que pare de doer. Também tenho que tomar anti-inflamatórios.

Anselmo, pai de Dylan, liga para nós. Fala com o filho e depois comigo, mas eu não mudo de ideia. Não vou dar queixa dessa mulher.

Comentamos com ele sobre o casamento, e tenho a sensação de que fica muito feliz. É possível que agora ele goste tanto de mim?

Wilma, a mulher que vem limpar a casa e que é um encanto, desde o início dá o sangue para que eu fique perfeitamente bem. Mas, quando fica sabendo do casamento iminente, decide fazer uma limpeza geral. Era o que me faltava!

Por fim, Dylan me faz ligar para minha família para falar do que aconteceu. Eu suavizo as coisas. Não conto toda a verdade, só que atravessei onde não devia. Como é de se esperar, todos brigam comigo e me chamam de louca.

Eu aguento e sorrio, e concluo com a notícia de que o casamento foi antecipado. Meu pai rapidamente me pergunta se estou grávida. Divertida, digo que não. Antes de desligar, eles me asseguram que vão cuidar dos documentos que necessito para o enlace.

Passam-se dez dias, nos quais me esquivo de Dylan e de Wilma como posso para não tomar leite. Que chatice esse negócio de cálcio! E, por fim, posso me livrar da tipoia. Eu poderia tê-la tirado antes, mas ter um médico por perto é de matar.

Dylan também chamou um fisioterapeuta para me atender em casa. Segundo ele, não custa nada prevenir problemas futuros, e a verdade é que foi ótimo.

Mas no dia em que dou por concluídos todos os cuidados, me sinto feliz. Sou eu de novo!

Faltam duas semanas para o casamento. Está programado para dia 21 de dezembro, e ainda não consigo acreditar que vou me casar. Tanto Dylan quanto eu somos avessos a casamento, e aqui estamos, dispostos a passar pela igreja, com padre, convite, dancinha romântica e corte de bolo.

Meu moreno está um pouco chateado porque não teremos lua de mel. Depois do casamento, ele vai voltar para o hospital após uma longa ausência, e não ficaria muito bem viajar agora. Vamos adiar. Eu não me importo muito. Só quero estar com ele onde for. Nada mais.

Eu não cuido de nada do casamento; Dylan faz tudo. Diz que espera me surpreender. Confio nele. Não tenho alternativa.

Mas tenho um problema. Um grande problema.

Odeio o lugar onde vivemos. Tudo que me cerca me faz lembrar Caty. A mulher que quase me manda para o outro mundo e que, em sua época, ajudou Dylan a decorar a casa.

Quando conto o que sinto, ele me entende e insiste para que redecoremos a casa. O problema é que ele está tão enrolado com o casamento que agora é complicado.

Plano A: redecoro mesmo com a confusão do casamento.

Plano B: espero o casamento passar.

Sem dúvida, acho que o mais acertado é o plano B. Vou esperar.

Tifany procura um vestido de noiva para mim. Ela foi *designer* de moda de uma marca que adora, mas quando conheceu Omar parou de trabalhar. Abandonou tudo por amor. Por seu *bichito*.

Uma tarde, junto com suas amigas, ela me leva ao mundo das noivas glamorosas. Nem preciso dizer que experimento os melhores vestidos do mundo, e, embora me custe aceitar, fico divina neles.

Não há vestido que me caia mal. Estou linda. Será que estou ficando metida?

No fim, escolho um de corte romântico, com saia de tule e laço cinza na cintura, da estilista Vera Wang — que eu adoro. Tifany também é louca por ela. Ela conta que o modelo que eu escolhi é parecido com o que a atriz Kate Hudson usou no filme *Noivas em guerra*.

Com ele no corpo, escolho um lindo véu. Um tule sedoso que colocam em uma espécie de coque baixo, e, quando me olho no espelho com toda a parafernália, fico sem fala.

Pareço até imaculada!

Sorrio ao imaginar Dylan ou minha família quando me virem assim. Sei que vou surpreendê-los, porque a primeira surpresa sou eu!

Pergunto o preço várias vezes. Não tenho a menor dúvida de que tudo isso custa um caminhão de dinheiro, mas não me dizem. Tifany se recusa. É presente dela e de Omar para nosso casamento. Por fim, aceito. Não tenho alternativa.

— Agora você precisa escolher outro vestido para a festa — diz uma das amigas dela.

Ao ouvi-la, olho para elas e respondo:

— Nem a pau!

Tifany e as outras dão um passo para trás e levam a mão à boca, assustadas. Caramba. Nem que eu houvesse dito que vou assaltar a loja e matá-las...

— Mas precisa — insiste Ashley recuperando-se. — É obrigatório ter mais de um modelito para exibir. Um para a cerimônia e talvez dois para a festa posterior.

Como?!

Estou alucinada!

Mais de um vestido? Desde quando?

Minha mãe só teve um vestido de noiva. Um! Por que agora eu tenho que ter dois ou mais? Não. Eu me recuso.

E, enfrentando o que querem me impor, esclareço com convicção:

— Eu só quero um vestido. Nunca mais vou usar este, e quero aproveitá-lo ao máximo.

— Mas o *cool* é trocar de vestido, e...

— Não me interessa o que é *cool* — interrompo Tifany, que fica de boca aberta. — Só quero este vestido. Nenhum outro.

No fim, contrariadas, ela e suas amigas se dão por vencidas. Devem pensar que estou maluca, mas tanto faz. Nesse dia quero dançar e curtir com meu único vestido. Esse, que um dia vou ver, como faz minha mãe quando tira o seu do baú, e sorrir ao recordar os lindos momentos que passei com ele.

Quando chego a casa à noite estou morta. Tifany e suas amigas têm razão quando dizem que fazer compras é extenuante. Nunca experimentei tantos vestidos, e menos ainda de noiva.

Dia 16 de dezembro estou esperando minha família, emocionadíssima, no aeroporto. Ao vê-los, dou pulos e gritos, e corro para recebê-los. Eles fazem o mesmo, e poucos minutos depois nos beijamos e abraçamos como loucos.

Dylan os recebe tão contente quanto eu, e em dois carros nos dirigimos para essa que já é minha casa.

No caminho, minha mãe diz que Arturo e Luis mandam milhões de beijos. Que pena que eles não estejam aqui para gritar "Tulipa!". Eu já sabia que eles não viriam por causa do trabalho. Sabia, pois falei com eles por telefone, e fiquei muito triste. Eu teria adorado vê-los, mas, do jeito que está a situação de trabalho na Espanha, é melhor não pedir nada para não ser mandado embora.

Mamãe comenta também que mandou todas as minhas coisas de navio e que escondeu entre meus pertences vários pacotinhos de presunto ibérico, de bolota, e de *fuet*, o salame catalão que eu tanto gosto. Aplaudo, contente!

Meu irmão Argen e Patricia decidem ficar em um hotel próximo. Querem privacidade, e Dylan e eu entendemos. Mas meus pais, meus outros dois irmãos e minhas avós se hospedam em nossa casa.

E Coral, minha louca Coral, decidiu acampar na sala. Não quer dormir com minhas avós. Dylan a olha com estranheza, como sempre, e eu rio. A família dele não é tão barulhenta quanto a minha, mas a casa está transbordando de vida e alegria, e isso me fascina.

Como é lógico, minha Gordarela particular exige minha despedida de solteira. Era só o que me faltava! E Tifany, que conhece Los Angeles melhor que eu, organiza um jantar de garotas. Mas, claro, no lugar mais chique da cidade. A cara de Coral quando conhece Tifany e as amigas é de matar.

Quase faço xixi de tanto rir!

À despedida compareçem Ashley, Cloe e Tifany, junto com minhas avós, minha mãe, Coral e eu. O restaurante onde jantamos é muito mais que lindo, e a comida é demais. O problema é que as quantidades são tão mínimas, tão escassas, tão *light*, que tudo é pouco.

— Diga uma coisa — cochicha Coral, olhando para Tifany e suas amigas: — de onde saíram essas *top ladies*?

Rio sem conseguir me controlar.

— Cale-se e não crie confusão — advirto-a.

— Arranjar confusão? Mas você viu que espécimes? Dignas de estarem estampadas na revista *National Geographic*!

Rio de novo, e, tentando manter um equilíbrio entre as *top ladies* e a Gordarela minha amiga, digo também em voz baixa:

— Coral, elas são como são, e você é como é. Simplesmente temos que aceitar cada pessoa como...

— Mas o tempo todo elas ficam dizendo idiotices como "É lindo!", "Superadoro!" ou "Amooorrrr!". Isso para não falar de quando se despedem de suas amiguinhas: "Tchauzinho. Beijos docinhos".

Torno a rir, e ela continua:

— Como podem cortar um lagostim em pedacinhos e superadorar? Caramba... se me trouxerem uma dúzia, aí sim vou saboreá-los. Mas só um?!

Coral tem razão. Serviram uma salada superchique e *fashion* com um único lagostim em cima. Um! Antes que eu possa dizer qualquer coisa, ela acrescenta:

— Se você ficar como elas, eu juro, Yanira Van Der Vall, que arranco suas orelhas.

Cubro a boca para não rir às gargalhadas. Sem dúvida alguma, nunca serei como Tifany e suas amigas. Primeiro, porque eu mesma não vou permitir isso, e segundo, porque quero conservar minhas orelhas.

Quando saímos do restaurante, Coral propõe irmos a uma casa de *striptease* masculino. Ela quer ver carne fresca; mas as garotas recusam, e no fim vamos tomar um drinque em um lugar chamado Fashion and Look. Quando chegamos, é o que eu imaginava: um lugar glamoroso e cheio de gente bonita, onde olham para minhas avós como bichos estranhos. Ficamos ali uma horinha, até que mamãe e vovó Nira dizem que querem ir embora. Estão cansadas, e tanta música, gente e barulho as deixa atarantadas.

Mas vovó Ankie não quer ir para a cama ainda, e Coral também não. Essas duas! No fim, quando mamãe e vovó Nira vão embora de táxi, minha amiga me olha e pergunta:

— E se formos comer hambúrguer? Estou morrendo de fome, e preciso de um hambúrguer enorme e gorduroso, duplo, com queijo.

Minha gargalhada diz tudo, e a cara de horror de Tifany e suas amigas também. No fim, como com Coral não há quem possa, vamos todas comer hambúrguer!

Quando acabamos nossos hambúrgueres duplos e gordurosos com anéis de cebola e batatas fritas, Coral insiste em ir a um lugar de *boys*, mas, ao ver a pouca aceitação de sua ideia por parte das *top ladies* — como as batizou Gordarela —, minha avó Ankie propõe ir ao Cool and Hot, de seu amigo Ambrosius.

De repente, recordo as muitas vezes que ouvi falar dele. Foi um namoradinho que ela teve antes de se casar com meu avô. Surpresa, eu lhe pergunto:

— Você ainda mantém contato com ele?

Ankie assente com a cabeça e diz:

— E mais ainda desde que existem o Facebook e as redes sociais.

Essa minha avó!

Desde que cheguei a Los Angeles, nunca fui ao Cool and Hot, mas só de ver a cara das três *top ladies* já sei que o lugar é tudo, menos glamoroso. O que se confirma quando Ashley diz:

— Lindinha... este lugar é antiestético e feinho.

Minha avó, que já sacou qual é a delas, responde sorrindo:

— Nem sempre o lugar mais bonito e bem decorado é o melhor, amorzinho. — E sem dar trégua, exclama: — Vamos, Ambrosius está nos esperando!

— Está nos esperando? — pergunto, alucinada.

Minha avó assente, e piscando para mim, cochicha:

— Acabo de falar com ele por telefone, e está querendo me ver.

Coral sorri. Eu não, porque estou dividida.

Vamos todas no carro de Tifany. No caminho, vovó Ankie nos explica que é um lugar de músicos, onde quem quiser pode cantar.

Ambrosius é um velho cantor de *country* nascido em Dallas. Sorrio ao pensar que as raízes musicais de minha avó determinam também suas amizades.

O lugar fica na periferia de Los Angeles. Ao chegar, vemos que a porta está cheia de motos possantes. Tifany se aproxima de mim e murmura:

— Não ouvi falar bem deste lugar.

— Por quê?

Antes que ela possa responder, a porta do bar se abre de repente, e um loiro grande feito um armário, com mais músculos que Schwarzenegger, puxa um bêbado e grita:

— Se entrar de novo, vai se arrepender, imbecil!

Paramos ao ouvi-lo, e, ao nos ver, o loiro pergunta, com cara de poucos amigos:
— Vão entrar, mocinhas?

Tifany e suas amigas tremem como chihuahuas assustados, mas minha avó, parando diante do sujeito, diz:
— Estou procurando Ambrosius Ford.
— Quem quer falar com ele? — pergunta o loiro, com truculência.

Sem se acovardar, minha valorosa avó olha para ele de cima a baixo e responde:
— Diga que é Ankie, a holandesa. Ele sabe quem é.

De súbito, o bicho enorme muda de expressão e, com voz aveludada, murmura:
— Tia Ankie, é você?

Minha avó olha para ele e, surpresa, exclama:
— Dewitt?! Mas, criatura de Deus, como você cresceu!

Fico boba quando vejo minha avó pequenininha e esse gigante se abraçarem e trocarem beijos. Coral comenta, divertida:
— Essa sua avó! Dá de dez a zero em nós.

Ankie apresenta uma a uma ao desconhecido e nos informa que ele é filho de seu amigo Ambrosius. As *top ladies* emudecem e o tal de Dewitt, encantado, faz que entremos, enquanto vai afastando com rudeza os abelhudos que se aproximam.

O Cool and Hot é demais!

Nem luxos nem frescura. O teto é forrado de notas de dinheiro e as paredes, cheias de guitarras e fotos de centenas de cantores. De súbito, do fundo do local aparece um homem maduro, de cabelos grisalhos. Tem pinta de vaqueiro, ainda mais com o chapéu que está usando. Minha avó e ele se olham, sorriem e por fim se fundem em um abraço, depois de trocar um selinho que dura mais do que julgo necessário.

Caraaaaaca!

A alegria de minha avó é evidente. Ela nos apresenta de novo. O homem, ao saber que sou Yanira, neta dela, diz:
— É tão linda quanto você, Ankie.

Ela, com voz aveludada, dá-lhe um tapinha carinhoso no antebraço e replica:
— Ah, seu bobo... São seus olhos.

Durante mais de dez minutos vejo minha avó rir como nunca antes. Vejo-a flertar, pestanejar e olhar com languidez.

Coral cochicha:

— Poderosa, essa Ankie. É uma verdadeira Lobarela!

Assinto e sorrio. Ver minha avó assim, para mim, é muito curioso, e fico fascinada contemplando-a, até que noto Tifany e suas amigas. Parecem estacas de tão tensas que estão, enquanto os homens que pululam por ali lhes dizem uma infinidade de coisas. Em dado momento, Tifany solta para um deles:

— Por que você não se deleta?

Eles morrem de rir, e não é para menos!

Dou um jeito de me meter na conversa de minha avó com Ambrosius e peço a ele que nos leve aonde possamos sentar.

Depois que entramos no que ele considera a zona vip, relaxo. É um pequeno espaço com sofás bem vagabundos, mas pelo menos ali os homens não nos acossam. Nesse exato momento, ouço Ashley sussurrar:

— Estou superassustada.

Não só eu a ouço, mas também minha avó, que, pegando-a pelo braço, diz:

— Deixe o susto para outra hora, menina, e se alguém se aproximar de você com fins não muito bons, arranque-lhe os dentes. Altura e mãos não lhe faltam, mocinha.

Ashley fecha o bico. Acho que agora quem a assusta é minha avó. Rio com vontade. Uma garçonete de peitos grandes e minissaia jeans curtíssima sorri e se aproxima de nós duas. Ambrosius a apresenta como Tessa, esposa de seu filho, e diz:

— Traga seis Chaves de Fenda. — Olha para nós e, piscando, explica: — É nosso carro-chefe!

— Eu... eu prefiro um *Shirley Temple* com duas cerejas — diz Ashley.

É de matar!

A jovem garçonete olha para ela. Sem dúvida alguma deve estar pensando de onde saiu essa, mas com paciência infinita explica:

— Não tenho, querida. Mas garanto que vai gostar da Chave de Fenda. A que eu faço é ótima.

— Chaves de Fenda para todas! — exclama minha avó.

Quando a garçonete sai, Coral, que está ao meu lado, murmura:

— Essas daí vão cagar nas calças aqui hoje.

Olho para elas. Na verdade, tenho dó. Suspiro e digo:

— Aqui não é o ambiente delas, temos que entender.

Mas quatro Chaves de Fenda depois, elas mudaram de atitude e até parecem estar se divertindo.

Como era de esperar, minha avó, acompanhada por Ambrosius, sobe no palco e nos deleita com a canção *Sweet home Alabama*. Nós vamos para a pista de dança, chacoalhando ao som da música.

Quando acabam a canção, pedimos bis, e minha avó me anima a subir ao palco. Canto com ela e com Ambrosius. Ao ver como eles se olham, entendo por que minha avó sempre inclui essa cançãozinha em seus shows.

E ela escondendo o ouro!

Quando a música termina, desço do palco enquanto as pessoas aplaudem, e, quando minha avó vai descer também, Ambrosius pega sua mão, faz que ela se sente em uma banqueta e se senta em outra.

O que vão fazer?

A um sinal dele, as luzes do local baixam e Ambrosius diz:

— Amigos, hoje é um dia muito... muito... muito... especial para mim. A linda mulher que está sentada ao meu lado foi e será, até o dia que eu morrer, meu único e verdadeiro amor. Minha garota!

Adorando, todos aplaudem e dão vivas, enquanto eu, atarantada, bebo um trago de minha Chave de Fenda. Ambrosius continua:

— Eu conheci muitas mulheres, inclusive a mãe de meus dois filhos, que um dia foi embora para nunca mais voltar, graças a Deus. — Todos riem, mas eu não vejo graça. — Porém, minha linda Ankie é a única que roubou meu coração e nunca o devolveu. Há alguns anos nos reencontramos por acaso em um show em Londres. Ela se apresentou com sua banda e eu com a minha, e, amigos, a coisa pegou fogo de novo! — As pessoas assobiam. — Mas naquela época cada um tinha sua vida, e decidimos prosseguir assim. Porém, diante de vocês reconheço, e ela sabe, que, apesar de desde então não termos nos visto mais que dez vezes, eu a adoro com todo meu coração.

— Oh, *porfa plissssss...* Que lindo! — murmura Tifany olhando para mim.

— Linda, que demais! — afirma Ashley com sua Chave de Fenda na mão.

Eu, atordoada, sorrio. Coral, aproximando-se de mim, sussurra:

— Ela disse *porfa plis*?

Assinto com a cabeça, mas não posso prestar atenção nela. Estou atenta a minha avó e Ambrosius, que estão me deixando louca.

O que foi que eu perdi?

Ela sorri, coquete, e Ambrosius afasta o cabelo do rosto dela e diz:

— Há uma canção que, no primeiro dia que a escutei, soube que era para minha garota e eu cantarmos juntos — explica, apontando para Ankie. — Eu a mandei a ela por meio dessas modernidades de hoje em dia, o Facebook, para que a escutasse, e um dia, em uma de nossas conversas pelo Skype, insisti que a cantássemos juntos. — Minha avó sorri, e ele pergunta: — Tem coragem de cantá-la, desta vez olhando em meus olhos, querida?

Minha avó sabe o que é Skype?

Com um sorriso, ela assente de cabeça.

Caraca... caraca... caraca de Lobavovorela!

Acabo de descobrir em quem ela pensava todos esses anos quando fechava os olhos e cantava. Sem sombra de dúvida, agora entendo muitas coisas.

Ambrosius sorri enquanto todos olhamos para eles, e quando um holofote amarelado os ilumina ele diz:

— A canção se chama *If I Didn't Know Better*.

Entra a guitarra, e após os primeiros acordes minha avó começa a cantar em um tom de voz baixo:

If I didn't know better
I'd hang my hat right there.
If I didn't know better
I'd follow you up the stairs.

De boca aberta, eu me sento em uma cadeira para ouvi-los.

Não conhecia essa canção lenta e pausada. Mas ouvi-la é, no mínimo, inebriante.

Tifany, emocionada, olha para mim e sussurra que essa canção é de uma série chamada *Nashville*. Não conheço. Não vi, mas vou procurar e ver.

Quando minha avó se cala, Ambrosius começa a cantar. Suspiro ao entender a letra, que fala de uma paixão oculta por uma amizade, de um amor difícil.

Que coisa... que coisa!

Observo enquanto minha avó e seu amigo cantam, olhando-se nos olhos, uma canção mais que sensual, conversando por meio da música e do olhar.

— Nossa, a coisa está esquentando — cochicha Coral.

Assinto com a cabeça. A coisa está esquentando, e não sou só eu que percebo. No palco, enquanto cantam, Ambrosius e Ankie não escondem o que sentem um pelo outro, e eu não sei se rio, choro ou saio correndo.

Quando a canção acaba, faz-se silêncio no local. As pessoas quase não respiram, até que por fim explodem em aplausos e eu consigo reagir.

— Superadorei! — aplaude Tifany.

— Que lindo! — elogia Ashley.

Coral, com sua habitual expressão de deboche, vai dizer algo quando, olhando para ela, ordeno:

— Feche o bico, Gordarela.

Minutos depois, minha avó por fim desce do palco e se dirige a nós duas. Todos lhe dão os parabéns, e quando chega a mim, olhamo-nos, e sem que eu diga nada ela murmura:

— Sim, minha querida. Ele é o amor da minha vida.

Às quatro da madrugada, depois de uma noite muito divertida, cheia de Chaves de Fenda, danças mil e canções em cima do palco, deixamos Ashley e Cloe em casa com uma bebedeira mais que considerável. Acho que, quando perceberem tudo que dançaram e cantaram, sem pudor, vão me odiar. Mas, tudo bem, já conto com isso.

Acompanhamos Tifany também, que não está em condições de dirigir, e depois Coral, minha avó e eu pegamos um táxi até minha casa.

Uma vez ali, minha avó, ainda em sua nuvem particular, vai dormir, e Coral e eu vamos para a cozinha. Abrimos a geladeira, e ela, ao ver uma garrafa de champanhe com rótulo rosa, pega-a, feliz e diz:

— Este! Ouvi falar muito bem dele.

Não sei do que ela está falando, mas concordo. Para mim, tanto faz a cor da etiqueta.

Sentamo-nos no chão da cozinha e nos apoiamos nos móveis. Coral começa a falar do lugar incrível onde estamos, e eu, cansada e com muitos drinques a mais na cabeça, conto-lhe como odeio essa cozinha e essa casa. Quando lhe confesso o motivo do meu ódio, ela, boquiaberta, passa-me a garrafa e diz:

— Como é que você não vai dar queixa dessa vadia? Ela tentou matá-la!

Bebo um trago no gargalo. Digo:

— Não comece você também com isso.

Durante um tempo escuto ela dizer que estou errada por não a denunciar, mas não me altero. Olho para o balcão vermelho e não posso deixar de imaginar Dylan e Caty em cima dele fazendo amor.

Por quê? Por que faço isso comigo mesma?

Irritantes imagens de meu moreno mordendo o lábio e outras coisas passam por minha mente. Furiosa, levanto-me.

— Não quero falar mais sobre isso.

— Florisbela, relaxe.

— Já me basta ter que viver nesta casa e com esta cozinha. Vejo esse maldito balcão vermelho e me dá... me dá vontade de vomitar...

— Ninguém disse que ia ser fácil ficar com um homem como Dylan. E, ainda por cima, você vai se casar com ele.

Desabo no chão de novo, ao lado dela, e dando outro trago da garrafa de champanhe respondo:

— Sim... depois de amanhã.

Coral murmura, divertida:

— Tenho inveja de você, e embora não tenhamos tido uma despedida de solteira daquelas que eu gosto, com homens sarados, tenho que dizer que Dylan é um homem maravilhoso, e basta olhar para saber que ele está total e completamente apaixonado por você. Quem dera ele houvesse me notado, e não a você. Até para isso você tem sorte, rabuda.

— Eu sei — sorrio, ao pensar em meu moreno. — Dylan é o homem mais maravilhoso, atencioso, romântico, irresistível, apaixonado e ardente que já conheci na vida. E reconheço: eu o quero todo para mim! Absolutamente todo. Estou virando uma possessiva incrível.

— Faz bem. Porque garanto que, se você o soltar, eu o pego.

Ambas rimos, e nesse momento se acende a luz da cozinha.

É minha avó Ankie, que não consegue dormir. Ficamos as três conversando um pouco, e então Coral vai para a sala, joga-se no sofá e cai no sono.

Sozinhas, ela e eu, minha avó olha para mim e diz:

— Eu amei seu avô de todo o coração. Conheci Ambrosius em uma viagem que fiz aos Estados Unidos quando era mocinha. Ah, como ele era lindo e jovem! Era líder de uma banda de *country* e eu de uma de música pop. Tivemos um romance maravilhoso, mas, quando voltei à Holanda, uma gravadora contratou minha banda, e decidi esquecer os sentimentos e seguir minha carreira musical. Nessa época não existia Facebook, nem Skype, nem nada para manter contato, e quando parei de receber suas cartas achei que ele havia me esquecido. Anos depois, conheci seu avô, e com o tempo decidi me casar com ele e continuar na música. O tempo passou, tive seu pai, depois chegou a doença de seu avô, e há dez anos, quando estive em Londres com minha banda, a vida pôs de novo Ambrosius a minha frente. E, ah, Yanira... vê-lo foi brutal. Eletrizante. Incrível. Foi nos olharmos, reconhecermo-nos e sentirmos o mesmo que havíamos sentido quando éramos jovens. E bom... depois de três dias juntos, aconteceu o que tinha que acontecer entre nós. Não tenho orgulho de ter enganado seu avô, mas ele estava doente, e...

— Não precisa se justificar, Ankie.

Ela sorri e, enquanto prendo meu cabelo com uma fivela, diz:

— Eu sei, meu amor. Eu sei. Mas quero e preciso lhe contar. Seu avô estava doente. Nossa vida conjugal sempre foi muito limitada, e, quando reencontrei o amor de minha vida, meu corpo se rebelou e minha mente se ofuscou. Eu juro, Yanira, que não enxerguei mais nada.

Sorrio. Entendo o que ela quer dizer. É o que eu chamo de "paixão".

Ver essa pessoa que adoramos e não poder resistir. É o que eu sentia e sinto por Dylan, e, se não pudesse estar com ele, cada vez que nos reencontrássemos acabaríamos da mesma forma.

— Depois seu avô morreu, e Ambrosius e eu nos vimos sempre que pudemos. Lembra as vezes em que fui para Barcelona, Roma ou Holanda? — Assinto com a cabeça e ela prossegue: — Era para estar com ele. Cada um tem sua vida e suas responsabilidades, mas, sem sombra de dúvida, Ambrosius e eu temos nossa história de amor particular. Por isso, e apesar de saber como você gosta de cantar, se realmente ama Dylan como sei que ama, não desperdice o tempo. Viva, minha querida. Aproveite. Saboreie a vida como se fosse seu último dia. Quanto a cantar, não abandone! Lute por seu sonho, mas nunca deixe de se guiar pelo coração, senão um dia vai se arrepender.

De madrugada, quando subo para o quarto, está escuro, mas sinto a presença de Dylan. Com cuidado, visto uma camisola amarela leve, mas estou tonta. Bebi demais da conta. Meus olhos pouco a pouco se adaptam à escuridão e um sorrisinho aflora em meus lábios ao ouvir que meu amor se mexe. Ele não diz nada, mas sei que está acordado e me observa. Espera por mim.

Olho o relógio digital de números cor de laranja que fica em cima do criado-mudo: 5h18. Vou até a cama. Dylan está de barriga para cima. Olho para ele. Seu torso está descoberto e seus olhos, fechados.

Como ele é *sexy* e tentador!

Subo na cama e, impaciente, monto nele. Sorrio ao ver que ele sorri levemente.

Que safado! Eu sabia que estava acordado.

Eu me aproximo devagar. Adoro seu cheiro varonil. Beijo sua testa, a face esquerda, a direita, a ponta do nariz, o queixo e, por fim, aproximando-me de sua boca, murmuro:

— Você é meu. Só meu.

Ele sorri.

Sei que ele gosta de me ouvir dizer esse tipo de coisa.

Ele abre os olhos, e como sempre seu olhar me faz arder.

— Ficou com muitos homens? — pergunta.

Honestamente, eu teria que dizer que sim. No bar de Ambrosius foi mão para tudo quanto é lado, mas respondo:

— Com ninguém tão maravilhoso quanto você.

Ele dá um tapa na cama e insiste:

— Então, ficou com alguém!

Não querendo que ele se chateie por causa dessa bobagem, respondo:

— Tendo você, não preciso de ninguém mais.

Ele me deixa devorar sua boca, e, quando nos afastamos, cochicho:

— O que acha de nos sentarmos nessa poltrona que nos espera ao lado da banheira e fazermos uma ménage? Você, ela e eu.

Ele não responde. Sei que a proposta o enlouquece. Noto que treme, e, me apertando contra si, murmura:

— Hummm... está com vontade de brincar, é?

Concordo e digo, manhosa:

— Vamos brincar de "Adivinhe quem sou esta noite".

Suas mãos voam por meu corpo e ele sorri. Sem dúvida, cada vez gostamos mais desse jogo excitante, durante o qual deixamos de ser Yanira e Dylan e nos transformamos em outras pessoas. Ele responde:

— Estou com tanto tesão, tão receptivo, tão louco por você, que neste instante seria capaz de abrir suas pernas para que outro a comesse enquanto eu observo, e...

— Faria isso? — interrompo, excitada com o que ouço.

Ambos já experimentamos *ménage à trois* separados, e espero que um dia possamos viver isso juntos. Imaginar o que ele está me propondo agora me deixa a mil. Dylan sabe, intui, sente, e depois de arfar murmura:

— Por você, sou capaz de fazer muitas coisas... coelhinha.

Ele tenta se mexer para me controlar, mas não permito. Cravo os joelhos com força na cama e murmuro, tomando as rédeas:

— Não... não... hoje quem manda sou eu.

Com sensualidade, levanto os braços e tiro a fivela. Meus cabelos loiros de que Dylan tanto gosta caem sobre os ombros, e ele rapidamente os acaricia. Dengosa, busco sua mão com a boca e a beijo com doçura, enquanto sinto meu coração acelerado.

Dylan aviva meu coração. Ninguém faz isso como ele.

Estremeço sob seu olhar e, inclinando-me, incito-o a beijar meus seios. Dylan os beija por cima da camisola. Mordisca-os. Sinto a tensão sexual aumentando em meu moreno e ele afasta o tecido com urgência chega aos meus mamilos e os devora com sua boca quente.

Ah, Deus, que delícia!

Eu me arqueio para ele. Entrego-me. Sua língua brinca com meus mamilos, fazendo-os ficar durinhos, enquanto eu imagino que sua loucura se deve a minha proposta da poltrona. Com fervor, ele me lambe, chupa e morde com desejo. Com malícia, mexo os quadris sobre ele e sinto sua enorme ereção crescer debaixo de mim.

Fico com água na boca! Quanto desejo!

— Isto aqui está me atrapalhando — diz ele.

E com um puxão tira minha camisola, que cai do lado da cama. Sorrio.

Sua loucura é minha loucura, minha paixão é sua paixão... e quando sua boca abandona meus mamilos e se aproxima com urgência da minha, sei que vou perder o combate e que ele vai tomar as rédeas da situação. Sinto um espasmo de prazer ao notar seu domínio.

Ele só me toca... só me beija... Mas é tal sua posse que meu corpo e eu toda já nos rendemos a ele.

Com um rápido movimento, ele me coloca embaixo de seu corpo. Caio sobre o colchão, e enquanto Dylan se põe sobre mim diz:

— Estava com saudades, meu amor.

Ardo...

Queimo...

Pego fogo em seus braços...

Curto suas carícias, e um mundo cheio de doces e atraentes tentações me incendeia, enquanto os gemidos são minha única válvula de escape.

Que prazer!

— Isto está me atrapalhando também — diz de novo.

Então, dá um puxão e arranca minha calcinha.

Adeus, calcinha!

Ainda bem que era das baratas...

Sua boca, exigente, desce por meu ventre, deixando no caminho centenas de beijos doces. O que sinto é insuportável. Ah, sim. Meu amor me incendeia, me faz arder, calcinar, e eu curto enquanto o deixo agir.

— Hoje não vamos brincar de "Adivinhe quem sou esta noite", coelhinha.

— Por quê? — pergunto, disposta a tudo.

Dylan sorri e murmura:

— Porque esta noite eu quero minha mimada.

Com paixão, ele me morde, beija, lambe, e, quando chega entre minhas pernas, exijo, entre tremores de desejo e paixão:

— Quero ser sua!

Dylan levanta a cabeça. Olha para mim, sorri e, subindo por meu corpo ardente e entregue, chega até minha boca e murmura:

— Ainda não.

Como assim, ainda não?!

Mas não posso reclamar. Sua boca se apodera da minha com ferocidade e ele explora cada canto, fazendo-me vibrar.

Ah, sim... adoro quando ele faz isso.

— Um dia vou conseguir realizar essa fantasia de *ménage* com outro homem — murmura ele. — Nesse dia, vou segurar suas mãos para que você não o toque e exigirei que abra as pernas para ele...

— Sim... sim...

Minha voz sussurrante e febril o incita, e, entregue a suas carícias, eu me arqueio para ele. Quando sinto que afasta minhas pernas com os joelhos e toca minha umidade, torno a arfar, impaciente.

— Isso... Assim... Úmida assim, esse homem e eu vamos comer você, e você vai gostar, não é, coelhinha?

— Sim... Ah, sim... — gemo, já à beira do orgasmo.

Durante vários minutos Dylan me sussurra coisas excitantes. Sem dúvida alguma, meu futuro marido e eu vamos nos divertir muito.

— Fico louco só de ouvir seus suspiros — murmura ele.

Eu o beijo, me lanço à sua boca. E agora sou eu que, com afã, curte cada milímetro de sua língua e dele. Eu o adoro. Amo. Necessito.

Nosso instinto animal, que nos enlouquece na intimidade, está à flor da pele enquanto brincamos e nos damos prazer de mil e uma maneiras. Seu membro está duro, pronto, volumoso, e eu estou quente, úmida e aberta para ele.

Ofegante e desejosa de recebê-lo dentro de mim, eu me mexo até sentir a ponta de seu pênis na entrada de minha trêmula vagina.

Sim, meu amor! Ah, sim!

Eu o quero dentro de mim, e já!

Dylan sabe, intui, imagina. Segura seu membro e o introduz em mim, mas só um pouco. Um pouquinho. Minha respiração se acelera à espera de mais, e me agarro a seus ombros enquanto abro as pernas e mexo os quadris para facilitar o acesso, disposta e louca para sentir suas estocadas duras, rápidas e possessivas.

Preciso disso!

Mas Dylan não me dá o que quero. Fica me tentando, me enlouquecendo, me torturando. E quando já não aguento mais, com todas as minhas forças eu o deito na cama até ficar de novo montada nele.

Surpreso com esse ataque selvagem, ele sorri e murmura:

— Menina... você está muito fogosa. O que foi que você bebeu?

Sim, estou fogosa e bêbada, e adorando o momento.

— Um pouco de tudo — respondo.

Disposta a satisfazer meu desejo, pego seu pênis, mas, quando vou me encaixar nele, ele me segura com força pelos quadris para me manter no ar, enquanto murmura:

— Ainda não.

— Dylan, eu preciso — peço, excitada.

Ele sorri e sussurra:

— Hoje quero ampliar as seis fases do orgasmo para sete. Quero que conheça um novo nível, que vou chamar de fase estrelada.

Dylan sorri e, enquanto eu enlouqueço com o que diz, ele exclama com voz rouca e tomada de desejo:

— Quero que depois da fase homicida você veja estrelas.

Suspiro e rio. Meu moreno e seu peculiar senso de humor me fazem feliz.

Meu sangue se acelera. Eu o desejo.

Não posso esperar mais, mas, quando vou protestar, Dylan me deixa cair sobre seu membro, e o prazer que sinto é único, ímpar e inigualável, e vejo estrelas!

Um longo suspiro carregado de desejo sai de mim, e mal consigo me mexer. A excitação é tanta que senti-lo por fim dentro de mim me deixa sem fôlego. Ele, sem soltar meus quadris, entra e se aprofunda, enquanto se deleita olhando para mim e se apertando contra meu corpo.

— Gosta assim? — ele pergunta.

Assinto.

— Viu estrelas?

Solto um gemido de prazer e, com um fio de voz, respondo:

— E todo o firmamento.

Ele sorri, enquanto eu mordo os lábios para não gritar de prazer e acordar toda minha família. Que pena!

Meu corpo é uma bomba nuclear cheia de terminações nervosas que curtem mais a cada segundo. Sem deixar de me olhar nos olhos, suas investidas se aceleram, e eu, sem forças, deixo que ele me mexa. Então, vejo que ele morde o lábio inferior e me pede:

— Diga meu nome, meu amor.

Inspiro e murmuro, dengosa:

— Dylan...

Seu corpo se contrai, e com uma estocada ele se aprofunda mais em mim; torna a insistir, louco de desejo:

— De novo.

— Dylan...

A loucura se apodera dele tanto quanto de mim, e o Dylan possessivo e territorial de que eu gosto surge em nossa intimidade. Enlouquecida, ouço seus suspiros e os meus enquanto ele entra e sai de mim. Perco o controle e cravo as unhas nos ombros dele.

Ao ver que mordo meus lábios para não gritar, ele aproxima sua boca da minha, enquanto seu membro pulsa dentro de mim.

— Assim, meu amor... assim... vamos ver estrelas juntos. Eu vejo. Você vê. Nós vemos.

Sem dúvida vemos, enquanto sua boca me devora, e com uma nova estocada ele penetra mais profundamente e uma nova onda de prazer me toma, e sinto nossos fluidos nos encharcarem.

Meu prazer o enlouquece e o dele me faz perder a razão. Ele segura meu traseiro com as mãos e começa a me mexer de trás para a frente, imprimindo um movimento, aflito, sôfrego, que por fim o leva ao clímax.

Ah, sim! Quero vê-lo chegar ao êxtase.

Minutos depois, quando nós dois recuperamos o fôlego, continuo deitada sobre seu peito. Ele não me solta. Adora me segurar assim, e eu adoro que me segure. Ele é tão carinhoso que eu passaria a vida em cima dele.

Mas temos que nos limpar, ambos estamos encharcados. Estico a mão, pego os lenços de papel em cima do criado-mudo e, tirando dois, beijo-o e murmuro:

— Tome, limpe-se.

A seguir, meu moreno me beija na testa, me ajeita de novo sobre ele e pergunta:

— Você se divertiu em sua despedida de solteira?

Confirmo. Enquanto curto seus mimos, sussurro:

— Não vejo a hora de me casar com você, meu amor.

O corpo de Dylan balança quando ele ri, e, me abraçando para que eu durma, ele diz:

— Descanse, meu amor... Sem dúvida você bebeu de tudo um pouco.

4

Suavemente

Chega o tão esperado dia do casamento. Meu Deus... meu Deus, que nervosismo!

Dylan, empurrado por minha mãe e vovó Nira, vai para a casa de seu irmão Omar para se vestir. Coitado... por sua expressão vi que ele não queria ir, mas obedeceu e não deu um pio. Segundo minha mãe e minha avó, não é bom que nos vejamos antes da cerimônia.

Sei que ele não quer me deixar. Algo me diz que ele não confia totalmente em mim. Será que teme que eu saia correndo?

Sorrio e, para que ele vá mais tranquilo, digo:

— Eu não perderia nosso casamento por nada neste mundo.

Quando ele vai, sinto um grande vazio. Por que minha mãe e minha avó são tão chatas com as tradições?

Permito que só minha mãe e Coral ajudem a me vestir. Quero que as duas curtam esse momento. E curtem. Vejo isso no rosto delas, em seus sorrisos. Elas se emocionam mil vezes, e, quando a cabeleireira coloca meu véu, minha mãe chora.

— Ah, minha menininha! Ah, minha Yanira!

— Mamãe, por favor — rio —, vou borrar o rímel se chorar.

— Ah, minha menina, como está bonita! Você tem uma coisa azul, uma nova, uma velha e algo emprestado?

Sorrio. O novo é o vestido. O velho é a chave que a mãe de Dylan lhe deu e que ele me deu; eu a costurei na liga azul. E o emprestado é o conjunto de brincos e colar que minha mãe usou em seu casamento.

— Sim, mamãe, fique tranquila. Você já me perguntou sete vezes.

— Incrível, Yanira. Parece até imaculada — solta Coral.

Isso me faz rir. É a mesma coisa que pensei quando me vi vestida de noiva a primeira vez. Não sei se é por causa do cabelo loiro ou dos olhos azuis, mas vestida assim sou a virgindade personificada.

— Você está linda, minha querida!

— Superdivina! — debocha Coral.

Com os olhos cheios de lágrimas, minha mãe entra no banheiro para secá-las e não estragar a maquiagem, e Coral, olhando para mim, cochicha enquanto pega minhas mãos:

— Sempre pensei que esse dia seria ao contrário. Eu vestida de noiva e você me ajudando a me vestir, mas...

— Vai chegar sua hora — interrompo. — Não seja boba.

Ela sorri e, suspirando, murmura:

— Eu fiquei muito seletiva. Agora, ou me fazem chegar às seis fases do orgasmo ou os descarto.

— E se eu disser que existem sete fases?

Coral olha para mim e, se aproximando, sussurra:

— Diga agora mesmo qual é essa fase, Florisbela, ou não sai daqui viva.

Olhamo-nos e, rindo, murmuro:

— A sétima é a fase estrelada. — E ao ver como ela me olha, esclareço: — Depois da homicida, que é a sexta. Dylan me ensinou a ver estrelas.

— Caramba, esse Dylan... — debocha minha amiga e, sem perder o humor, acrescenta: — No fim, é verdade que os madurinhos têm lá suas vantagens.

— Eu garanto.

— Tudo bem... se você viu essa fase, eu também quero ver. Portanto, informarei de meus progressos orgásticos.

Estamos rindo quando minha mãe volta.

— Você vai ver quando seu pai, suas avós e seus irmãos a virem — diz. — Ah, como você está bonita, querida!

Contente, eu me olho no espelho. Essa que está aí refletida sou eu, e ainda não acredito. Pareço uma estrela de Hollywood com esse penteado e esse vestido, e espero que Dylan fique tão impressionado quanto minha mãe.

Quando saio do quarto, a primeira coisa que vejo é meu irmão Garret esperando embaixo, no vestíbulo. Olhamo-nos, e sorrio ao ver que ele está de cavalheiro Jedi. Está muito bonito. Eu não esperava menos dele, apesar de que nem quero imaginar o desgosto de minha avó Nira.

Com parcimônia, desço a escada, e Garret vem a meu encontro.

Pega minha mão e, depois de beijá-la, diz:

— Hoje será um dia longamente recordado por mim. Você sempre foi linda, minha princesa, mas hoje sua perfeição supera a si mesma.

— Minha querida... superadorei! — exclama Coral.

Eu rio. Meu irmão é demais, e minha amiga, uma figura. E como se ele fosse da realeza, faço um assentimento de cabeça e respondo:

— Cavalheiro Jedi Garret Skywalker, seus elogios me lisonjeiam, mas devo dizer que você é que está incrivelmente bonito.

— Superadorei também! — debocha Coral.

Minha mãe revira os olhos e nos apressa:

— Vamos, deixem de bobagens e vamos descer para tirar as fotos.

Rindo, pego a mão de Garret e entramos juntos na sala, onde está o resto de minha família, que ao me ver fica sem fala.

— Nossa, estou tão feia assim? — brinco.

Minha avó Nira começa a chorar, enquanto Ankie corre para me beijar. Meu pai fica paralisado olhando para mim, enquanto Argen sorri e Rayco diz:

— Você está um arraso, irmãzinha. Espero que na festa haja beldades como você.

Pouco depois, todos felizes, tiramos as fotos, e quando um Hummer branco impressionante vem nos buscar, minha avó Ankie, beijando-me, sentencia:

— Você é a noiva mais bonita do mundo, meu amor.

Sorrio e a beijo também.

Entramos todos no carro. Meus irmãos e Coral estão malucos. Não quero nem imaginar quando virem alguns dos convidados.

Quando chegamos ao 540 da South Commonwealth Avenue, eu me surpreendo ao ver a igreja tão bonita. Só estive ali uma vez, e durante a noite. Nunca a havia visto à luz do dia.

Minha família desce do carro e começa a subir a escada. Eu espero junto a meu pai, Tata e a pequena Preciosa.

A menina corre para me abraçar. Esta lindíssima com seu vestido de tule, escolhido por Tiffany, e eu, encantada, devoro-a de beijos. Quando a solto, Tata me abraça. Murmura em meu ouvido que espera que sejamos muito felizes, e quando se afasta diz à menina:

— Comporte-se, Preciosa. E lembre-se: você tem que ir na frente de Yanira jogando pétalas no chão, está bem?

A criança assente e faz tchau com a mão quando Tata entra na igreja.

— Hoje é um dos dias mais felizes de minha vida, Suspiros — diz meu pai, olhando para mim sorridente. — Hoje vou entregá-la em matrimônio e espero que você seja tão feliz quanto eu sou com sua mãe.

Eu me emociono e suspiro.

Meu pai é de poucas palavras, mas o que ele diz sempre me toca o coração. Dou-lhe um beijo no rosto e noto em seu abraço como está emocionado. De súbito, Ankie e Coral descem a escada e minha avó diz:

— Se antes eu disse que você é a noiva mais bonita do mundo, espere até ver o noivo. Impressionante, minha menina! Esse rapaz está impressionante!

— Mamãe! — censura meu pai com carinho.

De mãos-dadas com minha avó, Coral intervém, divertida:

— Sério, Yanira... que lindo, que lindo! Estou quase furando seus olhos, arrancando seu vestido e entrando em seu lugar de braços dados com seu pai. Se você ousar dizer não quando o padre perguntar, juro que eu me caso com ele e vou ver estrelas. Que sujeito mais gato!

Minha avó solta uma gargalhada. No fim, as duas piscam para mim e voltam para a igreja.

Quando desaparecem de nossa vista, meu pai olha para mim e pergunta:

— Está pronta, meu amor?

Confirmo, e, depois de dizer a Preciosa que caminhe à nossa frente, nós três começamos a subir a escada. Quando chegamos à porta, eu me sinto coibida. A igreja está transbordando de gente e o órgão começa a tocar. Preciosa olha para mim e eu murmuro:

— Agora vá até Tata devagarzinho e jogando pétalas da cesta, ok?

A criança obedece, e eu percorro o corredor de braços dados com meu pai, enquanto os convidados, atores, músicos e cantores sorriem para mim e eu, para eles. Isso não tem nada a ver com o que propus de Las Vegas, mas gostei. Reconheço que gosto. Contudo, quando vejo Dylan, ah, Deus, ah, Deus... não consigo olhar para mais ninguém além dele.

Mãe do céu, que pedaço de homem, de macho, de tudo! E é meu, só meu!

Ele está lindíssimo em seu fraque preto.

Caramba... como eu gosto dele!

Adoro! Amo! Preciso dele!

Seu sorriso, e o jeito como olha para mim me enchem de felicidade. Pelo amor de Deus, acho até que vou ter um infarto de prazer. Vamos nos casar. Estou totalmente apaixonada por Dylan e ele por mim. Que mais posso pedir?

Quando chegamos diante do altar, Tata pega Preciosa pela mão e a leva para junto dos Ferrasa. Eu olho para eles sorridente e eles sorriem também e piscam para mim. Tifany assente com a cabeça, contente, e leio em seus lábios:

— Superadorei!

Meu pai me dá um beijo no rosto, e nesse momento sinto a mão de Dylan sobre a minha. Ele me segura com força, com segurança, e aproximando-me de si sussurra em meu ouvido:

— Se não estivéssemos onde estamos, eu arrancaria seu vestido. Hoje à noite vou possuir com deleite cada milímetro de seu corpo, mimada.

Uau, que calor!

Como ele pode me dizer isso em uma hora dessas? Caramba, estamos em uma igreja!

Fico molhadinha só de ouvir suas palavras, e o safado sorri com cara de vaso.

É de morrer!

Mas, feliz e contente, pisco para ele e ele para mim. Depois, olho para a frente, e a cerimônia começa.

Lá vamos nós!

5

Borbulhas de amor

— Vivam os noivos! — grita a escandalosa Coral quando Dylan e eu saímos de braços dados pela porta da igreja, e centenas de pétalas de rosas caem sobre nós, acompanhadas da típica "chuva" de arroz.

As pessoas nos separam. Elas nos beijam e abraçam, nos dão os parabéns, e eu só posso sorrir... sorrir e sorrir.

Acabo de me casar com Dylan!

A imprensa tira fotos. O filho da famosa Luisa Fernández, Leona, casou! Olho para ele, alucinada. Eles se matam para tirar fotografias nossas e dos convidados.

Por fim, meu marido novinho em folha chega como pode até mim, segura minha mão com força e eu me sinto mais segura. Mal conheço as pessoas que nos cercam, mas estou impressionada com a grande quantidade de famosos, que, encantados, beijam-nos e nos desejam a maior felicidade do mundo.

Nossa, até Dwayne Johnson, o Escorpião Rei, está presente!

Quando Coral o vir, vai ter um troço.

Atônita, vejo que Michael Bublé se aproxima e nos parabeniza também. Ele nos deseja toda a felicidade do mundo, e eu sorrio como uma boba. Não sei se por ver Bublé ou porque estou tão feliz.

Mas que amigos Dylan tem!

Depois, todos nos dirigimos ao Regent Beverly Wilshire Hotel, onde vai ser a festa. Quando chegamos, fico sem fala ao ver que é o hotel do filme *Uma Linda Mulher*.

Uau!

De novo a imprensa nos espera. Fotos, fotos e mais fotos. Ao entrar no hotel, encontro meus irmãos, que estão alucinados. Não acreditam na expectativa criada pelo casamento, e menos ao se verem cercados de tantos famosos. Divertida, vejo-os tirarem fotos com eles. São piores que a imprensa.

— Yanira! Eu vi aquele gato do filme *O Escorpião Rei*! — grita Coral, estupefata. — Que demais, que demais! Você viu que gostosão? — Ela não me deixa responder e diz, afastando-se: — Vou tirar uma foto com ele, já volto!

Eu rio. Sabia que ela ficaria assim quando visse Dwayne Johnson.

Entramos em um salão, onde nos servem um aperitivo. Estou com uma fome atroz e dou conta da comida, que está fenomenal. Entre um canapé e outro, cumprimento Marc Anthony, Luis Fonsi, Ricky Martin, e fico maluca quando meu maridinho novinho em folha me apresenta o cantor que escutamos quase sempre que fazemos amor, Maxwell. É um sujeito encantador, muito simpático, e rapidamente vejo a boa sintonia que ele tem com Dylan.

Uns 45 minutos depois, abrem-se as portas de outro salão e os convidados começam a entrar. Nesse instante, Anselmo, meu sogro, junto com Omar, a pequena Preciosa, Tifany e Tony, o outro irmão de Dylan, levam-nos para a lateral. Dylan sorri, e entregando-me um envelope, Anselmo diz:

— Isto é de minha Luisa. Há alguns anos, por causa de suas viagens, ela guardou três envelopes no cofre de casa, para o caso de que lhe acontecesse alguma coisa. Um envelope para cada filho. Ela me disse que, se não estivesse mais aqui, no dia do casamento de cada um deles, eu o entregasse à noiva. De modo que aqui está.

Olho para Anselmo surpresa, e nesse momento Preciosa se aproxima de Tifany, que faz cara de paisagem. Mas a menina pega a mão dela, e as duas saem juntas. Bem, no fim até que vão se dar bem. Fico sozinha com os quatro homens Ferrasa, que me olham emocionados. Eu abraço um a um. Sei que precisam desse abraço.

Sem dúvida alguma, Luisa era uma mulher que pensava em tudo e queria estar presente em cada momento especial da vida de seus filhos. Parabéns para ela!

Dylan, que está ao meu lado, murmura:

— Faz anos que quero saber o que há nesse envelope, mas papai nunca me deixou abri-lo.

Anselmo, mais tranquilo, sorri e diz:

— A ordem era entregá-lo à sua mulher no dia em que você se casasse.

— O meu você já leu — intervém Omar.

— Duas vezes — aponta Tony, divertido.

Após uma gargalhada geral que relaxa a tensão, faço o que os quatro estão me pedindo com o olhar. Abro o envelope e leio em voz alta.

Minha querida filha:
Tenho certeza de que hoje é um dos dias mais felizes de meu maravilhoso filho Dylan, e quero lhe agradecer, pois, sem dúvida, isso é porque ele encontrou a mulher de sua vida, você, e lhe entregou a chave de seu coração.
Eu lhes desejo uma vida longa e centrada e espero que você recorde estes conselhos.
O primeiro a pedir perdão é o mais corajoso.
O primeiro a perdoar é o mais forte.
O primeiro a esquecer é o mais feliz.
Cuide de meu filho como o pai, os irmãos e eu cuidamos dele. Dylan é um ser cheio de luz, amor e sentimentos.
Com amor,
  Mamãe Luisa

P. S.: Diga a Anselmo que sorria mais. Quando sorri ele fica muito bonito.

Minha voz treme ao terminar, e, emocionada, levo a mão à boca. Olho para os quatro homenzarrões, que nesse momento parecem ser de gelatina.

Dylan está com os olhos úmidos, como eu, e o abraço. Escutar as palavras de sua mãe sem dúvida o comoveu, assim como a Anselmo, Omar e Tony.

Quando me afasto dele, limpo uma lágrima que corre por meu rosto, e sorrindo toco o queixo de Anselmo, que enxuga os olhos com um lenço.

— Plano A — digo. — Vamos esperar dois minutos para passar a choradeira. Plano B: vamos entrar do jeito que estamos e...

— Sra. Ferrasa, eu apoio o plano A — interrompe Dylan, sorrindo, enquanto aperta o ombro de Omar, emocionado.

Em silêncio, olho para os Ferrasa. Tão grandes e tão doces. É incrível como esses quatro homenzarrões, cada um a sua maneira, ainda sentem falta de Luisa. Cada dia fica mais evidente que ela deve ter sido uma grande mulher.

Recuperada de minha fraqueza, entrego a carta a Dylan, e ele a guarda no bolso interno do fraque. Digo:

— Dentes... dentes...

Os quatro me olham sem entender o que quero dizer, e, divertida, explico:

— É o que dizia uma celebridade de meu país quando aparecia diante das câmeras para não manifestar seus sentimentos.

Eles sorriem e eu aponto:

— Viram? Dentes!

Por fim, entramos no impressionante salão, e os convidados irrompem em aplausos. Nós cinco sorrimos, e quando nos dirigimos a nossa mesa o jantar começa.

Nem preciso dizer que servem o melhor do melhor, e em quantidade! Não queremos que ninguém fique com fome e precise ir comer um hambúrguer depois.

Acabado o jantar, Anselmo e meus pais sobem no palquinho e brindam à nossa felicidade. É o momento mais emotivo do jantar, e os convidados riem diante das gracinhas dos três. Quando terminam seus discursos, começa a festa. Uma orquestra muito glamorosa, cujos membros usam paletó branco e gravata-borboleta preta, começa a tocar. Aplaudo ao ver que Michael Bublé sobe ao palco.

Não posso acreditar! Ele vai cantar para nós!

Ele cumprimenta todos os convidados. O sujeito é um *gentleman* maravilhoso e nos conquista a todos em décimos de segundo com sua enorme simpatia. Faz até um esforço para falar espanhol para que minha família o entenda. Que coisa fofa!

A seguir, dirige-se a mim e me pergunta:

— Yanira, que canção você quer dançar com seu marido?

Todos me olham, e sinto minhas faces arderem. Meu olhar e o de meu irmão Argen se encontram, e ambos sorrimos. Sem dúvida, ele sabe que canção eu quero que cante. Após assentir em direção a meu irmão, olho para o amor da minha vida, e sua expressão diz tudo. Ele não gosta de ser o centro das atenções, mas, disposta a aproveitar esse mágico, único e exclusivo momento, olho para Michael e peço:

— Por favor, cante *You Will Never Find*.

A seguir, divertida, olho de novo para Dylan e imagino que ele fará o possível para não dançar. Coitadinho! Mas ele me surpreende pegando minha mão e me levando para o meio da pista, onde, puxando-me com um gesto possessivo, sussurra:

— Por nada neste mundo eu perderia nossa primeira dança.

Tão romântico, como sempre. Eu o adoro.

Abraçada a ele, eu me deixo levar pela música. Adoro essa canção, e juntos dançamos enquanto Michael, entregue, canta sob o atento olhar de centenas de pessoas. Quando termina, Dylan me beija e todos aplaudem.

Meu Deus do céu, isso é coisa de filme!

Instantes depois, Michael desce do palco e a orquestra toca outra canção. A pista se enche de gente. Durante três horas todo o mundo dança e curte a música. Eu, encantada, vejo que se divertem, e quando Coral olha para mim enquanto dança com seu Escorpião Rei, não posso deixar de soltar uma gargalhada. Não é a festa louca e de arromba que eu esperava, mas todos nos divertimos, e isso me basta.

À meia-noite acaba.

Ah... que pena! Tenho tanta vontade de farra!

Os convidados se despedem, e eu, feliz e apaixonada, digo adeus de mãos-dadas com meu marido.

Preciosa está esgotada, e Tata, Omar e Tifany a levam para casa. Anselmo e Tony também vão com eles. Coral, meus pais e meus irmãos pegam um táxi. Dylan lhes dá as chaves de nossa casa, e depois de trocarmos beijinhos e nos desejarmos boa noite, eles vão embora. Argen e Patricia também vão.

Quando ficamos sozinhos, olho para Dylan e vejo que há um cílio em seu rosto. Pego-o com cuidado com dois dedos, e aproximando-o dele, digo:

— Quando cai um cílio, tem que soprar e fazer um pedido.

Com estranheza, ele sorri e não faz nada. Eu insisto:

— Vamos, sopre para que o cílio desapareça e seu desejo se realize.

Assim faz ele, e quando o cílio voa de meu dedo, beijo-o com ardor. Sou tão feliz! Quando me afasto, ele me diz com uma expressão divertida:

— Arranque outro cílio meu, quero fazer outro pedido.

Solto uma gargalhada. Mas é um bobo mesmo!

Vamos até a recepção de mãos-dadas e Dylan, olhando para mim, sussurra:

— Já disse que você está linda hoje?

— Um milhão de vezes, meu amor — debocho.

Dylan me atrai para si, passa o nariz por meu cabelo e murmura:

— Adoro que você seja a senhora Ferrasa.

Excitada por suas palavras, imagino me despindo e lhe dando tudo.

Ah, sim, meu menino... hoje você vai ver! Quero ter uma noite de sexo maravilhosa em nossa fantástica suíte com meu maridinho novinho em folha.

— Você se divertiu na festa? — pergunta ele.

Assinto com a cabeça, feliz da vida. De repente ele diz:

— Tenho uma última surpresa para você. — E tirando um lenço preto do bolso, explica, mostrando-o a mim: — Mas, para isso, tenho que vendar seus olhos.

Começo a rir. Ele vai vendar meus olhos no meio do vestíbulo do hotel? Que atrevido!

Sem dúvida, a noite de sexo vai ser colossal. Incito-o:

— Ande logo! Quero essa surpresa.

Ele me venda depois de me dar um beijinho nos lábios. A seguir, ele me pega no colo, dizendo:

— Muito bem. Vamos a essa surpresa.

Sinto o ar no rosto. Saímos do hotel?

Instantes depois, ele me senta em um carro e murmura em meu ouvido:

— Agora descanse, mimada, porque daqui a pouco eu garanto que não vai poder descansar mais.

Sorrio, excitada, e o veículo parte.

Aonde ele vai me levar?

Sinto a boca de meu amor sobre a minha. Ele me beija, devora, morde meus lábios. Devora-me inteira e eu curto e me entrego ao que ele quiser, sem saber aonde vamos, nem quem está dirigindo, nem nada.

Não sei quanto tempo ficamos no carro, só sei que suas mãos correm por meu corpo, enquanto ele sussurra palavras carinhosas de amor e eu curto, saboreio! Que prazer!

Mas quero mais. O problema é o vestido; tanto tule não deixa que suas mãos cheguem com facilidade até onde eu quero, e isso me frustra.

Quero que ele arranque o vestido e me possua. Preciso disso! De súbito, o carro para. Dylan abre a porta, sai do carro e me pega no colo de novo.

O lugar está silencioso; não ouço nada. Então, ele me deixa no chão.

— Preparada para sua surpresa? — pergunta ele em meu ouvido.

Assinto como uma menina. Sim, quero sexo!

Mas, de repente, ouço o dedilhado de uma guitarra. Não pode ser!

Quando Dylan retira o lenço dos meus olhos e vejo minha avó Ankie com sua banda no palco e outras pessoas da festa de antes, grito e começo a pular de felicidade, enquanto todos aplaudem.

— As amigas de sua avó não quiseram ir ao casamento para lhe fazer esta surpresa — diz Dylan em meu ouvido. — Elas chegaram hoje de manhã.

Olho para Pepi, Cintia e Manuela e jogo um beijo com a mão para elas.

Elas sorriem e jogam um para mim também.

— Adivinhe quem me trouxe de moto?! — grita Coral, plantando-se diante de mim.

Sem dúvida alguma, do jeito que está excitada, deve ter sido o Escorpião Rei; mas ela diz:

— Ambrosius, o namoradinho da sua avó! Dylan o convidou!

Olho para meu moreno, que sorri e murmura:

— Ankie me pediu, e não pude lhe dizer não.

Minha avó sorri, e aproximando-se do microfone, diz:

— Esta canção é para os recém-casados. Vamos, pessoal, para a pista, agarrem-se com força, beijem-se com amor e aproveitem. — Todos aplaudem, e minha avó acrescenta: — Quero todo o mundo na pista balançando o traseiro. Agora!

E, sem mais, começa a tocar na guitarra a canção do Santana *Flor de luna*. Olho para minha avó e pisco para ela. Ela sabe que eu adoro essa canção. A caminho da pista, cruzo com minha família e a de Dylan, que sorriem, encantados. Tifany se aproxima e cochicha:

— Linda, eu não podia lhe dizer. Era uma *surprise*.

Rio; reconheço a casa de Omar. Estamos no enorme salão de festas. E olhando para a maluca da minha cunhada, respondo, entrando em seu jogo:

— Superadorei!

De mãos-dadas com Dylan, chego à pista e começo a dançar. O lugar se enche e observo as expressões de admiração para minha avó.

Olé, minha Ankie!

— Gostou da surpresa? — pergunta Dylan.

— Sim, muito.

— Sua única condição para o casamento foi uma superfesta, e aqui está! Agora, minha única condição é que você não se esqueça de mim. Não vejo a hora de ficar sozinho com você no hotel.

Olho para meu morenaço com todo o amor do mundo, e sorrindo, digo:

— Você é o melhor, meu amor. O melhor.

Dylan sorri e responde:

— Por acaso você achou que a festa de arromba era a do hotel? Eu não ia querer carregar essa sua censura pelo resto da vida.

Eu rio. Como ele me conhece!

— Se fosse por mim — acrescenta — eu já estaria com minha coelhinha na suíte, fazendo o que mais gosto de fazer; mas sei quanto você deseja isto, de modo que dance, cante e relaxe. Mas nada de *chichaítos*! Quero você lúcida e só para mim quando chegarmos à suíte.

Beijo-o, apaixonada, e quando me afasto, digo em voz baixa:

— Prometo ser a coelhinha mais sexy e excitante do mundo. Garanto que você não vai esquecer esta noite.

Dylan sorri, e depois de me beijar de novo, responde:

— Aproveite a festa, e depois me deixe aproveitar você.

Dançamos abraçados ao som dessa bela canção, e depois dessa primeira, minha avó e suas amigas loucas tocam mais quatro de seu repertório. Os músicos, atores, produtores e cantores presentes olham para elas admirados. Eu estou adorando.

Quando Ambrosius aparece, me dá um beijo no rosto, cumprimenta Dylan e nos dá os parabéns pelo casamento. Depois, diz que tenho que subir ao palco, pois minha avó quer que eu cante com ela. Subo sem hesitar.

Três horas depois, todos já passaram pelo palco, inclusive Coral, que cantou *Macarena*, e Dylan, que com Tony e Omar cantaram uma salsa da mãe deles que me deixou louca.

Nossa, como meu marido canta bem! E que ritmo! Sem dúvida alguma, é verdade o que se diz: "Quem dança bem, na cama e no sexo é um rei". Viva meu rei!

Quando ele desce do palco, eu o aplaudo. Desde já sou sua fã *number one*!

Ele sorri; saber que ele está contente, com sua família e amigos, me faz feliz. Gosto de vê-lo em seu ambiente, e decido observá-lo e curtir. Poucas vezes ele esteve tão desinibido. Também reparo em Omar. Seu descaro ao se aproximar de uma ruiva me deixa sem palavras. Não há dúvidas de que a relação de meu cunhado com Tifany é, no mínimo, peculiar.

De súbito, vejo meus pais prestes a brindar, e corro para eles.

— O que estão bebendo?

Minha mãe olha para mim divertida e responde:

— Acho que se chama *chichaíto*. Algo típico de Porto Rico, disse a garçonete.

Ah, não... eles não podem passar pelo que eu passei! Tirando os copos das mãos deles, digo:

— Acreditem, não tomem mais de duas doses, ou amanhã não vão conseguir se levantar da cama o dia todo.

— Que exagerada, Suspiros! — ri meu pai.

Pega o copo e bebe, feliz.

Nesse instante, meu irmão Rayco pega minha mão e grita:

— Vamos dançar, princesa.

Vamos para a pista, mas, antes, grito a meus pais:

— Eu avisei!

Começo a dançar com Rayco, todo metido, e rio ao ver que meus pais brindam e bebem o *chichaíto* de uma vez.

Mãe do céu, estão ferrados!

Quando a canção acaba e consigo ficar dois segundos sozinha, vejo que Argen e Patricia se beijam. Como gosto de ver meu irmão tão feliz! Sem dúvida alguma, Patricia preenche esse vazio que eu sempre vi nele.

Coral dança com um moreno. Não sei quem é, mas vejo que minha amiga está se divertindo demais. Sorrio. Quero vê-la tão feliz como ela merece.

Minha avó Nira conversa com Anselmo, meu sogro. Parecem à vontade. Luisa tem toda a razão, ele fica muito mais bonito quando sorri.

Garret, o Jedi da família, está observando, como sempre, mas me surpreendo ao ver que ele olha para uma garota que está no fundo do salão. E ela olha para ele.

Estão flertando?

Dois minutos depois, meu irmão se aproxima dela, senta-se a seu lado e começa a falar. Incrível! É a primeira vez que vejo ele se aproximar de uma mulher, com exceção de suas amigas *freaks*.

De súbito, boquiaberta, percebo de que minha avó Ankie desaparece atrás de uma porta com Ambrosius; estão se beijando.

Ela ficou maluca?

Se meu pai a vir, vai ficar puto, e com razão.

Caramba, é a mãe dele!

Nesse instante, Tony me pega pela mão e me leva de novo para a pista. Tocam uma salsa, e sem hesitar dançamos, enquanto observo Dylan conversar com seu amigo Maxwell; os dois riem.

Quando a canção acaba, começa outra, e dessa vez danço com Omar. É evidente que Luisa, a mãe deles, ensinou muito bem seus filhos a dançar. Quando acabamos, danço várias outras músicas com todo o mundo que me convida, até que meus olhos encontram os de Dylan, que faz um movimento com a cabeça para irmos embora. Eu nego.

Não quero que a festa acabe!

Faço biquinho e ele sorri, desistindo. Vamos nos divertir!

Quando acabo de dançar com um amigo de Tony, muito simpático, vou até o balcão das bebidas; de repente, Tifany me aborda.

— Lindinha, estou superchateada com o velho rabugento.

Eu sei quem é o "velho rabugento" sem precisar perguntar. De fato, quando quer, Anselmo é um verdadeiro tirano, e com Tifany me consta que sempre é. Olho para a pista e vejo Dylan falando com uns homens, enquanto Omar dá um beijo no pescoço da ruiva. Caraca!

Rapidamente, pego uma garrafa de champanhe com uma mão e com a outra duas taças, e olhando para a mulher que é sempre tão carinhosa comigo digo:

— Venha comigo, Tifany.

Sentamo-nos a uma mesa longe da agitação, onde ninguém vai nos encontrar. Abro a garrafa, encho as taças e, entregando uma à loira que me acompanha, proponho:

— Um brinde ao amor.

— Amor? O que é isso? — debocha a coitadinha.

Sem responder, faço tim-tim na taça dela e bebemos.

— Já lhe entregaram a carta de Luisa?

Confirmo, e ela acrescenta:

— A minha já havia sido lida. Como sou a segunda mulher de Omar, nem me deram bola.

— E o que dizia?

Tifany coça o pescoço e murmura:

— Basicamente, que eu amasse muito meu *bichito*, que tivesse força, e que surpreendendo-o eu o faria feliz. Mas com que vou surpreender um homem que tem tudo?

— Com algo que ele não tenha e que não se possa comprar com dinheiro.

Minha cunhada bebe um gole de sua taça e solta:

— Sem dúvida alguma, a ruiva que ele trouxe ao casamento deve surpreendê-lo quando vão para a cama. Maldita vadia, e maldito comedor.

Mãe do céu! Minha cunhada disse "vadia" e chamou seu *bichito* de "comedor"? Uau!

Ouvi-la falar assim me deixa sem palavras, mas ela, me olhando, insiste:

— Meu casamento é um cocô.

— E por que você aguenta?

— Porque o amo.

Sinto pena dela. Parece sincera. Tifany é uma diva extremamente divina, mas a cada dia que passa demonstra que tem um coração enorme e que é uma boa garota.

— Eu garanto que se Dylan fizer algo assim, como aparecer com outra em um evento, eu o mato — digo.

— Ui, linda, não seja brusca!

— Brusca?! — sibilo, alucinada, enquanto a música do Bob Esponja ecoa em minha mente. — Mas se ele traz essa... essa... Poxa, Tifany, esta é sua casa, e ele a trouxe aqui! Como você pode permitir uma coisa dessas?

— Já disse, porque o amo. Eu adoro meu *bichito*, apesar de saber que ele não é totalmente meu.

Após um silêncio significativo, no qual vejo a dor que ela sente, acrescenta:

— A única coisa que me reconforta é que o ogro sabe que não estou com ele por dinheiro. Minha família está bem, e...

— Você devia esclarecer as coisas com Omar — interrompo. — Como diria minha avó, antes só do que mal acompanhada.

— Sou covarde, essa é a realidade. O que posso fazer sem ele?

Isso me irrita. Não suporto que uma mulher pense assim; respondo:

— Para começar, muito mais do que você imagina. E sob meu ponto de vista, a única coisa que você deveria valorizar é ser feliz com alguém que a ame como você o ama. Você devia começar a se valorizar mais e a se fazer valer. Você disse que era designer. Por que não retoma sua profissão e deixa de depender de Omar?

Tifany me olha. Toca um cacho loiro e, com um careta, responde:

— Eu não sou como você. Papai e mamãe me ensinaram que tenho que ser uma boa esposa, e...

— E por isso tem que deixar que a humilhem em público? Seus pais acham certo o que está acontecendo?

Por sua expressão, vejo que sim. Incrível! Por fim, encho de novo minha taça e lhe peço perdão:

— Desculpe, acho que estou me metendo onde não fui chamada.

Tifany bebe seu champanhe de um gole só e diz:

— Obrigada por sua sinceridade, mas, por ora, as coisas são assim. E quanto a meus pais, melhor nem falar. A vida deles não foi da mais exemplar.

Coitada. Intuo que a família dela não é como a minha. E sua educação implica aguentar e aparentar. Bebo de novo. Não há dúvida de que a vida é dela, e, se ela permite, quem sou eu para censurá-la? Após um silêncio, minha cunhada loira pergunta:

— Por que o ogro respeita você e a mim não? O que você fez?

Eu sei muito bem o que fiz, e respondo:

— Eu o encarei e fui tão desagradável com ele como ela era comigo.

— Eu não sei fazer isso! E me incomoda o fato de ele pensar que sou simplesmente uma loira boba. Você também acha isso?

Engasgo.

Poxa, como sou má! Tifany é tão boa, como posso pensar isso? Tentando ser de novo sincera com ela, digo:

— Eu acho que você devia mudar sua atitude perante todos os Ferrasa e se fazer valer.

Ela olha para mim, assente e responde:

— Como diz Rebeca, eu nasci princesa porque vadias já havia bastante.

Solto uma gargalhada e replico:

— Você não precisa ser uma vadia para conquistar o ogro nem Omar, e sim um pouco mais astuta e fazê-los ver que você tem caráter e que luta pelas coisas que quer. Quem sabe uma resposta quando eles menos esperem, ou enfrentá-los, faça que a vejam de outra maneira.

— Que angústia me dá só de pensar! — choraminga. — Sou incapaz de dizer a qualquer um dos dois "Delete-se!".

Sorrio. Sem sombra de dúvidas, Tifany é Tifany!

— Quando o ogro olha para mim com esses olhos de vilão, fico aterrorizada! Não tem jeito. Para ele, sempre serei a loura boba que se casou com seu filho mais velho.

Coitadinha. Tenho dó por ela pensar assim. Mas sei que isso é o que Anselmo realmente pensa dela, e me dói. À primeira vista, Tifany pode parecer fútil, mas quem a conhece percebe que ela é doce, meiga, simpática e que tem um grande coração. Tenho certeza de que foi isso que fez Omar se apaixonar quando a conheceu.

— O que você acha de Preciosa? — pergunto.

— Como o nome indica, uma preciosidade.

— E ela como pessoa? — insisto.

— Nossa, eu sou madrasta dela! Isso soa mal, não é verdade?

Sorrio, e ela pergunta:

— Não parece coisa de filme B? Ah, linda, tenho certeza de que a menina me odeia por eu ser a madrasta de seu conto de fadas. Disney faz um mal com certos filmes...

Morro de rir com ela, não consigo evitar. Enchendo de novo as taças, insisto:

— O que você acha da menina?

— Ela é um amor de menina — sorri. — Sempre achei, mas, quando soube que meu *bichito* tinha uma filha, tive um grande desgosto. Porém, cada vez que vamos a Porto Rico para vê-la, fico mais apaixonada por ela. É tão doce e pequenininha que é impossível não amá-la. — E, baixando a voz, murmura: — Omar não quer filhos, mas Preciosa cativou seu coração.

— E você quer filhos?

Tifany assente e, dando de ombros, responde:

— Eu adoraria! Mas sei que se *bichito* não quer, não posso fazer nada. — E, sorrindo para mudar de assunto, continua: — Preciosa é perfeita. Tem os olhinhos escuros de Selena Gómez, a cor de cabelo de Penélope Cruz e os lábios de Angelina Jolie. É perfeita!

Olho para ela surpresa com o que diz. Está claro que para ela a aparência física é fundamental. Ao pensar na menina, enlouqueço, pois ela realmente tem o beicinho da Jolie. Que linda!

Embora esteja cada vez mais afetada pela bebida, bebo de novo, e olhando para minha superdivina cunhada, digo:

— Se você não consegue encarar o ogro, conquiste-o por outro lado. Ele gosta de Preciosa. Garanto que se você amar a menina e ela amar você, Anselmo vai mudar de opinião. Para ele, o amor é importante. Mais importante do que demonstra.

A expressão de Tifany é indescritível.

— Yanira, eu sou a madrasta dela. Acha que ela vai me amar?

— Mas claro que sim — afirmo.

Ela sorri, feliz, e aponto:

— A menina é carente de carinho e de amor, e, se você quisesse, ela não ia querer viver sem você. Vamos, Tifany, você é muito carinhosa.

Ela enche de novo a taça, acaba com a garrafa e a põe virada para baixo no balde de gelo.

— Eu tenho um problema, linda. Não sei como cuidar de uma criança. Ah, Yanira, como é difícil ser eu!

Suspiro.

Plano A: dou-lhe dois tabefes para ver se ela fica esperta.

Plano B: mudo de assunto e falo de seu vestido bonito, para que ela sorria e esqueça o mundo.

Plano C: insisto com a questão para tentar convencê-la de que é capaz de ser uma boa mãe para a garotinha.

Escolho o plano C. Minha cunhada merece, e Preciosa também.

Acredito numa relação de carinho entre as duas. Sem dúvida alguma, no instante em que se conectarem tudo na vida delas vai mudar. Só é preciso achar um jeito de ambas se encontrarem e não poderem mais viver uma sem a outra.

— Que estão fazendo as duas aqui tão sozinhas?

Ambas olhamos para trás e vemos Tony, lindíssimo, se aproximando. Ele se senta ao nosso lado e pergunta, olhando para a garrafa de champanhe:

— Beberam tudo sozinhas?

— Sozinhas — afirma Tifany.

Ele sorri e responde:

— Minhas duas cunhadas juntas, que luxo de loiras! — E olhando para mim, acrescenta: — Meu irmão está procurando você. Acho que quer ir embora.

Estou prestes a protestar quando Tifany sorri e cochicha:

— Tenho uma amiga ideal, Tony... ideal para você.

Ele se levanta e, sorridente, diz enquanto se afasta:

— Adeus!

Ambas rimos e, quando Marc Anthony começa a cantar no palco, vamos correndo dançar.

Um bom tempo depois, abandono a pista sedenta e dou de cara com meu sogro, que, ao me ver, diz:

— Pelo amor de Deus, essa sua avó roqueira não conhece a decência?

Ah-ah. Acho que o ogro a viu com Ambrosius.

— Que foi?

Meu sogro baixa o tom de voz e responde:

— Eu a encontrei saindo do banheiro com o amigo dela e, pela aparência desalinhada, não podia pensar nada bom.

Caraca, essa minha avó!

Rio sem poder me controlar. Ankie tem uma vitalidade imensa.

Segurando o braço de meu sogro, vou com ele beber alguma coisa. No balcão encontramos meu irmão Garret. Ele continua conversando com a garota com quem estava flertando antes, e isso me surpreende. Mas a surpresa desaparece quando os ouço falar entusiasmados dos filmes da saga *Guerra nas Estrelas*.

Outra *freak* como ele?! Como se costuma dizer: "Deus os cria e eles se juntam".

Quando meu irmão passa por nosso lado, diz:

— Que a força os acompanhe, humanos.

Eu começo a rir, e o pai de Dylan me olha, balança a cabeça e, sorridente, comenta:

— Se você já me parecia pitoresca, seu irmão e sua avó, nem lhe conto!

Sem dúvida, quem conhece minha família deve pensar que muitos de nós têm um parafuso a menos. Meu irmão Garret, com trinta e tantos anos, é um *freak* de carteirinha, vestido em meu casamento de cavalheiro Jedi. Rayco é um pegador de marca maior, e minha avó, uma *heavy* total, incapaz de conter seus impulsos sexuais.

Reconheço: minha família é peculiar. Mas, bem, como todas as famílias do mundo. Quem não tem um estranho entre os seus?

Incitada por minha cândida vovó Nira, subo no palco para cantar uma canção das minhas ilhas. Minha linda terra canarina. Convido Pepi, Cintia e Manuela a me acompanhar. Elas, melhor que ninguém, podem fazê-lo, e depois dos primeiros acordes eu arranco com o *pasodoble Islas Canarias*.

Todos escutam. Gostam do ritmo meloso da canção, mas sei que muitos não a entendem, pois canto em espanhol. Meus pais dançam agarradinhos e minha avó Nira incita Anselmo a dançar com ela.

Ay, Canarias,
la tierra de mis amores,
ramo de flores
que brota del mar.

Vergel de beleza sin par,
son nuestras islas Canarias
que hacen despierto soñar.
Jardín ideal siempre en flor,
son sus mujeres las rosas.
Luz del cielo y del amor.

Ah, Deus, que emoção ao cantar essa linda canção! Estar longe de minha terra ainda vai me fazer chorar.

Sem poder me controlar, lágrimas brotam de meus olhos, mas sorrio. Quero que todo o mundo saiba que são lágrimas de emoção. Adoro minha pátria. Tenho certeza de que, seja qual for a cidade, a letra desse *pasodoble* mexe com o coração de quem está fora de sua terra.

Sorrio ao ver minha avó Nira. Sei que ela está muito feliz por eu cantar essa canção, e sei das recordações maravilhosas que traz a sua mente. Seu olhar me diz, e pisco para ela com cumplicidade. Quando procuro Dylan no público, vejo que ele olha para mim, e sinto seu amor. Sei que ele entende minhas lágrimas e sorrio quando me joga um beijo. Leio em seus olhos as palavras "Amo você".

Quando acaba a canção todos aplaudem. E quando desço do palco, minha avó Nira e mamãe me abraçam emocionadas e meu amor se aproxima, me pega pela cintura e me beija na testa.

— Que tal se agora eu e você formos fazer nossa própria festa?

Por um lado, eu adoraria, mas estou me divertindo tanto que respondo:

— Espere só mais um pouco, meu amor... *please!*

Nesse instante, Omar se aproxima e cochicha no ouvido de Dylan, enquanto a ruiva vai para o balcão atrás de uma bebida. Então ele se dirige a mim e diz:

— Acabo de falar com sua avó e o vaqueiro amigo dela que, depois de amanhã, os espero no estúdio de gravação. Eles são demais! Vá com eles!

— Como é que é?

Dylan, ao ouvi-lo, franze o cenho e murmura:

— Omar, cuidado com o que você faz.

Ele pisca para mim e, divertido, responde antes de sair:

— Calma, irmão. Fique tranquilo.

Eu olho para eles sem entender. Não sei se a advertência de Dylan foi pela ruiva ou por minha família.

Nesse instante, chega um lindo ator famoso, mas cujo nome não recordo e, me pegando pela mão, convida-me a dançar com ele. Dylan suspira, e eu lhe jogo um beijo, divertida.

Na pista meus pais estão dançando feito loucos, e do jeito que chacoalham pressinto que beberam *chichaítos* demais. Coitados... coitados... coitados.

A cada hora que passa, a festa fica mais louca e divertida. E quando canto *La bomba* com Ricky Martin, a coisa esquenta ainda mais.

Até o sujeito do *prompter* dança!

Estou alucinada; depois dessa canção, Ricky e eu cantamos *La copa de la vida*, e todos gritam com as mãos para cima:

Tú y yo,
Alé, alé, alé!
Go, go, go, alé, alé, alê!

Quando terminamos, em meio a risos, eu me jogo nos braços de Dylan, que me abraça contente, beija meu pescoço e murmura:

— Podemos ir agora?

Meu olhar diz tudo, e afastando-me dele, insisto:

— Um pouco mais!

Passam-se as horas; os mais velhos abandonam a festa e ficam só os mais farristas. O olhar de Dylan me persegue à espera que eu decida ir embora. Mas, caraca, estou me divertindo tanto com todos que não quero que acabe ainda!

Às 6h, nós que ficamos estamos todos bêbados, e dessa vez, sem perguntar, Dylan me joga por cima do ombro e, diante da aclamação dos presentes, coloca-me dentro de um carro e vamos para o hotel.

Em meio a beijos e a propostas indecentes, chegamos à impressionante suíte, e quando Dylan fecha a porta, eu me jogo em seus braços e enfio a língua em sua boca em busca de paixão.

Quero sexo!

Eu o beijo, ele me beija, e, de repente, tenho que me afastar e correr para o banheiro.

Dylan me segue, apoia-se no batente da porta, e me olhando com resignação, pergunta:

— *Chichaítos* outra vez?

Nego com a cabeça. A cada segundo fico pior, e ouço-o dizer com resignação:

— Certo. Então, de tudo um pouco, não é?

Assinto com a cabeça, porque não consigo falar.

Que noite de núpcias! Quando já não há mais nada para pôr para fora, Dylan me pega no colo e me leva para o quarto. Abre o zíper do meu vestido, que cai a meus pés. Mal consigo manter os olhos abertos. A seguir, ele me deita na cama e já não me lembro de mais nada.

6

Vou acordar você

Na manhã seguinte, quando acordo, estou sozinha no quarto, e nua. Sinto a boca seca e um sabor azedo nojento.

— Caraca...

Não posso acreditar que perdi minha noite de núpcias por causa de uma bebedeira. Quero morrer.

Pobre Dylan!

Toco a cabeça e noto meu cabelo tão emaranhado que me levanto para me olhar no espelho, assustada.

Minha aparência não podia ser pior. O rímel borrado, a maquiagem rachada e um ninho de rato abandonado na cabeça. Meu Deus, que cara!

Sem sombra de dúvida, sou a antítese da beleza e do glamour. Digna de dó!

Entro no banheiro e, com cuidado, vou tirando os grampos. Mas quantos puseram nesse maldito coque?

Quando acho que já não falta nenhum, entro debaixo do chuveiro enquanto penso onde Dylan pode estar.

Será que está bravo? E se ele me abandonar porque sou bêbada e farrista e pedir o divórcio?

Não. Isso não vai acontecer.

Saio do chuveiro, desembaraço meu cabelo molhado, e quando volto para o quarto Dylan continua ausente. Começo a cogitar seriamente a possibilidade do divórcio e fico angustiada. Pego meu celular e ligo para ele. Toca no criado-mudo, ao lado.

Merda, ele deixou o celular aqui!

Fico preocupada. Não sei como entrar em contato com ele!

Olho em volta e vejo meu vestido de noiva no chão. Que dó, com o dinheirão que custou aí está, jogado feito um pano de chão! Sem querer pensar nisso, ponho uma calcinha limpa que tiro de uma mala com roupas que deixamos no hotel no dia anterior. Depois, coloco de novo o vestido de noiva e os sapatos. Quando Dylan voltar, quero que me veja assim. De noiva.

Quando acabo, vejo um envelope em cima do criado-mudo. É de Luisa, o que Anselmo me deu no dia anterior. Torno a ler a carta que a mãe de meu marido me deixou e sorrio. Que grande mulher ela deve ter sido. Abro a mala, pego minha bolsa e guardo a carta. Sem dúvida, será um dos nossos tesouros.

Há um carrinho com comida; vejo frutas, bolinhos, café e leite. Pego uma espécie de rosquinha e como olhando pela janela, enquanto penso onde pode estar meu amor.

De súbito, a porta do quarto se abre, e o vejo aparecer com uma sacola preta. Corro para ele e me jogo em seus braços. Dylan me abraça e murmura:

— Ora... minha coelhinha bêbada recuperou a consciência.

Envergonhada, dou-lhe beijos no pescoço e, quando me afasto, digo:

— Desculpe, meu amor...

Ele não diz nada. Só me olha.

Afasto-me um pouco mais e olho para ele com olhos de cachorrinho abandonado, fazendo biquinho. Ele junta as sobrancelhas e faz aquilo que eu adoro: faz cara de mau e diz com voz grave:

— Ontem à noite não pude possuir cada centímetro de seu corpo como havia planejado. Esperei minha coelhinha ardente, que me prometeu uma incrível noite de núpcias, mas não apareceu...

— Sinto muito, de verdade — insisto.

Dylan se afasta de mim. Deixa a sacola preta em cima da cama. Disposta a compensá-lo, digo, dengosa:

— Já que eu não pude lhe dar a incrível noite de núpcias que você queria, deixe-me dar-lhe a incrível manhã de núpcias que você merece. Como pode ver, estou com o vestido de noiva...

Ele sorri... eu sorrio.

Como meu moreno é lindo!

Eu me aproximo e o beijo. Ele responde rapidamente a meu beijo e nos abraçamos. Com carinho, ele mordisca meus lábios devagar. Ah, Deus, como eu gosto que ele faça isso!

Rindo, ele murmura que está louco por mim.

Começa a erguer meu vestido de noiva, mas, com a enorme saia de tule, não acaba nunca. No fim, sua mão chega onde ambos desejamos. Ele me toca por cima da calcinha e, sem afastar os olhos dos meus, sussurra:

— Sra. Ferrasa, você está molhadinha.

— É você que me deixa assim, sr. Ferrasa. Não posso evitar.

Ele desabotoa a calça com a mão livre, e sorrio ao ver seu pênis já disposto e duro.

Ótimo!

Sem falar nada, ele me vira, faz que eu me incline e ponha as mãos na cama, levanta a saia de meu vestido e, baixando minha calcinha até os joelhos, me penetra. Ah, sim!

Com movimentos suaves e pausados, ele me possui. Mexe os quadris e me aperta contra si, e eu, entregue, suspiro com sua delicadeza.

— Gosta disso, meu amor?

Com a boca seca e quase colada nos lençóis, respondo praticamente escondida debaixo da saia de tule:

— Não pare, por favor... não pare.

Ele me dá um tapinha e eu sorrio. Ele adora me pegar assim.

Seu pênis está imensamente duro, e eu o sinto até o fundo.

Grito de prazer.

Sem pressa, mas sem pausa, ele continua sua dança dentro de mim. Noto que ele acelera o ritmo e, com isso, aumenta meu prazer. Minhas pernas se dobram, mas ele me segura firme, enquanto sem parar me dá o que lhe peço e toma o que deseja. E quando me sinto à beira de um incrível orgasmo, Dylan sai de mim rapidamente e se afasta.

Ah, minha mãe do céu! O que aconteceu?!

Sem entender nada, eu me endireito e o vejo entrar no banheiro. Levanto a calcinha para não tropeçar ao andar e vou atrás dele. Está lavando o pênis na pia. Pergunto:

— Por que parou?

Ele pega uma toalha, seca-se e, depois de jogá-la no bidê de má vontade, responde, fechando o zíper da calça:

— Porque quero que você se sinta como eu me senti ontem à noite.

Alucinada por conta de sua resposta, vou protestar, quando ele acrescenta:

— Mas, tudo bem, não tem problema. Ontem você me deixou na mão e hoje eu deixo você. Agora estamos empatados!

Plano A: mato Dylan!

Plano B: mato de novo.

Plano C: assumo a culpa de meu erro.

Depois de olhar para ele, inclino-me pelo plano C. Se alguém se embebedou ontem e adiou a volta ao hotel, fui eu.

Dylan olha para mim, e eu, com uma expressão compungida, tento justificar:

— Amor, era nosso casamento. Eu estava comemorando e...

— Chega! — grita ele, cortando-me.

Por que está falando assim comigo?

Desconcertada, sigo-o com o olhar enquanto ele sai do banheiro. Dylan se aproxima da janela e olha para fora. Vou até ele, mas, quando vou tocá-lo, ele se afasta. Isso me irrita.

Ele olha para mim. Está me provocando. Sem querer fazer um drama, digo:

— Tudo bem, ontem eu agi mal.

— Muito mal — aponta.

Sem dúvida, ele está com vontade de discutir, mas eu não estou a fim, de modo que suspiro e, afastando uma mecha de cabelo do rosto, continuo:

— Eu assumo. Não pensei em você. Mas não achei que você ficaria tão chateado.

— Mas eu pensei em você, e nunca imaginei que preferiria a companhia dos outros à minha — sibila.

Ora, ora, ora...

Sem dúvida nenhuma, eu nunca teria imaginado meu primeiro dia de casada desse jeito. Sei que de certo modo ele tem razão. Recordo que ele foi me buscar muitas vezes e que eu o dispensei todas, até que ele me levou na marra.

Deus, como pude pisar na bola desse jeito?

Não querendo que o dia continue ruim, dou um passo em direção a ele e, ficando na ponta dos pés, beijo-o. Preciso dele. Dylan se afasta de mim, mas eu o sigo. Torno a beijá-lo. Dessa vez ele não se mexe, mas também não abre a boca para me receber. Simplesmente se limita a ficar diante de mim como uma estátua, enquanto eu tento seduzi-lo com minha boca.

— Beije-me, meu amor — peço.

— Não.

— Beije-me, por favor — insisto.

Ele nega com a cabeça, e isso me frustra.

Odeio o fato de eu pedir e ele me negar. Odeio... odeio!

Ele olha para mim sem dizer nada. Sua mandíbula está tensa, e não sei o que fazer nem o que dizer. De súbito, ele dá dois passos, fecha as cortinas da janela e o quarto escurece.

Isso parece melhor!

A seguir, aproxima-se de mim e, com um gesto brusco, vira-me e se cola às minhas costas.

— Você não merece um beijo nem um abraço — diz em meu ouvido. — Merece um castigo por seu mau comportamento.

Sorrio. Sem dúvida meu lobo feroz está faminto. Murmuro, desejosa de brincar com ele:

— Castigue-me.

Não vejo seu rosto, mas sua respiração fica mais profunda. Ele passa o nariz por meu cabelo ainda molhado e sinto um calafrio ao ouvi-lo ranger os dentes.

Está tão irritado assim comigo?

Pensar no castigo que ele me reserva me excita. Sei que ele não vai me machucar. Sei que nossa brincadeira vai me levar ao máximo prazer. Quando vou falar, ele desce as mãos por cima do meu vestido de noiva até chegar a meu púbis, que aperta enquanto murmura:

— No jogo de hoje não haverá música nem romantismo. Não vou permitir que você grite nem que goze, porque quero castigá-la. Estou furioso e quero que você sinta a impotência que eu senti ontem à noite. Concorda?

Excitada, assinto com a cabeça, e ele acrescenta:

— Nessa sacola há coisas que vou usar com você. E você vai me permitir, não é?

Torno a assentir. Sinto que seus lábios percorrem meu pescoço e fecho os olhos disposta a permitir nosso jogo.

Ele desabotoa meu maravilhoso vestido pelas costas e o deixa cair no chão. Fico só de calcinha suave de renda branca.

Dylan se afasta. Anda em volta de mim sem parar de me observar e por fim sibila:

— Sente-se na cadeira.

Faço o que ele me pede. Da sacola ele tira umas faixas pretas de couro e, sem dizer nada, pega primeiro uma mão e depois a outra e me amarra no encosto. Depois, amarra meus tornozelos nos pés da cadeira e, olhando para mim, murmura enquanto se aproxima do carrinho do café da manhã:

— Agora você vai comer.

Ele vai me dar café da manhã?

Estou prestes a dizer que já comi uma rosquinha, mas desisto. Não digo nada; esse jogo me desconcerta. Vejo que Dylan prepara um café com leite, coloca açúcar e diz:

— Abra a boca e beba.

Obedeço, e, quando ele retira a xícara de minha boca, um pouco de líquido escorre por meu queixo. Ele observa, e por fim aproxima a boca e chupa meu queixo com delicadeza.

Hummm... Gosto disso!

Depois, ele me faz comer um *croissant*. Está uma delícia, e quando termino, vejo que ele pega uma banana. Passa-a por meus seios, por minha boca, por cima de minha calcinha, e por fim, afastando-a, começa a descascá-la.

Estou excitada. Muito excitada.

Sua expressão enquanto faz tudo isso me deixa com mais tesão ainda, e quando ele deixa a casca da banana no prato, leva a fruta até minhas coxas e a passa por elas. Minha respiração se acelera, enquanto ele sobe com a banana por meu estômago até meus mamilos, esfrega-a neles e por fim os chupa.

Será que têm gosto de banana?

Quando meus mamilos já estão duros feito pedra, ele desce de novo a banana até minha calcinha.

Passa a fruta por cima dela, e quando a aperta sobre minha íntima umidade e sinto sua rigidez, solto um suspiro.

Dylan para, olha para mim e, afastando a banana, pergunta, fulminando-me com o olhar:

— Eu pedi para você suspirar?

— Não.

A seguir, ele se levanta. Deixa a fruta de qualquer jeito no carrinho do café da manhã e desabotoa o zíper da calça. Seu pênis ereto rapidamente surge, e sem dizer nada, com uma expressão de prazer contido, ele o introduz em minha boca. Segura minha cabeça com as mãos e a mexe em busca de seu próprio prazer.

Enlouquecida de desejo, passo os lábios por sua enorme ereção enquanto percebo suas investidas e sinto que, com suas arremetidas, chega até minha campainha.

Estou com as mãos amarradas e não posso tocá-lo, mas sinto-o tremer. Tento olhar para ele. Ergo os olhos e vejo que está com a cabeça jogada para trás e a boca aberta de prazer. Com um golpe seco de quadril, ele me faz engasgar e ter engulhos.

Para. Afasta-se e me olha. Quando vê que passou, introduz-se de novo em minha boca e prossegue com o castigo. Mas, dessa vez, ao olhar para ele, vejo que me observa e que controla a profundidade das investidas.

Subjugada por ele, faço uma felação enquanto seus dedos se enroscam em meus cabelos e o ouço dizer com voz rouca:

— Sim... assim... toda... mimada. Isso mesmo...

Sua voz seca me agita, me apaixona. O que fazemos é selvagem. Rápido. Forte. Passional.

Enlouqueço e aperto os lábios sobre seu pênis esperando dar-lhe o máximo prazer. Mexo a cabeça para trás. Tiro o pênis inteiro de minha boca e torno a introduzi-lo até o fundo. Dylan arfa enquanto o prazer o faz fechar os olhos.

Noto que suas pernas tremem. Sinto suas palpitações nos lábios, na língua, e intuo que seu orgasmo é iminente. Sua respiração se acelera e ele aumenta a velocidade de suas investidas, até que o ouço soltar um grunhido selvagem, e então sai de mim, pois sabe que não gosto do sabor do sêmen. Sinto sua semente descer por meu pescoço.

Olho para ele com a respiração agitada e excitada com tudo. Dylan olha para mim também, agacha-se e me beija com força. Sua língua entra em minha boca e a percorre até que, sem dizer nada, ele se levanta e vai para o banheiro, deixando-me sozinha e amarrada. Ouço o chuveiro e imagino o que está fazendo, sem poder sair da cadeira.

Eu também estou com calor. Estou suada, melada e quero uma chuveirada.

Calada, espero sua volta. Ele entra no quarto com uma toalha em volta da cintura e outra na mão, e sem falar comigo limpa meu pescoço. Agradeço. Depois, ele joga a toalha, vai até a sacola preta que trouxera e a esvazia em cima da cama. Vejo vários brinquedos sexuais. Dylan diz, pegando um:

— Isto é um plugue anal de gel suave de 9 centímetros de comprimento e 2 de diâmetro, e em breve estará inteiro dentro de seu belo traseiro.

Ah-ah, não vejo graça nisso.

— Dylan, acho que...

— Eu lhe dei permissão para falar? — interrompe ele, levantando a voz.

Nego com a cabeça, e ele prossegue:

— Ontem à noite você não me deixou falar. Eu estava olhando para você sem poder fazer nada. Portanto, cale-se, entendeu?

Assinto. Sua expressão é tão sombria que não digo mais nada. É melhor não contrariá-lo.

— E isto — dá um golpe na cama — é um chicote de tiras curtas com o qual vou me divertir deixando seu traseiro vermelho enquanto você me desculpa pelo que aconteceu.

Não sei se devo me assustar... Será?

Suas palavras assim sugerem, mas seus olhos me dizem que fique tranquila. Dois segundos depois, ele me desamarra sem cuidados, levanta-me da cadeira e me leva até a mesa de madeira escura que há na suíte.

— Vire-se, segure na mesa e cole o peito nela. Quero ver o traseiro que ontem à noite você rebolava para todo o mundo, exceto para mim.

Ora, ora, ora... acho que ele está se excedendo!

Tremo, mas faço o que me pede. Meu traseiro, ainda coberto pela calcinha, fica totalmente exposto para ele, que me dá um tapa com a mão e sibila:

— Você não sabe o quanto a desejei ontem.

Outro tapa seco enche o quarto, e ele acrescenta:

— E agora, você vai pagar.

Fico molhadinha. Sinto minha calcinha se molhar rapidamente, e minha vagina treme diante do que ele me diz.

Mas que tesão mórbido!

Não posso olhar para ele. Minha posição não permite, apoiada na mesa e segurando-a. Nesse momento, sinto que ele pega minha calcinha e com um forte puxão a rasga.

Suspiro. Que pena. Era tão bonita...

A seguir, ele unta meu traseiro com um líquido, e sei o que é. Eu me assusto. Ele vai cumprir o que disse com esse brinquedo sexual.

— Relaxe — exige ele ao me notar tensa.

Eu tento, mas o jogo está começando a perder a graça. Não gosto de me sentir assim. Não gosto de não poder reclamar. Não gosto do que está acontecendo.

Sem falar, suas mãos passeiam por meu traseiro; ele enfia um dedo em minha vagina. O prazer me domina. Acho que estou começando a gostar do que está acontecendo.

Para não gemer nem arfar, mordo os lábios. Um zumbido enche o quarto; quando sinto que com a mão livre ele abre meus lábios vaginais e coloca aquilo que faz o zumbido sobre meu clitóris, suspiro. O prazer que me proporciona é intenso. Ah, Deus! Sim... isso... sim. Tremo com descaro, e Dylan me diz no ouvido:

— Não quero que você goze, entendeu?

Como ele pode me dizer isso e ficar tão tranquilo?

Ora, nem que eu fosse uma especialista em conter meus orgasmos; e menos ainda os clitoridianos.

Não respondo, e a seguir ele afasta o aparelhinho maravilhoso, tira os dedos de dentro de mim e se levanta. Minha respiração parece uma locomotiva. Ele me vira com força, então me senta primeiro em cima da mesa e depois me deita para trás. Seu olhar luxurioso já diz todo.

Uma vez deitada, ele me faz levantar as pernas na mesa e abre minhas coxas.

Hummm... como ele me olha... Que loucura! Gosto disso... gosto muito.

Sua boca vai direto para minha vagina úmida e me morde, chupa, suga com avidez, e eu permito. Curto, quase perco os sentidos, entregue a ele com exaltação.

Ah, sim, Dylan... não pare.

Eu me mexo... encaixo-me em sua boca e arfo! Não me importam as consequências. Mas meu novo suspiro o alerta, e ele para.

Dylan me desce da mesa e, com expressão sombria, pega o chicote de tiras. Mostra-o para mim. Ele me obriga a abrir as pernas e me bate com ele entre elas, enquanto murmura:

— Eu disse para você não suspirar.

Dói.

O chicote torna a me golpear, e, quando vou reclamar, Dylan acrescenta:

— Não quero vê-la curtir.

Não aguento mais. Já deu!

Se pego o chicote, dou-lhe na cara com ele; ou melhor, dou-lhe no pênis duro para ver o que ele acha.

Gosto de um jogo bruto com ele, mas não pretendo continuar com isso de forma submissa. Portanto, suspiro, empurro-o e sibilo:

— Você está se excedendo.

Dylan levanta as sobrancelhas e responde:

— Você se excedeu ontem.

— Não vou permitir que...

Sem me deixar acabar, ele me segura, e eu resisto. Como um lobo faminto, ele se joga na cama comigo, adorando a virada do jogo. Sem cuidado algum, tento tirá-lo de cima de mim, mas sua força é superior à minha. Quando estou a sua mercê, digo, irritada:

— Entendo que você esteja irritado comigo por não ter tido a noite de núpcias perfeita com que sonhava, mas não vou consentir que...

Não posso continuar. Sua boca devora a minha. Ele me beija com paixão, com entrega, com exigência, e eu respondo de modo igual. Desejo-o com loucura.

Quando, minutos depois, ele se afasta, diz:

— Eu nunca faria nada que você não quisesse, meu amor. Ainda não percebeu?

Eu sei. Sei que ele diz a verdade. Encantada com o que ele me faz sentir, murmuro:

— Então me possua... Eu preciso.

Com a respiração agitada, ele responde:

— Você não merece.

Caramba... porra... que saco... No fim, vamos ter que brigar!

Incapaz de ficar calada, balbucio:

— Pois então, se eu não posso, você também não. Ou nos divertimos todos ou não se diverte ninguém.

Dylan sorri.

Como meu marido é canalha!

Por fim, suas feições se suavizam, e, aproximando perigosamente sua boca da minha, ele cochicha:

— Mimada...

Ele tenta me beijar, mas quem vira o rosto agora sou eu. Eu também quero brincar. Quero ser má. Muito malvada.

Isso o excita, acelera, instiga, e como um lobo faminto ele me imobiliza na cama. Com uma mão pega meu queixo e, abrindo minha boca, introduz sua língua com ferocidade e me faz amor com ela.

Sucumbo a seu beijo, excitada.

Adoro sua posse!

Sua boca abandona a minha enquanto suas mãos apertam meus mamilos. Ele beija meu queixo, pescoço, seios, estômago, até que enterra a cabeça entre minhas pernas, e eu enrosco os dedos em seu cabelo e por fim sei que posso arfar e gritar de prazer.

Abandonada a suas carícias, permito que meu amor me chupe, que me lamba, brinque com meu clitóris, dê puxadinhas, até que um orgasmo devastador me faz convulsionar e respirar com força em busca de ar.

Posicionando-se sobre mim, Dylan me penetra com urgência, e sinto minha vagina ansiosa e lubrificada sugando-o, e um novo orgasmo incrível se apodera de mim.

Ai, nossa que prazer!

Ele torna a me beijar. Enlouquecida, arranho suas costas enquanto ele me possui com ferocidade e me faz ver as estrelas e todas as constelações. Ele me penetra sem descanso, vezes e mais vezes, com sua boca na minha, e nos olhamos nos olhos.

Olhar para ele é excitante. Quando ele já não aguenta mais segurar, fica rígido, ruge de prazer e cai sobre mim na cama.

Quando nossa respiração se tranquiliza, Dylan se deita ao meu lado e me puxa até me colocar em cima dele. Esgotada, deixo a cabeça cair sobre seu peito. Ele diz:

— Não esqueça... em se tratando de sexo, eu nunca farei nada que lhe desagrade.

Sorrio. Consegui o final que necessitava. Murmuro:

— Eu sei.

Dylan sorri e, beijando-me, diz divertido:

— Adorei lutar com você na cama. Acho que temos que brincar disso mais vezes. Foi excitante.

Solto uma gargalhada. Sem dúvida alguma, nós dois gostamos desse joguinho.

— Desculpe por ontem à noite — digo. — Não me controlei, bebi demais e...

— Sem dúvida alguma você fez isso. Só espero que, com o que eu fiz, você tenha sentido a frustração que eu senti ontem à noite.

Ele me abraça, aperta-me contra si. Fecho os olhos. Adoro ficar assim. Senti-lo tão meu, tão entregue...

O cheiro dele é maravilhoso. Cheira a sexo, a homem, a paixão. Depois de um tempo, digo, pegando o chicote que ele soltou em nossa luta:

— Quero ser sua coelhinha assustada.

Dylan sorri e, olhando-me, responde:

— Hummm... não me provoque.

— Quero provocar você.

— Por quê?

Divertida com sua pergunta, respondo:

— Porque você é minha maior fantasia sexual.

Ele gosta de minha resposta, e eu me excito.

— Lembra-se do nosso joguinho no barco na última noite que estivemos juntos? — pergunto.

Dylan assente e eu prossigo:

— Acho que naquela noite percebemos que nós dois gostamos de joguinhos meio brutos, não é?

Meu amor assente. Entende o que digo e, enquanto me coloca a seu lado na cama, murmura:

— Quer brincar mais um pouco?

Assinto, e com cara de travessa, digo:

— E ver estrelas.

Ele sorri. Com ele quero brincar de tudo. Dylan olha para mim como um lobo e responde, fazendo-me rir:

— Coelhinha, sob as estrelas o lobo vai comer você.

7

Atrás de você, atrás de mim

Minha família volta para a Espanha uma semana depois do casamento, e nesse dia meu coração se aperta. Uma parte muito importante de mim vai embora, e choro sem poder evitar.

Papai chora. Mamãe chora. Vovó Nira chora, enquanto o resto tenta manter a pose e eu soluço como uma criança.

Por que de repente fico tão sentimental?

Disfarçadamente, observo minha avó Ankie se despedir de seu vaqueiro. Ambos sorriem, e depois de lhe dar um beijo delicado nos lábios, deixando a todos — exceto a Coral e a mim — sem palavras, Ambrosius olha para nós, toca o chapéu a título de cumprimento e parte.

Meu pai olha para a mãe em busca de uma explicação, e minha avó diz:

— Sou maior de idade, não é, filho?

Meu pai assente, e ela esclarece:

— Gosto de Ambrosius. Sou viúva, não estou morta e não faço mal a ninguém curtindo minha sexualidade. Ou faço mal a você?

Meu pai pensa, balança a cabeça e por fim sorri. Que amor é meu papi!

Com carinho, eu me despeço de todos eles. Quando chego a minha avó Ankie, ela diz:

— Cuide-se e cuide de Dylan. Acredite ou não, ele é e sempre será o centro de sua vida. Ah... e se puder, visite Ambrosius de vez em quando. Ele vai adorar saber de você, e eu vou adorar que você fique de olho nesse safado.

Isso me faz sorrir. Uma figura... essa é a vovó Ankie! Quando me despeço da mais que chorosa Coral, Dylan diz que vai ligar para ela. Ele conhece várias pessoas na área da hotelaria que poderiam lhe arrumar um emprego em algum bom restaurante. Isso me faz feliz. Ter Coral por perto seria alucinante!

Depois que partem, depois de dizermos adeus mil vezes e jogarmos milhões de beijos, Dylan me abraça. Beijando minha testa, murmura:
— Vamos, meu amor. Vamos voltar para casa.

Os dias passam... Dylan retoma seu trabalho no hospital. Sinto falta de minha família. Não pudemos ir para Tenerife por causa do trabalho dele, e em Los Angeles tudo é diferente. Nem melhor nem pior. Só diferente.

O Natal longe da Espanha não parece Natal, mas decido curti-lo com o homem que eu adoro, o qual faz de tudo para me fazer feliz.

Anselmo e Tata vêm de Porto Rico com a pequena Preciosa, e junto com Tony celebramos o Réveillon na casa de Omar e Tifany.

Sem sombra de dúvida, ela decidiu seguir parte dos meus conselhos. Adoro ver como a pequena Preciosa vai atrás de Tifany e está contente ao seu lado. Tifany olha para mim surpresa. Conseguiram se conectar! Ela percebeu que a menina não dificulta as coisas; ao contrário, facilita-as. Preciosa proporciona muito carinho, e isso toca o coração de minha supermaravilhosa cunhada. Ela se comove e se emociona. Não tenho a menor dúvida de que será uma boa mãe para a menina.

Omar as contempla com orgulho, e eu sorrio. Espero que ele também as ame como elas merecem e pare de se comportar como o comedor que demonstra ser o tempo todo.

Anselmo, por sua vez, observa-as com receio. Sem dúvida, ele continua implicando com minha cunhada. Mas alguma coisa mudou nele. Pelo menos agora inclui Tifany quando fala de Omar e da menina, e isso para ele já é bastante.

Durante o jantar, Omar fala de novo em trazer a menina para Los Angeles, mas Anselmo nega. Ele leva muito a sério exercer o papel de avô, e só permitirá que a menina vá embora de sua casa quando começar a escola, não antes.

Olhando para Tifany, Omar assente, e continuamos jantando em paz e harmonia.

Um dia, no fim de janeiro, vou ao hospital buscar Dylan. Quero ver onde ele trabalha e passa tantas horas longe de mim. Ao me ver, meu amor sorri, e feliz me apresenta a todo mundo. Contente, cumprimento uma infinidade de pessoas, mas meu sorrisinho se apaga imediatamente quando vejo que muitas enfermeiras me olham de cima a baixo. São mulheres como eu, e nos entendemos. Ora, se nos entendemos!

Dylan me apresenta ao *big boss*, o dr. Halley. É um senhor de cabelo branco que sorri enquanto aperta minha mão. Durante um tempo conversamos com ele amistosamente, mas algo me diz que ele me olha com receio. Mas esqueço o assunto, e, quando ficamos sozinhos, Dylan me leva a seu consultório.

É incrível. Sem dúvida alguma, o dr. Ferrasa é muito bem considerado no hospital, e gosto de saber disso. Quando saímos de seu consultório, ele me mostra as instalações, e ao passar pela oftalmologia comento que eu adoraria operar a miopia e me livrar dos óculos e das lentes de contato.

Imediatamente Dylan entra no consultório de seu amigo, o oftalmologista Martín Rodríguez, e comenta o assunto. Logo eles examinam meus olhos, e quando saio do consultório já tenho data marcada para operar, uma semana depois.

Incrível. Por ser a sra. Ferrasa tudo é tão fácil assim?

Durante a semana fico histérica, perdida, e, quando chega a manhã da operação, não sei o que fazer com o nervosismo que sinto. Quando entramos no hospital, Dylan fica comigo. Pingam umas gotinhas em meus olhos, e, quando as enfermeiras vem me buscar, ele me beija com carinho e me diz com um sorriso:

— Vou esperar aqui, meu amor. Não posso entrar.

Entro em uma sala pouco iluminada, onde Martín me cumprimenta com seu sorriso encantador; ele me tranquiliza e, depois de me fazer deitar em uma maca que parece a *Enterprise*, segura minha cabeça. Estou acordada, mas com a área dos olhos anestesiada, e ele opera primeiro um olho e depois o outro. A intervenção não dura nem 15 minutos e não dói absolutamente nada.

Quando o dr. Rodríguez acaba, uma enfermeira me ajuda a levantar da maca e me acompanha até uma sala. Diz para eu ficar tranquila ali uns minutinhos, e quando eu me sentir segura posso ir.

Espero um pouco e logo entreabro os olhos. Parecem cheios de areia, mas enxergo. E bem! Cega não fiquei.

Permaneço ali sentada um pouco mais. Quero estar bem quando Dylan me vir. De súbito, ouço umas vozes masculinas procedentes da sala ao lado. Reconheço a do chefe de Dylan, dr. Halley, que pergunta:

— Você operou a mulher do dr. Ferrasa?

— Sim — responde o dr. Martín Rodríguez, o oftalmologista.
— E como foi?
— Bem — responde Martín. — Tudo normal.
Após alguns segundos de silêncio, ouço o dr. Halley dizer:
— Espero que Dylan saiba com quem se casou. Essa mocinha não é conveniente para um médico renomado como ele. Tomara que essa cantora não provoque nenhum escândalo.
— Cantora? — repete o oftalmologista. — Dylan não comentou nada comigo.
— Normal — afirma Halley com voz seca. — Acho que ele não deve ter muito orgulho da profissão dela.
Fico tensa. Quem é esse idiota para pensar isso de mim?
Levanto-me da poltrona e, abrindo os olhos com cuidado, saio da sala e volto aonde deixei Dylan.
— Está tudo bem, meu amor? — pergunta ele.
Assinto, sem dizer nada. Ainda estou assustada, e não só pela operação. Ele me acompanha até o carro. Uma vez ali, mostra-me as receitas que o dr. Rodríguez lhe entregou e me explica o que terei que fazer até o retorno. Eu não digo nada do que ouvi. Não quero preocupá-lo.
Quando chegamos a casa, ele insiste em que eu vá para a cama. Não resisto, porque estou esgotada. O nervosismo mal me deixou dormir à noite, mas agora não consigo parar de pensar no que ouvi.
É tão ruim assim ser cantora? Ou realmente ruim é casar com um médico renomado?
Exausta e com dor de cabeça, por fim adormeço. Horas depois, Dylan me acorda. Preciso tomar os medicamentos e pingar o colírio. Depois de me dar um beijo, ele sai e eu me deito de novo no quarto escuro. Adormeço. Não quero pensar.
Assim passo dois dias. Dylan não vai trabalhar. Não se afasta de mim, e é um enfermeiro incrível. O melhor. No terceiro dia levanto da cama e, ao sair pelo corredor, fico alucinada por enxergar tão bem.
Feliz e contente, abraço meu moreno e, adorando minha nova perspectiva de vida, murmuro em seu ouvido:
— Obrigada, dr. Ferrasa.

— Por quê?

Sorrindo, olho em seus olhos e digo:

— Por cuidar de mim como de uma rainha e por me amar tanto.

Os dias passam e minha vida se normaliza. Enxergo superbem e até distingo as placas da rua quando dirijo.

No Dia dos Namorados, Dylan me surpreende com um maravilhoso jantar para dois em casa. Ele o encomendou em um conhecido restaurante. Quando chego, depois de ter estado com Tifany e suas amigas insuportáveis, encontro tudo preparado, e de fundo música de Maxwell.

A noite promete!

Como o conheço e sei que ele é o homem mais romântico do mundo, tenho um presente para Dylan. Comprei-lhe uma camisa de listras azuis combinando com uma gravata; vai ficar incrível. Mas o presente dele supera o meu.

Ele comprou para mim uma linda bolsa preta de festa da Swarovski que um dia vi em uma loja junto com ele. Dentro, há um bilhete que diz: "Vale um fim de semana em Nova York".

Devoro-o aos beijos. Como posso ter um marido tão maravilhoso?

Dois fins de semana depois, vamos para Nova York, cidade que curtimos demais. Prometemos voltar.

No dia 4 de março, acordo e vejo que meu amorzinho não foi trabalhar. É o dia do meu aniversário, e ele quer passá-lo comigo. Emocionada por tê-lo um dia inteiro para mim, aproveito-o ao máximo, e ele me enche de presentes e caprichos.

Minha família e a de Dylan ligam para me dar os parabéns e eu sorrio ao ver os presentes que meu marido havia escondido, da parte deles.

Depois de fazer amor com tranquilidade, vamos à praia, onde passeamos, e depois comemos em um lindo restaurante. À noite comemoramos com os amigos de Dylan, que já são meus amigos. Omar e Tifany também comparecem à festa, e minha cunhadíssima me dá de presente uma linda pulseira Cartier. Um pouco depois aparece Martín Rodríguez, o oftalmologista que me operou e que sem dúvida vai com a minha cara. Basta ver como me olha.

Adorando minha festa, danço, canto e me divirto.

Em dado momento, enquanto Dylan conversa com uns amigos, vou até o oftalmologista e digo:

— Posso comentar uma coisa com você?
— Claro, Yanira — assente Martín.
— Mas você tem que me prometer que não vai dizer nada a Dylan.
Surpreso, ele olha para mim e responde:
— Você está me preocupando. Que foi?
Aproximando-me um pouco mais para que ninguém nos ouça, digo:
— No dia de minha cirurgia, ouvi o que o dr. Halley lhe disse sobre mim.
Ele confirma. Sabe do que estou falando. Pergunto:
— O problema é que sou jovem ou cantora?
Martín sorri e nega com a cabeça.
— O problema é que Halley gostaria de ter Dylan 24 horas por dia no hospital. E quanto ao escândalo, é porque há alguns anos ele se casou com uma atriz. Três anos depois se separou, e o hospital ficou cheio de jornalistas perturbando dia e noite. Halley não encarou a coisa muito bem, é tudo. Não pense mais nisso.
— Ei, Rodríguez, paquerando minha mulher? — pergunta Dylan aproximando-se.
Divertida, olho para meu moreno, que, depois de brindar com seu amigo com a cerveja que tem na mão, acrescenta:
— Sinto muito, colega, mas eu a vi antes.
Entre risos e beijos, esqueço a conversa e volto a aproveitar a festa e os presentes. Mas, conforme as horas passam, só anseio por um que mede 1,87m, é moreno e se chama Dylan Ferrasa. Ele é meu maior e melhor presente.
Ao chegar a casa, Dylan desliga o alarme. Quando deixo todos os pacotes em cima da mesa da sala de jantar, ele me pega pela cintura e murmura:
— Tenho um último presente para você.
Sua expressão provocante me faz sorrir. Pondo rapidamente um bigode de mentira, ele olha para mim e diz com sotaque francês:
— Adivinhe quem sou esta noite.
Solto uma gargalhada. Ele está engraçado de bigode.
Nós nos beijamos; seu olhar me indica que está com tesão, muito tesão, e que vamos brincar. Instantes depois, ele pega minha mão e a beija com galanteio, dizendo com o mesmo sotaque francês:
— Prazer em conhecê-la, senhorita...

Rapidamente penso: "Sou francesa!", e respondo:

— Claire. Claire Lemoine.

Dylan beija minha mão e diz:

— Muito prazer, srta. Lemoine. Meu nome é Jean-Paul Dupont.

Começo a rir. Meu marido não para de me surpreender. Então, ele se encaminha ao bar e me pergunta:

— O que deseja beber?

— Um uísque puro.

Boquiaberto com meu pedido, ele vai dizer algo, quando acrescento:

— Só um dedinho.

Ele prepara as bebidas e a seguir dirige-se a uma estante onde guarda sua coleção de música. Não dá para negar que ele gosta de sua coleção. Pouco depois, quando uns primeiros compassos saem pelos alto-falantes, ele olha para mim e pergunta:

— Gosta da música, srta. Lemoine?

Faço um gesto de assentimento com a cabeça e respondo:

— Um pouco.

Meu moreno sorri e eu retribuo o sorriso. Quando brincamos de "Adivinhe quem sou esta noite" ele nunca põe Maxwell. A música dele é para quando somos Yanira e Dylan.

— O que você pôs? — pergunto.

Aproximando-se de mim com uma sensualidade que me seca a boca, diz:

— The Pasadenas. Uma banda inglesa que tem muito a ver com a Motown dos anos 1960. Misturavam *funk* tradicional com *rhytm & blues* e pop. Eram muito bons. — E parando à minha frente, pergunta: — E o que faz uma jovem como você sozinha neste lugar?

Pego o copo que ele me estende e, depois de beber um gole com gosto de relâmpago, respondo:

— Estou viajando e decidi sair para beber um drinque.

— Sozinha? — insiste.

Louca para que ele me toque e me beije, eu me aproximo um pouco mais e murmuro:

— Sozinha não, estou com você.

Dylan sorri. Sabe que eu entrei no jogo. Depois de beber um gole de sua bebida, diz:
— Sabe, senhorita? Gosto de ver e admirar coisas bonitas.
— Ora...
Meu amor assente e repete:
— Sim, ora...
Durante um tempo nos olhamos sem dizer nada. Ambos estamos ansiosos para dar o passo seguinte.
— Srta. Lemoine, quer dançar comigo?
— Claro, sr. Dupont. Mas pode me chamar de Claire. É mais íntimo.

Eu me entrego a seus braços, e, quando ele aproxima seu corpo do meu, pergunto ao ouvir quando começa outra canção:
— Essa canção também é dos Pasadenas?
Dylan assente, e eu digo:
— E como se chama?
— *Enchanted Lady*.

Dançamos. Curto a maravilhosa música e a sensualidade com que meu amor se mexe. Sinto sua boca perigosa passear por minha orelha e fico toda arrepiada quando murmura:
— Você dança muito bem, srta. Claire.
— Você também não dança mal, sr. Dupont.
— Pode me chamar de Jean-Paul. É mais íntimo.

Mãe do céu... mãe do céu... Esse joguinho está me deixando maluca! Deixo-me levar.
— Nossa proximidade está me excitando. A você também? — diz ele.

Assinto com a cabeça. Não consigo nem falar; ele pousa as mãos em meu traseiro e sussurra:
— Há um homem lá no fundo que não tira o olho de você. Sem dúvida você o atrai tanto quanto a mim.

Suas mãos começam a levantar meu vestido, e, quando ele as introduz embaixo, murmura:
— Importa-se de que eu a toque enquanto ele olha para nós?

Nego com a cabeça. Estou tão excitada que nada me importa. Enquanto continuamos dançando, ao compasso da canção sensual, sinto suas mãos grandes e quentes em meu traseiro. Ele me aperta, e eu gemo com descaro.

Deus, que tesão!

Dylan sorri e, passando o dedo pela borda inferior de minha calcinha, prossegue:

— Sua pele é sedosa, Claire, e o cheiro do seu cabelo me deixa louco.

Não digo nada. Continuo não conseguindo. Se eu disser o que me deixa louca, a brincadeira vai acabar ali mesmo, de modo que continuo dançando em silêncio. Deixo que suas mãos ávidas adentrem cada vez mais debaixo de minha calcinha. Ele enfia um dedo em minha vagina e mexe com delicadeza. Masturba-me enquanto fala francês em meu ouvido. Não entendo o que ele diz, só entendo sua segurança, seu erotismo e sua paixão para me levar ao cume mais alto do prazer enquanto o ouço sussurrar:

— *Je t'aime... Je t'aime...*

Isso sim eu entendo!

Quando acho que vou explodir de amor, de felicidade e de prazer, Dylan retira o dedo de mim e, sem dizer nada, começa a desabotoar meu vestido. Olho para ele e sua boca vai direito para a minha, mas não me beija. Ele passa os lábios pelos meus, e, quando não aguento mais, a tentação me faz morder seu lábio inferior. Não o solto enquanto ele continua desabotoando meu vestido.

Quando meu vestido cai no chão e fico só de calcinha e sutiã, solto o lábio dele e ele diz:

— *Tigresse passionnée.*

Acho que me chamou de "tigresa apaixonada". Que graça! Olho seu bigode e rio ao ver que está descolando de um lado. Colo-o de novo. Parece que ele vai rir também, mas então suas mãos vão para o fecho dianteiro de meu sutiã, soltam-no, e, quando meus seios ficam expostos diante dele, exclama:

— *Oh là là! Précieux!*

Ambos sorrimos. Depois de chupar meus mamilos até deixá-los duros, enquanto eu arfo feito louca, ele desce a boca até meu umbigo e o beija. Suas mãos contornam minha cintura e ele me enche de beijos quentes e íntimos. Eu arfo, e quando sua boca desliza mais para baixo, até minha calcinha, depositando doces beijos sobre ela, ouço-o dizer:

— *Souhaitable.*

Não sei o que é isso. Não entendo francês, mas não me importa. Não quero que ele pare. Quero que continue. Tremo diante de suas carícias, e então, levantando-se, sussurra perto de minha boca enquanto noto que ele desabotoa a calça:

— Claire, vire-se, afaste as pernas e segure na poltrona aí atrás. Vou comer você como ninguém nunca comeu.

Uau, que tesão!

Faço o que me pede. Enquanto afasto as pernas, ele pousa uma mão à altura dos meus rins e me força para baixo, enquanto, sem falar, leva a ponta do pênis até minha vagina úmida e com uma única estocada me penetra.

Ambos gritamos diante da bruta intromissão. Ah, Deus, como estamos excitados. Meu amor mexe os quadris para entrar mais e mais em mim, e sinto como meu corpo o aceita com prazer.

Segurando meu cabelo, ele puxa minha cabeça para trás com suavidade e murmura em meu ouvido:

— Assim, Claire... muito bem. Arqueie o corpo para que eu possa entrar mais em você. Gosta assim?

Fazendo um esforço, respondo:

— *Oui...*

— *Mon amour* — sibila ele entre dentes. — Mais um pouco. Permita-me entrar um pouco mais. Assim... assim... Ahhhh...

O alcance de sua penetração nos faz tremer. Sem dúvida alguma, Jean-Paul quer me deixar sua marca.

— Todinha... assim... todinha — geme.

— Dylan...

Um tapa me faz voltar à realidade. Ele para e diz:

— Eu sou Jean-Paul. Dylan não tem lugar neste jogo, entendeu?

Assinto. Foi mal. Para que tudo funcione, não posso sair do jogo.

Ele volta ao ataque. Arremete contra mim como um louco e o ouço gemer, enquanto sinto que seu pênis chega até o final de minha vagina. Eu me arqueio para lhe dar toda a profundidade possível.

— Isso... assim...

— Hummm — gemo.

— Assim, Claire... Muito bem, pequena... me deixe comer você.

Meu gemido e minha súplicas o atiçam. Ele sabe que eu gosto do que ele faz, e não hesita em repetir. Várias vezes ele afunda em mim sem piedade, disposto a me arrancar centenas de gritos de luxúria; até que passa a mão por meu ventre e, descendo até meu sexo, abre-o, toca-o e murmura com voz apaixonada, enquanto seu dedo acaricia meu clitóris:

— Convidei o homem que estava nos olhando para entrar em nosso jogo. Tudo bem?

— *Oui* — respondo, excitada.

Isso faz disparar meu coração, e Dylan percebe, porque murmura em minha orelha:

— Agora somos três. Abra mais as pernas... mais. — Ele me obriga. — Deixe que ele chupe você. Está sentindo? Sente como ele suga seu clitóris com a boca, enquanto eu como você e a possuo?

Não consigo responder. O prazer, o tesão, a luxúria do momento me invadem enquanto ele murmura em francês:

— *Je me ravis de vous avoir. Vous êtes délicieuse.*

Ele prossegue seu assédio como um louco, enquanto eu grito e arfo de prazer, exigindo que não pare e que me coma com mais força.

Meu último presente está sendo especial, incrível, e não quero que acabe nunca.

Essa noite, Jean-Paul e um convidado fazem amor com Claire em várias oportunidades, e, quando os dois vão embora, meu amor e eu vamos para a cama, felizes e satisfeitos depois do nosso jogo erótico.

8

E só penso em amar você

No dia seguinte, depois de nossa incrível noite de sexo, Dylan volta ao trabalho, e isso me provoca uma grande tristeza. Tenho saudades. Sinto falta dele. Quero continuar brincando com ele, mas entendo que a vida não é feita só de sexo. Ou será que é?

Rio ao pensar nisso, e, embora me custe, sei que o dr. Dylan Ferrasa trabalha e que eu hei de me acostumar a isso.

Os dias passam; visito Ambrosius sempre que posso, sozinha ou com Dylan. Ele adora nos ver. Sem dúvida alguma ele não precisa de vigilância; é um homem que sabe muito bem o que quer, e o que ele quer é minha avó. Ele fala dela. Mostra-me fotos dos dois, e eu só posso olhar e alucinar ao ver que as coisas que minha avó me contou, como que havia conhecido Elvis Presley e os Beatles, eram verdade.

Tenho cada vez mais intimidade com minha cunhada Tifany e suas amigas. São as únicas amigas que tenho aqui, apesar de serem tão superficiais. Mas é o que há, e rio com elas. Certa manhã vou com Cloe, Ashley e Tifany à Rodeo Drive, e chega uma hora que acho que minha cabeça vai explodir.

Socorro!

Elas se chamam de "linda" ou "amor", e, embora no começo eu achasse engraçado, depois de ouvir mil vezes "Linda... é ideal", "Amor... superadoro você" ou "Linda, ouça", estou a ponto de matá-las.

Como podem ser tão metidas?!

A Rodeo Drive é maravilhosa. Um lugar bem cuidado, exclusivo e incrível. Mas, cada vez que olho a etiqueta de qualquer coisa, fico doente.

Isso custa essa dinheirama toda mesmo?

Incrédula, vejo Ashley gastar uma fortuna em um vestido e um par de sapatos, e até acho que vou ficar tonta. Pelo amor de Deus... eu não ganhei tanto dinheiro assim na minha vida toda!

Minha mentalidade de pessoa normal e não ultrametida não me permite gastar 2 mil euros em um par de sapatos quando sei que posso encontrar um por 20. Sei que vou ter que me acostumar, meu poder aquisitivo depois do casamento com Dylan mudou; mas não mudaram os valores que meus pais me ensinaram, e nesses valores não cabe gastar esse dinheirão.

Todas elas me incitam a comprar algo, mas eu resisto. Não quero usar o cartão de crédito de Dylan, apesar de ele ter me incentivado a usá-lo. E me recuso a jogar dinheiro fora desse jeito, com tanto desemprego que há em meu país. Uma coisa é fazer isso um dia por algum motivo especial, e outra, como norma.

Ainda assim, elas conseguem me fazer provar um vestido vermelho lindo, e quando me olho no espelho me sinto incrível, bonita e poderosa.

Mãe do céu, que gata! O vestido fica como um anel no dedo.

— Você está super... superdivina! Superideal... Linda! — dizem elas.

— Se Dylan a vir com ele, vai fazer você comprá-lo — afirma Tifany.

Com uma expressão gentil, a vendedora olha para mim e explica:

— É um vestido retrô com detalhes prateados. É de xantungue de seda natural, e ficou muito bem em você.

Concordo. A verdade é que eu nunca me vi num vestido assim, e estou alucinada. Disfarçadamente, olho a etiqueta: 8.200 dólares. Minha mente os converte rapidamente em euros: 6 mil euros! Coisa de maluco!

Não. Nem louca vou gastar esse dinheiro.

Sem me deixar iludir pelos elogios de minhas acompanhantes, tiro essa maravilha e com todo o cuidado do mundo o entrego à vendedora.

Como é bonito!

Mas não, não o compro.

Durante um tempo fico vendo minhas três companheiras experimentarem e comprarem centenas de coisas, até que sinto que minha tolerância chegou ao limite e digo a Tifany:

— Preciso beber alguma coisa.

Minha cunhada, linda e metida, concorda rapidamente, e nós quatro saímos daquela loja caríssima e entramos em um café, onde tenho certeza de que vão nos cobrar por cada passo que dermos.

Eu peço uma Coca-Cola com gelo extra, pois estou morrendo de sede. Elas pedem café com uma nuvenzinha de leite desnatado, enquanto Ashley sussurra:

— Rebeca vai se divorciar.

Tifany e Cloe se olham, alucinadas. Como eu não conheço essa tal de Rebeca, continuo bebendo, tranquila.

— O que está me dizendo, amor? — murmura Tifany. — Mas se faz quinze dias que estivemos no shopping e ela comprou aquele vestido alucinante...

— Juro por meus cosméticos importados — assente Ashley.

Tenho que rir. Ashley é hilária. É tão... tão... tão metida que não consegue disfarçar, e seus comentários são de morrer de rir.

O garçom, que, verdade seja dita, é lindo demais, traz uma bandejinha com biscoitos para acompanhar o café, e todas olham para ele pestanejando, como adolescentes de quinze anos. Essas três! Quando ele sai, Ashley continua:

— Fiquei sabendo por Lupe, minha empregada, que é amiga da empregada de Rebeca. Ela me contou que há uma semana discutiram porque o sem graça do Bill não queria ir à festa do dia 15.

— O jantar de gala? — pergunta Tifany incrédula.

— Ah... coitada. Ela comprou um vestido tão incrível na Yves Saint Laurent para esse jantar — murmura Cloe.

Ashley confirma e comenta:

— Esse Bill sempre foi um desmancha-prazeres.

— É mesmo — afirma Cloe. — Lembram quando ele também não quis ir à inauguração do Shenton?

Todas confirmam com expressões de censura, e Ashley sentencia:

— Eu liguei ontem à noite para saber dela, e ela me contou todo. Definitivamente, está se divorciando de Bill.

Eu não acredito. Ela vai se divorciar porque ele não quer ir a uma festa?

Tifany concorda e comenta:

— Bom, acho que Rebeca não vai sofrer muito, afinal vai ser seu terceiro divórcio, e ela sempre se dá bem. Não foi no último que ela foi se recuperar no Taiti?

As três "lindinhas" se olham e confirmam, e Ashley acrescenta:

— Amorzinhos, como diz Rebeca, para os momentos difíceis, Donna Karan. Rio. Donna Karan?!

Morro de rir com elas. Se minha Coral estivesse aqui, já as teria chamado de tudo, menos de bonitas.

— A propósito, outro dia Omar entregou a Dylan o convite para o jantar. Ainda falta tempo, mas vocês vão, não é? — pergunta minha cunhada.

Olho para ela. Não sei do que ela está falando.

— Lindinha, é o jantar de gala organizado pela gravadora de Omar — explica. — É o 15º aniversário, e vão comemorar com uma festa maravilhosa, cheia de estrelas. Você não pode faltar.

Dylan não me disse nada, mas, para não deixá-lo mal, afirmo:

— Claro. Claro que iremos.

Minha resposta a deixa satisfeita, mas fico pensando por que Dylan não comentou nada comigo. Eu quero ir a esse jantar. Contudo, tento permanecer impassível. Não quero que notem meu desconcerto.

Quando decidimos ir, Cloe insiste em pagar. Nem preciso dizer que meus olhos se arregalam ao ver quanto custa um café nesse lugar. INCRÍVEL.

Quando saímos, depois de mais uma hora entrando em todas as lojas da Rodeo Drive, Cloe e Ashley vão embora, graças a Deus, e eu obrigo minha cunhada a me levar a um shopping, pois quero comprar umas roupas.

Tifany no início resiste, mas, ao ver que estou falando totalmente sério, por fim aceita e me leva a um de lojas normais. Caras, porque é Los Angeles, mas acessíveis para meu cartão de crédito. Entramos em várias e ela não compra nada. Eu, porém, compro botas novas, jeans e duas camisetas. Em uma das lojas vejo dois vestidos de festa incríveis. Um vermelho e outro preto. Decido experimentá-los e comprar um dos dois para o jantar da sexta-feira com meu amor. Quero impressioná-lo.

— O que acha deste vermelho?

— O que você experimentou na Rodeo Drive era mais chique, amor.

— Mas você gosta? — insisto.

— Experimente o preto — responde Tifany. — Esse não me diz nada.

Experimento, e ao me olhar no espelho me acho linda. Acho que a bolsa de festa que Dylan me deu no Dia dos Namorados vai combinar bem. A saia é de gaze e o corpo, drapeado com decote canoa. Tifany se levanta, olha para mim, assente com a cabeça e exclama:

— Superadorei!

Olho para ela contente. Então, ela pega a etiqueta pendurada na manga e, alucinada, sussurra olhando para mim:

— Custa só 273 dólares?

Assinto com a cabeça. Convertidos para euros, são uns 200. Um preço acessível para mim, especialmente para um vestido de festa.

Não é um vestido de grife supermegacaro, mas eu gosto, sinto-me confortável com ele, e para mim isso é o importante.

— Incrível! — exclama Tifany. — É lindo... lindo.

Assinto. Ela recolhe meu cabelo e diz, me fazendo rir:

— E se você fizer um coque italiano, aí ficar *supertruper*!

Compro o vestido, e acabadas as compras sentamo-nos em uma varanda do shopping para beber alguma coisa. Quando Tifany vai ao banheiro, meu celular apita. Uma mensagem.

"Onde você está?"

Ao ver que é Dylan, sorrio e respondo:

"No shopping com Tifany."

Meu celular torna a apitar.

"Estou o dia todo pensando em você. Hoje vou chegar cedo. Não demore, linda."

Divertida, pergunto:

"Algum plano?".

Ele não tarda a responder:

"Com minha coelhinha, sempre".

Ler o apelido pelo qual só ele diz me faz sentir calor imediatamente. Minutos depois, Tifany volta. Tomamos um café juntas e em seguida voltamos para casa.

Estou impaciente.

Quando o táxi me deixa na porta, sorrio. Atrás dessa grade está meu amor, e meu coração dispara. Seu carro está ali. Ele já chegou!

Ao não o encontrar na sala, subo correndo a escada. Ouço música no banheiro. Ele está escutando Bryan Adams. Guardo o vestido no armário para que ele não o veja e me dirijo para lá.

Ao entrar, a vista que meu morenaço me oferece é impressionante.

Ele está na banheira, com a nuca apoiada na borda, uma taça nas mãos e os olhos fechados.

Dylan é mais que *sexy*!

Ele deve ter me ouvido, porque abre os olhos e olha para mim. Observa-me com o olhar sério e murmura:

— Essa minissaia branca ressalta seu bumbum bonito e suas lindas pernas, sabia?

Isso me faz rir; respondo:

— Não. Mas estou sabendo agora.

Ele sorri e, depois de beber do copo que tem nas mãos, murmura:

— Tire a roupa.

Sua voz cheia de sensualidade e o jeito como olha para mim me deixam louca. Sem que precise repetir, faço o que ele me pede e eu desejo. Tiro os sapatos, a minissaia, a blusa, o sutiã e a calcinha. Quando vou me aproximar, ele diz:

— Não se mexa. Fique onde está até que eu diga.

Olho para ele surpresa. Sem tirar os olhos de mim, com o dedo ele faz esse gesto de que eu tanto gosto: para que eu dê uma voltinha. Faço isso sorrindo. Quando nossos olhos tornam a se encontrar, Dylan dá outro gole de sua bebida, depois deixa o copo na lateral da banheira e se levanta.

Mamma mia! Ele é impressionante.

Com esse corpo... Sua pele morena... Seu pênis ereto pronto para mim, já me deixa atacada, e fico impaciente para ver estrelas.

Ele sai da banheira e, encharcado, fica a certa distância de mim.

Olha para mim e, com expressão séria, pergunta:

— Onde você esteve?

— Fazendo compras com Tifany e suas amigas. Já disse.

Ele assente. Passa a mão pelo queixo e, quando vou falar, ele me corta:

— Algum homem olhou para você?

Sua pergunta me surpreende; respondo:

— Não sei. Não reparei.

Ele assente. Dá um passo para mim, depois outro... e outro... e quando seu peito roça meu corpo, olhamo-nos; ele murmura:

— Com certeza algum homem desejou abrir suas pernas e beber de você, não acha?

Não entendo aonde ele quer chegar. Ao ver minha expressão, ele insiste:

— Tenho certeza de que mais de um olhou seus seios hoje, seu bumbum, e deve ter desejado levantar essa saia para enfiar as mãos e a boca entre suas pernas.

Ouvi-lo dizer isso me excita. Estou ficando a mil, e ele prossegue:

— Hoje tive duas reuniões no hospital. Fui apresentado a uns homens, e entre eles estava um velho amigo; e pensei em você.

— Por que pensou em mim? — pergunto, surpresa.

Suas mãos vão para meu cabelo. Está preso em um rabo de cavalo alto. Desfazendo-o, ele murmura:

— Eu já dividi uma mulher com ele, e imaginei você nua entre nós dois e me excitei.

Boquiaberta, vou falar, quando ele prossegue sem nenhuma vergonha:

— Depois da reunião, tive que entrar no banheiro de minha sala e me masturbar.

— Ah, é?

Ao ouvir minha exclamação, Dylan sorri e repete:

— Sim... é! — E em um tom de voz mais baixo, que me deixa com taquicardia, acrescenta: — Quando saí do banheiro, tinha certeza de uma coisa, linda. Adoro nossos jogos, adoro nosso tesão e desejo ver outro homem devorá-la enquanto eu lhe dou acesso a você, vendada.

— Vendada?

Ele assente.

— Não quero que ele a olhe nos olhos.

Começo a rir, mas ele não; continua:

— Não prometo mais que isso. Não sei se na hora vou conseguir ver ou fazer isso, mas estou tão excitado que, se você quiser, basta eu ligar e em 20 minutos ele estará aqui.

Mãe do céu!

Que bomba ele acaba de soltar em cima de mim.

Reencontrou um velho amiguinho de farra e quer me dividir com ele.

Sinto-me excitada, animada, exaltada, sufocada, alterada e alvoroçada. Estou tão transtornada pelo que ele disse que só consigo responder:

— Sou sua coelhinha. Sou sua, e se você quiser, para mim tudo bem.

Ele sabe que não será meu primeiro *ménage à trois*.

Dylan assente com uma expressão contrariada, mas estende a mão, pega o celular na pia do banheiro e, depois de uns segundos, ouço-o dizer:

— Você tem meu endereço.

Quando desliga o celular, murmura:

— Eu comeria você agora mesmo, mas quero que estejamos muito, muito excitados para o que vai acontecer. Venha... quero prepará-la.

Entramos juntos no enorme chuveiro; ele abre a torneira e a água começa a sair pelo teto moderno. Ele pega o sabonete líquido, verte um pouco nas mãos e a seguir espalha-o por meu corpo. Por todo meu corpo. Toca-me com carinho, passa as mãos úmidas e escorregadias por minha vagina e murmura:

— Eu já fiz outros *ménages*, e hoje quero fazer com você.

— Vamos fazer — afirmo, excitada.

— O que vamos fazer excita você?

— Sim — assinto sem hesitar.

Dylan me beija. Ele me deseja, mas se reprime. Eu o provoco, quero sexo, mas ele sorri e sussurra:

— Depois, meu amor... depois.

Entre beijos ardentes, deixo que ele me lave, que percorra meu corpo com carinho. Quando ele toca meu clitóris e eu arfo, ele murmura:

— Diga que isso será sempre só meu, mesmo que eu permita que outros brinquem com ele e o saboreiem enquanto realizarmos nossas fantasias.

Assinto. Suas carícias me fazem arfar, e com tesão respondo:

— É e será só seu, meu amor. Você dirigirá a fantasia em busca de nosso prazer mútuo. Só você permitirá que alguém brinque com ele quando você quiser.

— Quando eu quiser?

Ele sorri com voz rouca, afundando o dedo em mim.

Faço que sim com a cabeça, enormemente excitada.

— Sua coelhinha está sempre pronta para você.

Nós nos beijamos. Seu beijo tem gosto de mel, de delícia. Com firmeza, pego seu pênis duro e, olhando para ele, murmuro:

— Diga que isto será sempre meu, mesmo que um dia eu permita que outra mulher brinque com ele.

Dylan sorri e murmura:

— É e será sempre seu, meu amor.

Quando saímos do chuveiro, ambos estamos superexcitados. Falar nos excitou ainda mais. De repente, ouvimos tocarem a campainha.

Olhamo-nos. Sabemos quem é. Enrolando uma toalha em volta dos quadris, Dylan me pergunta:

— Tem certeza?

Assinto, mas, segurando-o, pergunto eu:

— E você, tem certeza?

Dylan olha para mim e responde:

— Espere aqui. Virei buscá-la.

Quando fico sozinha no enorme banheiro, o nervosismo se apodera de mim. Estou histérica. Isso vai além da nossa brincadeira de "Adivinhe quem sou esta noite".

Eu me olho no espelho; rapidamente pego um pente e desembaraço o cabelo. Por Deus, como estou alterada! Até pareço uma novata. Dylan está demorando. Minha histeria cresce.

Quando a porta se abre e o vejo entrar, fico muda, até que ele diz:

— Ele está no quarto azul.

Agradeço. Quero que nosso quarto seja só nosso.

Ele me beija. Sua língua percorre minha boca com deleite e exigência. Quando se afasta de mim, Dylan sussurra:

— Estou imensamente excitado, meu amor.

Não sei o que dizer quando vejo que ele tem nas mãos várias coisas. Entre elas, meias, uma máscara escura e sapatos vermelhos de salto altíssimo. Ele vê que estou olhando e explica:

— Comprei hoje para você.

Assinto com a cabeça e ele continua:

— Ponha as meias.

Ponho-as em dois minutos. São vermelhas também, e, quando a renda se ajusta às minhas coxas, Dylan se agacha e põe os sapatos em mim.

Quando termina, levanta-se, toca a chave que ele mesmo me deu, que está em meu pescoço, e murmura:

— Para sempre.

— Para sempre — repito.

Dito isso, levanta a máscara escura que tem nas mãos e diz:

— Vou pôr isto em você. Não quero que você olhe para ele. Não quero que saiba quem é o homem que, além de mim, vai usufruir de seu corpo e fazê-la gritar de prazer. Para isso continuo sendo egoísta, meu amor. Quando entrarmos no quarto, deixarei você em cima da cama, e vou lhe pedir o que quiser, certo?

Aceito. Como ele, estou imensamente excitada. Depois de pôr a máscara em mim, ele me pega no colo e, dando-me um beijo, murmura:

— Vamos curtir, coelhinha.

Com o coração a mil, deixo-me guiar. Ouço música. Sorrio. Quando Dylan para, sei que chegamos e que outro homem além dele me observa. Dylan me deixa com cuidado em cima da cama, dá-me um beijo nos lábios e se afasta.

Durante um momento que me parece eterno, ninguém se mexe, ninguém diz nada. Só sei que me observam; até que ouço a voz de Dylan.

— Meu amor, abra as pernas e afaste as coxas.

Faço o que ele me pede, enquanto minha respiração se acelera. Não vejo nada. Não sinto nada. Mas sei que há dois homens aí querendo me possuir, e que vou me entregar a eles.

Ninguém me toca; meu amor diz:

— Abra seus lábios vaginais com os dedos e mostre-nos seu paraíso carnal.

Sem hesitar, faço o que ele me pede, cheia de erotismo. Se há algo que me agrada e que me apaixona em Dylan é seu jeito elegante de falar, de pedir as coisas, de me amar. Ele não é vulgar. É único, especial.

Estou excitada fazendo o que ele me pediu, quando uma voz que não reconheço murmura:

— Muito... muito desejável.

A seguir, umas mãos sobem por minhas pernas e param sobre a renda em minhas coxas. Tremo. Essas mãos não são do meu amor. Eu sei. Não as reconheço. Queria ver o olhar de Dylan. Queria olhar em seus olhos e saber que está tudo bem e que ele gosta disso, mas não posso. Ele não deixa.

A respiração do desconhecido chega a minha vagina. Sinto-o perto.

Muito perto.

Pressinto que ele me observa, que me deseja, e isso me faz arfar, inquieta. A voz de Dylan soa em meu ouvido.

— Eu quero uma coelhinha descarada, ardente e entregue. Meu amor, vou amarrar suas mãos como naquele dia que estivemos com meu amigo pintor, tudo bem? — Assinto. — Abra as pernas, curta e faça-me curtir.

Ele pega minhas mãos e faz o que disse. A seguir, diz:

— Pode tocá-la.

— Só tocá-la? — pergunta a voz desconhecida.

— Lembre o que conversamos.

Essa estranha conversa me excita. Deixa-me com tesão. Falam de mim e do prazer que querem me proporcionar, e isso me deixa a mil. A cama se mexe. As mãos que senti segundos antes voltam às minhas pernas, e, afastando bem minhas coxas, o homem diz:

— Que manjar suculento você me oferece, amigo.

— Comece antes que eu me arrependa.

A voz de Dylan parece tensa. Não preciso vê-lo para saber. Chamo-o:

— Dylan.

— Sim, meu amor.

Sem vê-lo, só sentindo-o ao meu lado, murmuro:

— Se você não está bem, eu não quero...

Ele me beija. Toma minha boca devagar e, quando se afasta, diz:

— Calma, estou bem. Vamos aproveitar.

O desconhecido beija a face interna de minhas coxas. Arfo ao notar que ele tem barba e bigode.

É uma bobagem, mas eu nunca estive com um homem de barba ou bigode, e é uma sensação estranha, diferente.

— Gosta? — pergunta a voz rouca de Dylan em meu ouvido.

Assinto, e então noto que esse homem abre meus lábios vaginais e esfrega sua barba em mim.

Dylan volta a se apoderar de minha boca, enquanto o desconhecido toma meu sexo. Os dois me saboreiam ao mesmo tempo, e eu só posso curtir, arfar e me entregar a eles, dando-lhes acesso a meu corpo, a minha essência.

Durante vários minutos, enquanto a única coisa que se ouve é essa música para mim desconhecida, dedicamo-nos a curtir o sexo, e eu me abandono às sensações que esses dois homens me provocam.

Sentir quatro mãos e duas bocas em diversos lugares de meu corpo é algo incrível. Muito excitante.

A boca de Dylan abandona a minha, desce por meu pescoço e acaba em meus seios.

Ah, sim!

Ele os mima, chupa, mordisca meus mamilos, até que sua boca torna a descer, agora até meu umbigo. Sinto que suas mãos abrem minhas coxas, e, enquanto o desconhecido acaricia meu clitóris, ele diz:

— Você está tensa, meu amor... relaxe e entregue-se.

Tento, mas não consigo, e por fim exijo:

— Desamarre minhas mãos. Deste jeito não consigo relaxar.

Noto Dylan se mover e fazer o que lhe peço.

Livre das amarras, estico os braços; quero que ele me abrace. Ele me abraça, mas sinto-o tenso.

O que é que há com ele?

Ele me beija de novo, enquanto o desconhecido continua se divertindo entre minhas pernas; eu gosto e suspiro pelo que ele me faz. Deus... que tesão me provoca!

De súbito, Dylan abaixa minha máscara e olha em meus olhos.

— Gosta do que ele está fazendo?

Não posso responder. Com a língua e o dedo o homem me possui. Depois de soltar um novo gemido, murmuro, deliciada:

— Sim.

Com movimentos cada vez mais provocantes, o estranho introduz e tira os dedos de minha vagina, enquanto meu amor me beija e olha em meus olhos. Mas seu olhar me desconcerta. Não sei se ele está curtindo ou não o momento, e fico tensa, sem poder me controlar.

— Não quero que você chegue ao orgasmo até que eu diga.

— Dylan, não sei se...

— Chhh... Obedeça.

Certa de que não vou conseguir, eu me mexo enquanto esse desconhecido que não vejo continua seu assédio. O zumbido de um brinquedo soa no quarto e, quando ele o coloca sobre meu clitóris inchado, dou um grito. Tento me mexer, mas eles não me deixam. Eles me imobilizam, e eu me convulsiono de prazer.

— Ahhhhh... — grito.

— Não feche as pernas, boneca... Assim... bem abertas para mim — pede o homem que não vejo.

Ao ouvir sua voz, olho para Dylan, que me devolve o olhar sério.

— Isso... deixe-se levar... fique molhadinha, mas não goze, meu amor. Não ainda.

Enlouquecida pelo que essa ordem me faz sentir, eu me obrigo a manter as coxas abertas, e noto-me encharcar com meus próprios fluidos.

Após afastar o brinquedo de meu clitóris, o homem me chupa, e eu quase deliro.

— Adoro o sabor de sua mulher — diz. — Doce e amargo ao mesmo tempo. Eu passaria a noite inteira bebendo-a. Sua boneca é divina.

— É deliciosa — afirma Dylan com uma expressão sombria, olhando-me.

Meus suspiros se tornam imensamente altos, e ele toma minha boca. Quero gritar, mas meu amor não me deixa. Ele me beija. Absorve meus suspiros e sussurra, quase como se convencesse a si mesmo:

— Um pouco mais... só um pouco mais.

Um pouco mais? Um pouco mais de quê?

— Isso, linda... assim... Que clitóris lindo você tem... adoro. Gosta do jeito como eu o devoro?

Sinto sua língua dando batidinhas, e, me pegando pelo bumbum, ele me levanta para si e me suga deliciosamente.

— Dylan!

Aperto os dentes. Sinto que vou gozar, mas meu amor insiste:

— Não goze... ainda não...

Os tremores se apoderam de mim. Primeiro as pernas e agora a vagina, enquanto o homem continua me chupando sem piedade. Acho que não vou poder me conter, quando ouço o zumbido de novo. E, aproximando outra vez o brinquedo de minha vagina, ouço o desconhecido dizer:

— Aguente, boneca... Não goze, dê-me seu néctar só um pouquinho mais. De novo meus fluidos me encharcam e a boca dele os chupa.

— Sou um sádico, eu sei, mas preciso sentir que controlo a situação — murmura Dylan, olhando para mim.

Mas em seu rosto não vejo o que quero. Não há o prazer que eu sinto, e fico desconcertada ao me ver nessa situação. Uma situação na qual dou prazer e o recebo, mas não do meu amor.

De súbito, com um sibilo rouco, Dylan diz:

— Encha-a de você...

Ele me põe a máscara e de novo tudo volta à escuridão. Sinto meu amor se afastar de mim, pegar minhas mãos e levá-las acima de minha cabeça. Ele as segura enquanto o outro homem se coloca entre minhas pernas e segundos depois me penetra. Segurando meus quadris, ele entra em mim. Eu arfo. Está acontecendo.

Eu me arqueio na cama e o sinto passar as mãos por baixo de meu corpo para me aproximar mais do seu. Sinto seu peso sobre mim; Dylan solta minhas mãos. Sem saber o que fazer com elas, levo-as até o homem que me possui; até que de repente sinto que ele sai de mim precipitadamente, e ouço meu marido dizer:

— Fora... Vá embora...

Com a respiração entrecortada, fico deitada na cama até que ouço a porta do quarto se fechar. Espero sem me mexer.

Dylan tira a máscara de mim, olha em meus olhos e murmura com uma expressão abatida e consternada:

— Não consigo, Yanira... não consigo.

Eu já intuía que alguma coisa estava acontecendo.

Eu o abraço, e permanecemos assim um bom tempo, até que ouço que o outro homem vai embora. Eu não o vi. Não sei quem é. Minutos depois, Dylan e eu nos levantamos da cama e vamos para o chuveiro de nosso quarto. Uma vez ali, eu o abraço com carinho, e ele confessa:

— Eu me odeio por ter proposto isso. Não devia ter feito isso.

— Dylan, fique calmo.

— Eu achei que ia conseguir. Pensar na situação me deixava excitado, mas quando a vi com ele, eu...

— Calma.

Pondo sabonete nas mãos, ele diz:

— Deixe-me lavar você. Preciso tirar o cheiro dele de você; preciso que você só exale seu cheiro para mim.

Assinto e, em silêncio, permito que ele me lave cuidadosamente. Ele está atormentado, olha em meus olhos e não diz nada. Até que, depois de um beijo doce, murmura:

— Desculpe, meu amor.

— Por quê? — pergunto abraçando-o.

Depois de sustentar meu olhar por alguns segundos, por fim Dylan responde:

— Por querer incluir algo em nossa vida e não ser capaz de ir até o fim. Achei que poderia. Imaginar o que eu queria que acontecesse não teve nada a ver com o que senti enquanto ele a possuía. O momento me deixava excitado, mas eu...

— Calma, Dylan, meu amor.

— Não sei o que acontece comigo, Yanira. Quero fazer, as coisas que imagino me excitam, mas... mas... depois não consigo... Fico louco. Não posso.

Emocionada por suas palavras, faço-o olhar para mim. Sorrio, beijo-o e, por fim, murmuro com convicção:

— Eu só preciso de você... de você.

Dylan me prende em seus braços, aprisiona-me contra a parede, e seu olhar diz tudo. Ele precisa de mim. Precisa me sentir sua; se afundar em mim. E eu, disposta a me entregar mil vezes ao homem que amo com toda a minha alma, digo:

— Eu o desejo, meu amor... Faça o que quiser... eu preciso.

Sem dizer nada, ele me penetra com seu membro duro e ereto, e eu arfo ao recebê-lo. Segurando seus ombros, eu me acoplo a ele, e uma vez dentro de mim ele murmura com fúria:

— Só quero sentir você assim para mim... só para mim.

Seus quadris se mexem com firmeza, enquanto seu grito de posse enche o banheiro.

Eu o beijo. Nossos suspiros se misturam. Quero que ele saiba que meu beijo é a aceitação total do que nós temos. Com movimentos rápidos e desesperados, ele faz amor comigo.

Com uma posse infernal, ele afunda em mim. Treme.

Estar com Dylan é a melhor coisa que já me aconteceu. Enquanto mordo seu lábio inferior, sinto que sua pele e a minha se fundem para se transformar em uma só. Seu corpo é uma prolongação do meu e vice-versa. Sua expressão vai se suavizando segundo a segundo. Sua raiva desaparece; eu só quero amá-lo, e que ele me ame.

A dureza do início passa a ser compenetração e desejo. Prendo as pernas ao redor de sua cintura para lhe dar mais profundidade, e com os braços em volta de seu pescoço, murmuro:

— Sou sua. Você sabe, não é?

Dylan confirma. Fico feliz em saber que ele sabe. Ele começa de novo a entrar e sair de mim com desespero, com ânsia, com paixão. Nossos movimentos rudes nos levam à beira da loucura, enquanto a água cai sobre nós e nos esforçamos para não escorregar e nos matar no chuveiro.

Beijo-o com ferocidade. Quero que perceba que só ele me faz sentir assim, e sei que consegui quando Dylan olha para mim e esboça um sorriso.

Com suas mãos em meu bumbum, ele me dá um tapinha, e eu adoro. Esse gesto bobo me tranquiliza. Ele me mexe para cima e para baixo em um ritmo infernal, enquanto o sinto vibrar dentro de mim. Dylan me beija com desespero.

Afunda em mim várias vezes, cada vez com mais força, com mais ímpeto, com mais ferocidade, e quando vejo que joga a cabeça para trás, solta um berro de guerreiro e range os dentes, sei que seu orgasmo está chegando e me deixo ir com ele. Com meu amor.

Quando terminamos, Dylan se apoia na parede do chuveiro com cuidado e vai escorregando até ficar sentado no chão, comigo em cima. Cansados, respiramos agitadamente vários minutos, enquanto o cheiro de sexo nos cerca. Quando olho para ele, sorrio e digo:

— Você é meu e eu sou sua. Não precisamos de mais ninguém.

Dylan concorda, e por fim, com seu belo sorriso, posso ver que está tudo bem.

9

Diga a eles

No dia seguinte, às 6h, quando Dylan se levanta para ir correr, não o deixo. Seguro-o na cama comigo.

Precisamos falar do que aconteceu. Ele sabe tão bem quanto eu e, com a cabeça apoiada no travesseiro, diz:

— Não sei o que me acontece. Quero, mas não consigo...

— Calma — sussurro. — Eu já disse que não precisamos de mais ninguém. Sua imaginação e a minha podem aceitar isso, não acha?

Sorrimos, e ele acrescenta:

— Mas você gosta. Eu vi ontem em seus olhos, em sua boca, em seu corpo, no modo como você se arqueava de prazer quando eu abri suas coxas e a ofereci a outro homem. — Ao ver minha expressão, ele sorri e diz: — Acredite ou não, eu também estava gostando, até que alguma coisa me bloqueou e tive que parar. Quando vi a cara do meu amigo, eu...

— Talvez o problema tenha sido que ele era seu amigo, não acha?

Dylan pensa e por fim responde:

— Não foi a primeira vez que ambos dividimos uma mulher.

Sinto uma pontadinha de ciúme no coração, mas digo:

— Talvez esse tenha sido o problema. Em outras ocasiões, você dividiu com ele mulheres pelas quais não sentia o mesmo que por mim. Eu sou sua mulher.

— Sim... — responde. — Acho que você tem razão. As outras não me importavam como você, e vê-lo possuí-la me deixou doente. — Ambos sorrimos, e ele murmura: — Vamos repetir com outra pessoa. Não quero privá-la, nem a mim, de algo de que gostamos.

Vou falar, mas ele põe o dedo em meus lábios e murmura:

— Meu amor, estou ficando de pau duro só de pensar. — Ele pega minha mão e a coloca em seu pênis, já ereto. — Ontem, a excitação quase me fez explodir. Ver você de pernas abertas para outro homem e para mim, ser testemunha do jeito como você ficava molhadinha...

— Você está me deixando de novo assim, doutor — brinco.

Meu amor sorri e, sem dizer nada, me dá o que lhe peço.

Passam-se os dias. Não tornamos a mencionar o ocorrido, nem a repetir a experiência, mas brincamos de "Adivinhe quem sou esta noite" e nos divertimos muito. Em nosso jogo erótico, no qual somos quem desejamos — policial, médico, marceneiro, militar, aeromoça, recepcionista... —, tudo vale para nosso gozo particular.

Dylan mergulha totalmente em seu trabalho, e a cada dia sinto mais sua falta. Seus longos turnos no hospital me matam, mas, como diria minha mãe, não devo me queixar, pois ele tem um emprego, e ainda por cima um que adora.

Sempre que vou buscá-lo no hospital, seu chefe me cumprimenta com gentileza, mas sei o que ele pensa de verdade. Faço-o se lembrar da atriz com quem se casou, e ele teme que um dia eu faça sucesso no mundo musical e Dylan passe pelo mesmo que ele.

Durante um tempo, meu marido tem que viajar bastante para ir a vários congressos. Sem que eu diga nada, ele me inclui em suas viagens, pois, como diz, somos um *pack* indivisível. Eu sorrio.

Enquanto ele está em um desses congressos, reuniões ou cirurgias, eu fico fazendo turismo pela cidade. Gosto disso. Eu me divirto e conheço lugares que nunca pensei que chegaria a conhecer. E o melhor de tudo é quando nos reencontramos, à noite, no quarto.

Nos dias em que ele não trabalha, esquece o resto do mundo e se concentra total e completamente em mim. Para ele só eu existo. Ele me mima, me beija, me ama. Saímos para jantar, almoçar, ele me leva para conhecer Los Angeles. Organiza fins de semana românticos em hotéis incríveis, e eu, na verdade, não poderia ser mais feliz. Ele faz tudo o que pode para demonstrar sua felicidade ao meu lado e o quanto me ama e me necessita.

Não comentei nada sobre o jantar de gala que Tiffany citou naquele dia. Adoraria ir, mas sei o que Dylan pensa desses eventos musicais. Não gosta nem um pouco, e eu, para não estragar o momento tão bom que estamos vivendo, me calo. Só quero ser feliz com ele. Minha carreira musical ficou em segundo plano.

Mas os dias passam, e às vezes fico entediada feito uma ostra e não sei o que fazer. Leio, escuto música, vejo filmes. Falo com minhas amigas pelo Facebook e pelo Twitter. Encho-me de chocolate em pó às colheradas. Saio com Tifany e suas amigas, vou fazer compras, vou à academia, mas nada é suficiente.

Preciso fazer algo produtivo!

Certa manhã, Tony passa por nossa casa para me visitar, e decido acompanhá-lo. Ele vai ao estúdio de gravação, onde tem uma reunião relativa a duas canções que vendeu.

Ao chegar lá, não me surpreende encontrar Omar e alguns executivos da gravadora. Eles me cumprimentam com afabilidade e eu sorrio, encantada, enquanto olho em volta. Que estúdio!

Quando vão embora, estimulada por Tony entro na cabine de gravação para não ficar ali sozinha, e Stefano, um dos técnicos de som, explica o funcionamento de todos aqueles aparelhos.

É incrível o que fazem!

Uma das vezes que volto do café, vejo Omar com uma morena provocante, que sorri e se oferece descaradamente para ele. Sinto raiva ao vê-los. Penso em Tifany e em tudo que ela está fazendo para conquistar seu amor e manter seu casamento. Fico indignada, e me dá vontade de pegar a cabeça de Omar e arrancá-la.

Moleque safado!

Com raiva, decido parar de olhar, mas, antes, acabo testemunhando meu cunhadíssimo dar um tapinha no bumbum da morena, que ri com luxúria.

Dou meia-volta e, sem querer ofender Leona, penso que ele é um filho da puta.

Cinco minutos depois, quando volto para a cabine de vidro, vejo passar um garoto do lado de fora e fico alucinada; é Kiran MC!

Caramba... caraca... caraca. Meu irmão Rayco e eu adoramos esse cantor, e em especial seu *rap* chamado *Cosa del talento*. Sem perceber, começo a cantá-lo mentalmente:

Volar aún más si cabe
olvidar lo que hay detrás.
Sumergirse en una historia
pa dejar atrás problemas.
Si con eso soy feliz
qué les importa a los demás

Adoro... Adoro... Adoro.

Quando eu disser a meu irmão que ele esteve a menos de dois passos de mim, ele vai ficar maluco!

Viva Kiran MC!

Contente, suspiro e sorrio. De súbito, abre-se a porta do aquário e vejo entrar uns músicos. Fico sem palavras quando reconheço J. P. Parker.

Pelo amor de Deus, J. P. Parker a um passo de mim!

Ele é alto, moreno, tem olhos cinza espetaculares e pinta de arrogante, porque sabe que é lindo. Ao me ver do outro lado do vidro, ele me cumprimenta. Como uma adolescente, retribuo o cumprimento com um sorrisinho bobo que até me envergonha.

Uau, J. P. Parker me deu oi!

De olhos arregalados, vejo-o trabalhar, e quando percebo já se passaram três horas! Mas acaba, e fico triste.

Estou me divertindo tanto!

Quando o estúdio de gravação fica vazio, Omar me faz um sinal e me convida a entrar. Ele sabe que gosto de tudo isso e não perde a oportunidade de me tentar com a música. Ao sair, damos de cara com Tony. Não parece muito contente. Está acompanhado por J. P. Parker, e olhando para mim diz:

— Preciso de sua ajuda. — E antes que eu possa responder, acrescenta: — Você tem que cantar isso com ele.

Quase tenho um troço, e digo com um fio de voz:

— Como é?!

— É uma canção com coro que eu compus, mas não o convenceu — explica Tony. — Mas tenho certeza de que se você a cantar junto, ele vai adorar.

Olho para ele, alucinada.

Plano A: saio correndo sem olhar para trás.

Plano B: digo que estou rouca, embora não acreditarão.

Plano C: desintegro-me.

Depois de pensar, decido que o melhor é o plano B. Estou rouca.

— Perdeu um parafuso? — digo. — Como vou cantar? Estou rouca!

Tony sorri e tranquilamente responde:

— Não diga mentiras que seu nariz vai crescer.

— Mas, Tony...

— Você tem uma voz linda — corta ele — e sabe de música. Eu vou tocar a melodia no piano para que você veja o tom que eu quero que lhe dê. Calma, vou explicar, e você vai se sair muito bem.

— Não... não... não. Você está louco?

— Louco estaria se não lhe pedisse — e sussurra: — Você tem a voz de que eu preciso para que J. P. se apaixone por esta canção. Por favor, Yanira.

Não posso... não posso! E me recuso. Mas Omar entra no jogo dizendo:

— Se não fosse importante, Tony não lhe pediria. Faça por ele, por favor.

Incomodada, olho para ele e replico:

— Você também poderia fazer algo por sua mulher, não acha?

Omar me olha, mas não diz nada. Por fim, volto-me para Tony e digo:

— Tudo bem.

Os dois irmãozinhos sorriem. Os Ferrasa me vencem. Acompanham-me até um microfone redondo, Tony se senta ao teclado e J. P., com expressão contrariada, fica ao meu lado.

Eu sorrio, ele não, e isso me deixa nervosa. Não lhe agrada que eu esteja ali.

Não me acovardo; Tony toca uma vez a canção do início ao fim e também a canta. Depois de escutar suas instruções, entendo o que ele quer e me disponho a fazer direito.

Será que vou conseguir?

J. P. não está satisfeito com a canção e demonstra. Fala com Omar e com outros dois homens, enquanto Tony olha para mim e explica onde quer um agudo. Quando começa a tocar a melodia pela segunda vez, canto lendo a letra nos papéis que ele vai me dando.

J. P., Omar e os outros homens se calam ao me ouvir e prestam atenção. Então, o *rapper* pega os papéis que minutos antes havia deixado em cima do piano e começa a cantar comigo.

Quando acabamos, parece que meu coração vai sair do peito, mas J. P. pede a Tony que toque de novo. Dessa vez ele vai começar e eu vou replicar. Assim faço. Vou pegando o tom e começando a curtir. Na sexta vez J. P. sorri e, quando acabamos, faz um *high-five* com Tony e diz:

— Quero essa canção, *bro*.

Abraço Tony e lhe dou os parabéns. De súbito, sinto alguém me pegar pelo braço. Ao me voltar, vejo que se trata de J. P., que, sorrindo, pergunta:

— Qual é seu nome, olhinhos claros?

— Yanira.

— Yanira, eu adoraria que você cantasse essa canção comigo na gravação de meu disco. O que você acha?

Fico travada e não sei o que dizer. Caramba, é J. P. Parker! Ao ouvi-lo, Omar diz rapidamente:

— Ela é a mulher de Dylan. Em breve lançaremos sua carreira musical, e isso poderia ser muito bom para nós dois.

Em breve lançarão minha carreira musical?

Mas que mentiroso! Caramba... ele está me tirando do sério!

J. P. me olha. Crava em mim seus inquietantes olhões cinza, e com um sorriso sedutor diz:

— Se me permitir, será um prazer apadrinhá-la.

Eu me calo. Pareço boba, mas não sei o que dizer. Tento pensar em um plano, mas nada... nem planos tenho!

Durante vários minutos ouço-os falar sobre esse assunto. Sem dúvida alguma, o fato de esse cantor tão em alta me apadrinhar seria para mim uma bomba na mídia. Tony me olha e, piscando para mim, diz:

— Você sabia que cedo ou tarde isso ia acontecer, não é?

Não respondo.

— J. P. pode lhe abrir o mercado inglês. Um mercado competitivo, mas, se lhe agradar, você tem muita chance.

Ainda me sentindo uma pilha de nervos, saímos do estúdio de gravação e entramos onde estão os técnicos. Sentamo-nos, e Omar, depois de sorrir para a morenaça, que lhe leva um café, diz ao técnico:

— Stefano, passe para que a ouçamos.

Fico alucinada quando escuto minha voz pelos alto-falantes.

Eles gravaram a canção?

Ficou perfeita com o *rap* de J. P., e o resultado é impressionante e original.

Caraca, como eu canto bem!

Um tempo depois, quando saio do estúdio com Tony e entro no carro dele, olho-o e digo:

— Em que confusão você me meteu, Tony.

— Por quê? — E ao ver minha expressão, ele assente. — Ah, certo... Dylan.

— Sim, Dylan — repito eu.

— Ouça, Yanira, meu irmão não é bobo e sabe que você quer fazer isso. Qual é o problema?

— Eu lhe prometi tempo, Tony. Tempo para estar com ele, e...

— E você está lhe dando tempo.

— Eu sei, e faço isso com prazer, porque gosto. Sou tão feliz ao lado dele que não preciso de mais nada. Nada.

— Eu entendo, e me alegra saber. Dylan merece ser feliz, e sei que você lhe dá essa felicidade; mas você não pode passar os dias trancada dentro de casa, esperando que ele volte do hospital. Você não é assim. Você é uma garota jovem, dinâmica, com um grande potencial. E precisa aproveitá-lo. E eu sei que meu irmão sabe disso. Sabe, mesmo que não diga nada.

— Obrigada por suas palavras, mas agora não quero fazer mais que...

— Não diga bobagens, Yanira! Como não vai querer realizar seu sonho?

Incomodada com sua insistência e empenhada em minha própria teimosia, vou responder de maus modos quando então ele se antecipa.

— Tudo bem, Yanira... Fico calado.

E não diz mais nada. Coitado. No fundo, sei que ele tem razão.

Estou sendo complacente demais com Dylan em relação à minha profissão, mas também sei que os últimos meses foram os mais felizes de minha vida. Contudo, disposta a tentar, olho para meu cunhado e digo:

— Vou contar a Dylan sobre essa canção com J. P. Parker.

Tony sorri, assente com a cabeça, e quando vê que eu suspiro, brinca:

— Dylan não morde.

Mas essa noite, quando ele chega a casa, não consigo lhe contar. Comento que vi Kiran MC e que J. P. Parker me cumprimentou, mas nada mais. É nossa noite de filmes de terror, e ele chega tão contente do trabalho por causa de uma cirurgia bem-sucedida que não quero que obscurecer a alegria que vejo em seu rosto.

Pedimos comida chinesa e jantamos entre risos, beijos e chamegos. Quando terminamos e colocamos os pratos na lava-louça, Dylan olha para mim e, sentando-se ao meu lado com uma sacola, diz:

— Muito bem, querida, vamos começar nossa noite de filmes de terror.

— Legal!

Ele abre a sacola e tira quatro filmes.

— Comprei *Invocação do mal*, *O último exorcismo*, *Pânico 3* e *Jogos mortais*. Qual você prefere?

— Uau... esses são de terror mesmo — respondo, rindo.

— Já assistiu?

— Não.

— Eu também não — diz ele. — Não é o tipo de filme que mais me agrada.

— Então, vamos ver todos — afirmo, feliz.

— Todos?!

Concordo, e ele murmura:

— Eu havia pensado em ver um e depois nós...

— Vai ter uma noite de terror total — interrompo.

E ao ver sua expressão, pergunto:

— Você é medroso?

— Não sou medroso — replica.

Olho para ele divertida e cantarolo dançando pela sala:

— Medroso... Dylan é medrosinho.

Rindo, por fim escolho *Invocação do mal*. O título me chama a atenção.

Antes de pôr o filme, decidimos fazer pipoca. Dylan também serve uma bebida, e eu, muito corajosa, faço-o apagar as luzes da casa. Esses filmes são para assistir no escuro.

Mas, poucos minutos depois de começar, grito, cubro os olhos, tomo sustos e me agarro em Dylan. Definitivamente, morro de medo! Ele morre de rir ao ver minhas reações.

O filme é desses que, só com a musiquinha, já nos deixa de cabelo em pé e a tensão não permite respirar. E, ainda por cima, é um fato real!

Por que é que eu fui pedir para apagarmos as luzes!

Quando acaba o filme, estou sentada em cima dele. Sem acender as luzes, ele pergunta:

— Gostou, meu amor?

Ainda impressionada, com o coração a mil, assinto com a cabeça e Dylan diz:

— Qual você quer ver agora?

— Outro?!

Com um sorriso encantador, ele sussurra, beijando meu pescoço:

— Você não queria uma noite de terror?

Ele tem razão. Faz dias que estou insistindo na maldita noite de terror, e agora não posso dar para trás.

— Ponha... ponha o que quiser — digo em voz baixa.

Surpreso com minha docilidade, Dylan olha para mim e tenta levantar, mas eu não deixo.

— Aonde você vai?

— Preciso ir ao banheiro um segundo, meu amor.

— Agora?!

Ele olha para mim e pergunta:

— Você é medrosa?

— Nããããoooo.

— Está com medo de ficar sozinha? — debocha.

— Não diga bobagens — respondo, enquanto saio de cima dele, liberando-o.

Mas, quando se levanta, pergunto:

— Vamos acender as luzes?

— Não. Deixe assim — responde ele. — É mais emocionante.

Concordo, engulo em seco e tento me acalmar.

Dylan sai, e eu fico sozinha na sala às escuras. Não se ouve nada além do chiado da televisão. Olho para ela e de repente me lembro de *Poltergeist*. Ai... estou com taquicardia!

Mãe do céu... mãe do céu. Penso no filme que acabamos de ver. Que medo! Se isso acontecesse em uma casa comigo, no primeiro susto eu morreria. Que horror!

Noto um movimento à minha direita, mas ao olhar não vejo nada. Engulo em seco. Outro movimento à minha esquerda torna a me alertar. Não há ninguém. Morrendo de medo, levanto do sofá. Estou nervosíssima, e meu coração bate a cem por hora. Olho atrás do sofá, mas não vejo nada.

Estou sozinha, e de repente as luzes se acendem e apagam. Dou um pulo, sento-me outra vez no sofá e pego uma almofada para me esconder.

Grande defesa, uma almofada!

Quando consigo parar de tremer como um *poodle*, estico o pescoço por cima do encosto e, com um fio de voz, chamo:

— Dy-lan.

Ninguém responde.

A musiquinha está grudada em minha cabeça, e agora até sinto como se alguém respirasse em meu pescoço. Estremeço.

Não sei para que vejo filmes de terror, se depois é sempre a mesma coisa. Gosto, e rio quando assisto, mas depois passo mal.

— Dylan, responda, poxa — insisto.

Espero, mas ele não dá nem um pio.

Onde diabos se meteu?

Ouço um barulho que vem do fundo do corredor. Minha mente começa a recriar cenas do filme que acabo de ver.

Que merda... que merda!

Meu coração vai sair do peito. Ouço-o bater com força, e também ouço minha respiração.

Com o controle remoto como arma, caminho lentamente para o corredor, com as costas coladas na parede. Aciono o interruptor da luz, mas não acende. Quero gritar. Estou com medo!

Eu vou ter um troço, por Deus!

Devia sair de casa, mas não posso. Não sem Dylan. E então, faço o mesmo que fazem todas as idiotas dos filmes: vou ao andar de cima em busca da pessoa amada; ainda estou com o controle remoto na mão.

Por que estou fazendo o que depois critico?

Já no andar de cima, vou até o banheiro enquanto chamo de novo:

— Dy-lan...

Nada, sem resposta. Minha mente começa a aprontar comigo.

Por que ele não responde? Terá sido assassinado? Por favor... não quero nem pensar!

Deus, meu coração vai sair pela boca!

De súbito, uma mão pousa em meu ombro, e, quando me volto, encontro a horripilante máscara de *Jogos mortais* iluminada por uma lanterna. Grito feito louca e tento escapar, mas bato contra a parede. Rebato contra a de parede da frente, e na fuga desesperada acabo no chão, berrando, enquanto, com o controle remoto, lanço golpes a torto e a direito.

Alguém me segura, e, com a adrenalina a mil, começo a dar chutes e cotoveladas como um animal enfurecido, enquanto grito enlouquecida, até que ouço:

— Meu amor, pare... pare, que sou eu! Yanira!

Dylan tira rapidamente a máscara, e, enquanto tenho vontade de matá-lo, ele pergunta:

— Quem é o medroso agora?

— Mas você é idiota?!?! — grito, soltando o controle remoto.

— Meu amor...

— Imbecil! — grito, alterada. — Imbecil! Como pôde fazer uma coisa dessas comigo?!

Dylan morre de rir, enquanto eu levo a mão ao coração e volto a gritar:

— Idiota! Quase tive um infarto! Imbecil!

Que situação. Estou acabando com ele, e o sujeito não faz mais que gargalhar.

Com o coração na boca, deixo que me abrace enquanto o ouço rir; e, quando por fim compreendo o que aconteceu, rio também.

Caraca... caraca... caraca... que susto ele me deu!

Com carinho, meu moreno me pega no colo, leva-me até nosso quarto e, uma vez ali, murmura, divertido:

— Ora, ora, minha mimada se assustou.

Rio da vergonha que sinto e, ao ver como ele se diverte, digo, levando a mão ao coração:

— Dylan, nunca mais faça isso. Sério, quase tive um infarto.

Ele solta uma gargalhada e pergunta:

— Machucou quando caiu?

— Não, só foi uma pancada sem importância, mas...

— Vamos continuar vendo filmes, ou podemos passar para meu plano B?

Sem dúvida alguma, não quero mais medo essa noite. Pergunto:

— Seu plano B?

Ele assente com a cabeça, e roçando meu nariz com o seu, responde:

— Pensei em termos uma noite de massagens, o que você acha?

— Uma ideia mais que excelente.

Quando ele vai se afastar de mim, seguro-o com desespero e pergunto:

— Aonde você vai?

— Ligar a luz de novo. Desliguei para assustá-la.

— Filho da mãe!

Eu o acompanho rindo. Não quero ficar sozinha nem mais um segundo.

Dylan me joga em seu ombro como um saco de batatas e passeia assim comigo pela casa toda, rindo e dançando. Quando voltamos ao quarto, ele me solta na cama e põe música. É Maxwell; a noite será apoteótica. Mas, quando acende as luzes dos abajures e vejo que as lâmpadas são vermelhas, não posso parar de rir.

— Nossa, essa cor é...

— *Sexy*, como você — finaliza ele.

Adorando, faço caras e bocas, até que percebo que estou sentada sobre uns lençóis pretos que parecem de plástico.

Dylan, ao ver minha expressão de surpresa, beija meu pescoço e pergunta:

— O que você acha de massagem?

— Adoro!

— Eu sei, mimada — responde ele, enquanto morde o lóbulo de minha orelha. — Por isso comprei uns óleos de massagem incríveis, com cheiro de maçã, e minha intenção é relaxar minha linda mulherzinha depois do medo que ela acabou de passar assistindo a esse filme horrível. O que acha do meu plano?

— Muito bom — respondo, com um risinho bobo. Estou ansiosa para receber essa massagem, e especialmente para sentir suas mãos em minha pele.

Sem perder tempo, ele desabotoa meu jeans, tira-o, e, a seguir, tira também a blusa. Quando fico só de calcinha e sutiã, ele sorri, satisfeito, e, com aquela cara de mau que me chega à alma, desabotoa meu sutiã, deixando-o cair no chão, e depois se agacha para tirar minha calcinha.

Já nua diante dele, Dylan aproxima o nariz de meu púbis e o esfrega. Depois de me dar um beijo doce, murmura:

— A ideia era uma massagem, mas já estou começando a querer outra coisa.

Ambos sorrimos. Levantando-se, Dylan se despe e diz:

— Deite de barriga para cima.

Faço o que me pede. Ele se senta em um canto da cama, passa um óleo cor de laranja nas mãos e as esfrega.

— Vou começar pelos pés; assim sua pele e você vão se acostumando à massagem.

— Não me faça cócegas, por favor.

— Eu prometo — responde ele sorrindo, dengoso.

Com gestos seguros, ele pega meu pé e começa a massagear. Quando me convenço de que não vai me fazer cócegas, fecho os olhos e curto o toque de suas mãos, do contato de sua pele com a minha, enquanto me deixo levar pela música sensual de Maxwell e escuto Dylan cantarolar.

A massagem é suave e incrivelmente sensual, e curto muito. Suas mãos sobem até meus tornozelos, depois até meus joelhos, e continuam avançando pela parte externa das coxas. Quando se dirigem à parte interna, fico toda arrepiada.

Ah, Deus, não sei quanto vou aguentar!

— Calma, mimada — diz ele sorrindo. E pousando as mãos em meu ventre, murmura: — Isto é uma massagem erótica, não vou masturbar você. Não... vou pular essa área para voltar mais tarde, o que você acha?

— Ótimo.

Dylan me provoca, me excita como só ele sabe fazer, e prossegue com sua massagem sensual.

Seu toque é suave e o ritmo, lento, sem pressa, mas eu fico acelerada. Sentir suas mãos em minha pele me faz desejar mais que uma massagem. Eu não tenho jeito!

Ele monta em mim. Abro os olhos e vejo que ele põe mais óleo nas mãos e as esfrega de novo.

— Dizem que não é bom verter o óleo diretamente no corpo. É melhor aquecê-lo nas mãos antes de aplicá-lo.

Ele pousa as palmas em meu estômago e começa a esfregar.

— O que acha? — pergunta.

— Ótimo. Acho ótimo — consigo responder, sentindo sua ereção sobre meu ventre.

Olho suas pupilas e vejo que estão dilatadas. As minhas devem estar iguais, quando, pousando suas mãos untadas em meus seios, ele murmura:

— Dizem que há centenas de maneiras de fazer uma boa massagem. Mas o mais clássico é fazendo certa pressão, como se estivesse amassando.

— É o que você está fazendo com meus seios — sussurro, ao notar o movimento.

Ele assente, e, quando um de seus dedos aperta meu mamilo, murmuro:

— Adoro isso.

Dylan sorri e responde, meloso:

— Gosta muito?

Assinto com a cabeça e depois respondo com voz de loba:

— Eu adoraria que você voltasse ao lugar que pulou antes.

Ele desce a mão até meu sexo e, me tocando com suavidade, pergunta:

— Aqui?

Concordo, concordo e volto a concordar.

Sem dúvida é aí!

Minha respiração se acelera, e Dylan, sentando-se de novo aos pés da cama, pega minha perna, pousa-a sobre um dos seus ombros e começa a massageá-la.

Estou excitadíssima, e noto que seus olhos miram o úmido centro de meu desejo. Ele sobe as mãos até quase tocá-lo, mas, antes, desce, fazendo-me enlouquecer de raiva. Vejo as comissuras de sua boca se curvarem para cima.

Ele está se divertindo com minha frustração, até que, de repente, dou um pulo quando ele coloca um dedo dentro de mim.

Ah, sim... sim!

— A coelhinha está muito ardente — diz ele.

— Sim — afirmo.

Levando a outra perna ao seu ombro, Dylan se aproxima, e eu solto um suspiro de satisfação quando seu pênis entra completamente dentro de mim. Adorando, começo a me mexer, mas ele sai e se aperta contra meu clitóris.

Arfo.

Meu amor sorri. Baixa minhas pernas de seus ombros, depois me segura pelas clavículas e, apertando-as com ternura, sussurra:

— Mimada...

Sei que ele não vai resistir a me beijar. Beija. Eu mordo seu lábio inferior, e assim o retenho junto a mim. Olhamos um nos olhos do outro a poucos centímetros de distância, e Dylan me entende. Sem soltar o lábio dele, noto que suas mãos vão até meu sexo úmido; ele coloca um dedo dentro de mim.

O suspiro faz que eu solte seu lábio, e ele se deita sobre mim, afastando minhas pernas com as suas. Penetra-me lentamente, até que estamos do jeito que eu quero.

Fecho os olhos e me deixo levar pela luxúria, enquanto Dylan entra e sai de meu corpo com seu domínio habitual.

É um prazer imenso!

Suas mãos percorrem minha pele com anseio, detêm-se em meus seios, brincam com eles, acariciam-nos; ele os beija e lambe, deixando-me louca. Nossa respiração é como uma composição musical, enquanto o homem que eu adoro dá suas investidas, elevando minha temperatura e me provocando um ardor incrível.

— Você me deixa louco, meu amor — diz.

Sorrio e, enroscando minhas pernas em sua cintura, eu me mexo. Quando o vejo morder o lábio inferior desse jeito que tanto adoro, exijo:

— Mais.

Com movimentos suaves, ele me possui mais e mais, e eu me abro para recebê-lo e senti-lo totalmente dentro de mim. Como sempre, nosso lado animal aflora. Ele me agarra com força, afunda em mim profundamente, e não o deixo sair, arranhando suas costas.

O êxtase nos embriaga. A loucura se apodera de nós, e o orgasmo nos atinge, alterando nossa respiração harmoniosa e enchendo o quarto de gemidos de prazer.

Que maravilha!

Extenuados, permanecemos quietos, enquanto saboreamos a boca um do outro.

— Você acabou com meus planos de massagem.

— Eu sei — respondo, divertida.

Vejo ao meu lado o vidro de óleo; pego-o e, com Dylan deitado sobre mim, esvazio-o sobre suas costas e murmuro, enquanto o líquido escorrega por seu corpo:

— Quero uma noite oleosa.

A partir desse momento, os risos, os beijos e o sexo ardente e feliz nos prendem, e passamos uma noite divertida; o lobo e a coelhinha se comem mutuamente.

10

Quisera ser

Os dias passam, e Dylan continua não falando da festa de gala da música. Eu também não pergunto. Não quero.

Por minha vez, eu não disse nada sobre a gravação com o *rapper*, e me alivia ver que nem Omar, nem Tony, nem ninguém falou. Eu tenho que falar. O que não sei é quando.

Uma noite, depois do jantar, falo com Dylan sobre a redecoração da casa. Chegou a hora. Não suporto continuar vivendo nela do jeito que está. Ele concorda, e sugere contratar um decorador. Mas eu recuso. Tenho tempo livre, e quero fazer eu mesma. E justo quando vou comentar da gravação, toca o celular dele e nos interrompe.

Merda!

Na amanhã seguinte, como todos os dias, quando Dylan volta de correr toma um banho, e depois de tomarmos o café da manhã juntos vai trabalhar. Quando fico sozinha, entupo-me de colheradas de chocolate em pó e depois decido ir fazer compras perto de casa.

A primeira coisa que vou fazer é mudar a cor de nosso quarto. Quero que seja NOSSO.

Ao chegar à loja de tintas, enlouqueço. Não sei qual escolher! No fim, decido levar três cores diferentes e testar.

Tenho o dia todo pela frente até Dylan voltar, de modo que, quando chego a casa, faço um rabo de cavalo alto, ponho uma roupa confortável que possa sujar e, sem a ajuda de ninguém, afasto móveis, tiro quadros da parede e cubro o chão e as portas para que não sujem de tinta.

Já fiz isso na casa de meus pais sempre que a pintávamos.

Que trabalheira! Mas eu gosto, assim tenho algo para fazer! Adorando estar ocupada, pego todos os meus CDs do Alejandro Sanz e escuto um a um enquanto canto.

Quisiera ser el aire que escapa de tu risa.
Quisiera ser la sal para escocerte en tus heridas.
Quisiera ser la sangre que envuelves con tu vida.

Adoro Alejandro Sanz. Tantos anos escutando-o e cantando suas canções fazem que ele já seja parte de mim e de minha vida. Sua voz rouca e esse jeito de cantar e compor são admiráveis, e eu, como cantora e como fã, rendo-me a ele.

À tarde, quando Dylan chega do trabalho com seu impoluto terno cinza e sobe para o quarto, ouço-o perguntar:

— O que aconteceu aqui?

Encantada, sorrio e pergunto, apontando a parede:

— De que cor você gosta mais? *Afternoon tea, frosted mulberry* ou *khaki green*?

Dylan não responde e entra no quarto.

— Você afastou os móveis sozinha? — pergunta.

Assinto sem dar importância ao fato e, olhando as cores, murmuro:

— Acho que vou escolher o *frosted mulberry*.

— O rosa?

— Não é rosa. É um lilás violáceo.

— Posso saber por que você está fazendo isso sozinha? — resmunga ele.

— Porque tenho muito tempo livre, meu amor. Gosta da cor?

Dylan o olha e sibila:

— Para mim, é rosa.

Ora, ele não está com o melhor humor do mundo. Mas, apesar de tudo, insisto:

— Acho que móveis brancos e café vão combinar muito bem com o tom da parede. Garanto que vai ficar um quarto maravilhoso. Agora sim vai ser nosso quarto!

Mas quando ele cisma com alguma coisa, é osso duro de roer. Pergunta:

— Onde vamos dormir hoje?

— Em qualquer um dos outros quartos. Por Deus, Dylan, como se a casa fosse pequena...

— Mas, Yanira — insiste —, essas coisas não se fazem desse jeito. Não dá para começar uma reforma de um dia para o outro porque sim, e...

— Só se for na sua terra, lindo — respondo, começando a me enfezar. — Tenho o dia inteiro livre para fazer reformas e tudo que me der na telha. Qual é o problema? — E, tentando suavizar o tom por conta da enorme vontade que eu tinha de vê-lo, acrescento: — Vamos, meu amor, só estou pedindo opinião na cor. Assim, amanhã posso pintar a parede e...

— Yanira — interrompe ele —, tenho dinheiro suficiente para pagar profissionais para fazer isso. Não sei por que você tem que fazer.

Esse comentário me dá nos nervos. Estou com o rolo encharcado de tinta — segundo ele, rosa — na mão, e sem me importar, passo-o pelo peito de sua camisa impoluta. Acabo de estragar seu terno, a gravata e a camisa.

Ele olha para mim alucinado e exclama:

— Por que você fez isso?

Soltando o rolo no chão de má vontade, respondo:

— Calma. Você tem dinheiro bastante para comprar outro terno.

O silêncio se apodera do quarto. Afastando o cabelo do rosto, explico:

— Se eu mesma pinto o quarto é porque preciso fazer alguma coisa. Não posso passar o dia inteiro jogada no sofá esperando que você volte do trabalho. Certas noites, você chega e eu já estou na cama. O que pretende que eu faça? Ficar feito uma baleia de tanto comer pizza, batatas e salgadinhos enquanto espero que você apareça?

Ele não responde. Limita-se a olhar para mim.

Nós nos desafiamos, como sempre, e, quando não aguento mais, dou meia-volta. Sinto vontade de chorar, mas não pretendo fazê-lo. Não, não vou chorar.

De súbito, sinto algo que sobe do meu bumbum às minhas costas, e ao me voltar vejo Dylan com o rolo de tinta na mão.

— Ao ver essa cor em você, já gosto mais.

Sua expressão se suavizou. A minha também; mas quando ele vai se aproximar de mim, sibilo:

— Nem um passo a mais, ou chamo a sociedade protetora dos animais.

Dylan murmura:

— Vamos, meu amor... sorria.

Mas, sem querer facilitar as coisas, olho para ele e solto:

— Ouça, bonitinho, você tem uma voz muito *sexy* e os olhinhos mais incríveis que já vi na vida. Se quer que eu sorria, esforce-se!

A seguir, Dylan me pega entre seus braços, beija-me até me tirar o fôlego, e quando me solta eu afirmo:

— Assim é que eu gosto, que você se esforce.

Meu amor sorri, e então eu sussurro, dengosa:

— Meu amor, desculpe por ter manchado seu terno, mas...

— Só de ouvir você me chamar de "meu amor" já valeu a pena.

Ambos rimos, e olhando para a parede ele assevera com convicção:

— Sem dúvida, a melhor cor para o quarto é *frosted mulberry*.

Essa noite, depois de sair do chuveiro e jantar, quando estamos colocando os pratos na lava-louça, toca o telefone. É Argen.

— Como está minha loira preferida?

— Argen!

Ao ver que se trata de meu irmão, Dylan sorri e se senta para ver televisão. Ele sabe que nossas conversas são eternas. Depois de eu passar dez minutos perguntando por toda minha família, por sua diabetes e por todas as novidades, Argen solta:

— Tenho que lhe dar uma notícia que vai deixá-la sem palavras.

— Você vai se casar?

— Não — ri Argen. — Mas sim; desde ontem estou oficialmente morando com Patricia.

— Como é que é? Sério?

— Sim. E prepare-se, irmãzinha, porque daqui a sete meses você vai ser titia.

— Como é que é?!

— Você vai ser titia Yanira!

Fico emocionada. Meus olhos se enchem de lágrimas, e Dylan olha para mim preocupado, mas eu exclamo:

— Ah, Deus, Dylan, vamos ser tios!

Meu moreno bate palmas e em dois passos tira o telefone de minhas mãos e começa a falar com meu irmão. Eu só consigo sorrir, enquanto a emoção me embarga.

Vou ser titia!

Quando Dylan me passa o telefone, estou mais serena e consigo dizer:

— Conte-me tudo. Quero saber tudo. Como está Patricia? Como mamãe recebeu a notícia? E papai? E as vovós? E os *freaks*?

Meu irmão solta uma gargalhada e me explica tudo que lhe perguntei. Patricia está bem, e meus pais, avó e irmãos, felizes com a notícia.

Continuamos conversando um bom tempo sobre isso e mais mil coisas, e quando desligo, estou contente. Ter ouvido Argen tão alegre indica que tudo vai bem, e isso enche meu coração de felicidade.

No dia seguinte, quando Dylan vai embora, volto à loja de tintas. Eu disse que vou pintar o quarto e vou mesmo! Mas, de repente, meu entusiasmo desaparece quando encontro Caty.

Caraca!

Ela se surpreende tanto quanto eu e, depois de nos olharmos por uns segundos, ela murmura:

— Desculpe. Eu... eu...

— Afaste-se de mim, entendeu?

Ameaço ir embora, mas Caty segura meu braço. Quando me volto, diz:

— Eu enlouqueci. Parei de tomar a medicação, e...

— Ouça, bonitona — sibilo, aproximando-me dela —, dê graças a Deus por não ter me acontecido nada, porque, senão, eu garanto que você estaria em uma bela confusão com Dylan e todos os Ferrasa; você sabe disso, não é?

Seus olhos se enchem de lágrimas. Ela responde:

— Eu soube que Dylan ia voltar a Los Angeles comprometido, e o destino, ou seja lá o que for, fez que nos encontrássemos naquele restaurante, e...

— E você decidiu fazer a maior bobagem do mundo na saída do *pub*, não é?

Ela confirma.

Mas por que tenho pena dela? Por que sou tão idiota?

Por que estou falando com ela se tentou me mandar desta para melhor?

Após um tenso silêncio, suspiro e, tentando me manter firme, digo, apontando para ela:

— Acho que o mais aconselhável é que você siga seu caminho e nós, o nosso. É o melhor para todos, não acha?

Caty concorda, olha para mim e diz:

— Não os incomodarei mais. Embora você não acredite, não sou uma má pessoa. Cuide de Dylan, ele é um homem incrível e merece alguém muito especial ao seu lado.

Plano A: arranco os cabelos dela.

Plano B: saio no tapa com ela.

Plano C: calo-me e não faço nada.

Escolho o plano C. Sem dúvida, é o melhor para todos.

Depois de um olhar triste que me toca a alma de novo, ela dá meia-volta e vai embora.

Com o coração a mil por hora, apoio-o em uma das estantes da loja. Quer ela acredite ou não, cada dia entendo mais sua reação. Perder um homem como Dylan não deve ter sido fácil para ela. Não quero nem imaginar o que eu faria se acontecesse comigo. A reação de Carrie, do filme, seria brincadeira de criança ao lado da minha.

Passados alguns minutos, já refeita do encontro, prossigo meu caminho e vou até as tintas. Compro várias latas da cor que escolhemos, e depois entro em uma loja de móveis, onde encomendo uma enorme cama branca de ferro fundido que me encantou desde o primeiro dia em que a vi. Tem uma cabeceira linda, e tenho certeza de que Dylan vai gostar.

Depois de escolher vários outros móveis para o quarto, entro no carro e tomo o caminho de volta. Não quero pensar em Caty. Quando chego a casa, disponho-me a apagar as marcas do passado. Preciso disso. Pinto durante horas, e o quarto já vai parecendo outro. Enquanto isso, canto, danço e me divirto sozinha.

O telefone toca; é Tony para me dizer que J. P. está muito animado com a nova canção. Suspiro e assinto. Preciso falar com Dylan.

À tarde, já dei duas demãos de pintura no quarto. Ficou espetacular, e comemoro pondo *Rolling on the river*, de Tina Turner, no último volume.

And we're rolling, rolling,
rolling on the river.

Descontrolada, danço e canto com a voz desgarrada, no mais puro estilo Tina. Balanço o cabelo, mexo o bumbum, ergo os braços e giro com uma expressão *supersexy*. Com a brocha na mão, curto a música, e quando acaba a canção, esgotada, ouço aplausos.

Ao me voltar, encontro Dylan no umbral da porta.

Quando me aproximo dele, ele me detém e diz:

— Largue a brocha no chão lentamente. Gosto muito deste terno.

Obedeço, divertida, e quando me aproximo ele diz sem me tocar:

— Você é um espetáculo, meu amor.

Rio e, indicando em volta, pergunto:

— O que achou?

Dylan tira o paletó, desamarra a gravata e, me estreitando em seus braços sem se importar que o manche, murmura sorridente:

— Você é maravilhosa. Vamos, quero tomar banho com você.

À noite, depois do jantar, enquanto vemos um filme jogados no sofá, de repente ele me dá um envelope.

— Omar me deu isto. É esta sexta-feira. Está a fim de ir?

Abro o envelope e leio.

— Jantar de gala, música e mais... — e como se eu não soubesse de nada, pergunto: — O que é isso?

— É um jantar de gala pelo 15º aniversário da gravadora.

Meu coração palpita. É o convite do qual Tifany falou!

Tenho que lhe falar da gravação. Estou tentando a sorte, e pode dar merda.

— Falando de música — digo —, tenho que comentar uma coisa.

Dylan olha para mim receoso, mas, decidida a ser sincera, continuo:

— O caso é que, faz um tempo, Tony veio uma manhã e eu fui com ele ao estúdio de gravação de Omar, e...

— E lá você conheceu J. P. Parker, não foi?

Caraca! Ele anda me espionando?! Olho para ele alucinada. Dylan prossegue:

— Por que demorou tanto tempo para me contar?

— Não sei...

— Por acaso acha que eu mordo?

— Não.

E depois de um silêncio tenso, sem que ele tire os olhos de mim, pergunto:

— Como você sabe?

— Há alguns dias, meu pai me ligou para comentar o assunto. Omar explicou a ele, e ele a mim. Achava mesmo que, em se tratando de você, eu não ia saber?

Afundo no sofá sentindo-me péssima. Sou a pior pessoa do mundo. Como pude esconder isso dele?

Tento buscar uma explicação lógica, mas, por fim, desisto e respondo:

— Dylan, não sei por que não contei. Bem, sei... Na realidade, escondi porque tinha medo de estragar o bom momento que estamos passando. Eu amo você, preciso de você, e não queria que isso estragasse as poucas horas que passamos juntos. Mas fico tanto tempo sozinha, que... bom... a verdade é que fiquei muito contente quando me propuseram, e...

— E você aceitou, não é?

— Sim.

Mordo os lábios, nervosa. Não tenho escapatória. Estou encurralada no sofá; ele me contempla com seu olhar de malvado. Por fim suspira e, apoiando a cabeça no encosto, diz:

— Eu sei de suas metas na vida, e sabia que, com a família que tenho, cedo ou tarde isso ia acontecer. E, embora você saiba que não é o que eu queria para nós, também quero que saiba que não vou impedi-la, porque desejo que seja feliz, meu amor.

Ouvi-lo dizer isso tira cem anos de cima de mim. Jogo-me em cima dele. Devoro-o aos beijos. Quando nos afastamos, ele me pergunta:

— Há algo mais que eu deva saber que você não me contou?

Suspiro. Já estou vendo que vamos acabar discutindo; respondo:

— Hoje de manhã encontrei Caty.

Ele se levanta do sofá de um salto e, olhando para mim, inquire:

— Ela fez alguma coisa com você?

— Não! Mas conversamos, e...

— E o que você que tem para falar com ela?

Sua voz autoritária me dá nos nervos; respondo:

— Basicamente, o que eu quiser. E para que você fique tranquilo, ela foi correta, e eu também, e ficou tudo esclarecido. Acho que não teremos mais problemas.

Dylan solta um palavrão. A seguir fecha os olhos, mas, quando os abre, seu tom já se suavizou. Diz:

— Desculpe minha reação, meu amor. E quero que saiba que, embora não tenha gostado de você ter se encontrado com Caty e também de ter me ocultado sobre a canção com J. P., de certo modo eu a entendo.

— Entende?

— Sim. Eu não facilito as coisas. Sei do grande esforço que você faz para me agradar.

— Não é nenhum esforço, Dylan — interrompo-o. — Faço feliz e contente porque eu amo você.

Ele sorri e, acariciando meu rosto, murmura:

— Sou egoísta, quero você só para mim.

Suas palavras me comovem. Aproximando-me, afirmo:

— Eu sou toda sua, você sabe. Mas não posso continuar assim, ou qualquer dia vou acabar derrubando uma parede para ampliar a sala, ou escavando um buraco na entrada para fazer uma piscina.

Dylan sorri. Então me pega nos braços, me faz sentar sobre si e, olhando-me, diz:

— Não quero que haja segredos entre nós, certo?

— Eu prometo.

Beijamo-nos, e ele comenta:

— A canção é linda, e você a canta maravilhosamente bem. Meu único porém é o tal de J. P. Ele não tem muito boa fama com as mulheres, e não gosto muito do fato de ele querer ser seu padrinho musical, nem de que fique perto de você.

— Ciúmes?

Dylan assente com a cabeça. Divertida, sussurro:

— Fique tranquilo, meu amor... ele não chega nem à sola do seu sapato.

Após ouvir a gargalhada de felicidade do homem que eu adoro, pergunto:

— Você ouviu a canção?

— Você tem dúvida?

Rio e, ao pensar no que ele disse, esclareço:

— J. P. não é o tipo de homem que me atrai. Não duvido que agrade a milhões de mulheres, mas garanto que sou total e completamente apaixonada por meu marido e que não tenho olhos para ninguém que não seja ele.

— Hummm... que sorte tem seu marido — brinca.

Durante um tempo fazemos o que mais nos agrada. Beijamo-nos e nos fazemos chamegos. Saber que Dylan sabe da gravação tira um grande peso das minhas costas, e me surpreende ver que levou numa boa. Quando me sento de novo ao seu lado no sofá, olho outra vez o convite; Dylan pergunta:

— Viu quem vai ao jantar?

Leio então os nomes e exclamo:

— Ah, meu Deus, meu amor, vou conhecer a Beyoncé, o Justin Timberland, Kiran MC, Alejandro Fernández, Adele, Shakira. Ah, Deus! Ah, meus Deus!

Dylan morre de rir. Meu jeito de me surpreender o deixa maluco. Diz:

— Você vai poder conhecer quem quiser. Omar, Tony ou eu os apresentaremos com prazer. Você já conhece Marc Anthony, Maxwell...

— Mas eles não vão se lembrar de mim.

Ele sorri, e depois, ficando sério, afirma:

— Para minha infelicidade, vão lembrar, sim. Só espero que dessa vez você não me troque por eles, como na noite de nosso casamento, certo, meu amor?

Pulo em seu pescoço e o beijo. Meu moreno ri e murmura:

— Amanhã, se eu fosse você, compraria um lindo vestido e pararia de pintar quartos.

Penso no vestido preto que comprei, mas ele tem razão. Preciso de um vestido melhor. Sem hesitar, concordo, enquanto penso que não poderia ser mais feliz.

11

Quero ser

Com um glamoroso vestido prateado que me custou os olhos da cara, e com uns saltos de matar, chego ao jantar de braço dado com Dylan. Entre tantos cantores e gente famosa, sou como uma menina em uma loja de brinquedos; mas disfarço. Porém, cada vez que vejo um dos meus ídolos, aperto com força o braço de meu pobre marido.

Omar e Tifany vêm nos cumprimentar. Estão de braços dados, e minha cunhada está impressionante com o vestido que usa, bonita e *sexy*. Tifany é uma deusa, não sei como o tolo do meu cunhado é infiel a ela. Após nos cumprimentarmos, fico surpresa ao ver também meu sogro com Tony. Rapidamente ele me dá um abraço.

— Uepaaa, cunhada, você está linda!

— Você é que está lindo — respondo, divertida.

Anselmo pisca para mim com cumplicidade e sussurra:

— Não vai abraçar seu ogro preferido?

Rindo, jogo-me em seus braços. Cinco minutos depois, cercadas pelos impressionantes Ferrasa, Tifany e eu nos misturamos com os convidados da festa.

O nervosismo me devora, e Dylan sorri ao olhar para mim. Olho em volta, curiosa, e não posso acreditar onde estou.

Músicos e cantores que adoro desde sempre estão aqui!

Os Ferrasa cumprimentam todo o mundo. Dylan, Tony, Omar ou Anselmo me apresentam a muitos convidados, e vejo que são pessoas de carne e osso como eu. E me surpreendo ao saber que ouviram falar de mim.

Omar sorri. Dylan não.

De súbito, no fundo do salão, vejo Marc Anthony, que ao me ver pisca para mim e se aproxima para nos cumprimentar. Que simpático! Além de bom cantor, ele é agradabilíssimo como pessoa. Se antes me encantava, agora o adoro!

Depois dele, aproximam-se vários outros artistas, e, quando decidimos buscar nossa mesa para sentar, Dylan olha para mim e, aproximando-se, diz em meu ouvido:

— Viu como se lembram de você?

Sim, isso me surpreende e me faz sentir importante.

À nossa mesa já estão sentados os tios de Dylan. Cumprimentamo-nos com carinho, e depois, pegando minha mão, Anselmo me apresenta a uns homens que querem me conhecer. Sou a última incorporação à família Ferrasa e ele me mostra com orgulho.

Quando nos sentamos, Dylan pega minha mão, beija-a e pergunta:

— Tudo bem?

Confirmo. Em frente a mim vejo Beyoncé, mais bonita que nunca, e em outra mesa Madonna conversa e ri com Bryan Adams. Isso para mim é o paraíso. Mas quase morro, quase morro de verdade quando Dylan me leva até um moreno que, quando se volta, vejo que é meu adorado, querido, amado e insuperável Alejandro Sanz.

Ah, Deus, que momento!

Alejandro é exatamente como sempre o imaginei. Simpático, atencioso e encantador. Depois de conversar um pouco com ele, despedimo-nos, e Dylan me pega pela cintura e murmura, divertido:

— Estou com ciúme... muito ciúme.

Eu sorrio, beijo-o e cochicho, ainda nas nuvens:

— Obrigada, meu amor, obrigada por me apresentar a ele.

O jantar começa. Feliz, converso com Anselmo e com os outros, quando, de repente, J. P. se aproxima de nós. Olhando para Dylan, pergunta:

— Posso roubar sua mulher um pouquinho?

— Não — responde ele, categórico.

J. P. solta uma gargalhada e, depois de fazer um *high-five* com Dylan, diz:

— Acabaram de dizer que Alicia Keys não pôde vir, e eu tinha que cantar uma canção com ela. Bem, falei com Omar e lhe propus que você e eu cantássemos a canção que gravamos juntos. Vai ser bom que muitos dos que estão aqui a ouçam cantar; o que me diz?

— Eu disse que é uma excelente ideia — afirma Omar.

De soslaio, vejo Dylan olhar para seu irmão de mau humor, embora disfarce. Ele não vê graça nenhuma nessa intromissão.

Eu vou morrer!

Devo estar com tamanha cara de alucinada que todos sorriem ao redor, enquanto eu acho que meu coração vai parar de uma hora para outra.

Nego com a cabeça. Não. Não posso. Os tios de Dylan me encorajam. Tifany também. Anselmo me escruta com o olhar e Dylan quase não respira. Não posso cantar essa canção sem mais nem menos. Não. Não. Não.

— Vai se sair otimamente bem, Yanira. Vamos! — incita Omar.

— *Bichito*, não a sufoque — diz Tifany ao ver minha expressão.

— Não hesite, cunhada — intervém Tony. — Sabemos que você vai se sair muito bem. Vamos, cante!

Anselmo não diz nada, e seu silêncio é muito significativo para mim.

— Não. Não é momento — respondo. E olhando para J. P., que está esperando, acrescento: — Eu agradeço, mas não. Não ensaiamos, e...

— O que está dizendo, Yanira — interrompe Omar, sem se importar com Dylan. — A vida toda você cantou em orquestras e tem facilidade em se adaptar a qualquer situação sem ensaiar. Vai ser ótima. Além do mais, J. P. tem razão, será bom que o pessoal que está aqui a ouça.

Tremo. Não sei o que fazer. Por fim, olho para o único homem que me importa ali: Dylan. Ele está sério, mas, por fim, pressionado pelo olhar dos outros, se dá por vencido e afirma, tentando sorrir:

— Meu amor, você vai se sair muito bem.

J. P. pega minha mão, faz que eu me levante e, me puxando, diz:

— Venha, vamos falar com minha banda. — Olha para Dylan e acrescenta: — Fique tranquilo, irmão, em vinte minutos a devolvo.

— É melhor que sejam dez — ouço-o dizer quando vou com o *rapper*.

Sem poder recusar, deixo-me guiar por ele, enquanto vejo meu sogro e Dylan trocarem olhares. Sei o que pensam, e fico angustiada.

Entramos em uma salinha onde há várias pessoas de minha idade, uma mais brega que a outra. J. P. fala com elas, que assentem, e o *rapper* indica:

— Acompanhe-me um segundo.

— Ouça, J. P. — digo —, você não tem que fazer isso. Eu não sei se estarei à altura de...

— Mas que bobagem! — interrompe ele, sorrindo. — Você vai ser fenomenal. Se foi ótima aquele dia no estúdio, sem saber a canção nem o ritmo, como acha que vai se sair hoje? Além do mais, linda, minha intenção é ser seu padrinho musical, e Omar não dá ponto sem nó. Ele sabe que você vai ser um sucesso. Vamos... seja positiva, olhinhos claros!

Esse Omar! Que dedo-duro musical!

Depois de ensaiar duas vezes a bendita canção, volto para a mesa. J. P. vai me avisar quando tiver que subir ao palco. Ao chegar, sento-me em meu lugar entre Anselmo e Dylan, olho para meu moreno e murmuro:

— Acho que vou vomitar.

Ele ri. Parece que seu humor mudou, e ele responde, dando-me um beijo na testa:

— Calma, meu amor. Você vai estar ótima.

Mas, a partir desse instante, não consigo mais comer. Ver comida já me faz passar mal, apesar de ver que a expressão dura de Dylan e de Anselmo desapareceu; de certo modo, isso me acalma.

Contudo, meu nervosismo aumenta quando vários artistas sobem ao palco para cantar. Não consigo curtir nada. Só sofro pensando que em breves minutos eu também estarei ali e que todos os presentes vão me ver fazer papel ridículo.

Por que me deixei convencer? Por quê?

Quando vejo J. P. subir no palco, procuro com urgência as saídas de emergência.

Plano A: dou no pé.

Plano B: vou para baixo da mesa.

Plano C: tenho um infarto.

Deus, estou tão nervosa que não me decido pelo A, B ou C. Não consigo pensar. Por que eu me meto nessas confusões?

Dylan, que deve ler meus pensamentos quando quer, segura minha mão com força. Tremo como uma folha ao vento enquanto J. P. canta um de seus sucessos e seus bailarinos se movimentam pelo palco, enchendo tudo de luz, som e cor. Sua segurança ao cantar e dançar me fascina, mas, quando acaba a canção e ele aponta para mim, quero morrer.

Socorro!

Um grande holofote ilumina nossa mesa, e, quando J. P. diz meu nome, todo o mundo aplaude.

Caraca... caraca... caraca!

Dylan e todas as pessoas da mesa se levantam também e aplaudem, enquanto eu me sinto pequenininha. Diminuta. Anãzinha, e não consigo levantar.

Ah, Deus, vou desmaiar e fazer o papel mais ridículo de minha vida. Minhas pernas não me sustentam, e meu moreno, que é mais esperto que qualquer um no mundo, me pega pela cintura com força, puxa-me e me acompanha gentilmente até a escadinha que sobe para o palco. Uma vez ali, ele me dá um beijo nos lábios e murmura:

— Não há mais remédio, de modo que suba e trate de deixá-los de queixo caído!

Sei por que ele diz que já não há mais remédio e fico angustiada. Mas ver que ele sorri e pisca para mim me deixa um pouco mais tranquila.

Com as pernas parecendo de borracha subo a escadinha, enquanto J. P. se dirige aos presentes com descontração e me apresenta como a mulher de seu amigo Dylan Ferrasa e sua futura companheira musical. Todos os presentes me olham com curiosidade, e não me resta dúvida de que depois dessa noite não vou mais ser uma desconhecida para eles.

J. P. explica como nos conhecemos no estúdio, como eu lhe dei uma lição de positividade, e todos sorriem ao escutar a história. Durante vários minutos dialogamos em cima do palco, sob o atento olhar de todos os convidados. O *rapper* pergunta e eu sigo o jogo, enquanto os presentes riem ao ver nossa descontração e naturalidade.

Intuo que J. P. está me dando esses minutos para eu me acalmar, e funciona. Começo a me sentir mais segura e sinto que o sangue volta a correr por minhas veias.

"Vamos, Yanira", digo a mim mesma, "você consegue!" A tranquilidade vai me invadindo, e agora sei que sou capaz.

Quando soam os primeiros acordes da canção e os dançarinos começam a se movimentar em volta de nós, faço o mesmo. Começo a dançar. De súbito, a incrível voz de J. P. começa a cantar. Ele se movimenta pelo palco enquanto faz seu *rap*, e eu tento controlar minha respiração. Com profissionalismo, fecho os olhos, deixo-me envolver pela música gostosa; e, quando é minha vez de dar a réplica, eu me saio tão bem que nem eu acredito.

Ele faz seu *rap* e eu canto. A união das duas vozes e dos dois estilos agrada às pessoas, e elas aplaudem enquanto atuamos com desenvoltura.

Ao ver a boa aceitação, eu me deixo levar pela música e, esquecendo o nervosismo, faço o que tanto gosto, que é cantar. Eu me divirto como há meses não me divertia, e até danço com J. P.

Tento buscar Dylan com o olhar, mas os holofotes são tão fortes que não o vejo. Mas sei que ele me olha. Eu sei. Eu sinto.

A canção fala de amor. De um amor que sofre com a pressão da sociedade, por conta da diferença de classes sociais de seus protagonistas. O tempo fica incrivelmente curto, e, de repente, as pessoas aplaudem. Sorrio radiante enquanto o *rapper* me agradece por ter cantado a canção com ele. Eu só posso falar de minha excitação. Ora, nem quatro baseados me faziam pirar assim nos meus tempos loucos!

De mãos-dadas com meu companheiro de palco, desço os degraus, e, ao chegar embaixo, Dylan está me esperando com um sorriso resplandecente. Beijando-me nos lábios, murmura:

— Mimada, você é a melhor. Estou estourando de tanto orgulho.

Ouvir o homem que roubou meu coração dizer isso é incrível.

Quando chego à mesa, todos me aplaudem e meu sogro diz no momento em que me sento:

— Você esteve fantástica, loirinha.

Eu rio, e ele acrescenta, olhando-me fixamente nos olhos:

— Agora, lembre-se, pés no chão, Yanira. Não esqueça.

Assinto enquanto a mão de Dylan aperta a minha, e sei que não esquecerei.

O resto da noite parece que estou nas nuvens. Até meu Alejandro me dá os parabéns por minha interpretação! Que demais!

Todo o mundo quer me conhecer, e Dylan sorri ao meu lado, orgulhoso. Mas sua expressão muda quando uns cantores jovens falam comigo e me entregam seus cartões para que eu entre em contato com eles. Omar observa e se diverte. Vê negócios em mim, e sorri, satisfeito.

Em inúmeras ocasiões, vários cantores conhecidos me tiram para dançar, e eu aceito, feliz. Meu amor me observa enquanto conversa com seu pai e outros homens.

Em duas ocasiões, vejo várias mulheres bonitas e espetaculares se aproximarem dele, mas observo que meu moreno se livra delas.

Viva meu Ferrasa!

A noite é uma criança, e muito divertida. Falo com Justin Timberlake; o sujeito é um fenômeno. Dançamos uma canção e comprovo pessoalmente como ele se mexe bem. Também me apresentam à banda do momento, One Direction. Sei quem são, e vejo como são gatos pessoalmente. Sou três ou quatro anos mais velha que eles, mas nos entendemos muito bem enquanto dançamos e conversamos.

J. P. e seus *rappers* se juntam a nós e, quando Dylan se aproxima, brincam com ele com carinho. Chamam-no de "vovô", por conta de nossa diferença de idade. Ele sorri com seu uísque na mão e não lhes dá bola. Mas eu o conheço, por isso o defendo como uma loba. Eu adoro meu madurinho, e ninguém nunca dirá nada na minha frente que possa incomodá-lo.

Mais tarde, quando chegamos a casa, o humor de Dylan não é dos melhores. Para meu gosto ele bebeu demais, e sei que ele também tem ciência disso.

Hoje teremos briga, querendo ou não. Tenho certeza.

Ele está irritado, e muito. É a primeira vez que o sinto assim comigo, e não sei o que fazer. Por isso, ao entrar, vou direto para a cozinha. Preciso de dois segundos para pensar. Além do mais, estou com a boca seca e quero beber água.

Quando fecho a porta da geladeira, Dylan está na entrada da cozinha, tirando a gravata-borboleta. Olha para mim de cara feia e pergunta:

— Você se divertiu?

Quando assinto, ele provoca:

— Acho que você teria preferido ficar com o pessoal da sua idade para continuar a farra, não é?

— Não, Dylan, eu...

— Não minta para mim, porra! — protesta ele, irritado. — Bastava ver como você se divertia com eles.

Eu me calo, acho que é melhor. Mas ele, apontando o dedo para mim, sibila:

— A partir de agora, vai ser sempre assim, a não ser que você corte. Pense no que você quer, Yanira. Você sabe o que eu quero.

— Dylan, escute, eu...

— Pela primeira vez — interrompe-me — senti nossa diferença de idade. E me senti mal. Muito mal.

Caraca! Eu sabia que a brincadeira do "vovô" ia me sair cara. Digo:

— Mas, meu amor, eu amo você...

— Isso tem que acabar, Yanira... Você precisa acabar com isso.

— E o que posso fazer? Não cantar? Recusar a oferta que vai chegar da gravadora de Omar? — replico. — Devo ser a típica mulherzinha que fica em casa fazendo tricô enquanto seu marido trabalha e traz o jornal para casa? Ah, não... eu não sou assim, você sabe, Dylan. Sabe muito bem.

— Não estou pedindo isso. Pense, por favor.

— O que está me pedindo, então?

— Tempo.

Sua resposta é tão contundente que não sei o que dizer; até que murmuro:

— Estou lhe dando tempo, Dylan. Desde que cheguei a Los Angeles, e você não pode dizer que não é verdade. Esta noite não fiz nada para que você fique assim comigo. Só cantei uma canção e depois fui simpática com as pessoas que falavam comigo. Diga, o que eu devia ter feito?

— Para começar, não me deixado sozinho.

— Mas, Dylan, eu...

— Cale-se e pense! Como você se sentiria se eu fizesse o mesmo em meu meio? Quando você viajou comigo, ou foi aos jantares comigo, eu nunca, nunca a deixei nem um segundo sozinha. Não lembra?

Ele tem razão. Nessas viagens ou jantares ele sempre me dá atenção.

Olho para ele, assustada. Nunca o vi tão bêbado e irritado.

Sem olhar para mim, ele caminha a grandes passos para a geladeira, abre o congelador, pega duas pedras de gelo, e, depois de colocá-las em um copo que pega no armário, sai, deixando-me sozinha, enquanto eu grito atrás dele:

— Não acha que já bebeu o suficiente?!

Ele não responde, maldição. Sigo-o.

Ele entra em seu escritório, e eu atrás. Ali, depois de pegar uma garrafa, ele enche o copo.

Dylan sabe que estou ali. Deve ter me ouvido, mas, como não se volta, chamo-o, disposta a esclarecer o mal-entendido.

— Dylan...

Ele não me dá bola. Como é cabeça-dura!

— Dylan, olhe para mim.

Não olha. Não se mexe. Só bebe e enche outra vez o copo com uísque.

Irritada e não disposta a admitir esse tratamento, tiro um pé de sapato e o jogo nele. Acerto suas costas. Dessa vez ele se volta e, olhando para mim, sibila:

— Ficou maluca?

— Não, menino, não fiquei maluca, mas, já que você é desagradável e não me responde quando eu chamo, não se irrite quando eu jogar alguma coisa em você.

— Como você acha que eu me sinto vendo minha mulher dançando e se divertindo com todos, menos comigo?

— Isso é mentira! — grito.

— Não, não é! — grita ele mais alto.

Parece um festival de gritos; baixando o tom, acrescento:

— Claro que me divirto com você. Por que acha que não? Mas você não dança, odeia dançar em público. Então eu também não posso dançar?

Ele não responde. Bebe mais uísque e solta:

— Yanira, eu tenho alguns anos a mais que você e sei o que é que alguns homens querem.

— Não diga bobagens — protesto. — Ninguém se insinuou.

— Arranco a cabeça de quem se insinuar! — grita ele fora de si.

Alucinada pelo rumo que a conversa está tomando, suspiro e digo:

— Eu o vi conversando tranquilamente com seu pai e...

— Que remédio... — corta ele. — O que você queria que eu fizesse?

— Dylan...

Ele tira o paletó com brusquidão, joga-o de qualquer jeito em uma das poltronas e acrescenta:

— Eu estava conversando com eles enquanto esperava você. Ainda não percebe que eu só esperava você? Que fui a essa maldita festa só para fazê-la feliz e que não gosto desse mundo, desse ambiente? Realmente você ainda não se deu conta disso?

Ele tem razão. Sem dúvida alguma, se fosse por ele, não teríamos ido a essa festa. Mas, cansada do mau humor dele, respondo:

— Tudo bem, eu assumo. De novo pisei na bola.

— Muito, Yanira... pisou feio.

— Tudo bem, também não precisa exagerar. Não faça drama.

— Não estou fazendo drama! É a verdade! — levanta a voz de novo.

Atônita por conta do rumo que as coisas estão tomando, pergunto:

— Pode me dizer o que eu deveria ter feito?

Dylan não responde. Só me observa, e quando vê que tiro o outro sapato, diz entre dentes, apontando o dedo para mim:

— Se fizer isso, vai se arrepender.

Sem hesitar, jogo o sapato nele. Sou grossa mesmo!

Dessa vez ele o detém com o braço. Ainda bem, porque ia direto para seu rosto. Quase acerto seu olho!

Ele solta um palavrão. Larga o copo em cima da mesa e caminha para mim. Não me mexo. Que seja o que Deus quiser. E quando está em frente a mim, antes de me tocar, digo:

— Pelo menos você se aproximou.

Com ímpeto animal, ele me pega nos braços e me beija. Apodera-se de minha boca. Quando sinto que vou desmaiar de falta de ar, ele me afasta e murmura:

— Se você entrar no turbilhão do mundo da música, nada será como antes. Mas já lhe disse outro dia, não serei eu a impedi-la. Quero que você cante, quero que realize seu sonho, mas não se queixe depois se algo mudar entre nós.

— O que é que vai mudar? — pergunto.

Dylan fecha os olhos, encosta sua testa na minha e sussurra:

— Você. Você vai mudar, meu amor. E perdê-la tendo-a ao meu lado é o que mais vai doer.

Como ele vai me perder se me tem?

Tento entender. Tento de verdade, mas não consigo. Ele não vai me perder. Se há algo que meus pais me ensinaram foi a importância de ser feliz com a pessoa amada, acima de todas as coisas. Tento lhe explicar isso. Dylan escuta, mas sua expressão não muda. A cada palavra, seu desespero cresce mais e mais. Quando já não suporto mais, murmuro:

— Abrace-me.

Ele olha para mim desconcertado, e eu insisto:

— Eu disse que preciso de um abraço.

— Não, Yanira... agora não estou a fim.

— Não?!

— Não.

— Eu preciso de você! — grito, furiosa. — Beije-me, abrace-me, faça amor comigo!

Mas Dylan não se mexe.

Não me dá ouvidos. Não quer me beijar, nem me abraçar, nem brincar comigo. Quando não aguento mais a indignação, começo a gritar com ele feito louca. Ele, sem contemplação, me expulsa do escritório e fecha a porta.

Imbecil!

Subo a escada, furiosa. Muito furiosa.

As lágrimas e minha raiva ofuscam minha razão. Ao chegar ao quarto, tiro o lindo vestido e o jogo em cima da cama. Abro o armário para pegar um pijama, mas me detenho. Odeio essa maldita casa.

Desde que cheguei a Los Angeles, não fiz nada além de dar atenção a Dylan. Moro em um lugar que odeio, que não me dá boas vibrações, e com essa absurda discussão cheguei ao limite de minha angústia.

Vejo a calça jeans. Sem hesitar um segundo, visto-a. Não estou para pijama.

Mas, quando fecho a calça, sinto-me péssima. Eu nunca quis que Dylan se sentisse mal. Xingo. Não quero ficar irritada com ele, e, querendo ajeitar as coisas, abro uma gaveta e pego minha camiseta das reconciliação, aquela que diz "Troco um sorriso por um beijo". Sorrio. Sem dúvida, quando ele a vir, não vai resistir.

Ponho a camiseta, calço o tênis e desço para a sala. Preciso falar com Dylan. A porta do escritório continua fechada. Paro diante dela e ouço música. Música clássica. Ele gosta desse tipo de música?

Sorrio, pego a maçaneta da porta e, ao tentar abri-la, percebo que a porta está trancada.

Como se atreve?!

Isso me deixa louca da vida, maluca, com raiva. Grito:

— Dylan, abra a porta!

Ele não responde. E eu, esquecendo que estou com a camiseta da reconciliação, torno a gritar:

— Abra a maldita porta se não quiser que eu a derrube!

Como resposta, ele aumenta o volume da música.

Mas que idiota!

Isso faz meu sangue ferver, e xingo. Grito todos os impropérios que me ocorrem, mas ele não abre. Durante um tempo continuo tentando, e quando já dou tudo por perdido, olho em volta. Tudo que há ali é estranho para mim. Não me identifico com nada. No máximo, com as fotos do casamento, que estão no porta-retratos digital.

Abatida, ligo-o e durante alguns minutos fico olhando as fotos de nosso casamento. Nelas estamos felizes, sorridentes, e agora sorrio também ao vê-las. Adoro ver Dylan tão feliz. As fotos vão passando, até que não posso mais olhar e decido me sentar na poltrona de veludo preto da sala, sem saber o que fazer. O tempo passa; como não obtenho nenhuma resposta de Dylan, irritada como nunca na vida, abro o armário, pego uma jaqueta branca de couro, minha bolsa e saio. Um pouco de ar fresco vai me fazer bem.

12

Emocional

Caminho pelas ruas desertas sem saber aonde ir. Emocionalmente estou arrasada. Não posso ir para a casa de Omar e Tifany, pois Anselmo está lá, e vai avisar Dylan. Se eu ligar para Tony, vai dar no mesmo. Não quero que ninguém dê sua opinião nem se meta em nossa discussão.

De súbito aparece um táxi, e não hesito: paro-o, entro, e, quando o taxista me pergunta aonde vamos, não sei o que dizer. Por fim, peço que me leve para Santa Monica.

Quando chegamos, desço do táxi, mas então vejo que há pouca gente e peço ao homem que espere uns segundos. Vou a um caixa eletrônico ali perto e tiro dinheiro. Quero ter dinheiro vivo para o que possa acontecer.

Quando acabo, vou entrar de novo no táxi, mas vejo um bar aberto. Pago a corrida e vou ao bar. Ao entrar, vários homens me olham, mas eu me dirijo ao balcão sem lhes dar bola.

Uma morenaça impressionante me atende. Com um sorriso amável e voz profunda, pergunta:

— O que vai beber?

Depois de pensar um pouco, peço uma cuba-libre.

Dois minutos depois o copo está diante de mim. Bebo mergulhada em meus pensamentos. Peço outra. A morenaça, de fala hispânica, serve-me, e noto que tem mãos grandes. Quando dá meia-volta, reparo em sua minissaia jeans. Que pernas mais bem torneadas!

Durante um bom tempo observo seu rosto disfarçadamente, enquanto bebo. Sem dúvida, esse nariz e esses lábios tão perfeitos não são naturais.

Sem se importar com meu escrutínio, ela sorri. Quando vou pedir a terceira cuba-libre, ela diz:

— Desculpe, querida, mas já fechamos. Se quiser continuar bebendo, vai ter que arranjar outro lugar.

Pago e saio do bar.

Na rua não há uma viva alma. Também não vejo nenhum táxi, e fico ali parada. Não sou medrosa, mas reconheço que não sou a mulher mais corajosa do mundo para andar sozinha por essas ruas a essa hora. Não sei o que fazer; sento-me em um banco perto do bar. Parece mentira que horas antes eu estava cercada das pessoas mais glamorosas da música mundial, e agora estou sozinha e desamparada nessa rua escura.

Penso no que aconteceu com Dylan. Como pôde me expulsar de seu escritório? Como pôde se negar a falar comigo? Isso me irrita. De súbito, as luzes do bar se apagam e tudo fica preto como uma gruta.

Levanto-me do banco alarmada. Tenho que ir embora o quanto antes. Esse lugar me dá uma sensação estranha, mas não sei aonde ir. De repente, uma voz pergunta:

— O que está fazendo aqui ainda?

Ao me voltar, encontro a morenaça em cima de impressionantes sapatos de salto alto. Suspirando, respondo com a voz meio agitada:

— Preciso de um táxi, mas não vejo nenhum.

Ela sorri e, olhando para mim, responde:

— A esta hora não passa nenhum por aqui. Vai ter que caminhar duas quadras para encontrar um.

— Para onde?

Ela aponta com o dedo; olho e consigo balbuciar:

— Obrigada.

Quando começo a andar, ela pergunta:

— Por acaso você é espanhola?

Paro, olho para ela e assinto como um cãozinho abandonado.

A mulher, com um sorriso encantador, abre os braços.

— Eu também!

Como se estivesse diante de uma amiga da vida toda, caminho para ela, abraço-a e, ao me afastar, pergunto:

— De onde você é?

— De Madri. E você?

— De Tenerife, menina.

Emocionada como se houvesse ganhado na loteria, acrescento:

— Meu nome é Yanira.

— O meu é Valeria. — E sem tirar os olhos de mim: — E o que faz uma loirinha com classe como você em um lugar como este a uma hora destas?

Sorrio. Esse "com classe" me faz rir. Depois de suspirar, respondo:

— Saí para pensar. Discuti com meu marido.

— Ah... Nem me diga mais nada!

Suspiro, dou de ombros e continuo, enquanto saio andando de novo:

— Foi um prazer conhecê-la. Voltarei outro dia.

Meus passos ecoam no silêncio da noite.

— Yanira, entre em meu carro — diz Valeria. — Não é bom você caminhar por estas ruas a esta hora. Vou levá-la até a rua principal para que possa pegar um táxi. Venha.

Não penso duas vezes. Estou tão assustada de ter que andar por essas ruas escuras que não temo entrar no carro de uma desconhecida. Ela arranca, e, enquanto nos dirigimos à rua principal, olha para mim e pergunta:

— Está casada há muito tempo?

— Meses.

Valeria sorri e comenta:

— Ah, querida, então a reconciliação será apoteótica.

Isso me faz sorrir. Não quero nem imaginar a confusão quando Dylan perceber que não estou em casa. Ao ver minha expressão, ela diz:

— Seja qual for o problema que tenha com ele, espero que se resolva rápido. — E então acrescenta: — Veja, ali tem um ponto de táxi.

Olho para onde ela indica e murmuro:

— Obrigada por sua gentileza.

Quando vou sair do carro, ela pega meu braço e pergunta:

— Agora você vai para casa, não?

Decidida, nego com a cabeça.

— Acho que esta noite vou ficar em um hotel.

Faz-se silêncio no carro, até que ela diz:

— Eu moro em um apart-hotel não muito caro. Não tem grandes luxos, mas é limpo e respeitável. Porém, fica longe daqui. Se quiser, ligo e pergunto se eles têm algum quarto vago.

Não sei o que responder.

Não conheço essa garota. Não sei se deveria confiar nela, mas confio. Preciso de uma amiga, e faço que sim com a cabeça. Ela sorri, fala com alguém ao telefone e, quando desliga, explica:

— Isabella, a dona, confirmou que tem um quarto.

— Perfeito.

Não sei aonde está me levando. Só sei que é um bairro aonde nunca fui com Dylan. Quando chegamos ao hotel, vejo que, efetivamente, o lugar parece limpo e decente. Do lado de fora se lê APART-HOTEL DUAS ÁGUAS. Depois de pagar, em dinheiro e adiantado, a noite que vou passar ali, e cumprimentar Isabella, uma italiana muito engraçada, ela me entrega a chave de meu quarto. É o 15.

Quando Valeria e eu seguimos para lá, ela para diante do número 12 e pergunta:

— Quer entrar, ou prefere ficar sozinha?

Sem dúvida alguma, não quero ficar sozinha. Ela me convida a seu quarto, e ao entrar vejo que o lugar é um pequeno lar. Tudo tem dimensões reduzidas: uma cozinha americana na sala, banheiro e, separado por uma porta, um quarto.

— Meu quarto também é assim?

Valeria sorri e, deixando sua bolsa em cima de um sofá cor de laranja, responde:

— Não, rainha. Isabella me fez um bom preço, o meu é duplo. Como vê, construí aqui meu pequeno paraíso. Sou cabeleireira e maquiadora, e minhas clientes vêm aqui para que eu as deixe divinas.

Sorrio ao ver suas unhas maravilhosas e seu belo corte de cabelo. Sem dúvida, ela deve ser boa em seu trabalho. Encantada, observo o que me cerca. Não falta nada, e tudo parece confortável, limpo e, acima de tudo, aconchegante.

— Vou trocar de roupa.

Quando ela desaparece no quarto, olho com curiosidade as fotografias que estão penduradas na parede e sorrio ao reconhecer a famosa Porta de Alcalá de Madri. Há fotos de pessoas que não conheço, que devem ser da família dela, pois Valeria se parece muito com algumas delas.

Quando ela sai do quarto, está com uma roupa confortável. Um vestido cinza que chega ao meio das coxas e tênis.

Sem perguntar, pega no frigobar umas bebidas e, entregando-me uma, diz:

— Só tenho cerveja.

Com prazer, pego-a e dou um gole. Tem gosto de glória. Sentamo-nos no sofá laranja, confortável, e durante uma hora conversamos sobre nossa vida e por que fomos parar em Los Angeles. Eu comento que conheci Dylan em um navio e que nos apaixonamos. Pouco mais. Não sei quem ela é e não quero lhe dar informação excessiva.

— Bom, já sabe que estou em Los Angeles por amor. E você? — pergunto.

Valeria toma um gole de cerveja e, dando de ombros, responde:

— Digamos que eu saí do caminho para que minha família vivesse tranquila.

— Sério?

— Totalmente sério.

— E eles não sabem onde você está?

— Eu sou a ovelha negra da família, e tenho certeza de que, quanto mais longe eu estiver, melhor para eles.

O que ela diz me parece muito duro. Supostamente, a família é nosso refúgio. Nossa casa. Isso me dói, e murmuro:

— Você não sabe quanto lamento isso, Valeria.

Ela sorri e, tocando sua bela mata de cabelos pretos, responde:

— Fiquei chateada na época, mas a gente se acostuma a tudo.

Valeria vai ao banheiro. Olho o celular: 2h12. Não tenho nenhuma chamada perdida, nenhuma mensagem. Dylan deve continuar trancado em seu escritório.

Mas que cabeça-dura!

De súbito, o celular de Valeria toca, e, ao olhar para ele, vejo um nome na tela: Gemma Juan Giner. Sem saber por quê, pego-o, vou em direção ao banheiro, que está com a porta escancarada, e, ao olhar para dentro, fico alucinada.

Valeria se levanta do vaso sanitário e... e... e...

Caraca, o que é isso?!

Eu vi direito?!

O que é que Valeria tem pendurado entre as pernas?

Nossos olhares se encontram, e ela, ao ver minha expressão, explica:

— Por isso sou a ovelha negra da família.

Olho para ela, alucinada. Nem em meus mais delirantes pensamentos teria imaginado isso. Murmuro, confusa:

— Desculpe. Seu celular tocou e eu... eu...

Ela sorri, abaixa o vestido, lava as mãos e, quando passa ao meu lado, diz, pegando meu braço para que nos sentemos no sofá:

— Venha; eu não fui totalmente sincera com você.

— Valeria, por Deus — respondo, constrangida. — Você não tem que me contar nada.

— Há alguns anos, decidi parar de mentir.

Quando nos acomodamos de novo no sofá, ela, prendendo seu cabelão escuro em um rabo de cavalo, explica, enquanto tira a maquiagem com um lencinho:

— Desde pequena eu sabia que havia algo estranho comigo. Eu tinha que brincar com os meninos, mas morria de vontade de brincar com as bonecas das meninas. Eu adorava as Barbies, e pegava as das minhas vizinhas sempre que podia para penteá-las do meu jeito. Sou filha única, e na adolescência estava sempre nervosa, e virei rebelde e boca dura. Para mim foi muito traumático descobrir que estava presa em um corpo que não me pertencia, e que ninguém, absolutamente ninguém, me entendia nem podia me ajudar. Em casa, a situação ficou tão insuportável que afetou tudo: a normalidade do lar, os estudos, e, no fim, meu pai, cansado de minha atitude, decidiu me tirar da escola e me fazer trabalhar. Durante um ano fiquei no bar de um dos meus tios, mas ali tudo piorou. Eu tinha que suportar que debochassem de mim dia sim, e no dia seguinte também, e quando fiz 18 anos larguei esse emprego, fiquei independente e tentei ganhar a vida da melhor maneira que pude ou soube. Minha mãe não facilitou as coisas, e meu pai é militar, então, imagine. Para ele, sou uma vergonha.

— Puxa, lamento.

— Tentei falar com eles mil vezes e fazê-los entender o que acontece comigo, mas, chamando-me de "veado" ou "pervertido", resolviam tudo. Para eles sempre serei Juan Luis, o filho homem que tiveram, e não Valeria, a pessoa que sou de verdade.

— Valeria — murmuro eu, tocando sua mão. — Deve ter sido terrível para você passar por tudo isso sozinha.

Ela assente. Toma um gole de cerveja e acrescenta:

— Foi mais que terrível. A rejeição é geral. Da família, dos amigos, e tanto no trabalho como na sociedade só se vê desprezo e marginalização. Para muitos sou um bicho estranho, e para outros, um pervertido. Quando decidi ir embora de Madri, morei em Extremadura. Lá arranjei emprego em um bar à noite, e de manhã fiz curso de cabeleireira. Com paciência, e pensando em mim, comecei um tratamento psicológico e hormonal no Serviço Público de Saúde. Nunca foi fácil, mas a vida não é fácil, não é?

Assinto, e ela prossegue:

— Tentei fazer as coisas direito porque sou Valeria, uma mulher responsável e disposta a lutar para seguir adiante.

Tomo um gole de cerveja e pergunto:

— E como você veio parar em Los Angeles?

— Há cinco anos me apaixonei por um americano. Ele era de Chicago, e, bom, quando cheguei, encontrei uma pequena surpresa: ele era casado e pai de família.

— Mas que canalha!

— Pois é, querida. Mas, depois de me sentir uma merda por um tempo, a guerreira que há em mim veio à tona e me mudei para Los Angeles. Desde então, economizo dinheiro para minhas cirurgias, que vou fazendo na medida do possível. Mas falta a mais cara. A de mudança de sexo. Quando a fizer, minha vida por fim será como eu sempre quis. E embora já não acredite no amor nem em príncipes encantados, graças às decepções que tive, acredito em mim e quero ser feliz.

Olho para ela, impressionada.

Tudo o que me contou é duro, terrível, mas, sem dúvida alguma, estou diante de uma mulher dos pés à cabeça, com vontade de viver e de ser feliz, apesar de todas as complicações que a vida pôs em seu caminho.

Olé para Valeria! Por trás de seu sorriso eu nunca teria imaginado sua história terrível. Conversamos um pouco mais, e quando nos despedimos vou para meu quarto, jogo-me na cama, fico enrolada feito um novelo e, com o coração dolorido, adormeço. Preciso dormir.

13

Não se morre mais de amor

O toque de meu celular me acorda. Olho o relógio: 6h15. Atendo sem pensar.

— Alô?

— Onde diabos você está?!

Ao ouvir o grito de Dylan, eu desperto por completo. Sento-me na cama e de repente tenho consciência de onde estou e por quê. Não respondo, e ele volta a gritar:

— Diga onde você está que vou buscá-la agora mesmo!

— Não quero falar com voc...

— Yanira, não me deixe mais irritado. Onde você está?

— Deixe-me em paz.

Dito isso, desligo. Mas o celular torna a tocar. É ele outra vez, e grito para que me escute:

— Você não quis falar comigo; me expulsou de seu escritório e agora não estou a fim de ouvi-lo, entendeu? Além do mais...

— Diga onde diabos você está — interrompe ele com grossura.

— Nem louca!

Torno a desligar, e dessa vez tiro o som do celular. Não quero falar com ele. Eu me recuso.

Mas não consigo mais dormir. Sento-me na cama e durante horas observo meu telefone, que não para de vibrar. Por fim, Dylan opta por enviar mensagens.

"Eu fui um idiota. Ligue para mim."

Sem dúvida alguma, ele foi um idiota.

"Meu amor, não faça isso comigo. Atenda ao telefone."

Que se dane. Ele me ignorou e se trancou em seu escritório.

"Amo você... Por favor, diga onde você está."

Uma após outra, leio todas as suas mensagens. Nelas vejo seu arrependimento, noto seu desespero, tenho ciência de sua grande raiva, mas não, não vou falar com Dylan. Ele também não quis falar comigo. Não me deu oportunidade, e agora quem não vai lhe dar sou eu.

Às 9h meus olhos se fecham e, sentada na cama, adormeço. Umas batidas na porta me acordam, sobressaltando-me. Olho o relógio. São 12h23. Vou até a porta com cuidado e me acalmo ao ouvir:

— Serviço de quarto. Deseja a limpeza?

— Não, obrigada — respondo.

Estou com fome. Muita fome. Ligo para a recepção e peço uns sanduíches da máquina e alguma coisa para beber. Meia hora depois chega meu pedido, que eu devoro enquanto meu celular continua vibrando.

"Yanira, atenda ao telefone. Por favor. Por favor. Por favor."

Suspiro. Por favor? Começo a chorar.

Agora choro? Não há quem me entenda.

Às 14h40 estou a ponto de jogar o celular na parede. Dylan não para. Não quero nem imaginar como ele deve estar. De repente, olho para o celular e vejo uma chamada de Tony. Depois de hesitar um pouco, atendo.

— Pelo amor de Deus, Yanira, onde você está? — pergunta meu cunhado.

Plano A: digo a ele.

Plano B: não digo.

Sem dúvida alguma, plano B. Ele é um Ferrasa e vai contar ao irmão, de modo que respondo:

— Tentando dormir, se seu irmão e você me permitirem.

— Yanira, não sei o que aconteceu, mas Dylan está enlouquecido. Ele me ligou há horas para dizer que você não estava em casa. Que discutiram e...

— Discutimos? — interrompo. — Ele discutiu sozinho, isso sim, depois se trancou no escritório e não quis falar comigo. Dane-se ele!

— Ele é seu marido, Yanira. Você não pode ignorá-lo.

— Bom, sinto muito, mas hoje vou ignorar.

— Eu sei como Dylan é — diz Tony, e noto que sorri. — Ele tem muitos defeitos, mas dá para falar com ele.

De novo meus olhos se enchem de lágrimas e, entre soluços, respondo:

— Isso é mentira... Não se pode falar com ele.

— Yanira...

— Ele me mandou embora!

— Você está chorando?

— Sim! — grito desesperada. — Você sabe que eu adoro seu irmão, mas... mas...

— Não faça isso comigo, querida— murmura Tony. — Não fique aí chorando sozinha. Por favor, diga onde você está que eu chego em cinco minutos. Eu...

— Não... você não vai chegar em cinco minutos porque estou longe... muito longe... — minto.

Ouço-o suspirar. Sinto que está preocupado.

— Não importa que esteja longe, eu vou. Diga onde você está.

— Não. Não quero que você venha nem nenhum Ferrasa.

Dito isso, desligo, e instantaneamente o telefone torna a tocar. É Dylan.

Esgotada, enfio o aparelho no frigobar do quarto. Nesse momento batem na porta, e reconheço a voz de Valeria. Abro, e olhando-me atônita, ela pergunta:

— O que você tem, minha querida?

Como um salgueiro-chorão. É assim que me sinto. Descabelada em seus braços, deixo que minha nova amiga me abrace e me dê carinho. Ela, que tanto precisou de carinho, o dá a mim sem me conhecer, sem pedir nada em troca, e aguenta meu pranto, enquanto eu lhe conto tudo o que aconteceu.

— Você deve falar com ele — aconselha-me, prendendo meu cabelo em um rabo de cavalo alto. — Pegue o telefone. Certamente ele está tão arrasado quanto você.

— Que se dane. Ele provocou.

Valeria sorri, e afastando o cabelo de meu rosto, responde:

— Não vê que ele te ama, que você o ama e que estão sendo bobos perdendo tempo desse jeito? Vocês têm que se encontrar e se dar a oportunidade de se explicar.

— Não, não quero.

Por fim, ela desiste e pergunta:

— Comeu alguma coisa?

Assinto com a cabeça, apontando para as embalagens plásticas dos sanduíches.

— Isso não é comida — diz ela. — Vamos, eu entro no bar em menos de uma hora. Venha comigo, que lá lhe darei algo decente.

— Não... não quero. Não estou com fome, de verdade.

Valeria me olha, avalia o que eu disse, me dá um beijo na testa e responde:

— Tudo bem. Agora tenho que ir trabalhar. Quando voltar, à noite, passo aqui. Se não abrir quando eu bater, entenderei que está dormindo. — E anotando algo em um papel, acrescenta: — Aqui está o número do meu celular. Se precisar de alguma coisa, ligue. Tudo bem, Yanira?

Assinto. Estou surpresa, ela é tão boa pessoa e se preocupa comigo. Por fim, quando se vai e fico sozinha, me deito na cama. Preciso dormir. Quero dormir.

Às 22h12 acordo repentinamente.

Meus olhos estão inchados e sei que minha aparência deve estar, no mínimo, deplorável. O quarto está escuro e silencioso. É bom. Penso em Dylan, em seu desespero por me encontrar, e sinto que preciso dele. Sinto tanto a sua falta...

Levanto-me, tiro o celular da geladeira e leio as últimas mensagens.

"Estou enloquecendo. Onde você está, meu amor?"

De novo começo a chorar.

"A culpa é toda minha... toda. Por favor, deixe eu me explicar. Te amo."

Continuo chorando pelas duas horas seguintes, e quando olho o celular, está desligado. Tento ligá-lo, mas a bateria acabou. Não é de estranhar. Dylan e os outros Ferrasa não pararam de ligar. À meia-noite decido pedir um carregador de celular na recepção. Por sorte eles têm um para o modelo do meu, e o mandam junto com uma garrafa de água.

Ligo-o na tomada e imediatamente recebo uma ligação dele, do meu amor. É uma hora da madrugada, mais serena e precisando escutar sua voz, atendo e ouço:

— Meu amor, escute, não desligue.

Faço o que me pede por pura necessidade de ouvir sua voz.

— Desculpe por tudo o que eu disse, e em especial por meu comportamento absurdo. Perdoe-me e diga onde você está. Por favor, preciso saber onde você está.

— Por que você se trancou no escritório e me expulsou?

— Porque sou um idiota.

— Doeu quando você não abriu a porta e, mudo, aumentou a música.

— Eu sei, meu amor, nunca vou me perdoar.

Suspiro, fecho os olhos e apoio a cabeça no travesseiro.

— Onde você está, Yanira? — pergunta ele.

— Longe — torno a mentir.

— Longe, onde?! — ele levanta a voz.

— Não vou dizer, e se começar a gritar, vou desligar.

Ouço-o praguejar, mas baixando o tom de voz, prossegue:

— Eu sei que você tirou dinheiro do caixa eletrônico em Santa Monica ontem à noite. Diga, por favor, por favor, onde você está. Temos que conversar.

— Eu disse que estou longe, Dylan.

Ouço-o suspirar.

— Eu preciso de você, meu amor... preciso vê-la, ou vou enlouquecer.

— Eu não quero ver você.

— Mas preciso de você comigo — replica. — Será que você não entende?

Com toda a tranquilidade que consigo encontrar, murmuro, enquanto sinto uma náusea terrível:

— Você me teve e me mandou embora.

— Eu sei, meu amor... Eu sei e nunca vou me perdoar.

— Vou desligar.

— Não se atreva a desligar — ruge ele como um leão.

Seu tom de voz e minha grosseria são uma má combinação. Grito:

— E quem vai me impedir? Você?!

— Yanira... — grunhe ele, mas logo se contém.

Depois de um angustiante silêncio, ele insiste:

— Diga onde você está. Vou buscá-la e resolveremos tudo. Eu prometo.

— Não. Não quero vê-lo. Por favor, deixe-me descansar.

— Vou ficar louco se não me disser onde você está! — grita ele.

— Pois devia ter pensado antes de me julgar e me tratar do jeito que tratou.

Dito isso, desligo e corro para o banheiro.

O telefone continua tocando, e eu me sinto péssima.

Que hora para me sentir mal!

Quando saio, ligo a tevê e procuro a MTV para ver se a música me alegra um pouco. Durante um bom tempo não tiro os olhos da tela. Vários videoclipes, várias vozes, cantores me fazem curtir sua arte, e parece que relaxo um pouco. Mas, de repente, começa uma canção que sempre achei imensamente romântica, e começo a chorar como uma boba.

Michael Bolton canta *How am I supposed to live without you*. Uma bela história de amor que acaba por causa das discussões, e ele, desesperado, lamenta, se perguntando como vai viver sem seu amor.

Choro, choro e choro, enquanto chafurdo em minha própria tristeza.

Como vou viver sem Dylan?

De súbito, ouço algumas batidas na porta, e pelo jeito sei que é Valeria. Corro para abrir, e quando me vê, seu sorriso se apaga e ela pergunta:

— Você está chorando desde que eu saí?

Minha cabeça parece que vai explodir e meu nariz mais parece um tomate, mas nego com a cabeça. Ela me mostra uma sacola e diz:

— Vamos, pare de chorar, que vai ficar desidratada. Você tem que comer.

Ao abrir a sacola, sorrio ao ver uns potes de plástico transparente. Valeria me explica:

— Sopa, terneiro com molho e cheesecake de mirtilo. Temos um excelente cozinheiro no bar, mas as pessoas que vão lá não sabem apreciá-lo. Vamos, dê-me o prazer de vê-la comer.

O telefone continua tocando. Tiro o som e o enfio de novo no frigobar. Valeria, ao ver, comenta:

— É, vai ficar geladinho, sem dúvida.

Sem muita vontade de falar, pego a sopa e, depois de duas colheradas, sorrio. Está deliciosa. Depois como o terneiro com molho, e quando chego à torta de queijo não aguento mais.

Valeria vai buscar um pijama, e quando volta me faz vesti-lo. Fica bem grande, pois eu meço 1,68m e ela, mais ou menos 1,75. Quando saio do banheiro com o pijama, ela olha para mim e, com um sorriso maternal, diz:

— Agora, para a cama. Amanhã trabalho de dia no bar, de modo que lá pelas 16h estarei por aqui, *ok*?

Assinto e sorrio.

Quando Valeria vai embora, abro o frigobar, e não me surpreende ver o telefone vibrar. De repente, cessam as chamadas. Com estranheza, pego o celular.

Não toca. Não vibra. Dylan por fim entendeu que preciso de tempo e espaço, e me permite descansar. Só espero que ele descanse também.

Quando acordo, a luz do sol bate diretamente em meu rosto. Olho o relógio: 12h15.

Ora, posso estar chateada, mas durmo como uma pedra. Olho o celular. Há várias mensagens de Dylan, chamadas de Omar, de Anselmo, de Tony e de Tifany. Todos os Ferrasa ligaram.

O telefone toca de novo. Dessa vez vejo que é Tifany.

Penso no que fazer e, por fim, atendo. Minha cunhada diz:

— Em dez minutos ligo de outro telefone. Atenda.

Dito isso, desliga, surpreendendo-me. Passados dez minutos, o telefone toca de novo. É um número que não conheço, mas decido atender, caso seja ela. E é.

— Estou tão angustiada, Yanira... Você está bem, querida?

Ouço barulho de carros. Digo:

— Sim, estou bem. De onde você está ligando?

— De uma cabine na Rodeo Drive. Aqui posso conversar com você com tranquilidade. Bom, linda, conte, o que aconteceu?

— Você sabe, Tifany, por que pergunta?

— A única coisa que sei é que você desapareceu. É só o que sei. Segundo Omar, Dylan e você discutiram e...

— Exato. Discutimos, e eu decidi ir embora.

— Diga onde você está, linda, que chego aí em cinco minutos.

— Não.

Ouço-a suspirar, e em um tom de voz que nunca ouvi nela antes, sibila:

— Ouça, Yanira, não me deixe mais irritada do que já estou. Você está sozinha. Não conhece ninguém nesta cidade e sem dúvida precisa de um abraço, estou enganada?

Não, não está enganada, apesar de eu ter uma nova amiga, Valeria. Insisto:

— Tifany, eu não quero ver Dylan, nem nenhum Ferrasa, e dizer a você...

— Dizer a mim é dizer a mim. Por acaso acha que vou traí-la e levar até você alguém da família? Pelo amor de Deus, linda, ainda não confia em mim?

Não sei. Acho que não, mas, ciente de que preciso vê-la, respondo:

— Daqui a uma hora na roda-gigante do Pacific Park, e juro por Deus, Tifany, que se você aparecer com algum dos Ferrasa, será a última vez que lhe dirigirei a palavra em toda a vida, entendeu?

— Alto e claro, minha querida.

Quando desligo o telefone, suspiro. Vou me arriscar com ela.

Depois de tomar uma chuveirada, olho-me no espelho. Minha aparência não é das melhores, mas tanto faz, não tenho outra. Pego um táxi até o cais. Na primeira loja de suvenires que encontro ao chegar compro um boné azul. Cubro o cabelo com ele e sigo até a roda-gigante, enquanto cruzo com pessoas felizes que comem algodão-doce.

Ao chegar não vejo Tifany, e espero na lateral. Preciso ver se ela chega sozinha. Dez minutos depois, minha cunhada maravilhosa aparece com uns belos sapatos de salto. Ela sempre exala um glamour incrível. Observo-a durante alguns minutos, e quando me asseguro de que está sozinha, eu me aproximo e digo:

— Vamos comer alguma coisa.

Quando me vê, a primeira coisa que faz é me dar um abraço forte e sentido. Que gracinha!

Isso me reconforta, mas quando se afasta de mim, ela sussurra:

— Lindinha, você está péssima.

Suspiro e, tentando sorrir, respondo:

— Obrigada. Eu também estava com saudades.

Ela tenta me levar a um bom restaurante, mas recuso. Não quero abusar da sorte, e a obrigo a me acompanhar até o bar onde Valeria trabalha. Ela está trabalhando de manhã e vai nos colocar em um lugar discreto.

Quando entramos, Tifany fica horrorizada. Sem dúvida, não é o tipo de lugar que ela costuma frequentar. Basta ver como olha tudo. De súbito, Valeria nos vê e, largando um pano que tem nas mãos, diz, aproximando-se:

— Querida, o que está fazendo aqui?

— Valeria, esta é minha cunhada, Tifany. — Ambas se olham, mas não se aproximam. — Combinei de almoçar com ela, e pensei que aqui...

— Claro — afirma Valeria. — Acompanhem-me. Vou colocá-las em uma mesa bonitinha que há lá no fundo.

Tifany, boquiaberta ao ver suas longas unhas com corações coloridos, pergunta enquanto caminhamos atrás dela:

— Você a conhece?

— Sim.

— É de confiança, com essas unhas horríveis?

— Sim — afirmo, sem lhe dar trela. — Totalmente.

Sentamo-nos nos fundos e fazemos o pedido. Meu celular toca. É Dylan; tiro o som. Tifany vê e diz em voz baixa:

— Eu nunca fiz isso com meu *bichito*.

— Pois talvez devesse fazer de vez em quando — respondo.

Ela assente. Tiro o boné, deixando o cabelo à mostra.

— Você está com umas olheiras terríveis — comenta Tifany. — Não se maquiou, não é?

— Não. Não estou a fim.

— Tudo bem, eu entendo. Não fique assim, minha linda.

Ao ver como ela me olha, sorrio, e acalmando-me, acrescento em um tom mais amistoso:

— Preciso comprar umas roupas. Só tenho as do corpo.

— Vamos agora mesmo à Rodeo Drive.

Olho para ela, incrédula. Meu telefone continua vibrando. Sibilo enquanto me levanto:

— Acho que não foi boa ideia encontrar você. Tchau.

Tifany segura minha mão. Sem me soltar, murmura:

— Sente-se, Yanira... sente-se.

Durante duas horas ficamos conversando, enquanto Valeria fica atenta a nós duas. Eu lhe conto o que aconteceu e Tifany me escuta, e acho que me entende.

Eu choro. Ela chora. Eu rio. Ela ri. Eu fico com raiva. Ela fica com raiva.

Sem dúvida alguma, ela se pôs no meu lugar. E o confirma quando diz:

— Por mim, os Ferrasa nunca saberão que estive com você.

— Jura?

Minha cunhada assente, e baixando a voz, diz, enquanto enlaça seu dedo mindinho com o meu:

— Juro por meus cosméticos importados.

Ambas sorrimos. Valeria se aproxima e se senta.

— Acabei meu turno. O que querem fazer?

Tifany olha para ela, horrorizada. Vai sair com a garota das unhas decoradas? Mas antes que ela fale algo de que possa se arrepender, digo:

— Preciso comprar roupas para me trocar.

Valeria diz:

— Tenho duas amigas que vendem roupas.

— De que estilista? — pergunta Tifany.

Minha nova amiga olha para ela e responde:

— Elas compram de um atacadista cigano.

Alucinada, minha cunhada vai protestar, mas enquanto me levanto, digo:

— Vamos ver suas amigas, Valeria.

Coloco o boné de novo. Não quero que nenhum Ferrasa me localize. Seria estranho que estivessem por aqui, mas já vi coisas mais estranhas!

Vamos às lojas das amigas de Valeria e adoro. São do tipo de loja a que estou acostumada, mas reconheço que a roupa é escandalosa demais. Tifany não diz nada, só olha tudo, horrorizada. Sem dúvida, o fato de uma calça jeans custar 45 dólares e se chamar Mersache a deixa arrepiada.

Eu rio. Se ela for ao mercadinho ao ar livre de minha cidade, vai ter um troço.

Compro duas camisetas e duas calças jeans, pago em dinheiro, e depois vamos embora. Já é tarde, e decidimos voltar para o apart-hotel.

Valeria nos deixa a sós para nos dar privacidade. Tifany me pergunta, olhando para ela:

— Vai ficar bem com ela?

— Sim, fique tranquila. Você viu que ela é um encanto.

Por fim ela assente e, me abraçando, diz:

— Superadoro você, Yanira. Confie em mim, por favor. Só preciso que me dê uma chance para lhe mostrar que pode confiar.

Assinto com a cabeça. Essa é sua oportunidade.

— E agora, ouça-me, *porfa plis* eu lhe peço. Volte para Dylan.

— Não, Tifany. Não quero vê-lo. Ainda não.

— Mas, linda... — sussurra olhando para Valeria —, você não pode ficar dormindo em qualquer lugar. E se resolver pintar as unhas com corações, como ela?

Rio sem poder me controlar e respondo:

— Não se preocupe, nunca gostei de unhas compridas, e é pouco provável que as pinte assim.

Levanto a mão para chamar um táxi, e a seguir, digo, dando-lhe um beijo:
— Vamos, volte para casa. Senão, Omar vai estranhar.
Ela assente.
— Mas diga que vai me ligar se precisar de qualquer coisa.
Divertida, enlaço seu mindinho com o meu e respondo:
— Juro por minha senha do Facebook.
Ambas rimos e trocamos beijos. Quando vejo seu táxi se afastar, volto-me para Valeria e digo:
— Podemos voltar para casa.

Quando chegamos ao apart-hotel, eu me despeço dela e vou direto para o chuveiro. Enquanto a água cai em meu corpo, fecho os olhos e imagino Dylan ali comigo, abraçando-me, beijando meu pescoço e dizendo suas maravilhosas palavras de amor. Que saudade... Tanta que até dói.

Quando termino o banho, coloco um roupão que Valeria me emprestou, volto ao quarto e ouço meu celular tocar. Ao olhar a tela, fico surpresa ao ver que é Ambrosius. Atendo sem hesitar.
— Yanira, minha linda, Dylan me ligou. O que aconteceu?
Praguejo internamente e respondo:
— Nada. Só discutimos. Você não contou a Ankie, não é?
Ele ri.
— Não, fique tranquila.
Suspiro. Só falta minha família se envolver em meus problemas. Ambrosius prossegue:
— Dylan me ligou para me perguntar se eu sabia onde você está. Ao ouvi-lo tão desesperado, perguntei, e ele comentou o que aconteceu.
— Bem, lamento ter metido você nessa confusão, Ambrosius.
— Mais lamento eu que não tenha recorrido a mim.
— Sinceramente, nem pensei — suspiro. — Mas vejo que fiz bem ao não fazê-lo. Dylan ligou para você, e não quero que ele saiba onde estou.
Ele ri de novo e diz:
— Típica reação de sua avó Ankie, Yanira. Até nisso vocês se parecem. Lembro de uma vez em que brigamos e ela desapareceu. Fiquei sem notícias dela uma semana. Assim como você, ela sabe bem como se camuflar quando quer.

Isso me faz sorrir. Depois de conversar um pouco com ele e prometer ligar se precisar de alguma coisa, desligo. Ambrosius me arrancou um sorriso.

Deito-me na cama disposta a descansar, quando o telefone toca de novo.

Estou farta disso!

Olho a tela e vejo o nome de meu amor.

Plano A: atendo o telefone.

Plano B: não atendo.

Plano C: jogo-o na parede para que pare de tocar.

Sem dúvida, o menos conveniente é o plano C. Decido pelo B, mas acabo me inclinando para o A: atendo.

— Meu amor...

Sua voz parece cansada, atormentada. Fecho os olhos e respondo.

— O quê?

— Eu te amo...

— Que bom. É bom saber.

Sei que minha frieza oprime seu coração. Mudando de tática, ele volta com as perguntas:

— Onde você está?

— Não insista, não vou dizer.

— Por quê?

— Porque não quero ver você.

Mas que mentira acabo de dizer! Nem eu mesma acredito!

Depois de um silêncio cheio de emoções, ele suspira e murmura:

— Estou morrendo de vontade de vê-la. Eu daria qualquer coisa.

— Eu odeio essa casa — interrompo. — Odeio essa cozinha e o maldito balcão onde sei que você fez amor com Caty. Não quero voltar porque não a sinto como meu lar, e...

— Vamos comprar outra — interrompe ele. — A que você quiser. Você escolhe, e juro que não farei nenhuma objeção ao que quiser. Mas, por favor, diga onde está ou volte para casa.

— Não.

Sinto seu desespero. Sem mudar o tom de voz, ele suplica:

— Pelo menos não desligue. Deixe-me senti-la ao meu lado, mesmo que não fale comigo.

Sentada na cama, de roupão, não me mexo, não falo... não desligo.

Sentir sua respiração do outro lado da linha me acalma. Assim ficamos dez minutos. Nenhum dos dois diz nada, até que Dylan quebra o silêncio:

— Amo você, meu amor. Preciso que saiba disso.

Sem poder suportar, desligo, enquanto duas grandes lágrimas rolam por minhas faces. Espero que o telefone toque outra vez. Mas não toca. Não toca, e eu me encolho feito um novelo na cama e adormeço.

Acordo congelada. Dormi só com o roupão, e de cabelo molhado. Olho o relógio e vejo que são 2h13 da madrugada. Levanto e me olho no espelho.

Que cara! E com o cabelo amassado de um lado!

Tiro o roupão úmido e me visto, prendo o cabelo e me sento em uma poltrona. Ligo a televisão, e com o controle remoto passo os duzentos mil canais disponíveis, e quando encontro o filme *Tinha que ser você*, fico assistindo como uma boba.

Adoro comédias românticas. Enquanto dura o filme, fico vendo-o e me recuso a pensar em mais nada; mas Dylan, mesmo sem ligar, está presente em minha vida, em minha cabeça e em meu coração. É evidente que lutar contra ele é impossível. Quando o filme acaba, enxugo os olhos com um lenço de papel.

Sem sono, ponho na MTV e fico boquiaberta ao encontrar de novo a canção de Michael Bolton. Será um sinal? Não sei, mas volto a chorar.

Preciso de outro lenço de papel. Pego minha bolsa, abro-a e dentro encontro a carta que Luisa, mãe de Dylan, deixou para que me entregassem no dia de meu casamento. Ainda está ali? Abro-a e a leio duas vezes, entre soluços.

O primeiro a pedir perdão é o mais valente.
O primeiro a perdoar é o mais forte.
O primeiro a esquecer é o mais feliz.

Nesse momento suas palavras me fazem perceber que as coisas não podem continuar assim; e, acima de tudo, que não estou disposta a viver sem meu amor.

Decido, então, pôr fim a esse absurdo; toco a chave que levo ao pescoço.

Olho o relógio: 4h37. Escrevo um bilhete para Valeria, passo-o por baixo de sua porta e, depois de recolher meus poucos pertences, pago a conta na recepção. Peço um táxi, dou-lhe o endereço de onde agora é meu novo lar.

Quando chego, depois de o táxi partir, abro o portão com o coração a mil. Caminho para casa, e de fora vejo uma luzinha na sala. Sem fazer barulho, introduzo a chave na fechadura, entro e fecho a porta, ficando alguns segundos apoiada nela.

Como estou nervosa!

Após deixar a bolsa na entrada, encaminho-me para a sala onde está Dylan. Ele está sentado no sofá, com a cabeça apoiada no encosto e os olhos fechados. Observo-o e, surpresa, vejo que uma barba escura cobre seu queixo.

Desde que o conheço nunca o vi de barba, e me parece *sexy* e tentador.

Ele está dormido. Diante dele está seu celular, o porta-retratos digital ligado, uma garrafa de água aberta e um copo. O tanto que ele bebeu outro dia sem dúvida foi mais que suficiente. Com as fotos, deve ter se martirizado sem parar.

Por que os seres humanos são tão tolos?

Vê-lo diante de mim faz meu corpo relaxar.

Vê-lo diante de mim faz minha vida voltar a ter sentido.

Vê-lo diante de mim é o que quero, o que necessito e o que não vou me negar.

Sem fazer barulho, caminho para ele, mas quando estou prestes a tocá-lo, paro. Está cansado, com olheiras. Como eu.

Que dupla!

Tiro a jaqueta branca de couro, olho a camiseta que estou vestindo e sorrio. Sento-me à mesa diante dele e o observo.

Dizem que quando alguém nos observa fixamente, nosso corpo fica alerta e percebe. Quero ver se é verdade. Mas minha impaciência me vence e, me aproximando dele, pouso os lábios sobre os dele e o beijo.

Oh, sim... seu cheiro, seu sabor. Quanta falta senti dele...

Dylan, ao notar, abre os olhos e murmura, confuso:

— Yanira...

Acorda e se senta no sofá.

— Quando... quando você voltou?

Totalmente apaixonada, sussurro:

— Como diz Michael Bolton, como vou viver sem seu amor?

Ele olha para mim, alucinado. O romântico é ele, não eu. Deve pensar que fiquei maluca ou que estou cheia de *chichaítos* na cabeça, mas responde:

— Sempre gostei dessa canção.

Ora, ele a conhece! E sem deixar de olhar para ele, afirmo:

— Eu também.

Dylan vai se mexer, mas eu, sem deixar que se levante, nem que me toque, digo:

— Sua mãe tinha razão.

— Minha mãe? — pergunta ele, desconcertado.

— Na carta, ela dizia que o primeiro a pedir perdão é o mais valente, o primeiro a perdoar é o mais forte e o primeiro a esquecer é o mais feliz, e...

Mas já não posso dizer mais nada. Meu moreno, meu marido, meu amor já me pegou em seus braços e me beija... e me beija... e me beija.

Disposta a curti-lo como ele já me curte, aperto-me contra seu corpo e o beijo com loucura e desespero. Assim ficamos alguns segundos, até que Dylan olha para mim e murmura:

— Você está com a camiseta das reconciliações.

Sorrio. Nossa respiração se acelera. Respondo:

— É a mesma que eu estava usando na noite em que tentei entrar em seu escritório e você não me permitiu. Eu queria que tudo acabasse bem, mas...

— Desculpe, meu amor. Desculpe. Prometo que nunca mais vai acontecer.

Querendo sentir seus lábios e suas carícias, digo enquanto o beijo:

— Eu sei, mas temos que conversar.

— Sim.

— Agora — insisto.

— Depois — responde ele.

Meu amor enche meu rosto, meu pescoço e minha boca de doces beijos, enquanto eu faço o mesmo com ele. Sem dúvida alguma, ambos queremos estar bem. Precisamos disso com urgência. Não queremos discutir. Só nos amar e estar juntos. Só isso.

Quando a boca de Dylan se afasta da minha, ele murmura:

— Tem razão, temos que conversar.

— Depois — digo eu dessa vez, excitada.

Ele sorri, e apertando-se contra mim, comenta:

— Tenho que tomar banho. Acho que...

— Depois... — repito.

Sem afastar os olhos dele, coloco as mãos por baixo de sua camiseta cinza e a tiro. Toco seus ombros, beijo-os e aspiro o perfume de sua pele. Que delícia. Preciso disso.

Extasiado pelo que vê em meu olhar, ele também tira minha camiseta e a deixa cair no chão ao lado da sua. Depois, sem afastar seus belos olhos castanhos dos meus, desabotoa meu sutiã. Olha meus seios e, depois de soltar o sutiã, beija-me.

Dou-lhe acesso a meu pescoço e a todo meu corpo enquanto me agarro a ele, que desabotoa minha calça e a tira.

Ele me despe com urgência, com paixão, com deleite. Com seu olhar excitado percorre meu corpo enquanto se livra da calça e da cueca, e quando nós dois estamos praticamente nus, ardentes e querendo sexo selvagem, ele me pega e me senta em cima da mesa. A seguir, deita-me de costas e, tirando minha calcinha com um gesto possessivo, murmura:

— Você não sabe quanto a necessito.

Assinto. Sem dúvida, tanto como eu necessito dele; abro as pernas para que faça o que estou lhe pedindo sem palavras. Digo:

— Mostre-me.

Dylan se ajoelha em frente a mim. Seu rosto fica à altura de minha vagina úmida e tentadora. Sem dilação, ele pousa a boca nela e faz o que necessito. Devora-me com ânsia, com amor, com paixão, enquanto eu me abro para ele e lhe entrego tudo o que sou. Gemo de prazer; erguendo-me, eu me sento na mesa para enroscar as mãos em seu cabelo e incitá-lo a continuar enquanto me aperto contra ele.

Oh, sim... é isso que eu quero.

Seu assédio é frenético e sinto que ele me possui com a boca. Ele utiliza todas as suas armas para me deixar louca. Quando meu clitóris está duro e inchado, ele o suga e eu me derreto de prazer.

Gemo de novo, tremo enlouquecida. Dylan me pega no colo e, me encostando na parede, vai dizer algo quando eu murmuro contra a sua boca:

— Sua coelhinha pede tudo de você. Exijo que me faça sua. Que seja meu. Quero me sentir viva em seus braços e esquecer o que aconteceu. Coma-me, meu amor. Coma-me com ânsia, com ímpeto, com afã, porque preciso disso.

Ele sorri, e seu sorriso me encanta. Dylan passa sua boca sobre a minha e sussurra:

— Mimada...

Certamente ele tem razão. Sou mimada. Mas mimada por ele. Por nosso tempo juntos. Por nossa sexualidade louca e selvagem.

Sem dizer mais nada, ele dirige seu pênis duro e excitado para minha umidade íntima, e quando o introduz totalmente e sinto sua pelve contra a minha, ambos gritamos, arfamos, deixamo-nos levar pelo tesão e pela satisfação do momento.

Em seus braços curto o deleite que ele me oferece, penetrando-me diversas vezes com investidas desesperadas, e eu o recebo querendo que nunca acabe. O calor sobe por meu corpo, e suas pernas tremem. Sei que seu orgasmo está próximo quando o ouço dizer:

— Meu Deus, meu amor... Eu a desejo tanto que tenho medo de ser bruto demais.

Uma nova estocada me faz gemer, e grito enlouquecida:

— Quero meu lobo rude, forte, exigente. Não pare.

— Tem certeza?

Assinto e murmuro:

— Eu exijo você, meu amor... E, quando acabarmos, quero ir para o quarto e continuar brincando com você a noite toda. Estou ardente, receptiva. Preciso de você e quero ver e saber quanto você precisa de mim.

Excitado por minhas palavras, ele solta um rugido abafado, segura minhas coxas, abre-as sem contemplação e me penetra com força. Oh, Deus, que prazer!

— Sim... é isso que eu quero... que exijo... que necessito.

Entre a parede e ele eu me sinto totalmente possuída. Suas mãos me seguram pela parte interna das coxas e me abrem mais para lhe dar maior acesso. Gosto disso, curto, e a sensação de tê-lo totalmente dentro de mim é tão devastadora que, a seguir, ambos trememos e chegamos ao clímax.

Aturdidos pelo ocorrido, mas felizes, ficamos nos braços um do outro, encostados na parede. Durante alguns minutos nossos suspiros enchem a sala, enquanto nossos peitos sobem e descem enlouquecidos. Quando por fim Dylan sai de mim, murmura sem me soltar:

— Não permitirei que você vá embora de novo.

— Eu também não permitirei, meu amor. Mas, agora, vamos para o quarto para continuar, do jeito que eu disse. Está a fim?

Sorrindo, ele me olha, joga-me sobre o ombro e, depois de me dar um tapa no bumbum, responde:

— A coelhinha voltou com vontade de brincar.

Sorrio, divertida, e enquanto a felicidade enche de novo minha alma, acrescento:

— E com muito tesão.

14

Não posso viver sem você

Quando acordo, depois da incrível noite de sexo que tive com meu marido, estou meio desconcertada. Mas, quando olho a cor de framboesa das paredes, sei onde me encontro e sorrio. Pela primeira vez desde que estou aqui, ao abrir os olhos me sinto em minha casa.

Olho o relógio digital que fica no criado-mudo e vejo que são 9h15.

A porta do banheiro se abre e de repente sai Dylan com uma toalha preta enrolada na cintura. Olha para mim, morde o lábio inferior e pergunta:

— Ainda não está satisfeita?

Olho para ele, e ao ver seu olhar lascivo, respondo:

— Não, e menos ainda se você ficar mordendo o lábio assim.

Ele gargalha. Convido-o a se deitar ao meu lado e sussurro:

— Prazer não ocupa espaço.

— Você quis dizer "saber"... — diz ele, divertido.

Feliz de estar ao seu lado, suspiro e replico:

— Sem dúvida alguma, tratando-se de você, é "prazer".

Dylan, meu marido romântico, aproxima a boca da minha e me enlouquece, cantarolando:

Tell me how am I supposed to live without you.
Now that I've been loving you so long

Que voz linda ele tem! Escutá-lo cantar essa canção de Michael Bolton enquanto me beija e me olha nos olhos é *sexy*, ardente e provocante. Muito provocante.

Quando termina, com um beijo, estou prestes a fazê-lo meu sem piedade, mas ciente do que é necessário, digo:

— Temos que conversar muito seriamente.

Ele passa o dedo pelo perfil de meu rosto e murmura:

— Você fica linda quando está brava.

Gosto disso, mas respondo:

— E você é brega.

Dylan solta uma gargalhada, e sem me soltar, explica:

— Acabei de dizer isso cantando. Como vou viver sem você, agora?

Meu sangue se convulsiona. Olhando-me nos olhos, ele acrescenta:

— Não quero passar de novo pelo que passamos estes dias, e garanto que, de minha parte, nunca mais vai se repetir.

Vou devorá-lo aos beijos! E quando estou para começar, um som interrompe nosso momento mágico. É o pager de Dylan. Ele solta um palavrão e não se mexe; por fim sou eu que o pego no criado-mudo. Quando o entrego, digo:

— Pode ser importante.

Ele o pega, contrariado, olha e blasfema. Sem dúvida é importante.

— Tenho que ir ao hospital. Um dos meus pacientes...

Ponho o dedo em sua boca. Ele não tem que me dar explicações. Ele tem nas mãos a vida de outras pessoas.

— Falei com um amigo que tem uma imobiliária — diz ele enquanto se veste. — Combinei de encontrá-lo hoje às 17h30. A essa hora já terei terminado no hospital. O que acha de ir me buscar às 17h para que comecemos a ver casas para nos mudarmos?

— Está falando sério?

Ele acaricia meu cabelo com carinho e responde:

— Totalmente sério. Eu só posso ser feliz se você for, meu amor.

Como sempre, seu romantismo me deixa sem palavras. Contente, assinto com a cabeça.

— Depois, podemos ir jantar — continua ele. — Temos que falar sobre o que aconteceu, e se viermos para casa vou tirar sua roupa e não vamos conversar. O que você acha?

— Às 17h estarei no hospital.

Meia hora depois, Dylan sai e fico sozinha. O que ele vai fazer por mim é muito importante. Sei que ele gosta muito dessa casa, e o fato de pensar em vendê-la para comprar outra por minha causa me deixa muito, muito feliz.

Durante o dia falo com todos os Ferrasa. Que clã! Um após outro, eles ligam para casa para saber se estou bem e se nossa crise se resolveu. Rio ao falar com o ogro. O homem, emocionado com minha volta, até choraminga.

Falo também com Ambrosius; quero que fique tranquilo. E também ligo para Valeria, que se alegra com nossa reconciliação. Combino de ir visitá-la um dia com Dylan para apresentá-lo a ela. Valeria aceita, entusiasmada, mas, quando desligo, tenho a sensação de que ela não acreditou. Tenho certeza de que pensa que vou esquecê-la.

À tarde, depois de pôr um vestido turquesa bonito e simples, chego ao hospital um pouco antes das 17h e decido subir até a sala de meu marido maravilhoso. Quando as portas do elevador se abrem, vejo-o ao fundo, falando com outro médico, com sua touca azul na cabeça.

Que lindo esse meu doutor sarado!

Não me aproximo. Ele parece concentrado, olhando com o outro um *tablet* que tem na mão. Aproxima-se uma enfermeira e lhe entrega uns papéis, mas pelo jeito como olha para ele, tenho certeza de que lhe entregaria algo mais.

Pelo amor de Deus, que descarada, a vadia!

Será que essa tipinha não vê a aliança no dedo de meu marido?

Não há dúvida de que, quando queremos, nós, mulheres, somos umas verdadeiras harpias egoístas. E nesse instante é o que ela está sendo.

Sem sair do lugar, observo Dylan olhar os papéis enquanto ela faz biquinho e mexe no cabelo, flertando.

Vou lhe arrancar as orelhas!

Meu sangue espanhol ferve, e quando não suporto mais tantas caras e bocas, vou até eles e o cumprimento como um furacão.

— Olá, meu amor.

Ao me ver, Dylan sorri, beija-me nos lábios e responde:

— Olá, tesouro, faz tempo que chegou?

Contente ao ver que ele não tem nada a esconder, deixo que me pegue pela cintura. Ele olha para os colegas e pergunta:

— Conhecem minha mulher, Yanira?

Os dois negam com a cabeça. Olhando para mim, Dylan diz:

— Estes são Olfo e Tessa.

Cumprimento os dois com cordialidade, abraço Dylan pela cintura e digo:

— Falta muito? Se quiser, espero em sua sala.

Ele sorri, tira a touca azul e responde:

— A partir deste instante, sou todo seu, linda.

Sorrio enquanto os outros dois me olham. A expressão de Tessa mudou totalmente, e me dá vontade de dizer: "Vá se foder!". Mas, em vez disso, depois de um rápido e mais que significativo olhar, eu suspiro e, dando uma piscadinha, me despeço deles.

De mãos-dadas caminhamos pelo hospital. Sorrio ao reconhecer vários dos médicos. Encontramos Martín Rodríguez, o oftalmologista, e marcamos de sair para jantar.

Quando entramos em sua sala, Dylan fecha a porta e, enquanto me beija, murmura com urgência:

— Meu Deus, menina, eu não via a hora de você chegar.

Isso me faz rir. Sussurro:

— Sabia que você está muito *sexy* vestido assim? Acho que devia levar para casa uma touca dessas, e um jaleco, não acha?

Dylan solta uma gargalhada. Acrescento:

— Morro de vontade de brincar de médico com você.

Divertido, ele tira o jaleco e entra em uma salinha para se vestir. Vou atrás.

Lá há uma caminha, e, sem hesitar, me jogo de novo em seus braços. Dois segundos depois estamos na cama. Sem dizer nada, enfio a mão por dentro de sua calça e, acariciando-o, murmuro:

— O doutor está a fim de uma rapidinha?

Dylan sorri, hesitando. A oferta é tentadora, mas, por fim, ele se levanta da cama e comenta:

— A porta está aberta e todos sabem que estamos aqui. Prometo fazer tudo o que quiser quando voltarmos para casa.

Faço um biquinho; ele fecha a porta da salinha e diz, abrindo a calça:

— Venha aqui, mimada.

Ele me pega e me apoia na porta fechada, para se assegurar de que ninguém a abra. Coloca as mãos por baixo de meu vestido e, sem tirar minha calcinha, afasta-a de lado. Enquanto me olha, sussurra:

— Reprima os gritos, ou o hospital inteiro vai saber o que estamos fazendo.

Ele me penetra. O prazer é intenso, incrível.

Enrosco as pernas em sua cintura e me deixo levar. Deixo-me comer. Deixo-me possuir. Eu o incitei a isso, e agora simplesmente decido curtir meu triunfo.

Como bem disse, a coisa é rápida, sem preliminares, pá-pum! Quando acabamos, Dylan me solta no chão, e depois de nos limparmos, ele sussurra, divertido, enquanto abre a porta:

— Ande, vamos sair daqui antes de darmos outra não tão rapidinha.

— Hummm... — brinco. — Você nem imagina o que eu imagino que poderíamos fazer nessa cama.

— Vamos, safada, saia daqui!

Rindo, entramos no elevador e descemos até o estacionamento, onde pegamos o carro dele e vamos direto para a imobiliária do amigo dele. Quando me perguntam qual é meu ideal de casa, digo tudo. Não resta nada mais a pedir! Digo que gostaria de uma com telhas de ardósia preta, sobrado, quatro ou cinco dormitórios, vários banheiros, cozinha espaçosa, e se tivesse piscina, seria um sonho.

Eles nos mostram três casas que se ajustam ao que quero, mas nenhuma me chama a atenção. A que tem uma coisa não tem outras, e marcamos com seu amigo de nos encontrar outro dia para ver mais. Depois de nos despedirmos dele, vamos jantar. O lugar escolhido por Dylan fica na periferia. É um hotel-restaurante chamado California Suite. Ele sabe que adoro berinjela, e diz que vou amar a dali. E é verdade, é maravilhosa.

— Bom — começa meu moreno com determinação —, acho que vou tomar a palavra primeiro. Antes de tudo, quero lhe pedir desculpas por tudo o que aconteceu. Acho que estou sendo egoísta no que se refere a você. Quero tê-la tão exclusivamente que às vezes não percebo que você merece mais.

— Mais?!

Dylan assente.

— Merece realizar seu sonho. Você nasceu para cantar, não para ficar em casa pintando paredes e arrastando móveis. — Sorrimos. — Além do mais, duas coisas que fizeram eu me apaixonar por você foram sua personalidade e sua linda voz. Mas tenho medo, porque penso que se você realizar seu sonho, pode se esquecer de mim.

— Dylan, como pode pensar isso?

— Porque você, sem querer, às vezes me faz ter dúvidas sobre tudo. Sei que você me ama, sei, meu amor. Mas minha mãe foi uma das maiores artistas do planeta, e eu vi como meus pais se amavam e se odiavam por isso. E agora que estou na mesma situação, inconscientemente, tenho medo. Medo de que você foque tanto em sua carreira que se esqueça de mim. De que em suas viagens conheça alguém, ou de que...

— Mas que bobagem você está dizendo? — interrompo. — Eu não sou sua mãe!

— Ela foi uma grande mulher, dentro e fora do palco — interrompe ele. — Mas a fama e sua carreira às vezes a fizeram tomar decisões não muitos acertadas.

— Eu não farei isso — afirmo com segurança.

— Será inevitável, meu amor. Acredite, eu sei do que estou falando.

— Não farei isso — insisto.

Dylan sorri, acaricia meu rosto e diz:

— Só quero que você lembre que eu preciso de você e a amo. Só isso.

Oh, Deus, oh, Deus!

Não é para devorá-lo aos beijos?

Como ele pode ser tão lindo e ainda por cima me dizer essas coisas tão românticas?

Com um sorriso eu me aproximo dele, e recordando a canção de Michael Bolton, murmuro:

— E você, não esqueça que já não posso viver sem você.

Tome essa! A cada dia minha capacidade de romantismo aumenta.

Dylan sorri. Sem dúvida essa canção é muito especial para nós. Depois de me beijar, ele continua:

— Desculpe, por favor. No outro dia as coisas fugiram do controle. Eu senti ciúme na festa e...

— Por que sentiu ciúme?

Ele toma um trago de sua bebida e responde:

— Vi como você se deu bem com muitas pessoas ali. Não posso ignorar que tenho onze anos a mais que você.

— E achou que com eles eu poderia me divertir mais que com você, não é? Ele não nega. Aproximando-me dele, sussurro, apaixonada:

— Como você é bobo, meu amor! Com a idade que tem!

Sua expressão diz tudo. Soltando uma gargalhada, acrescento:

— Não lembra que uma vez eu disse que para mim a idade só é importante para vinhos e queijos? — E ao vê-lo sorrir, acrescento: — Que uma coisa fique clara: nunca gostei de rapazes da minha idade. Sempre preferi os mais madurinhos. Assim, como você.

Sua expressão contrariada não se suaviza. Insisto:

— E desde que o conheci, só tenho olhos para meu maridinho maravilhoso.

Ao ver que não ele não muda a cara, sibilo:

— E ou você muda essa cara ou juro que a coisa vai esquentar, se eu me irritar.

Sua expressão se modifica de repente e ele sorri. Gosto disso. Aproveitando o momento, digo:

— Minha vez de perguntar: por que me expulsou do escritório e não me deixou entrar?

— Porque eu estava irritado, e quando me irrito é melhor ficar sozinho e relaxar, para não estourar. Eu me conheço, e é melhor assim.

— E vai ser sempre assim?

— Não. Porque se quando eu sair do escritório você não estiver, prefiro estourar na sua frente e deixar que você recolha os pedaços.

— Não sei se essa resposta me convence.

— Não tenho outra, meu amor. Tenho 37 anos, e durante todo esse tempo, quando me acontecia alguma coisa, resolvia dessa forma. Sozinho. Mas agora não estou sozinho.

— E não vai mais fazer isso, não é?

Dylan nega com a cabeça.

— Quero lhe perguntar outra coisa.

— Diga.

— Você teve alguma coisa com Tessa?

Desconcertado com a guinada que dou à conversa, Dylan olha para mim, sem entender. Insisto:

— Tessa, a enfermeira do hospital. Por acaso não percebeu que ela olha para você com olhinhos nada decentes?

Dylan sorri e responde:

— Não, meu amor. Não tive nada com ela.

— Certeza?

— Absoluta. Não vou mentir por uma bobagem como essa; por favor, não veja fantasmas onde não existem. Não vou negar que certas mulheres do hospital são mais simpáticas com uns médicos que com outros, mas fique tranquila, a única mulher que pode me escravizar em sua cama e a seu bel-prazer é você.

— Hummm... adoro isso — digo, contente, chupando a colher de meu sorvete.

— Minha vez — diz Dylan. — Onde você esteve esses dias e noites?

— Em um apart-hotel chamado Duas Águas, com Valeria.

— Quem é Valeria? — pergunta ele, surpreso.

— Uma garota encantadora, de Madri, que conheci na noite em que saí de casa. Posso dizer que ela cuidou de mim nesses dias e que tenho uma amiga em Los Angeles fora do círculo dos Ferrasa. E se você quiser, quando acabarmos, podemos ir ao bar onde a conheci. Hoje de manhã falei com ela e está trabalhando no turno da noite. Que tal?

— Legal. Quero lhe agradecer por ter cuidado de você.

— Falando em agradecer, Valeria tem um pequeno problema, e talvez você possa ajudá-la.

— Claro — responde Dylan. — Qual é o problema dela?

Conto o que Valeria me explicou, e quando acabo, ele olha sério para mim e pergunta:

— E você chama isso de "pequeno problema"?

— Eu gostaria que ela tivesse os melhores médicos, e sei que você pode arranjar isso. Ela está economizando faz tempo e quer resolver isso de uma vez por todas. Talvez você possa acelerar as coisas. Você tem contatos, e tenho certeza de que...

— Vou ver isso, meu amor.

Assinto, e então Dylan acrescenta:

— Omar comentou comigo outro dia que o pessoal da gravadora quer se reunir com você.

— Para?
— Querem produzir seu CD. Estão loucos para lançar sua carreira.

Mas quando ele diz isso, percebo que seu rosto se ensombrece. Murmuro:

— Agora não... Agora só quero estar com você.

Dylan crava seus olhos castanhos em mim e, levantando o queixo, responde:

— Você sabe que se fosse por mim, eu esqueceria o assunto. Mas quero que você seja feliz ao meu lado, e não vou ser um obstáculo em seu caminho. Você aceitou meu trabalho com meus horários e minhas viagens, e eu vou aceitar o seu. Quero que grave esse disco por você e por mim.

Sua segurança e suas palavras me deixam arrepiada.

— Tem certeza disso?

Sem afastar o olhar do meu, Dylan assente, e em voz baixa, sussurra:

— Eu lhe entreguei a chave do meu coração. Tenho certeza.

Tudo nele me encanta. Sem me importar com o olhar dos outros, eu me levanto, sento em seu colo e, abraçando-o com adoração, beijo-o e digo:

— Nunca mais me afaste, ou vai se arrepender, entendeu?

— Lição aprendida, mimada.

Ambos sorrimos. Ele pede a conta e, abraçados, saímos do lindo restaurante. Depois, no carro de Dylan, vamos até o cais de Santa Monica, onde estacionamos, e de mãos-dadas dirigimo-nos ao bar onde Valeria trabalha. Ao entrar, vários homens nos olham, e quando ela se volta e me vê, um amplo sorriso ilumina seu rosto.

Ela larga uma bandeja e se aproxima timidamente, e então eu a abraço. Ela retribui o abraço intensamente e murmura:

— Obrigada, obrigada, obrigada, Yanira.

Emocionada pelo que esse "obrigada" significa para ambas, olho para ela, e indicando Dylan, que nos observa, digo:

— Valeria, este é meu marido, Dylan.

Ele a cumprimenta com afabilidade, e depois de lhe dar dois beijinhos, pega sua mão e diz:

— Muito obrigado por cuidar de minha mulher em minha ausência.

Valeria cora e responde:

— Foi um prazer.

Feitas as apresentações, ela nos pergunta o que queremos beber.

— Um uísque com gelo — pede Dylan, e olhando para mim, pergunta: — Onde fica o banheiro?

— No fundo à direita — indico.

Quando ficamos sozinhas, Valeria olha para mim e sussurra:

— Meu Deus do céu, se você tivesse me dito que seu marido era tão gato, eu a teria matado e cortado em pedacinhos para ficar com ele. Yanira, que pedaço de homem você tem!

Divertida, sorrio e afirmo:

— É o melhor.

Animada, Valeria vai para trás do balcão, pega dois copos, prepara o que Dylan pediu e, sem me perguntar, serve uma cuba-libre para mim.

— Tudo se ajeitou? — pergunta.

— Sim. No fim, eu decidi dar o primeiro passo e voltar. Nós nos amamos e merecemos a oportunidade de tentar.

— Fico feliz, minha querida. Mas amarre esse homem com rédea bem curta, porque sem dúvida há muita vadia querendo prendê-lo entre suas pernas. — E se abanando, acrescenta: — Até eu fiquei nervosa quando o vi!

Solto uma gargalhada, e, quando Dylan volta, nós três conversamos amigavelmente. Contente, observo que ele fala com Valeria sem nenhum preconceito, tratando-a como ela merece. Mostra-se cavalheiro, atencioso e encantador com nós duas. Rimos, conversamos, e quando Valeria conta que eu enfiava o celular no frigobar, meu moreno me beija e sorri.

Assim ficamos por uma hora e meia, até que decidimos ir embora. Com carinho nos despedimos de minha amiga e prometo ligar-lhe outro dia. Dessa vez seu sorriso me diz que ela sabe que ligarei, e isso me tranquiliza.

Ao chegar a nossa casa, contagiamo-nos do silêncio do lugar. Quando Dylan desliga o alarme e fecha a porta, empurro-o contra a parede e murmuro:

— Hoje a coelhinha está mandona e quer que você tire a roupa.

— Já?!

— Já.

— Aqui? — ri Dylan.

— Sim, aqui. Quero que hoje você seja meu pornodoméstico.

— Pornodoméstico?

Começo a rir. Dylan não faz ideia do que estou falando. Esclareço:

— Na Espanha, as pornodomésticas eram famosas. Eram empregadas domésticas vestidas de maneira *sexy* para alegrar os patrões. Mas eu vou mais além. Quero meu pornomarido. Quero que prepare um drinque e o leve à sala de jantar totalmente nu.

Dylan me olha. Não capta a ideia do que quero. Insisto:

— Vamos, estou esperando. Dispa-se e me dê sua roupa. Estamos em casa, e quero curtir a vista que meu pornomarido me oferece.

Entrando no jogo, finalmente ele faz o que lhe peço. Pendura o casaco de couro preto e depois tira o paletó, a gravata, a camisa, os sapatos, as meias e a calça; mas quando vai tirar a cueca, detenho-o e digo:

— Essa tiro eu.

— Ora...

Dylan ri enquanto eu coloco os dedos no cós de sua cueca e lenta e pausadamente a abaixo, deixando nele um rastro de beijos desde o umbigo até os joelhos.

Eu o deixo nu e, com toda a sua roupa nas mãos, suspiro. Com uma expressão divertida, digo, levantando-me:

— Estou com sede. Traga-me alguma coisa para beber.

— O que deseja, senhora?

Olho para ele com anseio, e depois de lhe dizer com o olhar o que quero, suspiro e respondo:

— Por enquanto algo fresco. O que você quiser.

Meu amor se encaminha à cozinha. Fico olhando seu bumbum durinho, suas longas pernas, as costas largas tão morenas, e digo a mim mesma:

— Mãe do céu, que delícia!

Quando ele desaparece na cozinha, solto a roupa no chão e o sigo, hipnotizada. Preciso continuar olhando para ele. Quando entro, vejo que ele abre um armário, pega dois copos e os enche com gelo; quando se volta e me vê, ordeno:

— Não se mexa.

Dylan para com os copos na mão. Eu mordo os lábios e digo:

— Dê um passo para mim.

Ele obedece. Olho seu membro inchado e duro, e suspirando, acrescento:

— Continue o que estava fazendo antes que eu mude de ideia.

Meu comentário o excita, e com um gesto divertido, abre a geladeira. Pega uma Coca-Cola, e quando passa em frente a mim a caminho da sala, dou-lhe um tapinha e murmuro:

— Siga seu caminho.

Divertido, ele faz o que lhe peço. Adoro vê-lo andar nu. Que classe, que estilo! Minhas pernas tremem de excitação que eu mesma estou me provocando. Decido sentar no enorme sofá preto. Dylan prepara as bebidas enquanto me limito a olhar para ele e admirá-lo. Quando por fim termina, ele se aproxima e, estendendo o copo, diz:

— Aqui está, senhora, o que pediu.

Ele já entrou no jogo da noite. Quando tomo um gole da bebida, Dylan pergunta:

— O pornomarido pode se sentar?

Deixo o copo na mesa e respondo:

— Não.

Surpreso, ele me olha. Digo:

— Faça uma dança *sexy* para mim.

Dylan pira. Quase tem um troço!

Ele não se mexe, e por fim solto uma gargalhada. A última coisa que meu amor faria seria uma dancinha exótica.

— Deixe sua bebida na mesa e aproxime-se — chamo-o com o dedo.

Como estou sentada no sofá, minha cabeça fica quase à altura de seu pênis duro e ereto. Sem contemplações, pego-o com a mão.

Dylan sente um calafrio e sorri. Eu sorrio também e, sem nada dizer, levo-o à boca e o chupo.

Está duro, muito duro. Delicadamente o seguro nas mãos, enquanto digo:

— Hoje você vai ser meu servo, e eu, sua patroa. Vai fazer tudo o que eu pedir, entendeu?

Ele assente, excitado. Torno a pôr seu pênis na boca, e depois de fazê-lo estremecer com várias lambidas que sei que o enlouquecem, eu me levanto, olho para ele e murmuro, empurrando-o sobre o sofá:

— Sente-se.

Enquanto Dylan faz o que lhe peço, eu começo a me despir. Retiro peça por peça, excitando-o. E quando estou totalmente nua, monto nele e o vejo sorrir. Ele sabe que sou sua, safado. Dengosa, sorrio também, e quando passo minha vagina úmida por seu pênis duro e ereto, ele murmura:

— Senhora, não sei se consigo não assumir o comando da situação.

Nego com a cabeça, e estalando a língua, respondo:

— Nem pense nisso.

Nossos olhares carregados de paixão mostram quanto desejamos um ao outro. Sem pudor, pouso minha boca na dele e introduzo a língua. Rapidamente, Dylan a acolhe em sua cavidade úmida e brinca com ela. Deleita-se com meu sabor e eu curto. Ele me enlouquece.

Disposta a deixar meu pornomarido e servo a mil por hora, ameaço introduzir seu pênis dentro de mim. Hummm, que tentação! Ele está cheio de desejo, mas acho que eu estou ainda mais. Para não acabar com o jogo tão rápido, eu me levanto e, desconcertando-o, digo:

— Vamos, siga-me.

Ele se levanta, e entre beijos e chamegos subimos até nosso quarto. Ao ver a cama, ele sorri. Que safado.

Plano A: vou para a cama com ele.

Plano B: vou para a cama com ele.

Plano C: vou para a cama com ele.

Plano D: vou para a cama com ele.

Plano E: vou para a cama com ele.

No fim, decido pelo abecedário inteiro: vou para a cama com ele! Mas, disposta a prosseguir com o jogo erótico, pergunto:

— O que acha de sua patroa?

— Tentadora e desejável — responde ele com olhar apaixonado.

Bom! Sem dúvida ele disse o que eu queria escutar. Ordeno:

— Sente-se na cama.

Dylan se senta e torno a tentá-lo com leves toques pecaminosos. Como é lógico, ele me ataca como um lobo faminto, mas quando me toca eu lhe dou um tapa. Censurando-o, digo:

— Sou sua patroa, não me toque sem permissão.

Meu amor suspira e se contém. Com sua habitual cara de mau, murmura:
— Desculpe, senhora.
Montada nele, pego seu pênis com a mão, e sem tirar os olhos dele, passo seu músculo tentador por minha vagina.
Dylan treme, e eu acho que vou entrar em erupção a qualquer momento.
— A senhora está me enlouquecendo — diz ele com um fio de voz.
— Muito?
Ele assente e crava os olhos em mim.
— Demais.
Uepaaa! Sem dúvida, é isso o que pretendo!
Fico com água na boca só de imaginar o que poderemos fazer quando eu permitir. E, sem poder adiar mais, eu o introduzo em mim.
Sim... Bendita loucura!
Dylan pousa as mãos em meus quadris, e depois de duas investidas gloriosas que atiçam minha vontade de sexo, murmuro:
— Sua patroa pediu que fizesse isso?
Ele dá uma nova estocada que me faz arfar de prazer, e responde com ímpeto:
— Não.
Vou me mexer, mas ele não deixa. Novas investidas me possuem, e por fim eu deixo. Mas quando para, saio dele com rapidez. Isso o desconcerta. Quero morrer, mas saio dele. Tenho que continuar em meu papel de patroa.
Levanto-me e caminho para o terraço.
— Venha — chamo.
Quando estamos os dois no terraço coberto, olho a poltrona preta de *ménage* que Dylan comprou para brincar. Sem pudor, digo:
— Prepare-a; vou brincar sozinha com ela.
Seu semblante se ensombrece. A última coisa que ele deseja é se sentir excluído da brincadeira. Mas, disposto a prosseguir, ele assente, e eu, querendo excitá-lo ainda mais, declaro:
— Você vai ficar olhando.
Noto que ele aperta a mandíbula e que as veias de seu pescoço ficam tensas. Ele não está vendo graça nenhuma na coisa, mas não se queixa. Recebe o golpe calado, disposto a deixar que eu segure as rédeas.

Com descaro, deito-me na poltrona de costas. Ora, nem a rainha máxima do pornô faz melhor! Coloco os pés nas laterais da poltrona e, sob seu olhar atento, abro as pernas com desfaçatez, para que ele veja como estou molhada.

— Coloque um pênis grosso no braço articulado — ordeno.

Ele atende sem reclamar. Coitadinho, meu menino. É um santo. Se ele me pedisse isso eu soltaria um berro que o deixaria tremendo.

Olho para ele cada vez mais excitada com o jogo. Quando ele acaba de fazer o que pedi, ordeno:

— Ligue a máquina e introduza lentamente em mim o pênis da poltrona. Quero que você controle as investidas e me faça alcançar as sete fases do orgasmo, entendeu?

Ele bufa. Não diz nada, mas deve estar se lembrando de toda a minha família...

De cenho franzido, ele pensa no que lhe pedi. Hesita, não sabe o que fazer, mas por fim obedece. Quando o vibrador da poltrona começa a se mexer e seus dedos tocam minha vagina para introduzi-lo em mim, grito:

— Pare!

Ele para, mas não entende nada. Olha para mim desconcertado. Eu me levanto da poltrona, pego sua mão e faço que se deite de costas.

Ele sorri.

Dengosa, monto nele e, beijando-o, murmuro:

— Achou mesmo que eu ia permitir que uma máquina fria e impessoal fizesse o que você faz mil vezes melhor?

Seu sorriso se abre enquanto eu deslizo por seu pênis.

Nossa, que prazer!

De súbito, ele me dá um tapinha sonoro e seco. Olho em seus olhos, e Dylan murmura com deleite:

— Isso é por ser malvada... senhora.

Sorrio. Inclino-me sobre sua boca e, disposta a tudo, sussurro enquanto me mexo em busca de nosso prazer mútuo:

— Agora você vai ver o que é ser malvada.

Mexo os quadris sem descanso, provocando-lhe ondas de prazer. O jogo o excitou mais do que ele imaginava, e, sem poder evitar, Dylan fica totalmente à mercê dos meus caprichos.

Ele me segura pela cintura, deseja-me sobre seu pênis. Minhas investidas são tão certeiras que ele se arqueia e se deixa levar pelo prazer que lhe provoco.

Oh, sim... quero tê-lo assim.

Faço seu pênis entrar e sair de meu corpo enquanto me seguro em seus ombros; eu marco o ritmo o tempo todo. Para cima... para baixo... para cima... para baixo. Ao ver que ele morde o lábio inferior, mudo de movimento e me esfrego nele. De novo suas forças falham e ele só pode arfar e se entregar a mim com luxúria.

Meus suspiros mal se ouvem. Ficam eclipsados pelos de Dylan, e isso me excita ainda mais. Aperto com força os joelhos contra seus flancos e continuo mexendo o quadril com firmeza.

Dylan estremece e, olhando-me, consegue murmurar:

— Você está me deixando louco... mimada.

Acabou a brincadeira. Adeus senhora e pornomarido! Voltamos a ser nós mesmos.

Sua voz, carregada de paixão e erotismo, excita-me sobremaneira; olho para ele e murmuro com um movimento de quadril que o faz gritar:

— Você é meu, e ninguém vai fazer amor com você como eu.

— Sim — ruge ele.

— Sim — afirmo eu.

Seus tremores são cada vez mais evidentes e selvagens. Eu o estou levando ao sétimo céu. Não posso beijá-lo. Se o beijar, a força que estou fazendo vai diminuir, e não quero isso. Quero vê-lo gozar, exijo todo o seu prazer para mim, como outras vezes ele fez comigo.

Após uma nova estocada, seu pênis chega até meu útero. Agora quem se arqueia sou eu. A profundidade é extrema e o vejo estremecer enquanto minha vagina o absorve com deleite.

— Ah, sim... sim... — arfa ele, frenético.

— Goze para mim — exijo.

— Não pare, coelhinha... não pare — exige ele entre dentes.

Enlouquecida ao vê-lo assim, acelero minhas investidas e seguro suas mãos; ele está totalmente à minha mercê. As veias de seu pescoço incham, um som rouco e varonil sai de sua garganta, e depois de uma última estocada que a própria convulsão de seu corpo provoca, sinto sua semente me encher e nossos fluidos se misturam para se transformar em um só.

Dylan se sacode de prazer. Nunca fui testemunha tão direta de seu orgasmo, e adorei. Fico louca. Faz que eu me sinta poderosa, e agora entendo por que ele gosta de me subjugar e me ver na mesma situação.

Quando seus tremores de prazer cessam, relaxo a pressão de meus joelhos, inclino-me para sua boca e o beijo com carinho. Eu me delicio com sua boca; seus últimos suspiros são para mim, só para mim. Então ele diz:

— Prepare-se, coelhinha malvada, porque assim que o lobo cruel recuperar as forças, vai lhe dar o que você merece.

Sorrimos, e sei que ambos somos felizes.

15

A distância

Em março, Dylan tem que ir ao Canadá, para um congresso médico. Ele propõe que eu o acompanhe, e aceito, mas depois de falar com a gravadora, vejo que é impossível. Nessa época preciso estar em Los Angeles para gravar com J. P.

— São só quatro dias, não dá para adiar a gravação? — pergunto a Omar.

Depois de olhar para Dylan, que o observa, sério, meu cunhado responde:

— Sinto muito, Yanira, mas não dá. Isso são negócios, e os outros não concordariam. J. P. tem uma agenda muito apertada e precisamos gravar nos dias marcados. Sinto muito, de verdade.

Olho para meu amor, compungida, e ele, dando de ombros, pisca para mim. Quando saímos do estúdio, ao ver meu mau humor, ele me beija e murmura:

— Fique tranquila.

— Caramba, seu irmão poderia ter dado um jeito. São só quatro dias.

— Não depende dele — responde Dylan me abraçando. — E além do mais, J. P. vem de Londres para gravar o disco. Como disse Omar, são negócios, e esse movimenta milhões de dólares. E agora que a maquinaria entrou em funcionamento, não dá para parar. Como eu comentei outro dia, tudo tem seu lado bom e seu lado ruim.

Dois dias depois, meu amor e eu temos que nos despedir. Vejo a dor em seus olhos, mas ele não diz nada. Ao contrário, tenta sorrir e me fazer sorrir também. Nos dois primeiros dias morro de saudades dele, mas o trabalho com a canção no fim consegue me distrair, e foco nisso.

Chega o dia da gravação; estou uma pilha de nervos. Quase não consegui dormir, e ao me levantar sinto uma leve vertigem e náuseas. Não consigo comer. Nem o chocolate em pó puro, que como todas as manhãs, me apetece.

Ah, mãe do céu, estou mal!

Sinto falta de Dylan a cada segundo, a cada instante do dia. Se estivesse aqui ele me animaria e, acima de tudo, me acalmaria. Ninguém faz isso como ele.

Quando chego ao estúdio, a secretária de Omar, aquela que ele come entre uma reunião e outra, diz que tem uma ligação para mim. Intrigada, pego o telefone e atendo:

— Alô.

— Como está a minha linda coelhinha?

É Dylan. Ao ouvi-lo, quase choro de emoção. Com todo o seu amor, ele me diz mil vezes que vou me sair muito bem, tranquiliza-me e me pede que feche os olhos, que me concentre no que quero fazer e faça.

Como ele me conhece!

Depois de falar com ele por mais de vinte minutos, desligo e sorrio, com as pilhas recarregadas. Sem dúvida alguma Dylan é o centro de minha vida.

Tony me abraça ao me ver. Sabe que falei com seu irmão, sabe como Dylan me faz sentir feliz e especial; ele curte isso como se fosse sua própria felicidade.

Dez minutos depois, Omar entra na sala e me cumprimenta. Atrás dele vêm J. P. e seu séquito. Falamos sobre o que vamos cantar e tento agir da maneira mais profissional possível. Consigo, e até eu mesma acredito.

Durante uma hora ajustamos as vozes com seus *rappers*, e quando J. P. está satisfeito, procedemos à gravação.

Gravamos a canção por partes. Ele não gosta de como uma delas fica e, no fim, paramos para almoçar. Finalmente, meu estômago relaxou e consigo comer um pouco e me acalmar. A coisa não está indo tão mal.

Enquanto estamos comendo, Sandy Newman, uma cantora de quem minha mãe gosta muito, vem nos cumprimentar. Vou lhe pedir uma foto e a mandarei para mamãe. Ela vai adorar. Quando nos apresentam, Sandy diz:

— Ora, ora, então você é a famosa Yanira...

Alucino! Ela sabe quem sou?

— Sim, de fato — afirma Omar. — É minha nova cliente.

Ela, depois de me olhar atentamente com seus belos olhos, pergunta:

— Você também é dessas que rebolam o bumbum enquanto cantam, como todas as vocalistas de agora?

Esse tom de desprezo não me agrada e respondo:

— Adoro rebolar o bumbum enquanto canto. Você não?

— Por Deus, que vulgaridade! Eu acho que no palco se deve demonstrar elegância. Nunca me passou pela cabeça fazer algo assim. Se algo está claro para mim é que em meus shows não admito mau gosto nem vulgaridade.

De repente não vou com a cara dessa diva, e minha mãe definitivamente vai ficar sem a foto dela.

— Seu estilo e o de Yanira não têm nada a ver, Sandy — diz Tony.

A cantora madura franze o nariz, e com maldade, afirma:

— Sorte minha.

Mas que mulher imbecil!

— Sandy — intervém Omar —, essa nova geração de cantores dança e canta. Por sorte, são artistas muito completos.

— E isso mostra a diferença entre uma artista como eu e personagenzinhos como esses — finaliza Sandy.

Estou soltando fumaça pelas orelhas, e se não falar, vou explodir. Por mais Sandy Newman que ela seja, está me irritando. Quando não aguento mais, solto, venenosa:

— Sabe, Sandy? Minha mãe era muito sua fã. Ouvia você quando estava grávida de mim.

Ouço Tony soltar uma exclamação em voz baixa.

Tome esse golpe de direita, Sandy Newman!

Meus cunhados sorriem, e a mulher, depois de me olhar com verdadeiro ódio, volta-se e sai. Quando ficamos sozinhos, olho para as pessoas da mesa. Tentam conter o riso; pergunto:

— Qual é a dela?

Tony solta uma gargalhada e sussurra:

— Minha mãe deve estar rindo no céu, Yanira. Sandy e ela não eram exatamente muito amigas.

Omar, divertido, põe a mão sobre a minha, acalmando-me.

— Calma, Yanira — diz. — A inveja é muito ruim.

Assinto. É ruim mesmo.

Acabado o almoço, retomamos a gravação, mas J. P. continua insatisfeito. Ele faz arranjos com Tony, e vejo que meu cunhado se desespera. Não consegue saber o que o *rapper* quer. Farta de ouvir o divo do *rap* reclamar, eu o pego pelo braço e digo:

— Posso propor uma coisa?

Ele olha para mim com superioridade, e depois de me contemplar de cima a baixo, responde:

— Claro, olhinhos claros.

— Cante comigo. Não pare, continue enquanto eu mostro a ideia que tive para essa parte da canção.

Indico os papéis à nossa frente e acrescento:

— Vou fazer esta estrofe enquanto você canta; mas não faça rap na minha parte, *ok*?

J. P. assente. Não custa nada experimentar.

Tony nos observa; começamos a cantar juntos. Ao chegar à parte problemática, com um movimento de mão faço que J. P. se cale e canto eu o rap. Tome essa, já sei fazer rap! E quando acabo, peço que ele cante a minha estrofe.

Ao terminar, J. P. me olha. Não sei se gostou do que sugeri. Mas por fim ele esboça um grande sorriso e exclama:

— Você é boa, olhinhos claros!

Sem dúvida, ganhei um apelido. Satisfeitos com a solução, Omar e o séquito de J. P., do outro lado do vidro, levantam os polegares. Gostaram de minha ideia. Depois de testá-la mais duas vezes, passamos a gravar essa parte.

Quando por fim acabamos, o *rapper* tira os fones e propõe:

— Está a fim de sair para tomar um drinque?

Olho para ele sorrindo e respondo:

— Obrigada, mas não posso. Já tenho planos.

Contudo, ele se aproxima mais. Vai levar uma! E então, Tony entra em cena e diz, para quebrar o momento:

— J. P., um jornalista da revista *Rolling Stone* está esperando por você para fazer uma entrevista.

Meu olhar e o do *rapper* se encontram, e ele diz:

— Eu lhe devo um jantar, olhinhos claros. Gosto de trabalhar com você, e quero tê-la por perto.

Quando ele sai, olho para meu cunhado e pisco para ele. Tony sorri e murmura:

— Não deixe Dylan irritado.

Rindo com cumplicidade, vamos para a cabine, onde o técnico toca o que gravamos. Omar e Tony me olham, e eu sorrio.

Estou emocionada!

A voz de J. P. e a minha estão maravilhosas juntas, e quando me ouço fazer rap, morro de rir.

Acabada a entrevista, o *rapper* entra de novo no estúdio. Tornamos a escutar a canção. Ele pisca para mim e afirma que a canção ficou demais.

Depois de brindar com champanhe, J. P. e os seus vão embora e eu fecho os olhos, emocionada ao pensar no que acabo de fazer.

Comento que vou para casa, mas Tony me pede que o espere. Ele tem que terminar algo com outro cantor, e enquanto isso, decido me sentar no aquário para vê-lo trabalhar.

Duas horas depois, Omar me entrega alguns contratos para que eu dê uma olhada. A gravadora me pressiona cada vez mais para que eu assine um contrato. No entanto, o que leio me parece chinês. De repente, sinto alguém beijar meu pescoço. J. P. acaba de se exceder! Mas ao me voltar para dar um tabefe no abusado, fico sem palavras. É Dylan.

Como se impulsionada por uma mola, dou um grito, passo por cima do sofá e me jogo em seus braços. Omar e Tony sorriem, de conchavo com o irmão.

Emocionada por tê-lo ao meu lado, não o solto. Omar põe para tocar o que gravamos com J. P.

Dylan escuta atentamente a canção, e quando ela termina, olha para mim e diz:

— É impossível fazer melhor, meu amor.

Beijo-o, comovida, enquanto ele acaricia meu joelho por baixo do vestido. Depois de fazer um sinal para a morena, Omar me aperta:

— Diga em que dia quer a reunião com o pessoal da gravadora. Estamos morrendo de vontade de fechar contrato com você. Além de um dos chefes, serei seu empresário e velarei por seus interesses. Você é uma Ferrasa! Não precisa se preocupar com nada.

— Omar, como você é chato — respondo, e evito dizer que, na verdade, sou uma Van Der Vall.

— Não, Yanira, chato não — defende-se. — Quando a canção de J. P. sair, vai chover uma infinidade de propostas para você, e meu dever é contratá-la antes dos outros. Caramba, você é da família!

Não posso deixar de sorrir diante da "chuva de propostas". Que demais! Dylan não diz nada. Deixa que eu decida, mas intuo que ele já falou com os irmãos. Omar acrescenta, finalmente:

— Yanira, isto é uma empresa, e se nos permitir, podemos fazer que você vença no mundo da música, como sempre desejou. Você tem voz, talento, personalidade e presença. Não lhe falta de nada!

— E sei rebolar — acrescento, fazendo-os rir. — O que você acha? — pergunto a Dylan.

— É seu sonho — responde ele olhando-me com carinho. — Você deve decidir quando começar. — E, divertido, acrescenta: — Quanto a esse negócio de rebolar, temos que conversar!

Penso durante alguns segundos, mas por fim percebo que estou adiando o inevitável. Desejo esse disco. Atualmente tenho os meios, e com Dylan ao meu lado, sinto-me capaz de tudo. De modo que, sem soltar a mão de Dylan, eu lhe pergunto:

— Você estará comigo nessa reunião com a gravadora?

— Se você quiser, meu amor, claro que sim.

— Quero — insisto.

Ele assente, e depois de olhar seus horários no *tablet*, diz a Omar:

— O que acha de segunda-feira que vem às 10h?

— Ótimo — exclama Tony. — Assim terei tempo de terminar umas canções que tenho certeza de que Yanira vai gostar.

— Legal — responde Omar a Dylan, e passando uma anotação a sua secretária, diz: — Convoque Jason, Lenon e Jack para segunda-feira às 10h.

Ela assente. Esfregando as mãos, meu cunhado conclui:

— Então, segunda-feira às 10h em meu escritório.

A secretária, de nome Sherazade, dedica a Omar um sorrisinho lascivo. Pobre Tifany. Quando Omar e ela saem, dou a meu marido toda a minha atenção.

— Eu só esperava você amanhã.

Dylan assente, e aproximando seu nariz de meu pescoço, responde enquanto aspira meu perfume:

— Não conseguia mais ficar longe de você.

Eu sorrio e o abraço. Tony nos olha e pergunta:

— Estou atrapalhando?

Olhamos para ele e eu respondo:

— Não, bobo. Você nunca atrapalha.

Ele propõe:

— Cunhada, já que estamos sozinhos, dê-se o gostinho de gravar a canção que quiser. Diga que música de fundo precisa e eu gravo sua voz.

Hesito, mas Dylan me estimula. Por fim, incitada por ambos, digo:

— Eu gostaria de *Cry me out*, da Pixie Lott.

Tony procura a música, e quando a localiza, saio do aquário. Vou para o outro lado do vidro, e quando ponho os fones e escuto a melodia, começo a cantar ao sinal dele.

A letra flui de dentro de mim enquanto olho meu moreno, tão lindo e impressionante com esse terno e a gravata escura.

> *You'll have to cry me out.*
> *You'll have to cry me o-o-out.*
> *The tears that I'll fall*
> *mean nothing at all.*
> *It's time to get over yourself.*

Gosto de ver o sorriso de Dylan; adoro vê-lo feliz, e sem sombra de dúvida nesse momento ele está feliz, enquanto eu canto a canção para ele. Só para ele.

Quando acabo, minutos depois, tiro os fones e entro no aquário. Tony põe nas caixas de som o que gravei.

Ouço-me, incrédula. Sempre cantei em orquestras e me ouvi pelos alto-falantes, mas nunca havia tido o luxo de gravar algo em um estúdio profissional como esse.

Ouvimos encantados, e quando a canção acaba, Tony abre uma pasta. Depois de olhar para seu irmão, que assente, estende-me uma partitura e diz:

— Dylan a escreveu para você, e eu compus a música.

Dylan escreve canções?

Alucinada, pego o papel que Tony me dá como se fosse ouro, e depois de dar uma olhada, pergunto a meu marido:

— Você escreveu essa canção?

Os dois irmãos se olham e Dylan responde:

— Escrevi quando a perdi depois de nossa discussão boba. Senti necessidade de passar para o papel o que sentia naquele momento. Depois Tony me ajudou e fez uma linda música para a letra. Espero que goste.

A canção se chama *Todo*. Leio-a com mãos trêmulas. Quando acabo, murmuro, beijando Dylan:

— É linda, meu amor. Muito obrigada.

Pleno de amor, ele me beija, devora meus lábios, até que ouvimos:

— Acho que estou sobrando.

Dylan e eu sorrimos, e voltando-nos para Tony, nós o abraçamos.

— Obrigada, cunhado — digo.

— O mérito é de seu marido, eu só ajudei. Maaas... tenho outras canções das quais acho que vai gostar, e quando decidir lançar seu disco, espero que as compre de mim.

Sorrio, encantada, e dois segundos depois, estimulados por Dylan, Tony e eu entramos no estúdio de gravação. Ele se senta ao piano e começa a cantar a canção.

Te vi y me enamoré.
Fue tal el flechazo que no supe ni qué decir.
Tu olor, tu piel.
Tu tacto, tu mirada, tu sonrisa, tu boca y todo tu ser.
El cielo, el mar y un barco.
Fueron testigos de nuestro amor.

Enquanto Tony canta e toca a melodia, não posso parar de olhar para Dylan. Essa letra fala de nós, de nossa história de amor. Sorrio. Meu cunhado chega ao refrão e canta:

Será la noche que te ilumine.
Será el sueño que nos unió.
Serán tus besos y mis caricias.
Lo que siempre quise, y ahora lo tengo... todo.

Sem tirar os olhos de meu belo marido, que nos escuta do outro lado do vidro, sinto meu coração acelerar, cheio de amor. Com seus beijos, suas carícias, seu constante romantismo, e agora com essa canção, Dylan é a melhor coisa que me aconteceu, e não posso parar de sorrir. Ele pisca para mim.

Quando Tony acaba a canção, pergunta:

— O que achou?

Emocionada, assinto, e levantando a mão, peço um segundo. Saio do estúdio e vou para o aquário onde está Dylan. Lá, eu me jogo em seus braços e o beijo com verdadeira paixão. O que acabo de ouvir são suas palavras, seus sentimentos, seu amor. Quando o beijo acaba, olho para ele e afirmo:

— Amo você, Dylan Ferrasa.

Depois de, sem nenhum pudor, trocarmos carinhos, doçura e paixão, por fim volto para junto de Tony, e cantamos a canção.

Depois meu cunhado me mostra outras composições suas, especificamente uma canção chamada *Divina*. Depois que a canta, faço umas sugestões em relação aos tons. Divertido, ele vê sua suave melodia se transformar em uma canção boa de dançar.

— Gosta mais assim? — pergunta ele.

Penso, olho para Dylan, que está do outro lado do vidro, e pergunto:

— Como você gosta mais, meu amor?

Dylan abre o microfone e responde:

— Quem vai cantar é você, escolha a versão que preferir.

Assinto e, olhando para Tony, sugiro:

— Eu podia começar em um tom baixo e calmo, e a partir desta estrofe acelerar, como nos anos 1970; o que acha?

Surpreso com a mudança, Tony concorda. Pede a Dylan que grave e começa a tocar o piano com as modificações que apontei, enquanto eu canto. Segura do que faço, recorro a graves ou agudos para dar mais força à canção em momentos diferentes. Quando terminamos, Tony olha para mim e diz, em tom divertido:

— Você é demais, "olhinhos claros". Quando Omar ouvir, vai adorar.

Por fim, nós três saímos do estúdio. Tony se despede de nós, pois marcou com uma de suas garotas. Ao chegar ao carro, Dylan olha para mim e pergunta:

— Está contente por eu estar aqui?

— O que você acha? — respondo rindo e o abraço.

Beijamo-nos, e com nosso beijo expressamos quanta saudade sentimos. Dylan se afasta e diz:

— Tenho uma surpresa para você.

— Eu vou gostar?

— Acho que sim.

Entramos no carro; ele dirige até uma rua que eu não conheço. Não fica longe de nossa casa. Depois de abrir uma cancela, vemos uma edificação de dois andares, com telhas de ardósia preta e grandes janelas.

— Falaram-me desta casa e Marc me mandou as fotos por e-mail. Parece que era de uma antiga estrela de cinema francesa. Como não tinha filhos, ao morrer, ela a deixou para um dos seus sobrinhos, que simplesmente a esqueceu; por fim, o banco ficou com ela. Eu não lhe pedi para vir vê-la sozinha porque você estava nervosa por causa gravação e não a teria apreciado. Mas agora estou com as chaves. Vamos vê-la.

De mãos-dadas, entramos na casa. O vestíbulo é amplo, e daí passamos para uma imensa cozinha velha e caindo aos pedaços. Dylan diz:

— Podemos construir a cozinha que você quiser. Pense nas possibilidades desta casa, *ok*?

Assinto com a cabeça. Sem dúvida alguma vou ter que imaginar, porque do jeito que está é uma verdadeira ruína. A sala e os quartos são grandes. Quando terminamos, Dylan olha para mim e diz com um amplo sorriso:

— É justo o que você queria. Uma casa com telhas de ardósia preta, dois andares, cinco quartos, vários banheiros, uma cozinha espaçosa, piscina e...

— Não gostei.

Minha firmeza o desconcerta. Dylan pergunta:

— Por que não?

Olho em volta. A casa é um desastre. Tudo é velho, está suja e semidestruída.

— Não é que não gostei — explico —, é que está tão largada, precisa de tanto trabalho que sou incapaz de imaginar que um dia possa ficar bonita.

Dylan sorri, e me puxando para si, apoia minhas costas em seu peito e diz:

— Imagine o que vou explicar, *ok*? — Faço que sim com a cabeça e ele enumera: — Na sala colocamos piso de madeira escura, móveis novos e uma lareira naquele canto, com um console bonito e largo para pôr as fotos da família. Também pensei em abrir uma porta naquela parede para ter acesso à piscina daqui, e não só da cozinha. Naquele canto podíamos colocar umas poltronas confortáveis com uma mesinha e uma televisão para nossas noites de cinema. Consegue imaginar?

Assinto com um sorriso. Imagino do jeito que ele fala. Ao ver meu sorriso, ele propõe:

— Vamos continuar.

Vamos até a cozinha terrível, e ao entrar, ele pergunta:

— Como você gostaria que fosse a cozinha? Não pense em como a vê agora, mas em como gostaria de vê-la.

— Gostaria que fosse de madeira branca com as portas de cima de vidro jateado. O balcão de quartzo preto com manchinhas prateadas. O fogão vitrocerâmico em uma ilha central, com um belo exaustor em cima. Os eletrodomésticos de aço inoxidável, e essa parede toda de vidro, com uma mesinha na frente para comer. Gosta assim?

Dylan me abraça, e com um sorriso carinhoso, murmura ao meu ouvido:

— Adoro.

Subimos ao andar de cima, onde o desastre é absoluto; as janelas estão quebradas e o piso totalmente solto. É como se por ali houvesse passado um furacão. Mentalmente decoramos o quarto grande como o nosso. Rindo, falamos da importância de termos nossa banheira e nossa poltrona erótica. Depois entramos no outro quarto, e Dylan diz, enquanto me abraça:

— Este e o da frente podiam ser para as crianças; o que me diz?

Engasgo. Crianças?!

Nunca falamos sobre isso, mas gosto de crianças. Sem hesitar, pergunto:

— Quantos filhos você quer ter?

Surpreso por minha pergunta, Dylan caminha para a janela e não responde. Divertida ao vê-lo assim, digo:

— Acho que dois ou três seria legal, não acha?

Ele olha para mim com um sorriso e por fim assente. Pegando-me pela cintura e me levantando do chão, murmura:

— Eu começaria a fabricá-los agora mesmo, mas está tudo tão sujo que...

— *Uepaaaa*, Ferrasa... Veja seu lado gay brotando!

Dylan ri. Ele sabe que digo isso por causa da época no navio, quando eu achava que ele era gay. Dylan me solta e sussurra:

— Tire a calcinha, ou vou arrancá-la.

E, agarrando meu bumbum, puxa-me para si. Coloca a mão por baixo de meu vestido e insiste:

— Você tem dois segundos. — Ele tira o paletó e o joga no chão. — Você sabe que não gosto de repetir as coisas.

Plano A: faço o que ele quer.

Plano B: faço o que ele quer.

Plano C: faço o que ele quer.

Sem hesitar, adoto os planos A, B e C enquanto ele abre o cinto e o zíper da calça. Meu lobo voltou. Tiro a calcinha e, olhando em volta, murmuro:

— Vamos inaugurar este quarto.

Louco de desejo, meu amor tira a calcinha de minha mão, guarda-a no bolso do paletó e, me erguendo no colo sem me deixar encostar em nenhuma parede, diz enquanto introduz seu pênis duro com urgência em minha vagina já lubrificada:

— Este será o quarto de nosso primeiro filho.

A estocada para entrar em mim de uma vez me faz arquear as costas. Segurando-me com força pelo bumbum, ele pede:

— Coelhinha, passe as pernas por minha cintura e segure em meu pescoço.

Faço o que ele ordena; quando torna a entrar em mim, ele sorri ao ver minha expressão enquanto me aperta o bumbum e sussurra:

— Vou fazer amor com você em cada cômodo desta casa até deixá-la sem fôlego.

— Sim, faça isso — exclamo, já entregue ao prazer.

Eu me seguro em seu pescoço para não cair, e ele entra e sai de meu corpo com precisão. Três dias sem nos vermos foram demais para nós, e o desejo nos ofusca a razão.

Ouvir seus suspiros enquanto me penetra e senti-lo tão apaixonado me deixa louca. Olho para ele e murmuro:

— Obrigada pela canção que escreveu para mim.

Dylan assente, e afundando deliciosamente em mim, responde:

— Obrigado por me amar.

Diante dessas palavras não posso dizer nada. Como ele pode me agradecer por isso? Sem interromper nosso encontro carnal, beijo-o de novo, e quando minha boca abandona a sua e o vejo morder o lábio inferior para afundar de novo em mim, murmuro:

— Oh, sim... sim...

— Gosta, mimada?

— Tanto quanto de nossa canção — respondo.

As comissuras de seus lábios se arqueiam. Ele gosta do que vê, do que ouve, e enquanto entra mais uma vez em mim, diz:

— Vou gozar...

Enlouquecida de paixão, eu me abro para ele. Não quero que pare. Adoro sua atitude possessiva, como faz amor comigo, as coisas tão maravilhosas que me diz. Mas não há bem que sempre dure, e depois de mais duas investidas que me fazem alcançar a sétima fase do orgasmo, nós dois trememos e chegamos ao clímax juntos.

Permanecemos alguns minutos nessa posição, até que o ar que entra pela janela me faz olhar e digo:

— A vista é linda.

Dylan olha também, e depois de me dar um beijo no nariz, coloca-me no chão e pergunta:

— Então, gosta da casa?

Não há dúvida de que minha percepção dela mudou. Feliz, olho para ele e respondo com segundas intenções:

— Acho que agora devíamos ver o quarto da menina.

16

Não quero problemas

Na segunda-feira, na reunião com Omar e o pessoal da gravadora, Tony e eu deixamos todos boquiabertos quando lhes mostramos as canções em que trabalhamos outro dia. Todos concordam que *Todo* e *Divina* têm grande potencial de sucesso, e decidimos que *Divina* será a canção de lançamento.

Dylan, sentado ao meu lado, escuta a conversa e só intervém quando lhe peço ajuda com o olhar. Estou totalmente perdida no assunto, e embora saiba que Omar não vai me enganar, gosto que Dylan intervenha.

O primeiro contrato é com Omar, como meu empresário. Dylan revisa o contrato simples e acha que está tudo bem.

Quando chega a hora de assinar o contrato com a gravadora, torno a pedir ajuda a meu marido. Ele o revisa, e depois de falar com seu pai por telefone, manda-o a ele por e-mail. Uma hora depois, Anselmo, muito versado nesses assuntos depois de administrar os de sua falecida esposa, liga de Porto Rico. Fala pelo viva-voz com o pessoal da gravadora e pede que eliminem ou mudem algumas cláusulas.

Eu observo calada enquanto esses tubarões corporativos falam, discutem e propõem. Duas horas depois, um novo contrato está redigido. Eu o leio, e também Dylan e Anselmo, e quando estamos todos de acordo, assino. A partir desse momento, a gravadora vai administrar minha carreira musical durante cinco anos.

Tony nos apresenta mais quatro canções. Adoramos. Sem hesitar, Omar as compra para o disco. Precisamos de mais três canções, mas eles estão tranquilos; vão fazer uma busca entre seus compositores, e quando encontrarem algo de que eu possa gostar, vão me mostrar. Também me dizem que a canção com J. P. Parker será incluída no disco.

Falam de nomes e de minha imagem. Propõem Yanira Ferrasa, mas eu recuso. Não quero que o sobrenome de meu marido se misture com minha carreira.

Dylan só diz que eu faça o que quiser. No fim, decido ser simplesmente Yanira. Um nome curto e contundente.

Mãe do céu... mãe do céu!

Com o que vão me pagar, posso comprar para meus pais uma casa muito maior que a que têm, e mimá-los como merecem. Isso me faz feliz.

Omar me diz que logo terei que viajar. J. P. pediu que no fim de abril eu me apresente em dois de seus shows, em Londres e Madri. Quer que eu cante com ele a canção que gravamos juntos, e a gravadora vai aproveitar para incluir nesse show duas canções minhas para ir aquecendo o ambiente. J. P. concorda, de modo que eu não posso dizer não.

Olho para Dylan. Ele não sorri, mas pisca para mim com atitude compreensiva.

Mas quando falam da turnê de promoção de lançamento do disco, aí, sim, noto que fica contrariado. Ele se remexe inquieto na cadeira e franze o cenho. Isso não é bom!

Estão falando de uma turnê que inclua Europa, Estados Unidos e América Latina. A gravadora quer apostar forte. Segundo eles, sou um bom produto.

Caraca! Produto? Eu me sinto como se fosse um pote de *ketchup* quando falam assim de mim, mas não digo nada. A seguir, discutem sobre o mercado que posso alcançar e afirmam que sem dúvida serei bem acolhida pelo público.

Eu os escuto em silêncio, segurando a mão de Dylan por baixo da mesa. Com certeza muitas das coisas que dizem — como que sou atraente, agradável aos olhos, maliciosa nos movimentos e imensamente *sexy* — não lhe agradam, mas ele se cala. Não reclama. Só escuta sem soltar minha mão.

Quando saímos da reunião, meu morenaço está sério. Sei do que não gostou, mas ele também sabe que se eu quiser decolar no mundo musical, terei que viajar e promover meu trabalho.

Quando voltarmos para casa, preciso falar com ele sobre isso. Assim, quando ele propõe que tomemos um banho de banheira, aceito. Acho que é um bom lugar para dialogar. Preparo umas bebidas, e quando entro no banheiro, ele já está me esperando na grande banheira redonda.

Dando-lhe uma piscadinha, tiro o roupão, entro na banheira e me refugio em seus braços. Dylan me aperta contra si e murmura:

— Como é que você cheira sempre tão bem?

— Creio que é porque você me ama muito — digo, sorrindo.

Trocamos mil beijos e fazemos centenas de chamegos um no outro, e quando nos olhamos cheios de desejo, pergunto:

— Você está bem?

Meu amor me acaricia com o olhar, e, sorrindo, responde:

— Ao seu lado estou sempre bem.

Ele me abraça em silêncio e sinto o desespero em sua pele.

— Não quero vê-lo mal.

— Não estou.

— Não minta, Ferrasa, eu percebo.

Dylan suspira, me solta e diz:

— Por você vou superar qualquer coisa. Se você foi capaz de deixar sua terra para se casar comigo e começar aqui do zero, é justo que eu a apoie em sua carreira musical, não acha?

Sem dúvida, ele tem razão. É justo!

O problema serão as turnês, as ausências... eu sei. Não preciso que Dylan me diga. Desde que nos reencontramos, o máximo que ficamos separados foram três dias.

Mas não estou disposta a amolecer, e digo:

— Assim que eu gosto. Ver você sendo positivo.

— Eu tento.

— Temos que pensar no melhor momento de lançar o disco no mercado. Quero fazer as coisas direito...

Meu amor solta uma gargalhada e, pegando-me de novo em seus braços, comenta:

— Seja quando for, você vai ter que trabalhar muito. Não ache que tudo vai ser divertido.

— Imagino.

— Não. Você não imagina.

— Ei... quero positividade — censuro.

Ele sorri, e colocando-me em seu colo, murmura:

— Por ora posso lhe dar sexo; quer?

Sentir seu pênis debaixo de mim me deixa, de imediato, excitada e cheia de desejo.

— Acho melhor que tudo. — E, ofegante e brincalhona, acrescento: — Quero uma boa foda.

— Quer uma boa foda? — repete Dylan.

— Sim.

Minha proposta lhe agrada. Enquanto ele olha para mim com esses olhos castanhos que eu adoro, pergunta com a voz carregada de sensualidade:

— E como vai ser desta vez?

Mexo-me sobre ele e sussurro:

— Você sabe do que eu gosto, mas...

— Mas?!

Começo a rir. Pô, eu estou ficando malvada de verdade!

O que estou prestes a dizer de certo modo me dá até vergonha. Mas estou disposta a curti-lo de todas as maneiras possíveis. Continuo:

— Em nosso jogo de hoje não quero que você seja educado com as palavras. Eu serei sua boneca e você será meu boneco.

— Ora... — Dylan sorri.

— Quero que você use um vocabulário mais agressivo. Mais...

— Vulgar?

Assinto. Como estou ficando safada! Ele segura meu queixo, morde o lábio inferior e, excitado com o que lhe peço, aproxima sua boca da minha e murmura:

— Boneca, quer que eu enfie a rola em você e a gente foda até explodir?

Uau, veja só o que ele diz! Meu sangue reage em décimos de segundo. Sinto a banheira quente demais. Respondo:

— Sim, boneco. É isso que eu quero.

Ele olha para mim pensativo, e por fim diz:

— Interessante.

Sua expressão diz tudo. Está claro que ele gosta desse novo jogo que eu proponho, pois lhe dá tesão.

— Saia da banheira — ordena ele. — Daqui a pouco voltamos.

Saio, e ele vem atrás de mim. E ali mesmo, os dois pingando água, puxa meu corpo para o seu, e passando o nariz por meu pescoço, sussurra:

— Você me deixa louco com seus joguinhos, por isso vou lhe dar o que me pede.

A seguir, pega minha mão, leva-a até seu pênis e sussurra:

— Gosta do meu pau?

Eu o toco. Está duro, rijo, pronto. Do jeito que eu gosto. Assinto com a cabeça e murmuro:

— Sim.

Dylan sorri. Ele me pega pelo bumbum, me levanta e então pergunta:

— Quer que eu foda de uma vez agora mesmo?

— Sim.

— Resposta breve e concisa demais, boneca. Não, eu quero o mesmo que você me pede — replica ele.

Morrendo de vergonha por causa do que ele espera que eu diga, respiro fundo e respondo:

— Não vejo a hora de você abrir minhas pernas e enfiar tudo até o fundo.

— Hummm... gosto disso — murmura ele.

Dylan me leva até nossa cama, me põe em cima dela e diz, olhando para mim:

— Por enquanto, você vai me chupar.

E, sem mais, pega minha cabeça e a leva até sua enorme virilidade. Como na manhã de nosso casamento, o Dylan exigente aparece, e eu faço o que me pede, enquanto, com os dedos enroscados em meu cabelo, ele me obriga a isso.

Suas investidas são suaves. Ele mexe os quadris em busca de profundidade. Diz:

— Assim, boneca, assim. Adoro foder sua boca.

Curtindo o que ele me faz sentir, olho para ele e vejo que está de olhos fechados. Seguro seu bumbum durinho e o empurro para mim, introduzindo sua enorme ereção em minha boca. Ouço-o arfar. Disposta a ser uma coelhinha superardente, levo uma mão ao seu escroto e, com os dedos, amasso-o suavemente.

— Ah, sim... não pare — ele pede.

Sinto um prazer infinito com suas investidas, e enquanto sugo sua enorme rola, sinto-a pulsar. Depois de alguns minutos minha mandíbula se cansa, mas quando vou parar, Dylan me segura e murmura:

— Nem pensar, boneca, continue com o que está fazendo. Estou quase gozando em sua boca.

Com uma mão em seu bumbum e outra em seus testículos, pego de novo seu pênis duro entre os lábios, subindo e descendo por seu membro, fazendo-o vibrar.

Em certo momento, Dylan segura com força minha cabeça e murmura:

— Assim... muito bem... muito bem... Gosta que eu foda sua boca? — pergunta.

Não posso responder.

— Chupe tudo, boneca... Vamos, assim... assim.

Ele solta minha cabeça e eu respiro, mas meu amor, exigente, me pega pelos cabelos e torna a entrar em minha boca; dessa vez o ritmo de suas investidas é frenético. Sinto-o tremer. Sei que está perto do clímax.

— Vou gozar — murmura.

E, sem mais, seu esperma começa a sair aos borbotões, e sinto seu sabor na boca. Que nojinho! Quando sai, sua semente cai sobre meus seios. Ao ver isso, Dylan segura o pênis e, levando-o aos meus seios, passa-o entre eles.

— Ahhh... Ahhhh...

Extasiada, deixo que o faça, enquanto seus quadris arremetem e suas pernas tremem. Quando ele se esvazia e para de tremer, nossos olhares se encontram. Estamos com a respiração agitada. O desejo que vejo em seus olhos é enorme, e murmuro, acalorada:

— Preciso de uma chuveirada.

Dylan sorri e nega com a cabeça.

Estou molhada de sua semente, e ele a esfrega por meus seios e diz:

— Quero que você fique com meu cheiro.

Deixo que ele espalhe seu sêmen por minha pele, e, quando termina, eu me levanto e vou ao banheiro. Mas justo quando vou entrar no chuveiro, sinto-o atrás de mim; ele me empurra contra a pia e murmura:

— Ainda não acabei com você, boneca. Ponha as mãos na pia.

Eu resisto. Gosto desse jogo de resistência entre nós; Dylan me dá um tapinha no bumbum e murmura, segurando-me com força:

— Quietinha...

Torno a me mexer, tento escapar, mas Dylan me dá outro tapinha, consegue me segurar e sussurra em meu ouvido:

— Apoie o corpo na pia e afaste as pernas.

Obedeço. Nossos olhares se encontram no espelho. Extasiado, ele diz:

— Vou foder você de novo, e quero que veja meu rosto enquanto isso, enquanto a penetro e desfruto seu corpo.

Excitada ao ver que ele continua com nosso jogo louco, olho-o pelo espelho. Suas mãos vão direto aos meus seios, amassando-os e apertando-os.

— Seus mamilos estão durinhos; está assim tão excitada?

— Sim.

Ele esfrega os quadris contra meu bumbum.

— Ande, mexa sua linda bundinha para mim. Assim... assim... muito bem...

Sem que precise repetir, colo minha bunda a seu corpo e me esfrego nele com descaro. Sua resposta é rápida. Sinto seu pênis crescer e endurecer, e quando está em todo o seu esplendor, Dylan olha para mim pelo espelho e pergunta:

— Minha rola é a mais grossa que já a fodeu?

Pelo amor de Deus, que vulgaridade!

Assinto e o vejo sorrir. Mas que machãozinho! Sem dúvida alguma, Dylan é o homem mais robusto, *sexy* e impressionante que já tive. Não posso dizer que Francesco ou os outros não fossem bem dotados, porém Dylan é o melhor. O máximo. O único.

Ele me segura com força, espremendo-me contra a pia, sem deixar que eu me mexa. Uma das suas mãos abandona meu seio e desce até tocar minha palpitante umidade. Arfo. A seguir, ele introduz um dedo com força e o mexe.

— Mais... quero mais — exijo, histérica.

— Mais o quê?

Sei que ele sabe o que quero dizer, mas respondo mesmo assim:

— Quero mais profundidade.

— Assim?

Um grito escapa de meus lábios diante de sua investida. Olho-o pelo espelho, e quando vou responder, ele diz de novo:

— Ou assim?

Grito e me contraio de prazer. Agora são dois dedos mexendo dentro de mim, para meu deleite.

— Assim... quero que foda... que me foda com seus dedos.

Sem descanso, ele faz o que lhe peço, enquanto sussurra em meu ouvido as maiores vulgaridades que já o ouvi dizer. Quando acho que vou atingir o êxtase, ele para. Vou matá-lo! Tira os dedos, mas, feliz, vejo que é para introduzir sua dura ereção.

— É isso que você quer, não é, boneca?

— Sim... sim... sim — balbucio, extasiada.

Os nós dos meus dedos estão brancos pela força com que me seguro na pia enquanto ele me fode com gosto, então, com descaro, ele abre meu bumbum com as mãos.

— O meu pau inteiro está dentro de sua bocetinha, mas agora vou comer seu cuzinho; o que você acha?

Não falo. Não posso, o prazer só me permite gritar. Ele me dá um tapinha e exige:

— Vamos, mexa.

Mexo. Busco meu próprio prazer e arfo ao encontrá-lo. Durante vários minutos Dylan investe contra mim várias vezes, mandando-me olhar para ele pelo espelho. Meu corpo se mexe a cada estocada e seu instinto selvagem me deixa louca.

— Gosta?

Estocada.

— Sim.

Grito.

— Quanto, boneca?

Nova estocada.

Eu me arqueio para trás para recebê-lo, não uma, mas dois bilhões de vezes, e respondo:

— Muito. Gosto de sentir você dentro de mim. Gosto de sua posse e...

— Devagarzinho, linda — interrompe ele. — Deixe-me sentir você por dentro. Assim... assim... Hummm... adoro o jeito como você pulsa. Você está quente e receptiva.

Mas meus tremores exigem mais e aumento o ritmo. Dylan solta um grunhido varonil ao notar, e, segurando meus quadris com força por trás, me dá o que lhe peço.

— Que prazer você me está me dando... Continue. Não pare.

— Gosta assim?

Sinto que ele me atravessa com seu pênis enorme. Digo:

— Vou gozar. Não pare.

No espelho vejo Dylan sorrir, e com voz rouca e cheia de paixão, ele murmura em meu ouvido:

— Isso, boneca. Goze. Quero me encharcar em você.

Um grito de prazer sai de minha boca e pressinto que devem ter me ouvido até em Tenerife. Dylan morde meu ombro. Suas últimas palavras me deixaram louca. Sinto que o interior de meu corpo o suga e se contrai. Quando se assegura de que eu atingi o clímax, ele sai de mim.

— Vamos nos refrescar.

— E você? — pergunto ao ver que ele não gozou.

— Calma, tenho planos.

Tomamos uma chuveirada rápida, e quando seus beijos se tornam de novo possessivos, ele murmura:

— Vamos voltar para a banheira.

Eu o sigo. Dylan entra, e quando o vejo se sentar dentro da banheira, com um sorriso travesso eu me sento na beirada e, abrindo as pernas diante dele, digo, provocante:

— Ainda desejo você.

Ele me olha, sorri e responde:

— Decididamente... você é insaciável.

— Tratando-se de você, não duvide.

Atiçada pelo desejo, com os dedos abro meus lábios vaginais e introduzo um dedo. Dylan olha para mim sem se mexer. Ele me observa enquanto me masturbo sem nenhum tipo de pudor.

— Agora quero que você me chupe.

Meu moreno sorri e pergunta:

— E onde quer que eu a chupe?

— Aqui — insisto, embriagada.

— Esse "aqui" tem um nome, não é?

— Sim.

— Pois quero que você diga, e, por favor, com vulgaridade.

Começo a rir. Reconheço que ele ter chamado seu pênis de rola fez meu coração disparar, mas, inexplicavelmente, tenho vergonha de usar a palavra "boceta".

Dylan não tira os olhos de mim. Espera que eu diga o que ele quer. Por fim, murmuro:

— Quero que você foda minha boceta com a língua.

Meu moreno assente e, aproximando a boca, brinca:

— Que vulgaridade!

Rio de novo. Mas quando a ponta de sua língua toca meu inchado botão do prazer, fecho os olhos e arfo. Deus, como eu gosto que ele faça isso. Instantes depois, ele segura minha bunda com as mãos e, sem um pingo de hesitação, começa a me devorar com verdadeira paixão.

Que delícia!

Seguro-me com força na beira da banheira; sinto seus lábios pegando meu clitóris inflamado, chupando-o, contornando-o com a língua e puxando-o. Um grito extasiado sai de minha boca e exijo:

— Não pare... por favor, não pare.

Dylan não para. Como um louco faminto ele me chupa até me levar à décima quinta fase do orgasmo. Introduz um dedo em mim, dois, três e murmura, enquanto os mexe:

— Você está muito úmida, meu amor... muito.

Eu me arqueio enlouquecida enquanto ele me masturba. Sua boca em meu clitóris e seus dedos dentro de meu sexo me deixam louca. Sem dúvida alguma, Dylan sabe o que faz, e eu me deixo levar. Ambos curtimos. Que mais se pode pedir?

— Coloque as pernas em meus ombros.

Obedeço, e ele olha para mim e acrescenta:

— Um dia quero ver você nesta posição indecente com outro homem. Vou abri-la para ele e você vai curtir.

Solto um gemido. Pensar nisso me excita.

— Quero você inteira em minha boca — diz Dylan.

Com as pernas em seus ombros e meu sexo em sua boca, enterro os dedos em seu cabelo e, exigente, aperto sua cabeça contra minha umidade. Suas mãos me seguram pelo bumbum, apertando-o, e sinto um de seus dedos roçar meu ânus, contornando-o. Tateia, e pouco a pouco introduz o dedo nele.

Dou um pulinho, mas Dylan continua chupando, enquanto aprofunda o dedo mais e mais em meu ânus, dando-me prazer. Das outras vezes ele teve que ir abrindo caminho, mas agora foi mais fácil. Quando seu dedo já não pode entrar mais, tira-o e dessa vez introduz dois. Entram com facilidade, e ele os mexe enquanto eu, enlouquecida por tudo isso, curto e tremo até gozar.

O sexo com Dylan é apaixonante. Compartilhá-lo com alguém que dá tanto quanto recebe é uma delícia, e estou feliz por ter encontrado um homem tão ardente e brincalhão como ele, que não se assusta com nada.

Não sei quanto tempo ficamos assim. Só sei que gozo em sua boca e que ele não se afasta de mim. Ao contrário, suga-me mais e mais, tentando me espremer ao máximo. Ele quer tudo para si, e lhe dou. Quando meus orgasmos acabam, com cuidado desço as pernas de seus ombros e Dylan me coloca na banheira.

Com os olhos fechados, curto a água que me cerca, quando sinto sua boca na minha. Ele me beija. Tem sabor de sexo, meu sexo. Abro os olhos e vejo que ele tem um lubrificante nas mãos:

— Vou comer seu bumbum. Vire-se.

Olho para ele surpresa, e Dylan murmura:

— Você está preparada. Vire-se e relaxe.

Sem dizer nada, faço o que ele me pede, mas muito devagar. Não tenho certeza. Ele sabe, e, dengoso, sussurra enquanto unta os dedos no lubrificante e o passa em meu ânus embaixo d'água:

— Agora não serei vulgar com você. A partir deste instante, Dylan e Yanira vão brincar, e tudo será suave, lento e cuidadoso. Calma, confie em mim — acrescenta.

Sem dúvida eu confio. Se confio em alguém, é nele. Sinto seus doces beijos em meu pescoço, suas mãos que me abraçam embaixo d'água, apertando-me contra si. Depois, com uma das mãos ele toca meu clitóris, enquanto a outra vai para meu bumbum.

De joelhos na banheira, curto enquanto me entrego ao prazer do sexo, e meu amor curte comigo.

De novo ele põe dois dedos dentro de meu ânus. Não dói; ao contrário, é gostoso. O lubrificante facilita a penetração. Ele murmura:

— Você está bem dilatada, meu amor. E isso me estimula.

Segurando na beira da banheira, mexo o corpo, em especial a bunda, suavemente, enquanto curto o prazer que ele está me dando. Dylan continua me beijando, suas palavras de amor não param. Quando o sinto retirar os dedos de meu ânus e em seu lugar noto a cabeça de seu pênis, forma-se um nó de emoções em minha garganta.

Com cuidado, Dylan entra em mim e sinto que a pele de meu ânus se estica e abre como nunca.

— Dói?

Nego com a cabeça, mas mal respiro.

Ele vai entrando muito lentamente. É uma sensação estranha. Prazer e dor. Eu não saberia dizer qual predomina. Só sei que o efeito é inebriante e não quero que ele pare enquanto cada vez o sinto mais e mais dentro de mim.

— Tudo bem, meu amor? — pergunta ele com um fio de voz, tremendo de excitação.

— Sim... sim... — respondo, agitada.

A dor pouco a pouco desaparece e Dylan começa a se mexer mais à vontade.

— Arqueie os quadris e levante a bundinha, mimada.

Obedeço.

— Isso... devagar... devagar... — murmura ele entre dentes, enquanto sei que se contém para não dar uma boa estocada.

Arfo e deixo a cabeça cair. O que sinto é indescritível. Quando volto a gemer, ele diz:

— Um dia vou foder você com outro homem e você vai curtir essa posse total.

— Sim — respondo com luxúria.

— Será nosso prazer. — Ele me dá um tapinha sonoro. — Vai gozar para mim enquanto os dois comemos você pela frente e por trás.

Um ruidoso gemido sai de minha boca ao pensar no que ele diz. Minha imaginação voa e a cena que visualizo é delirante e pecaminosa.

De súbito, Dylan para. Meu gemido o deixou louco. Suas mãos tremem e todo o seu corpo também; ou será que sou eu quem estremece de prazer?

Ele avança os quadris com suavidade para entrar mais em meu ânus, e de novo dói. Digo, e ele mexe com cuidado até que algo parece se rasgar dentro de mim e Dylan entra em mim por inteiro. Meu grito é tonitruante. Ele não se mexe e, apertando-me contra seu corpo, murmura em meu ouvido com voz íntima e serena, enquanto eu tremo e respiro com dificuldade:

— Pronto, meu amor... pronto. Não se mexa, encaixe-se em mim. É sua primeira vez.

Arfo. Dylan sussurra:

— Calma. Chhh. A dor vai ceder, você vai sentir calor e por fim vai gozar. Calma, minha vida... fique tranquila... respire.

Obedeço. Pego ar enquanto sinto que a dor cede e o calor me inunda.

Caraca, que calor!

O dor me faz lembrar de quando perdi a virgindade, aos dezenove anos. A diferença é que Dylan sabe o que faz e me conforta com suas palavras, com suas mãos e seus atos, e o idiota que me desvirginou só pensava em seu próprio prazer.

Agora o prazer me faz gemer, embriagada, e começo a mexer pouco a pouco os quadris.

— Devagar, meu amor... devagar.

Sua voz, como sempre tão carregada de erotismo, me deixa louca, enquanto um intenso calor se concentra em meu estômago e me queima por dentro. Preciso me mexer. Mexo, e quando não aguento mais, exijo:

— Quero que você me foda...

As mãos de Dylan seguram com força minha cintura, e, enquanto ele me penetra, cicia, exaltado:

— Meu Deus, você é tão apertadinha...

— Mais forte, por favor...

Ele não me atende. Vai com cuidado, e enquanto entra e sai de meu ânus, diz:

— Não quero machucá-la. Calma.

— Não vai machucar — replico com um gemido.

Ele beija minhas costas e eu o incito a acelerar os movimentos.

Pouco a pouco ele vai mexendo os quadris mais depressa. Embriagado pelo momento, pergunta:

— Quer continuar a foda?

Assinto. Quero, necessito, exijo.

Sinto sua ereção entrar e sair de mim cada vez com mais força, com mais ímpeto, enquanto com um dedo ele acaricia meu clitóris. Grito. Meu gemido extasiado excita meu amado, e já sem freio os dois nos mexemos dentro da banheira. A água sai pelas bordas sem que nos importemos, e Dylan afunda em meu ânus vezes e mais vezes... e mais, para me dar o que eu exijo e ele deseja.

— Vou gozar — diz.

A luxúria me domina, o fervor me enlouquece, o fogo me consome, e Dylan me apaixona. A cada segundo peço que as investidas sejam mais fortes e nossos suspiros se tornam mais selvagens e roucos. Eu nunca teria imaginado que sexo anal pudesse dar tanto prazer. Depois de uma última estocada, na qual sinto que Dylan se contém para não me machucar, nós nos arqueamos e nos deixamos levar.

Passados alguns segundos, ele sai de mim, me levanta e me senta em seu colo.

— Está tudo bem?

Eu me sinto dolorida, mas, sorrindo, respondo:

— Acho que não vou poder sentar por um mês, mas, de resto, estou ótima!

Mais à noite, quando vamos para a cama, estamos extenuados. Foi uma tarde maravilhosa de sexo e erotismo desenfreado. Adoro meu amor e sei que ele me adora.

Dylan me abraça e beija minha testa.

— Não esqueça que eu amo você, mimada. Nunca esqueça.

Sei por que ele está dizendo isso, e o que o preocupa. A cada dia ele vê meu sonho mais próximo, e teme. Não diz nada, mas eu sei. Por isso, apertando-me contra seu corpo, respondo, segura do que digo:

— E você nunca esqueça o quanto eu amo você.

17

Quando você me olha

A canção que gravei com J. P. Parker se ouve em todo lugar, e a partir desse momento minha vida dá uma guinada incrível. Todo mundo me procura, todo mundo quer saber quem é a Yanira que canta com o *rapper*, e Omar se encarrega de dar as informações.

Alucinada, percebo que meu cunhado tinha razão. Chovem milhares de propostas de produtores, gravadoras, cantores, que eu contemplo sem fala. Dylan me observa, divertido, mas sei que sua diversão não é total. Ele se preocupa comigo, e eu com ele. A gravadora já quer trabalhar em meu disco. Eu me assusto, tento adiar, mas, depois de pensar bem, por fim concordo em começar a gravação das canções. Acho que, em vista das circunstâncias, é o melhor.

Meus chefes me pedem que entre em forma. Estão me chamando de gordinha? Por via das dúvidas, faço o esforço de madrugar e sair para correr de manhã com Dylan. Os primeiros dias são uma tortura chinesa para mim. Paro a toda hora, reclamo, xingo, perco o ar, mas meu moreno, que é um *superman*, me estimula e encurta seu percurso para eu poder ir com ele.

Ele é meu *personal trainer*, e rio quando lhe digo que correr atrás dele é como pôr uma cenoura em uma vara na frente de um burro. Para pegar esse corpo sigo-o até o fim do mundo. Ele sorri e me beija.

Dia a dia vai aumentando nosso percurso. Posso ver em que boa forma está meu maridinho, e em especial como as mulheres o olham ao passar.

São umas vadias!

Quando voltamos para casa estou exausta. Dylan ri, e depois de tomarmos banho e ele me dar a recompensa que exijo pelo esforço realizado, ele prepara o café da manhã enquanto eu acabo de me arrumar. À mesa, sentamos um de frente para o outro, e enquanto conversamos, ele come deliciosos pães doces ou *croissants* e eu uma xícara de leite com fibras, sem meu adorado chocolate em pó.

Isso altera meu humor. Fazer dieta não é comigo. Dylan não diz nada, decidiu não se meter nisso, mas deixa bem claro que não acha que eu precise emagrecer; acha que estou muito bem como estou.

A nutricionista que a gravadora me arrumou explica que a dieta e os exercícios são para que eu entre em forma, porque quando a turnê começar, vou precisar. O bom de tudo isso é que logo vejo meus progressos, vejo que meu corpo começa a ficar sarado, e, em especial, adoro como a calça jeans assenta agora.

Minha bundinha está ficando linda, arrebitada.

De segunda a sexta-feira, Dylan vai para o hospital às 8h, e eu, depois de trapacear na dieta e comer a seco, escondido, minhas duas colheradas de chocolate em pó, às 9h vou para a gravadora. Tony está lá, e gosto de trabalhar com ele.

Omar, que é um tubarão nos negócios, pressiona. Quer o disco na rua quanto antes.

Quando Dylan não sai muito tarde do hospital, vai me buscar na gravadora. Dali, felizes, vamos ver as obras de nossa nova casa. Vão de vento em popa, e está ficando linda. Não vejo a hora de que tudo acabe para podermos nos mudar.

Nesse meio tempo, minha relação com Tifany e Valeria se reforçou. Cada uma a sua maneira, demonstraram ser amigas maravilhosas, e nos vemos sempre que podemos.

No dia em que Valeria descobre que eu sou a Yanira que canta no rádio com o *rapper* J. P., quase tem um troço. Fica tão nervosa que não lhe conto que vou lançar um disco. Vou lhe dizer mais para a frente.

Coral vem a Los Angeles com um contrato para um excelente restaurante autoral. Dylan arranjou o emprego para ela, que não poderia estar mais feliz. Nos primeiros dias Coral fica conosco em nossa casa, mas, sendo muito independente, na segunda semana já vai morar sozinha.

No sábado seguinte, Dylan tem uma cirurgia importante programada, de modo que combino de almoçar com ela e minhas outras duas amigas. Quero que se conheçam. Quando chego com Coral ao restaurante, o garçom me reconhece. Que emoção!

Batemos fotos. Eu lhe dou um autógrafo em um guardanapo e depois ele nos acomoda em uma linda mesa na varanda externa. Está um dia maravilhoso.

Depois do garçom vêm duas garotas da cozinha. Estão emocionadas. Ambas querem fazer uma foto comigo, e eu, feliz da vida, dou-lhes esse prazer. Sem sombra de dúvida, a fama é uma delícia!

Quando elas vão embora, contentes, Coral diz em voz baixa:

— O que se sente sendo famosa?

Dou de ombros. Realmente, é estranho, e exclamo:

— Delícia!

— Ah, minha Famorela — debocha ela.

Depois que o garçom nos traz bebidas geladinhas, Coral diz:

— Acredita que ontem Antonio Banderas foi comer no restaurante?

Sentada ao seu lado, tomando sol, respondo com ironia:

— Acredito. Estamos em Los Angeles, Gordarela.

Coral olha o relógio e murmura:

— Não me entendo. Hoje é meu dia de folga e sinto falta de trabalhar. Será que estou ficando louca?

Olho para ela, divertida, e dando de ombros, digo:

— Ou você gosta de seu trabalho, ou há um gato no restaurante que você adora. Estou enganada?

Ela sorri e responde:

— O gato ainda não apareceu. Veja, aí vem sua cunhada. Que estilo tem a fulana!

Olho para a frente e vejo Tifany chegar. Como sempre, o glamour que exala é incrível. Quando chega, cumprimenta:

— Olá!

Eu me levanto, dou-lhe dois beijinhos e pergunto:

— Lembra de minha amiga Coral?

Claro que lembram uma da outra. Tifany responde:

— Claro que sim, amor. Olá, Coral, prazer em tê-la de novo por aqui. Yanira me disse que você está trabalhando em um restaurante maravilhoso. Tudo bem por lá?

— Um luxo. E você, como está?

Tifany se senta em uma das cadeiras, e afastando o cabelo do rosto, solta:

— Justamente hoje... péssima!

— Por quê? — pergunto, surpresa.

Minha cunhada tira seus óculos escuros elegantes e caros, e mostra as olheiras. O que há com ela? Coral e eu nos olhamos, e, por fim, Tifany murmura:

— Estou tão mal que não sei se devo cortar os pulsos ou estourar meu Visa Gold.

— Eu me inclino para o Visa Gold — brinca Coral.

Tifany solta um gemidinho queixoso e prossegue:

— Peguei meu *bichito* transando feito um safado com a puta da sua secretária em cima da mesa do escritório. Oh, Deus! Como pôde fazer isso comigo, *bichito*? Oh, *bichito*...

Minha cunhada disse "transando" e "puta"? Coral olha para mim desconcertada, e eu esclareço:

— *Bichito* é o marido dela.

Gordarela revira os olhos. Sei o que está pensando. Olho de novo para Tifany e pergunto, pousando a mão em seu braço:

— Você está bem?

A coitada nega com a cabeça e diz entre lágrimas:

— Essa cadela vadia não lhe dá meus recados quando eu ligo. Ontem, eu o esperei durante duas horas e meia para ir jantar em um restaurante maravilhoso. Era nosso aniversário de casamento. Organizei um jantar romântico, comprei umas abotoaduras divinas de platina, e ela não lhe deu meu recado. Como ele não apareceu e não atendia ao telefone, irada, fui até a gravadora, e... e...

— E encontrou o safado e a secretária puta em cima da mesa do escritório — conclui minha amiga.

Tifany assente, desaba e conta tudo o que viu. Coitada... coitada...

Coral, sempre solícita para as causas perdidas, rapidamente tira um lenço de papel de sua bolsa, e enquanto consola minha cunhada, acaba com Omar. "Safado" é o termo mais suave que sai de sua boca. Sem dúvida, ela tem razão. O que meu cunhado fez não tem nome. Quando vejo o garçom e vou pedir uma água, ouço:

— Olá, cheguei!

É Valeria, outra alma caritativa, que ao ver Tifany chorar, solta sua bolsa na cadeira e murmura, segurando suas mãos:

— Minha linda, o que você tem?

Tifany, desesperada, deixa-se abraçar por todas. Nós três nos olhamos sem saber o que fazer, enquanto ela pragueja e solta um milhão de barbaridades. Fica tão nervosa que por fim Coral lhe dá um bofetão que nos deixa todas tremendo, e Valeria acaba tomando as rédeas da situação:

— Vamos ao banheiro para você lavar o rosto e se acalmar — diz, levantando Tifany.

A seguir, as duas desaparecem. Coral olha para mim e eu pergunto:

— Posso saber a que veio esse bofetão?

— Ela estava histérica.

— Mas tinha que dar tão forte?

— Precisava controlá-la — responde Coral.

Ela tem razão. Mas o bofetão foi demais.

— Não me diga que o rapagão que acaba de levar Tifany é Valeria.

Assinto, e ela murmura:

— Incrível. Está melhor que eu.

Dois minutos depois, Valeria e Tifany, duas mulheres superdiferentes em estilo, vida e experiências, voltam. Digo:

— Coral, esta é Valeria. Valeria, esta é Coral.

Ambas sorriem, e sei que foram uma com a cara da outra. Como diria Coral, para caralho. Olhando para Tifany, que está com o rímel escorrido, pergunto:

— Está melhor?

Minha cunhada nega com a cabeça e Coral diz:

— Desculpe pela bofetada.

Tifany assente, mas não diz nada. Coitada, acho que nem percebeu. Isso me dá pena; bom, dá pena a todas nós.

Valeria, depois de pedir uma bebida ao garçom, que nos olha desconcertado, abre sua bolsa, pega um estojo e, afastando o cabelo do rosto de minha cunhada, diz:

— Pare de chorar. Nenhum homem, e menos ainda um infiel, merece que uma mulher chore. Você é tão bonita, ele que chore por você.

Tifany assente, deixa-a retocar a maquiagem e responde:

— Quem dera... quem dera eu fosse capaz de dizer: compre umas aquarelas e pinte seu mundo, *bichito*.

Coral, ao ouvi-la, solta:

— Melhor deixar as aquarelas para lá e mandá-lo tomar no cu.

— Coral! — censuro.

Minha amiga, depois de trocar um sorriso com Valeria, pega a mão da triste Tifany e diz:

— Como diria minha mãe, "Deus dá osso a cachorro banguela". — E ao ver como a outra a olha, esclarece: — É como dizer que seu marido não a merece, querida.

— Sua mãe tem razão, minha filha — afirma Valeria, fechando o estojo de maquiagem.

Em um segundo deixou Tifany impecável. Que artista!

Minha cunhada assente, mas parece desconcertada.

— Coral, Valeria, por que não vão pedir algo para comer? Tifany e eu queremos salada verde com tomate, sem cebola.

— Salada, você? Está doente? — alucina Coral.

Sem vontade de dar explicações nesse momento, dou-lhe uma olhadinha, e por fim ela e Valeria se levantam e vão. Quando fico sozinha com minha cunhada, digo:

— Por que você aguenta isso?

— Porque eu o amo, e sei que se me separar dele, não o verei nunca mais. E... estou apaixonada demais por ele para tomar essa decisão. Além do mais, tenho Preciosa.

— Preciosa?

Com um doce sorriso, ela olha para mim e explica:

— Você tinha razão. A menina é o melhor que Omar tem. Eu a adoro tanto, como ela a mim, e se me separar de Omar, os Ferrasa, em especial o ogro, vão me proibir de vê-la, e então, vou morrer de tanto sofrer.

A lucidez de suas palavras toca meu coração. Ao se abrir para Preciosa, Tifany passou a receber da menina um amor puro e desinteressado, e isso a impressionou.

— Entendo o que diz, mas você tem que fazer alguma coisa. Não pode continuar assim. Você tem que amar a si mesma para que ele a ame. Não vê que sendo boa e submissa ele não a valoriza?

— E o que você pretende que eu faça?

— Não sei o que você tem que fazer, mas, com certeza, não o que está fazendo. Ser a mulherzinha perfeita não funciona com Omar Ferrasa. Mas você é quem deve decidir se quer viver assim ou de outro jeito.

De súbito, lembro uma coisa e pergunto:

— O que diz Luisa na carta que você recebeu em seu casamento?

Tifany enxuga os olhos e responde:

— Coisas como que Omar era bondoso, gentil, arrogante...

— No dia do meu casamento você me disse outra coisa — interrompo, incitando-a.

— Ah, sim... também dizia que para ser mulher dele tinha que desafiá-lo e ganhar, além de surpreendê-lo e...

— É isso!

— O quê?! — pergunta ela olhando para os dois lados.

Fico desesperada. Tifany parece ter 7 anos, em vez de quase 30. Mas, com paciência, aproximo minha cadeira da sua, afasto seu cabelo do rosto e digo:

— Se aprendi algo sobre os Ferrasa nesse pouco tempo é que quem melhor os conhecia era Luisa. E se ela disse isso na carta, então você não deve se acovardar diante de Omar. Faça isso! Surpreenda-o! Deixe de ser tão boazinha com ele, de chamá-lo de *bichito,* e mostre que você também tem potencial como mulher e como pessoa.

— Ah, amor, e como eu faço isso?

Sem sombra de dúvidas, Coral tem razão. Minha cunhada é um caso perdido.

— Eu não sei, Tifany, mas faça alguma coisa — replico. — Volte a suas raízes. Você me disse que era *designer* de moda, não é? — Ela assente. — Então é isso. Seja independente. Arrume outro *bichito,* e...

— Não! Não posso fazer isso, eu não sou assim! — balbucia ela com desespero. — Eu o amo demais!

Coitada. Sinto dó de ouvi-la dizer isso, e mais ainda do que lhe propus.

Como sou malvada! Tentando consertar, continuo:

— Não quero dizer que arranje um amante, só que desperte o ciúme dele, para que perceba que você é uma mulher muito desejável para os homens. Você precisa fazê-lo perceber que, com esse comportamento, ele já não é o centro de seu mundo; e que ele sinta, se realmente a ama, o que você sente quando ele a machuca. Você é uma mulher jovem e muito bonita, e acho que não vai ser difícil encontrar alguém para lhe causar ciúme.

Tifany sorri pela primeira vez e afirma:

— Garanto que não. Se tenho algo de sobra são homens comendo em minha mão.

Agora quem sorri sou eu. As mulheres são tão espertas quando querem! E acrescento:

— Abra sua própria empresa. Você tem tudo: recursos, dinheiro e potencial. Por que não tenta?

— Eu conheço minhas limitações, Yanira. E para isso sou um desastre. Minha mãe me educou para ser uma boa esposa, e...

— À merda com isso, pô! — exclamo, mal-humorada. — Você quer continuar sendo a chifruda dos Ferrasa? Se Dylan ou o ogro souberem o que estou lhe dizendo, me matam, mas pelo amor de Deus, Tifany, ame-se um pouco! E dê a Omar um pouco de seu próprio remédio, ou separe-se dele.

Sua expressão muda. Pensa no que eu disse; por fim, pergunta:

— Você acha mesmo que eu posso fazer isso?

— Absolutamente. Não subestime o poder de uma mulher guerreira e lutadora. E você, querida cunhadinha, vai conseguir isso e muito mais.

Sinto que nunca ninguém acreditou nela e que minha confiança lhe faz bem. Depois de afastar o cabelo do rosto, ela levanta o queixo tal qual Joana d'Arc e diz:

— Você acaba de abrir meus olhos, Yanira.

— Ótimo! — aplaudo.

— Estou com muita raiva, e a partir de hoje nada será igual entre mim e meu *bichi...* entre mim e Omar. E, primeiro de tudo, chega de chamá-lo de *bichito*!

Assinto. Acho uma boa ideia, e ao pensar nos Ferrasa, e em especial no ogro, digo:

— Aproveite esse momento para fazer seu querido marido e o pai dele verem que você é loira, mas não é burra. E quanto a Omar, mostre-lhe que você vale uma barbaridade como mulher, e que se o deixar, ele vai perder mais que você.

Tifany assente, e quando vou continuar, Valeria vem correndo para mim, muito exaltada.

— É verdade que você vai lançar um disco?

Coral vem atrás dela. Vou matá-la!

Suspiro, e depois, abrindo-me com Valeria, sussurro para que ninguém me ouça:

— Sim. Mas baixe a voz, por favor. E calma... não é algo imediato, *ok*?

— Vai ser num futuro próximo — afirma Coral.

Vou matá-la!

Valeria se senta, morde a mão e abafa um grito. Todas olhamos para ela, e quando termina esse estranho ritual, diz:

— Eu tenho uma amiga famosa! — Seu entusiasmo me faz rir, e ela acrescenta: — Lembre que sou cabeleireira e maquiadora. Se precisar que eu arrume seu cabelo e a deixe divina para qualquer ocasião, é só me dizer!

Minha mente começa a trabalhar a todo vapor. Valeria é cabeleireira, e Tifany, *designer*. Nessa minha nova posição, com certeza posso lhes dar uma mão. Olho para elas e digo:

— Tifany, se eu lhe pedir que faça uns modelos para usar em minha turnê, aceitaria?

Minha cunhada fica boquiaberta, e antes que desmaie, enquanto o garçom traz nossas saladas e os bifes com batatas de Valeria e Coral, esclareço:

— Há alguns dias, Omar comentou que eu precisava encontrar um *look* mais *sexy* e arrasador, e tenho certeza de que nós duas podemos conseguir. O que você acha?

Sua expressão muda e se torna pensativa. A seguir, emocionada, ela pergunta:

— Linda, você acha que eu saberia fazer isso?

Coral, ao ouvi-la, assente.

— Com todo o seu glamour e as ideias de Yanira, não duvide, amooorrr...

Depois de pestanejar, minha cunhada leva a mão à boca e exclama:

— Superadorei!

— Legal! — aplaudo, pegando uma batata frita do prato de Coral.

A seguir, olho para Valeria, que está tremendo, e digo:

— Preciso de minha própria cab...

— Sim... sim... sim! — grita, abraçando-me.

Feliz, Tifany se une ao nosso abraço, e quando meus olhos encontram os de Coral, ela diz, divertida:

— Eu prometo lhe fazer tortinhas com chantili dessas que você adora, mas deixe minhas batatas em paz. Seu negócio é a salada.

18

Se você partir

Em meados de abril sai o disco, e a loucura se apodera de minha vida.

Entrevistas, reportagens, fotos, jantares, apresentações... Não paro, e Dylan me acompanha a tudo que pode.

Divina é um soul com pegada funk cheio de ritmo para que as pessoas dancem e se divirtam. A gravadora aposta forte nela e na lista de vendas chegamos ao número 6. Atrás da Beyoncé!

Que emoção!

Meu amor curte comigo o que está acontecendo, e eu lhe sou grata. Ele facilita minha vida o máximo possível, mas eu sei quanto lhe custa, em especial porque já não podemos sair à rua como fazíamos antes. A qualquer lugar que vamos as pessoas me cercam para tirar fotos comigo ou para pedir autógrafos.

Promovo *Divina* nas rádios, e quando me perguntam qual é minha canção preferida do álbum, não digo que é *Todo*. Não explico que Dylan a escreveu para mim, nem que é nossa história de amor, porque adoro essa canção mais que tudo e sei que ela é especial. Falo com meus pais, que estão emocionados. Nós nos telefonamos muito frequentemente, e Garret me conta que em junho vem para Los Angeles para a convenção dos *freaks* de *Guerra nas estrelas*.

Ele não quer perdê-la por nada neste mundo.

Rayco, por sua vez, promete ir me ver em Madri quando eu me apresentar com J. P. Ele está maluco para conhecer seu ídolo. Argen e Patricia continuam em sua borbulha de amor, gravidez e vômitos. Quanto às minhas avós, uma está contente e a outra nem tanto. E, por mais surpreendente que pareça, a contente é vovó Nira, e a descontente, Ankie. Quando falo com ela ao telefone, diz:

— Dylan é sua vida, não se atreva a deixá-lo para fazer turnê.

Surpresa, respondo:

— Ankie, parece mentira que você esteja me dizendo isso.

Ela solta uns palavrões em holandês, como sempre que prageja, e quando acaba, explica:

— Estou contente porque você está fazendo o que quer, mas meu conselho é que dê importância ao que é verdadeiramente importante nesta vida. Eu não dei. Deixei Ambrosius em troca de minha carreira musical, e embora seja feliz por ter me casado com seu avô e tido seu pai, nunca deixei de pensar como teria sido minha vida se eu o houvesse escolhido.

— Vovó, a diferença entre você e eu é que eu já vivo com Dylan. Sou a mulher dele, esqueceu?

De novo ela fala algo em holandês, que não entendo, e quando para, diz:

— Faça o que fizer, mantenha as prioridades, minha menina. E sua prioridade deve ser Dylan. Não esqueça.

Quando desligo, depois de falar com toda a minha família, sorrio. Eles são magníficos e os amo. Enquanto tomo banho, esperando Dylan chegar, penso no que minha avó disse. Mais ou menos é o mesmo que Anselmo, do seu jeito, também disse.

Dia 24 de abril estou no aeroporto com Dylan. Vou para Londres e depois para Madri, cantar com J. P. Tifany me acompanha, e lhe sou grata. Também Omar e Sean, outro produtor.

Quando me despeço de Dylan, me sinto péssima. Não quero ir, e ele, por causa do trabalho, não pode me acompanhar. Ficarei fora dez dias.

Dez dias e dez noites sem meu amor!

Que vai ser de mim?

Dylan me beija e permanece em silêncio enquanto Omar e Sean entregam nossas passagens e despacham nossas bagagens. Olhamo-nos e, sorrindo, murmuro:

— Vou sentir muito sua falta.

Meu Ferrasa particular assente e, aproximando seu nariz do meu, responde:

— Não tanto quanto eu a sua, mimada.

Nossas bocas se encontram, e também as línguas, com calma e deleite. Quero reter seu sabor, sua doçura, sua paixão todo o tempo possível. E quanto mais o beijo, menos vontade tenho de partir. Quando por fim Omar e Sean acabam, dizem:

— Quando quiserem, podemos ir para a sala VIP.

Dylan entra conosco sem problemas. Dentre os executivos que há por ali trabalhando em seus *notebooks* de última geração, um se levanta de repente e dá um grande abraço em Dylan. Quando se soltam, brincam um com o outro, e meu marido olha para mim e me informa:

— Este sujeito esticado e feio aqui é o cirurgião plástico Jack Adams. Jack, esta é minha mulher, Yanira.

O dito cujo, que de feio tem tanto quanto eu de morenaça, pega minha mão, todo galante, beija-a e diz:

— Prazer em conhecê-la, Yanira.

— Jack — adverte Dylan, possessivo —, ela é minha mulher, não esqueça.

— A partir deste instante, estará gravado com fogo em minha memória — debocha o outro.

Dylan sorri enquanto Jack cumprimenta Omar, Tifany e Sean, e se alegra ao saber que vamos todos no mesmo voo para Londres.

Sem soltar Dylan, observo angustiada os minutos passarem a uma velocidade vertiginosa. O momento de nos separarmos se aproxima, e quando por fim nos chamam para o embarque, meu moreno maravilhoso aproxima seus lábios dos meus e, me olhando nos olhos, murmura:

— Você ainda não se afastou de mim e já estou com saudades, mimada.

Eu me derreto!

Murcho como uma margarida passada!

Não quero ir!

Meu rosto deve falar por si só; Dylan, depois de me beijar com adoração, pisca para mim e pergunta:

— Tomou o remédio para enjoo?

— Sim.

Minha resposta é tão seca que meu moreno murmura para me animar:

— Você vai deixar todos de boca aberta. Divirta-se em Londres e em Madri, e quando for a Tenerife, dê um oi para sua família por mim.

— Certo.

Mas minha voz está tão fraca que meu amor sussurra:

— Os dias passam logo, e quando você voltar estarei aqui pontualmente para pegá-la, *ok*?

Assinto. Tenho vontade de chorar. Meu Deus, o que que há comigo?

Estou contente com o disco e a promoção. Feliz porque vou aproveitar para ver minha família depois da apresentação em Londres, mas estou desolada por me afastar de Dylan.

Alguém pode me explicar o que está acontecendo comigo?

Ele, que já me conhece, ao ver que não respondo nem suspiro, torna a me abraçar e sussurra:

— Vamos, meu amor, pense que você está fazendo o que gosta. O que quer. Se minha mãe a visse, diria que se divertisse para que os outros também pudessem curtir.

Ele tem razão. Tenho que trocar o chip. E, forçando-me a sorrir para não o deixar pior do que está, respondo:

— Ligo assim que aterrissar.

— Não importa a hora. Ligue hoje e todos os dias, está bem, meu amor?

Assinto de novo, abraço-o e me afasto de mãos-dadas com Tifany, não sem antes me voltar mil vezes para lhe dizer adeus, enquanto ele fica ali parado, sem se mexer.

Já no avião, eu me sento ao lado de minha cunhada. Desde que ela pegou Omar em plena safadeza com sua secretária, não se aproxima dele, que reclama, mas aceita. Eu me acomodo na poltrona, e antes mesmo de decolar já adormeci. É o melhor a fazer.

Quando acordo, vejo que Tifany está dormindo. Preciso ir ao banheiro, e com cuidado para não acordá-la, me levanto e vou.

Quando volto do banheiro, meus olhos encontram os de Jack, que está acordado e me convida a sentar ao seu lado.

Viajamos de classe executiva, e essa parte do avião não está muito cheia. Quando me sento, Jack chama a comissária de bordo para que me traga um suco. Durante um bom tempo conversamos, e fico sabendo que Dylan e ele se conheceram nos tempos da faculdade. Divertida, escuto casos de meu marido e descubro que Jack tem um enorme senso de humor.

— Você é mesmo cantora?

Afirmo com a cabeça.

— Vou me apresentar com J. P. Parker em seus shows de Londres e Madri.

— Você canta com o *rapper* J. P.? Dylan casou com uma *rapper*? — pergunta ele, surpreso.

Começo a rir e explico:

— Bem, meu estilo é diferente, mas pode-se dizer que faço um pouquinho de rap com J. P. na canção dele, no entanto, o meu gênero é mais o soul.

Continuamos conversando um bom tempo sobre o que faço, até que ele pergunta:

— Como conheceu Dylan?

— Em um navio. Eu cantava na orquestra de lá, e...

— Vocês se encontraram.

— Exato — respondo, sem querer dar mais detalhes. — Nós nos encontramos.

Nesse instante, ouço um golpe seco. Ao olhar, vejo que Tifany acordou e que Omar está se afastando com a bochecha vermelha e cara de poucos amigos. Sem entender nada, noto que minha cunhada apalpa sua mão e deduzo o que aconteceu. Rapidamente me levanto, peço licença a Jack, vou me sentar ao lado de Tifany e pergunto:

— O que aconteceu?

Alterada, ela responde:

— Acordei, e ele estava enfiando a mão por baixo de minha manta. Dá para acreditar?

Começo a rir, e ela sussurra:

— Dei uma bela bofetada no *bichi*... em Omar. Se ele acha que sou como a vadia da sua secretária, que vá achando!

Entendo sua indignação, mas penso que um dia vão ter que conversar e decidir o que fazer. Tenho a impressão de que continuam vivendo juntos, mas em quartos separados. Do jeito como Omar age, acho que a situação está começando a fugir de seu controle, ao passo que Tifany parece tranquila e até mais centrada, mais forte.

Pouco depois adormecemos de novo e só acordamos quando já estamos aterrissando no aeroporto de Heathrow, em Londres.

Despedimo-nos de Jack, que depois de receber de Omar entradas VIP para o show, vai embora. Segundos depois, dois enormes guarda-costas quase albinos aparecem diante de nós, pegam nossa bagagem e nos levam até uma bela limusine preta.

São 21h em Londres, e do carro ligo para Dylan. Sua voz me faz relaxar, e seu riso também; mas, quando desligo, um estranho desassossego cresce em mim.

Em Londres hospedamo-nos no London Hilton, em Park Lane. Alucinada, observo essa enorme torre com luzes azuis. É impressionante. Olho tudo em volta, enquanto os outros fazem o *check-in* no hotel.

Vejo Sean, o outro promotor, ir embora, e de repente ouço Omar grunhir:

— Tifany, você vai ficar no mesmo quarto que eu.

— Nem pensar. Eu disse que queria uma suíte só para mim.

Meu cunhado blasfema e ela acrescenta:

— Eu quero privacidade. Tenho planos, e você não entra neles.

— Planos?! Que planos? — pergunta o Ferrasa.

Atônita, ouço Tifany responder:

— Por enquanto, amanhã, depois do show, tenho um compromisso.

— Com quem? — Omar quase grita.

Com uma graça que não dá para acreditar, minha loura cunhada sorri, dá uma piscadinha para seu marido e responde:

— Com alguém tão especial para mim como a cadela da sua secretária para você.

Porra... porra... porra! Onde foi parar Tifany, o que fizeram com ela?

Omar dá um tapa no balcão de mármore da recepção. Sua expressão é de ira total. Bem Ferrasa mesmo. Vai dizer algo, mas nesse momento o celular de Tifany toca e ouço-a dizer, enquanto se afasta:

— Olá, meu lindo!

Olho para ela boquiaberta, assim como seu marido, e quando me recupero, encontro os olhos irritados de Omar fixos em mim. Dando de ombros, murmuro:

— Você provocou, machão.

— Não me ferre, Yanira.

— Eu?! — debocho. — Livrai-me, Senhor. Não tenho esse mau gosto.

Ele bufa e não responde. Já tem o suficiente. Sua atitude possessiva me faz lembrar tanto a de Dylan que sinto meu coração se apertar. Mas ele não faz nada. Só olha para Tifany enquanto ela fala e ri ao telefone.

Cinco minutos depois, ainda na recepção, minha cunhada se aproxima de mim e murmura, de modo que Omar também a ouça:

— Amanhã, quando acabar seu show, você vem comigo a um jantarzinho com uns amigos. Vamos nos divertir muito! E fique tranquila, aonde vou levá-la ninguém a conhece.

Assinto. Não tenho nada melhor a fazer.

Dois segundos depois, Tifany pega um dos cartões que o recepcionista coloca sobre o mármore, e depois de olhar para o marido, diz:

— Tenha uma boa noite.

— Tifany, por favor... — suplica ele, em voz baixa.

Sem dúvida alguma, Omar sente algo por ela. Seus olhos, e o jeito como olha para ela, o delatam. Mas Tifany, deixando-nos de novo boquiabertos, olha para ele, sorri, passa com delicadeza a mão no rosto dele e murmura:

— Não, Omar... não mais.

Fico constrangida por presenciar tudo isso na primeira fila.

Omar a segura pelo cotovelo, puxa-a para si com brusquidão e sibila:

— Você é minha mulher, esqueceu?

— Não, Omar, não esqueci — sussurra Tifany com voz melancólica, e acrescenta: — Mas você esqueceu faz tempo.

Meu cunhado se aproxima mais dela e murmura, perto de sua boca:

— Sou seu *bichito*, não lembra?

Que caradura a desse vagabundo... para não dizer canalha. Tifany pestaneja e, recompondo-se, sorri e responde:

— Eu adorava quando você era meu *bichito*, mas não é mais. Como lhe disse outro dia em casa, sei que tenho um marido de aparência, mas, por trás dos bastidores, assim como você faz, terei todos os amantes que quiser. Boa noite, Omar.

Meu cunhado fica estupefato. Sem sombra de dúvida, isso foi um direto no queixo.

Olé, minha *top lady*!

Sem mais, nós duas nos dirigimos ao elevador com dois carregadores, que levam nossa bagagem. Quando as portas se fecham, minha cunhada ri e, olhando para mim, sussurra com um fio de voz:

— Fiz direitinho, não?

Ela estava fingindo? E antes que eu possa dizer qualquer coisa, prossegue:

— Por um momento tive medo de ceder. Quando meu *bichi*... quando Omar fala comigo nesse tom íntimo e sensual, perco as forças — murmura ela, acalorada.

Eu a entendo. O sexo e a intimidade com a pessoa querida são a melhor coisa do mundo; compreendo sua fraqueza. Se acontecesse comigo o mesmo que a ela e Dylan me falasse como eu sei que gosto e que me excita, não sei como reagiria.

— Amanhã — continua, abanando-se —, fiz uma reserva para o jantar em um restaurante que conheço, muito íntimo e bonito. Só você e eu. O que acha?

Sorrio. Que grande atriz Hollywood está perdendo.

— Acho ótimo — respondo.

Quando chegamos ao nosso andar, trocamos beijinhos no rosto e cada uma se dirige ao seu quarto, mergulhada em seus próprios pensamentos. Sem dúvida alguma, dois Ferrasa diferentes os ocupam.

Quando entro na suíte e o carregador vai embora, fico olhando em volta feito uma boba sem saber o que fazer.

O quarto é lindo, muito luxuoso, grande e incrível. Ao ver a cama enorme, sorrio e penso em Dylan. Como eu me divertiria ali com ele.

Vou ao banheiro e fico perplexa ao ver a enorme banheira redonda.

Sem hesitar, abro as torneiras para enchê-la. Antes de dormir, um banhinho de banheira vai ser ótimo.

No frigobar pego um saquinho de batatas fritas e uma cerveja. Como e bebo enquanto percorro a linda suíte luxuosa. Vinte minutos depois, quando a banheira já está como eu quero, decido me despir.

Mal acabo de tirar a roupa quando alguém bate à porta. Quem será?

Rapidamente, pego o roupão, visto-o e, ao abrir a porta, encontro um rapaz com um lindo buquê de rosas vermelhas. Recebo-o, surpresa, e quando fecho a porta, pego o cartãozinho e leio:

Divirta-se, mimada. Pense em mim e curta seu sucesso.
Não esqueça que amo você.
Dylan

Sorrio; como é carinhoso o meu Ferrasa!

Aspiro o perfume das rosas e fecho os olhos pensando nele. Com as flores na mão, entro no banheiro e as deixo em cima da pia. Quero tomar banho e olhar para elas para pensar em Dylan. Quando entro na água, solto um gemido de prazer e aperto os botões, fazendo a água começar a borbulhar.

Feliz da vida, apoio a cabeça e toco a chave que uso no pescoço. Beijo-a, e ao olhar para a parede ao meu lado, vejo que há um aparelho de som. Estico a mão e o ligo. A música suave e sugestiva é a única coisa que me faltava para curtir mais isso tudo.

Durante vários minutos fico simplesmente curtindo a sensação da água em volta de meu corpo, enquanto penso em meu amor. Com os olhos fechados imagino que ele está fora da banheira, contemplando-me, e seu olhar me faz suspirar.

Estou com a cabeça tombada para trás, os olhos fechados e a boca entreaberta. Meu desejo, minha excitação e minhas fantasias se avivam quando penso em Dylan. Mas ele não está ali, e eu não trouxe meu Wolverine. Merda!

Minhas mãos, até então quietas, vão direto para meus seios e os massageio. Aperto-os, amasso-os. Meus mamilos ficam durinhos, e quando os toco e os sinto firmes, murmuro:

— Para você, meu amor.

Lentamente, levo uma mão dos seios ao estômago e depois ao ventre. Gosto da sensação de fantasiar e imaginar. Minhas carícias continuam até chegar ao púbis. Traço pequenos círculos sobre ele enquanto afasto as pernas para dar a mim mesma melhor acesso, e meus quadris começam a se mexer. Sem dúvida, estou com tesão e quero guerra.

Com o polegar e indicador, pego meu clitóris e o acaricio com suavidade. Hummm, que prazer! Durante um tempo continuo com minha brincadeira, até que a pressão que exerço me incita a prosseguir. Abro meus lábios vaginais para deixar totalmente exposto meu botão do prazer, e começo a lhe dar leves tapinhas com um dedo, o que me proporciona um íntimo prazer.

Era justamente disso que eu precisava. O ardor, o fogo e a excitação percorrem meu corpo, que exige mais. Ele quer mais. Com segurança, introduzo um dedo em mim e depois dois, para me masturbar embaixo d'água, enquanto meus quadris se mexem para a frente e para trás, proporcionando-me um sem-fim de deliciosas sensações.

Minha fantasia me faz visualizar os olhos de meu amor em mim, e, sem hesitar, eu me masturbo para ele, mas não gozo. O prazer me escapa. Preciso de mais... de algo mais.

Em arroubo, delirante, saio da banheira, visto o roupão e reviro minha mala. Encontro o que procuro, e depois me jogo na cama. Ali me livro do roupão e introduzo os dedos com avidez em minha vagina palpitante, enquanto a voz de Dylan sussurra em meu ouvido: "Isso, mimada... quero que se masturbe para mim".

Sua voz, seu olhar. A imaginação pode tudo!

Excitada por pensar nele, fico molhadinha e tremo a cada investida que eu mesma dou em busca de meu prazer. Mas quero mais... preciso de mais.

Com a respiração entrecortada, vejo o roupão que está ao meu lado. Pego-o, enrolo-o e o deixo na cama. Nua, sento-me sobre ele com o sexo bem aberto, para sentir o contato. Segurando na cabeceira da cama, começo a mexer os quadris para a frente e para trás com avidez. Meus seios balançam enquanto me esfrego no roupão e sinto meus fluidos escapando de mim, molhando-me. O calor me envolve enquanto "transo" com o roupão e minha respiração se acelera com sua dureza, que pressiona minha vulva e meu clitóris.

É maravilhoso!

O cheiro de sexo no quarto, meus gemidos, minha imaginação e meus movimentos me levam ao prazer. Oh, sim!

Durante um tempo, continuo com minha dança particular de autossatisfação, até que pego o que tirei da mala: minha escova de dentes elétrica, o hidratante labial incolor e um lenço de seda.

Há algum tempo, li em uma revista como fazer um vibrador caseiro, e hoje, que me sinto meio MacGyver, vou fazer um.

Acalorada e sem desmontar de meu improvisado potro do prazer, enquanto continuo mexendo os quadris, enrolo o lenço de seda na cabeça da escova elétrica. A cabeça fica coberta, grossa, mas não machuca, e testo para ver se funciona. Sim, nota-se a vibração.

Muito bem!

Com a parte interna de minha vagina inflamada por conta do atrito com o roupão, eu me deito na cama e o ponho debaixo dos quadris, que, assim, ficam mais altos que o resto do corpo.

Ansiosa, excitada e com muito, muito tesão, afasto as pernas. A posição e meu desejo são excitantes; murmuro:

— Quero gozar. Preciso gozar.

Com uma mão tento abrir meus lábios vaginais, mas estão úmidos, inchados e escorregadios, e resistem. Quando consigo, puxo-os como faz Dylan para expor meu clitóris palpitante. Sinto-o pulsar, e com a ponta do dedo dou-lhe uns toques suaves, que me enlouquecem. Ansiosa, abro o potinho de hidratante labial e com dois dedos pego uma boa porção e unto meu clitóris com ele. Deus, que sensação!

A seguir, coloco o vibrador improvisado sobre meu clitóris úmido e inchado, e ao sentir a vibração, em poucos segundos o fogo de meu corpo explode e de minha boca sai um mais que desejado grito de prazer.

Fecho as pernas e me contorço, mas ouço Dylan me pedir para abri-las. Ele quer ver como gozo para ele. Exige. Obedeço, e ao fazê-lo, minha delícia duplica, enquanto mexo minha invenção de cima para baixo.

Caramba... que gostoso... que gostoso...

Tremo. Tirito inteira. Minhas pernas têm vida própria, meus quadris, enlouquecidos, se levantam, e quando localizo o ponto exato de meu prazer, paro de movimentar minha invenção. O calor sobe... sobe cada vez mais, e quando chega à minha boca, eu me contraio com um orgasmo devastador que me obriga a me convulsionar e a gemer como louca.

Esgotada pelo que acabo de fazer sozinha na suíte desse hotel caríssimo, fecho os olhos e solto a escova de dentes, enquanto minha respiração recupera seu ritmo normal. O calor é delirante, minha vagina palpita e estou com a boca seca.

Mas, Deus, que prazer!

Quando minhas pernas param de tremer feito gelatina, eu me levanto, vou até o frigobar, pego uma garrafinha de água e a bebo de uma vez.

Nossa, que sede!

Olho para a cama e vejo os restos da festinha privada que dei. O roupão, a escova elétrica, o lenço, o hidratante labial... Solto uma gargalhada, balanço a cabeça e murmuro:

— Dylan, não posso mais viver sem você.

19

Tudo mudou

O dia seguinte é uma loucura.

Recebo a imprensa e diversos canais de tevê, e ainda não consigo acreditar que isso está acontecendo comigo.

Que fase!

Depois do almoço, vamos à rádio, onde encontramos J. P. e todo o seu séquito. Ele me cumprimenta com carinho, e, de repente, tenho ciência de sua estupidez. O que é que há com ele? Sem dúvida alguma, esse imbecil não é o mesmo homem que conheci no estúdio de gravação.

Antes de começar, o locutor diz que a entrevista pode ser vista ao vivo em *streaming*. Merda! Pena não ter sabido antes, eu teria dito a Dylan e a minha família.

Quando começamos, eu me sento ao lado de J. P. e a conversa é descontraída. O show é à noite em Londres e convidamos as pessoas a não o perderem. O locutor fala da música de J. P. e aproveita para me apresentar, promover meu álbum *Divina* e recordar que à noite vou cantar junto com J. P. no estádio de Wembley. Ele põe minha música para tocar e J. P. me olha e diz, mexendo os ombros ao som da melodia:

— Você é muito boa, olhinhos claros. Ouvir sua voz me excita.

Chocada, estou prestes a mandá-lo catar coquinho na descida, mas sorrio, porque estamos ao vivo. Acho que o melhor que posso fazer nesse caso é segurar as pontas.

Quando acaba minha canção, o locutor, que é muito simpático, pergunta como nos conhecemos. Contamos, e me surpreende ver J. P. comentar que se não fosse por mim, ele nunca teria escolhido essa canção que cantamos juntos.

Isso me alegra. Durante um tempo falamos maravilhas um do outro. Nós nos saímos muito bem, e o locutor parece adorar.

A seguir, J. P. canta um pedacinho de uma de suas canções ao vivo. É uma balada, e quando se aproxima de mim mais que o normal para cantar em meu ouvido, sinto-me constrangida, mas sorrio. Quando ele acaba, todos aplaudimos, e fico boquiaberta quando ele começa a me cantar ao vivo.

Disfarço a minha vontade de lhe quebrar a cara pelas coisas que me diz. E ainda mais quando pega minha mão e começa a me beijar até chegar ao ombro, e só para porque o detenho.

Ainda bem que não avisei Dylan para ver a entrevista ao vivo! Com certeza ele não teria gostado nem um pouco do comportamento do *rapper*.

Quando a entrevista acaba e saímos do estúdio, estou disposta a baixar sua bola, mas seu séquito se interpõe e o perco de vista. No fim, fico mais calma e vou para o hotel. O show será à noite e quero estar bem.

Quando chegamos ao local do evento, vejo da limusine as longas filas de pessoas que esperam para entrar, e dizer "incrível" é pouco. Sorrio ao pensar que em apenas quatro dias, em Madri, verei meu irmão Rayco, e que ele irá ao meu show.

Surpreendo-me ao ver o camarim improvisado que me cedem cheio de buquês de flores. Sorrio. Sem sombra de dúvidas, são de meu moreno. Pego um cartão e leio:

Curta o show, e depois, se estiver a fim, curta comigo.
J. P.

Solto o cartão e sinto vontade de jogar as flores na cabeça dele. Que nojento! Vejo mais três buquês de flores. Pego outro cartão, que diz:

Hoje é o primeiro dia do resto de sua carreira.
Curta, e levaremos o nome Yanira ao topo.
Omar e gravadora

Sorrio. Sem dúvida, meu cunhado é um profissional em seu *métier*. Faltam dois buquês. Pego outro cartão.

Para a mulher com os olhos mais bonitos que já conheci. Boa sorte!
Jack Adams

Ora, que simpático o amigo de Dylan!

E, por fim, resta só um buquê. Pego o cartão e leio:

Desculpe por hoje à tarde na rádio, olhinhos claros.
Mas precisávamos animar o público.
J. P.

Solto o cartão e quase faço um beicinho. Como é que Dylan não teve a delicadeza de me mandar flores, sendo tão detalhista?

Instantes depois, Omar, Sean e Tifany entram no camarim. Estão emocionados e sabem que esse show vai ser uma boa promoção para minha carreira.

Tifany, ao ver minha expressão séria, senta-se ao meu lado e pergunta:

— Que foi?

Aponto os buquês de flores, e sem lhe mostrar os cartões, murmuro:

— Nenhum é de Dylan.

Ela sorri, e abraçando-me, diz:

— Minha linda, ele sabe que no camarim se recebem vários buquês de flores, e é muito provável que não quisesse que o dele fosse só mais um. Tenho certeza de que quando você voltar ao hotel, um lindíssimo buquê de flores estará à sua espera ali, com exclusividade.

Sorrio, e ela acrescenta:

— Vamos, erga os cílios! Hoje é seu dia, Yanira.

Omar, que não deixou de falar ao telefone, diz:

— Vamos, Yanira, temos que passar o som.

Eu o sigo até o palco, mas quando subo, me acovardo. O estádio de Wembley é enorme. Estou acostumada a me apresentar em hotéis e bares pequenos, e isso é intimidante. Mas, claro, J. P. é uma estrela da música e tem milhões de seguidores que com certeza encheriam este estádio e mais dois.

Um técnico de som vem até mim, pega meu braço e diz, apontando para o chão:

— Você pode se movimentar com o microfone por todo o palco e dançar. Sem problemas, entendeu, linda?

Assinto, mas acho que acabo de perder completamente a voz. Fiquei muda! Como vou conseguir cantar três canções?

De súbito, a música começa e minha língua está colada ao céu da boca. Tenho que cantar, mas não consigo.

SOCORRO! Estou travada!

Os músicos param. Olho para eles com um sorriso congelado e peço desculpas. Eles assentem e recomeçam como se nada tivesse acontecido. Ouço os acordes de minha canção e faço o de sempre: fecho os olhos, deixo-me envolver pelo som, e quando é minha vez de cantar, eu canto. Eu me transformo. Canto e danço ao compasso da melodia nesse palco enorme, e percebo que seria fantástico ter dançarinos em volta. Sem dúvida, eles me dariam um calorzinho humano que nesse instante me falta.

Quando termino a canção, o pessoal do som indica que está tudo bem. Canto as outras duas, dessa vez sem travar. Já me aqueci e estou disposta a cantar o que vier. Quando termino minha terceira canção solo, J. P. chega ao palco. Pisca para mim com vulgaridade, e segundos depois, ouve-se a música da canção que cantamos juntos. Sua voz soa primeiro pelo alto-falante, e depois a minha. Cantamos a canção, mas eu estou distante e mais dura que um pau. Não me aproximo dele nem louca, e quando terminamos, J. P. pergunta:

— O que você tem?

Não respondo. Só o olho com censura; ele insiste:

— Recebeu minhas flores, olhinhos claros?

— Sim.

— E então?!

Furiosa, digo, apertando os dentes:

— Não quero curtir com você, imbecil! E não gosto que me chame de "olhinhos claros".

J. P. solta uma gargalhada. Não sei qual é a graça. Já estou para lhe dar um tabefe no meio do palco quando ele solta, divertido:

— Você achou que eu... — E torna a gargalhar.

Quando por fim se acalma, ele olha para mim e diz:

— Calma, olhinhos... Calma, escrevi aquilo de brincadeira. Eu não me atreveria a me aproximar de você com o marido que tem. Embora não acredite, eu valorizo minha vida, e Dylan não só me arrancaria o pescoço, como o comeria!

Isso me faz sorrir. Ele acrescenta:

— A única coisa que me importa é que você capte a outra mensagem que lhe enviei. As pessoas pagam para ver um show, olhinhos claros. E se você e eu os fizermos acreditar que temos uma excelente conexão, eles vão adorar. A música é prazer e curtição. Se quiser vencer neste mundo, enfie isso na cabeça e faça que seus fãs se divirtam tanto quanto você. Faça-os sonhar canção por canção.

Suas palavras carregadas de sentido me acalmam. Sem dúvida, ele tem razão. Como sou novata! E eu que me achava tão profissional! De súbito, seu olhar volta a ser a do J. P. que eu conheci no estúdio.

— Eu não desejo nada sexual com você, a não ser que você queira — brinca e prossegue: — Mas quero que o público sinta a química entre nós.

— *Ok*, agora entendi.

Um homem de seu séquito se aproxima, e depois que nos dá duas garrafinhas de água, J. P. conclui:

— Lembre-se, olhinhos claros: quando cantar com alguém, tem que haver magia entre os dois, conexão. O que canta tem que parecer verdade para que chegue a quem escuta; não esqueça!

Concordo. Na verdade, é a mesma coisa que eu fazia quando cantava nas orquestras, mas com uma realidade que ali não era preciso demonstrar.

Depois de beber um pouco de água, pisco para ele e pergunto:

— O que acha de ensaiarmos a canção de novo?

Dessa vez, quando cantamos, tudo muda. Eu me divirto no palco. Danço com o *rapper*, chego perto dele, faço beicinhos, provoco-o com meus movimentos, e quando terminamos, Omar aplaude.

— Perfeito! O que acabaram de fazer é perfeito!

Às 23h minha pulsação está a dois mil por hora. Parece que meu coração vai sair do peito, que vou morrer ao vivo, que não vou mais ver meu pobre Dylan e dar-lhe um desgosto dos diabos.

O show começou há uma hora e J. P. está entregue a seu público, dando tudo de bom que tem. Olho para ele, observo-o e posso sentir como curte. Sem dúvida, isso é o que ele queria me fazer entender quando passamos o som.

As pessoas estão rendidas a seus pés e dançam, cantam, gritam e se divertem, enquanto ele, movimentando-se pelo palco, faz seu rap, canta e também se diverte.

Dos bastidores, vejo o show enquanto torço as mãos suadas e minha mente tenta relaxar, pois tenho que cantar a canção seguinte com ele.

Nervosa, toco meu cabelo. A cabeleireira que contrataram o afofou de tal maneira que me sinto o Rei Leão. Olho-me em um espelho lateral e me observo com meu macacão de couro preto e minha jaqueta de couro vermelha. Que cara de malvada!

É um macacão curto muito ao estilo da esplendorosa Beyoncé, desenhado por Tifany. É elegante e *sexy* ao mesmo tempo, e com ele me sinto arrebatadora. Nós o complementamos com umas botas vermelhas de saltos altíssimos, que me chegam até as coxas. Nem preciso dizer que no dia em que Dylan o viu, não parecia muito contente; mas não disse nada. Aceitou-o como parte de meu vestuário.

Estou nervosa. Muito nervosa. Pode-se dizer que estou atacada.

Plano A: fujo.

Plano B: desmaio.

Plano C: canto.

O que mais me tenta é o plano A, mas estou tão nervosa que acho que vai ser o plano B. Mas, nesse momento, J. P. termina sua canção, olha para onde estou e explica que tem a honra de ser o padrinho musical de uma nova estrela.

Se me chamar de "olhinhos claros" em público, eu o mato. Ele me põe nas alturas, e quando diz meu nome me decido pelo plano C. Não há mais volta.

Com um sorriso espetacular, entro no palco, onde os holofotes me cegam e onde o *rapper* pega minha mão para me transmitir segurança. Eu lhe agradeço.

J. P. me olha, brinca e pergunta ao público se me acham *sexy*. Um "Siiim" categórico se ouve no estádio todo. Sorrio. Tremo e me acovardo.

Como cheguei até ali?

De súbito, o *rapper* me dá um beijinho na cabeça e a música começa. J. P. solta minha mão, e movendo-se com desenvoltura pelo palco, começa a cantar enquanto as pessoas gritam. Minhas pernas não parecem minhas. Pesam dois mil quilos cada uma, e não duvido que é porque estou muito nervosa. Como se fosse um filme, observo como ele dá ao público o que quer, enquanto tomo fôlego e sinto meus joelhos falharem enquanto danço timidamente.

Por favor, eu sei fazer melhor que isso!

Quando é minha vez de cantar, entro no tempo e sorrio enquanto aponto para o público e mexo os quadris com elegância e sensualidade. A canção pede isso. Fala de um amor entre uma garota de classe rica e um garoto de rua. O ritmo me domina, e a partir desse instante, danço e curto a música.

J. P. se aproxima por trás, e com o microfone na mão, canta em meu ouvido. Diz que gosta de fazer amor comigo, e eu, entregue à atuação, volto-me e rebolo diante dele. Adorando a conexão que há entre nós, ele pousa a mão em minhas costas e, puxando-me para si, cantamos juntos o refrão. Sem dúvida, há alguma sintonia entre nós. Curto e faço curtir, e o sorriso de J. P. e a loucura das pessoas me mostram que estou no caminho certo.

Nossa interpretação agrada. As pessoas aplaudem enquanto dançam e cantam conosco. É incrível ouvir a gritaria em Wembley. Todo mundo sabe a canção, e isso é muito emocionante!

Os dançarinos de J. P. se movimentam pelo palco. Dançam, pulam, dão cambalhotas, e eu, alucinada, canto junto com o chefe deles enquanto me deleito com a música; e como diria Sandy Newman, mexo o bumbum. Quando acabamos a canção, as pessoas explodem em aplausos. Eu sorrio e J. P. também. Tudo foi perfeito. Quando a gritaria se acalma um pouco, o *rapper* vai descansar um pouco e é minha vez de conduzir o show.

Mãe do céu... mãe do céu... eu vou ter um troço!

Mas como sempre acontece, eu me fortaleço nas situações difíceis. Levo o microfone à boca e grito:

— Querem continuar dançando?!

As pessoas gritam de novo que sim, e depois de olhar para os músicos e lhe dar meu sinal, a música de *Divina* começa a tocar. Sempre fui uma profissional, de modo que me movimento com desenvoltura pelo palco. Danço, canto, mexo os quadris, e quando os dançarinos de J. P. vêm me acompanhar, eu me sinto incrivelmente bem e acolhida.

As pessoas se unem à canção, e, incrédula, percebo que a conhecem. Caramba! Como um bicho cênico que sou, entro totalmente em meu papel e, dando meu sangue, faço o melhor que posso. Quando acabo e as pessoas aplaudem, sorrio radiante enquanto agradeço.

De novo a música toca. Dessa vez, tiro a jaqueta de couro vermelha com sensualidade, e a gritaria é impressionante. Não há dúvida de que conduzo o público aonde quero. Deixo a jaqueta cair no chão, pego o microfone e começo de novo. Os aplausos são ensurdecedores e curto como uma louca.

Após essa canção vem a terceira, e as pessoas definitivamente caem rendidas a meus pés. Quando acabo, sinto-me poderosa e feliz ao ouvi-los gritar meu nome.

A sensação é incrível. Nunca me senti assim depois de cantar.

J. P., que ficou vendo tudo dos bastidores, na lateral do palco, aproxima-se, pega minha cintura e grita meu nome. O público continua aplaudindo, e eu, após jogar mil beijos no ar, pego minha jaqueta vermelha no chão e saio com uma emoção incontrolável, enquanto o show continua.

Já nos bastidores, encontro Omar, que me abraça e diz, entusiasmado:

— Eu sabia. Você vale muito, Yanira. Estou feliz. Incrivelmente feliz.

Tifany, emocionada, enquanto caminhamos para o camarim, comenta que fui muito bem e que estava *sexy* me movimentando no palco.

Omar e Sean, exultantes, não param de falar ao telefone. Sem dúvida alguma superei suas expectativas, e nem sei o que dizer.

O camarim se enche de gente me parabenizando. Não sei quem são, mas sorrio e me deixo fotografar. Quando Omar manda todo mundo embora, Tifany me dá uma garrafa de água e diz:

— Dylan ligou para Omar quando você estava cantando. Disse para você ligar quando terminar.

Mais que contente, pego meu celular e vejo que há uma mensagem dele. Mas suspiro ao ler:

"Que melação toda era aquela com J. P. na rádio, 'olhinhos claros'?"

Merda! Ele me ouviu?!

Quem lhe falou do *streaming*?

Caraca... caraca... Não quero nem imaginar o que ele deve ter pensado ao ver J. P. me beijar da mão até o ombro. Deve estar uma fera.

Ligo para ele, e embora toque várias vezes, ele não me atende. Meu sorriso se desvanece. Tento mais algumas vezes, mas o resultado é o mesmo. No fim, opto por lhe deixar uma mensagem de voz.

"Olá, meu amor. Estou ligando, mas você não atende.

O negócio da rádio foi uma bobagem de J. P.
De resto, tudo foi ótimo... maravilhoso... demais, e não caí no palco.
Ligue-me quando puder, *ok*?
Amo você. Amo, amo e amo."

Quando desligo, meu cunhado, que está radiante, abre uma garrafa de champanhe e brindamos. Sem sombra de dúvida, esse foi um bom dia para todos.

Uma hora depois, Dylan não me ligou ainda. Acho estranho, mas penso que se não ligou, deve ter seus motivos. Quando acaba o show e estamos prontos para ir embora, o *rapper* me intercepta no corredor e, me abraçando, diz:

— Você esteve fantástica, linda. Parabéns!

Sorrio. Sem sombra de dúvida, ambos estamos contentes. Ele acrescenta:

— Esta noite estou dando uma festa com uns amigos. Quer ir?

Olho para Tifany, que está ao meu lado sem dizer nada, e embora eu fosse adorar ir a essa festa, respondo:

— Eu agradeço, mas tenho outros planos.

J. P. pisca para mim, e depois de me dar um beijo na testa, responde:

— Então nos vemos em Madri, olhinhos claros.

Quando saímos pela porta dos fundos, um carro nos pega e passamos pela multidão que sai do show. Olho os rostos e noto que estão felizes, e isso me alegra. Sem dúvida se divertiram.

Ao chegar ao hotel, Omar propõe:

— O que acham de irmos jantar todos juntos?

— Impossível — responde Tifany. — Nós duas combinamos de jantar com uns amigos.

Ele resmunga, mas não diz nada, enquanto minha cunhada e eu entramos no hotel para trocar de roupa. Sozinha na suíte, ligo de novo para Dylan. Não atende. Deixo outra mensagem. Mas preciso saber por que não atende, e ligo para o hospital. Ali me dizem que o dr. Ferrasa está operando.

Tudo bem. Agora fico mais tranquila.

Meia hora mais tarde, depois de tomar um banho e conseguir fazer meu cabelo voltar ao normal, ponho um belo vestido curto, azul, e uns sapatos de salto. Tifany, por sua vez, está como sempre: impressionante. Essa garota é de parar o trânsito. Um simples vestido preto nela é como a maior joia do reino. Não há como ser mais bonita, nem ter mais estilo.

Quando passamos pela recepção, Omar está falando com um grupo de homens, mas nota que estamos saindo. Eu aceno com a mão, mas Tifany nem olha para ele. Olé para ela!

Mas, antes de chegar à porta, ela para. Do lado de fora está cheio de jornalistas; ela olha para mim e sugere:

— Vamos sair pela cozinha; senão, acho que vão nos seguir.

Fazemos o que ela diz e logo contornamos o hotel; mas, ao chegar a um ponto de táxi, uma limusine preta para ao nosso lado e ouço chamarem meu nome.

Ao olhar, vejo o amigo inglês de Dylan. O que ele está fazendo ali?

— Olá, Jack.

Ele sai da limusine, troca beijos comigo e com Tifany e diz:

— Lamento, mas não pude vir ao show e vim me desculpar. Como foi tudo?

— Superbem — responde Tifany. — Incrível. Foi um sucesso. Você perdeu um grande show.

— Incrível — digo eu, ainda emocionada. — Foi um dos melhores momentos de minha vida.

Jack sorri.

— Estão indo a alguma festa?

Minha cunhada e eu nos olhamos; respondo com sinceridade:

— Íamos jantar.

— Sozinhas?

Confirmo com a cabeça.

— E Omar?

Tifany suspira e a seguir responde:

— Omar e eu não estamos passando pelo melhor momento, e às vezes é melhor estar sozinha que mal acompanhada.

Entre o que Jack viu no avião e essa resposta, sem sombra de dúvida ele entende muito bem o que está acontecendo. Com galanteio à inglesa, propõe:

— Senhoras, permitem-me que as convide para jantar?

Olho para Tifany. Farei o que ela quiser. Afinal, foi ela quem fez reservas para o jantar. Ao ver que ela assente, sorrio. Jack nos ajuda a entrar na limusine.

No caminho vamos conversando até chegar a um belo restaurante. Depois que descemos do veículo, ele nos pega pela cintura e nos encaminhamos para o restaurante.

Assim que entramos, Tifany solta um gritinho de felicidade. Sem dúvida alguma é o tipo de lugar que ela adora. Em meu caso, já sei que vou ficar com fome. Várias pessoas se levantam para cumprimentar Jack. A mim ninguém conhece. E agradeço. Não quero nem imaginar a cara que muitos deles fariam se soubessem que sou a moça do macacão de couro e das botas até as coxas, que há poucas horas cantou no show com J. P.

Jack nos apresenta ao dono do restaurante, Joshua, um homem grisalho bastante atraente, que quando vê Tifany, fica abobado. Minha cunhada, ciente de seu encanto, pestaneja com graça e o convida a se juntar a nós. Joshua não hesita e concorda de imediato.

Durante o jantar, mantemos uma conversa amigável. Em várias ocasiões checo meu celular, mas nada. Não há nenhuma mensagem de Dylan, que ainda deve estar no centro cirúrgico. Após o jantar, os homens propõem que saiamos para beber alguma coisa e Tifany aceita, feliz, em nome de nós duas.

Está claro que o homem grisalho a atrai tanto quanto ela a ele, e isso me preocupa.

Vamos a um local com muita classe, onde tomamos uns drinques. São uma delícia. De repente, meu celular toca. Ao ver que é Dylan, afasto-me do grupo em busca de um pouco de privacidade.

— Olá, meu amor — digo, contente.

— Onde você está?

Não é o que eu esperava ouvir, e respondo:

— Tudo bem, minha vida, também estou com saudades.

— Estou ligando há um bom tempo e você não atende! — grita. — Liguei até para o hotel, mas me disseram que você não está no quarto. Depois, falei com Omar, que me explicou, muito irritado, que Tifany e você não quiseram jantar com ele e saíram com uns desconhecidos. Quem são eles?

Dylan está muito irritado. Primeiro o negócio de J. P., e agora isso.

— Meu amor — respondo, mantendo a calma —, eu liguei para você, não ouviu minhas mensagens?

— Ouvi quando saí da cirurgia. Ainda não me respondeu. Puta que pariu, com quem, diabos, você está?

Caraca... caraca... caraca... Dylan disse um palavrão! Ele só diz palavrão quando está muito irritado. É evidente que não vai se acalmar. Conhecendo-o bem, sei que não vai ceder, de modo que explico:

— Íamos jantar com uns conhecidos de Tifany, mas...

— Mas o quê? — me interrompe ele e, como não respondo, sibila: — Yanira, com quem, diabos, você está?

— Com Jack.

Seu grito de frustração faz que eu afaste o celular da orelha.

— Que diabos está fazendo com Jack? — diz ele. — Pegue Tifany agora mesmo e vá para o hotel, entendeu?

Seu tom ditatorial me irrita, ainda mais que sequer me perguntou como foi o show.

— Ouça, lindo, relaxe ou vamos brigar.

— Claro que vamos brigar — replica ele, irritado.

— Vejamos — digo —, que tal se me perguntar como foi o show?

Após um silêncio tenso, ele responde:

— Sei que foi tudo bem. Omar me disse, e além do mais, vi um pouco no YouTube.

— No YouTube? — repito, alucinada. Eu estou no YouTube?

Mas Dylan não quer falar disso e insiste, cabeça-dura:

— Yanira, quero que você vá para o hotel agora!

Incomodada com seu tom e seu desinteresse por meu trabalho, respondo:

— Lamento, mas não. Não estou fazendo nada de errado, só estou tomando um drinque, e não vou permitir que...

— Não vai permitir o quê?! — grita ele fora de si.

A esperada ligação está se transformando em um calvário. Contrariada, murmuro antes de desligar:

— Sabe de uma coisa? Não estou a fim de aguentar seus gritos. Portanto, tchau.

E desligo.

Imediatamente fecho os olhos. Acabo de tentar a sorte.

Como meu Ferrasa deve estar puto nesse instante!

Como é lógico, meu celular toca de novo. Se há algo que Dylan é, é insistente. Mas ciente de que ele não vai me dizer nada bonito nem romântico, não atendo. Tiro o som, guardo-o na bolsa de mão e volto para o grupo. Mas então alguém me reconhece e pede para tirar uma foto comigo. Aceito, e a partir daí já não me deixam em paz.

Quando por fim consigo me livrar deles e voltar para Tifany, percebo que ela está meio bêbada e se aproximando demais do tal Joshua. Disfarçadamente, cochicho:

— Você está se excedendo. E se continuar assim, o sujeito vai para cima de você.

Minha cunhada solta uma gargalhada, e com voz de loba, responde:

— Vou superadorar!

Ora, ora, ora... já me vejo levando-a dali arrastada.

Outra como a minha amiga Coral: ou tudo ou nada!

As pessoas começam a se juntar a nossa volta. Não me deixam em paz.

Isso me incomoda, e estou pensando em como escapar dessa situação quando Jack se aproxima e afasta uma mecha de meu cabelo para trás da orelha.

Olho para ele. Eu não lhe permiti essa intimidade, e Dylan não gostaria disso. Ao ver minha expressão, ele sorri e, aproximando-se mais, murmura:

— Você tem olhos incríveis.

— Obrigada.

Tento sorrir, mas não gosto do rumo que as coisas estão tomando.

Jack parece perceber o que estou pensando e sussurra em meu ouvido:

— Se você não fosse mulher de Dylan...

E deixa a frase no ar. Ah, mãe do céu... Que homem perigoso!

Ele sorri ao ver que não respondo. Bebe de sua taça sem afastar a vista de mim, fazendo-me sentir acalorada. Sem sombra de dúvida, bebi além da conta.

Nesse instante aparece uma mulher que o cumprimenta, e pelo jeito como se olham, intuo que são velhos companheiros de cama. Para minha sorte, ele para de olhar para mim e se centra nela, e eu por fim posso respirar.

Jack é um homem muito atraente, isso não posso negar. Mas sei que não vou tocá-lo nem de luvas. Eu só desejo Dylan, meu Ferrasa particular.

Aproveitando a intromissão, pego minha cunhada pelo braço, tiro a taça de sua mão e digo, com determinação:

— Vamos, temos que ir.

Ao ver minha segurança, ela não protesta; assente. Com certeza o grisalho estava entrando em ação e ela estava começando a se assustar. Quando nos despedimos, Jack e Joshua, como dois cavalheiros, insistem em nos levar para o hotel.

Quero gritar que não, quero perdê-los de vista, mas, no fim, não nos resta senão aceitar. As pessoas estão olhando, e eu não gostaria de fazer uma cena.

Quando chegamos diante do hotel, Joshua desce da limusine e abre a porta para que Tifany desça. Quando vou fazer o mesmo, Jack me pega pelo braço. Tenta me beijar, mas eu me afasto com rapidez. Ele torna a tentar, mas viro o rosto.

Ele sorri ao ver minha expressão, e com voz íntima, coloca um cartão em minha bolsa.

— Gostaria de vê-la outra vez, a sós. Ligue-me.

— Vá esperando.

Minha negativa parece lhe agradar.

— Dylan não precisa saber. Fica entre nós.

O sujeito é totalmente xarope. Sibilo:

— Por mim, você pode ir à merda.

E desço rapidamente do carro. Não quero discutir com ele.

Uns fotógrafos parados diante da porta do hotel começam a bater fotos. Sem perder tempo, Joshua entra na limusine e eles vão embora.

Nós duas entramos no hotel sem olhar para trás, e Tifany diz:

— Que gatos!

— Gatíssimos — suspiro, certa de que são dois predadores.

Ao entender meu tom irônico, minha cunhada sorri e sussurra:

— Se os Ferrasa descobrirem que ficamos sozinhas com esses monumentos, vamos nos meter numa bela confusão.

Isso me angustia, porque os Ferrasa já sabem! Eu mesma disse a Dylan, e além do mais, com tanta foto não teria havido jeito de esconder.

Depois de me despedir de Tifany, vou para meu quarto. Ao entrar, fico sem palavras ao vê-lo cheia de buquês de rosas vermelhas. Deixo a bolsa em cima de uma mesinha e, dirigindo-me a um deles, pego o cartão.

Você é a melhor. Amo você
Dylan

Buquê após buquê, vou olhando os cartões, e em cada um ele me diz algo bonito, cheio de paixão. Deus, como eu amo esse homem!

De súbito, recordo que desliguei o telefone na cara dele e sinto calafrios. Vou até a bolsa, abro-a, pego o cartão de Jack e o jogo no lixo. Esse imbecil não me interessa. Olho o celular; tenho 20 mensagens e 46 chamadas perdidas de Dylan.

Quero morrer. Como sou ruim!

Leio as mensagens, que não são muito românticas. São ferozes, autoritárias e raivosas. Como meu amorzinho está irritado! Tiro a roupa, ponho uma camiseta para dormir e me jogo na cama, sentindo necessidade de ligar para ele. Depois do primeiro toque, ouço-o dizer:

— Você nem imagina a raiva que estou sentindo, Yanira.

— Acho que sim, imagino — respondo, apoiando-me na cabeceira da cama.

— Não estou rindo — sibila.

— Nem eu — replico.

Minha resposta o irrita ainda mais; ouço-o suspirar.

— Estou há quase duas horas esperando que você me ligue.

Querendo um pouco de mimo, fecho os olhos e respondo:

— Ouça, Dylan, estou há dois dias sem vê-lo e estou péssima. Quanto a J. P. e a entrevista, eu mesma não entendi o que ele estava fazendo. Depois falei com ele, e me explicou que foi para estimular as pessoas a irem ao show e criar expectativa. Só isso. Quanto a "olhinhos claros", ele me chama assim!

Pego fôlego e prossigo:

— Jantei e tomei um drinque com seu amigo Jack e não aconteceu nada. Nada! — Omito que ele tentou me beijar. Para que contar? — Além disso, tive um dia incrível. Subi no palco e cantei diante de um estádio cheio de gente. Todo mundo me parabenizou, sorriu e me elogiou, mas só necessito, e anseio que você, o homem que eu adoro, me diga que me ama, que me elogie e me dê carinho. Por isso, pare de grunhir e diga que está com tanta saudade de mim quanto eu de você, e que já falta menos para que nos vejamos.

Quando termino, ele não responde. Acho que depois do discurso que fiz, ele ficou sem palavras. Ora, ora, minha veia romântica está cada dia mais apaixonada.

Durante alguns segundos, que parecem eternos, nenhum dos dois diz nada, até que ouço a voz de Dylan:

— Amo você, mimada.

Sim! Esse é meu moreno.

— E eu amo você, meu amor — respondo. — Se jantei com Jack foi porque nos encontramos na saída do hotel. Tifany e eu não tínhamos nada planejado, e...

— Ele tentou algo com você?

Caraca... caraca e caraca ao quadrado, como ele conhece o amigo! Mas disposta a não o irritar mais ainda, respondo:

— Não, meu amor. Ele o respeita e me respeitou.

Uepaaa, que mentirosa! Mas é uma mentira piedosa. Não me sinto mal por isso.

Não sei se ele acredita ou não, mas a partir desse instante seu tom de voz ficou mais conciliador. Está claro que confia em mim tanto quanto eu nele.

Mais tarde, vou me deitar sorridente e durmo feliz.

Na manhã seguinte acordo com o telefone do hotel. É Omar, dizendo que em meia hora vamos todos tomar café da manhã em meu quarto. Levanto-me, ponho uma roupa, e quando ele, Sean e Tifany chegam, estão felizes.

Entregam-me vários jornais, e Omar diz:

— Conseguimos, Yanira.

Leio as manchetes e fico boquiaberta: "Um ciclone loiro chamado Yanira"; "Nova rainha do soul" etc.

Minhas mãos tremem, e fico atacada enquanto olho centenas de fotos minhas no palco, cantando com J. P.

Sorrio. Essa sou eu. Não posso acreditar!

Tanto o telefone de Omar quanto o de Sean não param de tocar. Vejo-os anotar na agenda milhares de dados. Quando Sean desliga seu celular, diz:

— Eram promotores da Alemanha, de Portugal e da Itália que querem contratar shows com você.

— *Yes!* — grita Omar.

Parece feliz e contente. Basta ver como sorri.

— Parabéns, Yanira — aplaude Tifany, vertendo o conteúdo do envelope de chocolate em pó na xícara à minha frente. — Ande, coma, você merece por ser tão linda!

Ao ver o chocolate em pó de que tanto gosto, pego uma colherinha e me dou o prazer. Hummm, que delícia!

Quando acabo meu chocolate, e os outros, café com leite, Omar diz:

— Hoje, o dia será cheio. Você tem várias entrevistas. Às 11h vem a equipe da *Rolling Stone*. Vai encontrá-los em uma sala privada do hotel. Às 13h, em um restaurante chamado Music, marquei com o pessoal da revista *Billboard*, para entrevista e sessão de fotos. E também às 18h, dessa vez na Trafalgar Square, com a revista *Popular 1*.

Estou alucinada... alucinada... superalucinada.

Eu vou sair nessas revistas?

Como disse Dylan um dia, quando a maquinaria é acionada, não para mais.

Tifany, que parece acostumada a tudo isso, exclama, olhando para mim:

— Contratei uma cabeleireira e maquiadora diviníssima! Ela vai mudar seu *look* para cada entrevista. — E, baixando a voz, acrescenta: — Na viagem seguinte Valeria vai ter que vir de qualquer jeito.

Assinto, surpresa ao ver quanto ela a aprecia.

— Também localizei Peter, um amigo designer, e com o que ele nos trouxer e nossa roupa, acho que as sessões de fotos serão puro glamour.

Estou sem fala. Sem dúvida, a coisa está andando!

O dia é extenuante e sinto o mesmo que as modelos após suas longas sessões, com a diferença de que tenho três em lugares diferentes e para diferentes revistas. Respondo a todas as perguntas que me fazem, mas, como me aconselhou Omar, penso nas respostas antes de falar. Sei que tudo o que eu disser será examinado com lupa, e não quero mal-entendidos, em especial quando me perguntam pelo homem que me acompanhou até o hotel na limusine escura.

Mas que diabos estão insinuando?

Durante as sessões de fotos, no início me mostro tímida. Esse negócio de fazer beicinho, caras e bocas me desanima, mas reconheço que quando pego a manha, até me divirto.

À noite, quando voltamos ao hotel, estou acabada. Nunca imaginei que um dia com a imprensa pudesse esgotar tanto. Quando falo com Dylan, não o encontro de humor melhor, mas ainda assim, quando desligo, sorrio.

20

Minha terra

Na segunda-feira pegamos um avião que nos leva a Madri. Omar e Sean ficam para acertar umas coisas, e Tiffany e eu pegamos outro voo para Tenerife, onde ficaremos até 1º de maio. Quatro dias para passar com minha família e relaxar. É justamente o que necessito. Quando desço do avião e piso em minha terra, sinto vontade de me agachar e beijar o chão, como fazia João Paulo II quando viajava.

Contenho-me, porque acho que ninguém entenderia.

Estou em Tenerife!

Ao sair pela porta de braços dados com minha cunhada, esperando ver minha família, encontro um batalhão de jornalistas que quase enfiam o microfone em minha boca, e jovens que gritam meu nome. Olho para todos, alucinada, e sorrio ao ver que me tratam como se eu fosse Mariah Carey.

Que coisa maluca! Estou alucinada!

Ao fundo, vejo meu pai e meu irmão Argen. Ambos me sinalizam que não tenha pressa, que podem esperar.

— A gravadora deve ter avisado de sua chegada — sussurra Tiffany, e ao ver minha expressão, acrescenta: — Calma, serei a bruxa antipática com os fãs e os tirarei de cima de você.

Depois de atender à imprensa, tiro muitas fotos com rapazes e garotas. Fico um bom tempo com eles, que me entregam buquês de flores e me abraçam, até que Tiffany, parecendo um sargento, me arranca dali e me leva onde está minha família. Quando consigo me aproximar de meu pai e meu irmão, fundimo-nos em um abraço. Emocionado, meu pai sussurra ao meu ouvido:

— Que alegria ter minha linda Suspiros em casa.

Fico emocionada, choro, e Argen, divertido, diz:

— Não chore, ou vai aparecer no noticiário fungando como um chimpanzé.

Olho para a direita e vejo que uma câmera da televisão da ilha nos foca. Sorrio, e depois que respondo a mais algumas perguntas, meu pai pega minha mala e, de braços dados comigo e com Tifany, vamos para o carro.

Quando chego a casa, sinto-me como no filme *Bem-vindo, Mr. Marshall*. Toda a vizinhança me espera, e só falta que carreguem um cartaz dizendo WELCOME!

Ao descer do carro, ainda surpresa com tudo isso, de novo distribuo beijos, abraços e tiro fotos com minhas vizinhas, até que Tifany torna a fazer papel de má e consegue me enfiar dentro de casa.

Uma vez ali, minha mãe me abraça, chora, me beija, e eu a ela. Depois é a vez de minhas avós e meus irmãos. Todos estão tão alucinados quanto eu com o que está acontecendo. Sem dúvida, isso é um reencontro, embora não tenha torrone nem seja Natal.

Nem que eu tivesse morrido e ressuscitado!

Tifany, que permanece em segundo plano, está emocionada. Sem dúvida, fica comovida ao ver a união de minha família. E como minha mãe a abraça e minhas avós a mimam, não pode parar de sorrir.

O telefone não para de tocar. Meu pai atende e anota as mensagens que chegam para mim. Parece uma central de PABX. Omar liga para Tifany e diz que um carro vai nos buscar na casa de meus pais para me levar a uma emissora de televisão para uma entrevista depois do almoço.

A entrevista vai bem. Os apresentadores são simpáticos comigo e eu com eles, enquanto falamos de minha vida em Los Angeles e de meu trabalho discográfico. Evito falar de Dylan, pois acho que ele não gostaria, e embora o pessoal do programa me provoque com graça, eu os driblo, e no final, venço.

Quando acabamos, o carro da produção nos leva de novo para minha casa, onde Arturo e Luis me esperam com o filho. Ao me ver, gritam:

— Tulipa!

Eu sorrio. Quanta saudade senti deles!

Duas horas depois, quando tenho um segundinho de paz, ligo para Dylan. Fica feliz em saber que estou em Tenerife com minha família; noto-o contente. Falo sobre as fotos que publicaram de mim com o homem da limusine, e depois que esclareço que era um amigo de Jack, ele não dá maior importância.

Também falo de tudo o que está acontecendo. Ele ri e me diz várias vezes para curtir minha família durante esses dias e evitar entrevistas e compromissos.

Assinto. Assim farei.

Depois de lhe dizer um milhão de vezes que o amo, e ele a mim, desligo e me disponho a curtir minha família, meu lar.

Mas as coisas não são como eu esperava. Para o dia seguinte, Omar marcou uma entrevista na tevê de Las Palmas, na Grande Canária, pela manhã, e outra à tarde em Fuerteventura. Ligo para ele.

— Omar — digo —, eu vim aqui para ver minha família, não para andar de tevê em tevê.

— Eu sei, linda, eu sei — responde —, mas acho que o fato de a verem em sua terra a beneficia. É promoção. As pessoas querem saber quem é Yanira, a artista que está arrebentando nas paradas, não entende?

Isso me faz sorrir e afaga meu ego. Tome! Estou arrebentando nas paradas de sucessos.

No fim, assinto e passo o dia de avião em avião. Quando chego a casa, Tifany vai para a cama. Vai dormir comigo em meu quarto. Eu me aconchego nos braços de meu pai e fico com ele assistindo a um filme no sofá. Não falamos. Não é preciso.

No dia seguinte, a imprensa está de novo à minha porta, e o que no início nos parecia divertido está começando a nos sufocar. Mas meu irmão Rayco se diverte. Como meu irmão, ele sai em todos os noticiários, e rimos dele.

Do jeito que é Don Juan, era só o que faltava!

As vizinhas falam de mim na tevê como se eu fosse parte da família, e quando minha avó Nira vê sua arqui-inimiga em um programa falando de mim, grita:

— Diabos! Vou arrancar a meia dúzia de cabelos dessa bruxa, se a encontrar amanhã no mercado.

— Vovó! — Eu rio ao escutá-la, enquanto vovó Ankie balança a cabeça.

— Mamãe — diz minha mãe —, ela não disse nada de mal da menina.

— Para falar de minha neta, mesmo que seja bem, essa vadia tem que lavar a boca — murmura minha avó com uma frigideira na mão.

Rio sem poder me controlar. Mas meu riso estanca de uma vez quando vejo Sergio, meu ex, na tevê. Ele não diz nada, mas os jornalistas o perseguem.

Estou pasma. O que querem com Sergio?

Meus pais reservaram a noite para jantar no restaurante de uns amigos que cozinham maravilhosamente. Fico feliz ao ver que Omar não liga nem uma vez. Mas sair de casa é uma odisseia. Por fim, conseguimos, mas os fotógrafos nos seguem.

No restaurante, esses amigos nos acomodam em um canto para que possamos ter mais privacidade. Contudo, antes do jantar, as cozinheiras e garçonetes pedem para tirar uma foto comigo.

Aceito, feliz.

Assim que me sento, começam a trazer pratos à mesa. Oh, Deus, que delícia! Peixe fresco, carne de cabra, costelas com batata e abacaxi, carne de cervo, *papas arrugadas* e grão-de-bico.

Tudo muito *light*!

Sem dúvida, meus pais gastaram os tubos, e eu joguei minha suposta dieta pela janela. Mas enlouqueço mesmo é quando põem à minha frente um prato de *gofio*.

Tifany me vê devorar aquilo e pergunta, enquanto meu pai nos serve um vinhozinho do vale de La Orotava:

— O que é isso?

Minha mãe, que fala muito bem inglês, explica:

— *Gofio* é o alimento canário por excelência. É farinha de grão torrado e se come com quase todos os pratos. Experimente, você vai gostar.

Tifany experimenta, saboreia, e sob o atento olhar de todos, sorri e afirma:

— Uma delícia.

Comemos tudo o que nos servem, e quando acabamos, chegam as sobremesas. Deliciosos pudins, *frangollo* — um doce feito com banana amassada —, torta de chocolate e *cream cheese*. Ora, ora, ora... hoje vou engordar tudo o que emagreci nos últimos meses.

Quando arremato o jantarzinho com um café e um licor, sinto que vou explodir; mas não importa, valeu a pena.

À noite, quando voltamos, está tudo tranquilo e podemos entrar em casa normalmente, mas no dia seguinte, como no filme *Feitiço do tempo*, tudo se repete. As pessoas na porta, os jornalistas à espera e eu desconcertada, sem saber o que fazer.

Só tenho mais um dia antes de ir. No dia seguinte, tenho que voltar para Madri para o show com J. P. De manhã, depois de me conformar por não poder ir surfar com Argen, combinamos de encontrá-lo em um boteco na praia. Tifany, Rayco, Garret e eu vamos até lá, mas o que costumava ser um passeio de cinco minutos se transforma em duas horas, e quando chegamos, Argen já voltou para seu ateliê.

Ligo para ele e me desculpo. Meu irmão ri ao me escutar. Ele entende que sua irmãzinha agora é famosa e que tem de dar atenção a seus fãs. Vou ao ateliê vê-lo, e passamos um bom tempo juntos, apesar de a imprensa me esperar do lado de fora.

Nessa última noite, meus pais fecham a loja mais cedo para irmos todos jantar na casa de Argen e Patricia. Mas, quando vamos sair, Omar liga; ouço Tifany discutir com ele. No fim, ela me passa o telefone e sussurra, para que Omar não a ouça:

— O *bichito* quer que vamos a uma entrevista. Eu disse que não, mas acho que você devia dizer também.

Pronta para lhe dizer poucas e boas, pego o telefone e, sem deixá-lo falar, digo:
— Omar, quero aproveitar esta última noite com minha família.
— Eu entendo, querida, mas o que estou pedindo é importante.

Tifany passa um dedo pelo pescoço, como se se degolasse, e eu sorrio. Mas Omar insiste:

— Desculpe, Yanira, mas sou seu empresário. Temos um contrato, e isso é uma boa oportunidade com uma televisão italiana. Será ao vivo, e...
— Não.

Contudo, depois de vários minutos falando com ele, por fim cedo.

Quando desligo, Tifany nega com a cabeça e murmura:
— O *bichito* venceu.

Sem dúvida alguma, é assim: ele venceu.

Meus pais se aborrecem e minhas avós reclamam que não têm tempo nem para me encher de beijos. Os únicos que me incentivam são meus irmãos. Eles me entendem.

Depois de ouvir todos, digo a minha família que Tifany e eu iremos diretamente para a casa de Argen após a entrevista. Com a desilusão estampada no rosto, concordam. Eu me sinto péssima, como se os tivesse decepcionando; mas, o que posso fazer?

Quando chegamos ao hotel, surpreendo-me ao ver a tenda que os italianos montaram ali, mas gosto de ser bem tratada. Para eles sou a rainha do momento.

Quando a entrevista ao vivo acaba, o pessoal da televisão italiana diz que fez reservas para o jantar no melhor restaurante de Tenerife, e que, ao saber disso, alguns promotores musicais italianos e franceses que estão de férias na ilha vão para lá me conhecer.

Deus, o que faço? Minha família me espera.

Olho para Tifany em busca de uma solução, e ela, dando de ombros, diz:

— Se Omar ou qualquer outro da gravadora estivesse aqui, diria que você tem que ir a esse jantar, pois esses promotores são importantes para seu trabalho. Mas, decida o que decidir, eu a apoiarei.

Agradeço, mas estou em um dilema: minha família ou o trabalho? Sem dúvida alguma, meu coração pende para a família, mas a razão grita que é o trabalho. No fim, ganha a razão.

Ligo para meu irmão Argen, para lhe contar o que está acontecendo, e ele, sem titubear, diz para eu ir ao jantar com os italianos. Assim são os negócios.

Quando desligo, respiro fundo e sorrio.

O jantar é divertido. Os promotores chegam com suas mulheres e reina um clima bom. Falamos de próximos possíveis eventos ou shows. Eu me sinto atordoada quando já querem fechar datas comigo. Ligo para Omar e passo o telefone a eles. Sou novata nisso e não quero pisar na bola.

Depois, eles me passam o telefone, e Omar, feliz, comenta que fechou dois shows na Itália e na França para setembro.

Aplaudo, contente. A noite foi produtiva.

Após o animado jantar, decidimos beber algo ali mesmo, para não termos que nos deslocar, e o pessoal do restaurante fecha as portas e põe música. Dançamos, tomamos uns drinques e nos divertimos, e eu, feliz, ensino um italiano e um francês a dançarem salsa.

Tifany e eu voltamos para casa às quatro da madrugada, meio altas. Por sorte, não há jornalistas, e vamos direto para a cama.

Na manhã seguinte, alguém me acorda com um movimento brusco. É minha avó Ankie, que me mostra um jornal e me censura:

— Está casada só há alguns meses e já faz isso?

Pego o jornal e leio a manchete: "A cantora Yanira, sozinha e sem marido, diverte-se na noite de Tenerife". Na foto, estou entre dois homens em uma postura nada angelical.

Horror, pavor e estupor!

O que é isso? Quem bateu essa foto?

Tifany, que está dormindo na cama de baixo, levanta a cabeça e me olha. Mostro-lhe a manchete. Ela não entende porque está em espanhol, mas não tem importância. A foto fala por si só. Ela leva as mãos ao rosto e murmura:

— Ah, linda, Dylan não vai gostar nada disso.

Com certeza não. Pelo amor de Deus, parece que estou fazendo um *ménage* com esses sujeitos.

Ah, o que me espera...

Já totalmente desperta após o susto, afasto o cabelo do rosto enquanto minha avó continua com suas broncas:

— Você acha isso bonito?

— Ankie, eu não fiz nada. Eu... eu estava só dançando. Eu o estava ensinando a dançar salsa e... e...

— E algum espertinho bateu essa foto e a vendeu.

Não sei o que dizer. Sem dúvida, alguém deixou vazar essa foto à imprensa com má intenção.

— Ou você controla isso desde o início — diz minha avó —, ou nada de bom virá pela frente.

Ao ouvi-la, penso em Dylan. Ele me disse algo assim quando discutimos e eu fui embora. Meus pais aparecem na porta do quarto, e eu, ainda de pijama, olho para eles e murmuro:

— Papai, mamãe, juro que não é o que parece.

Eles preferem não opinar, mas intuo que acreditam em mim. Mas sei que não veem nenhuma graça nessa foto de mau gosto. Perguntam a que horas sai meu avião, e eu prometo passar pela loja para me despedir.

Eles me beijam com carinho e vão abrir a loja de suvenires.

Olho para o relógio. Dylan ainda deve estar dormindo e não deve ter visto isso. Não quero nem imaginar sua reação quando vir a foto.

Caraca... caraca... caraca... isso vai dar confusão, e com razão. Fico angustiada, e minha avó, que deve notar isso em meu rosto, diz:

— Você tem que ser esperta, filha. Está se metendo em um mundo de tubarões, e você é um doce peixinho.

Concordo. Eu me sinto como Dory, a inocente amiga do pai do peixinho Nemo. Ankie tem mais razão que um santo; prossegue:

— A partir de agora, você tem que controlar tudo que faz. Não pode mais ser a Yanira louca e desinibida de sempre. Tem que fazer seu marido ver que pode confiar em você, mesmo que saia na noite.

O celular de Tifany toca. Ao olhar a tela e ver quem é, mostra-me o telefone: Omar. Tifany desliga. Não quer falar com ele. Sem dúvida, ele também não deve ter gostado das fotos.

— Ouça, Yanira — continua minha avó —, você tem que estabelecer prioridades em sua vida. E lembre-se de que, antes de mais nada, precisa respeitar a pessoa que a ama, ou vai machucá-la.

— Mas, Ankie — protesto —, eu não fiz nada. Eu...

— Não me dê explicações — corta ela. — Eu simplesmente falo do que vejo, e o que vejo é que Dylan é homem, e não vai gostar desse tipo de foto ou manchete.

Nem preciso dizer que eu sei. Meu coração se acelera. Minha avó Nira entra e Ankie murmura:

— Você não pode dizer sim a tudo o que a gravadora quiser. Eu fiz isso e perdi Ambrosius. Quer que aconteça o mesmo com você? — Nego com a cabeça. — Onde vai parar sua vida se não souber dizer não? Pense no que eu digo, ou, no fim, vai machucar Dylan.

— Nem pensar, vovó — protesto.

— Que Deus a proteja, minha menina — murmura vovó Nira, fazendo o sinal da cruz.

Mas não sei se ela diz isso porque chamei Ankie de vovó ou pelo que diz o jornal.

21

Causa e efeito

O resto da manhã é delirante. A mesma foto sai em várias mídias digitais com manchetes de mau gosto: "Um *ménage* muito divertido"; ou "Yanira pega o francês e o italiano".

Que horror!

E quando uma hora depois meu celular toca e olho a tela, tenho vontade de chorar. É Dylan. Como disse minha avó Nira, que Deus me proteja!

Decidida a falar com ele e a esclarecer o mal-entendido, vou para o quarto, e quando fecho a porta, atendo e ouço:

— Que porra você estava fazendo com esses homens?

De novo soltou um palavrão. Dizer que está irritado é pouco!

— Ouça, Dylan, isso que está vendo não é...

— O que vejo é minha mulher entre dois sujeitos. Que diabos você estava fazendo? Tenho que acreditar nisso de *ménage*?

Meu sangue gela nas veias. Por favor, que ele não acredite nisso!

— *Ménage*? Como lhe ocorre pensar em...

— Como não vou pensar, se sei que é algo que você já experimentou e que gosta? — sibila ele com crueldade.

Estou prestes a gritar. Que imbecil!

Mas não devo. Ele está irritado por algo que fiz de errado e tenho que entender. Se eu visse fotos dele nessa atitude com duas mulheres, não estaria irritada, estaria muito... muito irada. De modo que, moderando meu tom de voz, respondo:

— Meu amor, eu nunca faria isso sem você.

— Tem certeza?

Isso me ofende, e afirmo:

— Absoluta, Dylan. Como pode duvidar?

Ouço-o soltar palavrões, e ele acrescenta:

— Estou com muito raiva, Yanira.

— Eu sei.

— Muita, muita raiva — insiste.

— Dylan, por favor — suplico. — Confie em mim, eu lhe rogo. A imprensa inventou essa manchete. Juro pelo que você quiser que nem de longe fiz o que o jornal dá a entender.

O silêncio entre nós se torna constrangedor. Os dois respiram, agitados. Por fim ele diz:

— Preciso desligar, tenho que entrar em cirurgia. Depois falamos.

E, sem mais, desliga sem me dizer nada carinhoso. Consternada, fico olhando o celular. A ansiedade em sua voz me inquieta. Sem dúvida, devido à profissão de sua mãe, ele está acostumado a ouvir centenas de fofocas; mas, ainda assim, eu me sinto péssima.

Como pude não perceber que estavam fotografando?

Como sou inocente e novata nisso tudo... Sem dúvida, vou ter que engolir mais de uma dessas, se não tiver um pouquinho mais de cuidado.

Estou prestes a chorar quando Tifany entra, dizendo:

— Omar lig... Que foi? — ela se interrompe.

E ao lhe mostrar o telefone que ainda tenho na mão, ela murmura:

— Falou com Dylan, não é?

Assinto. Ela me abraça e sussurra:

— Calma, linda. Dylan já sabe como isso funciona, e não é tolo para acreditar no que estão insinuando.

Acredito, ou pelo menos quero acreditar. Dylan precisa confiar em mim. Enxugo os olhos e Tifany diz:

— Omar ligou. Quer que antecipemos a volta para Madri. Ele marcou umas entrevistas para você poder esclarecer o ocorrido.

Não penso duas vezes!

É o melhor a fazer. Arrumo a bagagem correndo e ligo para Arturo e Luis. Eles ficam tristes, porque quase não nos vimos. Despedimo-nos. Depois, beijo minhas avós, que ficam consternadas com minha partida precipitada. Garret e Rayco não estão em casa e não posso me despedir deles, mas falo com Argen. Meu irmão vem rapidamente quando chamo, e ao ver minha cara, diz, segurando meu queixo:

— Calma, princesa. Tenho certeza de que Dylan vai entender que tudo não passou de uma montagem de uns imbecis aproveitadores. Não se angustie, *ok*?

Ao me ver sorrir, ele me dá um beijinho no pescoço e acrescenta:

— Estou feliz com seu sucesso, Suspiros. E nunca duvide de que todos estamos muito orgulhosos de você.

Eu o abraço, e depois de lhe dar mil beijos e deixar minha despedida para Patricia e meus irmãos, entro no carro com película nas janelas, tipo insulfilm, que vem nos buscar e nos dirigimos ao Paseo Marítimo. Dos meus pais tenho que me despedir, doa a quem doer.

Para que não haja confusão se algum fã me vir, Tifany sai do carro e os avisa. Eles entram no veículo, e depois de nos abraçarmos e nos despedirmos mais rápido do que todos gostaríamos, Tifany e eu vamos para o aeroporto, onde pegaremos um voo que nos levará direto a Madri.

Uma vez ali, outro carro nos pega e nos leva ao Hotel Silken Puerta América.

Estão previstas duas entrevistas coletivas. Omar fala mais que eu, e quando acabamos, estou com dor de cabeça.

— Vá descansar, sua cara está péssima — diz meu cunhado.

Faço o que me diz. Já em meu quarto, olho em volta. É um quarto muito bonito e moderno. Decoração minimalista, todo branco. Mas não vejo nenhum buquê de rosas de Dylan, o que indica que ele continua irritado.

Ligo para ele, mas seu celular está desligado. Prefiro pensar que está em alguma cirurgia e deixo uma mensagem recordando-lhe quanto o amo e como sinto sua falta. Quando largo o celular, vejo ao fundo uma banheira oval e penso em tomar um banho, mas estou tão cansada que vou diretamente para a cama.

Na manhã seguinte, meu estado de ânimo não melhorou. Olho o celular, mas não recebi nenhuma mensagem nem chamada de Dylan. Ligo. Não atende.

Alguém dá umas batidinhas em minha porta, e ao abrir, vejo que é Tifany.

— Levante esses cílios! — diz ela, me abraçando.

Sorrio. Sem dúvida, ela e seu carinho são a melhor coisa dessa viagem. Depois de me vestir, desço a um salão do hotel onde a imprensa nos espera. Durante horas, J. P. e eu, com nosso melhor sorriso, respondemos a algumas perguntas e evitamos as comprometedoras ou mal-intencionadas. Como esses jornalistas gostam de fofoca!

Depois do almoço, meu irmão Rayco chega do aeroporto. Está louco de contente! Vamos todos juntos ao Palácio dos Esportes. O show será ali às 22h, e temos que passar o som.

Rayco tira mil fotos com J. P. Este, ao saber que ele é meu irmão, leva-o com seu séquito. Fico grata, porque não estou tendo um bom dia.

Às 17h30 estou de volta ao hotel, e quando fecho a porta do quarto, sei que preciso de um banho antes de o show começar. Abro a torneira e começo a encher a banheira. Ligo a televisão e procuro a MTV. Quando encontro, a voz de Justin Timberlake inunda o quarto. Vejo o videoclipe *Mirrors* e sorrio. Justin é demais. Ainda lembro quando o conheci no jantar da gravadora, e como foi divertido dançar com ele.

Já cheia a banheira, tiro a roupa e entro, enquanto a música toca e eu a cantarolo com os olhos fechados, pois assim não penso em nada. Estou mentalmente esgotada.

De súbito, ouço a porta do quarto se abrir, e dois segundos depois fico boquiaberta ao ver diante de mim o homem de minha vida.

Olhamo-nos em silêncio, e quando penso que vou me desintegrar diante da ira que ele vai derramar sobre mim em décimos de segundo, meu amor solta a bagagem que tem nas mãos, aproxima-se, agacha-se e me beija.

Seu beijo me pega tão de surpresa que não sei o que fazer, até que meus braços contornam seu pescoço e o atraio mais para mim.

Beijamo-nos, e quando sua boca se afasta da minha, ele murmura, mostrando-me o celular:

— Mimada, aqui estou.

Seus lábios voltam a se colar aos meus e ele me oferece sua língua, que eu saboreio com deleite, pausadamente. A seguir ele me beija o rosto, o pescoço, o queixo, levanta-me pelas axilas, e, mesmo pingando, me tira da banheira.

Com as mãos molhadas, tiro a blusa cinza dele e a deixo cair no chão, e enquanto o beijo, desabotoo sua camisa, que também cai no chão.

Nossa respiração se acelera, nossos corpos exigem um ao outro; não falamos. Estamos tão famintos um do outro que nos fazemos mil carícias enquanto nos beijamos, chupamos e lambemos com a ansiedade e a loucura que se apodera de nós, como sempre.

Dylan me pega no colo e me aperta contra si. Afunda o nariz em meu cabelo e aspira meu aroma. Já pleno dele, me pousa na cama. Olho para ele excitada; sem tirar a calça, ele se ajoelha e, segurando-me pela cintura, inclina-se sobre mim e beija meus mamilos. A seguir, sua boca quente desce por meu ventre, por meu umbigo e acaba em meu púbis.

Enfeitiçada por ele como sempre, solto, das profundezas, um gemido de prazer quando suas mãos tocam a face interna de minhas coxas. Ele as beija, morde, e por fim as separa e me possui com a língua.

Arqueio os quadris para recebê-lo, extasiada pelo que me faz sentir. Nua e totalmente entregue, sinto minha vagina se lubrificar enquanto ele dá umas batidinhas em meu clitóris com a língua e depois o suga.

O prazer que sinto faz que levante o corpo; gemo, desesperada. Sentada na beira da cama, esfrego freneticamente meu sexo na boca de meu amor, enquanto ele abre mais minhas coxas e me dá o que necessito.

Olho para ele louca de prazer. Ele levanta a vista para me olhar também, e transtornada pelo fogo que vejo em seus olhos, seguro sua cabeça e o aperto mais contra mim.

Quero que me coma, que me morda, que faça amor com a língua. Quero tudo, tudo dele.

Durante vários minutos, enquanto grito como uma possessa, ele me dá todo o prazer que pode. Eu me contraio sobre sua boca e gozo para ele.

De súbito, ele me solta, levanta-se e desabotoa a calça. Sorrio, enquanto me preparo para recebê-lo. Ele gosta da expressão de meu rosto, e sua voz soa rouca, quando diz:

— Agora vou comer você do jeito que gostamos.

Tira a calça e a cueca, e seu pênis ereto se apresenta tentador diante de mim. Estou prestes a me lançar para ele quando Dylan sobe na cama e, como um deus grego, afasta minhas pernas com cara de mau, coloca a ponta de seu membro na entrada de minha vagina e me penetra até quase me dividir ao meio.

Ah, sim... sim!

A seguir, ele me segura pelos ombros e, empurrando o máximo que pode, afunda mais e mais dentro de mim; ambos gritamos, extasiados.

O prazer que nos damos é demais, inebriante, apaixonado, e arfamos acoplando-nos como loucos, enquanto minha vagina o suga e seu pênis se aprofunda até tocar meu útero.

Ele me segura pelos ombros de novo e aproxima os quadris o máximo que pode. De novo gritamos os dois, loucos de prazer.

Depois disso, ele começa a se mexer dentro de mim, enquanto suas mãos seguram meus seios, apertando-os, amassando-os e oprimindo-os, enquanto suas fortes investidas nos fazem balançar em cima da cama, e o barulho seco do choque de nossos corpos parece um tambor no quarto.

É tão excitante!

Meus seios chacoalham diante dele e nos unimos um ao outro com uma perfeição máxima. Entre gemidos, movemos nossos corpos a um ritmo quente e enlouquecedor.

O rosto de Dylan se contrai, apaixonado, e repetidas vezes ele afunda em mim com uma força incrível, enquanto olha para mim com desejo e luxúria.

— Você é minha — cicia. — Minha.

Assinto. Sem dúvida alguma sou, e quero ser.

Antes de conhecer Dylan eu nunca acreditei nesse estranho sentimento de propriedade, tão exclusivo dos casais, mas agora o sinto em mim e quero tê-lo. Quero ser tão sua quanto desejo que ele seja meu. Só meu.

— Vou explodir...

— Não — exijo —, um pouco mais.

Dylan continua afundando em mim com ferocidade. Seu gemido gutural e seco indica que está se controlando para poder me dar o que peço. Ele murmura com voz abafada:

— O próximo será mais longo.

Sorrio. Sem dúvida alguma, esse não vai ser o único.

— Quero comer você — diz, afundando em mim. — Quero possuí-la, senti-la totalmente minha.

Arremete de novo. Extasiada, grito.

Seu afã de posse... De propriedade... Sua exigência...

Tudo isso, unido a suas palavras e a seus atos, consegue o efeito desejado, e o ardor de meu corpo sobe até que explode dentro de mim. Meus gritos de prazer o levam ao sétimo céu, enquanto nos convulsionamos e atingimos o orgasmo juntos, entre suspiros e gemidos enlouquecidos.

Quando ele se deixa cair, esgotado, adoro sentir seu peso sobre meu corpo. Abraço-o para que não se afaste. Coberta por ele eu me sinto mais sua do que nunca, e a sensação me arrebata.

Mas depois de alguns segundos Dylan rola na cama, e pondo-me sobre si, como sei que ele gosta, murmura:

— Beije-me e diga que está feliz por me ver.

Dengosa, assim faço. Curto as carícias de meu amor, e quando nossos lábios se afastam depois de um delicioso beijo, murmuro:

— Ver você aqui foi minha maior felicidade.

Pegando meu bumbum num gesto possessivo, ele o aperta, dá um tapinha e diz:

— Eu precisava ver o que estava acontecendo com minha mulher.

Sorrio e me deleito beijando-o de novo.

Após esse primeiro *round* vêm mais dois, e quando, esgotados, vamos para o moderno banheiro de ardósia preta e entramos no chuveiro, Dylan comenta:

— Yanira, temos que conversar.

Oh-oh... esse "temos que conversar" não me parece legal. Segurando seu rosto para que ele olhe para mim, digo:

— Eu juro por minha família que não fiz nada de que você possa se envergonhar.

Dylan não diz nada, e eu insisto:

— Acredite, por favor. Amo você demais para fazer o que a imprensa está insinuando. Eu... eu não fiz nenhum *ménage* com ninguém. Como você se atreveu a me dizer isso por telefone?

— Eu estava irritado... e ainda estou.

Olhamo-nos, e eu sussurro com um fio de voz:

— Não fiz isso, acredite.

Por fim meu amor sorri, e, dengoso, levanta meu bumbum para me aproximar e murmura:

— Mas vai fazer comigo.

Olho para ele, surpresa, e primeiro não digo nada. Mas, disposta a esclarecer tudo, insisto:

— Com você farei o que quiser, mas diga que acredita em mim.

Dylan baixa a boca até a minha, morde meus lábios com desejo e responde:

— Acredito e confio em você, mimada. Sei que se você quisesse fazer um *ménage*, faria comigo, e não com outros. — Afasta-se de mim e acrescenta: — Mas precisa ter cuidado. A imprensa é feroz, e embora vá lhe dar grandes alegrias, também lhe dará grandes dores de cabeça. Fotos como essa com esses dois homens podem nos trazer muitos problemas, a você e a mim; além de má fama.

Sorrio. O fato de Dylan confiar em mim é fundamental. Beijo-o com amor.

22

Zero

Mais à noite, quando Dylan desce comigo até a recepção, Omar, ao vê-lo, abraça-o, surpreso. Tifany também. Depois, minha cunhada olha para mim e, ao ver minha cara de felicidade, sorri e me dá uma piscadinha. Recebo uma mensagem de Rayco. Ainda está com J. P. e vai me ver no show.

Quando saímos do hotel, uns jornalistas me pressionam com perguntas impertinentes. Dylan, protegendo-me, livra-se deles.

Em um carro com insulfilm chegamos ao Palácio dos Esportes de Madri. A fila para entrar é incrível. Apertando a mão de Dylan, murmuro:

— Obrigada por vir.

Ele se deleita beijando-me, e quando Omar tenta fazer o mesmo com Tifany, vejo de rabo de olho que ela o rejeita. Isso me faz sorrir. Quando descemos do veículo a imprensa nos espera, e fico alucinada quando ouço:

— Dr. Ferrasa, o que acha das fotos escandalosas de sua mulher?

"Caraca!", estou prestes a gritar, ofendida.

As feições de Dylan se endurecem, mas, sem responder, ele me acompanha com a mão nas costas e entramos no Palácio dos Esportes.

Chegamos ao camarim sem dizer nada, e então meu irmão Rayco aparece. Está radiante e me conta seu grande dia com seu ídolo. Quando vê Dylan, abraça-o feliz, e segundos depois, quando vou arrumar meu cabelo e me maquiar, decidem sair. Mas, antes, meu amor olha para mim e, aproximando-se, sussurra:

— Volto em uma hora para lhe desejar boa sorte. E quanto ao que disse o jornalista, não se preocupe, *ok*?

Assinto como um cachorrinho abandonado. Fiquei horrorizada quando ouvi aquele imbecil, mas as palavras de Dylan me tranquilizam.

Uma hora depois, penteada, maquiada e vestindo meu macacão de couro e minhas botas, estou falando com Tifany quando ouvimos umas batidas na porta. Ao abrir, entregam-me um buquê de rosas vermelhas de caule longo. Recebo-o, encantada, e, pegando o cartão, leio:

Estou e sempre estarei ao seu lado, meu amor. Amo você,
Dylan

Mostro o cartão a Tifany, que ao lê-lo, exclama:
— Que lindo!
Eu rio e dou pulinhos como uma boba. O romantismo de Dylan me deixa louca. Sinto que meu marido é o melhor dos melhores.
Tornam a bater na porta. Outro buquê, dessa vez de rosas amarelas. No cartão, em inglês:

Vim de Londres a Madri só para ver você. Janta comigo esta noite?
Se aceitar, prometo uma noite muito... estimulante.
Jack

Meu sangue gela nas veias. Que diabos Jack está fazendo aqui? Tifany, ao ver minha cara, pega o cartão e, depois de ler, exclama:
— Ora, ora, que tolinho...
Estou quase indo atrás do inglês para lhe enfiar as flores naquele lugar. O que ele está pensando? De súbito, a porta se abre e aparece Dylan, que ao me ver pronta, sorri. Olhando-me de cima a baixo com luxúria, murmura:
— Não sei se vou deixá-la entrar assim no palco, mimada.
Começo a rir, nervosa, e o abraço. Se depois do que disse aquele jornalista ele vir o cartão de Jack, a confusão vai ser das boas.
Tifany está com o cartão na mão quando Omar entra.
— Vamos, pombinhos, deixem os beijos para mais tarde. Yanira, você entra já. Mais duas canções e é sua vez.
— *Ok* — digo, e olhando para meu marido, peço: — Deseje-me boa sorte, amor.

Dylan sorri, e dando-me um último beijo, diz:

— Muita merda para você. — Isso me faz rir. — Vou ver sua apresentação com seu irmão no público. Como dizia minha mãe, ali se vive mais!

Quando ele sai, volto-me e vejo Omar enlouquecido com o cartão de Jack nas mãos.

— Tifany, quem diabos é Jack?

Minha cunhada olha para mim e responde com tranquilidade:

— Um amigo; e devolva-me o cartão.

Omar, enciumado, lê em voz alta:

— "Prometo uma noite estimulante." Mas esse sujeito é imbecil, ou o quê?

Arrancando o cartão dele, Tifany responde:

— Não, Omar. Esse "sujeito" é *sexy* e cavalheiro. E, sem dúvida alguma, me dá algo que você é incapaz de dar.

Ora... ora... que confusão a loira está armando...

— Você é minha mulher, porra! — grita Omar. — Como acha que me sinto ao saber que esse homem quer passar a noite com você?

Com uma vulgaridade mais própria de Coral, minha cunhada se aproxima dele e replica:

— Espero que se sinta mal, e tomara que morra quando me imaginar trepando com ele em cima da mesa de qualquer escritório.

Uepaaaa... Aqui se faz, aqui se paga!

Ainda não acredito no que ela acaba de dizer, quando Omar sibila:

— Tifany... você está me provocando, e muito.

— Ui, você não sabe como estou preocupada — debocha ela.

Segurando-lhe o braço, Omar insiste:

— Esse Jack de Londres é amigo de Dylan, não é verdade?

Caramba, que espertinho!

— É. Alguma objeção?

Ele quase solta fumaça pelas orelhas quando Tifany se afasta. Pegando-me pelo braço para ir comigo até o palco, ela acrescenta:

— Fique tranquilo, Omar. Você se diverte com suas amantes e eu com os meus. Qual é o problema? Ah, sim... é que antes só você se divertia, e, agora, somos nós dois a nos divertir. Ah, mas que egoísta!

De olhos arregalados eu me afasto com ela, enquanto meu cunhado blasfema e a chama aos gritos. Caminhamos juntas até desaparecermos de seu campo de visão, e então Tifany murmura, tocando o peito:

— Ufa, acho que meu coração vai sair pela boca. Eu nunca enfrentei o *bichi*... Omar assim. — E, sorrindo, diz: — Olhe... eu quase gostei.

Fico muda. É demais para mim.

Dou-lhe um beijo e subo por uma lateral do palco. Com a cabeça a mil, olho para J. P., que canta, dança e sorri ao me ver. Observo, encantada, como se envolve com o público. Quando termina, após os aplausos, ele me apresenta.

Cantamos a canção como fizemos em Londres. Ao olhar para baixo, vejo Dylan e Rayco nas primeiras filas, e isso me agrada. Danço, canto e dou o sangue no palco.

Quando acabo, estão todos embasbacados. Gostaram de mim. Os aplausos são ensurdecedores, e eu, depois de abraçar J. P., jogar um beijo no ar e piscar para meu marido, deixo o palco, feliz.

Na lateral, Tifany me espera e aplaude ao me ver.

— Super... superbem.

Emocionada, bebo água, pois estou morrendo de sede. Rindo, voltamos juntas ao camarim, mas então ela diz:

— Vou falar com Lucía. Quero lhe perguntar que marca de sombra ela usa, é fantástica!

Assinto e sigo meu caminho, quando, de repente, uma mão me detém. Ao me voltar, vejo que é Jack. Assustada, olho em volta. Não quero que Dylan o veja.

— Você esteve fantástica. — Ele sorri, abraçando-me.

Rapidamente me solto de seu abraço e, de cara feia, sibilo:

— Como se atreve a vir aqui e me mandar flores?

— Nosso encontro em Londres foi pouco.

Franzo o cenho e respondo:

— Aquilo não foi um encontro. Foi um jantar casual e nada mais.

— Por isso estou aqui, quero algo mais.

Não acredito no que ouço. Estou prestes a mostrar meu lado vulgar, mas, ciente de que não devo fazer escândalo, eu me aproximo de seu rosto e digo, entre dentes:

— Vá embora daqui. Não quero nada com você.

— Posso lhe dar o mesmo que Dylan lhe dá na cama, e mais — insiste ele.

Estou prestes a mostrar meu lado vulgar, mas umas garotas se aproximam e me pedem autógrafos. Sorrio. Dou os autógrafos, e depois delas chegam outras. Em dado momento, Jack pega a caneta, segura minha mão, e anotando seu telefone em minha pele, diz, pondo também um "J":

— Ligue-me. Quero jantar com você.

Vou protestar, quando ouço:

— Maldito imbecil, o que está fazendo aqui?

E Omar, sem se fazer se rogado, dá um soco em Jack e o faz cair para trás. As garotas que estão ao meu lado se afastam, e eu seguro meu cunhado como posso, enquanto ele grita a Jack que se afaste de sua mulher. A cara de Jack é de pirar. Ele não está entendendo nada!

Tifany, que volta nesse instante, ao ver a situação corre para ajudar Jack, e sem deixá-lo abrir a boca, chama dois seguranças, que rapidamente o levam dali.

Pronto, a novela está no ar!

Quando ela e eu nos olhamos, temos que segurar o riso.

Solto Omar, que, olhando para sua mulher, sibila:

— Espero que esta noite seja tudo, menos estimulante.

Quando ele vai embora, Tifany e eu entramos no camarim, e depois de fechar a porta, rachamos de rir. O pobre Jack levou a dele, e não do Ferrasa que ele merecia.

Cinco minutos depois ainda estamos rindo, quando Dylan entra, que, alheio a tudo o que aconteceu, me abraça e me beija orgulhoso, dizendo:

— Incrível, meu amor. Não podia ser melhor.

Ele está feliz. Seus olhos e seu sorriso me dizem isso. Nós nos beijamos, e Tifany, saindo, diz discretamente:

— Estou lá fora, caso precise de mim, Yanira.

Sem me afastar de Dylan, faço tchauzinho com a mão, enquanto me entrego ao devastador beijo possessivo de meu marido.

Ele murmura:

— Você não imagina como estou orgulhoso de você.

Isso me alegra a alma.

— Obrigada, meu amor.

Depois de vários beijos e palavras doces, eu me sento diante do espelho e começo a tirar a maquiagem enquanto conversamos. De repente, ele pega minha mão e pergunta:

— E esse telefone?

Ah-ah... Merda!

Procuro uma mentira rápida e verossímil, mas Dylan, que é muito esperto, insiste com cara de poucos amigos:

— Quem é J?

— Ninguém importante.

— De quem é esse número de telefone? — pergunta ele, sem se deixar distrair.

— Ah... não é nada, de verdade — respondo, sem parar de sorrir.

Então, sem soltar minha mão, Dylan diz:

— Nesse caso, posso ligar?

Caraca.. caraca... caraca, não! E antes que eu possa responder, Dylan já está digitando. Imediatamente ruge ao ver o nome que aparece na tela.

— Por que o telefone de Jack está anotado em sua mão?

Pronto, a merda está feita. Suspiro. Ele bufa. Olhamo-nos, e, finalmente, disposta a lhe dizer a verdade, explico:

— Ele veio a Madri. Queria que eu saísse para jantar com ele.

— Como?! — vocifera Dylan, levantando-se.

— Eu disse que não.

A raiva é inevitável. Ele me olha, furioso, e sibila:

— Você disse que em Londres foi só um encontro casual.

— E foi, eu juro. Não entendo por que ele veio...

— É evidente, Yanira! — grita Dylan. — Para ir para a cama com você.

Minha respiração se acelera. Entendo suas dúvidas. Ele pergunta:

— Houve algo entre vocês em Londres?

— Não.

— Você lhe deu algum tipo de esperança?

Levanto-me, irada, e grito:

— Não! O que está dizendo?

Nesse instante, Dylan aperta o botão de chamada de seu celular e murmura, furioso:

— Filho da puta. Se você se aproximar de minha mulher de novo, eu te mato. E desliga.

O silêncio toma conta do camarim, até que Omar aparece.

— Yanira, há dois jornalistas que querem entrevistar você.

Irritado, Dylan olha para mim. Omar também, e eu digo:

— Em dois minutos saio.

— Não, não sai — ladra Dylan.

Omar nos olha sem dizer nada.

— Dylan, são só uns minutos — digo eu.

Mas ele, com uma raiva monumental, berra:

— Estamos falando de algo importante, você não vai sair!

— É a imprensa! — intervém Omar.

— Irmão, vá à merda! Estou falando com minha mulher — diz Dylan.

— Meu amor, por favor...

Tento acalmá-lo, mas ele replica:

— A imprensa é mais importante que eu?

— Em absoluto, mas...

— Se você sair... — Dylan me interrompe com uma expressão sombria —, estará tomando outra decisão equivocada, Yanira.

Caramba, que pressão! O que faço? Ultimamente, tenho sido submetida a uma tensão que nunca teria imaginado. Digo:

— Omar, agora não posso. Diga que...

— Você tem que falar com eles — corta meu cunhado. — Estamos aqui para isso. Depois vocês resolvem seus problemas conjugais.

Olho para Dylan pedindo ajuda com os olhos, mas ele não responde. Limita-se a me observar com uma expressão impassível, e antes que o possa deter, ele sai do camarim com dois passos largos e vai embora. Corro atrás dele, mas Omar, segurando meu braço, sibila:

— Não me ferre, Yanira. Depois você o vê no hotel.

Assinto, angustiada. Caramba, que situação! Isso está sendo muito mais difícil do que eu esperava.

Omar manda a imprensa entrar, e eu tento adotar uma expressão menos sombria.

À noite, quando volto ao hotel depois de me despedir de meu irmão Rayco, que vai para Tenerife logo cedo, estou ansiosa para chegar ao quarto. Ao entrar, encontro Dylan sentado no sofá com seu *notebook* ligado e falando ao telefone. Ele olha para mim. Eu sorrio, mas ele não.

Depois de deixar minha bolsa em cima da mesinha, eu me sento na poltrona em frente ao sofá e espero pacientemente que ele desligue. Quando o faz, ele apoia a cabeça no encosto do sofá, olha para mim e diz:

— Olá.

— Olá — respondo e, ciente de meu erro, murmuro:

— Desculpe.

— Eu também peço desculpas.

Esperançosa com sua resposta, sorrio, mas ele continua sério. O silêncio me incomoda. Por fim, ele diz:

— Se eu não tivesse visto esse número de telefone anotado em sua mão, você teria me contado sobre Jack?

Eu não esperava a pergunta, e rapidamente respondo:

— Não. Não queria preocupar você com algo que...

— Não queria ou não podia, porque está escondendo alguma coisa? Eu conheço Jack, Yanira, não esqueça.

Mãe do céu... em que confusão estou me metendo por causa desse imbecil. Depois de suspirar, respondo:

— Dylan... eu...

— Eu disse que você tomaria decisões equivocadas, como fazia minha mãe, e hoje você tomou duas: esconder o assunto de Jack e antepor a imprensa a mim.

Vou responder, mas com um gesto categórico ele ordena que me cale e prossegue:

— Esperei fora do camarim para ver se você ia atrás de mim, mas não foi. Os jornalistas entraram. Está claro que eles são mais importantes para você que eu.

— Não, amor, não é isso — sussurro, horrorizada com a enorme verdade do que ele está dizendo.

Ele sorri com frieza, e sem deixar que me explique, pergunta:

— Amanhã você tem entrevistas?

— Sim. Omar convocou vários meios de comunicação...

— Meu avião sai às 19h. Estou voltando para Los Angeles.

Desconcertada, respondo:

— Eu vou depois de amanhã. Não pode ficar mais um dia?

Dylan me olha. Claro que pode, mas responde:

— Depois de amanhã meu chefe vai dar um jantar e quero estar presente. Eu também tenho compromissos, e não, não posso esperar.

Dito isso, ele se levanta, passa ao meu lado sem me olhar e começa a se despir. Eu o observo. Como sempre, ver seu corpo me excita e me deixa de boca seca. Quero tocá-lo, mas acho que ele não vai aceitar.

Se aprendi algo sobre Dylan é que, quando ele está irritado, tenho que lhe dar espaço.

Uma vez nu, ele se aproxima, dá um beijo rápido em meus lábios e diz:

— Não vá se deitar tarde, você tem que descansar.

E, sem mais, vai para a cama.

Durante vários minutos não sei o que dizer nem o que fazer, até que decido seguir seu conselho. Tiro a roupa e também vou para a cama. Quando ele me sente perto sempre me abraça e me aperta contra si, mas não dessa vez. Ele está de bruços, olhando para o lado contrário, e não se mexe.

Sei que está acordado. Digo:

— Dylan.

— O quê? — responde ele sem me olhar.

— Amo você.

Ele não responde. Depois de um tempo, por fim diz, sem me olhar:

— Eu também amo você. Durma.

Não falo mais nada. Apago a luz e fico olhando para o teto até que o cansaço me vence e adormeço.

Na manhã seguinte, quando meu despertador toca, percebo que estou sozinha na cama. Levanto-me rapidamente e vejo a bagagem de Dylan. Isso me tranquiliza.

Omar me espera às 9h na recepção para as entrevistas, por isso tomo um banho, passo maquiagem e fico glamorosa. Batem na porta. É um garçom com o café da manhã. Quando se vai, tomo um café. Meu estômago está fechado, não consigo comer nada.

Ao descer ao hall do hotel encontro Omar e Tifany. Ao me aproximar, vejo que ele sorri de uma maneira especial. Minha cunhada me dá um beijinho e eu lhes pergunto por Dylan, mas dizem que não o viram.

Quando chegam os jornalistas, Omar, depois de piscar para Tifany, acompanha-os até uma salinha que o hotel disponibilizou. Eu, olhando para minha cunhada, pergunto:

— O que aconteceu aqui?

Ela sorri e sussurra:

— Ah, linda, ontem à noite, quando chegamos ao hotel, sem pensar duas vezes, fui até a suíte dele e fui uma menina má.

— Transou com ele?

Tifany assente e, com um risinho, diz:

— Fui uma tigresa de bengala, ávida por sexo ardente.

Rio ao imaginar a tigresa. Ela murmura:

— Passamos a noite juntos e não dormimos quase nada. Dá para notar? — pergunta ela me olhando com seu rosto lindo.

Sem sombra de dúvidas, não. Sei que minha aparência está pior que a dela, mesmo depois de ter dormido um pouco, e respondo:

— Você está lindíssima.

— Foi isso que o *bichito* me disse há segundos. — Sorri feliz. — Ele é tão gracinha quando fica carinhoso!

Nossa, como o *bichito* a conquista rápido.

— Então, fumaram o cachimbo da paz?

Dando de ombros, ela toca a ponta do nariz e murmura:

— Não sei, linda. Por enquanto foi só isso que aconteceu. O resto, veremos.

Nesse momento Omar nos chama. Temos que começar.

A partir desse instante, falo com a imprensa com meu melhor sorriso. Todo mundo me cumprimenta pelo sucesso obtido, e, como sempre, driblo as perguntas comprometedoras o melhor que posso. Às 13h, quando paramos para almoçar, Dylan ainda não apareceu. Onde estará? Desesperada, olho para Omar.

— Temos entrevistas à tarde?

Ele olha sua agenda e responde:

— Sim. Duas, às 17h e às 18h30.

Durante um tempo penso no que fazer. O avião de Dylan sai às 19h, e se eu quiser ir com ele tenho que comprar uma passagem. De modo que digo a Omar:

— Antecipe-as. Dylan parte no voo das 19h e quero ir com ele.

Meu cunhado me olha, mas antes que diga qualquer coisa, acrescento:

— Não importa o que você tem a dizer. Antecipe-as ou cancele.

Depois de pensar um instante, ele se levanta e diz:

— Vou fazer umas ligações.

Quando ele sai, Tifany pisca para mim. Dois segundos depois, seu marido volta e diz:

— Em meia hora virá uma das revistas, e a seguir a outra.

Estou quase dando pulos de felicidade!

— Preciso de uma passagem para o voo das 19h — digo —, que vai direto para Los Angeles.

Rapidamente, Omar faz outra ligação.

— Em vinte minutos trarão sua passagem ao hotel — comunica ele ao desligar.

Sorrio, levanto-me, e dando-lhe um beijo, murmuro:

— Obrigada, cunhado. Eu lhe devo uma.

Ele balança a cabeça, e, divertido ao ver como sua mulher e eu rimos, responde:

— Isso mesmo, não esqueça. Você me deve uma.

Quando subo ao quarto, depois da última entrevista, são 16h. Dylan não está, mas deixou um bilhete.

Vejo-a quando voltar a Los Angeles.
Dylan.

Mais impessoal não podia ser. Nem um simples beijo. Sem dúvida, ele continua irritado.

Sem tempo a perder, faço a mala, e quando termino, ligo para Tifany. Ela vai cuidar de tudo. Eu só levarei o básico. Omar me arranja um carro para ir ao aeroporto, e às 18h já estou lá. O tempo é apertado, porque o avião sai às 19h, mas me tranquilizo, pois Omar disse que não vão me criar nenhum problema. Sou Yanira, a famosa cantora!

Com o cabelo escondido debaixo de um boné escuro e o rosto atrás de uns enormes óculos de sol, vou até o embarque. Espero que ninguém me reconheça nem me pare.

Uma vez lá dentro, procuro meu portão de embarque e corro para lá. Quando chego, estou sem fôlego. De súbito, vejo Dylan apoiado no vidro, olhando os aviões. Parece pensativo e irritado. Basta ver seu cenho franzido. Sem me mexer, observo-o e decido ligar para ele. Vejo-o pegar o celular no bolso da calça e olhar hesitante, mas por fim atende.

— Olá, meu amor — digo.

— Olá — responde.

Nem meu amor nem nada. E, antes que eu possa dizer qualquer coisa, ele acrescenta:

— Deixei um bilhete no quarto, você viu?

— Sim. Por que não me procurou para se despedir?

Seu semblante ensombrece. Ele volta o olhar para o vidro e responde:

— Você estava trabalhando e eu não queria incomodar.

— Você nunca me incomoda.

Nesse instante, anunciam pelos alto-falantes o voo com destino a Los Angeles. Dylan, ao ouvir a chamada também pelo telefone, olha em volta, e quando me vê, por fim, sorri. Oh, sim!

Caminho para ele e, sem desligar o telefone, pergunto:

— Achava mesmo que iria embora sem mim?

— Sim.

— Você é bobo... bobo muito bobo, mas amo você.

Seu olhar me escrutina. Ele vem até mim, e quando estamos a um passo de distância, desligamos os telefones, nos abraçamos e nos beijamos com paixão. As pessoas nos olham e sorriem diante de nossa efusividade, mas não nos importamos. Estamos juntos, e, como sempre, é só isso o que importa para nós.

23

How am I supposed to live without you

Na noite do jantar com o chefe de Dylan fico bonita e elegante. Faço um coque alto e, ao me olhar no espelho, sorrio ao ver o resultado. Vestida assim, sem dúvida sou a esposa digna do dr. Ferrasa.

Ao chegar ao restaurante, quase todos os médicos do hospital estão ali, me cumprimentam felizes e tiram fotos comigo. Está claro que para eles sou uma celebridade, e Dylan, orgulhoso, sorri e curte.

Faz poucas horas que chegamos de viagem, e a cada instante estou mais feliz por ter voltado com ele. Dylan é minha vida.

E embora estejamos cansados da viagem, aqui estamos, dispostos a jantar com os médicos colegas de Dylan e mostrar que continuamos juntos e bem, apesar do que saiu nos jornais.

Uma das vezes em que vou ao banheiro, ouço algumas mulheres falarem de mim. Cochicham sobre o que leram nos jornais. Eu as escuto de dentro do reservado, e me incomoda ouvi-las lamentar o erro de Dylan por estar comigo, que ele não merece isso.

Tenho vontade de sair e gritar que nada do que dizem é verdade. Que eu amo meu marido, que o adoro e que daria minha vida por ele.

Por que todo o mundo tem que desconfiar de mim?

Quando percebo que vão embora, saio do reservado e respiro fundo antes de voltar ao salão de jantar para junto de Dylan.

Quando chego, beijo-o e, sem palavras, agradeço a confiança que ele tem em mim. Ao me levar a esse jantar com todos os seus colegas, ele prova isso.

Tenho certeza de que Dylan também percebe as olhadinhas que algumas pessoas nos dirigem, e isso me entristece. Não tenho dúvida de que meu marido é uma pessoa mil vezes melhor que eu. Começo a pensar se o mereço de verdade.

Seu chefe, o dr. Halley, me trata com cordialidade. E embora eu imagine que ele está a par das fofocas, como todos, tenta ser gentil. Espero que ele me dê a oportunidade de fazê-lo mudar de opinião a meu respeito; ou, ao menos, como se costuma dizer, que espere "o tempo pôr cada um em seu lugar".

Durante o coquetel antes ao jantar, noto que várias mulheres seguem Dylan com os olhos. Não as censuro. Com esse terno ele está impressionante, e a primeira a olhar para ele com desejo sou eu. No jantar, colocam-me ao lado de um médico colombiano chamado Carlos Alberto Gómez. Ele me conta que é de Medellín e me divirto muito falando com ele. Dylan está sentado em frente a mim, ao lado de María, esposa do dr. Gómez, e nós quatro conversamos desde o início, descontraídos. À esquerda de Dylan está uma mulher um pouco mais velha que eu, que parece muito feliz por estar sentada ao lado de meu marido.

Ela sorri, sedutora, e estica o pescoço toda orgulhosa. Como se Dylan fosse um vampiro! Mas quando vê que meu moreno não se impressiona com o movimento, passa a exibir a junção dos seios. Está começando a me incomodar.

Dylan percebe, e meio que dando as costas à mulher, conversa com María. Satisfeita com seu gesto, continuo conversando com o dr. Gómez.

Quando trazem as sobremesas, Dylan sorri ao ver que é torta com chantili. Não sei se é o nervosismo de me sentir o centro dos comentários, mas nem a toco.

Surpreso, meu amor olha para mim e me pergunta:

— Não vai comer a sobremesa?

Nego com a cabeça e ele insiste, divertido:

— Você está bem?

Solto uma gargalhada e Dylan ri comigo. É a primeira vez que resisto a uma torta de chantili.

Depois, vários médicos do hospital vão até um púlpito para falar. Cada um a sua maneira agradece a todos pela irmandade que há entre eles e depois começam com estatísticas. Se eu disser que nesse momento me divirto, estarei mentindo. Que coisa chata!

Quando é a vez de Dylan, suspiro. Ele é tão lindo... E fala tão bem...

Quando acaba, aplaudo como sua fã número um.

O último é o chefão. Diz umas poucas palavras agradecendo a todos a presença no jantar e nos convida a continuar aproveitando a noite na sala contígua.

Ali, vejo que há uma orquestra, todos de paletó branco, e começam a tocar um swing. São muito bons, e cada vez que acabam uma peça eu aplaudo, entusiasmada. Viva às orquestras!

Um tempo depois, alguns convidados me pedem que eu cante alguma coisa. No início, recuso. Não fui ali para isso. Já estou em evidência demais. Mas como Dylan me incentiva, subo feliz no palquinho.

Penso no que poderia cantar, e decido que nenhuma das minhas canções serve. Nessa festa elas não combinam. Não vejo os médicos dançando muito soul. Sob o atento olhar dos presentes, falo com os músicos, que estão emocionados por me ver com eles.

Procuramos uma canção que combine com a noite elegante; proponho aquela que adoro, de Michael Bolton. Eles aceitam, e ajustamos o tom para que tudo fique perfeito.

Depois de olhar para o chefão Halley, que me observa certo de que vou pisar na bola, sorrio, pego o microfone e digo:

— Muito obrigada, dr. Halley, por esta noite maravilhosa.

Todos aplaudem e ele sorri. Prossigo:

— Vou cantar uma canção que tenho certeza já conhecem. É romântica e incrível, e espero que toque o coração de todos. Para todos vocês, e em especial para meu marido — olho para Dylan com amor, e ele sorri —, o maravilhoso dr. Dylan Ferrasa, *How am I supposed to live without you*.

Os músicos começam a tocar maravilhosamente. Sabendo o que essa canção representa para Dylan e para mim, começo a cantar, disposta a fazer que todos fiquem maravilhados, e meu marido mais que todos.

Eu me movimento pelo pequeno palco, e vários casais vão para a pista e dançam, enquanto eu interpreto a canção pensando em Dylan, com a intenção de repetir mil vezes quanto o amo e preciso dele ao meu lado. Seu sorriso me diz que ele captou minha mensagem.

> *Tell me how am I supposed to live without you*
> *now that I've been lovin' you so long*
> *how am I supposed to live without you*
> *and how am I supposed to carry on*
> *when all that I've been livin' for is gone*

Tudo, absolutamente tudo o que diz a canção é o que sinto por ele. Por meu amor. Por Dylan. Sem dúvida alguma, depois de conhecê-lo, não saberia mais viver sem ele. Meu coração dói só de pensar em nos separarmos.

Totalmente envolvida, eu me deixo levar a tal ponto pela intensidade do que canto e sinto que até me arrepio. De olhos fechados, sinto o terrível desassossego das últimas horas em Madri, quando ele estava irritado comigo, e minha interpretação fica mais intensa. Mais crua e sofrida.

Mas quando abro os olhos, minha angústia desaparece ao vê-lo ali, em frente a mim, observando-me e me dizendo com o olhar que não me preocupe, porque ele me ama tanto quanto eu o amo.

Quando soam os últimos acordes da canção, os presentes explodem em aplausos e eu sorrio, agradecida.

Dylan me ajuda a descer do palco, beija-me diante do atento olhar de muitos curiosos e murmura ao meu ouvido:

— Eu também não posso mais viver sem você, meu amor.

Ah, meu Deus, vou chorar!

Mas me contenho. Nossa reconciliação já era mais que evidente, mas essa canção e sua intensidade esclareceram tudo. Desejo beijá-lo descaradamente, mas ao ver dr. Halley nos olhando, eu me reprimo. Não quero parecer descarada.

Durante um bom tempo continuamos nesse salão cheio de gente, conversando com eles. O tempo todo Dylan não me solta nem por um segundo. Adoro seu toque, e pressinto que ele precisa me sentir por perto.

Em várias ocasiões ele me chama para dançar. Aproveitamos esses instantes para trocar doces palavras de amor, e no final de uma das danças, enquanto vamos pegar algo para beber, Dylan murmura ao meu ouvido com voz tensa:

— Desejo você.

— Sou sua — respondo, sorrindo. — Você só precisa me dizer onde e quando quer me possuir.

Suas pupilas se dilatam imediatamente, e sinto minha vagina se lubrificar em décimos de segundo.

Ah, nós dois!

Vejo-o olhar em volta e morder o lábio. De súbito, puxando-me, diz:

— Venha comigo.

Sigo-o, e de mãos-dadas atravessamos o salão. A música continua e as pessoas falam, dançam e se divertem. Por causa dos saltos altos tenho que ir dando pulinhos para andar depressa, e até rio de mim mesma de tão ridícula que devo parecer.

Quando saímos do salão, Dylan me leva para o estacionamento. Uma vez ali, vamos até nosso carro, mas passamos reto. Surpresa, vejo que ele abre com um tapa a porta do banheiro. Após ver que está vazio, Dylan me faz entrar em um dos minúsculos cubículos e com urgência me aprisiona contra a parede e me beija com desespero. Eu respondo a seu beijo, e quando passo a mão entre suas pernas e o encontro duro e pronto, com uma expressão divertida, ele sussurra:

— Acho que a coisa vai ser rápida, meu amor.

— Melhor rápido que nada — respondo, feliz.

Minha paixão é desmedida, e a sua, descontrolada. Ele desabotoa a calça para liberar seu pênis ereto, e depois ergue meu vestido e arranca minha calcinha com ferocidade. Então me posiciona e me penetra. Não consigo evitar um gemido.

— Como você sabia da canção?

Não entendo, e pergunto com voz rouca:

— Que canção?

Dando rédea solta a seus mais baixos instintos, Dylan aperta os quadris contra mim com fogosidade e murmura contra minha boca:

— A que você cantou.

Sem parar de tocá-lo e beijá-lo enquanto ele me possui, murmuro, avançando a pelve para recebê-lo novamente:

— O que tem a canção?

Arfamos ao nos movimentarmos, e quando nos recuperamos, ele responde:

— Quando você partiu, eu não parava de escutá-la enquanto pensava como poderia viver sem você.

Um grito de prazer sai de minha alma com sua nova arremetida.

— Sério?

Ele torna a investir e, olhando-me nos olhos, afirma:

— Totalmente sério.

A partir desse instante não podemos mais falar.

Uma ardente veemência se apodera de nosso corpo enquanto nos acoplamos um ao outro, possuímo-nos com dureza e atingimos o clímax antes do que queríamos.

Quando paramos de tremer e nossa respiração se acalma, Dylan me põe no chão e, pegando papel, entrega-o a mim para que me limpe.

O lugar está em silêncio, e sem dúvida, se alguém passou por ali, deve ter nos ouvido.

Rio, e Dylan também. Somos felizes.

Dez minutos depois, quando voltamos ao salão, eu sem calcinha, curtimos a festa como se nada tivesse acontecido.

24

Eu vi

No dia seguinte, a canção que cantei com a orquestra está no YouTube.

Omar liga para contar, e, alucinados, Dylan e eu vemos que houve nada menos que 2 milhões de visitas em menos de 24 horas.

Incrível!

Os dias passam e minha popularidade sobe como espuma. Sou convidada a ir a diversos programas de televisão, onde canto e promovo meu disco, e onde também me pedem que cante a canção de Michael Bolton. Adoram.

No final de maio começo a turnê. Contratamos cinco bailarinos. Liam, Mike e Raúl, que além de terem uns corpões de parar o coração, dançam de deixar qualquer um de boca aberta; e duas garotas, Selena e Mary, que além de dançar, fazem *backing vocal*.

A turnê pelos Estados Unidos é ótima, e acabamos em 12 de junho. O público me adora e me recebe como uma estrela aonde quer que eu vá. E não me permitem terminar os shows sem cantar a canção de Michael Bolton. No fim, eu a incluo em meu repertório, junto com outras.

Os jornalistas me seguem, me acossam, inventam romances meus com todo ser vivente, mas eu estou tranquila, porque Dylan confia em mim; acredita em mim.

Durante o tempo em que estou em turnê, ele me visita sempre que pode. E quando o trabalho não lhe permite, nós nos conformamos em falar pelo Skype quando chego ao hotel.

Em junho, meu irmão Garret vai a Los Angeles para a convenção dos fãs de *Guerra nas estrelas*. E eu vou perder essa!

Como eu não estou, Dylan dá atenção a ele, e Garret curte bastante. Ele é irmão de Yanira, a cantora da moda, e cunhado de Dylan Ferrasa! Tira fotos com

David Prowse, que fez o vilão Darth Vader, e com Peter Mayhew, que deu vida ao extraterrestre Chewbacca. Segundo me conta Dylan, Garret se diverte demais. Sorri enquanto me explica como foi curioso ir a esse tipo de evento.

Quando acabo a turnê americana, Dylan me recebe no aeroporto com um grande buquê de flores. Os jornalistas nos cercam, e ele, deixando claro que não acredita nas bobagens que publicam, abraça-me e me beija na frente de todos. As manchetes do dia seguinte são: "Romântico reencontro de Yanira e seu marido, o dr. Dylan Ferrasa".

Uns dias depois de minha chegada, ligamos para Valeria. Temos que falar com ela sobre sua cirurgia, e ela vem a nossa casa. Durante minha ausência, Dylan lhe arranjou uma consulta com um colega para daqui a dois dias. A cara da coitada é de dar dó. E com a grande notícia, Valeria desmaia.

Dylan e eu nos assustamos e a socorremos rapidamente, e quando se recupera, ela chora sem parar e agradece. Eu a abraço. Sei como isso é importante para ela.

Dois dias depois, Coral, Tifany e eu a acompanhamos ao hospital. Nós quatro nos tornamos muito amigas. Aguardamos na sala de espera, enquanto uma enfermeira nos olha com cara azeda. Especialmente a mim. Sem dúvida, ela deve ter ouvido as fofocas, e, por sua atitude, percebo que já me crucificou.

Coral, ao vê-la, quer lhe dizer poucas e boas, mas eu a detenho. Ela sibila:

— Além de antipática, é feia! Você é completa, colega.

Nós três rimos, e a enfermeira faz um gesto para que nos calemos. Nem pensar! Nós a ignoramos. Meia hora depois, quando Valeria sai da consulta, olha para nós, e mostrando-nos um papelzinho, diz, contente:

— Tenho que fazer estes exames, e se tudo estiver certo, dia 17 de julho faço a cirurgia!

Nós quatro nos abraçamos e gritamos, enquanto a enfermeira reclama de novo e nos manda calar; mas não consegue.

Vamos comemorar na casa de Valeria. Desde que sou tão conhecida, não posso caminhar pela rua normalmente. Lá, brindamos pelo mulherão que Valeria é.

Olé para ela!

Poucos dias depois vou para Filadélfia. Tenho uma apresentação em um jantar beneficente. Dylan vem comigo, e uma vez na cidade, saímos para jantar com uns amigos dele. No fim da noite ele tem um arranca-rabo com um jornalista, e acabamos discutindo quando eu tento contemporizar. A manchete do dia seguinte diz: "Dylan Ferrasa discute com sua mulher. Separação à vista?".

Como podem ser desse jeito?!

Quando voltamos, decidimos nos mudar para a casa nova. Está pronta, e já podemos morar nela.

Nos primeiros dias, o caos toma conta de nossa vida, e Dylan se desespera. Ele odeia a desordem e não encontrar suas coisas; mas, quando pouco depois tudo está no lugar e nos sentamos na sala, em nosso sofá dos abraços, ele não poderia estar mais contente.

Colocamos a outra casa à venda, e espero que logo desapareça de minha vida.

Dia a dia, inauguramos aposento após aposento, fazendo amor em todos eles. Não se salva nenhum.

À noite, quando Dylan chega do hospital e eu não estou viajando, adoro estar em casa para recebê-lo. Às vezes me animo a cozinhar. Às vezes a coisa sai comestível, mas, outras, melhor nem falar. Nos dias em que não trabalhamos, não saímos de casa. Ali temos tudo o que necessitamos, e sair implica não poder ser eu mesma. Lemos, ouvimos música, conversamos, Dylan prepara deliciosas comidas, e à noite, antes de irmos para a cama, dançamos abraçados à luz de velas a linda música de Maxwell.

Tudo é perfeito...

Tudo é maravilhoso e romântico...

Tudo é tão incrível que começo a temer que não possa durar.

Damos uma festa de inauguração, e muita gente comparece. Famosos que conhecemos, médicos do hospital de Dylan, toda a família Ferrasa e, claro, minhas incondicionais Coral, Valeria e Tifany. Sem elas, nada seria igual.

Preciosa vem também de Porto Rico com Tata e Anselmo. Ao me ver, a pequena me abraça, mas depois de me soltar, pula nos braços de Tifany e não se afasta mais dela. Sem dúvida alguma, a menina a ama tanto quanto minha cunhada a ela, e até já a chama de "mamãe".

Meu olhar encontra o de meu sogro. Sua expressão é rude, mas eu me aproximo e digo:

— Tifany é uma boa mãe para Preciosa, não importa o que você diga.

Ele não responde, faz papel de durão, mas por fim sorri. Certamente, a mudança de Tifany também é visível para ele.

A festa é um sucesso, e no dia seguinte falam dela nas colunas sociais e em muitos noticiários. Alucinados, Dylan e eu vemos fotos publicadas de nosso lar. Sem sombra de dúvida, um dos nossos convidados nos traiu.

Certa tarde, quando vou sair para visitar uma locutora de televisão com quem fiz bastante amizade, meu telefone toca. É Coral.

— Olá, Divarela!!

— Olá, Loucarela — respondo, sorrindo.

— Você está em casa?

— Sim e não.

— *Ok*. Não se mexa que vou para aí.

— Não — digo. — Estou saindo neste mesmo instante. Marquei com Marsha Lonan.

— A supermegafamosa apresentadora Marsha Lonan?

— Sim. Ela já me ligou mil vezes para tomarmos um café e sempre digo que não, e agora...

— Então, ligue para ela e diga que hoje também não. Tenho que falar com você.

Fico confusa, mas proponho:

— Que tal se nos virmos amanhã?

— Não, tem que ser hoje.

Sua exigência me incomoda; mudando o tom de voz, digo:

— Caramba, Coral, hoje não posso. Estou dizendo que...

— E eu estou dizendo que tem que ser hoje.

Suspiro.

Plano A: mando Coral à merda.

Plano B: tento convencê-la de que não dá.

Plano C: fico irritada.

Sem dúvida, o plano B. Se escolher o plano A, ela vai me mandar para o mesmo lugar, e se me decidir pelo C, ela também vai se irritar comigo, de modo que insisto.

— Vamos fazer uma coisa: você vem jantar em casa hoje e...

— Não. — E, enciumada, acrescenta: — O que é que há? Essa Marsha é mais importante que eu?

— Não diga bobagens, Coral. Mas entenda que já marquei com ela.

— Tudo bem. Dane-se!

E, sem mais, desliga o telefone.

Como?! Ela desligou na minha cara?!

Chocada e incomodada por um gesto tão feio, guardo o celular no bolso da calça e pego a bolsa. Sigo para a porta, mas minha consciência não me deixa continuar.

Paro, solto a bolsa e ligo para ela. Não consigo ficar brava com Coral. Ela atende e grita como uma possessa:

— Escute aqui, diva da música, acho ótimo que você tenha tempo para todo o mundo, menos para mim. Com isso, você deixa claro que não sou nem tão incrível nem tão bonita como suas novas e glamorosas amiguinhas. Se eu liguei e preciso falar com você hoje, é porque a coisa é tremendamente importante, imbecil! Mas se prefere ir tomar um cafezinho com a tal da Marsha... corra, não vá se atrasar.

— Acabou? — pergunto quando se cala, incomodada.

Ela não responde, e eu, ainda boquiaberta diante desse ataque de ciúme, digo:

— Tudo bem, você venceu. Eu a espero em casa. E se você se atrever a me chamar de "diva" nesse tom, juro por minha mãe que vai me pagar.

Sem mais, desligo. Ligo para Marsha, dou-lhe uma desculpa e marco para outro dia.

Quarenta minutos depois, minha amiga aparece. Olhamo-nos, e antes que eu possa dizer qualquer coisa, ela abre a tampa de uma caixa branca que tem nas mãos.

— Torta de chantili, que você gosta.

Não digo nada; ela prossegue:

— Você tem duas opções: ou come ou a esfrega em minha cara.

— Não me tente... — sibilo.

Coral sorri. Entra, deixa a torta em cima de um móvel, pega minha mão, leva-me até a sala e, indicando o sofá, pergunta:

— Este é o sofá dos abraços, não é?

Assinto. Eu e Dylan o batizamos assim. E, abraçando-me até cairmos as duas em cima do sofá, Coral diz:

— Desculpe... Desculpe, por favor... Desculpe.

Sem poder continuar irritada com minha amiga louca, dou-lhe um beijo para que saiba que está tudo bem; quando nos soltamos, pergunto com voz carinhosa:

— Muito bem, qual é o problema?

Coral suspira, afasta o cabelo do rosto e solta:

— Estou saindo com um homem há algum tempo.

— Ahhhh... E por que não me disse antes? — reclamo.

Ela olha para mim e responde:

— Tenho que recordar à senhora diva que não parou de viajar e que não teve tempo para mim?

— Nem para você nem para ninguém — esclareço em minha defesa.

Coral assente, e esquecendo o dito, prossegue:

— Pois bem, entrou um cozinheiro novo no restaurante, e no segundo dia, quando o vi amassando o pão e ele me perguntou "Onde está a farinha?", juro que fiquei sem fôlego.

— Por quê? — pergunto, surpresa.

Coral, sem responder à minha pergunta, continua:

— No terceiro dia eu o encontrei no ponto de ônibus, mas ele não falou comigo. Eu o cumprimentei, mas ele se limitou a balançar a cabeça. No entanto, eu só recordava suas mãos amassando o pão e suas palavras: "Onde está a farinha?".

Pestanejo, confusa. Não sei aonde ela quer chegar. Continua:

— Nós nos víamos no restaurante todos os dias, mas quando nos encontrávamos no ônibus, ele não abria a boca. De modo que tomei a iniciativa e falei com ele. E disso passamos a sair depois do restaurante. Porém, depois de uma semana ele ainda não havia feito nenhum movimento! E eu me perguntava: "Sou tão feiosa assim?".

Vou dizer algo, mas Coral me corta:

— Mas, dois dias depois, convidei-o a jantar em minha casa, porque já não aguentava mais, e tomei a iniciativa. E, oh, meu Deus, pedi que me amassasse e perguntasse mil vezes "Onde está a farinha?". E ele fez tudo isso... — Coral gesticula, fazendo-me rir. — Só posso dizer que com ele as fases do orgasmo subiram para oito.

— O que é que você está dizendo? — digo, divertida.

— Isso mesmo que você ouviu... Joaquín me fez descobrir a fase gravitacional. Depois da sétima fase, na qual vejo estrelas, a oitava me faz gravitar entre elas durante minutos e minutos e minutos, enquanto ele me amassa e me passa na farinha. Meu Deus, Yanira, meu astronauta me faz ter uns orgasmos incríveis e muito longos, enquanto me pergunta "Onde está a farinha?".

Morro de rir. Farinha? Astronauta? Ver sua expressão alucinada e escutá-la é de morrer de rir.

Mas então, Coral acrescenta:

— Definitivamente, fiz merda! Estou na fase namoradeira e já me vejo chamando o maravilhoso David Tutera para organizar meu casamento perfeito, cujo tema central será a farinha!

Não consigo parar de rir.

— Ele se chama Joaquín Rivera, é peruano, e juro que cada vez que fazemos amor, grito "Viva o Peru!".

Meu estômago dói de tanto rir.

Coral me mostra uma foto do tal de Joaquín, o astronauta; quando me acalmo, pergunto:

— É ele?

— Sim.

Incrédula, insisto:

— Mas não é seu tipo de homem.

Coral assente, olha a foto com olhinhos sonhadores e murmura:

— Mas é o homem que me faz gravitar orgasticamente como nenhum outro. E sabe o que mais? Ele diz palavras de amor doces e maravilhosas sem sentir vergonha, e nos entendemos até nos silêncios.

Uepaaaaa... isso mostra que a coisa é séria!

Torno a olhar a foto. Parece mais velho que Dylan, não muito alto, nada bonito e até meio gordinho. Ao ver minha expressão, Coral diz:

— Eu sei, ele não é exatamente um Brad Pitt. Mas, meu Deus, meu Deus!, estou louca por ele... louca de babar com sua barra de chocolate *fondant*.

Torno a rir. Ela, guardando o celular, explica:

— Nunca pensei que eu pudesse reparar em alguém que não fosse um gato novinho, mas, minha menina, de repente Joaquín chegou com esses olhos, com essa boca, com esse nariz redondinho e arrebitado, e não consigo parar de pensar nele!

— Você está apaixonaaada — cantarolo, divertida.

Coral não nega e responde:

— Até o infinito, e além. Ele tem tudo o que eu sempre quis em um homem. É atencioso, carinhoso, galante, romântico, e eu até já o acho lindo! — Rimos. — Cada vez que saímos, ele me faz sentir especial. Ele é superlindinho...

— Você disse superlindinho?

Gargalhamos, porque ela deixou escapar algo tão típico de Tifany. Para arrematar, Coral acrescenta com graça:

— Superadoro!

Não consigo parar de rir.

— Minha urgência de falar com você — prossegue Coral — é porque Joaquín me propôs que moremos juntos. Ele me quer todas as noites para me passar na farinha. Mas estou em dúvida. Não sei o que fazer! Não quero me sentir Gordarela de novo, e...

— Coral, mergulhe de cabeça e aproveite! — interrompo. — O que aconteceu com Toño não tem que acontecer de novo. Eu não conheço Joaquín, mas, pelo que você diz, é um cavalheiro que sabe mimá-la e cuidar de você, e...

— Eu aceitei! — interrompe. — Semana que vem me mudo!

Olho para Coral, alucinada. Mas ela não disse que estava em dúvida?

Ela se levanta tranquilamente e vai buscar a torta; entra na cozinha, sai com duas colheres, dois pratos e uma faca, e quando se senta de novo, ao ver minha cara, diz:

— Tudo bem, sou dramática, mas precisava que você me dissesse o que me disse para saber que fiz bem. Sabe o que Joaquín me disse quando aceitei ir morar com ele?

Nego com a cabeça. De Coral já não sei mais nada.

— Ele me perguntou a hora e disse: "Agora sempre vou saber a que hora morri de amor". Oh, Deus! Oh, Deus! Dá para acreditar?

— Está falando sério? — pergunto, atônita.

Mas Joaquín, o astronauta peruano, é mesmo romântico.

Coral assente. Vejo a felicidade refletida em seu rosto. Exclamo, emocionada:

— Superadorei!

Ela corta dois pedaços de torta e, servindo-a nos pratos, diz:

— Eu só quero ser feliz com ele como você é com Dylan. Acha que vou conseguir?

Sem dúvida alguma ela vai conseguir, ou eu mesma vou matar o peruano astronauta e amassador de farinha. Dou um forte abraço na melhor amiga que alguém poderia ter e respondo, com lágrimas nos olhos:

— Não tenha dúvida, você vai ser muito feliz, bobinha.

E assim ficamos abraçadas, durante um bom tempo, em meu maravilhoso sofá dos abraços.

25

Lost in love

A popularidade dos modelos de Tifany cresce tanto quanto a minha. O potencial de minha cunhada é enorme e a cada dia ela está mais segura de si, e também mais feliz. Já recebeu até encomendas de outras pessoas, e aceitou com prazer.

Omar não acredita no que vê, mas não diz nada. É evidente que minha cunhada tem mais força do que eu achava, e embarcou em seu novo projeto disposta a sair vitoriosa.

Quando falo com ela sobre sua relação com Omar, comenta que lhe deu uma chance e que ele despediu a vadia da secretária. Está contente, mas me chama a atenção o fato de que não o chama mais de "*bichito*" em público. Não sei se o chama em particular. Algo nela mudou, e, assim como eu notei, acho que todo mundo nota. Ela continua sendo a mesma *top lady,* com suas loucuras, mas a segurança que irradia agora a transforma em outra mulher.

Cada dia que passa Dylan tem mais trabalho, mais cirurgias, mais congressos. Às vezes, quando chega a casa depois do hospital, está abatido, mas, quando pergunto o que tem, ele sorri e diz que não me preocupe.

E eu não me preocupo. Por que deveria me preocupar se ele diz que está tudo bem?

Uma quinta-feira, sabendo que ele tem uma cirurgia programada e que vai chegar tarde, proponho a minhas três amigas sairmos para tomar alguma coisa. Embora Coral, no início, não queira deixar seu astronauta, por fim aceita, com a condição de que jantemos no restaurante dela.

Valeria me dá de presente uma peruca escura para passar despercebida e ninguém me reconhecer, segundo diz. No restaurante, observamos Joaquín, curiosas. Não é um homem impressionante, mas seu grande trunfo é a simpatia que irradia e o jeito como olha para Coral. Ele a adora, não se pode negar.

Nessa noite, instituímos que tentaremos fazer que toda quinta-feira seja nosso dia. Nós a batizamos de Quinta da Peruca, e a partir de agora todas as quintas-feiras que pudermos sairemos nós quatro e nos divertiremos.

Brindamos à Quinta da Peruca!

Depois de jantar, despedimo-nos do astronauta apaixonado e vamos continuar a farra no barzinho de Ambrosius. Ao nos ver e me reconhecer, apesar do cabelo preto, ele só falta nos fazer reverência. Rapidamente arruma um lugar na área VIP, e nós, adorando a música e a diversão que se vê ali, dançamos e nos divertimos enquanto tomamos as famosas Chaves de Fenda.

Ninguém me reconhece e posso me permitir ser eu mesma. Até Tifany baixa a guarda e é mais aberta com as pessoas.

Às 5h30, quando chego a casa, tiro a peruca. É um saco usá-la! Estaciono meu carro e sorrio ao ver o de Dylan. Antes de entrar, ajeito um pouco o cabelo. Se ele estiver acordado, quero que me veja bonita.

Com cuidado, mas meio desajeitada, subo até nosso quarto. Tiro a roupa, mas fico de calcinha. Quando caio na cama, seus braços me atraem e ele murmura:

— Já era hora. Se demorasse mais um segundo, eu teria ido buscá-la.

Feliz por tê-lo ao meu lado, eu me aconchego nele e pergunto:

— Deu tudo certo na cirurgia?

— Sim — responde ele com voz cansada. — Foram oito horas no centro cirúrgico, mas, sem dúvida, um sucesso.

Fico feliz por ele e pela pessoa de quem, com certeza, melhorou a vida. Sem notar, ambos adormecemos, esgotados.

Pela amanhã, quando acordo, me derreto ao ver o homem que adoro em frente a mim com uma bandeja de café da manhã e um imenso sorriso.

Adoro o fato de Dylan ser tão detalhista!

Ele está impressionante com essa calça jeans e a camiseta branca. É um luxo para a vista. Suspiro feliz. Que gato, e é todo meu.

— Bom dia, dorminhoca — diz, deixando a bandeja em cima do criado-mudo, para depois se sentar na cama.

Dylan me dá um beijo nos lábios e pergunta:

— Dançou muito ontem à noite?

Eu também me sento na cama e respondo:

— Pode-se dizer que sim.

— Muitas Chaves de Fenda?

Suspiro. Dylan sorri e, olhando para meus seios, pergunta:

— Quer dormir mais?

Plano A: tiro a roupa dele e o enfio na cama.

Plano B: enfio-o na cama vestido.

Plano C: vestido ou nu, ele vem para a cama!

A, B e C, todos juntos! E, puxando-o pela camiseta para que não escape, sussurro dengosa:

— Que tal se vier para a cama comigo?

Dylan solta uma gargalhada e, me abraçando, murmura:

— Acho que posso fazer esse sacrifício.

— Antes de mais nada, tenho que ir ao banheiro.

— Para quê?

Surpresa por sua pergunta, rio também.

— Para fazer xixi. Ou pretende que eu faça xixi na cama?

O sacana aperta meu ventre.

— Sério que vai me trocar pelo banheiro?

Com a bexiga quase explodindo, grito:

— Vou fazer nas calças!

Morrendo de rir, ele por fim me solta. Sei que esse tipo de coisa, tão prosaica, ele nunca viveu com uma mulher, e no fundo sei que gosta e se diverte.

Corro para o banheiro, e, depois de fazer o que preciso, escovo os dentes pensando nele. Quando volto para a cama, ele já se despiu. Ponho Maxwell para tocar e, ao ver seu sorriso, digo feito Mata Hari:

— Você gostaria de me passar na farinha?

Ele olha para mim sem entender; digo:

— Que tal se hoje à noite brincarmos de algo diferente?

— Passar na farinha? — pergunta ele boquiaberto.

Eu rio e, esquecendo a farinha, acrescento enquanto entro na cama com ele:

— Será um "Adivinhe quem sou esta noite", mas fora de casa. Marcamos em um lugar e nos deixamos levar pela imaginação. Porém, sem sair do personagem. Fantasia pura do início ao fim.

— Está pedindo para que marquemos um encontro?

— Sim. Um encontro muito aventureiro.

Dylan sorri; digo em voz baixa:

— Estou pedindo uma fantasia sensual, sem farinha, que nos deixe loucos de prazer. O que me diz?

Com cara de malandro, Dylan murmura:

— Depois você me explica esse negócio de farinha.

Solto uma gargalhada.

— Melhor não. É coisa da Gordarela.

— Ui, Coral! Que medo! — debocha e, depois de me dar um tapinha no bumbum, diz: — Tenho que passar pelo hospital para ver meu paciente, meu amor.

— Não importa. Nosso encontro será depois.

Dylan, adorando minha proposta, coloca-me senta ele e pergunta, interessado:

— Hora e lugar?

Contente com sua boa disposição, beijo-o e respondo:

— Que tal no California Suite? Vi o site, e, além de ser um bom restaurante, eles têm uns quartos temáticos incríveis onde podemos passar bons momentos.

— Sozinhos ou acompanhados?

Sua pergunta me chama a atenção. Acompanhados?!

Ao ver minha expressão, meu moreno sorri. Beijando-me, sussurra:

— Fico excitado ao ver um homem nos observando enquanto possuo você.

Não hesito. Eu quero... quero... quero.

— Hummm... parece uma ideia muito interessante. Eu cuido disso.

— Você?

Disposta a não ceder, afirmo:

— Sim, eu. Das outras vezes foi você. Por que não eu?

— Você é uma figura pública. Se alguém tirar uma foto ou...

— Calma, ninguém vai me reconhecer.

Mas sua necessidade de controle faz que negue de novo.

— Não. Eu vou arranjar alguém.

Sem vontade de discutir, seguro seus testículos, aperto-os um pouco e esclareço, disposta a atingir meu propósito:

— Eu propus o jogo, e cuidarei de tudo.

Dylan me olha. Acho que vai me mandar à merda, mas, uma vez mais, ele me surpreende demonstrando a confiança que tem em mim e concorda.

— *Okay*, coelhinha.

— Ah, não. Lembre que em nosso encontro não serei a coelhinha nem você, o lobo. Seremos dois desconhecidos com identidades atraentes, aventureiras e interessantes, *okay*?

— Tudo bem, mimada, tentarei ser aventureiro, atraente e interessante.

Contente com minha ideia, que espero que lhe agrade, pergunto:

— Que horas são?

— 13h15.

Com carinho, beijo seus ombros e digo:

— Muito bem. Às 19h nos encontraremos no restaurante do California Suite.

— Perfeito! — diz meu moreno, beijando meus ombros. Estarei lá.

Nesse instante, toca nossa canção de Maxwell, e ele, baixando o tom de voz, murmura:

— Hummm... *'Til the cops come knockin.*

Concordo e, dengosa, pergunto:

— O que quer fazer comigo enquanto escutamos essa canção maravilhosa?

— Tudo. Mas, por ora, que tal você tirar a calcinha?

— Tire você.

Dylan, faminto de mim, tira-a com os dentes. Solto uma gargalhada, e ele diz:

— Coelhinha, abra as pernas e deixe-me saboreá-la.

Faço o que me pede ao compasso da canção sensual. Quando sinto sua respiração entre minhas pernas e seu dedo entrando em mim, estou arfando.

— Excitada?

Segurando os lençóis, eu me arqueio de prazer e exijo:

— Agora me chupe.

Dylan abre mais minhas coxas e faz o que lhe peço. Leva a boca até o centro do manjar que lhe ofereço e o lambe e chupa com deleite. Enlouqueço e me entrego a ele, até que o ouço dizer:

— Grite de prazer quanto quiser.

Louca... louca... louca... assim fico. Assim ele me deixa. Assim ele me tem. Levanto os quadris para que me lamba de novo, e ele lambe. Chupa, suga e, quando acho que já não posso arfar mais alto, ele me pega pelos quadris e, com um movimento seco e contundente, ele me penetra apertando-se contra mim. Sussurra:

— Isso. Todo dentro de você.

Ah, Deus... como gosto que ele sussurre com essa voz rouca e possessiva!

Durante vários minutos curto com desespero seu ataque assolador, até que ele para, abre meu criado-mudo, pega o Wolverine e, com uma expressão travessa, pede:

— Vire de bruços.

Viro, e ele diz em meu ouvido, enquanto passa gel em meu ânus:

— Vou pôr este aparelhinho em seu belo clitóris e continuar comendo você até que goze mil vezes para mim.

Gosto de sua proposta. Exijo:

— Agora me coma... Vamos... faça isso.

O calor e, em especial, sua posse, excitam-me. Sentir a vibração de Wolverine em meu clitóris me deixa louca. Fico encharcada. Dylan dilata meu ânus com o dedo e, quando percebe que já estou pronta, retira-o e introduz seu pênis. Grito de prazer. Meu amor mexe os quadris com movimentos circulares e eu, arfando, gemo e curto.

Nunca pensei que pudesse gostar tanto de sexo anal, mas gosto, e adoro como meu amor me possui.

Com seu pênis totalmente dentro de mim, ele começa a mexer os quadris para a frente e para trás. Grito e, quanto mais grito, mais estimulo suas investidas.

Ele bombeia dentro de meu ânus e eu tremo. Desmancho como manteiga. Sinto o orgasmo crescer cada vez mais. Vou explodir de prazer! Mas, quando estou no ponto, ele para e morde meu ombro.

Vou matá-lo!

Suspiro e o ouço rir.

De novo ele começa a me penetrar. Repete a mesma operação. Põe Wolverine sobre meu clitóris, enlouqueço com a vibração, e, quando ele vê que o orgasmo vai chegar, para.

Vou matá-lo... matá-lo!

Olho para trás. Sua expressão faz meu sangue ferver. Com a olhar, indico que, se fizer isso de novo, se tornar a interromper meu orgasmo, vai se haver comigo. Minha fase homicida me deixa agressiva, de modo que arranco Wolverine das mãos dele, jogo-o aos pés da cama, pego Dylan pela bunda e exijo, apertando-o contra meu bumbum:

— Leve-me à fase sete. Se parar outra vez, juro que castro você.

Ele ri. Que sem-vergonha!

O sexo anal nos excita demais. Quando ele me vê tão selvagem, aperta os quadris contra meu bumbum e sem descanso afunda várias vezes, até que fica claro que vi todas as estrelas e o firmamento inteiro. Segundos depois, ele chega ao clímax com um rouco gemido de prazer.

Quando recuperamos o fôlego, ele sai de mim, deita-se na cama e eu olho para ele, divertida. Sussurro, fazendo-o rir:

— Prepare-se para nosso encontro. Você vai pirar.

Às 15h45 Dylan sai. Tem que passar pelo hospital antes de nosso encontro. Quando fico sozinha, ligo meu *notebook*. Decidida a encontrar o que busco, olho vários sites de contatos sexuais, mas, no fim, opto por contratar um profissional. É melhor.

Em um site de sexo encontro um homem de uns 35 anos chamado Fabián, que fisicamente é legal. Moreno, olhos claros, corpo bonito.

Já que quem está procurando sou eu, escolho um que me atraia.

Durante um tempo, observo sua foto e me pergunto se Dylan vai mudar de ideia. O que faço?

Hesito, penso, medito. Mas, no fim, digito seu número em meu celular e falo com ele. Sinto um pouco de vergonha, mas, que se dane, ele trabalha nisso, deve estar acostumado.

Resolvido esse assunto, ligo para Coral, Valeria e Tifany. A Coral peço que passe na ótica que há embaixo de seu prédio e compre umas lentes de contato castanhas ou pretas, e também tinta preta. Minha amiga pira, não entende o que quero fazer, mas prometo lhe explicar quando eu chegar. Peço a Valeria que me maquie e a Tifany que me empreste uma camisola que ela comprou na Rodeo Drive que parece um vestido.

Às 17h, depois de tomar um banho, vou direto para o apartamento de Coral. Ela garante que Joaquín não está. Quero mudar de aparência, e não quero que ninguém, com exceção de minhas amigas, me veja.

Quando chego ao apartamento, Tifany também está lá. Coral, ao me ver tão contente, pergunta:

— Como está minha menina?

— Bem. Maravilhosa e feliz. Comprou? Coral sorri e, apontando para um móvel, responde:

— Ali estão suas lentes de contato pretas. Para que são?

— O que você acha? — E olhando para ela, pergunto: — Conseguiu a tinta também?

— Sim.

Divertida vendo seu desconcerto, digo-lhe, indicando minhas costas:

— Vá pensando no que vai pintar.

Coral ri. Sem dúvida, deve pensar que estou maluca.

Tifany se aproxima para me dar um beijo e, indicando a camisola de seda vermelha que trouxe, diz:

— Linda, esta camisola vai deixar Dylan louco.

— Vou usá-la de vestido.

— Como?! — grita ela, estupefata.

— Mas que vadia! — debocha Coral.

Rio e, olhando para minha cunhada atordoada, afirmo:

— Hoje à noite, a tigresa de bengala serei eu, com meu maridinho.

— Mas isso é uma camisola! — insiste.

— Isso só você e eu sabemos — rio, divertida.

— E eu — afirma Coral.

Quando deixo claro que vou vesti-la de qualquer maneira, Coral diz, ao ver o que tenho na bolsa:

— Valeria está estacionando. A propósito, agora aderiu às perucas?

Sem vontade de mentir, esclareço:

— Tenho um jantarzinho ardente com meu marido.

Conto minha ideia a elas, mas sem falar de Fabián, só de nosso encontro original e do quarto temático que reservei. Elas me olham boquiabertas. Concluo:

— E como não quero que ninguém me reconheça, já que sou loira vou ficar morena. Como meus olhos são claros, quero que fiquem escuros. E, acima de tudo, quero fazer amor com luxúria e desenfreio com meu lindo marido.

Coral e minha cunhada se olham. Por fim, minha amiga murmura:

— Superadorei!

Nesse instante batem na porta. É Valeria. Conto de novo o que contei, e é Tifany agora quem me chama de vadia, divertida. Valeria capta minha ideia e diz:

— Sente-se. Quando eu acabar de maquiá-la, nem seu pai vai reconhecê-la.

Às 18h30, estou diante do espelho e sorrio.

Com a peruca, as lentes de contato e maquiada assim, efetivamente, nem meu pai me reconheceria.

— Caramba, você fica linda morena, e esse vestido faz uns peitos! — murmura Coral.

— Superadorei! — afirma Tifany.

— Caramba, Yanira, você parece uma asiática — ri Valeria.

— O desenho que eu fiz ficou bem bonito, não acha? — pergunta Coral.

Olho minhas costas, satisfeita. É um dragão que começa entre as omoplatas e acaba em meu bumbum. Alguém que eu conheço vai ficar boquiaberto. A seguir, pegando o celular, escrevo:

"Pronto para nosso encontro?".

Dois segundos depois, meu celular apita.

"Não o perderei nem louco."

Sorrio. Ele não imagina a surpresa que preparei. Escrevo:

"Lembre-se. Seremos dois desconhecidos. Amo você".

Quando aperto "enviar", Tifany olha para mim e exclama:

— Ah, meu amor, quando Dylan a vir, vai ficar maluco.

— Maluco é pouco — afirma Valeria.

Trocando um olhar malandro com Coral, respondo:

— Essa é a ideia.

26

Com você aprendi

Quando chego ao lugar do encontro, olho meu relógio. São 18h55. Sou obsessiva com pontualidade, e até me adiantei cinco minutos. Sei que Dylan não vai demorar.

Do alto dos saltos de impressionantes sapatos vermelhos, caminho até o balcão do restaurante e, apoiando-me, peço ao garçom um dry martíni.

Ele, um indiano atraente, observa-me dos pés à cabeça e balança a cabeça. Não me reconheceu como a garota que aparece o tempo todo cantando na MTV, mas, sem dúvida alguma, gosta de minha aparência, e do jeito como olha para mim sei que se excita. Ótimo! Espero conseguir esse mesmo efeito com meu amor.

Quando o garçom põe a bebida na minha frente, bebo um gole. Estou morrendo de sede!

Olho o relógio. São 18h59. Só falta um minuto para a hora marcada; começo a hesitar. E se Dylan se atrasou no hospital? Olho de novo a caixa postal do meu celular. Não há nenhuma mensagem, de modo que me tranquilizo. Quando atrasa, ele é dos que avisam.

Bebo outro gole. O dry martíni está ótimo. De súbito, ao pousar a taça no balcão, vejo um homem passar ao meu lado. Olho para ele e sorrio ao reconhecer Dylan. Está lindíssimo com esse terno. Nunca vi esse. Deve tê-lo comprado. Está de parar o trânsito.

Ele olha em volta me procurando. Não me reconheceu, e isso me dá vantagem para observá-lo. Meu moreno se dirige ao garçom indiano e pede um uísque com gelo.

Divertida, pego meu dry martíni e com jeito de vampira me aproximo.

— Boa noite, cavalheiro.

Ao ouvir minha voz, Dylan se volta para me olhar e fica embasbacado. De cabelo preto, lentes de contato escuras e este *sexy* vestido de seda vermelha, pareço uma desconhecida para ele.

— Você está linda! — murmura, boquiaberto.

Adoro saber que ele gosta de minha aparência, mas tenho que fazê-lo entrar no jogo desde o início. Como se não houvesse entendido, pergunto:

— Como disse, senhor?

Minha resposta o faz recordar o que lhe pedi. Apoiando um cotovelo no balcão, responde:

— Boa noite, senhorita. Com quem tenho o prazer de falar?

— Meu nome é Xia. Xia Li Mao. E o seu?

Com o desejo estampado no rosto, meu amor responde:

— Jones. Henry Walton Jones.

Seguro o riso. Esse é o nome de Indiana Jones nos filmes. Sem dúvida meu moreno está com espírito aventureiro. Sorrio.

— Prazer em conhecê-lo, sr. Jones.

— Pode me chamar de Henry.

Pestanejo, *sexy*.

— Prefiro chamá-lo de senhor. É mais excitante.

A seguir, eu me sento na banqueta ao lado dele e, com sensualidade, cruzo as pernas. Dylan não consegue afastar os olhos de mim. Nesse instante, nota a enorme abertura lateral do meu vestido. Depois de olhar minha perna com desejo, pergunta:

— E o que faz uma linda mulher como você sozinha por aqui?

Levando o dry martíni aos lábios pintados de vermelho, bebo um gole, passo os olhos pelo volume já aumentado entre suas pernas e respondo:

— Procurando emoções fortes.

— Ora, ora...

O vestido-camisola de seda escorrega mais pelo meu corpo. Sei que, sentada com as pernas cruzadas, mostro mais que o normal, mas, sem me acovardar nem me cobrir, pergunto:

— Posso considerá-lo uma emoção forte, sr. Jones?

Dylan observa enquanto um homem que passa ao meu lado contempla minhas pernas. Por fim, depois de lhe oferecer um olhar de advertência, responde:

— Não tenha dúvida, boneca.

Com delicadeza, toco meu cabelo preto. Dylan não tira os olhos de mim. Observa todos os meus movimentos, assim como os homens no fundo do restaurante. Sorrio quando o ouço dizer:

— Srta. Mao, não acha que deveria se cobrir um pouco?

Ao vê-lo olhar para minhas pernas, toco-as com delicadeza e digo:

— São tão horríveis assim?

— Não, meu encanto. Digamos que é justamente o contrário.

Sorrio, passo a mão pelo joelho e murmuro:

— Então, vou deixá-las à mostra para o senhor.

Dylan passa a mão no cabelo, e, quando vai responder, estico a mão, pego sua gravata e, puxando-o para pôr seu rosto em frente ao meu, digo:

— Gosto que os homens me contemplem com olhos de desejo. Deseja me possuir?

Meu amor não responde. Sua expressão muda. Ele olha para mim com sua cara de mau. Acho que não gostou muito do que eu disse; mas continuo:

— O senhor me excita, sr. Jones, e quando um homem me excita faço todo o possível até que ele sucumba a meus mais ardentes desejos.

Dylan por fim sorri e responde:

— Excita-a saber que é desejada?

Penso em minha resposta e, quando está clara, murmuro:

— Sim. Ao senhor não?

Ele toma um gole de uísque e responde:

— Excita-me ser observado quando brinco com uma mulher. Isso não vou negar.

— Só observado?!

Ele crava seu olhar no meu e reafirma:

— Só observado.

— Humm... excitante. — E, passando descaradamente a mão por sua virilha endurecida, sem me importar que nos vejam, cochicho:

— No mínimo, é estimulante e provocante.

Dylan olha para os homens ao fundo, que não tiram os olhos de nós, e me adverte:

— Se provocar... vai encontrar o que procura.

— É o que pretendo: encontrar.

A situação fica quente. O desejo começa a ofuscar seu olhar. Sei que, se seguir por esse caminho, sem jantar nem nada, vamos direto para nossa casa e nossa cama. De modo que me afasto um pouco e digo:

— Vai jantar sozinho?

Meu Ferrasa nega com a cabeça.

— Não.

— Tem um encontro, sr. Jones?

As comissuras de seus lábios se curvam. Ele pergunta:

— Janta comigo, srta. Mao?

Sorrio com malícia e, me aproximando, respondo:

— Só seu eu for a sobremesa.

Dylan engole em seco. Observo seu pomo de adão se mover, e ele assente.

— Acho maravilhoso.

Ambos nos levantamos das banquetas. Dylan me cede passagem, galante, mas antes de afastar o olhar dele para me voltar tiro o xale dos ombros e sorrio. Mãe do céu, quando ele vir a surpresa que tenho para ele em minhas costas.

Meu amor sorri; seu olhar e o meu se conectam; mas, segundos depois, noto que, desconcertado, ele observa os homens que estão atrás de mim. Percebo que não entende por que estão de queixo caído.

Quando me volto, de repente o ouço soltar um palavrão. Sem dúvida alguma ele já viu o mesmo que os outros. O decote traseiro de meu vestido é escandaloso, e o dragão nas costas se perdendo em meu bumbum é ainda mais.

Vou mexendo os quadris no mais puro estilo Jessica Rabbit até chegarmos à mesa. Sento-me em uma cadeira de costas para todo mundo.

— Não prefere se sentar em outra cadeira?

Segurando a vontade de rir, respondo:

— Não.

A expressão de Dylan me incita a sorrir, mas me controlo. O garçom traz os cardápios. Ambos os olhamos em silêncio, enquanto sei que meu amor, de cenho franzido, olha para os homens atrás de nós.

— Sr. Jones, no que está pensando?

Sem disfarçar, contrariado, Dylan responde:

— Penso em como dizer a todos esses homens que a observam, srta. Mao, que parem de olhar.

— Por quê? Por acaso acha que não devem me olhar?

— Isso me incomoda — responde ele.

Olho para sua mão e, ao ver a aliança em seu dedo, digo:

— Nem se eu fosse sua mulher, sr. Jones.

Ele vai responder, quando o interrompo:

— Acho que o senhor devia se acalmar. Sua esposa e meu marido estarão nos esperando em casa quando voltarmos. Relaxe e aproveite a noite. Não pense em nada que não seja aproveitar.

Ele não responde.

Chama o garçom e pede vinho. O homem vai embora, e tornamos a olhar o cardápio. Observo Dylan e o vejo sorrir quando diz:

— Srta. Mao, se gostar de berinjela com mel, a daqui é deliciosa.

Dylan sabe que eu adoro e que sempre peço berinjela ali; mas, sem saber por quê, torço o nariz com desagrado e respondo:

— Prefiro um coquetel de camarão.

Surpreso, ele sorri, e minutos depois já estamos comendo o primeiro prato. Quando terminamos, Dylan volta a entrar novamente em seu papel, e, quando deixam a carne na mesa e a provamos, pergunto, retirando o pimentão:

— Gostou da comida?

— Sim. Está tudo delicioso.

Passo a boca pela borda da taça e, ao ver que ele vai beber, murmuro:

— Garanto que eu também sou deliciosa.

Dylan engasga. Sem dúvida, ele não vai esquecer facilmente esse jantar. Nesse momento, digo:

— Lembre que espero ser sua sobremesa.

Uepaaaa... que excitação eu mesma estou me provocando com o que digo!

— Que sobremesa tem a me oferecer?

Dominada pelo desejo, eu me reclino na mesa e respondo:

— Uma sobremesa muito suculenta e excitante, que garanto que, quando a provar, não vai querer soltar.

Mãe do céu, que vadia estou virando!

Ele fica com calor. Coloca um dedo dentro do colarinho da camisa e, nervoso, abre o primeiro botão.

— Isso é uma proposta, srta. Mao? — pergunta.

Assinto e, mordendo o lábio inferior, afirmo:

— Total e completamente indecente.

Saboreio o vinho para dar uma esfriada, mas até ele está quente.

Dylan olha para mim. Disposta a continuar com o jogo, tiro um sapato e por baixo da mesa levo o pé direto até sua virilha. Dylan dá um pulinho ao senti-lo.

— Senhorita, aqui não é lugar para o que está fazendo.

— Por quê?

Sem pensar, ele responde com seriedade:

— Simplesmente porque não é.

Sorrio, mas não retiro o pé. Adoro sentir seu pênis endurecer rapidinho.

— Posso fazer-lhe uma pergunta, sr. Jones?

— À vontade.

Retiro o pé de sua ereção, apoio-me na mesa e, sem deixar de olhar para ele, digo:

— Está excitado?

Dylan não responde, só me olha. Eu insisto:

— Seja sincero, sr. Jones.

Dylan limpa a boca com o guardanapo, inclina-se sobre a mesa e responde:

— Senhorita, eu a despiria, a faria deitar sobre esta mesa e...

— Treparia comigo?

— Sim.

— E o que o impede?

Boquiaberto, ele olha em volta. O restaurante está cheio de gente jantando.

— O decoro, senhorita — responde. — Não creio que estas pessoas fossem ficar impassíveis diante do que eu estaria disposto a fazer.

Sem sombra de dúvida, meu moreno já está pegando fogo.

— Acho que vamos passar para a sobremesa.

Dylan concorda. Disposta a deixá-lo de novo sem palavras, pergunto:

— Se tivesse que escolher alguém para assistir enquanto fazemos sexo, quem escolheria?

Um casal de idade avançada perto de nós, ao me ouvir, me olha com censura. Estão a noite toda atentos a nós. Estão ouvindo tudo, mas tanto faz. Só me importa Dylan, e ele, depois de sorrir ao ver o desconforto deles, diz:

— Eu seria um cavalheiro e a deixaria escolher.

Como meu amor é fofo! Durante um tempo, olho pelo local e, quando encontro com o olhar do casal da mesa ao lado, com todo o descaro do mundo pisco para eles. Que fofoqueiros! O homem fica vermelho e a mulher, constrangida, para de olhar.

Dylan sorri quando digo:

— O homem de paletó escuro que está na mesa ao lado da janela.

Meu marido olha. Nessa mesa há várias pessoas, e, ao ver que o homem que indico está acompanhado, comenta:

— Acho que a companheira dele não vai gostar muito de saber o que propõe, srta. Mao.

Sorrio e, desafiando-o, pergunto:

— Acha que o homem não concordaria?

A expressão de Dylan é engraçada, de modo que digo:

— Preciso ir ao banheiro.

Eu me levanto com sensualidade. Sei que sou o foco dos olhares de muitos homens. Caminho com graça até uma lateral do restaurante, enquanto deixo minha bolsa em cima da mesa. Sei que Dylan olha para minhas costas, que observa minha tatuagem e que está morrendo de vontade de arrancar meu vestido e me fazer sua.

Quando chego a meu destino, faço um sinal com a mão ao homem que contatei pela internet. Dou-lhe a chave do quarto e um envelope com seus honorários, e digo:

— Se em duas horas eu não ligar, pode ir embora.

Quando ele concorda e se vai, chamo o garçom e lhe dou uma chave para que entregue a Dylan.

— Por favor, diga ao sr. Henry Jones, que está na mesa 3, que a srta. Mao o espera no quarto 22. Ah... e que não esqueça minha bolsa.

A seguir, corro para o quarto 22, de temática oriental. Tudo muito de acordo. Com rapidez, eu me jogo na cama e espero em posição de tigresa de bengala.

Dylan não tardará a chegar. Dois minutos depois, quando ele abre a porta, seu olhar carregado de desejo se conecta com o meu. Murmuro:

— Entre, sr. Jones, eu o estava esperando.

Sem hesitar, ele entra no quarto e o percorre com os olhos. Cama redonda, lençóis vermelhos, cortinas de seda em volta da cama, banheira. Convenhamos, uma *garçonnière* com classe.

Dylan me mostra a bolsa que tem na mão. Murmuro:

— Deixe-a em cima da mesa e aproxime-se.

Excitado com tudo tão enigmático, ele faz o que lhe digo e se aproxima. Estou muito sugestiva.

— O que vamos fazer aqui, srta. Mao? — pergunta.

Ajoelhando-me sobre a cama, eu me aproximo, colo meu corpo ao seu e, beijando seu pescoço, respondo:

— Comer a sobremesa.

Dylan se deixa beijar, e de repente, pegando minha mão, aponta o dedo para mim e diz:

— E seu marido, o que pensa disso?

Com um sorriso encantador, respondo:

— Tenho certeza de que ele gostaria de estar aqui. Meu marido é fogoso, ardente e muito apaixonado. Em algumas ocasiões já tivemos um terceiro no quarto olhando como ele me possui, e ele gostou. Gostaria que alguém nos assistisse?

A respiração de Dylan se acelera. O que eu proponho o excita. Do jeito que estou, com a peruca e as lentes de contato escuras, ninguém me reconheceria se cruzasse comigo pela rua.

Com sua cara de mau, ele solta a gravata e, aproximando a boca da minha, murmura:

— Eu adoraria.

— Sr. Jones, se eu convidasse um terceiro, o senhor se incomodaria? — insisto.

— Não sei — responde.

Sua expressão me mostra que ele está em dúvida.

— Como conheceu esse terceiro? — pergunta.

Os ciúmes rondam. Vejo isso em seu olhar, de modo que esclareço:

— Na internet se pode contratar qualquer coisa. Desde um marceneiro até um escravo sexual, não sabia?

Durante alguns segundos, meu amor me olha. Ai, ai, acho que ele vai se chatear. Mas, contra todo prognóstico, ele diz:

— E a senhorita...

— Sim — interrompo. — A srta. Mao contratou um homem para tornar realidade todos os nossos desejos.

Dylan olha para mim sem dizer nada. Avalia o que fiz, e, antes que ele possa protestar, acrescento:

— Tenho certeza de que, sendo tão fogoso, fez algo assim com sua esposa e chamou quem quis, não é verdade?

Minhas palavras o fazem reavaliar. Ele entende que o outro homem não sabe quem sou. Só que sou a srta. Mao, morena de olhos pretos. E, dando-me um tapinha no bumbum, diz, apertando-me por cima da seda vermelha:

— A senhorita é muito perigosa... Muito, muito perigosa, srta. Mao.

Sorrio ao ver sua aceitação. Pego meu celular, faço uma ligação e jogo o telefone em cima do criado-mudo.

— Vai ser uma noite ótima — murmuro.

Dylan me beija, me abraça e, pondo as mãos dentro do decote das costas do vestido, sibila:

— Seu marido é louco de deixá-la sair com esse vestido na rua. Eu nunca permitiria que minha mulher usasse esse vestido sem minha presença. Sou possessivo demais.

Sorrimos, e eu esclareço:

— Gosto de estar *sexy* para os homens possessivos.

Uau, com certeza o estou deixando a mil!

— O dragão de suas costas, onde acaba?

— Tire minha roupa, sr. Jones, e saberá.

Nesse instante, abre-se a porta do quarto e aparece Fabián. Dylan olha para ele com olhar desafiador, e eu, ainda com as rédeas da situação, digo:

— Fabián, lembre-se do que combinamos.

Ele assente. Apoia-se em uma das paredes e fica nos observando enquanto começamos a nos beijar e nos despir. Dylan, já totalmente dentro do jogo, murmura:

— Você é muito *sexy*.

— Assim como o senhor.

— E quais são seus planos, srta. Mao?

A situação me domina. Quando fiz *ménage*s sempre foi ótimo. Com voz rouca e sugestiva, murmuro, enquanto mordo de leve seus lábios:

— Meus planos são que o senhor e eu façamos tudo que quisermos. Se quiser que sejamos observados, seremos. Se quiser que o terceiro participe, aceitarei. Se preferir ter-me só para si, terá. E se o tesão o fizer pedir que eu me entregue ao outro homem, eu me entregarei. Quero que esta noite seja mágica e diferente.

Ao me ouvir, meu amor sorri e, apertando sua pelve contra a minha, pergunta:

— Fará qualquer coisa que eu lhe peça?

Confirmo. Sei que já estou entregue.

— Submeta-me a suas vontades.

Gosto da expressão de Dylan diante de nossa conversa picante. Ele toca meu corpo sem censuras, sem limites, sem se importar com quem esteja ali.

— Então, entendo que deseja ser meu desejo, é isso?

Confirmo de novo. Ele prossegue:

— Hummm... fico muito excitado ao saber que está tão aberta a minhas vontades.

— Estou — afirmo. — Ambos somos adultos, e imagino que já fizemos isso antes, não é?

— Imagina bem.

Suas pupilas dilatadas de tesão falam por si mesmas.

— Sou sua srta. Mao — murmuro. — A mulher que está disposta a realizar suas fantasias eróticas. A fêmea que morre de vontade de ser possuída de mil maneiras.

Enlouquecido, ele morde meus mamilos. Eu me esfrego nele e me entrego.

— Quero que me faça sua, sr. Jones.

Um grunhido rude sai de sua garganta. Quando seus olhos se detêm em minha calcinha de pérolas, ele a agarra e, puxando a lateral para que as elas se cravem em meu sexo, diz:

— Essas bolinhas me fazem recordar umas que utilizei com minha mulher.

— Divertiram-se com elas?

Sem afastar sua boca da minha, ele rasga a calcinha e afirma:

— Sim... temos um desenho erótico desse dia, feito por um amigo enquanto eu a possuía na frente dele.

Ao lembrar, sinto o fogo crescer. Sorrio enquanto ele me toca sem censura e o outro homem nos observa. Beijamo-nos com luxúria. Dylan deixa cair no chão a calcinha de pérolas, e nos acariciamos com ânsia. Nosso jogo é ardente, louco, devastador.

— Quero minha sobremesa — diz ele.

Ergo as pernas e abro as coxas para ele com descaro, e Dylan ataca meu sexo com verdadeiro fervor. Chupa, morde, suga. Deitada em cima da cama, agarro os lençóis e me arqueio, entregando-lhe sua sobremesa. E ele aproveita. Curte muito.

Após esse primeiro ataque, Dylan me faz ficar de joelhos em cima da cama e me masturba enquanto me beija. Coloca um dedo dentro de mim, depois dois e, enquanto me assedia sob o atento olhar do outro homem, murmura:

— Isso... Assim, srta. Mao. Seja complacente.

Eu me derreto.

De súbito, sinto outras mãos em meu corpo que não as de Dylan. Rapidamente abro os olhos disposta a dizer poucas e boas a Fabián, quando ouço meu marido murmurar:

— Calma, srta. Mao. — E, ao ver minha expressão, pergunta sem abandonar seu papel: — O que acha se esta noite formos três na cama?

Boquiaberta, não sei o que dizer. Ele aceitou mesmo um *ménage*? Da última vez que ele propôs a alguém de carne e osso, foi terrível. Estou alucinada. Não achei que Dylan fosse aceitar tão depressa algo assim. Mas, excitada e disposta a brincar do que realmente gosto, afirmo:

— Aceito, desde que o senhor queira também.

Nossos olhares falam por si sós. Nós nos amamos enquanto as mãos de um desconhecido acariciam meus seios por trás. Aperta-os, amassa-os e, com as pontas dos dedos, torce meus mamilos. Dylan o observa.

— Gosta, srta. Mao?

Assinto com a cabeça. Baixando a boca até meu mamilo, Dylan o chupa enquanto Fabián o oferece a ele.

Ah, Deus, que sensação!

Fecho os olhos e curto a mais não poder. Estou com Dylan e com outro homem na cama. Enlouquecida, alegro-me ao saber que nós dois estamos curtindo. Mas a excitação faz minha respiração se acelerar.

— Relaxe, srta. Mao, e submeta-se a meus desejos.

Aproveito o que o momento me oferece, quando o ouço dizer:

— Dispa-se, Fabián, e traga algo para lavar a srta. Mao.

Vamos nos divertir os três.

Suas palavras, no mínimo provocantes, fazem meu sangue ferver. Estou nua, pronta, entregue, submissa a seus caprichos.

Fabián se despe, vai ao banheiro, volta com uma toalha e água, e sobe na cama. Quatro mãos percorrem cada recanto de meu corpo, e eu me deixo levar, me deixo manusear, me deixo tocar. Duas bocas me chupam, me exigem, me sugam... e minha excitação cresce enquanto meu amor e outro homem brincam comigo.

Estou de joelhos na cama entre os dois. Eles me masturbam, um pela vagina e o outro pelo ânus, quando Dylan diz:

— Fabián, prepare-a e coloque-se entre as pernas dela.

Uau, vou ter um troço!

O rapaz pega a toalha, umedece-a e lava meu sexo. Quando estou como deseja, ele se deita na cama de costas, com as mãos abre minhas coxas e com boca vai direto para minha vagina.

Sinto um tremor, e Dylan, que está ao meu lado, murmura, pousando as mãos em minha cintura para que eu não me mexa:

— Entregue-se a ele.

Um gemido prazeroso sai de minha boca quando sinto os lábios de Fabián em meu sexo. Dylan olha para mim, e estou fervendo. Ele sorri e sussurra, me beijando:

— Isso mesmo, srta. Mao. Muito bem... deixe-se levar.

Faço isso. Eu me deixo levar.

O momento está sendo muito mais excitante do que eu poderia imaginar. Dylan é ardente no jogo, fogoso e exigente.

Meu corpo se rebela. Aperta-se contra a boca do desconhecido quando Dylan, que não tira os olhos de mim, busca meus lábios. Sem me beijar, só colado neles, murmura:

— Isso... é assim que gosto de tê-la, srta. Mao. Submissa aos meus desejos. Ande... mexa-se e me mostre como gosta do que ele está fazendo.

Sua voz e o que diz me fazem arfar de prazer. Arqueio o corpo. Fabián ataca meu clitóris com apetite voraz, e solto um gemido. Meu amor introduz a língua com suavidade em minha boca e eu o beijo enlouquecida, sentindo que ele se entrega totalmente a mim com esse beijo.

Eu me deixo levar pelo prazer.

O orgasmo me faz gritar. Fico rígida. Mas os dois homens que se apropriaram de meu corpo querem mais. Seguram-me, e eu grito enlouquecida ao experimentar um clímax incrível. Quando meu corpo treme, meu amor goza.

Estou em cima da cama, nua e subjugada.

— Coma a moça — ouço-o dizer.

Enlouqueço, e minha respiração se altera de novo.

Fabián sorri e coloca um preservativo. Dylan me beija, pega minhas mãos, segura-as acima de minha cabeça e, com uma expressão que quase me faz ter outro orgasmo, ordena:

— Abra as pernas.

Ah, Deus! Vamos mesmo fazer isso?

Estimulada por tudo, minhas pernas se abrem instintivamente com descaro. Não posso parar de olhar para Dylan quando sinto que o corpo de Fabián me cobre e se esfrega em mim. A seguir, ele introduz seu pênis em mim e diz:

— Isso, srta. Mao.

Estou fervendo. Ele não sabe que eu sou Yanira, a cantora do momento. Ainda bem.

Com as mãos, ele pega meus mamilos, toca-os e, levando a boca até eles, chupa--os, morde-os, enquanto afunda seu pênis sem descanso dentro mim. Quando se endireita, começa a investir até me arrancar um grito de prazer.

— Aproveite e me faça aproveitar — exige Dylan ao meu lado.

Atordoada com tudo isso, levanto a pelve para lhe dar maior acesso. Quero mais.

Sem soltar minhas mãos, Dylan me observa. Gosta do que vê, e não vejo em seus olhos a angústia que vi da outra vez. Desta vez não há máscaras, não há escuridão. Sem dúvida alguma, o fato de ser um desconhecido, e não um amigo, facilitou o jogo.

Nessa ocasião só há luz, tesão e fantasia. Fabián não para, e eu me entrego como meu amor me pediu que fizesse. Por minhas lentes de contato escuras, observo tudo enquanto me arqueio em um gesto de puro êxtase quando sinto que Fabián chega ao clímax e treme sobre mim.

— Deliciosa, srta. Mao... deliciosa.

Mas eu estou alterada, fervendo, excitada e enlouquecida. Olhando para Dylan, imploro:

— Agora me possua, sr. Jones, eu preciso.

Minha exigência e meu tom de voz são imperativos, e Dylan não hesita. Afasta Fabián, joga água sobre meu sexo para me limpar, sem se importar de encharcar a cama, coloca-se entre minhas pernas e, com uma estocada certeira, me penetra.

— Sim... sim...

De minha garganta sai um grito de prazer. Possessivo, meu louco Henry Walton Jones agarra meus quadris com avidez, e sussurra:

— Srta. Mao, abra-se mais... Quero mais profundidade.

Fabián, que nos observa, tira o preservativo e desaparece no banheiro. Minutos depois aparece úmido, enquanto eu me abro o máximo para receber as selvagens investidas de meu amor.

Uma, duas, três... nove.

Várias vezes ele afunda em mim, fazendo-me sentir-me esplendorosa, única e especial.

Dez... onze... quinze... Ah, Deus, que prazer!

Dylan entra e sai, e o sinto vibrar. Ele curte. Seu corpo, seus olhos, seu jeito de respirar e de me possuir me dizem isso. O jogo e o *ménage* o estão deixando louco, como ele nunca imaginou. Por isso, com a respiração entrecortada, pergunto:

— Está gostando, sr. Jones?

Dylan assente. Morde o lábio inferior e, quando o solta, murmura:

— Como nunca pensei, srta. Mao.

Fabián, dessa vez convidado por mim, inclina-se. Morde meus mamilos, e sua mão vai até meu sexo. Ele me toca enquanto Dylan me penetra e não tira os olhos de nós. De súbito, o dedo de Fabián também entra em minha vagina.

Dylan solta um grunhido ao sentir essa intromissão junto com seu pênis. Olho-o. Ele fecha os olhos e acelera suas investidas. Está gostando. Eu me mexo com prazer enquanto Fabián suga meus mamilos.

O prazer é incrível... Sinto-me uma deusa pornô, totalmente desinibida. E o melhor é que meu moreno, meu marido, está gostando de sentir o dedo de Fabián junto com seu pênis dentro de mim; tanto quanto eu.

Não sei quanto tempo isso dura. Só sei que curto a sensação de posse e entrega. Dois homens para mim. Quatro mãos. Duas bocas. O que sinto é indescritível, e sei que com Dylan acontece a mesma coisa.

Quando meu amor chega ao clímax, com uma última estocada ele cai sobre meu corpo. Segundos depois, Fabián retira a mão. Feliz, abraço Dylan enquanto contorno sua cintura com as pernas e o ouço respirar.

Fabián, de lado, observa-nos. Não se mexe. Ele sabe qual é seu papel ali.

Abraçada a meu amor, acaricio seu cabelo, beijo seu pescoço, e então o ouço dizer:

— A senhorita não sabe o que acaba de fazer. Meu desejo aumentou.

— Excelente.

Com carinho, meu moreno enfia a língua em minha boca e, depois de me beijar, sai de mim.

Fabián rapidamente pega a água e a toalha e me limpa para ele. Quando estou como deseja, coloca um preservativo e, fazendo que eu me vire, coloca-me de quatro e, depois de passar a mão por minhas costas para tocar o dragão, entra em mim.

Meu corpo o aceita. Fecho os olhos. Dylan, que se senta ao meu lado na cama, toca com carinho a tatuagem. Beija-a quando me abre as nádegas e, ao ver onde termina, murmura:

— Nunca pensei que você pudesse fazer isso.

Uma nova investida de Fabián dentro de minha vagina me faz gemer. Seguro os lençóis e os torço. Dylan, ao ver, sorri, e ficando de joelhos na cama, segura seu pênis duro de novo e o coloca em minha boca.

Submissa a eles, eu me entrego. Para Fabián abro as pernas, e para Dylan, a boca.

— Caramba... isso é incrível!

Chupo e sugo o pênis de Dylan com fervor. Curto muito, assim como ele. Sua expressão, seu olhar pervertido e louco dizem tudo. Esse encontro foi uma boa ideia, e tenho certeza de que será o primeiro de muitos.

Nosso jogo selvagem continua. Os dois me possuem alternadamente. Eu me entrego a eles com descaro e os pênis dos dois entram e sai de mim na cama, no chão e em cima da mesa, fazendo-me gritar.

Dylan, esta noite meu sr. Jones, me mostra seu lado mais pervertido, e eu lhe mostro que também posso ser assim.

Durante horas satisfazemos mutuamente nossos mais secretos desejos, sem pudor e com ousadia, só pensando em obter o máximo prazer.

Uma das vezes em que estou montada sobre Fabián, cavalgando-o, sinto a respiração de Dylan atrás de mim. Sei o que ele pensa, o que olha, o que deseja. Ele se controla. Não me pede, mas eu, inclinando-me sobre Fabián, levo as mãos ao bumbum e, abrindo as nádegas, ofereço-o a ele. Incito-o descaradamente a uma dupla penetração.

Como estou com tesão!

— Tem certeza, srta. Mao? — pergunta ele em meu ouvido.

Assinto, convicta, enquanto me mexo sobre Fabián. Dylan beija minhas costas, pega meus quadris e me acompanha no movimento durante alguns segundos, enquanto sua boca quente beija meu pescoço. Ele murmura:

— Isso... mexa-se assim... assim.

Sua voz exaltada me faz perder a razão quando ele me solta. Instantes depois, sinto-o passar lubrificante em meu ânus. Ele introduz um dedo, e depois dois. Dilata-me, e o que sinto depois é a ponta de seu membro.

Ah, Senhor!

Ele entra em mim com cuidado, enquanto sussurra em meu ouvido que o estou deixando louco, e Fabián não para. Arfante, deixo-me preencher completamente pelos dois e curto, totalmente possuída. É minha primeira dupla penetração com dois homens. Até então, só havia visto isso nos filmes pornôs. Mas sem dúvida supera minhas expectativas.

— Quietinha, srta. Mao... Isso... assim...

Sua voz rouca e excitada me alucina. Entrego-me à luxúria do sexo sem tabus com os dois. Meus suspiros aumentam. Não há dor, só prazer. Relaxando os músculos para lhes dar maior acesso a mim, curto, gozo e os possuo, ao mesmo tempo que eles me possuem.

Em décimos de segundo o jogo fica selvagem, e as penetrações, certeiras e hábeis. Muito hábeis. Os dois sabem o que estão fazendo, e eu saboreio o prazer que sinto enquanto meu corpo se contrai e se aquece, desenfreado.

As horas passam, e nosso deleite prossegue com mil posições, de mil modos, de mil maneiras. Dylan, meu Dylan, me possui, me entrega, me abre, me fode, me submete a seus caprichos e goza como nunca pensei que faria, enquanto eu curto ser a mulher que está com eles.

Às 4h30, depois de uma noite totalmente explosiva, Fabián vai embora com um envelope extra, e nós decidimos voltar para nossa casa. Estamos exaustos.

Ao chegar, tiro a peruca e as lentes de contato. Dylan, ao me ver, murmura:

— Olá, meu amor.

— Olá — respondo, dengosa.

Feliz, abraço-o, e grudadinhos entramos no chuveiro. Ali, quase sem forças, ele faz amor comigo com delicadeza, com carinho, pausadamente. Estamos esgotados, e, quando por fim Dylan goza dentro de mim, murmura sob o chuveiro:

— Obrigado por esta noite.

Sorrio. Não respondo.

Quando nos deitamos, eu me aconchego nele e adormeço, feliz por ter tido essa noite de sexo louco com meu amor. Com meu Dylan.

27

Doce loucura

Depois desse primeiro encontro com Fabián, há vários outros. Com minha peruca e as lentes de contato, nós nos encontramos em vários hotéis de Los Angeles, onde durante horas nos entregamos ao prazer do sexo e os dois tornaram a me possuir de mil formas diferentes.

Na gravadora, em uma reunião falam de uma turnê europeia: Espanha, França, Itália, Londres, Holanda e Alemanha. Começará no início de setembro e acabará em meados de outubro. E outra turnê latino-americana: México, Chile, Peru, Uruguai e Paraguai. Começaria em meados de novembro e acabaria em meados de dezembro. Todo o mundo quer me contratar.

Isso me preocupa. É tempo demais longe de Dylan. Ele me acompanhou à reunião, e eu, evitando olhar para ele, pego uma xícara da bandeja e me sirvo um café com leite. Preciso de um.

Também me falam de participar em alguns shows para grande público com outros artistas nos dias 25, 26, 27 e 28 de julho, em Nevada, Wyoming, Montana e Kansas. Serão quatro dias intensos, mas a divulgação, segundo Omar, valerá a pena.

Dylan não diz nada, e eu quero morrer. Essas cidades são do lado de casa, se comparadas com a Europa. A turnê por esse continente implica que passaremos longas temporadas separados. Ainda assim, assino os contratos, sob seu olhar atento.

Certa noite, ele me pede para pôr a peruca e as lentes de contato. Sorrio. Já sei o que vai acontecer. Ao entrar no hotel, Fabián não chegou ainda; Dylan pede que eu tire a roupa. Obedeço. Ele põe Eric Roberson para tocar e me convida para dançar quando toca *Just a dream*.

Nua, abraçada a ele, danço, gosto como passa as mãos por minha pele. Ele murmura:

— Quero vê-la com uma mulher.

Olho para ele.

— Essa não é minha praia. Prefiro um homem, como você prefere uma mulher.

— E se você não tiver que fazer nada, e ela fizer tudo com você? — insiste.

Sorrio. Olhando-o nos olhos, sussurro:

— Você deixaria que um homem fizesse tudo em você?

Meu amor nega com a cabeça. Beijo-o e, excitada com sua proposta, pergunto:

— Para que viemos aqui esta noite?

— Acabei de dizer — responde.

Pestanejo. Nunca falamos de fazer sexo com uma mulher.

— Tem razão, meu amor — diz ele. — Não é justo que eu lhe peça isso sabendo que nunca permitiria que um homem me tocasse.

Ele se afasta, pega o celular e, quando vai ligar, tiro-o das mãos dele e digo:

— Também não é justo que você sempre me divida com um homem e eu nunca o divida com uma mulher. Não ligue. Deixe que ela venha e vamos experimentar.

Pegando seu pênis, aperto-o enquanto o olho nos olhos e acrescento:

— Mas prometa-me que isso será sempre meu, mesmo que eu o ceda alguns minutos a ela.

Dylan sorri.

— Eu já lhe prometi isso faz tempo, mas torno a prometer.

Eu também sorrio para o sacana do meu marido e pergunto:

— O que você gostaria de ver entre essa mulher e eu?

— Tudo. — E a seguir acrescenta. — Mas, meu amor, se você não...

Ouvimos batidas na porta. Ponho um dedo na boca dele para calá-lo e sussurro:

— Por ora, vá abrir.

Dylan me beija, e quando me solta eu me sento nua na cama. Ele abre a porta, e aparecem Fabián e uma jovem mais ou menos de minha idade. Tem cabelos castanhos e estilo. Ela se apresenta como Kim e, sem que ninguém diga nada, despe-se, deixa uma maleta em cima da cama e a abre. Alucinada, olho o que há ali dentro. Ela me mostra um pênis duplo e explica:

— O sr. Jones comentou que queria nos ver, nós duas, com isto.

Olho para Dylan, que me observa. Vejo as comissuras de seus lábios arqueadas e sei que está sorrindo, embora não pareça. Que sacana! Curiosa, pergunto:

— O que mais o sr. Jones disse que queria ver?

Ela, aproximando-se um pouco mais, sussurra:

— Ele queria que eu lhe desse prazer.

A luxúria que vejo no olhar de Dylan quando Kim enfia um dedo na boca, chupa-o e o dirige a minha vagina é tal que não resisto e abro as pernas. Sem dúvida, começa o jogo.

Eu me sento na cama com a mulher, enquanto Dylan se senta na poltrona em frente a nós duas e nos observa, e Fabián se apoia na parede. Kim me toca, leva a boca até meus seios e, depois de dar uns toquinhos em um de meus mamilos, vê que estou pronta.

Quando me sente molhada e receptiva, ela se levanta da cama e, antes de entrar no banheiro, diz:

— Vou demorar uns dois minutinhos.

Ficamos Dylan, Fabián e eu no quarto. Olho para eles e exijo que se dispam.

Eles se despem sem deixar de me olhar; a seguir, eu os incito a se aproximarem de mim. Pousando as mãos em seus quadris, convido-os a entrar em minha boca. Eles não desperdiçam a oportunidade. Um de cada lado, eu os seguro e, gulosa, introduzo os dois pênis em minha boca, um de cada vez, enquanto eles enroscam os dedos em meu cabelo.

Kim aparece e, ao ver que já começamos o jogo, sobe na cama e se põe atrás de mim. Enquanto eu continuo excitando os dois, ela toca meus seios. Começa por meus mamilos, acariciando-os, até que ficam duros como pedras. Depois, suas mãos descem até minha vagina, e, sentada como estou, ela a toca e introduz um dedo. Fico ofegante; os homens dão um passo atrás e se afastam.

A jovem profissional abre minhas coxas por trás e murmura em meu ouvido, deixando-me a mil:

— Você está muito molhada e excitada, srta. Mao. Vamos, coloque as pernas na cama.

Faço isso, esquecendo os homens que nos observam. E, quando ela me deixa bem acomodada, introduz um dedo em mim, mexendo-o como só uma mulher saber fazer. Arranca de mim um gemido que quase me leva ao orgasmo.

Dylan, ao ver isso, senta-se ao meu lado na cama e me beija. Kim prossegue e, erguendo minhas duas pernas, ataca meu sexo, levando-o à boca para mordiscá-lo. Durante vários minutos ela me faz o que nenhum homem jamais fez, enquanto meu marido me beija e bebe meus gemidos.

Quando sinto que minha umidade não pode aumentar mais, ouço a moça dizer:

— Srta. Mao, agora abaixe as pernas e ponha em minha boca o que quiser que eu chupe.

Acalorada, abaixo e abro as pernas, e aproximo de novo meu sexo de sua boca. Agora sou eu quem lhe pede que continue, que não pare, enquanto ela aceita, e me chupa com prazer. Puxando minha pele, ela se concentra no clitóris para me dar todo o prazer possível.

Vejo Fabián pôr um preservativo, colocar-se atrás de Kim e penetrá-la. Ela começa a ofegar, mas não para de me excitar.

Meus tremores se tornam bem visíveis, e quero mais e mais. Dylan, querendo brincar, introduz sua ereção em minha boca e eu a chupo.

Durante um longo tempo sugo seu pênis, enquanto Kim brinca com o centro de meu desejo, possuindo-o, e Fabián a penetra de novo. Sem dúvida, nós quatro sabemos o que fazemos. Quando o êxtase toma meu corpo, os dois homens se afastam e eu seguro a cabeça dela, e, como uma louca, aperto-a contra mim, não querendo que se afaste nunca mais.

Ao nosso lado, Dylan nos olha, curte o que vê. Sem dúvida era isso que ele queria, e ambas lhe damos. Então Kim se volta, põe seu sexo sobre meu rosto, e, sem que ela se mexa, é minha vez de mordê-lo.

Passo a língua por seus lábios vaginais, abro-os, acaricio seu interior até chegar ao botão do prazer. Dou-lhe uns toquinhos com a língua e a sinto tremer. É a primeira vez que faço isso, mas sem dúvida sei o que quero e desejo fazer. Abro as coxas dela com as mãos e a acomodo melhor sobre minha boca. Brinco com ela, que estremece.

Sua língua e seus dedos tocam meu clitóris com movimentos rápidos, quando sinto que Fabián torna a penetrá-la. Seu escroto roça minha testa cada vez que ele afunda nela. Estou ofegante, e de repente sinto a ponta do pênis de Dylan entrar em mim, enquanto Kim continua acariciando meu clitóris. Ah, Deus, que prazer!

O jogo é extremo; ofegamos feito loucos em cima da cama, por conta do que estamos fazendo e sentindo. A luxúria enche o quarto, e só pensamos em curtir sem frescura.

Dylan coloca as mãos por baixo de meu corpo, pega meu bumbum, e com movimentos circulares entra e sai de mim, enquanto Kim me chupa. De vez em quando noto que ela chupa também o pênis do meu amor.

Assim ficamos alguns minutos, até que Fabián a levanta no ar e fica ao nosso lado para continuar a penetrá-la. Dylan cai também sobre mim, me segura com força e murmura:

— Meu Deus, a senhorita não para de me surpreender.

Como um louco, ele afunda o pênis várias vezes em mim. Quando vejo que morde o lábio inferior de tanto prazer que sente, seguro sua bunda e, cravando-lhe as unhas, imobilizo-o. Com um gemido rude, ele afunda o máximo que pode até me deixar quase sem respiração. Nós gostamos dessa posse brutal. É nosso jeito de curtir. Ouvimos os outros dois gritarem e chegarem ao clímax. Quando Dylan relaxa a pressão, beija-me com a respiração agitada. Murmuro:

— Sr. Jones, sou tão sua quanto o senhor é meu.

Minhas palavras o estimulam, cutucam, excitam, e, depois de uma série de penetrações rápidas e certeiras, o orgasmo se apodera de nós, deixando-nos esgotados em cima da cama.

Quando acabamos, vamos ao banheiro em casais. Não molho a peruca nem a tiro. Não posso, senão saberiam quem sou. Quando saímos do chuveiro, Kim e Fabián estão na cama nos esperando. Dylan me coloca nela. Pegando o pênis duplo azulão, a jovem murmura:

— Agora nós duas. Estou morrendo de vontade de comer você.

Fico deitada de lado, e Dylan levanta minha perna para dar maior acesso. Fabián levanta a de Kim. Com maestria, os dois homens introduzem com cuidado o pênis duplo em nós; ambas ficamos ofegantes, enquanto permitimos que eles o afundem em nosso corpo em busca do prazer de todos.

— Vamos nos comer mutuamente, tudo bem? — murmura Kim.

Concordo, e ela avança os quadris para se cravar em mim.

Rapidamente pego o jeito; quando noto que Kim afrouxa a pressão, aperto eu para que ela suspire. Assim ficamos vários minutos proporcionando-nos prazer, até que Dylan e Fabián nos dão tapinhas no bumbum para que aceleremos as penetrações.

— Mais rápido — exige meu amor.

Aumentamos o ritmo, entre suspiros e gemidos. Kim toca meus mamilos e sussurra:

— Isso... Você faz isso muito bem, srta. Mao.

Um tapinha de Fabián a faz avançar os quadris e afundar em mim. Eu grito. Isso ferve meu sangue. E quando Dylan me dá um tapinha, é ela quem grita. As arremetidas são incríveis e os tapinhas devem ter deixado nossas nádegas vermelhas.

Os homens exigem, e nós duas obedecemos. A coisa fica delirante e louca. As penetrações selvagens e nossos gritos e suspiros enchem o quarto, enquanto eles nos estimulam para que não paremos.

Depois de alguns minutos, noto que Fabián e Dylan trocam de posição, e então meu amor fica atrás de Kim, e posso ver seu rosto. Isso me excita. Entre uma penetração e outra, vejo-o pegar um preservativo e colocá-lo. Minha respiração se acelera. Ele diz:

— Srta. Mao, vou comê-la por meio de sua amiga de brincadeiras.

Não entendo bem o que ele quer dizer, mas dá no mesmo. Quero que o faça, e ainda mais quando, ao olhar para trás, vejo que Fabián também está pondo um preservativo.

O que vão fazer?

A seguir, sinto Fabián passar lubrificante em meu ânus. Tremo. Dylan faz o mesmo com Kim, e segundos depois, abrindo nossas nádegas, eles nos penetram. Eu grito. Kim grita. Dylan e Fabián rugem. A partir desse instante, nós duas não nos mexemos; eles nos mexem com suas investidas anais, e nós duas ofegamos ao receber esse duplo prazer.

Deitada de lado, meu olhar está fixo no de meu amor. As veias de seu pescoço incham com cada investida, e, embora eu saiba que ele afunda em Kim, sua posse e sua força são para mim; com seus movimentos, o pênis artificial afunda mais dentro de mim.

Ver como meu marido faz isso com Kim me ajuda a perceber a luxúria que ele sente quando Fabián faz o mesmo comigo. Estendo a mão para tocar seus lábios. Ele a beija, enquanto meus seios balançam com cada investida sua e de Fabián.

Kim aproxima a boca da minha. Quer me beijar, mas eu não quero. Então, sem insistir, ela inclina a cabeça, introduz um de meus mamilos na boca e o suga.

Luxúria e abandono. Tenho certeza de que é isso que sentimos brincando em cima da cama, sem inibições e sem nos privarmos de nada. Mas os dois homens mal encostam um no outro.

Mil vezes ouvi dizer que o sexo, para ser bom, tem que ser indecente, picante, lascivo e luxurioso. Pois bem, com meu amor percebi que somos tudo isso, e gosto. Adoro. Nós nos mexemos desenfreadamente. Depois de um festival de suspiros roucos e gemidos extasiados, quando eles atingem o clímax, nós duas os acompanhamos.

Foi demais.

A partir de então, a relação entre nós quatro é ardente e pecaminosa. E eu, como novata que sou, curto tudo, deixando que todos me façam de tudo.

Sem dúvida, para nós quatro o sexo é um grande jogo; e nós somos grandes jogadores, ávidos por experimentar.

28

Era você

Em 20 de junho Dylan faz 38 anos, e eu organizo uma festa surpresa só com sua família. De manhã vou acordá-lo ao som de Maxwell, devoro-o de beijos e faço amor com ele para que comece bem o dia.

Ao meio-dia, peço que me acompanhe a um hotel para uma entrevista, mas é mentira. Ao chegar, encontramos Anselmo, Tata, Preciosa e Tony, que foi pegá-los no aeroporto. Todos nos abraçamos, e meu moreno sorri e me agradece, feliz, por eu ter organizado a festa.

Conversamos durante um bom tempo. A menina quer ver Tifany. Liga para ela, e minha cunhada pede para buscá-la na loja. De modo que chamo um táxi, e Tata e a menina vão para lá.

Para minha surpresa, Anselmo não se opõe. Isso me alegra. Por fim, sua atitude está mudando em relação a minha cunhada. Uma hora depois, também chega Omar, e os quatro Ferrasa ficam conversando. Escolhi esse lugar porque Omar o recomendou. Gostei.

Feliz e contente eu os escuto, mas de repente me sinto meio indisposta. Que dia para ficar doente! Atribuo o mal-estar ao nervosismo por causa da turnê e aos preparativos do aniversário, e não dou maior importância.

Uma garçonete nos traz bebidas. Omar se vangloria de que sou a número um nas listas de mais vendidos, e Anselmo comenta:

— Yanira é outra leoa, filho. Uma leoa como sua mãe, mas de outra época.

— Sim, papai — afirma Dylan, cheio de orgulho e piscando para mim.

Passamos um tempo fazendo brincadeiras, mas logo peço licença e vou precipitadamente até o banheiro vomitar. Ao voltar, não digo nada, mas Dylan segura meu braço e pergunta:

— O que foi?

Sem querer dar importância ao assunto, sorrio e, como se não fosse nada, respondo:

— Nada, meu amor, por quê?

— Você não está com uma cara boa — insiste ele, preocupado.

— Fique tranquilo, doutor — murmuro. — Não veja males onde não existem.

Exceto Dylan, nenhum dos outros nota meu mal-estar. Quando sinto que vou vomitar de novo, digo que vou fazer uma ligação.

No banheiro, passo um tempinho não muito bom, mas logo começo a me sentir melhor.

Será que vou pegar alguma coisa?

Ao sair do banheiro e voltar para onde estão os Ferrasa, fico petrificada ao ver Omar beijando uma garçonete em um dos corredores. Observo-os furiosa. Como ele pode fazer isso de novo com Tifany?

Irritada, saio andando, e eles, ao ouvir meus passos, se afastam. Sigo em frente sem me deter e sem dizer nada, mas sinto em mim o olhar de Omar. Quando volto ao pequeno salão, Dylan olha para mim preocupado. Aproximando-se de mim, insiste:

— Está se sentindo mal?

Não respondo. Ele pergunta:

— Você vomitou?

Caramba, ele é bom mesmo. Só de olhar já sabe. Digo:

— Sim, amor, mas fique tranquilo. O café da manhã deve ter me caído mal.

Nesse instante, Omar entra junto com a garçonete, e Dylan, olhando para mim, murmura:

— Não se meta onde não é chamada.

Mordo os lábios. Agora entendo por que meu cunhado recomendou esse lugar. Fico calada, senão o pau vai comer.

Depois de abrir o champanhe que nos trazem e encher as taças, brindamos. Desejamos a Dylan um ano maravilhoso, e a seguir os Ferrasa lhe expressam uma infinidade de bons desejos. Quando vou beber, disfarçadamente Dylan tira a taça de minhas mãos e diz:

— Se não está se sentindo bem, é melhor não beber.

Agradeço. Não estou mesmo para borbulhinhas.

Com seu forte instinto protetor, ele não tira os olhos de mim. Não se afasta, e fica atento a todos os meus movimentos. Quando sorrio para lhe indicar que relaxe, ele me puxa e, afundando o nariz em meu cabelo, cheira-o, beija minha cabeça e murmura:

— Você tem um cabelo lindo.

Sorrio. Ele sempre gostou de meu cabelo loiro. Ao notar seus olhos preocupados, insisto:

— Fique tranquilo. Estou bem.

Nesse momento chegam Tifany, Tata e Preciosa. Minha cunhada dá os parabéns a Dylan e a seguir nos beija a todos, inclusive Anselmo, que retribui.

Quando nos sentamos à mesa para comer, peço a Dylan que diga umas palavras, e ele concorda, divertido. A cada segundo que passa eu me sinto melhor. Tudo está delicioso, e, pela primeira vez desde que faço parte da família Ferrasa, curtimos todos juntos uma boa refeição e uma excelente sobremesa. Preciosa não se afasta de Tifany.

À noite, quando chegamos a casa, vejo que Dylan tem um cílio no rosto. Rapidamente o tiro e, pondo à sua frente o dedo com o pelinho, digo:

— Faça um pedido e sopre.

Meu amor sorri e faz o pedido. A seguir, aproximando a boca da minha, sussurra:

— Agora quero meu pedido.

Ele me beija com paixão, e, quando se afasta, digo, divertida:

— Arranque um cílio meu que eu também quero fazer um pedido.

Dylan solta uma gargalhada. Seu riso me enche de alegria. Ele me beija de novo. Quando seus lábios se afastam dos meus, pergunta:

— Como está se sentindo?

— Bem. Como já disse, acho que o café da manhã me caiu mal, mas agora já passou.

Ele beija meu pescoço, depois o topo de minha cabeça, e, enquanto nos olhamos refletidos juntos no espelho do banheiro, sua mão desce de meu peito até meu ventre, onde para. Sem deixar de me olhar, diz:

— Acho que você está grávida.

Fico alucinada. Não me mexo.

Como é que é?

Imagino que eu teria percebido antes dele. Caramba, é meu corpo! Sorrindo, pergunto:

— Agora você é adivinho?

Dylan sorri e, me mostrando um teste de gravidez, responde:

— Faça o teste e saberemos.

— Por que traz isso com você? — pergunto, surpresa.

Sem deixar de me olhar pelo espelho, ele diz, beijando minha cabeça:

— Sou médico. Peguei-o ontem no hospital para você.

Tirando o teste de suas mãos, olho a caixinha.

— E posso saber por que você acha que estou grávida?

Meu amor sorri e responde:

— Você não gosta de leite e vem tomando há várias manhãs.

Caramba... é verdade.

— Outro dia, em nosso jantar durante o jogo da srta. Mao, havia berinjela com mel e você não quis, sendo que é maluca por isso.

Concordo; ele prossegue:

— E já faz uns dias que quando toco seus seios eu os sinto maiores.

— Sério? — pergunto olhando-os no espelho, enquanto ele ri com minha reação.

— Hoje você vomitou, e se somarmos a isso o fato de que se emociona até com comercial de biscoito, e que no calendário onde você anota sua menstruação há vários dias de atraso... é batata!

Começo a rir feito boba. Como ele pode ser tão detalhista? Como pode reparar tanto em mim e no que faço?

— Seria meu melhor presente de aniversário — sussurra.

— Você tem dois parafusos a menos. E quanto ao atraso, é normal para mim. Minha menstruação nunca foi regular. Às vezes atrasa até quinze dias.

Dylan concorda. Ele já sabe. Mas, sem desistir, passa o nariz por meu pescoço e diz:

— Faça o teste e saberemos.

Olho o dispositivo. Nunca na vida tive que usar um desses. Sorrio pensando em um possível bebê. Meio assustada, sento-me no vaso na frente dele, molho-o com minha urina, sob seu olhar atento, levanto-me e o entrego a ele.

Ele deixa o teste em cima da pia do banheiro e, virando-me de novo de frente para o espelho, pousa as mãos em meu ventre. Sua expressão é de pura ternura. Sorrio.

Eu adoro crianças! Sempre quis ser mãe, e não duvido que para Dylan isso pode ser um sonho feito realidade.

Mas, de repente, ao recordar minhas próximas turnês, pergunto:

— Você acha que é o melhor momento para ter um filho?

Ele entende o que quero dizer; responde:

— Para ter nosso bebê sempre é um bom momento, não acha?

Tem razão. Adoro o que ele diz, mas, de repente, a preocupação me vence; pergunto:

— E o que vou fazer se estiver grávida?

— Vai se cuidar.

Tudo bem, sem dúvida que vou me cuidar. Então, endurecendo o semblante, Dylan acrescenta:

— Com Omar e a gravadora, não se preocupe. Deles cuido eu. Como cuidarei de você e a mimarei para que tudo corra bem.

Ah, que fofinho!

Sem dúvida, esse é meu moreno. Tão lindo! Superadoro!

Cinco minutos depois, quando comprovamos o resultado do teste, vemos dois risquinhos bem chamativos. Dylan e eu nos olhamos. Eu grito de felicidade, e ele, com um enorme sorriso, abraça-me e murmura:

— Obrigado por este maravilhoso presente de aniversário.

Emocionada pela inesperada notícia, não sei o que dizer. Só posso sorrir e me afundar nos braços de meu amor, deixando-me levar pela alegria que sinto ao saber que vou ser mãe.

Ah, meu Deus, quando o pessoal lá em casa souber! E quando Coral souber! Estou grávida!

29

Preciosa

No dia seguinte, quando Dylan liga para sua família, Tifany diz que seus dois irmãos e seu pai estão na gravadora resolvendo um problema com um músico. Ela ficou com Tata e a menina em casa, porque a pequena está com febre.

Feliz por poder lhe dar a notícia, peço a Dylan que me passe o telefone. Quando lhe conto, ela começa a gritar de felicidade.

Um bebê!

Quando Tata pega o telefone, passo o aparelho a Dylan, e a emoção que vejo em seu rosto é tal que não posso parar de beijá-lo. Antes de desligar, pedimos que não digam nada a ninguém. Queremos contar nós, pessoalmente.

Sem poder esperar para dar a notícia aos Ferrasa, Dylan e eu nos dirigimos à gravadora. Estamos morrendo de vontade de que saibam! Mas sei que para a gravadora e para Omar a notícia não vai ter muita graça.

Ao chegar, encontramos Anselmo, Tony e Omar, e Dylan, que não aguenta mais, olha para eles quase explodindo de felicidade e diz:

— Vamos ter um bebê!

A cara dos três é incrível, até que Anselmo sorri e corre para seu filho. Abraça-o e depois me abraça. Tony faz o mesmo e nos dá os parabéns, mas Omar, sem sair do lugar, pergunta:

— Vocês estão de brincadeira, não é? — E, quando vê que o olhamos desconcertados, sibila: — Isso não é hora para gravidez nem para bebês. Yanira não pode estar grávida. Caraca, estamos em plena promoção do disco e...

— Omar! — ruge Dylan, fazendo-o se calar. — Se não fechar essa bocarra, juro que vai se arrepender. Você está falando de minha mulher e meu filho. Não me importa um caralho se você ou a gravadora gostam ou não. Não temos que lhes pedir permissão para ser pais quando nos der na telha.

Dá para sentir a tensão no ambiente. Está claro que todos nos alegramos, exceto Omar. E, embora me incomode, eu o entendo e tento me pôr em seu lugar.

Nesse instante, meu celular vibra no bolso de minha calça. Ao ver que se trata de minha cunhada, atendo.

— Olá, Tifany.

— Yanira! — grita ela, alterada —, estou ligando para Omar e Anselmo, mas não me atendem. Malditos Ferrasa, estou farta deles!

Não é um bom momento para que a coitada ligue irritada.

Tento apaziguá-la; respondo:

— Calma, estou com eles. O que f...?

— Estamos no hospital — interrompe ela. — Venham logo.

Olho para os homens, que continuam discutindo, e pergunto, alterada:

— Que foi? O que aconteceu?

Com voz angustiada e quase chorando, Tifany responde:

— É Preciosa. A menina não está bem. Por favor, venham o quanto antes ao Ronald Reagan, está bem?

Quando desligo o telefone, Dylan, aproximando-se de mim, pergunta:

— Que foi?

— Era Tifany. Preciosa não está bem e estão no hospital.

Ao me ouvir, todos os Ferrasa se calam, e Anselmo pergunta:

— O que aconteceu?

Nesse momento, abre-se uma porta e vejo entrar a secretária de Omar. Que diabos essa morena está fazendo aqui? Ele não a havia despedido? Irritada, respondo:

— Não sei. Ela ligou para você e para Omar, mas vocês não atenderam. Vamos, temos que ir para o hospital.

Vamos em nosso carro. Dylan dirige. Omar olha seu celular e vê que tem doze chamadas perdidas. Com cara de censura, olho para ele e sibilo:

— Se eu fosse ela, já teria acabado com tudo.

Ele não responde. Melhor.

Quando chegamos ao hospital onde Dylan trabalha, deixamos o carro no estacionamento e subimos no elevador interno até a Pediatria. Ao chegar, vemos Tata, que, angustiada, vem até nós dizendo:

— Ah, bendito Deus, que susto. Que susto levamos!
— O que aconteceu? — pergunta Omar, nervoso.
— A menina estava com muita febre e desmaiou — explica. — Ainda bem que Tifany reagiu logo, e sem perder um minuto viemos para o hospital. Que susto, Anselmo!

Sisudo, o ogro assente, e Tata acrescenta:

— Dylan, vá ver onde está a menina e peça que o médico lhe explique o que está acontecendo. Tifany e eu estamos tão nervosas que somos incapazes de entender qualquer coisa.

Meu moreno troca um olhar tranquilizador comigo e se encaminha para a porta do fundo.

— Onde está Tifany? — pergunta Omar.
— Com Preciosa, meu querido — responde Tata. — A menina não quer se afastar dela. Que amor tem por ela. Aliás, sua secretária ligou para ela para dizer que vocês estavam vindo.

Caraca! A secretária ligou para Tifany?

Sem dúvida, o circo vai pegar fogo. Olho para meu cunhado, que, com cara azeda, diz:

— Voltando ao assunto do bebê, não é uma boa hora. Vai acabar com sua carreira. Não vê que vai ser um estorvo para tudo? Nós investimos muito dinheiro para que você agora...

— Omar, cale-se! — grita Tony, cortando-o. — Agradeça por ser eu, e não Dylan, quem o ouviu dizer isso, porque, se fosse ele, arrancaria sua cabeça.

— Vá à merda, Omar — sibilo eu, furiosa.

Nesse instante, abre-se a porta ao fundo e aparece Tifany. Ao nos ver, em vez de se aproximar de Omar, ela vem para mim e me abraça. Eu a estreito com carinho. Quando se afasta, diz a seu marido com os olhos chorosos:

— Você não me disse que havia despedido a puta da sua secretária?
— Ah, Deus do céu — sussurra Tata ao ouvi-la.

Omar vai responder, mas Anselmo, plantando-se diante de Tifany, sibila:

— O que você fez com minha neta?
— Como?! — exclama ela.
— Você me ouviu muito bem, loirinha — responde o velho, em tom desagradável.

A pobre Tifany não sabe o que dizer. Tata intervém:

— Anselmo, pelo amor de Deus, o que está dizendo?

Mas ele continua:

— É curioso que ela fique doente quando está aos cuidados dela, não acha?

— Papai, o que está dizendo? — diz Tony.

Vou matá-lo! Juro que mato esse velho, mesmo que seja pai de Dylan. Como é capaz de ser tão cruel?

— O senhor é o ser mais desagradável que já conheci em toda a minha vida! — grita Tifany, alterada.

— É melhor eu calar o que penso — responde meu sogro com desdém.

— Papai, por favor — grunhe Tony. — Que família! Um pai que não facilita as coisas e acusa uma boa mulher de não cuidar como deve de uma menina a quem evidentemente adora. E um irmão imbecil que só faz e diz bobagens. Estou mais que farto!

— Filho, por favor — Tata tenta tranquilizá-lo.

Mas Tony, que sempre escuta, observa e grita:

— Será que uma vez não podemos ser uma família normal e unida? Será que o que peço é impossível?!

Aperto seu ombro com carinho e lhe peço calma. Mas Anselmo, sem se importar com nada, insiste:

— Todos você pensam o mesmo que eu.

Faz-se silêncio; mas então, Omar, com voz dura, replica:

— Não, papai, em absoluto. Eu não penso igual a você, e garanto que nenhum dos que estão aqui pensam.

O ogro se cala e olha para o filho. Omar parece afetado pelo que Tony disse. A seguir, olha para Tifany e murmura, aproximando-se dela:

— Calma, querida.

Ela, chorosa, refugia-se em seus braços, enquanto meu sogro continua falando coisas desagradáveis, discutindo com Tony.

Eu não posso me calar. Olhando para ele, digo:

— Anselmo, você sabe que, apesar dos problemas que tivemos, eu o amo muito, mas acho que está passando dos limites com o que está dizendo. Como se Tifany houvesse provocado a febre e o desmaio na menina.

— Pois não estranhe — solta ele, obcecado.

Tifany, ao ouvi-lo, afasta-se de seu marido e grita com angústia:

— Vá para o diabo! Só pessoas ruins como o senhor são capazes de pensar que eu poderia fazer alguma coisa contra uma menina como Preciosa.

E, sem mais, dá meia-volta e sai andando pelo corredor. Omar vai atrás dela, mas Tifany se solta de sua mão e grita, apontando-lhe o dedo:

— E você, maldito trapaceiro, não me toque e deixe-me em paz!

— Tifany!

— Tifany uma ova! — grita ela como uma possessa. — Estou farta de você, de seu pai, de suas amantes e de não me atender quando eu ligo. Vá à merda!

Omar para, desconcertado com a reação de sua mulher na frente de todos. Quando olha para mim, digo com ironia:

— Foi brincar com fogo... Você se queimou, amiguinho!

Tifany desaparece corredor abaixo. Quando ameaço ir atrás dela, Omar me segura.

— Eu a amo, mas...

— Não, não ama — interrompo. — Se realmente a amasse, não faria com ela tudo que está fazendo. Assim como também não ama seu irmão Dylan, ou não diria o que disse de seu bebê. Agora, aguente as consequências.

Sem mais, me solto dele e corro atrás de Tifany. Sem sombra de dúvida, minha pobre cunhada precisa de consolo. Quando a alcanço e ela vê que sou eu, agarra-se a mim com desespero e soluça:

— Como o velho pode pensar isso de mim, como?

— Não lhe dê ouvidos, Tifany. Você sabe como ele é.

— Não aguento mais, Yanira. Nem Omar, nem a vida que levo. Quando aquela vadia me ligou, vi tudo claramente. Ele me disse que a havia despedido, mas não despediu. Ela continua ali.

Concordo. Eu a vi. Não sei onde Omar a escondeu nas outras vezes que fui à gravadora, mas sei que Tifany tem razão. E isso sem contar com a garçonete do hotel. Sem dúvida, meu cunhado não é nada confiável.

Quando consigo tranquilizá-la, ela me pergunta como estou. Digo que estou bem. Voltamos aos outros. Omar se aproxima, mas eu faço um gesto com a cabeça e ele para a uma distância prudente de sua mulher.

Nesse instante, a porta do fundo se abre e aparece Dylan. Tifany e eu vamos ao seu encontro de mãos-dadas e, quando nos aproximamos, pergunto:

— O que Preciosa tem?

Todos se aproximam para escutar as notícias, e Dylan responde:

— Por enquanto, vai ficar internada.

— Ah, minha menina — soluça Tata.

Dylan a abraça e, dando-lhe um beijo na cabeça, murmura:

— Tata, fique tranquila. Preciosa vai se recuperar.

A seguir, olha para Tony e, com um tom que não admite discussão, ordena:

— Leve papai e Tata para casa.

— Nem pensar! — saltam os dois ao mesmo tempo.

Mas Dylan, postando-se diante deles, explica:

— Vocês não podem fazer nada aqui. Vão para casa, e assim estarão descansados para ficar com a menina amanhã durante o dia todo.

— Mas...

— Não, Tata — interrompe Dylan —, você tem que descansar. Assim será mais útil, está bem?

A mulher assente, contrariada, mas Anselmo protesta.

— Quem vai ficar com a menina?

Dylan olha para minha cunhada e diz com carinho:

— Tifany. Preciosa quer que sua mãe fique com ela, e não há mais nada a discutir.

Emocionada, Tifany olha para mim. Eu sorrio, comovida. Tenho um marido maravilhoso.

— Impossível — grunhe o ogro. — Ela não...

— Papai — interrompe Omar —, você não manda aqui. Quem decide é Preciosa, e se ela quer que Tifany fique ao seu lado, vai ficar.

— Filho, por Deus. Mas você acha que...

— Papai — Omar ergue a voz —, é melhor que se cale antes de piorar ainda mais as coisas. Eu sou o pai da menina e minha mulher é a mãe. Já chega!

Essas palavras fazem Tifany soltar um gemidinho. Passo o braço por seu ombro quando Anselmo, querendo briga, insiste:

— Acho que ela não...

— Maldição, cale-se de uma vez por todas! — explode Tifany, plantando-se diante dele. — Goste ou não, eu vou ficar porque Preciosa decidiu que assim seja. Ela quer que eu seja sua mãe e eu quero ser, goste o senhor ou não. E se tentar me impedir, vou armar tamanha confusão no hospital que garanto que vamos sair nos noticiários.

Meu sogro e ela trocam olhares. É um duelo de titãs.

Por fim, Tifany perdeu o medo dele!

Afinal, o ogro concorda e, dando meia-volta, vai embora. Tony pisca para nós, pega Tata e vai atrás de seu pai.

Quando ficamos sozinhos, Omar se aproxima de sua mulher, mas ela o afasta e diz:

— Vá ficar com sua secretária ou com quem quiser. Eu não preciso de você.

Quando Tifany vai para o quarto de Preciosa, olho para meu cunhado e digo:

— Você vai perdê-la por ser idiota, e garanto que depois vai se arrepender.

Após olhar para Dylan e ver que está de acordo com minha crítica, vou com minha cunhada até o quarto. Com certeza ela precisa de mim mais que do tolo de seu marido.

Um tempo depois, Dylan insiste em que eu vá embora do hospital. Diz que em meu estado tenho que descansar, mas eu me recuso. Estou preocupada com Tifany e não quero deixá-la sozinha.

Às 4h30, sentada em uma das poltronas confortáveis do quarto, adormeço. Quando acordo, são 7h30. Tifany continua sentada, com as costas eretas, olhando para Preciosa. Ao me ver, diz:

— Veja quem acordou. Tia Yanira.

A menina me olha; eu me aproximo e dou-lhe um beijo no rosto.

— Olá, querida, como está?

Assustada ao se ver naquela cama, murmura:

— Quero ir para casa.

A porta se abre, e entram Omar e Dylan, sorridentes.

— Como está minha menininha preferida? — pergunta Omar.

— Papi!

Sem dúvida alguma, Preciosa ama Omar com loucura. Ver seu sorriso me emociona. Quando Tifany vai se levantar para que o marido se sente em seu lugar, a menina segura sua mão e, soluçando, pede:

— Não vá embora.

Carinhosa, Tifany lhe dá um beijo no rosto e sussurra:

— Só vou me levantar para que seu pai se sente um pouquinho. Vou dar uma saidinha mas já volto, *ok*?

Sem afastar os olhos de Tifany, a menina estende os braços e choraminga.

— Não me deixe sozinha, mami.

Ah, meu Deus, acho que vou chorar!

A menina sabe muito bem quem deseja que seja sua mãe. Omar se aproxima, lhe dá um beijo na cabeça e explica:

— Calma, coração, mamãe não vai embora. Mas agora tenho que falar a sós com ela um instantinho. Pode ser, meu amor?

A criança, depois de olhar para um e para outro, concorda. Omar me pede:

— Pode ficar um pouco com Preciosa enquanto levo Tifany à lanchonete para tomar o café da manhã?

Ao ouvi-lo, minha cunhada vai recusar, mas Dylan intervém:

— Vá com ele, Tifany. Yanira e eu ficamos com Preciosa enquanto isso.

Quando ambos saem do quarto, meu moreno olha para mim e pisca. Sem lhe perguntar, intuo que falou com o irmão e lhe disse o que eu não pude dizer.

Preciosa, ao ver Tifany sair, olha para mim e faz biquinho, mas Dylan se aproxima rapidamente se fazendo de palhaço e consegue fazê-la sorrir. Eu nunca o vi com crianças, mas, vendo que conquistou a menina em décimos de segundo, imagino que vai ser um pai excepcional.

Preciosa é um amor. Quando se acalma, ela me pede para cantar sua canção. Eu, sem hesitar, entoo:

No me llores más, preciosa mía.
Tú no me llores más, que enciendes mi pena.
No me llores más, preciosa mía...

Sua expressão, e em especial seu sorriso, ao me escutar dizem tudo. Depois de meia hora, voltam meus cunhados. Omar está com os olhos vermelhos e, depois de beijar a menina, diz olhando para ela com carinho:

— Já voltamos, e mamãe vai ficar com você todo o tempo que você quiser, tudo bem, meu amor?

— Tudo bem — concorda Preciosa segurando a mão de Tifany, decidida.

Durante um tempo, nós quatro brincamos com ela, e quando Preciosa fecha os olhos, cansada, Dylan e Omar saem do quarto. Assim que Preciosa adormece, Tifany me faz um sinal para irmos até a janela. Uma vez ali, murmura:

— Pedi o divórcio a Omar.

— Como?!

Levando o lenço aos olhos para enxugar as lágrimas, ela murmura:

— Ele não me ama... não precisa de mim, e... e...

— Tifany... — digo, tocando seu cotovelo.

— Ah, Deus, Yanira, foi a primeira vez que vi meu *bichito* chorar e suplicar para eu não o deixar. Isso partiu meu coração. Ele quer outra chance, mas eu não posso... não posso mais fazer isso.

E olhando para mim, pergunta, ao me ver chorar:

— Acha que estou certa?

Que pergunta mais difícil. Eu não sou ela. Sua situação não é fácil de digerir. Secando as lágrimas, respondo:

— Aconselhar sobre algo assim é muito difícil. Mas acho que, a esta altura, você deve ser um pouco egoísta e começar a pensar em si mesma.

Tifany olha para a menina, que está dormindo na cama, e diz, começando a chorar de novo:

— Lamento tanto por Preciosa... Eu a amo tanto que...

Nós duas choramos. Abraço-a, e contemplamos a menina. Sinto que se ninguém der um jeito, a coisa não vai ser nada fácil para ninguém.

30

São sonhos

Tony chega ao hospital com Anselmo e Tata e diz que os jornalistas, ao saberem que estou aqui, estão esperando na porta.

Dylan os amaldiçoa, incomodado, e eu o tranquilizo.

Quando levam Preciosa para fazer alguns exames, ela exige que sua mãe a acompanhe. Mas, depois de olhar para Dylan, que nega com a cabeça, o médico não permite.

O ogro torna a fazer das suas, e dessa vez é Omar, mal-humorado, que põe seu pai em seu devido lugar. Isso me surpreende.

Diante da insistência de Dylan, deixamos que ele leve nós duas para a casa de Omar. Saímos pelo estacionamento dos funcionários e ninguém nos vê. Na casa do meu cunhado, conseguimos fazer com que Tifany se deite e descanse. Depois, Dylan me acompanha a um dos quartos de hóspedes e, entre mimos, acaba me convencendo a me deitar.

Eu me entrego, rendida. Quando acordo, são 14h. Tifany, que não sei se descansou, está sentada em uma cadeira na minha frente quando acordo. Sorri. Dylan não está. Voltou para o hospital. Minha cunhada, carinhosa, prepara alguma coisa para comermos e depois vamos para minha casa. Preciso trocar de roupa.

Uma vez ali, penso em dar a notícia da gravidez a Coral e a Valeria, mas decido esperar. Se contar a elas, metade da humanidade saberá.

Às 16h, camuflada com minha peruca escura, chego com Tifany ao estacionamento dos funcionários do hospital. Como não quero revelar minha identidade ao guarda com medo que a imprensa fique sabendo, ela pede que avisem o dr. Dylan Ferrasa.

Dez minutos depois, meu impressionante marido aparece com seu jaleco de médico.

Quase grito "Lindo!", mas não é hora nem lugar.

Dylan fala com o guarda, e depois que abre o portão ele nos permite passar. Quando Tifany estaciona, Dylan lhe diz que a menina passou bem a manhã e que a febre desapareceu. Tiro a peruca e a guardo na bolsa. Ninguém deve me ver morena sabendo que sou eu. Dylan, pegando nós duas pelo braço, leva-nos até sua sala.

Não sei por que estamos em sua sala. Logo entra uma médica, que ele nos apresenta como Rachel. É amiga dele desde a faculdade, segundo explica. Ela comenta que adora minhas músicas, que costumam alegrar seu dia. Isso me deixa contente. Alguém que pensa algo positivo de mim no hospital!

Depois de conversar um pouco, Rachel me pede para erguer a manga e colhe sangue para fazer uns exames.

— Quando tiver os resultados, traga-os diretamente para mim, *ok*, Rachel? — afirma Dylan.

Ela assente, pisca para mim e sai.

Dylan nos leva para outra sala, onde há uma máquina. Depois de trancar a porta, diz:

— Deite-se na maca. Vou fazer um ultrassom para ver se está tudo bem.

— E por que trancou a porta? — pergunto, surpresa.

Dylan olha para mim e depois para Tifany, que explica:

— Ele a está protegendo, Yanira. Ninguém pode saber. Se a imprensa souber, se a notícia vazar, não a deixarão em paz.

Eu não havia pensado nisso. Que inferno!

— Vamos, meu amor. Deite-se.

Deito-me. Depois de untar meu ventre com um gel gelado, ele começa a passar um aparelho para cima e para baixo. De repente, diz:

— Aí está. Diga olá a nosso bebê, meu amor.

— Ai, que coisinha mais linda! — aplaude minha cunhada, entusiasmada.

Olho para o monitor, boquiaberta, e vejo que dentro de mim se dá o milagre da vida. Fico emocionada, e meus olhos se enchem de lágrimas. Vou ser mãe. Em poucos meses uma criança vai depender de mim. E me sinto muito, muito feliz.

Olho para Dylan, feliz. Ele não poderia estar mais radiante, nem mais feliz. Seu rosto reflete o que está sentindo nesse momento. Sorrio. Por meu amor, por meu bebê e por mim.

Durante vários minutos Dylan fica manipulando a máquina com segurança; quando acaba, olha para mim e diz:

— Você está de sete semanas. As medidas são excelentes, não temos com que nos preocupar.

A seguir, imprime o ultrassom, entrega-o a mim e, me beijando, sussurra:

— Agora, mamãe, só tenho que cuidar de você.

Subimos até a pediatria de mãos-dadas. Do jeito que Dylan é protetor, imagino que a gravidez vá exacerbar essa característica. Divertida, sorrio e caminho ao seu lado.

Casada, loucamente apaixonada por meu marido e grávida.

Quem diria?

Ao nos ver, Preciosa fica muito contente e abraça Tifany com desespero. Isso me emociona e, do jeito que estou sensível, tenho que me controlar para não chorar. Quando Dylan sai para visitar seus pacientes, despede-se de mim demonstrando um imenso amor.

Às 18h, levam a menina de novo para fazer mais exames, enquanto Tifany, Omar, meu sogro, Tata, Tony e eu esperamos. Inopinadamente, minha cunhada abre sua bolsa e, tirando um envelope, levanta-se e o entrega a Anselmo.

— Aqui está a carta de sua mulher que me deram no dia de meu casamento — diz. — Entregue-a à próxima mulher de Omar. Já não preciso mais dela.

Olhamos para ela alucinados, e meu sogro mais que todos. Omar, aproximando-se de sua mulher, murmura:

— Tifany... não.

Mas ela se volta, olha-o diretamente nos olhos e responde com determinação:

— Você não merece que eu o ame nem que fale com você, e muito menos merece ter a filha e a família que tem. E embora meu coração sangre por eu ter que me separar de Preciosa e de você, tenho que fazer isso por respeito a mim mesma.

A seguir, olhando para meu sogro, acrescenta:

— Regozije-se com este momento, o senhor venceu. A loira boba devolve seu filho, o senhor não terá que me ver nunca mais.

Dito isso, sai do quarto deixando todos nós de boca aberta. Omar vai atrás dela. Tata murmura, negando com a cabeça:

— Ah, meu Deus, que desgosto!

Olho para meu sogro, que segura na mão a carta de sua falecida esposa. Digo:

— É uma pena que você não tenha querido conhecer Tifany. Eu garanto que teria gostado dela e teria agradecido seu carinho sincero.

Pego minha bolsa e também saio do quarto. Vou até Omar e Tifany, que estão discutindo no corredor. Depois de fazer que Omar a solte, levo-a até um elevador, ponho rapidamente a peruca e vamos pegar o carro.

Meu celular toca. É Dylan. Atendo; ele está angustiado. Seu pai lhe contou o ocorrido. Eu o tranquilizo e fico de ligar para ele mais tarde. Agora preciso ficar com Tifany. Ela precisa de mim.

Levo-a para minha casa, pois ela não quer voltar à que dividia com Omar. Durante horas a coitada não para de chorar. Quando Dylan sai do hospital e chega, conversa com ela. Ele a compreende. Depois de lhe dizer que sempre poderá contar com nosso carinho, dá a ela um tranquilizante e Tifany dorme.

A seguir, Dylan me pega no colo e me leva para o quarto. Uma vez ali, deixo que me dispa com carinho e que me coloque na cama, onde adormeço abraçada a ele. Estou esgotada.

Horas mais tarde, acordo sobressaltada. Pulo da cama e vou ao quarto de Tifany. Abro a porta e me acalmo ao vê-la dormindo.

— Que foi? — pergunta Dylan atrás de mim.

Eu me volto para ele e respondo:

— Nada. É que eu acordei e precisava ver se ela estava bem.

Com carinho, meu moreno me pega no colo de novo e me leva para nosso quarto. Fechando a porta com o pé, ele se aproxima da cama. Quando me coloca nela, não o solto. Olhando para ele na escuridão do quarto, murmuro:

— Faça amor comigo.

Ele não hesita. Sua boca vai direito para a minha, beijando-me com avidez, enquanto suas mãos percorrem meu corpo nu. Eu me sinto florescer.

Ele beija minha testa, meu rosto, meu nariz e lábios. Enrosca os dedos em meu cabelo e, inclinando minha cabeça, dá centenas de beijos em meu pescoço. Sua boca me percorre os ombros, os seios, o estômago e o ventre. Ao perceber que ele segue seu caminho, abro as coxas, convidando-o a não parar. Adoro sua delicadeza e o amor que põe nisso.

Ainda não me tocou, mas já sinto minha umidade. Sua boca rapidamente me saboreia e me chupa. Ele me lambe, morde e, enlouquecido, abre mais minhas coxas. Depois, introduz a língua em minha vagina, e a seguir um dedo. Estou ofegante. Ele me masturba enquanto sua língua brinca com meu clitóris.

Ah, Deus, que prazer!

Entregue a suas carícias, eu me mexo em cima da cama, levanto os quadris e aceito deliciada essa doce intromissão. Ele passa a mão livre por meu corpo e, com dois dedos, pega meu mamilo e o aperta.

Uma dor estranha faz que eu me contraia. Devo estar com os mamilos mais sensíveis por causa da gravidez, mas não quero que ele pare, e o incito a continuar.

Quando sua respiração acelera, ele sobe por meu corpo e me beija. Eu me mexo até ficar sentada na cama, e o incito a fazer o mesmo. A seguir, monto nele e, enquanto passo a boca por seu rosto e beijo sua testa, seus olhos, faces e queixo, seguro seu pênis e o introduzo em mim. Ambos estremecemos.

Minha boca busca a dele. Com ternura, tento lhe proporcionar o mesmo amor que recebo dele. Nunca poderei recompensá-lo. Ninguém é mais bondoso e compreensivo que Dylan. Isso me emociona, e sinto as lágrimas brotando.

Dylan nota e, segurando minha cabeça, olha para mim na escuridão:

— Que foi, meu amor?

Sem poder conter as emoções que me embargam o coração, respondo:

— Nada.

Minha resposta não o convence. Tocando meu rosto para se certificar do que está ocorrendo, ele insiste:

— Você está chorando. Que foi?

Em vez de responder, busco de novo seus lábios e o beijo. Devoro sua boca, loucamente apaixonada, e, quando me afasto para que possamos respirar, sussurro:

— Eu o amo tanto, que choro por isso.

Ele me abraça, beija, e, quando meus quadris começam a se mexer, ouço-o suspirar. Não querendo que isso acabe, exijo:

— Isso... suspire para mim.

Seus braços apertam minha cintura com mais força, e eu, enroscando os dedos em seu cabelo escuro, beijo-o e o faço abrir a boca. Ele abre sem hesitar.

Nossas línguas lutam, e eu avanço os quadris em busca de nosso prazer. Dylan, meu Dylan, treme.

Sem deter meu assédio delirante, modifico o movimento de minha pelve. Agora é rotatório. Vejo meu amor morder o lábio inferior e jogar a cabeça para trás, extasiado.

— Hummm... não pare, coelhinha — diz.

Quando ele menos espera, meus movimentos mudam de novo; depois de uma arremetida brusca que me crava totalmente nele, ele geme:

— Ahhhh... Ahhh...

Vê-lo entregue a mim desse jeito me enlouquece, excita. E quando nota que vai gozar, ele me segura com força e murmura:

— Primeiro você... primeiro você, meu amor.

Ele é um cavalheiro até nisso. Nesse instante, ele assume o comando, e eu o deixo. O calor de meu corpo, que cerca o dele, sobe cada vez mais, e quando o clímax me domina mordo o ombro de Dylan e tremo. Instantes depois, ele também chega ao clímax, e sua semente me inunda por completo. Ele abafa um gemido gutural em meu pescoço e me empala totalmente.

Permanecemos nessa posição por vários minutos. Não nos mexemos, até que Dylan pergunta:

— Você está bem, minha querida?

Assinto com a cabeça, sorrio e beijando-o com carinho, respondo:

— Quando estou com você, sempre estou bem.

31

Ainda bem

No dia seguinte pela manhã, quando Dylan vai para o hospital, ligo para Valeria e Coral. Ambas vêm correndo até minha casa. Embora fiquem muito contentes ao saber de minha gravidez e jurem pelo que mais amam que não vão contar a ninguém, deixo claro que agora o importante é Tifany. Elas concordam e cobrem minha cunhada de mimos, e ela agradece de coração.

Depois do almoço, Coral e Valeria a acompanham até sua casa para que pegue algumas roupas, e eu decido ir ao hospital. Certamente Preciosa, coitadinha, deve ter perguntado por sua mãe. Disfarçada com minha peruca, depois de mostrar ao segurança o passe especial que Dylan me arrumou, estaciono no hospital sem levantar suspeitas.

Tiro a peruca, guardo-a e entro no elevador. Quando entro no quarto todos me olham, e Dylan me abraça, feliz. Preciosa está dormindo. Tata e Tony, depois de me beijar, perguntam por Tifany. Digo que ela está bem e com gente de confiança. Anselmo, que ainda não abriu a boca, quando me aproximo para lhe dar um beijo, com uma expressão abatida murmura:

— Posso ajudar em alguma coisa?

Espantada, olho para ele e, negando com a cabeça, respondo:

— Agora não é mais necessário, mas obrigada.

Omar não diz nada ao me ver. Não nos aproximamos um do outro. Ambos estamos constrangidos e irritados.

Quando Preciosa acorda e me vê, rapidamente olha em volta em busca da pessoa que quer ver. Como não encontra, faz um biquinho e me pergunta por sua mãe.

Olho para todos, surpresa. Ninguém teve coragem de lhe dizer que Tifany foi embora para não mais voltar. Não querendo lhe dar a má notícia, respondo:

— Ela não estava se sentindo bem, querida, e o médico disse que tinha que se deitar um pouco. Ela manda beijinhos.

A menina assente com a cabecinha. Não sei se acredita, mas pelo menos para de perguntar.

O pediatra, ao entrar e ver tanta gente, pede a Dylan que saia. Isso não me cheira bem. Saio atrás dele, e a seguir os três Ferrasa nos acompanham. Tata fica com Preciosa. Ao olhar para Dylan, sei que alguma coisa não está bem. Seus olhos e o ricto em sua boca me dizem. Omar olha para seu irmão e pergunta ao pediatra:

— O que há com minha filha, doutor?

O médico, depois de trocar um olhar com Dylan, que assente, explica que a febre se devia a um simples resfriado sem importância, mas que, depois de repetir os exames de sangue, descobriram que Preciosa tem diabetes melito tipo 1.

Caraca... caraca... caraca! É a mesma doença de meu irmão Argen. Que merda!

Todos se olham, desconcertados. Nenhum deles, exceto Dylan, entende o que significa, até que Tony pergunta:

— Ela é diabética?

— Sim — assente Dylan. — E a partir de agora, terá que receber insulina para regular a glicose do sangue pelo resto da vida.

Todos ficamos calados. O médico prossegue:

— O desmaio foi causado por uma queda do açúcar. Ela podia ter entrado em coma diabético ou ter tido danos cerebrais, mas, fiquem tranquilos, está tudo bem, graças à rapidez com que a mãe da menina reagiu.

Pensar em Tiffany faz meus olhos se encherem de lágrimas. Omar pergunta, totalmente desconcertado:

— Como ela pode ser diabética? Eu não sou, e nunca ouvi dizer que a mãe dela era.

O pediatra responde com paciência:

— A diabetes é uma doença que...

De súbito, Anselmo desaba; senta-se em uma das cadeiras e começa a chorar. Olho para ele, incrédula. O ogro chorando? Sem dúvida, ele deve se assustar com doenças, e o fato de sua neta ter uma o deixou arrasado.

Dylan rapidamente cuida dele, enquanto o pediatra também o tranquiliza. Explica em que consiste a doença e lhe mostra que um diabetes controlado não precisa ser um perigo para ninguém.

Omar, por sua vez, está horrorizado. Tony, com carinho, põe a mão em seu ombro para lhe demonstrar apoio.

— Vamos pedir uma segunda opinião — diz o ogro. — As doenças hoje em dia se curam e...

— Papai — interrompe Dylan —, eu vi os exames da menina, e sabemos muito bem do que estamos falando. Não confia nem em mim?

O pediatra, ao ver como pai e filho se olham, diz para acalmar os ânimos:

— Não se preocupe, Dylan. Acho bom que peçam outras opiniões. — E olhando para Omar, conclui: — Meu dever é dizer o que encontrei agora em sua filha, e é uma diabetes incurável, que durará a vida toda.

Anselmo não consegue assimilar. Leva a mão ao cabelo em desespero. Eu, sento ao seu lado, pego sua mão e explico:

— Meu irmão Argen tem o mesmo tipo de diabetes de Preciosa, e garanto que está bem, apesar da doença. Controlando-a, ele pode levar uma vida relativamente normal. Agora, o que temos que fazer é ensinar Preciosa a viver sua vida do jeito que ela é, certo?

O ogro assente, mas cobre o rosto com as mãos, enquanto o pediatra se despede de nós e sai. Os Ferrasa estão arrasados. Dá para ver em seus gestos, em suas expressões e no jeito de se olharem. Por isso, tomo as rédeas e digo, atraindo a atenção de todos:

— Muito bem, rapazes, o plano é entrar no quarto e não deixar que Preciosa os veja assim. E lamento dizer que desta vez só há um plano, o plano A. Vocês são Ferrasa, e os Ferrasa podem lidar com tudo. E Preciosa também vai poder lidar com isso. Portanto, quero todos com um enorme sorriso no rosto para que a menina os veja tranquilos e bem, certo?

Minhas palavras os fazem reagir. Dylan se aproxima de mim e, orgulhoso, me dá um beijo na cabeça. Meu sogro se levanta da cadeira e, acariciando meu rosto, diz:

— Sem dúvida, você é a mais Ferrasa de todos. E quanto ao que diz a imprensa, não interessa! Eles não fazem mais que inventar. Não acredito em nada do que dizem agora.

Isso me faz sorrir, mas me deixa inquieta. O que estarão dizendo de mim agora?

Segundos depois, entramos no quarto, onde Preciosa nos espera com Tata.

No meio da manhã, dou uma fugidinha até a lanchonete, mas antes passo pela banca de revistas do hospital. Arregalo os olhos ao ver uma foto minha em uma revista. Estou com uma taça na mão, rindo ao lado de Louis Preston, um cantor australiano, e os imbecis cortaram Dylan, que estava ao meu lado. A manchete é: "Louis e Yanira, novo par não só musical?". Irritada, saio do hospital. Preciso respirar.

Minutos depois, ainda possessa, entro no elevador para voltar ao quarto e encontro o dr. Halley. Ao me ver, ele pergunta:

— Como está sua sobrinha?

— Bem. Tranquila.

O homem assente com a cabeça e, me olhando nos olhos, solta:

— Está decidida a acabar com a carreira de seu marido?

— Como? — pergunto, atônita.

— Ouça, sra. Ferrasa, sei que estou me metendo onde não fui chamado, mas devo lhe dizer que seu marido teve várias discussões com gente do hospital por sua causa.

Meu Deus, e eu sem saber de nada!

— O quê?!

— Seus constantes escândalos e rolos amorosos são muito comentados por aqui, e esse tipo de publicidade não o beneficia em nada. Ele nunca poderá avançar na carreira se as coisas continuarem assim.

Nesse instante, abrem-se as portas do elevador e o safado vai embora, me deixando desolada e de queixo caído.

Minutos depois, quando entro no quarto, olho para Dylan. Parece tranquilo. Sem dúvida, o fato de Preciosa ser diabética o preocupa mais do que aquilo que a imprensa diz de mim. Mas fico angustiada ao saber que ele não me contou nada e que está passando maus bocados.

De súbito, a porta do quarto se abre e surge Tifany com Coral e Valeria.

A menina grita e abre os braços, emocionada. Com um sorriso radiante, Tifany vai até ela e a abraça. Beija seu cabelo com amor e, quando para de tremer, entrega-lhe uma sacola enorme cheia de caixas de presente, disposta a abrir todas junto com ela. Preciosa sorri.

— Ou a trazíamos ou a matávamos — cochicha Coral aproximando-se de mim.

Meu sogro a olha boquiaberto. Está tão surpreso com sua presença como todos nós. Pela expressão de Omar, parece que ele também não acredita. Durante duas horas o quarto se enche de júbilo e alvoroço, e a menina sorri como não sorrira o dia todo.

Valeria e Coral vão embora. E atrás delas os quatro Ferrasa.

Aonde vão?

Angustiada, penso que vão falar sobre o que saiu na revista. Mas é mentira! Dylan estava comigo essa noite, e ele sabe. Isso é a única coisa que me tranquiliza.

Com o coração apertado, fico com Tata e com Tifany, e ela cochicha pedindo que lhe conte o que disse o médico. Concordo; ela continua brincando com a menina. Duas horas depois, os outros voltam. Vêm com semblante sério, mas parecem tranquilos. Olho para Dylan, coibida. Ele se aproxima e eu pergunto:

— Tudo bem?

Meu amor assente com a cabeça. Está muito sério, mas me dá um beijo na testa.

Quero lhe perguntar, mas não me atrevo. Sei que não é hora. Todos estão presentes, e não quero deixar Tifany sozinha com os Ferrasa. À noite, depois do jantar, quando Preciosa adormece, Tifany decide ir embora. Omar não se aproximou dela o dia todo, e todos agradecemos.

Vejo que minha cunhada pega a bolsa para ir e também pego a minha. Vou levá-la para casa. Depois de se despedir de Tony e de Tata, sem olhar para Omar ou para Anselmo, ela sai do quarto.

Ela está mesmo decidida! Piro com sua segurança. Dylan sai do quarto conosco e diz a Tifany para irmos a sua sala para lhe explicar o caso de Preciosa. Ela não hesita nem um segundo. Uma vez ali, meu marido fecha a porta e lhe explica o que o pediatra disse. Diferentemente dos outros, Tifany não desaba, e se interessa pelo que se deve fazer para que a menina fique bem.

De súbito, a porta da sala se abre e entram Anselmo, Omar e Tony. O velho declara:

— Precisamos de uma reunião familiar.

Dylan olha para seu pai e, oferecendo-lhe sua cadeira, diz:

— Sente-se, papai.

Eu olho para eles sem acreditar. Vão começar a discutir ali? Tifany pega sua bolsa para sair, mas Omar a detém.

— Não me toque — sibila ela.

— Tifany, temos que conversar.

— Eu não tenho nada para falar com você. Nossos advogados vão conversar — responde ela incomodada, dando-lhe um empurrão.

Omar se afasta, mas o ogro, que ainda está na porta, não se mexe e pede:

— Por favor, Tifany, sente-se.

— Não. — E olhando-o nos olhos, recrimina-o: — Segundo o senhor, eu nunca fui uma Ferrasa; para que quer que eu fique?

Sem se mover, Anselmo olha para ela e responde:

— Minha Luisa, mãe desses três rapazes, dizia que a medida do amor era o amor sem medida, e foi isso que você me mostrou que sente por Preciosa e pelo imbecil do meu filho. Por favor, menina, sente-se.

Tifany olha para mim e se senta na cadeira ao lado da minha.

Todos se sentam ao redor da mesa. Anselmo diz:

— O primeiro ponto é a imprensa e Yanira.

— Papai — sibila Dylan —, eu já disse que disso cuido eu.

Meu coração se encolhe. Caraca... caraca... caraca... O que andaram conversando?

— Loirinha — diz Anselmo com carinho, ignorando seu filho —, está claro que viram em você material para encher as revistas, mas, fique tranquila, os Ferrasa estão com você, entendeu?

Assinto. Não posso falar. Olho para Dylan, e, quando ele também olha para mim, sua fisionomia se suaviza. Murmura:

— Não se preocupe com nada, meu amor... com nada.

Sorri, e sei que tudo está bem. Fico mais calma. Anselmo prossegue:

— O segundo ponto é Preciosa. Essa bonequinha não vai parar de nos surpreender, e agora é com sua doença. Por isso, todos que estamos aqui, inclusive Tata, que agora está com ela, temos que aprender a cuidar dela para lhe garantir uma boa qualidade de vida. Dylan pode nos dizer o que devemos fazer, e Yanira pode nos explicar como viveram a doença de seu irmão em casa. Por favor, Yanira, poderia fazer a gentileza de nos dizer como cuidar de alguém com diabetes?

Que tarefa, a minha! Mas, disposta a ajudar no que puder, respondo:

— Se há algo que recordo desde pequena é como minha mãe era insistente com meu irmão Argen para que nunca, não importava o que acontecesse, tirasse a plaquinha que indicava que ele era diabético. Embora não acreditem, essa informação pode lhe salvar a vida em caso de acidente. Portanto, é preciso comprar uma para Preciosa.

— Já foi encomendada — diz Dylan.

Sorrio ao ver que é sempre tão previdente. Prossigo:

— Será necessário injetar-lhe insulina várias vezes ao dia para regular o nível de glicose de seu corpo, além de controlar a alimentação e os exercícios. Mamãe sempre procurava fazer que Argen comesse cinco vezes ao dia, sem muitas horas entre uma refeição e outra, para que a glicose não baixasse e causasse uma hipoglicemia.

Vejo que a palavra "hipoglicemia" os assusta tanto quanto "diabetes". Prossigo:

— Uma coisa que todos temos que ter a partir de agora na cozinha é uma tabela de carboidratos e uma balança para pesar os alimentos. Sem dúvida, o pediatra lhes dirá como utilizá-la.

— Mas ela pode comer de tudo? — pergunta Tiffany.

Nego com a cabeça.

— Há alimentos proibidos. Chocolate, sorvete, balas, bolos, Coca-Cola, qualquer coisa doce.

E ao ver a expressão de todos, acrescento:

— Mas, calma, uma vez ou outra Preciosa vai poder se dar esse gostinho. Não se preocupem.

Todos assentem, e eu continuo:

— A questão das espetadas no início será complicada. Preciosa vai ficar brava conosco, vai chorar e não vai entender por que fazemos isso com ela. Mas depois de um tempo ela vai se acostumar e verá tudo como normal em sua vida.

— Mas vai ter que ser espetada tanto assim? — grunhe Anselmo.

— Sim, papai — afirma Dylan. — É vital que saibamos como está sua glicose. E, para isso, teremos que espetá-la em várias ocasiões.

Anselmo se desespera. Pensar em espetar a menina irrita o velho. Mas, antes que ele comece a reclamar, prossigo:

— Existem dois tipos de insulina, a rápida e a lenta. A rápida é injetada antes de cada refeição. E a lenta é aplicada uma ou duas vezes ao dia. Seu efeito dura 24 horas, e ela mantém os valores durante a noite e antes das refeições.

Tony não diz nada. Limita-se a escutar com atenção. Sei que ele será o primeiro a aprender tudo que estou dizendo.

— Onde teremos que aplicar a insulina? — pergunta Tifany.

— Nos braços, pernas, barriga ou bumbum. Temos que ir mudando de lugar para evitar lesões de pele.

— Estou impressionado, querida— interrompe Dylan com um sorriso. — Sem dúvida alguma você é uma enfermeira maravilhosa. Estou quase a ponto de contratá-la.

Sorrio e me faço de modesta:

— Meu irmão Argen merecia que todos aprendêssemos a cuidar dele, e ele teria feito o mesmo por nós.

— Isso é muito bonito, Yanira — comenta Tony. — Argen deve estar muito orgulhoso de sua família.

— Outra coisa importantíssima — prossigo. — O aparelho de medir a glicemia tem que estar sempre com vocês. Aonde Preciosa for, vai o aparelho. É com ele que vão poder medir o açúcar antes das refeições e duas horas depois, e assim calcular a quantidade de insulina que precisam injetar.

— Meu Deus — murmura Omar, desolado. — Tudo o que você está dizendo é angustiante. Agulhadas, controles...

— No início pode até parecer — respondo —, mas, por mais difícil que seja acreditar, garanto que, à medida que for crescendo, Preciosa vai aprender, e ela mesma cuidará de tudo antes do que você imagina.

A desolação e a tristeza estão presentes no rosto de todos. Ninguém, com exceção de Dylan, parece entender que é possível viver com essa doença. Sei que o que acabo de dizer é duro, mas a diabetes é assim. Sem dúvida alguma, Preciosa vai crescer e enfrentá-la como fazem Argen e milhões de pessoas no mundo diariamente, e vai mostrar a todos que, apesar disso, é feliz.

Dylan, que escutou tudo pacientemente ao meu lado, diz:

— Outra coisa importante: todos temos que ter em casa uma injeção de glucagon na geladeira para casos de emergência. Se Preciosa entrar em coma hipoglicêmico, teremos que aplicá-la para que recupere a consciência e levá-la direta e rapidamente ao hospital, entenderam?

Todos assentem. Omar murmura, arrasado:

— Não sei se vou aguentar isso... não sei.

Tifany responde com voz grave:

— Sem sombra de dúvida, você é um frouxo. Graças a Deus que o resto de nós vai aguentar. E sabe por quê? Porque amamos Preciosa e queremos vê-la feliz e contente. E se isso significa estar ao seu lado 24 horas por dia, estaremos, até que ela aprenda a se virar sozinha e não precise mais de nós para controlar sua doença.

— Muito bem, mocinha — assente Anselmo. — Assim fala uma Ferrasa.

Pela primeira vez desde que entrei para essa família peculiar vejo o ogro e sua nora se olharem e sorrirem. A seguir, Anselmo pergunta, olhando para seu filho:

— Tudo que Yanira nos disse você nos dará por escrito quando formos para casa, não é? Não quero cometer nenhum erro com minha neta.

— Não se preocupe, papai — responde Dylan. — Quando ela tiver alta, eu mesmo me encarregarei de lhe dar por escrito todas as explicações que necessitar.

Faz-se silêncio de novo na sala. O velho olha para Tifany e diz:

— E o terceiro ponto a tratar é Tifany.

— Não, papai, isso é assunto meu — replica Omar.

Anselmo balança a cabeça, olhando para o filho, e deixando a todos sem palavras solta:

— É evidente que sou um velho rabugento e insuportável que nunca facilitou as coisas para Tifany, mas o que ficou mais evidente ainda é que você é um imbecil infiel que não merece a mulher nem a filha que tem.

Uepa! Vejam só o que ele disse!

Tifany e eu nos olhamos. Anselmo prossegue:

— Sei que não vou reparar o mal que lhe fiz cada vez que nos vimos, mas também sei, como em outra ocasião disse a Yanira, quando tenho que pedir perdão por ser idiota e sem consideração. Você é uma boa garota e eu não soube apreciá-la até que a vi com minha neta. As crianças não mentem, e nelas podemos ver refletido o amor puro e verdadeiro.

Fico emocionada. Vou chorar. Caramba, esses meus hormônios!

— Nós, Ferrasa, somos fiéis e românticos, mas lamento, menina, você foi ficar com o único que não sabe manter o bicho dentro das calças quando vê um rabo de saia. E ouça o que lhe digo, Omar — e aponta para ele. — Se sua mãe estivesse aqui, já teria acabado com você. O que você faz não tem perdão, e acho que já o censurei por isso em mais de uma ocasião, não é verdade?

Omar assente.

— Dylan, Tony e eu somos homens de palavra e de lei. E justamente porque somos assim, sabemos dar a importância que merece à mulher que está ao nosso lado, cuidando dela e protegendo-a. Não como você, filho, que vê um par de pernas e se esquece completamente de quem está em casa esperando-o.

Sorrio. O homem está acabando com o filho. Mas ele ainda não terminou. Prossegue:

— Por isso, e vendo que Omar é um caso perdido, peço sua ajuda, Tifany. Ajuda para criar Preciosa, e também lhe peço que, por favor, não deixe de amá-la como a ama. Para ela você é sua mãe, a pessoa mais importante que ela tem na vida, e quero que continue sendo assim. O fato de você se divorciar do imbecil do meu filho não a privará de ser mãe de Preciosa, e eu prometo que, como advogado, vou me encarregar de assegurar tudo para que a menina seja feliz.

Ah, meu Deus, estou bege!

Olho para Dylan com os olhos marejados, e ele pisca para mim. O que foi que eu perdi?

Tifany, tão abobada quanto eu, afasta uma mecha loira de cabelo e responde:

— Quero continuar sendo mãe de Preciosa, e pode contar comigo para tudo que necessitar, Anselmo.

Ele, estendendo a mão, pega a de minha cunhada, e depois de lhe dar umas palmadinhas, murmura:

— Eu digo o mesmo, menina. Digo o mesmo.

32

Nada será como antes

Nove dias depois, Preciosa recebe alta.

Tata, meu sogro e ela ficam na casa de Tifany, enquanto Omar tem que arranjar outro lugar para morar. Contra qualquer prognóstico, no pior momento de sua vida, Tifany vai contar com o apoio dos Ferrasa. Isso me deixa feliz. Minha bela e carinhosa cunhada merece.

Eles contratam uma mulher acostumada a cuidar de pacientes diabéticos. E, embora no início Preciosa não facilite as coisas com as agulhadas, no final Tifany é quem consegue fazer que a menina colabore um pouco mais.

Meu sogro e outro advogado estão com a papelada do divórcio. Rio quando Tifany me conta que Anselmo ficou bravo quando ela se recusou a receber pensão de Omar. Sem dúvida alguma, o velho vai ter que engolir suas palavras uma a uma.

Coral, Valeria, Tifany e eu tentamos não mudar a Quinta da Peruca. Duas quintas-feiras por mês, saímos para jantar, fofocamos e, depois, acabamos no Ambrosius. Pode-se dizer que estamos viciadas em Chaves de Fenda, especialmente Tifany. A garota bebe que dá gosto. Eu já não posso beber, e aceito; tenho que pensar em meu bebê.

Meus vômitos continuam. Desde que soube que estou grávida, meu corpo não me dá trégua, mas não pretendo me dar por vencida e tento continuar vivendo minha vida.

Tento conversar com Dylan. Pergunto se está tudo bem no hospital. Ele assente, não quer falar disso. Só quer cuidar de mim e me mimar, mas às vezes me sufoca. Fica tão chato com esse negócio de comida, vitaminas e descanso que tenho que brigar com ele.

Caramba, estou grávida, não doente!

A notícia ainda não vazou à imprensa. Mas não há semana que eu não apareça em alguma notinha com minha vida "descontrolada". Arranjaram-me um caso até com Tony! Incrível.

A cirurgia de mudança de sexo de Valeria está programada para o dia 17 de julho, e nós, suas três amigas, estamos pontualmente com ela no quarto para animá-la e não deixar que se sinta sozinha. Quando a levam para o centro cirúrgico, ficamos emocionadas. Eu choro desconsoladamente. A gravidez me faz ficar muito sensível.

Dylan vem nos ver. Ele me beija, me mima e depois me pede que vá embora. Diz que ali não é lugar para grávidas. Eu me recuso. Dali não saio enquanto não vir minha amiga. No fim, ele desiste. Sabe que não vou ceder.

Passo a manhã com náuseas, e, quando tudo termina e podemos entrar para ver Valeria, uma de cada vez, fico mais calma. Ela está dormindo, mas dou-lhe um beijo e prometo voltar no dia seguinte.

Ao sair, ouço umas enfermeiras conversando em uma salinha.

— É... isso mesmo... ela saiu com Tom James, Gary Holt e Raoul First. A garota não para.

— Que pena, o dr. Ferrasa é tão gato. Ele podia ter continuado com a dra. Caty. Ela o teria tratado como ele merece.

— Pobre doutor, o que está tendo que aguentar!

Sem me deter, saio dali para não arrumar confusão.

Durante vários dias, sempre que podemos vamos ver Valeria, e percebo como as enfermeiras me observam. A víbora que há em mim quer sair e soltar seu veneno, mas não faço nada por causa de Dylan. Só lhe faltaria isso. Além do mais, o importante agora é Valeria.

No dia que lhe dão alta, nós quatro nos reunimos. Então a levamos para casa, e cuidamos para que se sinta protegida e querida. Somos sua família. Rindo, ela nos mostra o dilatador vaginal que lhe deram, e nos divertimos dizendo que ela vai se divertir muito.

Dia 25 de julho vamos para Nevada. Estou exausta. Tenho que me apresentar lá, e Dylan tirou uns dias de folga para me acompanhar. No ônibus em que viajamos, toda a equipe me paparica e cuida de mim, dizendo sem parar que preciso descansar.

Tifany não me acompanha nessa miniturnê. Decidiu ficar cuidando de Preciosa e de Valeria. Seu instinto protetor com as duas é maior que o de uma leoa. Com Valeria recém-operada, contratamos uma amiga dela como cabeleireira. Rapidamente vejo que Omar e ela trocam olhares.

Nada a declarar!

Sei que meus colegas têm razão ao me recomendar prudência, e talvez eu devesse diminuir o ritmo, mas não quero dar mais dor de cabeça a Omar nem à gravadora. Meu cunhado não me disse nada, mas sei por um dos sócios que ele deu a cara a tapa por mim. Pelo visto, ao saber que eu estava grávida, tiveram uma discussão monumental. Por isso não cancelei esses quatro shows. Quando acabar, prometi a Dylan relaxar até começar a turnê de setembro, e, embora não se convença, ele aceitou. Não tem mais remédio.

Antes de chegar a Nevada, paramos em um posto para abastecer. Enquanto isso, descemos para esticar as pernas, e vou com as garotas ao banheiro. Ao sair, uns jovens me veem e querem tirar uma foto comigo. Aceito, feliz, e depois um deles me pega pela cintura e diz:

— Que tal se você me der seu telefone?

Com um sorriso, livro-me de sua mão e respondo, o mais educadamente que posso:

— Lamento, mas não.

Dylan, que nos vê, aproxima-se no momento em que o garoto me solta:

— Que foi? Você só vai para a cama com famosos?

Não tenho tempo de responder, porque o soco que Dylan dá no rapaz me deixa sem fala. Omar se aproxima rapidamente e segura o irmão, enquanto Dylan solta todo tipo de impropérios. Lutamos para colocá-lo no ônibus, onde consigo tranquilizá-lo.

Quando chegamos ao hotel, estou sem forças e, assim que entro no quarto, vou para a cama. Quero dormir. Preciso descansar. Às 7h30 batem na porta. É Omar me chamando para ir passar o som. Quando Dylan fecha a porta, olha para mim e diz:

— Você não devia ir. Não vê que não está bem?

Não respondo. Não quero discutir de novo. Ultimamente discutimos demais, e sempre pelo mesmo motivo.

Eu me levanto com esforço, entro no banheiro e tomo um banho. Ele não me segue, e quase lhe agradeço. Depois do banho, sinto-me muito melhor. Ao sair, sorrio:

— Vamos, meu amor, mude essa cara. Estou ótima, não vê?

Dylan olha para mim com atenção, então me ver piscar para ele, por fim sorri e murmura:

— Não sei o que vou fazer com você.

Duas horas mais tarde, depois do teste de som, voltamos ao hotel. O grande show começa à meia-noite, e eu sou a sétima a se apresentar. O mal-estar volta a se apoderar de meu corpo, mas não me deixo vencer. Se eu demonstrar fraqueza, Dylan vai começar de novo com sua ladainha e vamos discutir outra vez.

Às 11h30, vestida e maquiada, vou até a recepção do hotel. Meu amor, ao me ver, sussurra:

— Já lhe disse que adoro como essa calça fica em você?

Sorrio, dou uma voltinha e, depois de lhe dar um beijo rápido, respondo:

— Hoje à noite, quando voltarmos, vou fazê-lo se lembrar disso.

Rindo, entramos no carro da organização, que vai nos levar ao local do show. O lugar está transbordando de gente a fim de se divertir. Encontro vários artistas que conheço e converso com eles. Dylan também, e parece descontraído. Quase três horas depois, é minha vez de subir ao palco. Dou um beijo em Dylan e subo, e todo mundo me recebe com aplausos.

Feliz por estar ali, canto duas canções, danço com meus dançarinos e com o público e me divirto. Depois de cantar a terceira, tento me despedir, mas todo o mundo pede *How am I supposed to live whithout you*, do excelente Michael Bolton. Olho para Omar, que assente, feliz faço um sinal aos meus músicos e a interpreto, buscando Dylan com o olhar na lateral do palco. Canto para ele. Só para ele.

Quando acabo, as pessoas aplaudem fortemente, e me despeço jogando mil beijos. Ao descer, Dylan me espera, me pega no colo e diz:

— Agora, para a cama. Você precisa descansar.

Eu me aconchego em seu peito e sinto vários flashes em volta. Fotografam-nos enquanto eu o beijo cheia de amor.

No dia seguinte, quando descemos para tomar o café da manhã com o grupo, Omar levanta o jornal e diz:

— Dylan, acho que vão processar você.

Olhamos as fotos. Em uma estou eu e o rapaz do posto de combustível conversando, e ele me segurando pela cintura; e na seguinte, Dylan atacando-o. A manchete é "O dr. Ferrasa perde a paciência com sua mulher". Lemos a matéria, que diz que Dylan ficou com ciúme ao me ver excessivamente carinhosa com o rapaz.

Mas que mentirosos!

Fico nervosa. Omar me mostra mais um jornal onde se vê outra foto minha no colo de Dylan, beijando-o. A manchete diz: "Yanira e seu marido. Paixão no show". Agora rio. Dylan também, e me beijando murmura:

— Não se preocupe com nada.

Não respondo, mas me preocupo, e muito, ao pensar no que vai acontecer quando seu chefe vir tudo isso.

Às 8h30, vamos todos no enorme ônibus para Wyoming. Nossa segunda apresentação é lá. Quando chegamos, repetimos tudo como no dia anterior, com a diferença de que essa noite eu me sinto ótima. Quando chego ao quarto do hotel, enquanto tomo banho com Dylan, aproximo a boca de seu ouvido e sussurro:

— Adivinhe quem sou esta noite.

Divertido, ele me olha; eu o pego pelo cabelo e o faço se agachar. Ele se ajoelha diante de mim, enquanto eu o olho de cima e digo:

— Sou Eleonora, sua dona, e você fará tudo que eu mandar.

Dylan ri, brincalhão. Fecho a torneira do chuveiro e, pegando-o outra vez pelo cabelo, faço que se levante e ordeno:

— Seque-me.

Sem hesitar, ele pega um roupão, veste-o em mim, e, quando vai amarrar o cinto, eu o tiro das presilhas e, passando-o em volta de seu pescoço, amarro-o. Já bem preso, murmuro:

— Siga-me.

— Você tem que dormir, meu amor... daqui a seis horas vamos viajar.

— Chhh... calado! — exijo.

Levo-o até o sofá do belo quarto de hotel e, depois de tirar o roupão e de ambos nos sentarmos, digo, entregando-lhe o controle remoto da televisão:

— Procure um filme pornô.

— Mas você não gosta, meu amor.

Ao ouvir isso, pego seu pênis e, apertando-o, sibilo:

— Você chamou Eleonora, sua dona, de "meu amor" e se atreve a desobedecê-la?

Ele suspira com o cenho franzido. Pegando o controle remoto, muda de canal até encontrar um dos canais pagos. Introduz o número de nosso quarto, e tórridas imagens aparecem diante de nós. Vemos que há três canais pornôs, e eu lhe ordeno mudar até que decido em qual ficar.

— *Uma trepada animal*, belo título!

Dylan revira os olhos e eu sorrio, divertida.

Por mais estranho que pareça, ele não curte esses filmes. Acha que são toscos e um mau reflexo do que é sexualidade. Mas não reclama, e começamos a assistir. Um jovem casal chega a um hotel. Já no quarto, ele a despe e blá-blá-blá, o de sempre! Acabou o roteiro.

Enquanto assistimos, eu abro as pernas e incito Dylan a me chupar. Ele está excitado, e não hesita. Eu curto, até que, de repente, no filme adotam uma posição que eu nunca experimentei. Pego-o pelo cabelo e o faço olhar. Digo:

— Eleonora exige que você faça isso com ela.

Dylan olha para a tevê e, sorrindo, responde:

— Não sei se Eleonora é tão flexível.

Torno a olhar para a tevê. A garota está com a cabeça e os ombros no chão, as costas na parte de baixo da poltrona e as pernas, dobradas sobre si como um novelo, enquanto o garoto a come. Que posiçãozinha!

Sem pensar duas vezes, ponho o roupão no chão enquanto Dylan protesta:

— Querida, pelo amor de Deus, você vai se machucar!

Eu rio. Está claro que hoje não conseguimos entrar no jogo "Adivinhe quem sou esta noite". Levantando as pernas e deixando-as cair sobre a cabeça, digo:

— Vamos... faça!

No chão, olho para ele, que não acredita no que está vendo!

— Mimada, você vai se machucar — repete. — Melhor se endireitar.

Mas eu quero fazer desse jeito, e insisto sem me mexer ao ver seu pênis ereto.

— Pelo menos tente. Se eu sentir que machuca, aviso.

Dylan suspira. Põe uma perna de cada lado de meu corpo e, se agachando, guia seu membro até minha vagina e me penetra.

Ambos ofegamos. A posição promete. De novo ele se afunda em mim, que quase sufoco, e, quando começa a se animar, não aguento de dor de pescoço e digo:

— Dylan... amor... pare que vou quebrar o pescoço.

Rapidamente ele para. Ajuda a me levantar e, rindo, me sento no sofá. Com delicadeza ele toca meu pescoço, apalpa-o e, quando vê que estou bem e cheia de desejo, diz:

— Venha aqui, Eleonora, vou lhe dar o que é seu.

Ele gosta de meu riso. Correndo, entro no banheiro. Consigo chegar até o chuveiro, onde eu me debato de brincadeira; quando ele consegue me pôr de joelhos no chão olhando para a parede, com seu joelho abre minhas pernas e, me penetrando, murmura enquanto ofego:

— Assim está melhor, não acha, ferinha?

Concordo. Com o rosto colado na parede do chuveiro, sinto as fortes investidas de meu amor, enquanto nossos suspiros enchem o aposento. Passando o braço por minha cintura, ele me segura para que eu não possa me mexer e, enquanto dá uma série de investidas fortes, certeiras e rápidas, diz em meu ouvido:

— Imagine que atrás de mim há outro homem querendo comer você. Ele está nos olhando e espera que eu acabe para possuí-la. Ele vai enfiar o pau duro em você para você gritar de prazer e eu ouvir. Eu lhe pedi que a coma como sei que você gosta e, quando acabar, vou entrar em você de novo, e assim sucessivamente, até que nenhum dos dois aguente mais.

Enlouquecida com a situação que ele descreve, chego ao clímax com um grito delirante; instantes depois ele me segue. Desde que fizemos aqueles *ménage*s, ambos desejamos repetir. Mas, devido à gravidez, paramos com tudo.

Essa noite dormimos abraçados e esgotados.

Quando toca o despertador, quero morrer!

Não tenho forças, mas, sem reclamar, eu me levanto. Depois que nos arrumamos, descemos ao restaurante do hotel para tomar o café da manhã. Descansamos só três horas, e estou exausta. No ônibus, vomito várias vezes. Angustiado, Dylan sofre por mim. Coitadinho, está passando maus bocados por minha causa. Omar se interessa por meu estado; os dois irmãos trocam algumas palavras não muito agradáveis. No fim, tenho que impor a paz. Só me falta ouvi-los discutir.

Ao chegarmos ao hotel, não temos tempo para descansar. Omar nos apressa para passar o som, e Dylan torna a discutir com ele. Omar olha para mim. Pergunta o que quero fazer, e, sem hesitar, respondo que vou passar o som.

Dylan se desespera.

Durante o teste, tenho que parar duas vezes para vomitar; quando paro a terceira vez, Dylan sobe ao palco e me faz descer, grunhindo. Omar olha para nós, mas não diz nada. Sem dúvida, sabe que o irmão tem razão.

Quando chegamos ao hotel, Dylan me obriga a ir para a cama, enquanto grita como um possesso dizendo que essa noite não haverá apresentação. Está muito irritado; eu fico calada. Não me aguento em pé. Mas, sem que Dylan veja, quando ele vai ao banheiro pego o celular e ponho o alarme para acordar. Tenho que me apresentar, quer ele queira ou não.

Quando o alarme toca e acordo, sobressaltada, Dylan, que está ao meu lado, trava-o. Beijando minha testa, murmura:

— Descanse, você está precisando.

É o que o corpo me pede, e não me mexo, mas dois minutos depois me levanto. Ao ver sua cara de bravo, digo:

— Não me olhe assim. Tenho que me apresentar.

— Não. Eu falei com Omar e suspendi a apresentação.

— Você fez o quê?! — grito, incrédula.

Dylan, acariciando meu rosto, insiste:

— Você está grávida, meu amor, e não está se sentindo bem.

Irritada por meu mal-estar e pelo que ele fez, grito:

— Quer fazer o favor de não ser tão negativo e me ajudar?!

— O quê? — pergunta ele, surpreso.

— Estou pedindo ajuda para sair dessa.

Fora de si, ele olha para mim e grita:

— Cuide-se e deixe-me cuidar de você. Cancele os shows e as malditas turnês e você vai sair dessa!

— Essa é sua solução?

— Sim! — grita.

Suspiro. Sem dúvida, as turnês o deixam maluco. Sibilo:

— Quer parar de ser a nota dissonante de minha carreira?

Mas, assim que falo, eu me arrependo. Se há alguém que está cem por cento comigo, é Dylan. O que acabo de dizer não é justo. Murmuro:

— Desculpe, meu amor... eu falei sem pensar.

Ele fecha os olhos. Com certeza está contando até mil. Quando os abre, responde:

— Se quiser que eu a perdoe, deite-se e descanse.

Nego com a cabeça, e Dylan bufa de frustração.

— Maldita teimosia!

Não respondo. Sei que ele tem razão, mas entro em ação. Ligo para Omar e digo que vou me apresentar. Surpreendentemente, meu cunhado diz que não, que não estou bem. Mas é tal minha insistência que por fim ele cede.

Quando a amiga de Valeria chega para me maquiar, fica em silêncio. Sem dúvida, a fisionomia seca de Dylan a intimida; ao acabar, ela sai o mais rápido possível. Quando ficamos sozinhos no quarto, eu me volto para ele e digo:

— Meu amor, estou bem, não vê?

— Não, não vejo. Nós devíamos pegar um voo direto para casa, onde você deveria ir para a cama e descansar.

Seu instinto protetor, como sempre, reina sobre tudo. Eu me aproximo dele e murmuro:

— Abrace-me.

Ele me abraça. O prazer de sentir seus braços à minha volta acalma momentaneamente o mal-estar da gravidez. Fico grata. Ele beija meu cabelo e diz:

— Vamos para casa. Vou falar com Omar e o pessoal da gravadora e resolverei tudo. Vamos ter um bebê, e você deveria cancelar a turnê. Ainda dá tempo.

— Não, Dylan, não me peça isso — respondo, afastando-me. — Não me peça que renuncie ao meu sonho.

Desesperado, ele olha para mim e grunhe:

— Não estou pedindo que renuncie ao seu sonho, só que o adie. Não percebe que em seu estado é muito difícil fazer o que pretende?

— São apenas poucos meses!

— Olhe para você, Yanira. Por acaso está bem? — pergunta ele, irritado.

Não respondo; não quero mentir.

— Se você estivesse bem, eu não lhe diria o que estou dizendo. Pense no que está fazendo, querida, pense antes que seja tarde demais.

— Tarde demais para quê?

Ele olha para mim de cara feia, e, quando vai responder, batem na porta. É Omar. Pergunta-me se estou bem, e eu confirmo. Dylan não diz nada; entra no banheiro e bate a porta.

Ele se recusa a me acompanhar à apresentação. Irritada por causa de sua birra, também saio batendo a porta. Inspirando fundo para controlar o enjoo, entro no carro. Horas depois, quando subo ao palco, tento dar tudo que posso. Canto e danço, mas me sinto mole, muito mole. Aguento como posso e, quando acabo, depois de sorrir e agradecer ao público, vou para os bastidores, onde Omar me segura. Vendo meu estado, exclama:

— Meu Deus, Yanira, você devia ter ficado no hotel. Dylan vai me matar.

— Fique tranquilo — digo, sorrindo. — Ele vai me matar primeiro.

Quando chegamos ao quarto e vê como estou, Dylan me deita rapidamente na cama. Meio inconsciente de cansaço, eu o ouço gritar com seu irmão, dizer todas as barbaridades que vem guardando faz tempo. Eles discutem. Sem forças para protestar, ouço Dylan dizer a Omar que cancele todas as turnês, que eu não vou viajar.

De madrugada, acordo sobressaltada. Meu coração está a mil, e tremo como uma vara verde. Dylan está ao meu lado, trabalhando no computador, e logo me pergunta:

— Que foi?

Assustada, respiro com dificuldade e levo a mão ao coração. Na realidade, não sei o que é, mas percebo que alguma coisa está acontecendo. Dylan pede que eu explique o que se passa, mas não consigo. De súbito, sinto algo quente escorrer por minhas coxas. Afastando o lençol, vejo sangue entre minhas pernas. Em choque, fico olhando sem me mexer, até que Dylan me deita na cama. Sua expressão indica que está tão assustado quanto eu. Mas ele mantém a calma e diz:

— Cruze as pernas e fique calma, meu amor. Vou chamar uma ambulância.

Depois disso, só me lembro da ambulância, da cara de Omar, das palavras de amor de Dylan e da escuridão.

33

Tenho tudo, menos você

Quando acordo, estou em uma cama de hospital. Dylan está ao meu lado e, quando abro os olhos, ele murmura com carinho, afastando o cabelo de meu rosto:

— Olá, linda.

Com a boca pastosa, respondo:

— Olá...

As recordações caem sobre mim como um tsunami, e meus olhos se enchem de lágrimas. Intuo o que aconteceu. Dylan, abatido, beija minha testa com ternura e diz:

— Não se preocupe, meu amor... teremos outro bebê.

À tarde, quando o médico vem falar conosco, a única explicação que nos dá é que a natureza é muito sábia, e que, se aconteceu, é porque alguma coisa não ia bem com o feto.

No dia seguinte, voltamos a Los Angeles, e, uma vez em casa, eu me tranco no quarto e choro sem parar. Dylan se mostra muito carinhoso comigo. Falo com minha família, que sofre tanto quanto eu pelo ocorrido. Minha mãe quer vir me ver, mas eu não deixo. Quero voltar o quanto antes à minha vida.

Todos me consolam, mas não consigo me recuperar. Eu me culpo pelo que aconteceu. Devia ter ouvido o que Dylan dizia. Devia ter descansado, mas não descansei, e o resultado foi catastrófico.

Minhas amigas se revezam para não me deixarem sozinha quando Dylan vai trabalhar. Não me deixam ver televisão nem ler os jornais e revistas. A notícia de meu aborto está em todas as manchetes, e, embora elas achem que não vejo, eu me martirizo lendo pelo celular as coisas terríveis que insinuam. Quando Dylan chega, à noite, faz de tudo por mim, mas eu o sinto distante. Intuo que dentro de si ele guarda algo que cedo ou tarde vai ter que sair. Desde que perdi o bebê, ele trabalha mais que antes. Não sei se é porque tem mesmo muito trabalho ou porque não quer ficar comigo.

Uma tarde, ele chega mais cedo que o habitual, toma um banho e veste um *smoking*. Surpresa, entro no quarto.

— Aonde você vai?

Com expressão séria, sem olhar para mim, ele responde, enquanto ajeita a gravata-borboleta:

— Tenho um jantar no hospital para angariar fundos para a nova sala de neonatos.

— Por que não me disse? — pergunto. — Eu não sabia, ainda não me vesti...

— Você não vai, Yanira.

Sua voz, seu tom tão sério, deixam-me inquieta.

— Por que não?

Como ele não responde, abro o armário e insisto:

— Se me der meia hora, prometo estar pronta e...

— Se eu não lhe disse é porque não quero que vá.

Sua frieza me deixa tão atônita que fecho o armário e não digo mais nada. Saio do quarto, e logo depois, dando-me um beijo, ele sai.

A distância entre nós já é totalmente visível. Total falta de comunicação.

Choro angustiada, e tenho ciência, sem que ele me diga, que me quer longe de seu trabalho e de seus colegas. Certamente tem vergonha de mim.

Quando ele chega, de madrugada, finjo que estou dormindo. Vejo-o se despir e entrar na cama. Não o toco, nem ele me toca, e uma lágrima corre por meu rosto.

Com tudo que estou chorando pelo que aconteceu, não o vi soltar nem uma lágrima diante de mim. Estará sofrendo? Eu sabia que ele era durão, mas nunca pensei que pudesse ser tanto. Sua atitude às vezes me faz lembrar seu pai, e isso me dá calafrios.

No dia seguinte, ele vai trabalhar sem que nos falemos. Ele sabe que estou chateada com o que aconteceu, mas não pergunta. Não se interessa por mim. Tento compreender, tento não o censurar. Mas preciso que ele fale comigo, que grite ou se irrite comigo. Preciso que nos comuniquemos, como sempre fizemos; mas ele não quer. Alguns diretores da gravadora entram em contato comigo. Todos, menos Omar. Embora Dylan tenha lhes pedido que cancelassem a turnê, eles não lhe deram ouvidos e insistem que eu a faça. Hesito.

Agora não estou mais grávida e não sei o que responder.

Ligo para Omar. Ele me diz que entende o irmão e que dessa vez não vai se meter. Devo decidir sozinha o que fazer com a turnê.

À noite, depois do jantar, comento com Dylan. De cara feia, ele diz:

— Yanira, esse assunto está encerrado. Eu cancelei a turnê.

O jeito como fala, sem se importar com o que eu penso, me irrita, e respondo, contrariada:

— A última palavra é minha, não sua. É minha turnê, meu trabalho. Você tomou essa decisão no calor do momento, e...

— Eu tomei a melhor decisão para nós.

— Para nós?! — grito, nervosa. — Está querendo dizer para você.

Minhas palavras, cheias de tensão, fazem que ele me olhe. Impassível, ele responde:

— Fique calma, você está muito alterada.

Sem lhe dar ouvidos, grito de novo:

— Como vou ficar calma com o que você diz e faz?! O que há com você? Não fala comigo, não me toca, não me olha. Você me odeia tanto assim pelo que aconteceu?

Ele deixa o guardanapo em cima da mesa e murmura, irritado:

— Ouça, Yanira, eu não odeio você, mas faça o que quiser. Não é minha intenção ser a nota dissonante de sua carreira. Tome você suas próprias decisões, sejam elas acertadas ou não.

Sua voz... Sua expressão... Sua resposta...

Vejo a raiva que ele guarda dentro de si. Digo:

— Por que você nunca me disse que tem problemas no hospital por minha causa? Por quê?

Dylan olha para mim, surpreso. Pergunta:

— Como?!

— Sei que faz tempo que você aguenta comentários, fofocas, e...

— O que eu aguento em meu trabalho ou fora dele é coisa minha. Você não tem que se preocupar com isso.

— Está enganado! — grito, ao ver que ele confirma. — Eu me preocupo. Você é meu marido, e fico inquieta. Nosso mundo perfeito está desmoronando e... e... caraca! Você até me exclui de sua vida social como se eu fosse uma doente, e não me conta que...

— O que você quer que eu lhe conte? — interrompe-me, erguendo a voz. — Que tenho que suportar meus colegas debochando de mim cada vez que atribuem a você um novo romance ou dizem que a viram em uma festinha? Ou que odeio ver que minha mulher é assunto na boca das enfermeiras? Ou talvez lhe explique como me faz mal ver as malditas manchetes da imprensa? Ouça, Yanira, não me irrite ainda mais, pois já suporto o bastante por sua causa.

Sem dúvida, temos uma conversa pendente, e decido que será aqui e agora. Eu me recosto na cadeira e digo:

— Estou recuperada. Diga o que tem para dizer.

Dylan franze o cenho e pergunta:

— A que se refere?

— Sei que o problema não é só isso que você falou. Há mais coisas, não é verdade?

— Do que está falando?

Olho para ele com dureza.

— Você sabe muito bem a que me refiro. Vamos, diga!

Seu rosto impassível me deixa arrepiada.

— Yanira, pare.

— Não! — grito me levantando. — Não quero parar. Quero que você me diga o que tem guardado aí dentro. Pare de fugir de mim ficando no hospital ou se trancando em seu escritório. Seja sincero e enfrente as coisas.

Ele não responde. Passa a mão pelo cabelo, irritado, mas não fala. Por isso eu grito:

— Sei que você acha que eu tive culpa por perder o bebê. Sei que pensa que se houvesse lhe dado ouvidos nada disso teria acontecido, e... e...

E começo a chorar. Dylan se levanta para me abraçar, mas eu, detendo-o, grito:

— Diga!

Ele se controla. Noto que seus sentimentos o corroem por dentro. Por fim, ele sussurra:

— Eu não penso nada disso. Não sei por que você acha que eu...

— Mentiroso!

A raiva de Dylan sobe como espuma, e, quando ele não aguenta mais, grita também, com os olhos furiosos:

— Não acho que você teve culpa por perder o bebê, essas coisas acontecem. Mas acho sim que você devia ter se cuidado um pouco mais!

E, antes que eu possa responder, acrescenta:

— Se você houvesse me ouvido, talvez...

— Talvez não houvesse acontecido, não é? — termino sua frase. — Está vendo? Você pensa, sim. Você me culpa pelo que aconteceu.

Dylan leva a mão à testa. Ele acaba de perceber que eu tenho razão. Dá meia-volta para sair. Eu olho para ele sem dizer nada, e antes de chegar à porta Dylan para, volta-se e, olhando para mim, diz:

— A última vez que discutimos eu lhe prometi que não me isolaria. Disse que não importava o que acontecesse, você recolheria os cacos.

Assinto. É verdade; apesar de nesse momento não estar a fim de recolher nada.

Olhamo-nos com dureza. Essa ilusão perdida sem dúvida vai levar parte de nós consigo. Com olhar duro, Dylan diz:

— Estou muito triste por pensar que você valorizou mais os shows que nosso bebê. Estou atormentado porque não me deixou cuidar de você. Estou farto de ver você nos jornais e todo mundo no hospital me olhar com compaixão ou escárnio. Estou irritado por ser a nota dissonante de sua carreira. Estou triste porque queria esse bebê tanto quanto você. E estou furioso porque não sei como superar a dor e a decepção que sinto sem ficar com raiva de você.

Suas palavras são muito duras, e não sei o que responder.

Estamos a apenas dois passos de distância, mas é como se estivéssemos a milhares. Nunca, em todo o tempo em que estamos juntos, tive uma sensação de vazio tão grande. Sem saber o que dizer, passo ao lado dele e vou para o quarto chorar.

Quero morrer.

Nessa noite, Dylan não dorme ao meu lado. Fica em seu escritório até a hora de ir trabalhar, no dia seguinte.

34

Isso

Passamos os dias seguintes o melhor que podemos. Mal nos vemos e, quando nos encontramos, quase não nos falamos. Abriu-se um abismo entre nós, um abismo tão grande que nenhum dos dois é capaz de pular. A desconfiança, junto com a decepção e a dor, está nos matando como casal, e nenhum dos dois faz absolutamente nada para consertar as coisas. Eu não conto a ninguém o que está acontecendo. Guardo tudo para mim. O que estou vivendo é tão doloroso que não quero que ninguém mais saiba, nem tente dar opinião.

Dylan viaja por cinco dias para uma convenção em Washington. Não me propõe que eu vá com ele, e quase agradeço. Mas no segundo dia estou subindo pelas paredes. Sinto falta dele.

A solidão me faz buscar amizades. Coral, entre seu trabalho e seu astronauta, não pode sair sempre que a convido. Com Tiffany, entre suas encomendas e Preciosa, acontece mais ou menos a mesma coisa, e Valeria tem que se recuperar da cirurgia.

Angustiada, querendo sair de casa, vou às festas a que me convidam. Estar cercada de gente que não me pergunta como estou nem quer saber de minha vida me faz relaxar, e me divirto. Em uma dessas festas encontro meu cunhado Tony, que, surpreso ao me ver sem Dylan, pergunta se está tudo bem. Assinto com a cabeça. Não sei se ele acredita.

Dylan volta de viagem, e a frieza de nosso reencontro deixa claro que estamos cada vez pior. Continuamos sem conversar, sem nos beijarmos, sem nos abraçarmos, sem fazer amor. Os dias passam. Cada vez mais afastados, recomeço a levar minha vida, como ele leva a dele. Só dividimos a casa, e, quando estamos os dois nela, reina o silêncio e tudo fica insuportável. Acho que por isso procuramos ficar em casa o mínimo possível.

Depois de meu aborto, a imprensa não persegue mais só a mim, mas também acossa Dylan na porta do hospital e aonde quer que ele vá. Sem que digamos nada, certamente estão percebendo que nossa vida está mudando. Já não saímos juntos, nunca nos veem sorridentes, e manchetes como "Uma loira explosiva chamada Yanira sozinha na noite" dominam as revistas todas as semanas.

Convidam-me para uma festa de quatro noites em Acapulco. Aceito com prazer. Durante esses dias, todos os artistas contratados ficam hospedados em um hotel impressionante, onde descanso e tomo sol. Nas duas primeiras noites, para evitar os jornalistas, não saio, fico no quarto. Na segunda noite, ao abrir o notebook para entrar na internet, meu sangue gela nas veias quando vejo Dylan em um restaurante tomando um drinque com outras pessoas. Alucinada, vejo várias fotos dele falando e sorrindo com a mesma morena. A manchete é: "Marido de Yanira se diverte em boa companhia".

Furiosa, fecho o computador. Acho que pela primeira vez sinto a indignação que ele deve andar sentindo há meses. No dia seguinte, vou navegar com alguns amigos. Nós nos divertimos, dançamos, bebemos, mas a farra acaba para mim quando um tal de James, depois de me pegar pela cintura, me dá um beijo na boca, e, furiosa, eu lhe dou uma joelhada no saco que o faz se dobrar ao meio.

Nessa noite, canto na festa com o lindíssimo Luis Miguel. Mãe do céu, que luxo! No palco, olhando-nos nos olhos para representar a letra da canção, entoamos:

Tengo todo excepto a ti y el calor de tu piel.
Bella como el sol de abril,
qué absurdo el día en que soñé que eras para mí.
Tengo todo excepto a ti y a la humedad de tu cuerpo.
Tú me has hecho porque sí,
seguir las huellas de tu olor, loco por tu amor.

Enquanto canto, penso em Dylan. Efetivamente, tenho tudo menos ele, e, embora esteja seguindo minha vida, nada, absolutamente nada, me motiva, nem tem emoção se ele não precisa de mim.

Será que deixou de me amar?

Essa noite, quando as apresentações acabam, desesperada por causa do que sinto, vou beber alguma coisa com outros artistas. Preciso me desligar e me divertir, ou vou ficar louca. Danço, canto, bebo, relaxo, e dessa vez, ao ver uns *flashes*, sei que vou sair dançando em alguma capa de revista com meu vestidinho azul-claro.

Vamos que vamos!

Quando volto para casa, dois dias depois, Dylan não está. Tomo um banho, ponho uma roupa confortável e me deito no sofá dos abraços para escutar música no iPod.

Quando ele chega, à noite, diferentemente de outras vezes, caminha para mim agitando uma revista, arranca meus fones dos ouvidos e pergunta, furioso:

— Desde quando você é tão amiguinha de Raoul Prizer?

Olho para a capa da revista e não me surpreendo. Lá estou eu com meu vestidinho azul-claro e o tal de Raoul, dançando. E em outras fotos, estamos entrando no hotel. A manchete é: "Yanira e Raoul, um belo par em Acapulco".

Caraca, já me arranjaram outro amante?

— É verdade? — insiste Dylan.

Surpresa por Dylan me dirigir a palavra, olho para ele e respondo:

— Como se você se interessasse.

Um rugido sai de sua boca. Sua indignação é tanta que, surpresa, pergunto:

— Posso saber por que está desse jeito?

— Responda! É verdade?! — grita.

— Não. Como eu faria uma coisa dessas? Por acaso ainda não me conhece?

Ele não responde, e eu insisto:

— Em tese, você sabe mais que eu como é a imprensa.

E ao ver como ele me olha, acrescento, sibilando com fúria:

— Espero que você tenha se divertido na outra noite. Vi a foto, você parecia estar se deliciando com uma morena.

Dylan não responde. Olha para mim, suspira e pergunta:

— Quando você o conheceu?

— Conheci quem?

— Raoul! Aqui está dizendo que jantaram juntos.

— Um grupo de pessoas jantou junto, e depois fomos tomar um drinque — defendo-me. — Não estávamos só ele e eu.

Com uma expressão sofrida, ele vai dizer algo certamente ferino, mas eu me antecipo:

— É só um amigo. Nada mais.

— Um amigo?

— Sim.

Dylan sorri. Ai, ai, não gosto desse sorriso. Com uma expressão vulgar, ele solta:

— Esses não são seus amigos, são só gente que quer ser vista com você. Aproveitadores que se aproximam com o único fim de promover suas carreiras.

A seguir, com um sorriso frio e impessoal, ele sai da sala. Segundos depois, ouço a porta da rua se fechar.

Quando fico sozinha, afundo no sofá dos abraços, cubro os olhos e soluço sem que ninguém me console.

Na quinta-feira seguinte, saio com as garotas. Sinto tanta falta delas que quase choro quando me chamam para nosso jantar de Quinta da Peruca. Sorrio ao ver o bom humor e positividade delas diante de tudo. Escondo meus sentimentos e, quando me perguntam por Dylan, respondo feliz e contente. Percebo que sou uma excelente atriz.

No jantar, Tifany nos surpreende ao dizer que meu sogro, seu ex-sogro, a está ajudando muito na adaptação de Preciosa a Los Angeles. E que no próximo fim de semana a convidou a ir com a menina à Villa Melodia, e ela aceitou. Quem diria!

Coral nos conta que Joaquín e ela vão passar o fim de semana em Nova York, e fico muito feliz por ela, mas sinto uma terrível pontada no coração ao recordar o maravilhoso fim de semana que passei com Dylan nessa cidade.

E Valeria nos fala, divertida, de seus progressos com o dilatador vaginal. Todas rimos enquanto brincamos e batizamos o aparelhinho de Espartano.

Quando é minha vez de contar alguma coisa, invento que Dylan e eu rimos juntos na cama vendo as manchetes da imprensa e os romances que nos atribuem cada vez que falamos com alguém. Elas acreditam. Como disse, que grande atriz eu sou!

Após o jantar, vamos ao bar de Ambrosius e bebo várias Chaves de Fenda. Às duas da madrugada, já meio altas, Valeria insiste em nos mostrar a cirurgia. Rindo, entramos no banheiro, ela abaixa a calcinha, e, alucinadas, olhamos quando ela abre as pernas.

— Caramba, que xoxotinha mais linda lhe fizeram! — exclama Coral.

— Alucinante — afirmo eu.

— Sério, Valeria, é linda! — diz Tifany, incrédula.

Feliz, ela nos olha de cima enquanto nós duas, agachadas, observamos sua vagina. Pergunta:

— Gostaram de como ficou?

Coral concorda, olha para ela e diz:

— Não pega bem eu falar, já que não gosto de mulheres, mas, menina, só de olhar para você fiquei arrepiada.

Solto uma gargalhada escandalosa. Elas me olham, e eu digo:

— Tudo bem... bebi demais.

Quando saímos do banheiro, nós quatro, animadas, vamos dançando até a pista. Ali, um sujeito me pega pela cintura e eu lhe dou um tapa para que me solte. Ao fazer isso, minha peruca sai do lugar, mas rapidamente a ajeito. Só faltava que me reconhecessem e a imprensa me pegasse com meu disfarce. Isso seria o fim de minha privacidade.

O sujeito, ao ver que Ambrosius lhe faz uma advertência, levanta os braços em sinal de desculpas. Coral, olhando para mim, diz:

— Esse é um pegador.

Ambas soltamos uma gargalhada. Quando acaba a canção, Tifany e Valeria continuam na pista, enquanto Coral e eu vamos para o balcão. Estamos morrendo de sede.

Pedimos duas Chaves de Fenda. Pegando a minha, ergo-a e digo:

— Vamos brindar à nova vagina de Valeria.

Coral e eu fazemos tintim. Depois de beber, ela olha para mim e pergunta:

— Você está bem?

— Sim.

Minha amiga me observa com intensidade e diz:

— Alguma coisa em você está estranha. Não sei o que é, mas...

— Talvez a peruca escura? — interrompo.

Ela sorri, e antes que diga mais alguma coisa, chamo-a para dançar de novo. Evidentemente, Coral está começando a notar algo em mim, mas não quero que ela descubra.

35

Brisa

Continuo sem dar uma resposta à gravadora sobre a turnê, e sei que estão muito irritados. Omar, pressionado por eles, vem a minha casa. Ouço-o com paciência e fico surpresa ao ver sua mudança de atitude em relação a mim e a minha carreira.

Antes de ir embora, ele diz que na segunda-feira tenho que dar uma resposta, sem falta. Assinto com a cabeça, dou-lhe um beijo e ele vai.

Estou vendo tevê jogada no sofá, com o pote de achocolatado na mão, quando em algum programa aparecem umas imagens minhas. Estou em um barco em Acapulco.

Ah, mãe do céu... Ah, mãe do céu!

São imagens de quando estávamos em alto-mar. Várias pessoas estão dançando, divertindo-se e bebendo. E quando vejo a imagem seguinte, quero morrer. Estou com o tal de James, no momento em que ele me pega pela cintura e me beija. Congelam a imagem quando sua boca pousa na minha, dando a entender que foi um beijo tórrido e apaixonado.

Caraca! Era só o que me faltava. Se o que eu fiz foi lhe dar uma joelhada no saco! De tão nervosa, sinto uma cãibra na perna. Levanto-me, dou uns pulinhos e consigo fazê-la passar. Quando consigo pôr o pé no chão de novo, meu olhar vai direto para uma foto na qual Dylan e eu estamos rindo.

Mãe do céu, como ele vai interpretar essas imagens do barco se as vir? Angustiada, vou até a foto, pego-a e sorrio. Que dias lindos passamos em Toronto... Deixo a foto no console da lareira, olho as outras e fico nostálgica ao ver esse sorriso de Dylan de que eu tanto gosto e do qual sinto tanta saudade.

Sento-me de novo no sofá pensando em Dylan. Sinto falta dele. Preciso tê-lo ao meu lado, preciso que ele me abrace, que sorria, que me diga coisas românticas; e, acima de tudo, preciso que ele precise de mim.

A carta de sua mãe surge em minha mente. "O primeiro a pedir desculpas é o..." Sem dúvida alguma, Luisa tem razão. Continuar com essa atitude fria e distante não beneficia nenhum dos dois, e situações como essa do barco menos ainda.

Malditos sensacionalistas!

Pego o telefone para ligar para ele e explicar que as coisas não foram desse jeito, mas sinto que preciso olhar nos olhos dele, de modo que decido ir procurá-lo.

Escondo o cabelo debaixo de um boné azul e, depois de pôr uns óculos de sol, vou até o hospital. Pego o elevador até sua sala. Não sei se ele está ali ou operando, mas tanto faz, vou esperá-lo, e cedo ou tarde ele vai aparecer.

Sem que ninguém me veja, entro e fecho a porta. Sem fazer barulho, sento-me em uma das cadeiras decidida a esperar o tempo que for preciso.

De súbito, ouço um murmúrio proveniente do fundo, da sala onde Dylan tem aquela caminha. Levanto-me e me aproximo silenciosamente. Ouço a voz de Dylan e a de uma mulher. Meu sangue gela.

Pelo amor de Deus... por favor... meu Jesus, que não seja o que estou imaginando.

Respiro com dificuldade e, ao me aproximar mais, distingo a voz de Dylan, que diz:

— Continue... não pare agora. Eu aguento.

Ah, meu Deus... meu Deus... meu Deus...

Vou ter um troço... Caraca... caraca... caraca!

Ouço uma risadinha feminina. Sinto meu coração a mil por hora.

O que Dylan está fazendo com uma mulher nesse quarto? Tentando não desmaiar, olho pela fresta da porta entreaberta e vejo os dois sentados na cama. Dylan está nu da cintura para cima e ela está sentada em frente a ele, perto demais, tocando seu rosto. Eu a reconheço. É a médica que fez meu exame de sangue.

Cadela!

Não me mexo. Observo-os.

Vão se beijar?

Plano A: mato os dois.

Plano B: assassino os dois.

Plano C: aniquilo os dois.

Elimino esses planos de minha cabeça, mas tremo. Meu Deus, serão amantes? Já dormiram juntos?

Minha cabeça, essa que me ajuda a imaginar o que eu quero, começa a montar seu próprio filme de infidelidade. Quando já não aguento mais, com uma ira incontrolável abro a porta com um tapa.

Eles olham para mim e pulam da cama. Eu sibilo, furiosa:

— Agora não me diga que "isso não é o que parece!".

Dou meia-volta para sair, quando sinto Dylan pegar minha mão, segurando-me.

— Claro que vou dizer que não é o que parece.

— Solte-me! — digo, e me debato.

Mas, claro, medir minha força com a de Dylan é idiotice. Ele me puxa para si e murmura em meu ouvido:

— Acalme-se, Yanira.

Não o vejo, mas vejo a médica. Maldita vadia! Morrendo de raiva ao imaginar o que estavam fazendo, dou um pontapé na canela de Dylan com todas as minhas forças, e ele me solta, gritando de dor. Ao me voltar, grito, enquanto ele continua agachado:

— Quer que eu me acalme?! Não posso, maldito mentiroso. Está dormindo com essa aí, não é?

Ela, espantada, olha para mim, insolente, e diz:

— Olhe aqui, minha linda, não aconteceu nada aqui.

Vejo a plaquinha que tem no jaleco e leio seu nome.

— Você é uma puta, dra. Rachel Nelson. Sabe que ele é casado e ainda assim, se enrosca com ele! — grito de novo.

Olhando para Dylan, que continua agachado esfregando a canela, sibilo:

— Agora entendo por que trabalha tanto ultimamente e não se aproxima de mim nem a pau. Você tem essa vadia a sua disposição para treparem feito safados! — concluo, lembrando-me de Tifany.

Ao ouvir isso, Dylan se levanta, furioso.

E eu, perdendo o fôlego, pergunto, baixando a voz:

— O que aconteceu com seu supercílio?

Sua expressão dura me mostra que está puto.

— Eu bati.

— Nada disso — interrompe a médica.

E, olhando para mim, esclarece:

— Saiba que, quando você entrou, eu estava suturando seu supercílio. Ele não bateu, na verdade...

— Rachel, cale-se! — diz Dylan.

A médica sorri e, olhando para mim, continua:

— Saiba que seu marido teve uma discussão não muito suave com o dr. Herman depois de ver umas imagens suas na televisão, em um barco.

Merda! Ele viu.

— Porra, Rachel, cale-se! — insiste Dylan.

Eu olho para os dois, boquiaberta. Meu Deus, quanto mal estou fazendo a Dylan, tanto na vida quanto na carreira. Assustada, vou falar, quando ele, olhando para mim, ordena:

— Sente-se nessa cadeira e não se mexa. — E, olhando para a médica, sibila: — E você, Rachel, acabe de suturar de uma vez por todas e feche a boca.

Em silêncio, observo, horrorizada, o que ela faz no supercílio de Dylan. Ele não se queixa, não se mexe. Quando termina, ela corta o fio com a tesoura e, dando-lhe uns tapinhas no ombro, diz:

— Pronto, está novo!

A seguir, olha para mim e acrescenta:

— E eu não durmo com seu marido porque tenho o meu. Somos apenas colegas e amigos sem benefícios.

Faço cara de paisagem e peço desculpas com o olhar. Como ela me dá um sorriso, entendo que me perdoa.

Quando ficamos sozinhos, vejo em cima da cama a roupa de Dylan manchada de sangue. Sem olhar para mim, ele abre um armário, pega uma camisa limpa, veste-a, e por cima, um jaleco. Quando acaba, pergunto, preocupada:

— O que aconteceu?

Dylan suspira e responde de mau humor:

— Você passou dos limites, só isso.

Eu me sinto péssima, culpada. Tento esclarecer levantando-me da cadeira:

— Eu não o beijei, Dylan, juro. Ele tentou, e eu...

Furioso, ele crava seus olhos amendoados em mim e murmura:

— Cale-se!

Obedeço. Fecho o bico.

— Eu vi fotos — sibila ele diante de meu rosto —, centenas de fotos que não me agradaram, mas sempre, sempre confiei em você. Porém, o que vi hoje foram imagens, imagens reais e em movimento, que me mostraram como você pensa pouco em mim quando viaja.

— Eu não fiz nada, juro! Estava chateada, Dylan. Na noite anterior havia umas fotos suas com uma morena, e senti ciúmes. Perdi um pouco a cabeça, mas garanto que não aconteceu nada entre nós, nada!

— Sabe de uma coisa, Yanira? Estou há meses vendo fotos suas e engolindo o ciúme. Mas o que eu e metade da humanidade vimos hoje na televisão foi você rebolando, se esfregando e se divertindo com esse sujeito em um barco. Sabe Deus até onde vocês chegaram. E não... agora você não pode dizer que não aconteceu e que não estava se divertindo. Você foi para a cama com ele? Brincou com ele?

— Não!

Olhamo-nos em silêncio. Dylan, com sua franqueza de sempre, acrescenta:

— Pois eu me deitei e brinquei com outra mulher.

Ah, que a terra me engula!

Desabo na cadeira e sinto falta de ar.

Não posso acreditar no que ele disse. Dylan, meu Dylan, foi para a cama com outra? Sinto muito calor e me abano com a mão. Olho para ele. Sua frieza me espanta, e o que acabo de escutar me deixa arrasada.

Como ele pôde fazer isso? Como pôde entregar a outra o que é só meu?

— Para que você veio? — pergunta ele, sem se importar com meus sentimentos.

Ainda atordoada pelo que ele me disse, respondo:

— Eu queria vê-lo e...

— Pode me ver quando eu chegar em casa.

Paralisada, pestanejo quando ele acrescenta:

— E quanto a meu trabalho, quero que saiba que venho ao hospital para trabalhar, não para trepar, como você pensa.

Nossos olhares se encontram, e não vejo no seu nem um pingo de ternura, de necessidade. Onde está o Dylan que me amava?

Depois de um silêncio constrangedor, ele diz:

— Vá para casa, eu tenho que trabalhar.

Mas eu continuo abobada; pergunto com um fio de voz:

— É verdade que você foi para a cama com outra mulher?

— Sim — responde ele, furioso. — Simplesmente fiz o mesmo que você.

Ele foi para a cama com outra!

Dylan, o amor da minha vida, o homem por quem eu teria posto a mão no fogo, me traiu com outra. Sem parar essas palavras ficam dando voltas em minha cabeça, tornando-me consciente de que meu conto de fadas acabou. A realidade é demais para mim. Disposta a ser forte como sempre fui, olho para ele e digo:

— Neste momento eu lhe diria os piores insultos que você possa imaginar, filho da puta. Estou furiosa, irada, muito irada com você. Vim aqui para conversarmos, para tentar resolver nossos problemas, para lhe contar que segunda-feira tenho que dar uma resposta à gravadora sobre a turnê, e...

— É sério que ainda não sabe se vai fazer a turnê?

Não respondo. Em tom cortante, ele diz:

— Vá embora.

Como não entendo a que ele se refere exatamente, não me mexo. Dylan se levanta, fecha os olhos e, colérico, sibila apontando a porta:

— Vá embora do hospital, vá para essa maldita turnê e saia de minha vida.

Tudo bem... hoje não é meu dia, e ele está a fim de me matar de desgosto. Minha respiração se acelera quando ele grita:

— Nossa relação está passando por seu pior momento. Nós mal conversamos, mal nos vemos, e você ainda tem dúvidas sobre fazer essa maldita turnê?!

Ele balança a cabeça e acrescenta:

— Eu avisei que você tomaria decisões equivocadas.

— Você também tomou decisões equivocadas — reajo por fim. — Você me traiu, brincou com outra, e isso é algo que nunca fiz a você.

Seus olhos estão cheios de raiva, de fúria e de dor. Contudo, ele responde:

— Estou farto de rumores, de fofocas. Farto de manchetes indignas. Esgotado de tanto a imprensa me perseguir com perguntas impertinentes. E sabe o que é pior? Não confio mais em você. Você já não me oferece segurança e está acabando comigo, Yanira. Está me destruindo porque quero tê-la e a perdi.

Suas duras palavras me pegam tão desprevenida que não consigo reagir. Dylan acaba de me dizer coisas terríveis. Isso tem que ser um pesadelo!

— Vá embora! Vá! — diz ele, aproximando seu rosto do meu em atitude intimidante. — Eu a traí com uma mulher melhor que você, que me deu tudo que você não me dá. Vá embora!

Não me mexo. Não consigo. Estou irada, indignada, alterada, mas, ao olhar para ele, de repente percebo que está mentindo. Ele não esteve com nenhuma outra. Dylan nunca me compararia com ninguém, e menos ainda o relacionamento sexual tão apaixonado que tivemos. Ele não faria isso. Seus olhos me dizem que está mentindo, e arrisco perguntar:

— Você não me traiu, não é?

Minhas palavras o surpreendem.

— Não quero ficar com você, Yanira. Vá embora, afaste-se de mim.

Sem olhar para trás, ele sai do quartinho, e eu fico aterrorizada. Não consigo me mexer. Quase nem respiro. Não posso acreditar no que acaba de acontecer.

Ouço-o andar por sua sala. De repente, ele entra de novo no quartinho, fecha a porta, me abraça e me beija. Devora-me. Sua boca ávida invade a minha com loucura e desespero, enquanto eu a abro para recebê-lo e me entrego a ele sem reservas.

Aprisionada contra o armário, Dylan enfia as mãos por baixo de meu vestido e rasga minha calcinha. É a primeira vez que nos tocamos depois do aborto; tremo. Preciso dele.

Sem me soltar, ele desabotoa a calça, e, depois de tirar seu pênis duro, com uma forte investida, entra totalmente em mim enquanto me beija. Eu me abro para me acoplar a ele. Segurando-me em seus ombros, levo a pelve para a frente para recebê-lo.

Ele não me traiu. Eu sei. Percebo. Meu sexto sentido de mulher grita que ele disse isso para que eu fosse embora porque está farto e cansado de mim.

Fazemos amor com fúria e desenfreio. Quando ele afasta a boca da minha, olha para mim. Eu o olho também. Observo seus olhos sofridos e o ferimento em seu supercílio. Sinto necessidade de beijá-lo ali, mas não posso. Nossos movimentos são tão bruscos que acho que vou machucá-lo. Sem parar nós nos acoplamos um ao outro enquanto nossos fluidos nos encharcam. Quando mordo seu lábio inferior, trememos de prazer, e irremediavelmente, antes do que teríamos desejado, chegamos ao clímax.

Ficamos abraçados uns segundos, com a respiração entrecortada, até que Dylan me solta. Ele me dá uma toalha de papel, e sem dizer nada nós nos limpamos.

— Vá embora — diz a seguir.

Nego com a cabeça. Não, não pode ser verdade o que ele está me dizendo. Ao ver que não me mexo, ele insiste:

— Eu disse para você ir embora.

— Não, Dylan — soluço. — Não quero. Não acredito no que você está dizendo. Você está furioso pelo que viu e...

— Ouça, Yanira — sibila ele desesperado —, quero deixar de ser a parte negativa de sua carreira, e preciso que você pare de amargurar minha vida e minha existência.

— Não.

Continuo negando, sem me mexer.

Ele me pega pelo braço com força e, me olhando com raiva, murmura:

— Vá embora, você não é boa para mim.

Suas duras palavras me deixam arrasada, partem meu coração. Ele fecha os olhos para não ver minhas lágrimas. E, quando os abre, diz:

— Vou falar com meu pai para que prepare os papéis do divórcio.

— Não... Não faça isso. Eu amo você — suplico.

Ele não me escuta. Prossegue:

— Fique com a casa. Eu voltarei para a que tinha antes, é melhor.

— Não diga isso, por favor... Não...

E, quase tendo um infarto, murmuro, tentando abraçá-lo:

— Não farei essa turnê. Não irei. Vou cancelar.

Desfazendo-se de minhas mãos, ele responde com voz trêmula:

— Já não adianta mais. Já não tem valor para mim.

— Dylan...

— Vá embora, Yanira... Saia da minha vida.

Sua voz é tão categórica que penso que nada do que eu disser ou fizer vai fazê-lo mudar de ideia. Quero gritar que o amo, que sei que ele me ama, mas, depois que ele abotoa a calça, sai de novo do quartinho, e dessa vez ouço que sai da sala, deixando-me sozinha e desconsolada.

Meu coração vai sair do peito. Como chegamos a essa situação?

Dez minutos depois, quando consigo parar de tremer, pego minha calcinha rasgada no chão, guardo-a na bolsa e saio da sala, do hospital, e quando chego ao nosso lar sei que definitivamente ele acaba de me expulsar de sua vida.

Dylan não volta para nossa casa, nem nessa noite nem na seguinte. Não ligo para ninguém. Não aviso ninguém. Quero ficar sozinha, ruminando minha desgraça.

Na segunda-feira, depois de um fim de semana de solidão, ligo para a gravadora. Farei a turnê europeia e latino-americana. Preciso ir embora e esquecer.

36

Sonhos desfeitos

A notícia de nossa separação cai sobre todo mundo como um balde de água fria. Minha família não entende, a dele também não, e minhas amigas não acreditam no que aconteceu.

Como eu pude esconder tudo de todos?

A imprensa é outra história. Em alguns lugares falam que nos separamos por causa de meus constantes casos amorosos com outros homens e, em outros, usam fotos antigas de Dylan com diversas atrizes.

Falam de tudo. Mas tudo é mentira. Eu sei, e espero que ele saiba também.

Os jornalistas se instalam às portas de minha casa e não arredam pé, mas o que mais me angustia é quando me contam que estão fazendo a mesma coisa na casa de Dylan e no hospital. Seu chefe, o dr. Halley, deve estar bem feliz comigo, e Dylan também.

Passam-se os dias, e não o vejo nem sei nada sobre ele. Vinte tortuosos, terríveis, longos e cruéis dias com suas respectivas noites. A tristeza que me embarga é infinita, mas tento não me deixar vencer por ela. Cada canto desta casa enorme é de nós dois. Vejo-o em todos os lugares. Sinto-o. Às vezes até penso ouvir sua voz quando me chamava do andar de cima. Durmo com a roupa dele em cima da cama. Ainda conserva seu cheiro, e preciso dela para conciliar o sonho. É meu placebo para descansar.

Dylan não passa em casa para pegar nada. Com isso, deixa claro que não precisa de nada que tenha a ver comigo. Isso me dói, dói muito. Eu nunca quis ser tão prejudicial para ele, mas parece que fui. E me martirizo ao pensar que ele devia ter cumprido essa regra que se impôs, de não se casar com uma cantora como sua mãe. Mas ele se casou, deixou-se levar pelo coração, e o tempo provou que se enganou. É o que penso. O fato de ele não vir me ver, não me ligar e não voltar me faz pensar nisso.

Escuto sempre nossas canções, que dançávamos à luz de velas, apaixonados e felizes, e canto nossa canção, gritando desesperada como posso viver sem ele agora.

Vejo nossos vídeos, olho nossas fotos, choro sozinha no sofá dos abraços, vou me entupindo de chocolate, visto suas camisetas e me torturo todos os dias pensando no mal que lhe fiz.

Sinto ter perdido o bebê, mas, sem sombra de dúvida, sinto mais ter perdido Dylan. Nunca vou me perdoar por ter amargurado sua vida e sua existência. Por não ter sido boa para ele. Essas palavras ficaram gravadas em meu coração partido e não consigo digeri-las.

Nesses dias, se não fosse por minhas amigas, não sei o que seria de mim. Tifany me acalenta, Coral me consola e Valeria me mima. Cada uma do seu jeito tenta me fazer reagir, e por fim Valeria, que tem mais tempo que as outras, muda-se para minha casa para ficar mais perto. Não posso ficar ancorada no passado, senão nunca vou me recuperar. Se há alguém que pode me ensinar a ser forte, sem dúvida é ela.

Omar me liga um dia, emocionado: estou concorrendo na categoria de melhor artista estrangeira ao American Music Awards. Quando ele me conta, fico surpresa e alegre. Penso em Dylan. Eu adoraria lhe dar a notícia, mas não faz sentido. Ele não se importaria.

Em meados de agosto, meu sogro nos convoca num escritório de advogados. Já está com os papéis do divórcio prontos. Com a angústia estampada no rosto, aceito e vou.

Tremendo como uma vara verde, chego sozinha. Pergunto por Anselmo Ferrasa, e me acompanham até uma sala. Ao entrar, encontro Dylan e seu pai, além de um funcionário do escritório. Por fim vejo Dylan, depois de tantos dias. Ele está com olheiras, mais magro, e sério. Muito sério. Anselmo, ao me ver, me abraça com semblante triste. Depois de me dar um beijo, murmura:

— Você está magra demais, loirinha.

Sorrio. Não posso parar de olhar para meu amor. Por fim ele se aproxima, trocamos dois beijinhos rápidos no rosto e ele se afasta como se eu o queimasse. Seu cheiro... sua proximidade... inundam meu corpo e quero abraçá-lo. Preciso, mas não devo. É evidente que ele não aceitaria.

— Vamos sentar? — pergunta Anselmo.

Sento, e Dylan se senta na minha frente. Anselmo começa a falar e a explicar os termos do divórcio.

Olho para Dylan disfarçadamente. Seu supercílio já está curado. Ele não olha para mim. Está atento ao que seu pai diz. Por favor, olhe para mim. Sei que se olhar, tudo isso pode acabar. Sei que ele me ama, e eu o amo.

O que estamos fazendo?

Não sei quanto tempo passo perdida em meus pensamentos, mas, de repente, vejo que Anselmo põe uns papéis diante de seu filho e diz:

— Yanira passa a ser proprietária da casa onde mora, e você da que já tinha. As contas do banco já estão separadas, e, como nenhum dos dois quer nada do outro e não têm filhos, só precisam assinar embaixo de seus respectivos nomes.

Caraca... caraca... meu coração bate disparado.

Dylan pega no bolso interno de seu paletó a caneta que lhe dei em nossa viagem a Nova York.

Ora... quem diria que eu estava lhe dando a caneta com que ele assinaria nosso divórcio. Que vida maldita!

Sem me olhar, decidido, ele assina as três vias, enquanto meu sogro me observa com olhos tristes. Coitado, que desgosto estamos lhe dando!

Quando Dylan acaba, entrega os papéis a seu pai, que os passa a mim.

Quando os pego, fito-os.

Caramba, são os papéis de meu divórcio!

Assinar isso significa o fim de minha vida com Dylan. Olho para ele e me surpreendo ao ver que está me olhando. A tristeza que vejo refletida em seus olhos é comparável à minha. Ele me entrega a caneta para que eu assine. Faz questão, e eu a pego com frieza.

Maldito amor. Maldito romance. Maldita vida a minha.

Antes de assinar, abro a bolsa e pego a carta que Anselmo me entregou no dia de meu casamento. Olho para ela e, enquanto tiro o anel de sua mãe, digo:

— Isto é seu. Acho que não devo ficar com elas.

E para me torturar um pouco mais, acrescento:

— Espero que você encontre a mulher que o faça realmente feliz e que as entregue a ela.

Seu rosto se altera. Mostra-se fraco.

Sinto que minhas palavras o ferem tanto quanto a mim. Mas, sem falar nada, sem me dizer que estamos fazendo uma loucura, ele pega a carta e o anel e os guarda no bolso do paletó.

Durante alguns segundos, olho para ele esperando que diga que não assine os papéis, que rasgue tudo; mas ele não diz, e por fim eu os assino e entrego a Anselmo.

— Esperem aqui. Vou trazer uma cópia carimbada para cada um — diz meu sogro, levantando-se.

Ele sai do escritório acompanhado do homem que atuou como secretário. O silêncio toma conta do lugar. Nenhum dos dois sai do lugar. Olhamo-nos, e por fim digo, sem poder me controlar:

— Eu sei que você não me traiu. Eu sei.

Ele não responde. Permanece inexpressivo. Insisto:

— Como acha que vou viver sem você agora?

Dylan fecha os olhos, respira fundo e, ao abri-los, responde:

— Pare de dizer coisas que não combinam com você. Lembre-se de que o romântico sempre fui eu. Não finja. E quanto ao divórcio, fique tranquila, você vai superar. Seus amigos maravilhosos certamente adorarão ajudá-la.

Sua frieza me choca. Quando seu pai entra, Dylan se levanta, pega uma das cópias e sai sem se despedir.

Aflita, olho para minhas mãos e vejo a marca branca que o anel deixou. Toco meu dedo e fecho os olhos para não chorar.

Como posso ser tão boba?

Anselmo se senta ao meu lado e, depois de um tempo em silêncio, diz:

— Parabéns pela indicação ao American Music Awards. Ganhando ou não, ser indicada já é um prêmio.

Sorrio com tristeza e respondo:

— Obrigada. Mas, sinceramente, Anselmo, neste momento isso é o que menos me importa.

Acho que ele me entende, e pergunta com carinho:

— Você está bem, loirinha?

Nego com a cabeça. Não quero mentir. Estou desolada.

— Posso afirmar, e sei de fonte segura que o cabeça-dura do meu filho está péssimo — diz ele. — Sei o que está passando e o que está sentindo neste instante. Mas, enquanto ele não refletir, não vai se dar conta do que fez.

Suspiro, dou de ombros. Sentindo calor, levanto o cabelo.

— Ainda não posso acreditar que isso aconteceu.

Minhas mãos esbarram em algo, e de repente percebo que estou com a chave que Dylan me deu no pescoço. Com um movimento reflexo, vou tirá-la, mas Anselmo me detém e diz:

— Não, menina, não. Quando o vir, você a entrega a ele.

— Duvido que tornemos a nos ver.

— Eu não. Dylan a ama.

— Se me ama, por que se divorciou de mim? — pergunto com tristeza.

Ele balança a cabeça e, depois de pensar, responde:

— Porque tudo isso foi demais para ele, Yanira. Não é fácil ser marido de uma artista, e sei do que estou falando. Com você e meu filho aconteceu o mesmo que com minha Luisa e comigo. Muita paixão entre vocês, muitas manchetes e trabalhos bem diferentes.

Não respondo. Toco a chave que levo ao pescoço. Ele acrescenta:

— Eu me divorciei de Luisa duas vezes, e me casei três vezes, com ela.

— E daí?

Ele sorri.

— Daí que conheço bem meu filho, e ele a ama demais, loirinha. Ama como eu amava a mãe dele, e vai procurar você de novo. Sei disso porque Dylan é como eu, um homem apaixonado, para quem qualquer mulher não serve. Só a ideal.

— Eu não tenho nada de ideal.

— Para ele você tem tudo, linda — afirma Anselmo.

— Por minha culpa ele sofreu na vida, no trabalho, e esqueceu a regra número um de não se casar com alguém como eu — replico, desolada.

— O amor, como o destino, é caprichoso, Yanira. Sabe o que me dizia Luisa sempre que nos reconciliávamos? — Nego com a cabeça, e ele continua: — Dizia que o amor deve ser como o café. Às vezes forte, outras vezes doce; às vezes puro, outras com leite, mas nunca frio.

Ao ouvi-lo, sorrio. Pegando as mãos do ogro resmungão que não é mais meu sogro, murmuro, emocionada:

— Eu teria adorado conhecer Luisa.

— E ela, sem dúvida, teria gostado de conhecer você — afirma ele, me abraçando com carinho.

37

Sempre me lembro de você

Depois de assinar os papéis do divórcio, decido passar uns dias em Tenerife. Ficar com minha família e sentir seu calorzinho sem dúvida me fará bem. Falo com eles e alugo uma vila impressionante, com vista para o mar. Posso me permitir esse luxo.

Já ali, levo toda minha família para esse local idílico. É o único lugar onde os jornalistas não podem entrar.

Durante o dia, quando estamos juntos na piscina ou sentados à mesa, reina uma aparente normalidade, e brindamos por minha indicação aos prêmios da música. Eu sorrio, quero que me vejam contente.

Mas, quando chega a noite, eles se revezam para entrar em meu quarto e me falam de Dylan. Tentam entender o que aconteceu entre nós. Eu os escuto e não digo nada. Não quero decepcioná-los e dizer que, de certo modo, eu o perdi. Só choro, choro e choro. A mais dura é vovó Ankie. Ela não me perdoa por não ter posto Dylan antes de todo o resto; mas, quando me vê chorar, ela me consola. Falo com meus pais. Quero lhes comprar uma casa melhor e mais confortável que a que eles têm, mas recusam. Não querem se mudar, nem de casa nem de bairro. Insisto. Mas no fim me rendo. Percebo de quem herdei a teimosia.

Algumas tardes, quando estamos na piscina, observo meu irmão Argen com Patricia. Adoro ver o amor que eles têm um pelo outro. E com certa inveja, olho a barriguinha de minha cunhada. Ela já está de seis meses e meio, e sabemos que vai ser um menino. A felicidade que irradiam me alegra, mas arrasa meu coração.

Numa das tantas noites em que não consigo conciliar o sono, eu me sento na frente do computador e vejo que recebi por e-mail uma notificação do Google.

Tenho um alerta referente a Dylan Ferrasa, para receber tudo que aparecer sobre ele. Fico sem fala quando vejo a notícia.

Dylan está sorridente, jantando com uma mulher. Xingo. Não a conheço, não sei quem é, mas sei que a foto é atual, e não de arquivo. Ver como ele sorri para ela desperta meus ciúmes, me provoca náuseas. Imaginar que ele faz amor com ela como fazia comigo me deixa louca. Sem dúvida, ele decidiu retomar sua vida. Bato a cabeça na mesa.

Encurto em dois dias minhas férias e decido voltar a Los Angeles. Minha família me sufoca; ou talvez eu me sufoque sozinha. Preciso retomar minha vida, custe o que custar.

Com as pilhas recarregadas depois de descansar uns dias em Tenerife, retomo os ensaios de minha turnê e, quando subo ao palco e canto, sinto que tiro um peso dos meus ombros. Sem dúvida, cantar me faz bem.

A turnê europeia é um sucesso. Visitamos Espanha, França, Inglaterra, Holanda, Alemanha e Itália. E assim como na Espanha vejo minha família e na Holanda a família de minha avó, quando chego à Itália encontro Francesco. Janto com ele e sua noiva, Giulia. Depois de tomar uns drinques, eles propõem subir até meu quarto comigo.

Aceito.

No quarto, quando os dois se aproximam de mim e começam a me tocar, eu me sinto mal, incomodada. Afasto-me deles e peço que façam amor para mim. Quero observar. Eles concordam. Francesco despe sua noiva com delicadeza e a seguir tira a própria roupa. Eu me sento em uma cadeira para observá-los.

Nunca fui espectadora tão direta de algo assim, mas nesse dia é o que quero. Francesco se deita na cama, e Giulia leva seu pênis até a boca e começa a chupá-lo. Faz uma felação de vários minutos.

A seguir, Giulia fica em pé na cama. Não sei o que vai fazer, até que a vejo cravar a ponta de seu salto no pênis dele. Francesco está arfante. Isso o deixa louco, e ela repete a ação várias vezes, enquanto meu amigo treme de luxúria.

Depois de lhe arrancar vários gemidos, ela se senta sobre ele. Observo-a beijá-lo na boca e depois deslizar pelo corpo dele até seus mamilos. Morde-os, e Francesco curte, entrega-se a ela. Então, Giulia introduz o pênis dele em sua vagina, e lentamente começa a cavalgá-lo.

Penso em Dylan, em seu prazer imenso quando eu fazia isso. Fecho os olhos e revivo esses incríveis momentos com ele. Mas, quando os abro, praguejo.

Preciso esquecê-lo!

De onde estou, vejo Francesco segurar o bumbum de sua noiva e fazê-la se mexer a seu bel-prazer. Dylan fazia assim comigo. O italiano a esfrega sobre si, aperta-a e os dois gemem.

Giulia se abaixa e passa os seios pelo rosto dele até enfiá-los em sua boca. Francesco os chupa, suga, morde, como meu amor fazia comigo.

Não quero participar. Só penso em Dylan, enquanto eles brincam e curtem o sexo como em outros tempos eu curtia com meu amor, com meu marido.

Um tapa forte me faz descer das nuvens. Ouço Francesco dizer à noiva:

— Vire-se.

Eles mudam de posição. Ela fica de quatro e ele, agachando-se, enfia a boca entre as pernas dela e a chupa desde a vagina até o ânus. Giulia ofega enquanto ele a possui com a língua e os dedos.

— Venha — diz Francesco, olhando para mim.

Nego com a cabeça; ele não insiste.

A seguir, ele introduz seu pênis duro na vagina da noiva e começa a se movimentar em um compasso lento e sensual, enquanto com um dedo dilata o ânus dela. Giulia ofega, Francesco geme e eu os observo. O gemido dela quando ele se aperta contra seu corpo é de puro êxtase. O mesmo êxtase que eu sentia quando Dylan, meu amor, meu marido, meu dono, se apertava contra mim.

O ritmo das investidas se acelera. Meu coração também. Francesco a pega pela cintura e dá uma série de rápidas investidas, tira o pênis e o introduz de novo até o fundo. Giulia grita. Eu sinto calor ao recordar o que sentia quando Dylan fazia isso comigo.

O som do choque dos corpos atrai de novo minha atenção. Eu os observo. Vejo como o traseiro de Francesco se contrai a cada investida, e, tirando de novo o pênis totalmente, torna a introduzi-lo na vagina dela. Continuam as repetidas penetrações, e dessa vez, segurando-a pelo cabelo, ele a faz se arquear. O volume dos gemidos de Giulia aumenta, e quando o êxtase explode nela, Francesco sai, vira Giulia e introduz o pênis ainda duro na boca dela.

Como uma poderosa diva do sexo, Giulia o chupa com avidez e sem descanso, querendo fazê-lo gozar. Percorre com a língua o tronco do pênis e suga a ponta com ânsia, enquanto lhe acaricia o saco. Francesco, enlouquecido, aumenta suas investidas. Segura a cabeça da noiva e introduz o membro inteiro na boca dela, tremendo e murmurando:

— Chupe até a última gota.

Depois disso, o grito de Francesco é brutal. Enquanto ela continua chupando, vejo o sêmen escorrer por seu queixo. Ao contrário de mim, que não gosto do sabor do sêmen, Giulia parece adorar. Como uma menina dócil, ela engole tudo e lambe o que resta nos lábios.

— Boa menina... boa menina — murmura Francesco, enquanto ela não para de chupar e lamber com gosto.

Quando se dá por satisfeita, ela se senta na cama. Ele, olhando para mim, sorri e diz:

— Giulia, vá tomar um banho e se vestir.

Sem dizer nada, ela pega sua roupa e vai para o banheiro. Fica claro que nessa relação ele manda e Giulia obedece. Nada a ver com minha relação com Dylan, na qual mandávamos e obedecíamos em partes iguais.

Depois de se limpar um pouco, Francesco se veste e, quando acaba, senta-se em frente a mim e pergunta:

— Você está bem, Yanira?

Nego com a cabeça. Não, não estou bem; deixo que me abrace, e ele diz:

— *Bella*, você precisa superar seu divórcio.

— Sim — assinto convicta —, vou conseguir.

Francesco e eu conversamos um pouco. Logo Giulia aparece e nos despedimos. Quando eles vão embora, olho para a cama que segundos antes estava ocupada. Depois de tirar a colcha onde eles fizeram amor, tiro a roupa e me deito.

Quero dormir e sonhar com Dylan.

38

Cal e areia

Em 19 de outubro, terminada a turnê europeia, chegamos a Los Angeles, e Coral e Tifany estão nos esperando. Quando Valeria e eu descemos do avião, sorrimos ao vê-las, mas, antes de nos abraçarmos, a imprensa já me cercou.

Acabo de voltar à realidade.

À noite, minhas amigas jantam em minha casa. Conversamos durante horas e contamos o que aconteceu conosco nesse último mês. Divertimo-nos bastante, mas quando, às 2h, as três vão embora, fico sozinha nessa casa enorme.

Olho em volta; vejo que tudo está como sempre. Nada fora de lugar. Ali continuam as fotos de Dylan e minhas. Furiosa, pego-as e as jogo longe. Ele quer que o esqueça, que o odeie? Pois muito bem, vou tentar!

Depois de eliminar todos os seus sinais da sala, subo para meu quarto e, quando entro, a saudade volta a me assediar. Sem poder evitar, recordo nossos momentos belos e mágicos nesse quarto. Praguejo.

Vou até o armário, e, ao abri-lo, o cheiro de Dylan me invade.

Ah, Dylan!

Sua roupa continua nos cabides. Toco-a, cheiro-a. Mas minha mente grita que preciso parar com isso, ou nunca vou conseguir seguir em frente. Vou até a garagem, pego umas caixas vazias, levo-as para o quarto e coloco as roupas dele nelas. Vou mandá-las para sua casa, ele que faça o que quiser com elas. Quando vou fechar as caixas com fita adesiva, tiro uma camiseta para ficar comigo. Preciso do cheiro dele.

Após fechar as caixas, levo-as à garagem. Quando fecho a porta, olho o relógio e vejo que já são 5h. Desperta, volto para a sala; disposta a continuar me torturando, ponho um CD para tocar e, quando começa a canção, desabo no chão, desesperada. Olhando para o teto, murmuro:

— Como é que eu vou viver sem você agora.

Dois dias depois tenho uma entrevista numa emissora de TV, que Omar agendou, em um programa de audiência máxima. Será ao vivo e de manhã. Quando me levanto, tomo um banho e ao sair me olho no espelho. Ainda levo no pescoço a chave que tanto significava para nós. Durante vários segundos a observo, toco-a, e com toda a dor do meu coração por fim a tiro. Deixo-a em cima da pia e olho para ela.

Depois de me vestir, coloco a chave e a correntinha em um envelope pequeno, ligo para um motoboy e, quando ele chega, entrego-o. Observo com dor no coração o homem guardá-lo na parte de trás do veículo e partir.

Quando chego ao estúdio, deixo que me maquiem, mas, diferentemente das outras vezes, não visto roupa *sexy* nem provocante. Dessa vez, quero que as pessoas conheçam a verdadeira Yanira.

A apresentadora, Angelina, pergunta de minha turnê e do sucesso que foi, e eu respondo feliz. Durante mais de vinte minutos a entrevista foca minha carreira. A jornalista, ao me ver tão receptiva, pergunta:

— Está feliz por ter sido indicada para o American Music Awards?

— Muito. Eu mentiria se dissesse que não me sinto feliz.

— E como é ser uma mulher solteira de novo?

Sorrio. Faz um bom tempo que espero essas perguntas.

— Adaptar-se a qualquer mudança na vida é sempre difícil — respondo. — Mas como não sou nem a primeira nem a última pessoa a se divorciar, tenho certeza de que vou superar.

Angelina sorri.

— Acha que a imprensa teve muito a ver com sua separação?

Nego com a cabeça e sorrio com tristeza.

— Quando duas pessoas se separam, a culpa é só delas. E embora a imprensa não tenha me dado trégua nem me ajudado, não posso culpá-la por algo que foi certamente um problema meu.

— Sei que seu ex-marido, Dylan Ferrasa, é um médico reconhecido e um homem muito atraente.

— Sim — afirmo, reprimindo minha dor. — Ele é um grande médico e uma excelente pessoa, e tenho certeza de que vai encontrar uma mulher que saiba valorizá-lo como ele merece.

— Isso quer dizer que você não soube valorizá-lo?

Diacho de mulher com suas perguntinhas! Mas, sem querer ficar na defensiva, respondo:

— Não valorizar Dylan Ferrasa teria sido um erro. Simplesmente eu não era a mulher que ele necessitava.

— Então, podemos dizer que o amor se quebrou?

Quando a ouço dizer isso, recordo a canção da grande Rocío Jurado e penso: "Nosso amor se quebrou de tanto usá-lo". Mas respondo:

— O tempo que passamos juntos foi incrível. Fico com isso.

— Faria tudo de novo mesmo sabendo do final?

Minha mão vai inconscientemente até meu pescoço. Não encontro o que busco. Respondo:

— Sim.

— Então, Yanira, você ainda acredita no amor?

Solto um gargalhada e, com falsidade, digo:

— Claro, e espero me apaixonar novamente.

A apresentadora, feliz com minha resposta, olha para câmera e diz:

— Então, já sabem, homens do mundo, Yanira está à procura do amor.

Filha da mãe! Como é que ela me diz uma coisa dessas?!

Quando a entrevista acaba, Angelina me pergunta se me senti à vontade. Com um sorriso tão falso quanto sua juventude, respondo que sim, despeço-me dela e vou para minha casa. Ali me tranco, e me jogo no sofá. Não tenho nada melhor para fazer.

Horas depois, toca a campainha. São minhas amigas. Viram minha entrevista e, embora eu minta para elas dizendo que já superei, vêm me resgatar.

São tão fofas!

Nós quatro nos sentamos no sofá e conversamos sobre minha entrevista. Minto descaradamente quando, rindo, afirmo que estou pronta para conhecer outros homens. E para acabar de convencê-las, mostro que não tenho mais as fotos de Dylan na sala. Peço que me acompanhem até a garagem, onde lhes mostro as caixas com as roupas dele. Vejo que isso as surpreende. Ótimo!

Quando voltamos à sala, Tifany diz.

— Hoje fui fazer compras. Comprei um filme da Disney para Preciosa.

— Qual? — pergunta Valeria.

Tifany abre a bolsa, pega o filme e nos mostra:

— *Frozen*. Já assistiram? — pergunta.

Todas negamos. Minha ex-cunhada e linda profissional comenta:

— Nem eu. Vamos ver?

— Da Disney? Que chatice! — reclama Coral.

— Vamos! — aplaude Valeria.

Para mim, sinceramente, tanto faz. Fazemos pipoca, pegamos umas bebidas e nos jogamos no meu sofá dos abraços para ver *Frozen*.

O filme é lindo. É baseado no conto *A rainha da neve*, de Hans Christian Andersen. Ficamos apaixonadas pela pequena Anna quando ela canta *Você quer brincar na neve?*

No fim, as quatro choram feito crianças. Quando o filme acaba, Coral, emocionada, murmura:

— Que lindo... que lindo... amanhã vou comprar esse filme para mim!

Minha entrevista no programa de Angelina provoca uma avalanche de convites de homens. Agora que todos sabem que sou uma mulher divorciada, sozinha e receptiva, não perdem a oportunidade.

No início, fico alucinada. Não acredito no que está acontecendo. De fato, o poder da televisão é incrível. E, para convencer totalmente minhas amigas de que superei o divórcio, decido sair com alguns.

Almoço com atores bonitos, saio para jantar com modelos interessantes, vou a festas com executivos impressionantes... enfim, eu me divirto! Mas nenhum passa pela porta de meu quarto. Eu me recuso. Não posso levar ninguém para minha cama. Meu apetite sexual foi embora com Dylan, maldito!

De novo, a imprensa volta ao ataque. Sou uma Lobarela! Mas dessa vez eles me tratam com mais suavidade. Parecem arrependidos pelo que fizeram com minha vida anterior. Ainda assim, não confio neles nem um pouco. Certa noite, quando estou jantando com um atraente modelo português, Dylan aparece no restaurante com uma mulher. Meu coração para ao vê-lo. Olhamo-nos por alguns segundos, e, quando ele desaparece de minha vista, por fim posso respirar.

Essa noite, em minha cama enorme, sonho com ele. Estamos os dois no navio *Espíritu Libre*, onde nos conhecemos, e, quando ele vai me beijar, acordo sobressaltada.

Caraca, nem em sonhos consigo que ele me beije! Que frustração!

Dois dias depois, vou a um jantar beneficente com um produtor de cinema e o encontro ali de novo.

Pelo amor de Deus, Los Angeles é tão pequena assim?

Nessa noite, ele também não se aproxima de mim. Nem sequer me olha. Mas eu o olho. Ele está lindíssimo de terno escuro e camisa cinza, e parece se divertir com seu grupo. Extasiada com sua presença, sorrio quando o vejo sorrir, e um calafrio percorre meu corpo quando o escaneio em profundidade.

Caraca, por que não consigo parar de olhar para ele?

Acontece comigo o mesmo que acontecia quando o conheci no navio. Olho para ele, mas ele não olha para mim. Dylan me ignora. Se bem que, pensando bem, ele me disse que, embora naquela época não me olhasse, controlava todos os meus movimentos.

Estará fazendo o mesmo de novo? Ou realmente lhe sou indiferente?

Durante horas não tiro os olhos dele e, quando me flagra, olho para outro lado e me faço de boba. Danço com meu acompanhante e me mexo como uma verdadeira lagarta. Quero que ele me veja feliz e contente, como eu o vejo.

De madrugada, quando chego à minha casa, meu celular apita. Uma mensagem. Ao ver que é de Dylan, meus olhos se arregalam.

"Esse vestido é o que compramos em Nova York. Você está linda com ele."

Alucinada, sento no chão da entrada de casa e, ali sentada, leio a mensagem bilhões de vezes, enquanto penso se respondo ou não. Meu celular apita de novo.

"Você jantaria comigo amanhã?"

Não posso acreditar!

Minha respiração se acelera. Dylan, meu Dylan, quer me ver.

Morro de vontade de dizer que sim, mas, de repente, as palavras "Você não é boa para mim!" e "Está amargurando minha existência!" surgem em minha mente, e deixo de sorrir.

Por mais que eu queira, não posso fazer isso. De novo, não. No fim não respondo, apago as mensagens e, levantando-me, enfio o celular em um copo com água.

No dia seguinte, troco de número e de aparelho. Preciso começar do zero e tentar não acabar com a vida dele de novo.

Uma semana depois, estou em um restaurante jantando com minhas amigas e, quando vou ao banheiro, fico boba ao vê-lo sentado a uma mesa no fundo.

Desde quando ele está ali?

Boquiaberta, vejo que está sozinho. Ele se levanta e caminha para mim.

Acelero o passo, mas ele me intercepta no corredor.

— Olá, Yanira.

Intimidada pelo que meu corpo sente quando o vê, engulo o nó de emoções que sinto na garganta e respondo a seu cumprimento:

— Olá.

Durante vários segundos nos olhamos em silêncio, até que decido acabar com aquilo. Dou meia-volta, entro no banheiro e fecho a porta. Meu coração palpita; levo a mão a ele e murmuro:

— Acalme-se... acalme-se.

Não sei quanto tempo fico ali. Penso em minhas amigas. Será que não percebem que estou demorando? E quando acho que ele já foi, atrevo-me a sair e o encontro apoiado na parede.

— Vi sua entrevista no programa de Angelina — diz.

Ficando na defensiva, esperando o ataque que certamente ele vai me lançar, pergunto:

— E daí?

Erguendo um dedo, ele se aproxima, passa-o pelo contorno de meu rosto e sussurra:

— Eu também faria tudo de novo.

Ora, ora, ora...

Eu sei o que ele quer dizer. Meu coração se acelera. Meu corpo se rebela. Meu Deus, isso está acontecendo de verdade?

Anselmo tinha razão ao dizer que seu filho era como ele. De verdade, ele quer mergulhar de novo em outra loucura comigo? Quando ele vai pousar a boca sobre a minha, detenho-o.

— O que está fazendo, Dylan?

Seus olhos vão de minha boca aos meus olhos e vice-versa, mas ele não se mexe. Não se afasta. Nossas respirações agitadas se misturam. Ele murmura:

— Eu esperava que você respondesse às minhas mensagens.

— Dylan — murmuro o melhor que posso —, você e eu não vam...

— Você tinha razão. Eu nunca traí você com ninguém, mimada.

Mimada??

Ah, Deus... ele acaba de me chamar de "mimada"!

Acho que vou desmaiar de uma hora para outra, mas, com a força que sua dureza me ensinou a ter, repito:

— O que está fazendo?

Ele leva a mão às minhas costas e, percorrendo-a inteira com um dedo, responde:

— Recuperando o que nunca devia ter perdido.

Ah, Deus... Ah, Deus, vou ter um troço!

Meu corpo se rebela e meu coração grita que eu me jogue em seus braços, que o beije, que faça amor com ele. Mas, não disposta a lhe fazer mal de novo, respondo, tremendo:

— Afaste-se de mim, e lembre que não sou boa para você.

Seus olhos, esses que eu tanto conheço, tornam-se duros. Com um empurrão eu o afasto de mim e, sem olhar para trás, vou embora, deixando-o ali. Quando chego à mesa, minhas amigas continuam tagarelando e rindo. Nenhuma delas parece ter sentido minha falta, e nem eu lhes conto o que aconteceu. Preciso me preparar para o ataque de Dylan e não ceder. Não posso destruir sua vida outra vez.

No dia seguinte, a partir das 9h, a cada hora chega um buquê de rosas vermelhas sem cartão. Sei de quem são, e, embora goste, isso me deixa arrasada. Dois dias depois, minha casa parece uma floricultura. Cada vez que a campainha toca, faço menção a todos os antepassados de meu ex.

Que jogo é esse, Dylan?

No fim de semana, dou uma escapada e vou para Porto Rico. Coitado do entregador... Que leve as rosas para sua casa!

Tifany vai levar Preciosa, e, depois de falar com Anselmo, decido acompanhá-las. Tata e ele ficam felizes por me ver. Gostam de mim tanto quanto eu deles, e fico grata.

Em certo momento, pego-os falando de Caty. Ao me verem eles se calam, e eu não pergunto nada. Não quero perguntar. Ou quero?

Depois de um dia maravilhoso, de comprovar por mim mesma que meu ex-sogro e minha ex-cunhada limaram as asperezas e agora se entendem superbem, de madrugada, como não consigo conciliar o sono, desço até a cozinha. Encontro Pulgas e o acaricio. Assim como o ogro, no final ele também mostra ser mais dengoso do que aparenta. Dou-lhe uma salsicha, que pego na geladeira, e ele a come, feliz.

Sei onde Tata guarda o chocolate em pó, de modo que o pego e começo a enfiar colheradas na boca.

Que ansiedade!

De repente, a luz da cozinha se acende. Tomo um susto. O chocolate em pó entra pelo lado errado e engasgo. Anselmo, ao me ver, balança a cabeça, pega um copo de água para mim e, enquanto bebo, grunhe:

— Pelo amor de Deus, você ainda continua fazendo essa porcaria?

Quando passa o engasgo e consigo voltar a respirar, limpo o chocolate da boca e, sorrindo, murmuro:

— Certas coisas nunca mudam, por mais que outros se empenhem.

Ele sorri e se senta em frente a mim. Incapaz de me calar, pergunto:

— O que você e Tata estavam comentando sobre Caty?

Ele balança a cabeça e, depois de pensar, responde:

— Ela veio nos visitar há duas semanas.

— Caty veio aqui? — pergunto, alucinada.

— Sim — assente ele. — Parece que sua vida está sob controle de novo, e, envergonhada, veio se desculpar pelo que fez com você há alguns meses.

Ao ver minha expressão, ele acrescenta:

— Calma, loirinha, eu não a mordi. Mas lhe disse poucas e boas. E ela também veio se despedir. Está indo trabalhar na Índia indefinidamente. Portanto, não creio que volte a incomodar Dylan ou você.

Saber que ela andou rondando os Ferrasa não me deixa especialmente feliz; Anselmo diz:

— Caty pediu que eu me despedisse de Dylan por ela. Não se preocupe, ela não se aproximou dele.

Não respondo. Pegando minha mão, ele sussurra:

— Dylan ligou. Ele sabe que você está aqui e...

— Se ele vier, eu vou embora — digo.

O velho sorri e responde:

— Calma, loirinha, ele não virá. Quero ter um fim de semana em paz com minha duas ex-noras e minha neta.

Alucinada, vejo-o sorrir. Ele está curtindo? E como não confio nele nem um pouco, sibilo:

— Se estiver me enganando e amanhã seu filho aparecer por essa porta, juro que vou ficar muito brava com você, e...

Ele me interrompe:

— Lembra que eu disse que Dylan era como eu e que já se deu conta de seu erro, não é? — Não respondo. — Ele está morrendo de vontade de voltar para você, loirinha. Você é a mulher dele, ideal para ele, e, por mais que você recuse, ele não vai parar até conquistá-la.

— É o que ele pensa, Anselmo. É o que ele pensa! — grunho.

Ele murmura, convicto:

— Não subestime o poder de um Ferrasa, filha.

— Não subestime você o poder de uma Van Der Vall.

Suspiro. Anselmo ri. Ele adora minhas respostas. Sussurra:

— Sua teimosia vai redobrar o empenho dele. Você não o conhece?

Conheço, e justamente por isso resmungo:

— Não dá para acreditar. Você, como pai dele, deveria fazê-lo recordar que ele já descumpriu a regra número um uma vez, e que não deu certo. Não vai fazê-lo recordar dessa vez?

— Não.

Esses Ferrasa!

— Eu a descumpri três vezes com minha Luisa, filha — ri ele —, e isso porque a vida nos separou... Senão, com certeza a teria descumprido várias vezes mais.

Suas palavras, e em especial seu sorriso, me fazem sorrir. Adoro esse ogro risonho. Mas esclareço:

— Eu não sou como Luisa.

Ele solta uma gargalhada e afirma:

— Mas Dylan é como eu, e vai seguir a tradição com você.

Na noite seguinte, levo Tifany para dançar salsa e tomar uns *chichaítos*. Mas com controle. A imprensa está de olho em mim, e só quero que me vejam bem.

39

Não me ame

Na segunda-feira, quando volto, a casa tem um cheiro ótimo. Essa é a vantagem de parecer uma floricultura. Dez minutos depois que chego, tocam a campainha, e ao abrir não consigo acreditar. Ali está o entregador com seu sorriso. Depois de pegar o buquê, fecho a porta e meu celular apita. Uma mensagem.
"Bem-vinda a casa, meu amor. Hoje você está linda. Amo você."
Caraca! Ele está me vigiando?
Como conseguiu meu novo número de celular, se apenas quatro pessoas o têm? Amanhã vou trocar de número de novo.
No fim, sorrio. Dylan Ferrasa é terrível... muito terrível.
Na quinta-feira seguinte, não celebramos nossa Quinta da Peruca. Tenho medo de encontrá-lo. Preparo um jantarzinho, e minhas amigas vêm à minha casa. Quando entram, ficam malucas. Acho que nunca viram tantas rosas juntas em um mesmo espaço. E as três criticam Dylan por fazer isso. Coral mais que todas.
E quando toca a campainha e entro na sala, com outro buquê de rosas, Tifany pergunta:
— O que diz o cartão?
Surpresa, vejo que esse buquê tem um cartãozinho na lateral. Abro-o e leio para mim mesma:

Você nunca foi ruim para mim.
Você é a melhor coisa de minha vida, e eu nunca a trairia com ninguém.
Amo você.

Que gracinha!
Mas na frente delas faço cara de nojo e, soltando as flores, digo:

— Caraca, que cara chato!

Valeria pega o cartão e, depois de lê-lo, devolve-o e diz:

— É um babaca e ninguém lhe contou.

— É um Ferrasa; o que você esperava, linda? — comenta Tifany.

Ouvir isso me incomoda, mas me calo. Se Dylan é alguma coisa, é um cavalheiro. Nada a ver com Omar.

Coral arranca o cartãozinho de minhas mãos e, rasgando-o debaixo do meu nariz, diz:

— Que vá à merda esse sujeito. Ele sim foi ruim para você.

A partir desse instante, começa um debate entre as três, totalmente absurdo. Ficam estripando minha relação com Dylan, e eu as escuto, muda. Nada do que dizem é verdade. Ele sempre foi romântico, amável com os meus, compreensivo, e, acima de tudo, eu me senti muito, muito querida por ele, apesar do nosso final. Mas, pelo visto, minhas amigas viram outro filme. Tacham-no de machista, antissocial... e quando Coral, que é a pior, diz que era sem-vergonha, não aguento mais e explodo:

— Tudo isso é mentira. Vocês estão falando sem saber. Sim, tudo acabou, mas talvez eu tenha provocado isso não controlando minha carreira nem a imprensa. Achei que poderia dar conta dessas coisas, mas o mundo me venceu! E como diria Ankie, eu não soube dar valor às coisas realmente importantes e estraguei tudo. Tudo! Dylan é um homem excepcional, romântico, carinhoso, protetor, e simplesmente não aguentou mais, explodiu e...

— E lhe deu um pé na bunda e a traiu com outra. Deixe de bobagens, Yanira! — insiste Coral.

Sua dureza me deixa louca. Esclareço:

— Eu lhe dei um pé na bunda antes, quando não soube tomar as decisões acertadas.

— Lembra que ele a chifrou, Bobarela? — insiste.

— Não chifrou. Eu sempre soube que ele não me traiu, e faz pouco tempo ele me confirmou — digo.

— Lindinha, não acredite em tudo que um Ferrasa diz. Lembre-se de meu safado. Ele também negava que me traía, e meus chifres já estavam chegando ao teto.

— Pretende comparar Dylan com Omar? — sibilo, furiosa.

— Os dois são homens e são Ferrasa — aponta Valeria.

Alucinada com a negatividade que vejo nelas ao falar de Dylan, respondo:

— Se alguém é culpado de muitas coisas, sou eu, somente eu. E, embora vocês o critiquem, eu ainda o quero, necessito e amo com todas as minhas forças, e se não volto para ele é porque não sou a mulher que lhe convém. Nunca poderei ser a mulherzinha boa e tranquila que um médico necessita. E não posso ser porque gosto de cantar. Adoro subir ao palco para fazer as pessoas vibrarem, e... caraca! — grito depois de ter desnudado meus sentimentos. — Por que tenho que lhes falar isso?

As três ficam me olhando como se eu fosse uma aparição marciana, e Tifany diz:

— Ah, linda, você vai me fazer chorar.

— Caraca, Divarela, está tão apaixonada por ele ainda? — pergunta Coral, surpresa.

Com tristeza, assinto com a cabeça e respondo:

— Sou uma boa atriz, Coral, ainda não percebeu?

— Eu a mataria por fingir — solta ela —, mas o problema é que depois sentiria sua falta.

Sorrio. Valeria, aproximando-se de mim, me abraça e diz:

— Você merece ser feliz. Muito feliz, minha querida. E, sem dúvida, esse homem a merece tanto quanto você a ele. Troque o *chip* e pense positivamente. Veja todas essas flores. Dylan a ama. Você o ama. Por que resiste a voltar para ele?

— Não quero amargurar de novo sua existência. Nossos mundos são diferentes. Eu tornaria a destruir sua vida, e não posso permitir que isso aconteça outra vez.

O debate sobre minha vida afetiva é retomado. A amiga mais cruel continua sendo Coral. Mas qual é o problema dela com Dylan? Por que tanta birra?

De madrugada, quando meu limite de tolerância acaba, digo:

— Não me matem, mas preciso parar de ouvi-las.

— Ah-ah... Amargarela nos expulsou de sua casa.

Desconcertada com o veneno que vejo o tempo todo em Coral, sibilo:

— Ouça, sua Idiotarela, se eu fosse você, fechava o bico, porque está me irritando, e muito.

No sábado seguinte, minhas três loucas passam para me buscar. Sabem que preciso me divertir e não me abandonam.

Como não vou amá-las?

Vamos jantar, e depois, como sempre, tomar umas Chaves de Fenda! Vários homens nos notam, mas os ignoramos. Cada uma de nós tem seu motivo, e o meu é que nenhum me atrai sexualmente.

Sem dúvida, depois do furacão chamado Dylan, vai ser bastante difícil encontrar um substituto.

No barzinho de Ambrosius, dançamos, divertimo-nos e bebemos, quando, de repente, fico sem palavras ao ver Dylan. Desde quando ele vai ao bar de Ambrosius? Surpresa, vejo que está com uns amigos médicos que eu conheço. Assim que Coral o vê, solta:

— Eu mesma vou cortar o saco desse aí. Que diabos está fazendo aqui?

Dois segundos depois, Dylan se aproxima e, olhando para mim, pergunta:

— Dança comigo?

Plano A: sim.

Plano B: sim.

Plano C: sim.

No fim, escolho o plano Z e, olhando para ele, respondo:

— Não.

A seguir, pego minha bolsa e, seguida por minhas dignas amigas, saio do bar feito uma fera.

Por que Dylan não vê que não quero voltar para ele?

40

Eu não me dou por vencido

A turnê latino-americana começa em breve, e os ensaios são mais intensos. Queremos surpreender nosso público e nos esforçamos para que o espetáculo seja magnífico. E, embora a gravadora reclame, eu omito a canção *How am I supposed to live without you*. Para mim, ela tem muito significado, e me recuso a cantá-la.

Já me basta cantá-la em casa, não vou fazê-lo também em público e mostrar a meus milhares de fãs que estou desesperada. Não. Definitivamente suprimida!

Na noite anterior ao início da turnê saio com uns amigos e Valeria. Vamos jantar e comemorar o aniversário de Justin, um modelo que está a fim de mim, e depois vamos beber alguma coisa em um bar aonde já fui em outras ocasiões com meu ex-marido. Quando estamos jantando, de repente meu mundo para. Dylan acaba de entrar acompanhado de uma mulher.

Mas como ele sempre sabe onde estou?

Valeria, que o vê, segura minha mão por baixo da mesa e murmura disfarçadamente:

— Calma, querida. Ele não a viu.

Assinto com a cabeça. Ele não me viu, mas eu sim. De onde estou observo suas mãos, essas lindas mãos que me deixavam louca quando me tocavam. Não consigo mais comer.

Estou ficando excitada só de pensar!

Minhas acompanhantes não percebem o que está acontecendo; exceto Valeria. Eu tento disfarçar, sorrio e participo da conversa, mas, na realidade, nem sei do que estão falando. Só consigo olhar as costas de Dylan e ver os sorrisos da idiota que está sentada em frente a ele.

Eu lhe arrancaria todos os dentes!

Quando acabamos de jantar, peço licença e vou ao banheiro com Valeria. Uma vez ali, passo água em meu pescoço enquanto ela me abana.

— Respire, você está me assustando.

Torno a jogar água no pescoço.

— Que azar o meu, caraca!

— Por quê?

Mais do que certa de que Valeria entende o que estou dizendo, respondo impaciente:

— Porque, quanto mais faço para não o encontrar, mais o encontro. Já troquei o número do celular quatro vezes. Caraca, que mais tenho que fazer?!

A coitada não sabe o que dizer. Pegando minhas mãos, sussurra:

— Calma.

Concordo. Claro que concordo.

Mas, quando saímos do banheiro, quero morrer ao ver nosso grupo falando com Dylan. Murmuro, horrorizada:

— Não... não... não... que azar.

— Verdade, querida, para que vou negar — afirma Valeria.

Plano A: saio pela porta dos fundos.

Plano B: fico no banheiro até fechar o restaurante.

Plano C: junto-me ao grupo como se não fosse nada.

Escolho o plano H: saio pela janela do banheiro.

Com Valeria, incrédula e reclamando, saímos como dois ratos pela janelinha, esfolando os joelhos. Uma vez na rua, caímos na risada. Sem dúvida, estou ficando maluca.

Se algum jornalista me vir, vai ficar doido!

Já fora e recompostas, vamos à entrada do restaurante para esperar as outras. Quando elas saem, olham para nós sem acreditar.

— Por onde saímos?

Feliz por ter escapado de Dylan e furiosa por tê-lo deixado ali com aquela mulher, caminho com o resto do grupo enquanto elas comentam que o viram. Eu me faço de boba, e respondo com inocência:

— Ah, é? Eu não o vi. Se o visse teria cumprimentado.

Justin, o aniversariante, me pega pela cintura e diz:

— Que bom saber que se dá tão bem com seu ex-marido.

— Somos adultos e civilizados — respondo.

Nesse instante, meu celular apita. Mensagem. Dylan.

"Diga a esse imbecil que tire a mão de você."

Caraca, acabo de dizer que somos civilizados! Livro-me instintivamente da mão de Justin e olho para os dois lados, mas não há ninguém. Desligo o celular. Como ele conseguiu meu número novo? Por acaso colocou um microchip em mim?

Justin, que não notou nada, prossegue com a conversa:

— Eu e minha ex-mulher nos matamos. Você tem sorte de estar bem com ele. Eu adoraria algo assim, mas ela não quer. Aliás, convidei Dylan e sua acompanhante para a festa. Talvez eles passem depois.

Valeria olha para mim e eu suspiro. Caraca!

— Que legal! — solta ela.

Ao chegar à festa de Justin, estamos todos a fim de nos divertirmos. Eu mais que todos. Uma orquestra torna mais agradável o evento. Disposta a esquecer tudo que está acontecendo, bebo e me deixo levar pela música.

Mas, um tempo depois, quando estou dançando merengue com um dos rapazes, Valeria, que está com outro perto de mim, diz disfarçadamente:

— Lamento, rainha, mas o Ferrasa chegou com sua acompanhante.

Caraca! Pronto, não falta mais ninguém!

Meu Deus, quero sair correndo!

O banheiro tem janela?

Minha amiga, que parece ler meu pensamento, levanta um dedo e sibila:

— Nem pense nisso de novo!

Não quero olhar, recuso-me. Mas a curiosa que há em mim por fim olha. Vejo Dylan chegar ao balcão segurando a mão daquela mulher e cumprimentando vários presentes.

Quando a canção acaba, danço com outro amigo um *perreíto*, a dança mais quente que existe e o que necessito para relaxar. Ou não? Quando a música termina, enquanto me dirijo à minha mesa, meus olhos encontram os de Dylan. Ele me cumprimenta com um movimento de cabeça e eu faço o mesmo.

Ufa... que calor, por Deus! E isso porque só nos cumprimentamos. A partir desse instante, minha paz interior, exterior e mundial acaba. Cada vez que olho, ele está me observando, e isso me deixa com taquicardia. Sei o que ele está fazendo, eu o conheço, Está tentando me deixar nervosa para me provocar e fazer que eu me aproxime. Mas não vai conseguir. Não me aproximo nem louca!

Uma hora depois, vejo a chata de sua acompanhante pegar a bolsa e quase aplaudo de alegria. Vão embora!

Passam a meu lado sem se despedir, e eu os sigo com o olhar cravado em suas costas até que saem.

— É isso aí, rainha... agora vamos aproveitar — diz Valeria, saindo para dançar.

Concordo. Sem dúvida, agora vou curtir a festa. Mas quando Dylan desaparece de minha vista, fecho os olhos e sinto vontade de chorar. Não há quem me entenda. Eu me sinto mal quando me olha, mas quando ele vai embora a desolação me consome.

Mais solta por ele não estar por perto, por fim posso me afastar do grupo e vou até o balcão pedir um dry martíni.

Enquanto o preparam, fico tocando meu dedo sem aliança quando ouço atrás de mim:

— Bebe o mesmo que a srta. Mao, que conheci um dia?

Meu sangue gela. Dylan está aqui?

Dou meia-volta e o vejo atrás de mim, mais perto do que eu esperava. Ele não se mexe, e eu também não. Quando o garçom deixa minha bebida no balcão, dou-lhe as costas.

Por que ele voltou?

Por que não para, se vê que me incomoda?

Por que tem que me fazer recordar a srta. Mao? Por quê?

Dois segundos depois, ele já está à minha direita. Olho para ele de soslaio enquanto bebo; vejo que me observa.

Seu cheiro...

Sua proximidade...

— Por que desligou o celular?

— Não lhe interessa — digo.

Ele balança a cabeça. Chama o garçom e pede uma garrafa de água sem gás. Dessas especiais que ele adora. Observo o rótulo. Não conheço. Dylan se serve e diz:

— Sabia que a água clareia as ideias e nos faz ver as coisas com mais nitidez? Se quiser, posso pedir outro copo para você. Mas, você sabe, com água não se brinda, ou dá azar.

Surpresa por ele se lembrar disso, olho para ele e largo o dry martíni.

— Quer um pouco de água?

O que quero é beber de sua boca, penso, enquanto olho seus lábios. Mas nego com a cabeça.

Ele sorri, bebe e, quando deixa o copo, diz:

— Parabéns. Soube que você foi indicada para o American Music Awards.

Assinto e, tentando me recompor do aquecimento global que estou sofrendo por tê-lo tão perto, respondo, vendo que Valeria me faz sinais com a mão para que me afaste dele:

— Obrigada. Estou muito contente.

— É para estar.

Torno a assentir e, de repente, vejo em seu pescoço a chave que eu lhe devolvi. A chave de seu coração. Olho para ela e leio "Para sempre". Sinto necessidade de tocá-la, mas não mexo um dedo.

Pelo amor de Deus, pareço boba!

Em silêncio, pego meu drinque, enquanto ele continua me observando.

Caraca... caraca... caraca... vou ter um troço!

Dylan pega uma mecha de meu cabelo e a acaricia. Delicia-se.

Meu coração se acelera. Ele diz:

— Sempre gostei de seu cabelo.

Ah, Deus... Ah, Deus! Estou perdida. Totalmente perdida. O furacão porto-riquenho vem direto para mim e, se continuar assim, vai me destruir.

Ele aproxima a boca de meu ombro nu e, sem tocá-lo, murmura, enquanto sinto seu hálito:

— Também sempre gostei de sua pele.

Ai, ai, ai, vou ter um infarto!

Estou nervosíssima e, para interromper esse momento tolo, pergunto, retirando-me:

— Sua acompanhante vai demorar? — E, ao ver como me olha, acrescento: — Digo isso porque a coitada pode ter ficado presa no banheiro precisando de ajuda para sair.

Dylan sorri e, com voz íntima, sussurra:

— Ou talvez ela tenha saído pela janela do banheiro.

Incrível. Como ele sabe? Mas, antes que eu responda, ele diz:

— Ariadne é só uma amiga que me acompanhou para eu poder me aproximar de você. Agora voltei sozinho para buscá-la.

Uepa! Espere aí: para me buscar?

Definitivamente, vou ter um troço. De súbito, ele faz esse gesto que sempre me deixa louca: morde o lábio inferior e olha para mim com intensidade. Sacana! Olho para ele extasiada. Contemplo-o, aproveito. Minha maldita mente febril recorda as vezes que ele mordeu o lábio enquanto fazíamos amor.

Que calor!

Por fim, consigo sair de minha bolha cor-de-rosa e, acalorada, ouço-o dizer:

— Recebi seu pacote.

— Que pacote?

Tocando a chave que leva no pescoço e que eu já vi, sussurra:

— Só você tem acesso ao meu coração. Por que me devolveu a chave?

Meus olhos percorrem sua pele morena com deleite. Respondo:

— É sua. Sua mãe lhe...

Ele põe um dedo em meus lábios para me calar.

— Você é a única proprietária do meu coração, e sabe disso, coelhinha.

Pronto, danou-se tudo!

Tremo. Sinto-me como Chapeuzinho Vermelho ao ver o lobo pronto para me comer.

Tenho que ser forte. Tenho que resistir a seus encantos. Tenho que fazer isso por nós dois.

"Vamos, Yanira, você consegue!", estimulo a mim mesma.

Embora ele seja um Ferrasa, eu sou uma Van Der Vall. A música muda e se torna íntima. Caraca! A voz de Luis Miguel começa a sair pelos alto-falantes, e eu amaldiçoo enquanto ouço:

Tengo todo excepto a ti y el sabor de tu piel.
Bella como el sol de abril...

Minha expressão é de desespero total. Ah, Luis Miguel, gosto tanto de você, não faça isso comigo! Não, pelo amor de Deus, essa canção agora não!

— Vamos dançar? — pergunta Dylan, estendendo-me a mão.

Nego com a cabeça. Não. Nem louca vou ficar abraçada a ele com essa canção!

Dylan, que me conhece como ninguém no mundo, aproxima-se e murmura, olhando-me nos olhos:

— Como diz a canção, tenho tudo exceto você.

Não respondo, não posso. No fim, sinto que minha pressão vai cair ali mesmo.

Sem permitir que eu me recupere de seu ataque, ele retira algo de meu rosto. Ao me mostrar o cílio que tem entre os dedos, sorrio sem querer. É algo tão nosso, tão íntimo, que quero morrer quando ele sussurra:

— Faça um pedido e sopre.

Obedeço.

Sem dúvida, meu pedido já está diante de mim. Quando o cílio desaparece, Dylan murmura:

— Espero que se realize.

De súbito, ele me dá um beijo doce nos lábios como sempre fazia. Pestanejo, perplexa.

Ele acaba de me beijar?

E, antes que eu possa protestar, pede:

— Arranque um cílio meu. Eu também quero fazer um pedido.

Solto uma gargalhada. A conversa, sem dúvida, é mal-intencionada. Pelo amor de Deus, será que Dylan não vai parar com isso?

Sem deixar de olhar para mim, ele pergunta:

— Apareceram muitos pretendentes depois da entrevista?

Ora... ora... ora....

— Vi Angelina estimulando os homens a cortejar você — prossegue.

Não respondo. Recuso-me. Para que essa perguntinha?

— Espero que nenhum tenha passado dos limites, ou terei que lhe quebrar a cara — acrescenta.

Espantada, olho para ele e sibilo:

— Você vai é ficar quietinho.

Dylan estala a língua.

— Lamento, querida, mas, se tocarem no que é meu, vão se arrepender.

E agora "querida"?!

Esse sentimento de posse me excita. Caraca, como sou imbecil!

E ele acrescenta para arrematar:

— Fico doente só de pensar que alguém, por causa de minha estupidez, poderia sentir o sabor de sua pele e de sua boca.

— Ouça, Dylan — interrompo-o, igualmente excitada e irritada —, o que eu faço ou deixo de fazer com outros homens não...

Ele me beija. E que beijão! E Luis Miguel continua cantando. Seu beijo me deixa sem forças. Ele introduz a língua em minha boca para me desarmar como só ele sabe fazer e, quando se afasta, sussurra:

— Diga que não gostou de meu beijo.

Não abro a boca, e ele insiste:

— Diga que não sente por mim o que eu sinto por você, meu amor.

Com a respiração entrecortada, não respondo, e olho para outro lado para me recompor.

Caraca... caraca... caraca...

Plano A: pulo no pescoço dele.

Plano B: torço o pescoço dele.

Plano... Plano... Plano... Não tenho mais plano nenhum!

Atraída como por um ímã, sinto que meu corpo morre de vontade de se aproximar do dele, mas resisto. Tento reprimir o desejo que sinto por ele quando diz:

— Não posso viver sem você, mimada.

— Dylan, não — replico, irritada.

— Sim, meu amor... sei que você ainda me quer. Seus olhos, seus beijos e sua pele me dizem isso. Eu me aproximo, e suas pupilas se dilatam tanto quanto as minhas. Cometi o maior erro de minha vida no dia em que teimei em esquecê--la, e me enganei. Mas estou disposto a recuperá-la de qualquer maneira... De qualquer maneira — repete.

Travada, alucinada, maluca por estar ouvindo o que tanto necessitava ouvir quando batia a cabeça no sofá dos abraços, sussurro:

— A resposta é não.

— Vou conseguir um sim — responde ele.

Suspiro, fico irada, esperneio por dentro e, quando consigo me acalmar, digo:

— Sabe de uma coisa, Dylan?

— Diga, meu amor.

— Não me chame de "meu amor"!

O safado sorri e responde:

— Tudo bem, meu amor.

Vou matá-lo. Juro que vou matá-lo. O que não sei é se de beijos ou de tabefes. Se alguém sabe me encantar e me irritar, esse alguém é Dylan Ferrasa. Digo, contrariada:

— Você não vai conseguir um sim porque não quero estragar sua vida outra vez. Não sou boa para...

Sua boca cobre a minha, silenciando-me. Ele me cola a seu corpo e me beija com loucura, com paixão, com desejo. Seu corpo e o meu se acoplam com perfeição. Incapaz de me afastar, de resistir ao furacão Dylan, deixo-me beijar e aproveito. Quando, segundos depois, ele afasta a boca da minha, murmura a poucos milímetros de mim:

— Você é a melhor coisa da minha vida.

— Não... Não...

— Eu errei, meu amor.

Agora sou eu quem voa como um tsunami para sua boca. Só quero beijá-lo e que ele me beije. O resto nesse instante tanto faz. Sua atitude possessiva, o jeito como me pega recarrega minhas baterias como há tempos nada recarregava. Ele diz:

— Case comigo.

Meu Deus... meu Deus, Anselmo tinha razão.

Dylan quer descumprir de novo sua norma?

Contorço-me para me soltar de seus braços. Isso não pode estar acontecendo. Não posso ser tão fácil de novo para ele, eu me recuso. Mas ele torna a me beijar, e torna a me vencer. Diante de seu assédio devastador, estou totalmente perdida. Sou facinha, facinha.

Minha respiração se acelera. A dele já é como uma locomotiva. Ele me pega no colo e me leva para os fundos do bar, onde há um depósito. Me empurra para dentro do cubículo, tranca a porta e repete:

— Case comigo.

Quando vou protestar, ele me aperta contra seu corpo e me beija.

Que falta senti de seus beijos, de sua masculinidade, dele todo!

Acabado o beijo, ele passa a boca por meu rosto murmurando, deixando-me louca:

— Eu desejo você. Desejo com todo o meu ser.

Toda arrepiada, sentindo o mesmo que ele, deixo que ele me acomode em cima de uma mesinha.

— A primeira vez que eu a possuí foi em um depósito, lembra? — murmura.

Assinto com a cabeça, e já sei que essa última vez também será em um depósito. Segundos depois, meu vestido cai ao chão, junto com sua camisa, sua calça e nossa roupa íntima. Quando estamos nus, só consigo murmurar:

— O que está fazendo, Dylan?

— O que deveria ter feito faz tempo — responde ele me olhando com amor.

Meus mamilos se endurecem com sua resposta. Luxurioso, ele os toca, aperta, acaricia, e eu não consigo parar de olhar para seu pênis duro e tentador, que já desejo dentro de mim. Sem falar nada, ele abre minhas pernas, introduz um dedo em mim e, quando vê minha expressão de aprovação, começa a movimentá-lo enquanto morde o lábio inferior.

Deus... como isso me dá tesão!

Excitada, esquecendo todas as minhas censuras, pego seu pênis e o aperto na mão. Ah, Deus... sua pele...

— Se continuar assim — ele treme —, vou parar o que estou fazendo para possuí-la com urgência.

Sorrio; é isso que eu quero.

Quando seu dedo sai de mim e toca meu clitóris, sinto uma enorme descarga elétrica e solto um suspiro de prazer, de desejo, de anseio e luxúria. E, entregando-me ao homem que me faz perder a razão, murmuro:

— Possua-me como quiser, mas faça isso logo.

Dylan assente, enquanto seu dedo continua excitando meu clitóris para me dar mais prazer. Ele me conhece. Sabe do que eu gosto. Quando o aperta e eu suspiro de novo, ele sussurra contra minha boca:

— Case comigo, mimada.

— Não — consigo responder.

— Você é minha.

Seu tom possessivo e suas palavras tocam minha alma, mas nego com a cabeça.

Um suspiro de frustração sai de sua garganta, enquanto ele cobre minha boca com a sua e seu dedo continua em meu clitóris.

Eu me mexo, tremo e me derreto em suas mãos, e quando me tem totalmente à sua mercê ele se agacha. Beija meu sexo, morde, e a seguir sua língua toca meu botão, que ele conhece tão bem. O prazer me faz estremecer e me encharcar ainda mais.

— Ah, sim... não pare — sussurro.

Espasmos de prazer percorrem meu corpo por causa do que Dylan faz comigo. Sua boca e seu dedo me exploram por dentro. Aperto meu sexo contra sua boca, entregando-me a ele.

Dominada pelo momento, deito-me em cima da mesa e, arqueando a costas, mostro-lhe o quanto estou gostando. Sinto-o tremer, e sei quanto ele está gostando também.

Quando ele afasta a boca, com cuidado apoia meu pescoço e, depois de um beijo com sabor de sexo, torna a me sentar. Passa as mãos por baixo de meus joelhos para me abrir para ele. Coloca a ponta de seu pênis ereto em minha vagina mais que úmida e, me puxando, me arrasta para si até se afundar totalmente dentro de mim.

— Ahhhh... — gemo.

Minha voz... Meu gemido... Meu corpo...

A união de tudo isso o enlouquece. Segurando-me com mais força ainda, torna a se afundar em mim.

— Gosta disso, mimada?

— Sim — ofego, com o coração acelerado.

— E disso também, não é?

Ele torna a me penetrar com outra forte investida, que turva minha mente.

— Sim.

— E disso?

Um grito de prazer sai de minha boca. Sinto minha pele arder. Ele murmura:

— Não vou permitir que nenhum homem a possua como eu a possuo. Case comigo.

— Não... Não...

Pressionando seus quadris entre minhas pernas, Dylan insiste:
— Case comigo.
Grito. Minha vagina o suga. Ela parece dizer que sim; vejo-o sorrir. Dylan pousa as mãos em meu bumbum, aperta-me contra si e não deixa que eu me afaste. Seu pênis está totalmente dentro de mim, e enquanto ofego por conta dessas sensações que eu tanto necessitava, ele murmura sobre minha boca, tremendo:
— Você é minha e eu sou seu. Sabe disso, não é?
Meu queixo treme quando jogo a cabeça para trás à beira do desmaio, e Dylan afrouxa o aperto. Mas depois me penetra sem parar várias vezes. Entra em mim com um misto de loucura e posse, e diz:
— Não há nada mais lindo que você.
E nos olhamos nos olhos. Com carinho, passo as pernas ao redor de sua cintura e, com os dedos em seu cabelo, exijo sua boca. Ele a entrega a mim, e eu a devoro enquanto ele me levanta da mesa e prossegue.
Sem me soltar, ele me possui sem parar, e eu me abro para ele e curto nosso jogo de luxúria. Sua força redobra a minha, e, estimulada pela chama da paixão que há tempo não sinto, sussurro:
— Aperte-me.
Dylan me entende. Nós sempre nos entendemos em matéria de sexo. Ele pega meus ombros, avança os quadris e se aperta contra mim com força, e explodimos de prazer.
Somos dois animais no cio em nossos encontros, e, sem dúvida, este está sendo glorioso. Não existem limites, nem tempo, nem nada para nós na relação sexual. Apenas curtimos, sem fronteiras nem tabus.
Ele torna a se apertar contra mim, e gemo de prazer. Sinto meu corpo absorvê-lo e se contrair para ele. Segundos depois, nossos gritos e o som dos corpos se chocando nos levam ao limite do prazer.
Ofegamos no quartinho minúsculo; nós dois, nus, nos abraçamos e tentamos respirar. Olhamo-nos. Não falamos. Só nos olhamos, e, quando ele me deixa no chão, nos vestimos ainda sem dizer nada.
— Case comigo — insiste ele, e eu tremo.
— Não!
— Diga que sim.

— Você está louco?

— Estaria louco se não a pedisse em casamento. Acabo de fazer amor com você. Acabo de lhe mostrar o quanto nos desejamos, necessitamos, amamos. Somos feitos um para o outro, não vê? Meu amor, só o que me falta é você. Preciso de você. De que mais você precisa para dizer que sim?

Meu Deus, por que ele é tão romântico comigo de novo?

Mas, disposta a não ceder apesar do que acaba de acontecer entre nós, respondo:

— Eu não amo você, Dylan. Não mais.

— É mentira. Você me ama com toda a sua alma. Eu sei.

— Que metido... — respondo.

Ele sorri e, se aproximando de mim, murmura:

— Eu a conheço e sei quando está mentindo. E agora está, meu amor.

Nego com a cabeça. Tento me afastar, mas ele não me permite.

— Dylan. Não... não sou boa para você.

Com um meio-sorriso que desarmaria qualquer uma, ele afirma:

— O correto seria dizer que você é boa demais para mim e que eu fui o homem mais idiota do mundo por pressioná-la para que nos divorciássemos.

Ah, vou derreter!

Mas não podemos tornar a destruir a vida um do outro, de modo que lhe dou um empurrão e o afasto.

— Não, Dylan... de novo não.

Viro a chave, abro a porta e saio feito um touro. Com olhar desesperado, procuro Valeria, que, ao me ver, corre para mim. Sem que eu lhe conte, ela sabe o que aconteceu. Basta ver meu cabelo e minha cara.

Dylan nos persegue e, quando saímos dali, sem se importar com a presença de Valeria, ele diz:

— Não vou desistir até que você diga sim.

No carro de Valeria, ela diz poucas e boas sobre Dylan.

Eu me calo. Não quero dizer nada. No fim, ela desiste.

É o melhor.

41

Pode ser

No dia seguinte, estou com minha banda no aeroporto para começar a turnê latino-americana.

Estou arrasada. Não pude descansar pensando em Dylan, no que aconteceu ontem à noite entre nós e nas coisas que ele me disse e pediu.

Será que ficou louco? Como vamos nos casar outra vez? De súbito, meu celular apita. Uma mensagem dele.

"Tenha uma boa viagem. Pense no que eu lhe disse. Amo você, meu amor."

Fico estarrecida! Será que ele não vai se dar por vencido?

Tenho que apertar a boca para não dizer uma barbaridade. Ponho as mãos na cintura e nego com a cabeça. Estou prestes a responder e mandá-lo à merda, quando o celular apita de novo.

"Você fica linda com as mãos na cintura. Case comigo."

Alucinada, tiro as mãos da cintura e olho em volta. Não o vejo. Onde está? De súbito, localizo-o sentado em um dos cafés, ao fundo, com um boné escuro e óculos de sol. Quando nossos olhares se encontram, ele sorri, abaixa os óculos e posso ver seus lindos olhos.

"Eu o devoraria aos beijos e o mataria", penso ao vê-lo.

— O que você tem? — pergunta Tifany, aproximando-se.

Valeria, que caminha ao seu lado, olha para onde eu olho e diz:

— Ah-ah... Dylan Ferrasa. Sexta mesa à direita, no fundo.

Coral, que foi se despedir de nós, olha com raiva para lá e sibila:

— Vou cortar seu saco, para deixar de ser chato.

— Coral, já chega! — digo.

Tifany, ao me ouvir, olha para as unhas que Valeria pintou e pergunta:

— O que você não nos contou, Putarela?

Eu rio; minha ex-cunhada já fala como Coral e usa unhas como Valeria. Quem diria?

Olho para Valeria com olhar de censura; tenho certeza que ela lhes contou o que aconteceu ontem à noite. Mas me calo. Já é bastante humilhante saber que sucumbi aos encantos de Dylan.

Omar se aproxima.

— O que há com vocês? — pergunta.

Valeria e Tifany me olham à espera de uma resposta, e eu digo:

— Nada. Achei que havia visto um amigo.

Meu ex-cunhado sorri, olha para Tifany e cochicha:

— Há dois jornalistas disfarçados atrás da coluna, tenham cuidado. A propósito, Tifany, essa saia fica muito bem em você.

Ela sorri, toca o bumbum lentamente e responde:

— Pode olhar, mas não vá pôr a mão.

Omar muda sua expressão e vai embora. Sem dúvida, não tem mais nada a fazer com sua ex.

Angustiada, procuro Dylan com o olhar. Por favor, que a imprensa não o veja, ou sua tortura vai começar de novo. A mesa onde estava sentado agora está vazia. Valeria me diz em voz baixa:

— Ele foi embora quando Omar chegou.

Segundos depois, nós nos despedimos de Coral, trocamos beijos com carinho e embarcamos. Meu celular apita outra vez. Leio:

"Não vou parar até que você diga que sim. Amo você, não se esqueça."

Horas mais tarde, quando estamos em pleno voo, minhas amigas, que se sentaram comigo, olham-me fixamente, e eu lhes conto o que me atormenta. Tifany me pergunta:

— Vejamos, linda: se você o ama e ele a ama, qual é o problema?

— Não pode ser. Vai dar errado de novo.

— Se não me engano, os pais dele se divorciaram duas vezes e se casaram três, não é verdade? — Valeria ri e acrescenta: — Talvez seja tradição familiar.

Eu rio. Ela me faz recordar Anselmo. Respondo:

— Pois essa tradição comigo não vai continuar.

Valeria, certa de que tenho um parafuso a menos, pergunta:

— Por que você disse que não o ama?

— Porque a mentira às vezes é um antídoto, Valeria.

— Um antídoto para quê? — pergunta Tifany.

Com o coração acelerado e uma estranha felicidade por saber que Dylan morre por mim, respondo:

— Em meu caso, para que ele me esqueça. Eu não sou boa para ele.

As duas se olham, e, quando Tifany se levanta para ir falar de novo com um executivo com quem não para de flertar, Valeria diz:

— Você está perdida, bonitinha. Se o Ferrasa é como eu acho que é, está perdida!

Suspiro, mas por dentro sorrio. No fundo, penso como ela: estou perdida!

42

Mil e uma vezes

E, efetivamente, estou perdida!

Se há alguém empenhado em conseguir meu amor, esse alguém é Dylan Ferrasa.

Não paro de receber mensagens no celular, uma mais bonita, romântica e maravilhosa que a outra. Quando chego às diversas cidades há sempre um homem na porta do hotel com um cartaz dizendo "DIGA QUE SIM". Ou ônibus parados na saída dos meus shows, forrados com cartazes que dizem "TENHO TUDO EXCETO VOCÊ", ou outros que dizem "VOCÊ É MINHA VIDA, DIGA QUE SIM".

Os jornalistas ficam loucos se perguntando quem será o apaixonado. Indagam, investigam, perguntam, mas não digo nada. Falam de mil homens, e eu sorrio. A última pessoa em que pensam é no sério e reservado dr. Dylan Ferrasa.

Sem dúvida, meu louco apaixonado surpreenderia mais de um se o conhecessem. É disso que mais gosto nele: como é surpreendente.

Aonde quer que eu vá, encontro mil atitudes dele, uma mais bonita e romântica que a outra.

No quarto de cada hotel em que fico nas diversas cidades da turnê, me espera um impressionante buquê de rosas vermelhas. Em todos, o cartão é o mesmo:

"Case comigo. Amo você."

Ele nunca assina com seu nome para evitar que algum bisbilhoteiro leia o cartão e vaze a informação à imprensa. Eu sorrio, divertida com nosso segredo. Na realidade, ele está me ganhando com sua insistência, e não consigo parar de sorrir.

A turnê latino-americana está sendo apoteótica. As pessoas curtem os shows, e nós curtimos esse público dedicado. Rio ao ver, durante meus shows, cartazes dizendo: "YANIRA, DIGA QUE SIM!".

Ao chegar ao Chile, Dylan me surpreende, uma noite, com sua visita. Abro a porta e o vejo vestido como um funcionário da manutenção. E quando ele abre o macacão e vejo que está com uma camiseta que diz "TROCO UM SIM POR ESSE NÃO", ele me desarma.

Ele mandou fazer sua própria camiseta da reconciliação?

Incapaz de rejeitá-lo, puxo-o pelo colarinho e o faço entrar em meu quarto. Que noite de sexo e luxúria!

No dia seguinte, ele volta a Los Angeles, pois tem que trabalhar. Sem que ninguém o veja, o sério e romântico dr. Ferrasa parte, e eu não consigo parar de sorrir. Sem dúvida, Dylan vem atrás de mim com toda sua cavalaria, e sei bem que, se ele continuar assim, não vou conseguir resistir. A partir desse dia, para passar um tempo comigo ele faz verdadeiras loucuras, e começo a me preocupar. Praticamente vive nos aviões, e fico angustiada de pensar que possa lhe acontecer alguma coisa, e em especial que tenha problemas no trabalho por estar comigo. Minha preocupação o deixa satisfeito. Ele sorri enquanto me beija e murmura:

— Estou conseguindo.

Quando chegamos ao Uruguai, Omar e eu recebemos várias ligações da organização do American Music Awards, AMA. Sabem que estamos em turnê, e como sou uma das indicadas para Melhor Artista Internacional, querem que eu participe do espetáculo e cante alguma canção. Aceito feliz, e preparamos tudo. Durante vários dias tentamos decidir quais canções cantar. Ele propõe umas e eu outras, e não chegamos a um acordo. No fim, ao recordar os últimos prêmios, tenho uma ideia que deixa Omar emocionado. Consulto a organização; eles acham uma excelente ideia e preparamos tudo. Para isso, precisamos dos dançarinos e dos nossos músicos. E, depois de ensaiar várias vezes, já temos nossa apresentação pronta para o AMA!

O show no México é apoteótico. Quando volto ao quarto, sorrio ao ver o buquê de rosas assim que entro. Dessa vez, além do cartão, há um envelopinho. Ao abri-lo, levo a mão à boca ao ver que é a chave.

Mimada, meu coração é só seu.
Quando nos virmos, por favor, diga que sim!

E me fará o homem mais feliz do universo.
Amo você.

Sorrio com o pingente na mão. É impossível lutar contra Dylan.

Sem dúvida alguma, de novo o Ferrasa me vence, e vamos seguir a tradição da família nesse negócio de divorciar-se e se casar com a mesma pessoa.

Eu rio. Nunca imaginei que pudesse me acontecer algo assim, mas a verdade é que, desde que Dylan entrou em minha vida, nada é como eu havia imaginado. Ele me fez ficar romântica, possessiva, selvagem no sexo; casei-me uma vez com ele e já estou decidida a fazê-lo de novo.

Eu adoro Dylan, e é bobagem continuar negando as evidências.

Quando o vir, vou lhe dizer que sim com todo o meu coração.

Sim... sim... sim... SIM!

Não quero cantar de novo "Tenho tudo exceto você". Vou escrever uma canção que diga "Tenho tudo e também você". Está provado que não podemos viver um sem o outro. Ele é a outra metade da minha laranja.

Com carinho, coloco de novo a chave no pescoço e a beijo, decidida a descansar. Na noite seguinte tenho a apresentação no AMA, e Dylan disse que viria, com nossas famílias, para me apoiar.

Quero encantá-los!

Espero que a apresentação que preparei com tanto carinho para eles os emocione tanto quanto a mim.

Quando, feliz, vou começar a me despir, batem na porta. Reconheço essas batidinhas; solto um gritinho de alegria e, ao abrir, encontro o homem que definitivamente quero só para mim. Lindo e espetacular como sempre, e sem dizer nada eu me jogo em seus braços e o beijo... beijo e beijo, e quando me afasto digo:

— Sim.

Ele fecha os olhos e faz o sinal da vitória. E eu sorrio quando ele diz:

— *Uepa*!

Pleno de felicidade, ele entra no quarto, fecha a porta, me pega nos braços e me faz girar duas vezes, me deixando tonta. Quando para e me beija de novo, diz:

— Espere... espere... vamos fazer direito.

Então, ele tira o anel de sua mãe do bolso, ajoelha-se diante de mim e, com o olhar que eu adoro e que sempre adorarei, pergunta:

— Meu amor, você me daria a honra de ser uma vez mais minha mulher?

Apaixonada até a medula por esse louco romântico, concordo.

— Mil e uma vezes.

Quando o anel que meses atrás lhe devolvi está de novo em meu dedo, Dylan se levanta e me beija; me abraça ao ver a chave em meu pescoço, diz:

— Agora você já é totalmente minha de novo.

Emocionada, vou falar, quando ele me corta:

— Pegue o passaporte.

Olho para ele sem entender. Ele explica:

— Vamos. Estão nos esperando no aeroporto.

Fico alucinada. Quem está nos esperando no aeroporto?

— Dylan, não posso ir — digo. — Amanhã é a festa do AMA e minha família vem de Tenerife. — E franzindo o cenho, acrescento: — Se vamos começar com problemas por causa do meu trabalho, eu...

Não consigo dizer mais nada. Ele me beija e, quando afasta a boca da minha, responde:

— Agora é 1h. O AMA começa às 19h. Prometo que estaremos de volta antes disso.

— Mas aonde vamos? — pergunto, desconcertada.

Dylan sorri, põe um boné em mim para esconder meu cabelo e, com segurança, responde:

— Para Las Vegas, meu amor. Vamos nos casar!

Solto uma gargalhada. Ainda lembro quando eu lhe propus que celebrássemos nosso primeiro casamento em Las Vegas e ele recusou.

Saímos pela cozinha e ninguém nos vê.

No aeroporto, piro ainda mais quando encontro Tifany, Valeria e Coral. Coral?!

Elas, ao me verem, gritam enlouquecidas, e, depois de me encher de beijinhos, Coral diz:

— Ora, Florisbela, você já tem dois casamentos e eu nenhum. Que injustiça!

Ambas rimos, e me abraçando com carinho minha amiga sussurra:

— Que você seja muito, muito, muito feliz. Sem dúvida, esse moreno é a outra metade da sua laranja.

Assinto e sorrio quando Tifany comenta:

— É melhor voltarmos a tempo, ou o safado vai nos matar.

Depois de cerca de cinco horas de voo, durante as quais fico sabendo que as garotas estavam a par de todas as minhas aproximações de Dylan, rio ao ver que são umas bruxas, todas elas. Agora entendo por que ele sempre me encontrava onde quer que eu estivesse e como conseguia meus novos números de celular. Ele estava mancomunado com Coral. A safada me mostrava que o odiava, mas, na realidade, era ela que o mantinha informado de tudo e foi quem a ajudou a preparar o que vamos a fazer.

Quando chegamos a Las Vegas, estou nervosa. Muito mais nervosa que da vez em que me casei na igreja, cercada de famosos e com milhares de convidados. Estou há muitas horas sem dormir, mas acho que a emoção que sinto me tirou o sono.

Dylan reservou quartos em um hotel para as garotas e uma impressionante suíte de recém-casados para nós. Fico surpresa ao vê-la. Sinceramente, não sei para que tanta opulência se mal vamos aproveitar.

Quando Dylan sai, Valeria pega minha peruca escura e eu rio. Segundo elas, tenho que usá-la se não quiser que alguém me reconheça e a notícia vaze para a imprensa. Aceito. Depois que me maquia, morro de rir quando me entregam as lentes de contato pretas da srta. Mao e a camisola vermelha. Coral explica que Dylan lhe pediu que pegasse isso tudo, e quando ninguém nos ouve, sussurra:

— Espere para ver nossa roupa, Putarela.

Feliz, ponho as lentes de contato e a camisola. Sem dúvida, esse casamento vai ser algo muito nosso. Divertido e louco.

Mas, quando minutos depois vejo Coral vestida de Lara Croft, Valeria de Tempestade, dos *X-Men*, e Tifany de Supergirl, morro de rir.

Como podemos ser tão bregas?

Quando saímos do elevador, as pessoas nos olham e sorriem. Não me reconhecem, e eu, feliz, penso que vou me casar com meu amor com essa pinta. Entramos na limusine que Dylan alugou para nós, e quando chegamos à capela vejo meu futuro marido me esperando, e me derreto de amor!

Diante de mim está o Indiana Jones mais lindo que já existiu sobre a face da Terra.

Quando me aproximo, sorrio e, divertida, murmuro:

— Acho que estamos loucos.

— Bendita loucura — responde ele, apaixonado.

Dylan me beija, olha para o oficiante, que usa costeletas iguais às de Elvis, e diz:

— Pode começar.

Depois de um pequeno sermão ao qual não prestamos atenção porque não podemos parar de olhar e sorrir um para o outro, às 9h Dylan torna a pôr em meu dedo a aliança que eu lhe devolvi, e o oficiante nos declara marido e mulher. Beijamo-nos com deleite e paixão, enquanto as super-heroínas jogam em nós o arroz e as pétalas que compraram na entrada.

Mais tarde, depois de tirarmos fotografias morrendo de rir, o oficiante das costeletas de Elvis nos dá alguns documentos para assinar. Dylan pega a caneta que eu lhe dei em Nova York, e eu brinco:

— Que uso mais original estamos dando a essa caneta!

Meu amor sorri. Ele sabe por que estou dizendo isso e murmura:

— Vamos usá-la de novo quando nos casarmos na igreja novamente, dessa vez em Tenerife. Em sua terra.

Sem dúvida teremos que fazer isso, ou minha avó Nira não vai falar comigo pelo resto dos meus dias.

Depois de tomar o café da manhã com minhas superamigas, elas vão para o cassino com suas fantasias, dispensando o descanso no hotel. Dylan lhes recorda que ao meio-dia temos que estar no aeroporto para pegar o avião para o México. Ela assentem e saem, dispostas a curtir essas três horas de loucura.

Quando ficamos sozinhos no hotel, Dylan me abraça e, tirando um envelope do bolso, murmura:

— Isto é seu.

Abro o envelope e sorrio ao ver a carta de sua mãe. Leio-a novamente e digo, olhando para ele:

— Como sua mãe tinha razão ao dizer que o primeiro a pedir perdão é o mais valente, o primeiro a perdoar é o mais forte, e o primeiro a esquecer é o mais feliz.

Meu amor concorda e, me beijando, responde:

— Você é a sra. Ferrasa de novo.

— Não me afaste de novo, ou vai se arrepender.

Com carinho, meu amor acaricia meu rosto e sussurra:

— Ainda lamento os meses que não a tive. Mas, fique tranquila, dessa vez aprendi a lição.

Ficamos abraçados durante um tempo, curtindo nosso reencontro, nosso contato e nosso amor, até que meu marido diz:

— Você deve estar exausta. Quer dormir essas três horas?

— E perder minha apaixonada manhã de núpcias? Nem louca! — respondo.

Dylan solta uma gargalhada e me mostra dois cartões:

— No quarto 776 há uma cama para dois. No quarto 777 há uma cama para três. Você decide do que quer brincar, meu amor.

Feliz, sorrio e, tirando uma das chaves de sua mão, murmuro com sensualidade:

— Vamos aproveitar essas três horas. — E acrescento: — Sr. Jones, que prazer encontrá-lo novamente.

Feliz, ele pega minha mão com elegância e responde:

— Srta. Mao, o prazer é meu. O que faz por aqui?

Levo a mão ao meu cabelo preto com malícia.

— Vim visitar uns parentes.

— Tomaria café da manhã comigo, srta. Mao?

— Com prazer, sr. Jones.

De braços dados vamos para os elevadores, e ao entrar no primeiro que chega Dylan se aproxima de mim com segurança e, beijando a mão onde está a aliança, diz:

— Podemos passar antes por meu quarto? Quero lhe mostrar uma coisa.

Enfeitiçada e cheia de desejo por meu sr. Jones, concordo.

Quando o elevador para no 14º andar, caminho de braços dados com meu marido rumo a um quarto onde há um homem também vestido de aventureiro, junto à janela. Ele olha para nós. Dylan fecha a porta e, me pegando pela cintura, diz:

— Srta. Mao, este é Joseph.

Minha vagina se umedece imediatamente. Tirando o xale dos ombros para que vejam meus mamilos sob a camisola de seda, murmuro:

— É um prazer, Joseph.

Ele beija minha mão, galante, e Dylan, sentando-se na cama, diz:

— Srta. Mao, venha aqui.

Quando estou diante dele, me abraça à altura das pernas. Assim fica alguns segundos, com o nariz colado na camisola.

— Está com aquela calcinha de pérolas? — pergunta.

Coloca as mãos por baixo da camisola e, depois de me tocar, murmura:

— Está muito molhada, srta. Mao.

Assinto com a cabeça. Estou úmida, quente, molhada. Com taquicardia e desejo de brincar!

Dylan abre uma caixa que está em cima da cama.

— Tenho estas pérolas para a senhorita. Se me permitir, adorarei introduzi-las em seu belo bumbum uma a uma antes de tomar o café da manhã.

Sem hesitar, com olhar de mulher fatal, inclino-me na cama e coloco o bumbum a sua disposição. Dylan ergue meu vestido, passa a língua por minhas pernas, por minhas nádegas, por meu ânus e, depois de me dar um tapinha que ecoa no quarto, diz:

— Joseph, traga o lubrificante.

Minha respiração se agita. Estou nessa posição, com o vestido levantado e pronta para que introduzam em mim umas bolas anais na manhã de meu casamento. Sim!

Joseph entrega o gel a Dylan, enquanto este lhe ordena:

— Tire a calcinha dela.

O outro homem obedece e a deixa sobre o criado-mudo. Fica claro que o macho alfa ali é Dylan. Meu amor abre o gel e, depois de untar meu ânus com carinho e complacência, diz, mostrando-me uma fileira de bolas unidas por um cordão:

— São dez bolinhas, srta. Mao. Vou introduzir a primeira.

Uma a uma ele coloca todas, e, quando termina, pega minhas nádegas, aperta-as, e, depois de amassá-las e convidar Joseph a me beliscar, ele me vira e murmura:

— Eu pretendia tomar café da manhã, mas vou possuí-la neste mesmo instante.

Concordo.

— Sr. Jones, é um prazer ser seu café da manhã.

Dylan tira meu vestido, que cai a meus pés, e me deitando na cama abre minhas coxas e me come. Sua boca impetuosa me arranca gemidos de prazer, diante do olhar do outro homem, e meu marido ele me possui com a língua, enquanto com os dedos pega e excita meus mamilos.

Instantes depois, ele sobe até minha boca, me esmaga sobre a cama e murmura, permitindo-se sair um pouco do papel:

— Amo você, minha vida.

Ambos sorrimos. Estamos juntos de novo.

— Amo você, meu amor — respondo.

Nosso beijo é doce e cheio de desejo. Quando sua boca se afasta da minha, volto a ser a srta. Mao. Ansiosa por recebê-lo, murmuro:

— Agora me coma... me coma, sr. Jones.

O pênis de meu amor entra em mim lentamente, e com o ânus cheio daquelas bolas experimento um prazer especial.

Ah, sim... assim... assim, Dylan... estou prestes a gritar.

Ambos saboreamos esse primeiro encontro ardente e luxurioso depois de sermos declarados marido e mulher. Dylan pega minhas mãos, segura-as acima de minha cabeça e murmura:

— Adoro você, srta. Mao...

Sorrio, enquanto a luxúria toma meu corpo com uma série de rápidas investidas. Grito enlouquecida. Ele para e volta à carga, fazendo-me gritar de prazer. Para outra vez para respirar antes de se afundar em mim com sensualidade. E quando me vê tremer e arfar enlouquecida, me segura, aprofunda-se em mim, e, me prendendo debaixo de seu corpo, crava-se dentro de mim. Eu, frenética e arfante, gozo por ele e para ele.

Ao me ver nesse estado, sua respiração se torna irregular. Dylan ataca minha boca com avidez, solta minhas mãos e segura meus ombros para se afundar mais em mim.

— Gosta assim?

— Sim — consigo dizer, e sinto que as bolinhas em meu ânus se mexem.

Minha cabeça começa a girar. Minha vagina se contrai pelo orgasmo. Sinto Dylan totalmente cravado em mim, e instantes depois percebo que o clímax chega também para ele, que goza depois de um grunhido rouco, e fico sem ar.

Que prazer! Ah, Deus... que prazer!

Quando nos recuperamos, Dylan me beija, sai de dentro de mim e, olhando para Joseph, diz, caminhando para o banheiro:

— Não se mexa, srta. Mao. Joseph a lavará enquanto eu me lavo também.

Sem vontade de me levantar, olho para esse homem que não conheço. Ele rapidamente se ajoelha entre minhas pernas e me limpa sem dizer nada. Levanto a cabeça para olhar para ele e vejo em seus olhos a luxúria que sente nesse momento, enquanto me lava, desejando que Dylan lhe dê acesso a mim.

Instantes depois, meu amor sai do banheiro. Deve ter se lavado correndo, e isso me faz sorrir. Possessivo do jeito que ele é, acho estranho que tenha me deixado sozinha esses trinta segundos.

Aproximando-se de mim, ele pega minha mão e, me levantando nua, diz:

— Agora vamos tomar café da manhã.

Ele me leva pela mão até uma mesa e me faz sentar. Ao fazê-lo, as bolas se cravam em meu bumbum, mas não incomodam, ao contrário. Reprimo um gemido.

Dylan, vendo isso, diz:

— Joseph, se quiser, pode tomar café da manhã debaixo da mesa.

A seguir, o homem desaparece debaixo da toalha, e sinto que toca minhas pernas.

— Tudo bem, srta. Mao? — pergunta Dylan.

Assinto e deixo escapar um gemido quando Joseph abre minhas coxas e se lança para meu sexo.

Eu o recebo extasiada, e Dylan, ao ver minha expressão acalorada, murmura tocando meus mamilos:

— Isso mesmo, srta. Mao... aproveite e me faça gozar.

Apoiada na cadeira, minha respiração se acelera enquanto o homem embaixo da mesa abre meu sexo e chupa meu clitóris com avidez. Dylan, ao ver minha excitação, toca no pênis.

— Gosta disso, srta. Mao?

Assinto. Como não vou gostar de nosso jogo?

Olho sua ereção. Quero senti-lo dentro de mim; exijo. Dylan, levantando-se, molha um guardanapo em água, levanta-me também e me lava com rapidez. Joga no chão o que há sobre a mesa e me coloca em cima para me dar o que lhe pedi. Ah, sim.

Instantes depois, Joseph sai de baixo da mesa, observa o que fazemos e, como Dylan o convida a brincar, toca meus seios. Inclina-se e os chupa. Suga-os com avidez enquanto eu, luxuriosa, grito pelo que meu marido faz comigo.

Meu marido!

Meu Dylan Ferrasa!

De súbito, ele me pega pela cintura, me leva até seu peito e em pé me penetra. Arfante, me deixo manipular. Joseph, ao ver isso, coloca-se atrás de mim; grito quando o sinto puxar as bolinhas de meu ânus. Ele tira uma a uma enquanto Dylan, excitado, me come disposto a me deixar louca.

— Isso mesmo, srta. Mao... abra-se para nós — diz Dylan com a testa úmida de suor.

Esgotado, ele se senta no sofá, sem sair de mim, e então eu o monto e me mexo sobre ele. Apoiado no encosto do sofá, ele olha para mim extasiado enquanto eu prossigo, disposta a levá-lo ao limite.

Nesse momento, ele abre minhas nádegas, e sei o que quer. Assinto, sem deixar de me mexer sobre ele. Dois segundos depois, os dedos de Joseph dilatam meu ânus; ouço sua respiração agitada. Quando sabe que estou preparada, ele me dá um tapinha. Eu e Dylan ofegamos. Instantes depois, com um pé em cima do sofá e outro no chão, Joseph guia a ponta de seu pênis até meu ânus e entra em mim.

Eu grito, e Dylan, abrindo minhas nádegas, murmura extasiado:

— Minha, srta. Mao, você é completamente minha.

Os dois me comem sem descanso, possuem-me, e eu curto. Suspiro sem decoro e peço que não parem. Os dois pênis dentro de mim me provocam ondas de prazer. Meu amor devora minha boca e me diz palavras de amor maravilhosas.

Ah, Deus... ah, Deus... acho que nunca curti tanto com ele!

Dylan pede ao homem que está atrás de mim que se retire. A seguir, levanta-se comigo nos braços sem sair de mim. Ele me segura totalmente aberta, mantendo-me pelos joelhos, e me impulsiona para cima enquanto continua me penetrando. Joseph, animado com nossa paixão, vem por trás e me penetra de novo pelo ânus.

Eu enlouqueço com os dois. Eles me possuem em pé. Entram e saem de mim com total facilidade, e eu me deixo manipular, disposta a receber o máximo prazer.

Dylan morde o lábio inferior por conta do esforço que está fazendo, e isso me deixa louca. E ainda mais quando o ouço murmurar, fora de si:

— Mimada, grite e goze para mim.

Eu o beijo. Eu o amo. Eu o devoro!

Esses jogos nos mostram que na rua somos só mais um casal, no trabalho dois profissionais, e, na cama, e com nossas normas, duas feras ardentes que gostam de sexo e de fantasias.

Acabado esse assalto, há mais dois, no sofá e na cama, onde Dylan, levado pela luxúria, penetra meu ânus enquanto abre minha vagina para o outro homem.

Não há descanso. Não queremos parar. Só desejamos prazer e luxúria. Sexo e desenfreio. Nesse quarto tudo é ardente, quente e vicioso. Sem dúvida, estou de novo com meu amor, com o homem que mais conhece minha sexualidade e com quem me permito ser sempre eu.

Às 12h20, quando embarcamos no avião, minhas amigas, já vestidas normalmente, adormecem. Eu tento não dormir, mas Dylan, com carinho e beijos doces, logo me obriga. Preciso dormir, pois à noite tenho uma apresentação e devo descansar.

43

Ou você ou nenhuma

Como Dylan prometeu, chegamos ao hotel do México às 17h30. Entramos pela porta dos fundos, e meu amor me acompanha até meu quarto. Temos que nos separar até depois da apresentação.

— Será que seu pai e minha família já estão aqui? — pergunto.

— Sim. Eu disse a meu pai que o meu voo chegava mais tarde. Certamente está me esperando no quarto com Tony para irmos juntos à premiação. E quanto a sua família, fique tranquila, eu cuido de tudo.

Ao pensar em nossas famílias, fico emocionada. Pergunto:

— Posso lhe pedir um favor?

— Claro, meu amor.

Olhando para minha mão, onde novamente está o anel que Luisa entregou a seu filho, peço:

— Não diga a ninguém que nos casamos, deixe-me contar.

Dylan sorri e, tirando sua aliança, guarda-a no bolso da calça jeans.

— Boa sorte na premiação, querida — deseja ele.

Essa é a última coisa em que penso. Abraçando-o com amor, afirmo:

— Meu prêmio já está comigo. Neste instante, já tenho tudo. — E acrescento: — Mais uma coisa: Omar já sabe, mas minha apresentação desta noite é para os Ferrasa. Espero que você goste.

— Não tenho a menor dúvida — sorri Dylan.

Beijando-o com amor, eu me deixo abraçar por ele e me sinto plenamente feliz. Minutos depois ele me deseja boa sorte de novo e nos despedimos com a promessa de nos vermos depois da premiação. Não podemos nos ver antes, ou todo o mundo vai começar a falar.

À noite, sentada no palco que me deram junto com meus músicos, observo os presentes. Uso meu vestido branco sensual; localizo a mesa onde estão minhas amigas, minha família e os Ferrasa. Coral, Tifany e Valeria se divertem; basta olhar para elas para saber. Sem dúvida, tenho as três melhores amigas do mundo. Cada uma com seu estilo, seu jeito e sua maneira, elas souberam entrar em meu coração, e tenho certeza de que será para a vida toda.

Depois, olho para minha família e, emocionada, aceno. Papai e mamãe estão orgulhosos de estar ali. Basta ver seus sorrisos para saber. Meus irmãos não podem acreditar que estão cercados de seus cantores favoritos, e minhas avós, como sempre, curtem o momento. Na mesa, elas me cumprimentam e me jogam beijos. Arturo e Luis também estão presentes. Estão emocionados por se verem cercados de toda essa gente. Também me jogam um beijo, e Luis diz: "Tulipa!". Rio. Adoro continuar sendo sua Tulipa.

Atrás deles vejo os quatro Ferrasa. Dylan fala com seu pai e com Tony, enquanto Omar sorri para uma jovem estrela pop. Certas coisas nunca mudam. Ainda bem que Tifany se livrou do vício que tinha por ele e agora só pensa nela e em sua filhinha. Em duas ocasiões durante a noite meu olhar e o de meu marido se encontram. Nós nos amamos e nos desejamos. Somos felizes pelo que aconteceu entre nós, e nenhum dos dois pode negar isso. Nossos olhares são fugazes, furtivos, mas nos dizem muito mais que outros que poderiam durar horas.

Não ganho o prêmio do American Music Awards, mas não me importo. O único prêmio que eu necessitava era Dylan. Meu Dylan Ferrasa. E já o tenho de novo comigo.

O espetáculo é demais. Artistas como Katy Perry, Lady Gaga, Christina Aguilera e Marc Anthony deleitam a audiência. Quando me avisam que tenho que me preparar com minha banda, o nervosismo me devora.

Que responsabilidade!

No camarim, troco de roupa rapidamente e ponho um vestido curto metálico, prateado, e por cima um longo azulão. Sem dúvida, isso vai surpreender os Ferrasa; e os que não são Ferrasa também. Mas especialmente quero surpreender meu amor, Dylan.

Quando nos chamaram para atuar na premiação, eu me lembrei de que no evento anterior Jennifer Lopez havia homenageado Celia Cruz, uma grande artista. E por isso decidi, com o consentimento de pelo menos um Ferrasa, homenagear Luisa Fernández, a Leona, outra grande artista, e cantar duas canções dela com nossos arranjos.

As cortinas estão fechadas, e os técnicos preparam o palco para nosso show. Quando tudo está pronto, abrem-se as cortinas e um dos meus músicos toca violão. A seguir, entro com meu vestido azulão e começo a cantar uma canção que, segundo Dylan, sua mãe adorava pois falava da linda ilha de Porto Rico.

Sem dúvida, ela era uma mulher muito ligada à sua terra, como eu sou à minha, e entendo que se emocionasse cantando essa letra tão bonita:

Ya sé lo que son los encantos
de mi Boriquén hermosa
por eso la quiero yo tanto
por siempre la llamaré Preciosa

Com esses primeiros acordes, as pessoas começam a aplaudir, e eu me emociono ao sentir que acertamos ao escolher essa canção. Com curiosidade, olho para onde estão os Ferrasa; os quatro estão emocionados. Nem Dylan, nem Tony, nem Anselmo esperavam por isso, e vejo a gratidão no rosto deles.

Preciosa te llaman las olas
del mar que te baña
Preciosa por ser un encanto
por ser un Edén.
Y tienes la noble hidalguía
de la madre España
y el fiero cantío del indio bravío
lo tienes también

A canção vai tomando força e eu começo a dançar. Em certo momento, a música muda, e entram meus dançarinos; tiro o vestido azulão e aparece o *sexy*, curto e prateado, e grito:

Aguanilé... Aguanilé.

As pessoas aplaudem enquanto eu danço salsa e canto, dando o melhor que tenho, dançando com meus dançarinos no palco e curtindo o que faço.

*Aguanilé, aguanilé, Mai Mai
aguanilé, aguanilé, Mai Mai
eh, Aguanilé, Aguanilé, Mai Mai.*

No teatro, todo o mundo se levanta e dança. Isso me faz sorrir. Em dado momento, uma foto de Luisa aparece no fundo do palco, em um telão. Então eu me calo, e ela continua cantando a canção, enquanto eu danço sem descanso com meus rapazes. Durante vários minutos nossas vozes se fundem. Vejo Anselmo enxugar os olhos, todo emocionado.

Ah, meu velhinho resmungão!

Quando depois de alguns minutos minha apresentação acaba, o teatro explode em aplausos. Minha família grita. Ouço-os de onde estou e lhes jogo beijos. O clamor é imenso. Sem dúvida, embora minha apresentação não tenha sido um *soul*, todos gostaram. Curtir a Leona de novo, mesmo que só sua voz, deixou-os malucos.

— Isso é para você, Leona! — grito ao microfone, enquanto o teatro lhe dedica uma grande ovação.

Olho para meu amor, que está emocionado, com os olhos marejados. Ele aplaude feito louco. Com seu gesto e sua expressão, ele me diz o quanto me ama e o quanto gostou do que fiz para recordar sua adorada mãe. E então, feliz, tiro as luvas e, mostrando a mão a meu sogro para que ele veja o anel, pisco para ele e sorrio.

Anselmo, ao ver isso, abre descomunalmente a boca e solta uma gargalhada. Abraça seu filho, e eu, olhando para eles, sorrio feliz. Meus pais, ao perceberem o que isso significa, não acreditam, mas Coral lhes confirma.

Emocionados, os Van Der Vall e os Ferrasa se abraçam contentes, porque, de novo, está tudo bem.

Meu olhar e o de meu amor se encontram, e leio "Amo você" em seus lábios. Sorrio para ele do palco, seguro a chave que levo no pescoço e a beijo.

Sei que a partir desse momento voltarão os rumores, o assédio da imprensa, as turnês, as ausências por nossos trabalhos, mas também sei que tenho ao meu lado a pessoa que ilumina minha vida, e não duvido que ilumino a dele. Nada vencerá o amor que sentimos um pelo outro, e sei por que, simplesmente, não vamos permitir.

Epílogo

Porto Rico. Três anos depois.

Olho pela janelinha do avião. Estamos aterrizando no Aeroporto Internacional Luis Muñoz Marín, de volta de minha turnê europeia, e estou nervosa. Meus amores estão ali para me receber.

Valeria, que viaja comigo, também está ansiosa para aterrissar. Ela não gosta de voos tão longos, e tenho que levá-la meio dopada. Outra como eu. Na turnê, ela conheceu um francês que a seguiu pelas diversas cidades em que nos apresentamos, e está feliz e na fase Apaixonarela. Segundo diz, seu dilatador não se chama mais Espartano; agora se chama Alan Bourgeois, mede 1,88m e é uma delícia. Nós duas sabemos que começou uma bela história de amor. Vai durar? Só o tempo dirá.

Tifany, desde que entramos no avião na Espanha, não parou de flertar com o copiloto. Sem sombra de dúvida, minha ex-cunhada retomou sua vida como a feliz mãe de Preciosa, e sua vida sexual com ainda mais força. É, como diz Coral, temos que aproveitar antes que os vermes comam tudo.

Omar, que também está no voo, vem ao lado de sua nova namorada. Uma mocinha com quem dou muita risada, mas que não vai durar. Eles não têm futuro. Às vezes, o vejo olhar para Tifany com saudade. Sem dúvida, ele perdeu uma boa mulher, e embora seja tarde, sei que ele percebeu. Lamento por ele, mas nesta vida as coisas que não se cuidam se perdem, e ele a perdeu por ser tolo e safado.

Quando o avião para, o piloto e várias comissárias de bordo me pedem para tirar uma foto comigo antes de descermos. E, quando a porta se abre, como estou na classe executiva, sou uma das primeiras a desembarcar. Estou com pressa.

A fim de reencontrar meus amores, corro pelo aeroporto e, quando chego à saída, e as portas se abrem, sorrio ao ver meu lindo, moreno e *sexy* marido com um belo buquê de flores em uma mão, e na outra o carrinho duplo de bebê, onde meus lindos e gorduchos gêmeos, Aarón e Olga, dormem como anjinhos.

Os jornalistas tiram fotos, mas não se aproximam de nós. Desde que tivemos as crianças, eles andam mais cuidadosos, e nós agradecemos. Dylan, que deixou de se importar com a imprensa depois de nosso segundo casamento, sorri ao me ver, me abraça, beija e diz:

— Bem-vinda de volta, mimada.

Eu o beijo, feliz. Estamos há muitos dias separados, e eu não via a hora de voltar para ele e meus pequenos. Me agacho para ver minhas lindas crianças, e embora deseje acordá-las para apertá-las, não o faço. Dou um beijo carinhoso em cada um, e de braços dados com meu marido, seguidos por Tifany, Omar e Valeria, vamos para nosso carro.

Quando chegamos à Villa Melodía, um lugar ao qual voltou a música, o riso e a algazarra, sorrio ao ver que Dylan reuniu ali quase todo mundo que amo, exceto minha família, com quem estive antes de pegar o avião e que ficou em minha linda terra. Em Tenerife.

Anselmo e Tata me abraçam. Brigam comigo porque estou mais magra; sorrio. Minha mãe e minhas avós brigaram pelo mesmo motivo. E, sim, estou mais magra. As turnês são legais, mas, assim que eu passar uns quatro dias com Dylan, ele vai se encarregar de me alimentar e me deixar em forma. É um pentelho!

Preciosa, depois de abraçar seus pais, em especial sua mãe, joga-se em meus braços. A menina está muito bem, apesar de sua doença. Ser diabética não está gerando nenhum problema ao seu crescimento. Todos sabemos que é preciso cuidar dela e lhe ensinar a se cuidar, e lhe mostrar que nós, que a amamos, estamos sempre prontos para ajudá-la. Ela me fez um desenho de boas-vindas e eu faço questão de elogiá-la. É uma maneira de fazê-la entender que, para mim, ela continua sendo minha menininha, mesmo que agora eu tenha os gêmeos.

Depois dela, é Tony quem me abraça e comenta que tem uma nova canção para mim. Aplaudo feliz. Ele é um grande compositor, e sei que lhe devo parte de meu sucesso. Ele também cochicha que trouxe uma garrafa de *chichaíto* para celebrar nossa chegada. Isso me faz sorrir. Tony é especial, cavalheiro, reservado e detalhista. É como Dylan, e sei que no dia que se apaixonar será para toda a vida.

De súbito, ouço minha louca Coral gritar. Rapidamente me solto de Tony e vou até ela. Está grávida de cinco meses, e com seu Joaquín foram a Porto Rico para nos receber depois da turnê. Como uma metralhadora, ela me conta seus males, seus desejos, suas náuseas e vômitos. Observo Joaquín; o coitado olha para o céu. Sem sombra de dúvida, o astronauta está bem-arrumado!

A gravidez os pegou de surpresa. Mas também com tanta farinha... de tanto amassar a massa, deu no que deu! Joaquín está maluco com minha amiga e a gravidez. Batizou seu bebê de "bolinho" e está querendo se casar com Coral. Ela prometeu aceitar quando o bebê nascer e ela emagrecer. De jeito nenhum ela vai se casar sem cinturinha de vespa e um impressionante vestidão de noiva. Coral quer estar bonita e especial para seu grande dia, e não duvido que estará.

À noite, depois de curtir o banho dos meus filhos, quando adormecem e os observo emocionada em seus bercinhos, Dylan beija meu pescoço e murmura:

— Agora quero que você me mime.

— Ah, é?

— Estou carente, coelhinha, muito carente.

Isso me faz sorrir.

Plano A: mimo-o.

Plano B: faço amor com ele.

Plano C: possuo meu amado.

Como sou egoísta com tudo que diz respeito a Dylan, essa noite serão planos A + B + C. Meu marido merece tudo isso e muito mais. Nesse mês em que ficamos separados, a saudade apertou. Como sempre, embora ele tenha me prometido ficar com as crianças, quinze dias depois apareceu na Alemanha. Nesses dias, deixou nossos filhos aos cuidados de Tata e Anselmo para ir cuidar de mim.

Passamos dias maravilhosos; não só durante o dia, mas também à noite. Meu marido, apaixonado e brincalhão como sempre, pôs em prática todas as nossas fantasias, e, como sempre, curtimos tudo com paixão.

Apaixonada por meu morenaço, eu o abraço e beijo. Dylan me pega no colo, me tira do quarto das crianças e entra no nosso. Ali, depois de trancar a porta para que eu não fuja, ele me deixa em cima da cama, põe uma música baixinha e eu sorrio. A noite promete.

Como um lobo faminto, ele se volta para mim e cobre meu corpo com paixão, deixando-me louca.

Despimo-nos devagar e nos tocamos. Damos prazer um ao outro, e, quando sinto que a ansiedade pelo homem que materializa todas as minhas fantasias vai me sufocar, monto nele, seguro suas mãos acima da cabeça e, disposta a mimá-lo até o infinito e além, com voz ardente, sussurro, enquanto ele sorri:

— Meu amor, adivinhe quem sou esta noite.

Este livro foi composto em Garamond Premier Pro
e impresso pela RR Donnelley para a Editora
Planeta do Brasil, em abril de 2018.